In Venedig

Zehn nach null Uhr · Carnevale
Ostern · Twens · La Méditerranée
Kreislauf-Studie · Tacheles reden? – lieber nicht!
Strand

Zehn nach null Uhr

Leere Gondeln zerren an Tauen,
kentern scheinbar vor der Mole,
denn die letzten Vaporetti
werfen, die Lagune reitend,
Dünung kaiwärts.

Wasser, sargschwarz, quellen aus Brüchen,
tuschen Seen auf die Piazza.
Prokurazien, Campanile,
sonst von Opernlicht verzuckert,
drohen faschistisch.

Zwei, vertraut, in Pelz und Smoking
fürchten sich vor dem Hotel.
Gehen Kreise, streiten nicht mehr.
Heute abend hat die Wahrheit
ihre Konvention zerrissen.

Carnevale

Karneval: lat. carne vale
= Fleisch lebe wohl.
Brockhaus

Aus Glück wurde Angst,
Venezianerin:
entziehst Dich, verlangst
– daß ich gehe! Wohin?

Maskenzug ohne
Dich durch die Gassen?
Ab zur Stazione
– sitzengelassen!

Drohst wie auf San Michele
Zypressen:
»Hast nie meine Seele
– nur Fleisch besessen!«

»Nur«! Klischee an Karneval
Fleisch zu denunzieren:
Gibt's Elternliebe überall,
gibt's sonst in Menschen, Tieren

»Nur« Seelen, die Leiber lieben!
Behauptest ohne Federlesen,
seit Du mich abgetrieben:
»Liebe ist das nie gewesen!«

Nahmst Dir den Jungen
– wird der Dich behalten?
Resigniert, notgedrungen
wie stets wir Alten

Steige ich ein . . .
gondele durchs Labyrinth.
Gehörst Du dem Ragazzo *allein*?
Bora nennen sie Meeres-Wind.

Heut treibt Scirocco aus Triest
– ich totlahm bis ins Mark,
bahnwärts statt zum Rialto-Fest
meine Gondel – meinen Sarg.

Ostern

Straußens Walzer auf San Marco,
komponiert in jenen Jahren,
da Venetien Wien gehörte.

Fiatflitzer, Pizzaesser
hagere Katzen, Filmkritiker
Lehrerinnen, schwule Briten
Inder, Sari, roter Turban
Nonnen, wegsehend, weil ein Terrier
stämmig einen Pudel stößt.

Dort Höchstselbst der Patriarch,
der bis eben fasten mußte,
stürmt vom Hochamt an die Tafel.

Früh im Dom, der Räuberhöhle
– was dort Kunst ist, ist gestohlen –,
glaubt man an die Auferstehung.
Die Piazza glaubt dem Umsatz,
den Muranos greller Glaskitsch
zweimal wöchentlich erzielt.

Twens

Museen durchgähnt; dann im Dogenpalast
(Pfingsten wegen Überfüllung gemieden)
kam in sein Gerede eine heisere Hast,
als er, verkrampft, mit twen-altem Spott
an den Decken die Aphroditen

Des Veronese töricht glossierte.
Die Schenkel, meersandbraun,
handliche Brüste, hochgezogene Knie
– er mußte wegsehn, so verführte
ihn dieser Reigen, jetzt auch sie

Die frühlingsmüd im engen Minirock
viel aprikosenzarte Haut spazierentrug
– hob sie den Arm, so sah er das Gelock,
den Wildwuchs ihrer Achselhaare –,
besessen einzureihen in den Zug

Der unbekümmert nackten Götterpaare.
Er dachte, was im Mai ein Mädchen »trägt«
– es brachte seinen Twenspott um die Sprache;
einhundertfünfzig Gramm das Kleid
je dreißig Gramm für Höschen und BH

Kniekehlen, die er treppauf sah
– in den Verliesen schon, als er es ihr graute –,
er hat sie oft gesehen – jetzt »erkannt«.
Er gab ihr sein Jackett und taute
ihr Inneres auf, das fröstelnd angewidert

Durch Ketten, Waffen, Folterräume
sich überhaupt Venetiens Glanz verschloß.
Kaum er ihr Hals und Schlüsselbeine küßte,
war sie ihm ganz geöffnet und zerfloß
in seine Hand und riß sich los.

Floh aus den Kerkern bis zum Vaporetto
– floh auch vor ihm; dann zu ihm hin.
Und sie gestand im beigen Morgenlicht,
zu *ihm* sei sie nur zufällig gekommen . . .
»Schwermütig?« höhnte er, Schlaf im Gesicht.

Er hatte sich nicht sehr subtil benommen.
Ja, sagte sie, die Frauen des Veronese,
die Menschen alle hier auf den Gemälden
– ob nicht auch er den Tod in ihnen lese?
»Ach – komm! Du bist erst neunzehn – merde!«

Sie war sehr schön, der Tod schien ihm sehr weit.
Sie: ob's denn gut sei, daß man achtzig werde?
Sie lachte mit, wozu ihm anvertraun,
daß heute nacht ihr Fest der Fleischlichkeit
nur ihren Absturz in ein neues Down

Beschleunigt hatte, da sie neu erfahren,
daß wir im Fleisch allein das Glück umkreisen.
Denn Geist zertrennt – nur in den Jahren,
da wir umarmenswert sind, reißen
mit unserem Leib auch unsre Seele

Mitmenschen in ihr Boot,
daß wir nicht sinken.
Komm, flieh die Stadt, Palazzi und Kanäle,
die heute schon – wie wir erst morgen –
nach Alter und Verwesung stinken.

La Méditerranée

Glück? Deine Gegenwart!
Atmender Basalt
Dein Barock: fettlos, hart
– Deine Haut wie kalt

Im Zentrum Lava, erweckt
durch Esprit.
Libido – Intellekt:
Deine Symphonie.

Nur in Dir, urmusikalisch
sind Stirn und Damm:
Animus – animalisch
vom selben Stamm.

Liebst mich nicht?
Liebe steckt an ...
Wille zerbricht
Quarz: kein Mann

Kann dich umarmen,
doch dann von Dir los.
Wohin – erbarmen
Dein Geist, Dein Schoß

Sich nicht – wo schriebe
ich adresselos hin?
Ich bin, weil ich liebe:
Dein Sein – mein Sinn.

Kreislauf-Studie

Fortschritt? – daß mondhoch Raketen steigen,
doch meerab Venedig versinkt?
Nein: nur Beschäftigungsreigen,
den der Gleichlauf der Kulturen erzwingt.

Jede Zeit baut Pyramiden:
Irrsinn, der nach leeren Riten

Weltanschauung, Reich genannt,
»ewige« Werte setzt – auf Sand.

Sinnlos zwar, doch zweckvoll – Strategie.
Denn Beschäftigungstherapie

Nur um »aus«zuleben – ist Geschichte!
Und die Umwälzung der Machtgewichte

Hat nur *einen* Zweck: Potenzverschleiß.
Fortschritt, Endziel gibt es nicht; ein Kreis

– je *ein* Kettenglied an vielen Ringen –,
schließt sich wie ein Mensch stirbt; von Gelingen

Sprechen nur die Heilsverkäufer: es ist aus!
Ein Jahrtausend wächst und welkt der Strauß,

Den auf anderer Ursprungsstätte
– wieder nur *ein* Ring der gleichen Kette –

Pflanzer *ihrer* Äcker schufen.
Denn nicht vorwärts, aufwärts, nicht in Stufen

Sondern in die *Fläche* wuchert weiter
und er wechselt – wie die Kleider

Seine Rassen nur – der homo faber.
Überlieferung, wo er dem Kandelaber

Der erlöschenden Kultur noch Licht entnimmt,
der er – meist – »verbrannte Erde« zubestimmt:

Wie die Christen ihre ordinären Siege
»krönten« durch Vernichtung der Antike

Schenkten Spanier Holocaust als Segen
Christi – Inkas und Azteken

Und den Genocid die Weißen den Indianern.
USA: frei von Roten! Den Amerikanern.

Tacheles reden? – lieber nicht!

»Nichts ist bedeutender in jedem Zustande
als die Dazwischenkunft eines Dritten«.
Goethe

Bist mir ja trotzdem treu
– ich trotzdem Dir!
Zärtliche Scheu
verwehrt, daß wir,
die nicht gleich Schwänen
eine/einen nur lieben,
frühmorgens erwähnen,
wo wir abends geblieben.

Auskunft nicht erbeten:
Worte – Dynamit!
Wozu Tacheles reden,
ob wir zu viert, zu dritt?

Nimmst Du Dich ihm
– nimmst du auch mich?
Kann denn im Team
nicht Treue sich
realisieren wie zu zweit?

Liebe wird Lüge – monogam.
Treu aus Zwang nur, unter Eid?
Liebe, die so unduldsam,
wäre *sie* denn ideal?
Gradlinig statt zu mäandern?
Selbst der Kelch beim Abendmahl
muß durch die Gemeinde wandern.

Aus dem »Paradies« befreien,
glückt nur, spielt die Schlange mit.
Und sie tut es! Weil zu zweien
immer der/die Dritte – tritt.

Strand

Nacht – jetzt schweigt sogar der Wind,
die Flut ist zurückgewichen.
Alle, die mir wichtig sind:
Menschen, Fragen – ausgestrichen
hat sie, wie mich,
die Gleichgültigkeit,
mit der das Meer
Muscheln, Teer
– und sich
ausspeit.

Resignation oder die Geschichte einer Ehe

Daß zwei Erwachsene zusammen leben
können, ist eines der größten Wunder;
in den meisten Fällen können sie es
auch gar nicht,
was nur dadurch verdeckt wird,
daß sie auch nicht auseinander können.

Ludwig Marcuse

Baden-Baden, 6. Oktober

Habe ich wieder überstürzt gehandelt – ebenso wie ich zwei Koffer packte, die Kinder nahm und zur Bahn fuhr, ohne zu wissen, welchen Zug ich besteigen wollte? Ich habe bereits einen Anwalt! Aber ich fürchte, nur deshalb, weil er zufällig im gleichen Hotel einquartiert ist.

Zufällig?

Seit Fred mir vor Jahren den Aufsatz von Schopenhauer gab, glaube ich oft, daß der Zufall nur das Werkzeug einer tief verborgenen Notwendigkeit ist, die jeden Lebenslauf steuert. Doch schrieb er auch irgendwo, was wir Schicksal nennen, sind meist nur unsere eigenen dummen Streiche. War es ein dummer Streich? Es ist so viel bequemer, sich zu sagen, daß es einem zustößt, als zuzugeben, daß man es *macht*.

Wir kommen um sieben an, Empfang, Halle, Salon gleichen einem Klub: Juristenkongreß – und heute großes Essen hier im Haus. Ich dusche die Kinder, sie können sich gar nicht beruhigen über die Wanne mit drei verschiedenen Wassersorten, wir lassen uns etwas zu essen bringen, ich lege die beiden schlafen – Geschrei, denn Peterchen will Vatis Stelle im Ehebett einnehmen, Ingrid will auch nicht auf die Couch, es muß gelost und soll nun abgewechselt werden. Als wollte ich wer weiß wie lange hier wohnen!

Aus dem geplanten Bummel zum Kurhaus wird fast ein Dauerlauf, ich kann überhaupt nicht mehr langsam gehen. Die Läden dort sind noch offen, ich kaufe dieses Heft, um überm Schreiben etwas zur Besinnung zu kommen; ich kann ja nicht mehr auf Freds Terminkalender meine Eintragungen machen – zum erstenmal seit mehr als elf Jahren, seit Ingrids Geburt.

Die Allee ist so erleuchtet, daß man noch spät allein dort gehen kann. Soll ich Fred schreiben, soll ich anrufen oder überhaupt nichts von mir hören lassen? Seit gut fünf Stunden wird er wissen, daß wir fort sind. Wird er wenigstens die Kinder vermissen oder nur erleichtert sein? Was wird er den Leuten sagen?

Warum quält mich das noch, da ich doch zur Scheidung entschlossen bin? Das ist es eben: ich bin doch noch gar nicht dazu entschlossen gewesen, ich bin es genaugenommen noch immer nicht – und habe doch schon alles eingeleitet.

Bis halb elf hatte ich mich draußen herumgetrieben. Einmal erschrak ich tief unter einer nachtschwarzen Baumgruppe, es war, als liefe jemand hinter mir her – doch wurden nur abgestorbene Blätter der Kastanien schlurfend über den Kies geweht, auch ich bin ein abgerissenes Blatt... schon mußte ich lachen über das lyrische Klischee und den Teich von Sentimentalität, in dem ich unterzugehen drohte. Noch während ich lachte aber, fühlte ich mich öffentlich gedemütigt, hier so allein als zweifelhafte Erscheinung herumstreunen zu müssen, abgeschätzt von Männern, belächelt von Frauen, die ihren Begleiter im Arm halten – wie *sie* Fred im Arm hält, diese neunzehnjährige Göre. Ich rettete mich vor dem Haß, indem ich gewaltsam an die Kinder zu denken und noch schneller, als ich schon herumlief, ins Hotel zu kommen suchte.

Bevor ich den Lift erreichte, erinnerte der Portier daran, ich hätte uns noch nicht eingetragen, so füllte ich den Zettel aus. Da traten aus der Bar zwei Herren auf mich zu, angenehm vergnügt, eine Dame folgte, offenbar die Gattin des älteren. »Gnädige Frau, hier fachsimpeln zwanzig Anwälte und haben sich so hartnäckig in dumme Fragen verbohrt, daß wir Sie sehr bitten möchten, zur Unterstützung von zwei Damen, die bisher nur anwesend sind, noch ein Viertelstündchen zu uns zu kommen!«

Ich sträubte mich lange, sogar noch, als die Frau mich bat – bis ich das Gefühl hatte, durch mein Sträuben der Aufforderung erst das Gewicht zu geben, das sie nicht haben konnte. Und warum sollte ich oben schlaflos liegen? Ich hatte Angst davor. So ging ich endlich mit, und ehe ich mich versah, hatte ich eine ziemlich ordinäre Freude daran, Mittelpunkt zu sein, eine glückliche Mutter, die leider ohne ihren Gatten, der seine Klinik nur zum Wochenende verlassen kann, die Herbstferien verbringen muß. Daß mein Mann am Wochenende kommen werde, durfte ich unbesorgt verkünden: übermorgen abend endet der Kongreß.

Es wurde spät. Mir tat es gut, daß Männer in Freds Alter und jüngere mich noch durchaus galant behandeln. Und daß ich drei

Cocktails nahm, half mir auch noch, schneller einzuschlafen, als nach diesem traurigen Tag zu erwarten gewesen wäre – aber der Schlaf bewahrte mich nur bis zum Morgengrauen. Dann stürzten die unappetitlichsten Bilder auf mich ein. Schrecklich wach, sah ich Fred mit diesem Mädchen, das seine Tochter sein könnte, und er weihte sie ein in unsere Geheimnisse, er lehrte sie die Spiele unserer Ehe. (»Unserer« – wie anmaßend! Als täten nicht alle das gleiche. Oder heißt es: Dasselbe? Wer das in meinem Alter noch nicht weiß, lernt es nie mehr. Wozu auch!) Ich haßte Fred – und ich wehrte mich gegen verwirrende Vorstellungen, die aus der Vergangenheit empordrängten, Wachträume, in denen ich mich als Sechzehnjährige mit Ernst sah, der mich in Ostpreußen liebte, wenige Tage vor seinem Tod.

Später, in dem viel zu engen Frühstückszimmer, steuerte einer der beiden Herren, die mich gestern noch in den Salon gelotst hatten, auf unseren Tisch zu und bat, der vierte sein zu dürfen. Ein Mann, der sich sofort bei den Kindern mit Späßen in breitem bayerischen Dialekt beliebt machte. Als wir gingen, es nebelte noch, wir drei trugen Kappen und Schals, die Kinder froren oder stellten sich so an – da sagte unser Tischherr aufgeräumt, er habe erst um zehn Vortrag, auf den Höhen scheine schon die Sonne, er könne uns am Merkur absetzen, er wolle ohnehin noch ein wenig durch den Wald fahren. Es war mir recht, wir hatten nichts zu tun, als diesen Tag irgendwo und irgendwie ›umzubringen‹, ich war in Gedanken längst wieder zu Hause – gleichzeitig entschlossen, aktiv zu werden.

So stellte ich dem Münchner, kaum daß wir die Stadt hinter uns hatten und langsam bergauf fuhren, die Frage, ob er unter seinen Badenser Kollegen einen Anwalt empfehlen könne. Er sah mich so an, daß ich die Frage gleich bereute – eben weil er so wenig nach Geschäftsmann aussah: »Es geht wahrscheinlich nicht um Erbschaft? – Nämlich darauf spezialisiert er sich, mein hiesiger Freund, ein betagter Kollege.«

Er wartete, wohl der Kinder wegen, meine Antwort gar nicht ab (ich bin überzeugt, die Spezialgebiete des Kollegen wurden schnell erfunden) – und trug mir seine eigenen Dienste an, er habe sowieso bis Sonntag bleiben wollen, wir könnten uns ja morgen unterhalten: »Wenn Sie sich einig sind, geht es rasch.«

Ich lachte magenbitter: »Wenn wir uns einig wären ...«, auch er mußte lächeln, er hielt, wir stiegen aus, er jagte die Kinder voran, sie sollten sich in der Schonung dort verstecken, er wolle sie suchen. Meine Frage: wieso er gewußt habe, daß es um meine Ehe gehe. Seine Antwort: er habe mich gestern abend »da aus dem Hotel stürzen sehen«, er sei später auch am Kurhaus gewesen, um Tabak zu kaufen und – »nicht daß i do herumspioniert hab, aber als Anwalt kriegt man halt an Blick dafür ...« – wie ich in der Lichtenthaler Allee »rumg'laufen« sei, als erwarte ich jemanden, von dem ich schon wußte, er käme nicht.

»Sie glaubten, ich sei bei einem Rendezvous versetzt worden?« erwiderte ich gereizt. Seine Antwort brachte mich noch mehr auf, aber gegen Fred, der mir zumutete, so sehr gedemütigt zu werden: »Nein, eine Frau, wissen S', die Rendezvous hat, die sieht scho anders aus – Sie haben keine, er hat sie, nicht wahr?« Ich hatte Angst vor dem Mitleid dieses Mannes, er spürte, was in mir vorging, er wandte sich den Rufen aus den Kiefern zu: »Huhu – huhu – wo sind wir?« Er lief voraus wie ein Junge, ich stand allein, dachte nichts, rührte mich nicht, hörte nur die lustige Jagd – und dann kamen die drei auf mich zu, Hand in Hand, als sei das so in Ordnung.

»Morgen nach dem Frühstück!« sagte er ermunternd. »Die Kollegen sind dann fort. Überlegen Sie bitte«, setzte er hinzu, zögernd, mit einem Blick auf die Kinder, »ob – es nicht ein Zurück gibt. Sie sind sehr plötzlich abgereist, wie? Bedenken Sie: wer nicht geschieden wurde, der ahnt nicht, wie weit Menschen gehen können! Denn niemand lernt in der Ehe – jeder erst in der Scheidung den Partner kennen, auch von Soldaten weiß man ja im Frieden noch nichts, erst im Krieg.« Meine Antwort: »Wollen Sie das heroische Märchen aufwärmen, erst der Krieg bringe das Beste im Menschen zum Vorschein?«

Hilmes: »Das Beste nicht – aber das Stärkste. Und das ist natürlich meist das Schlechteste, jedenfalls immer damit verbunden, vor allem dann, wenn es aus einer Schwäche entwickelt wird.«

»Haben Sie«, fragte ich weiter, »immer so mies über Ehe und Soldaten gedacht?« Aber damit berührte ich – warum weiß ich noch nicht, kriege ich aber noch heraus – bei ihm eine »Stelle«.

Er zuckte und witzelte mit unechter Grimasse: »Ehe und Soldaten? – nur die Schweizer können es riskieren, selbst den Verheirateten aus dem Militärdienst das Gewehr mit nach Hause zu geben.«

Die Kinder winkten dem Auto nach. Ich versuchte, verärgert über mich, die Beobachtung zu vergessen, daß er keinen Ring trug – als sei *das* ein Grund, nicht doch in aller Offenheit mit ihm zu sprechen. Ich gestand mir, daß einer auf die Ehe eingeschworenen Frau mit der Treue des Mannes auch der Verstand abhanden kommt. Und nun bin ich so müde, und ist es so spät, daß ich nicht mehr an Fred schreiben kann – gut so. Vielleicht macht er sich Sorgen. Macht er sich keine, so wäre es noch unangebrachter, ihm zu schreiben.

Abends, 22 Uhr

Der Anruf bei Sabine war nicht mehr aufzuschieben. Tatsächlich habe ich ihr hart mitgespielt, aber immerhin kann sie's überleben: ich hatte Fred ins Gesicht gesagt, Sabine habe mir anvertraut, daß er mich mit Renate seit vielen Monaten betrüge – und der Tropf sagte ja, aber es war nur eine Fangbehauptung von mir gewesen, Sabine hatte kein Wort zu mir gesagt, es auch gar nicht gewußt...

Als er sie dann fauchend zur Rede stellte und sie ihm sagte, sie habe nie »darüber« mit mir gesprochen, gestand er seine Blamage nicht ein, sondern spielte den, der mir »sowieso« die Wahrheit habe sagen wollen – was aber ohne meinen Trick bestimmt nicht geschehen wäre.

Sie war nicht beleidigt, als ich sie eben anrief – blieb aber doch ein bißchen gekränkt, und tränkte es mir damit ein, daß sie nicht ohne Genugtuung andeutete, ich überschätze wohl die »Gefahr«, Fred könne uns nachkommen und nach Hause holen: »Wenn er das tut, dann hat er diese Renate für immer verloren – bist du sicher, daß er das will?«

Was soll man darauf sagen? Auf diese Erniedrigung!

Wir mußten beide lachen, als ich ihre Frage, woran ich »es« gemerkt habe, so beantwortete: »Lange habe ich ja nichts gemerkt – vermutlich monatelang. Daß er nur noch alle fünf Tage zu mir kam – nun, er wird ja nicht allein älter, ich werde es auch, dachte ich, wenn ich überhaupt etwas dachte. Dann aber *sah* ich es – ja, es war mit einem Blick die absolute Gewißheit, als Renate nur den Arm hob, um ihr Haar zu ordnen, und ich den kräftigen Busch unter ihrer Achsel sah. Da wußte ich es – denn jedes andere Mädchen ist da heute rasiert. Jedes. Nur Freds Geliebte nicht – denn *das* mag er nicht, er nennt das unhygienisch, ›zwei von drei Wäldchen, die man am liebsten besucht, abzuholzen und mit Spray für jeden Kuß zu verderben‹. Ich selber hatte vor Jahren deshalb einen Kampf mit ihm, als wir zur Nordsee wollten und ich mich unter den Achseln rasierte. Ja – immer ist es fast nichts, was einen verrät; freiwillig wäre er niemals so anständig gewesen, es mir zu gestehen, nie!«

Sabine fing zu philosophieren an – immer der beste Weg, dem Konkreten auszuweichen. Ob es denn wirklich »anständig« sei, einem diese Wahrheit anzutun: »Sie wirft dich doch um, es wäre besser gewesen, du hättest es nicht gemerkt. Straf jetzt nicht die Kinder, indem du dich scheiden läßt, straf *ihn*, indem du dich rächst!«

Als ich entgegnete, es sei keine Strafe für Kinder, von einem solchen Vater geschieden zu werden, wurde sie aggressiv: »Sei nicht verrückt, was hat Fred euren Kindern angetan?«

Ich: »Er hat ihnen gezeigt, daß sie einen Lügner zum Vater haben!«

Sabine: »Dann zeig du ihnen nicht auch noch, daß ihre Mutter eine Furie ist.«

Sabine mahnte, wir müßten aufhören, sonst könnte ich das Hotel nicht bezahlen. Ich solle wieder anrufen, wenn ich über »den Blödsinn«, mich scheiden zu lassen, nachgedacht hätte. Ich rief: »Was denkst du, woran ich *sonst* denke! Warum sollte ich an etwas anderes denken als an Scheidung« – und ich brachte die Weisheit von Hilmes an: »Ich werde ja gar nicht geschieden – nämlich von den Kindern. Das wird nur der Mann, das ist seine Strafe.«

Sabine höhnte: »Strafe? – nun hör aber auf! Zahl's ihm heim.«

Sie lasse für eine Frau nur *einen* Scheidungsgrund gelten: wenn ein anderer Mann sie heiraten wolle – nicht einmal: wenn sie einen anderen Mann nur liebe: »Das sollte man dann lieber so heimlich erledigen, wie Fred es mit Renate vorhatte.« Als ich ihr Zynismus vorwarf, fragte sie – und diese Frage hat mich seitdem in der Gewalt –, ob ich Phantasie genug hätte, mir meine Abende als Geschiedene vorzustellen – dann, wenn nicht nur der Mann, sondern auch die Kinder »ausgeflogen« seien: »Schallplatten und Whisky und eine ebenfalls Geschiedene als Freundin sind doch nicht abendfüllend – und alle eure Freunde oder fast alle werden dich nach zwei, drei Anstandseinladungen vergessen haben, abgeschrieben – sie laden dann Fred mit seiner neuen Frau ein ... Warum willst du der den Gefallen tun, ihn heiraten zu können?«

Donnerstag mittag, im Bett –
Die Kinder schlafen.

Heute früh Gespräch mit Dr. Hilmes. In zehn Minuten war eigentlich alles geklärt – alles, was sich klären läßt, also nichts Wesentliches, nichts von dem, was das Menschliche betrifft; die Einstellung der Kinder gegenüber einem ehebrecherischen Vater; das Leid, das dadurch in den bösen Jahren des Grübelns und der Charakterbildung über sie hereinbricht: mein Alleinsein; die Angst vor einem Neubeginn, die Frage, ob mir der überhaupt noch gelingen wird. Daß ich auch und vor allem die menschlichen Aspekte mit Hilmes besprach, ist mir nicht recht – aber es tat mir so gut, obwohl ich kaum begreife, wie ich so täppisch sein konnte, ausgerechnet einen Mann ohne Begleiterin, der im gleichen Hotel wohnt wie ich, zu meinem Vertrauten zu machen. Habe ich es »gemacht« oder stieß es mir zu? Gleichgültig – jedenfalls hätte ich mit einer Frau kaum so offen sprechen können oder nur ohne Gewinn; schon daß er so bayerisch »daherredet«, wie ich es schriftlich vergebens nachzuahmen versuchte, beruhigt mich etwas. Warum empfiehlt er mir, mit der Scheidung noch zu warten, während er selbst sich sofort scheiden ließ, als er aus Rußland kam? Ist es wirklich, wie er sagt, so viel schlimmer, einen Gefangenen zu betrügen als die Frau, mit der man jede Nacht das Zimmer teilt?

Soll ich Fred schreiben? Worauf warte ich noch? – zwischen diesen Zeilen und den vorangegangenen liegt mehr als eine Stunde, die Kinder planschen schon im Bad. Warum zögere ich, da ich doch Freds Geliebte nicht mehr bin – und nur seine Hausfrau nicht sein will. Nicht nur aus Stolz ertrage ich das nicht – sondern weil ich ihn noch immer liebe und zugrunde gehe, wenn er sich nachts neben mir von R. ausruht. Hilmes sagte leise, und es traf mich so sehr, daß ich beinah losgeheult hätte: »Eine Frau wie Sie zu betrügen, das ist ganz unverständlich – ob es auch *unverzeihlich* ist, müssen Sie entscheiden.« Ich hasse Fred.

Mehr Bücher als Schlaf. In einem Aufsatz von Hausenstein über Dürer wird aus Briefen zitiert, die er während seiner Italienreise dem Freund Pirkheimer nach Nürnberg schrieb; aus Venedig, 1506: »Und als ihr schreibt, ich soll bald kommen oder Ihr wollt mirs Weib klistieren, ist Euch unerlaubt, Ihr bringt sie denn zu Tod.« Nur dann soll der Freund Dürers Strohwitwe beschlafen, wenn sie dadurch draufgeht. Machen Frauen über ihre Männer auch solche »Witze« – ich vermute schon, aber nur mündlich. Auch Briefe Benns kaufte ich; dreimal war er verheiratet, nie geschieden – die erste Frau starb, die zweite brachte sich um bei Ende des Krieges, die dritte – viel jünger, natürlich – ist Zahnärztin. Was mich erstaunt, warum einer dreimal sich *ehelich* festmacht, der seinem Verleger über die Ehe schreibt; und ausdrücklich die »lebhafte Anteilnahme« auch seiner Frau an diesem Brief hervorhebt: »Liebe und Ehe! Daß Sie bei ihrer Erfahrung nicht wissen, was los ist, begreife ich nicht. Die Ehe ist doch eine Institution zur Lähmung des Geschlechtstriebes, also eine christliche Einrichtung, Abraham und Odysseus litten nicht an ihr. Für den Mann gibt es doch nur die Illegalität, die Unzucht, den Orgasmus, alles, was nach Bindung aussieht, ist doch gegen seine Natur. Eine Banalität! Hamsun sagt: es gibt nur eine Liebe –: die gestohlene, – er hat recht. In der Ehe gibt es Wirtschaftsfragen, Essensfragen, Geselliges, ›gemeinschaftliche Interessen‹ – alles Torpedierungen des Sexus. Die menschliche Bindung an die Gattin lähmt das Gemeine, Niedrige, Kriminelle, das jedem echten Koitus für den Mann zugrunde liegt, er wird impotent, aber diese Impotenz in der Ehe ist *eine Ovation für die Ehepartnerin als Mensch* ... Ich rede ganz im Ernst und spreche aus meiner ärztlichen Erfahrung, die ja in Hunderte von Ehen sieht.«

Die Kinder verteidigen ihren Vater, besonders Ingrid. Fred hat sich bei ihnen »populär« gemacht, indem er modegemäß die Mühe ironisiert, die ich mir mit ihnen gebe – angefangen bei den Schularbeiten, dem Hauptquell der Tränen. Während Fred nie auch nur danach gefragt hat, wie Ingrids Versetzungen zustande kommen! Als ich einmal das Wort »Kinderstube« benützte, das tatsächlich nur noch komisch ist, tat er's ab: »Wozu – ich hatte auch nur ein Spielzimmer!«

Ganz witzig, aber unfair, da die Kinder das sofort als Waffe gegen mich aufgreifen, ebenso wie seinen Satz: »Erziehen hat keinen Zweck, sie werden doch wie wir Eltern!« Auf die Dauer aber wirbt er damit nicht, denn Kinder *suchen* den Widerstand. Der Volksmund machte: »Kinder hassen den, der ihnen jeden Willen tut«, sogar zum Sprichwort. Sie wollen vom Vater anders behandelt werden als vom Besuchsonkel, der alles hübsch findet, weil er den Ernst nie erlebt. Sollte ich Fred zum »geschiedenen Vater« machen, endet das Gezerre um die Kinder damit, daß Ingrid aufs Internat muß, was allemal die größte Niederlage eines Elternhauses ist. Denn Ingrid werde ich ihm (und der Stiefmutter) auch nicht lassen, obgleich sie ihn mehr liebt als mich.

Es ist momentan derart schick, den »Vater der Antiautorität« A. S. Neill zu studieren, daß man nicht einmal zum Friseur gehen kann, ohne noch in Illustrierten mit Preisliedern über seine Methoden belästigt zu werden. Wenn er neulich äußerte, stolz zu sein, daß niemals aus seiner Schule ein Politiker hervorging, dann ist er ein Krimineller – denn *wer* hat eigentlich das »Glück von Summerhill« ermöglicht, wenn nicht die *Politiker* Englands, die allein mit den Seeleuten immer wieder die Insel gerettet haben? Bedrückend: man liest den von Millionen heiliggesprochenen Apostel der Antiautorität – und jeder dritte seiner Sätze ist eine Anmaßung, wie sie nur aufbringt, wer von seiner Lehre als der alleinseligmachenden bedrohlich überzeugt ist, zum Beispiel: »Hat jemand das Recht, den Charakter eines Kindes zu formen? Nein, denn kein Mensch ist dafür weise und gut genug. Die Deutschen versuchten, den Geschmack der Kinder zu bilden, indem sie Meisterwerke der Malerei an die Wände hängten ...«

Warum sollten sie nicht? Wieso muß einer erst »weise« geworden sein – kann das überhaupt ein Sterblicher, da niemand weiß, was das ist: »weise« –, um den Charakter eines Kindes beeinflussen zu dürfen, zum Beispiel soziales Gewissen in ihm wecken? Warum nicht Villenkindern wie unseren Politik »einreden« durch den Hinweis, daß nicht allen Kindern dieser Erde jeden Morgen ein geheiztes Badezimmer und Kakao beschieden sind? Warum sie nicht vom Tisch jagen, wenn sie vom Klo kommen, ohne sich die Hände gewaschen zu haben? Warum nicht Fernseh-Entzug, wenn sie eine Haushilfe, die hinter ihnen herräumt und putzt, auch noch anpöbeln, oder ein Tier oder ein Kind, das kleiner ist als sie, schlagen? Und warum Internatskinder nicht zuweilen beschämen durch den Hinweis, daß nur Kindern von Geldbonzen der Besuch von Privatschulen möglich ist?

Aber genau hier liegt die basisbildende Lebenslüge des alten Neill selber: er behauptet gegen jede Erfahrung, daß »ein guter Charakter nur von innen her entstehen könne«, und bespöttelt jene, die »den Charakter von außen her formen«, weil die Wahrheit (die er zweifellos kennt) seinem ganzen Institut den Boden wegrisse: daß erst Auseinandersetzung mit der Umwelt, Kampf gegen Schwierigkeiten, den Charakter schaffen. Nicht aber ein verinseltes Dasein wie in Summerhill, das noch ganze 21 Schüler hat, demnach so umwelt-verschont, so elitär ist wie eine Prinzenerziehung.

Auch der Besuch des Unterrichts ist dort freiwillig – wer nicht will, der bleibt im Bett. (*Ich* wäre mit dreizehn freiwillig vermutlich selten hingegangen, wenn ich vormittags überhaupt aufgestanden wäre.) Wem aber die totale Freiheit 24 Stunden täglich »beschieden« ist, wird unfähig sein, jemals zu rebellieren, nach Freiheit zu verlangen – so wie Multimillionäre ganz aufrichtig und doch idiotisch sagen: »Ich interessiere mich für Geld nicht« – brauchen sie ja auch nicht, da sie es *haben*! Das sind solche Gemeinplätze, daß schlechterdings nicht glaubhaft ist, daß Neill das nicht auch weiß. Dennoch schreibt er: »Wo die Kinder repressiv erzogen werden... entwickelt sich die menschliche Natur, als wäre sie kastriert fürs ganze Leben: ihr fehlt der Mumm, gegen etwas zu rebellieren oder es auch nur in Frage zu stellen.«

Das Gegenteil ist wahr: daß es keinen einzigen Rebellen von Rang je gegeben hat, der *nicht* in starren Konventionen oder unterdrückt aufwuchs. Ausnahmslos *jeder*, der revolutionär wirkte und Freiheit brachte, sei es geistig, sei es als Täter, war ein Ausbrecher, *ertrotzte* sich seinen Weg: von Luther bis Lenin, von den Gracchen bis zu dem Patriziersohn Che Guevara, vom Kadetten Schiller bis zum Rabbiner-Enkel Marx oder dem Pastorensproß Nietzsche.

Ich schrieb den Brief auf der Hotel-Maschine, daher ich eine Kopie ins Tagebuch kleben kann:

Baden-Baden, 7. Oktober, abends

Fred,
ich wollte erst anrufen, aber das gäbe nur einen neuen Wortwechsel, in dem wir uns wieder Dinge sagten, die wir als Eltern unserer Kinder doch lieber nicht sagen sollten – auch wenn wir jetzt geschieden werden. Wie wildfremd muß ich dir bereits sein, daß Du mich so meisterhaft belügen konntest! Andererseits verstehe ich, daß Dich die Leidenschaft getroffen hat wie eine Kugel – doch was ändert das an der Tatsache, *daß* es uns nun erwischt hat. Ich will meinen Mann allein haben. Wenn nicht Dich, dann einen anderen.

Mein Anwalt wohnt hier im Haus. Ich faßte sofort Vertrauen zu ihm, als ich sah, wie die Kinder ihn umschwärmen. Er ist aus München und wird Dir schreiben, sobald er dorthin zurückgekehrt ist. Weil in acht Tagen die Schule beginnt, will ich die Kinder zurückbringen. Deshalb bestehe ich darauf, daß Deine Mätresse dann nicht mehr Deine Sprechstundenhilfe ist. Wen Du im Krankenhaus beschäftigst, das kann ich nicht kontrollieren. In der Praxis jedenfalls, in unserem Haus, da soll sie nicht mehr auftauchen. Oder Du riskierst, daß ich sie von der Polizei als Ehebrecherin hinauswerfen lasse. – Nimm bitte den Wechsel vor, ehe die Ferien zu Ende sind.

Gertrud

PS. Vergiß nicht, daß wir Heizöl brauchen, und laß doch die Rosen und das Schwimmbecken zudecken.

8. Oktober, abends

Dreihundert Meter hotelabwärts rutschte vor zwei Stunden aus der Drahtseil-Schlinge eines turmhohen Krans, die nicht fest genug zugezogen war, die gesamte Last – vier schwere Wände einer zusammengelegten Baubude – und schlug den italienischen Hilfsarbeiter Santo d'Agosta aus Kalabrien zu Boden. Wir sahen dem vielleicht noch Lebenden, der aus Ohren und Mund blutete und innerlich offensichtlich keinen ungebrochenen Knochen mehr hatte, in die aufgerissenen Augen, als er auf die Bahre gelegt und ins Krankenauto gebracht wurde; er kam tot im Spital an. Wenn mich der Unfall nur entsetzte – das Gerede, vielmehr die knappen, eher vertuschenden Bemerkungen zweier »Herren« mit Sparschwein-Gesichtern, die zur Baustelle geeilt waren, rüttelten mich derart auf, daß ich überlege, ob ich mich nicht wenigstens mit einem Schreiben an den Arbeitsminister einmischen soll. Denn die Schlipsträger stellten früher als den Namen des Getöteten die Tatsache fest, daß »der Mann ja seinen Helm nicht aufhatte!«

Es wurde sogar schon ausgesprochen, daß da »die Versicherung verdammt gut bei weggekommen ist«. Ich habe das gehört – nur glaube ich eigentlich noch nicht, daß ich es hörte, so ungeheuerlich ist das! Denn diese Last, sicher eine halbe Tonne, die den Arbeiter niederstreckte, hat ja seinen Kopf gar nicht zertrümmert und würde ihn in jedem Fall auch dann umgebracht haben, wenn er einen Eisenhelm getragen hätte. Die Wände schwebten zwanzig Meter hoch in der Luft, als sie aus der Schlinge rutschten; Santo d'Agosta arbeitete – sie bauen da eine mehrstöckige Tiefgarage – in mindestens acht Meter Tiefe neben der Straße: Physiker können ausrechnen, welche Wucht die Wände hatten, die aus 28 Meter Höhe den Mann erschlugen. Aber die »Herren« stellten fest, der Helm, der so wenig geholfen hätte wie ein Regenschirm unter dem Rheinfall von Schaffhausen, wäre »nun mal Vorschrift, und das wußte doch der Mann«. Gewiß, sie sagen nicht in Gegenwart seiner Arbeitskameraden, was geschehen wird: daß man *heute* diesen Helm nur so gerade erwähnt – daß er aber zweifellos in drei Wochen, wenn die Versicherung »wirksam« werden, *die* Ursache des Todes sein wird, nicht aber die halbe Tonne, die den Mann umbrachte. Schauderhaft, zu denken, mit welcher Hilflosigkeit die Witwe, die drei Kinder hat, in Kalabrien sich die Mogelei wird anhören müssen, mit der man sie um die Rente prellt, mindestens aber die Rente kürzt, die ohnehin niederträchtig gering sein wird.

Ein Briefchen von Hilmes, er habe überraschend nach Stuttgart fahren müssen und bittet, unsere Unterredung auf morgen zu verschieben. Die Aussicht, nun wieder einen Tag vor mir zu haben, mit dem ich nichts anzufangen weiß, stimmte mich traurig. Wie schwer ich ohne Gesprächspartner auskomme; ich sehe mich schon wie Kathrin herumlaufen, die seit ihrer Scheidung vor mehr als zehn Jahren immer hinter *einem* Thema her ist: »Mein Mann.« Greulich und komisch.

Ich fragte einmal »ihren« Mann: »Was hat sie für einen Beruf gehabt?« Er winkte ab, den übe sie doch nicht wieder aus: »Sie hat ja jetzt einen neuen: die Scheidung!« Anfangs vor Gericht und beim Jugendamt, jetzt beim Psychiater: »Was früher der Beichtstuhl war, ist heute die Couch. Es störte mich nicht – bis zu dem Augenblick, als ich erfuhr, daß sie auch meine Kinder zum Psychiater schleppt, weil ihr der ›Nachweis‹ guttut, daß meine Jungen durch mich seelisch ruiniert worden seien. Es gibt keinen Psychiater, der einem nicht so lange zureden kann, bis man sie hat, die Krankheit. Psychiatrie *ist* nämlich der Defekt, den sie zu beheben vorgibt. Womit ich nicht bestreiten will, daß Ärzte und Pfleger der tatsächlich Geisteskranken Heroisches leisten; und daß alle Menschen einen Anspruch auf Seelsorge haben, den sogar die Kasse finanzieren sollten. Ärgerlich ist nur die Anmaßung, als Wissenschaftler zu gelten, mit dem die Seelsorger auftreten – früher die theologischen, heute die unkirchlichen. Gut, wenn sie trösten, wenn sie helfen können wie die Telefonseelsorge – bis sie einen Patienten so weit haben, daß der nicht mehr sich selber behandelt, sondern im nächsten Pflegeheim einen Greis versorgt, der unter sich macht, oder ein gelähmtes Schulkind ... Solche Helfer gehen nie mehr zum Analytiker, denn sie sehen nun, wer *wirklich* leidend ist.«

Der Geschiedene sprach so verletzt, daß ich seinen Bemerkungen wenig Objektivität beimaß. Aber Fred, als ich ihm davon berichtete, wurde noch drastischer. Natürlich nehme ich nicht ernst, was er über seine Kollegen in der Stadt sagt – kein Mann spricht bekanntlich über irgendwen unsachlicher als über Berufskollegen, vor allem dann, wenn die am gleichen Ort praktizieren, seien das Maler, Ärzte, Redakteure. Wie zwischen uns Frauen eine einfache Tatsache unsrer Weiblichkeit Rivalität schafft oder Neid, so bei den Männern der gleiche Beruf – ich habe das immer beobachtet. Fred sagt über seinen Kollegen Fröhlich – und wäre Fred Psychiater wie der, er spräche noch ätzender –, »sein schlechter Charakter kann mich nicht völlig für seine falschen Diagnosen entschädigen«. Fred ist besonders erbost, seit er weiß, daß seine Schwester regelmäßig zum Psychiater geht. Er unterstellt sofort, da habe wohl sein Schwager eine Freundin; ich konnte ihm damals noch nicht vorhalten, warum er von sich auf andere schließe; auch gehe ja ich nicht zum Psychiater – *noch* nicht. Fred bestand jedoch darauf, nie von einer Frau, deren Bettleben in Ordnung sei, gehört zu haben, sie gehe zum Psychiater. Als ich entgegnete, das sei wohl arg primitiv, forderte er mich auf, ihm eine zu nennen. Das konnte ich nicht... Er sagte: »Die Therapie hilft nur, wo der Therapeut nachhilft.« Tatsächlich muß ich zugeben, daß ich keinen Menschen kenne – außer von ihren Müttern »mitgeschleppte« Kinder –, der zum Psychiater geht, ohne geschieden zu sein oder jedenfalls partnerlos. Freds ernster Einwand: solche Patienten, die überhaupt den »bösen Blick« hätten, und damit will er sagen: den nach innen – statt den nach außen gerichteten, könnten es sich gesundheitlich am wenigsten leisten, zum Psychiater zu laufen – da der sie genau in ihrer Krankheit, sich ständig selbst zu beobachten, noch bestärke.

Ich: »Ist denn Selbstbesinnung so schädlich?«

Fred: »Selbstbesinnung klingt sehr hübsch – in Wahrheit ist es Selbstsezierung; und die ist suizidfördernd bei allen, die ohnehin dazu neigen, Psychiater aufzusuchen. ›Erkenne dich selbst‹ – wozu, um Gottes willen! Wer ist so gesund, daß er sich *das* leisten darf?« Und als ich ihm vorhielt, er gehöre auch zu denen, die sich ständig in Tätigkeit flüchteten, um »vor sich selber davonzulaufen«, da sagte er: »Stimmt – nur ist meine Haltung diejenige Goethes, und ich werde nie aufhören, sie unseren Kindern zu empfehlen, vor allem in der Pubertät, wenn die

Welt sie ankotzt. Warum, Gertrud, soll man eigentlich nicht vor sich selber davonlaufen? Ist man sich denn ein so erfreulicher Aufenthaltsort? Meine Arbeit und mein Verhalten zu Mitmenschen sind meine zwei Ausweise – was sonst sollte ich von mir noch vorzeigen oder gar selber angucken? Ich werde mich hüten!« Aus dieser Haltung, die ich ehrlich gesagt gern zu meiner machte, aber ich kann das nicht, resultiert zweifellos auch Freds Entschluß, statt mit mir über unsere Krise aufrichtig zu sprechen, heimlich und sozusagen im Weitergehen Renate umzulegen.

Es ist kurz nach neun, aber ich will schon zu den Kindern gehen, sonst könnte Hilmes denken, ich hätte hier im Salon auf seine Rückkehr gewartet. Er wird so früh nicht heimkommen, wahrscheinlich ist er bei einer Freundin – was geht mich das eigentlich an? Es ist allerdings wenig glaubhaft, daß ein Mann, der so gut aussieht, Urlaubstage ohne Frau verbringt.

Café König, halb zehn

Ich konnte noch nicht ins Bett gehen, die Nächte werden mir ohnehin zu lang. So bin ich denn wie ein Koffer in der Gepäckaufbewahrung hier – ich meine: mit nur einer Beziehung zu den anderen »Koffern«: daß offensichtlich auch nach denen heute abend keiner fragt... wenn sie überhaupt je abgeholt werden. Ich sitze auf der geheizten Terrasse, meist mit Frauen, deren Gesichter mir zeigen, wie ich in fünfzehn, in fünfundzwanzig Jahren aussehen werde – das Leben ist ein Abstieg. Ich trinke Grog und rede mit mir selbst. Gern würde ich vor mir fliehen, aber wohin? Bescheiden geworden, wäre ich mit Kino zufrieden, aber die Kinos haben längst begonnen...

So einsam wie heut abend bin ich nicht mehr gewesen, seit ich vor über zwanzig Jahren den Geliebten wie Dürers Ritter in den Krieg reiten sah, in den Tod. Wieso eigentlich dachte ich nicht sofort an Ernst, als ich entdeckte, daß Fred mich mit einem Backfisch betrügt – so wie Ernst zehn Tage vor Beginn des Rußlandfeldzuges seine Frau mit mir betrogen hat?

Seit drei Tagen versuche ich, den Gedanken zurückzuweisen, daß ich in Freds Liebschaft den unheimlichen Eingriff, das *Urteil* einer höheren Gerechtigkeit erblicken sollte. Die Heimzahlung. Aber ich darf nicht resignieren – wegen einer Geschichte, die zwei Jahrzehnte alt ist. Wenn aber tatsächlich, wie es da in dem Aufsatz über die Absichtlichkeit im Schicksal heißt, das Leben des einzelnen von der Nabelschnur, die ihn nährt, bis zum Strick, an dem er gehenkt wird, präzis vorbestimmt ist – *warum* sollte dann der Vorbestimmer die 56 Millionen Tote des Zweiten Weltkriegs zum Scheitern verurteilt haben – meine Freunde, meinen Bruder, alle, alle!

Ob der Mensch zum Scheitern verurteilt ist? Das Denken ist es bestimmt.

Und die Ehen –

Die lieben Ehen, in denen man sich so sanft geborgen glaubt! Wie kam ausgerechnet *ich* dazu, die Liebe für ein Himmelbett zu halten? Sie ist Heimsuchung. Ich war noch nicht siebzehn, als ich, frierend vor Scham, die Beine krampfhaft geschlossen – zum erstenmal nackt unter den Blicken eines Mannes lag, der aus seiner Ehe ausbrach. Damals spürte ich schon, ohne es zu begreifen: Nur in der Illegalität entfaltet Eros seinen stärksten Reiz – die Faszination des Verbrecherischen –, als Haustier stirbt er. Sonst gäbe es ja Ehe-Romane. Aber es gibt nur Ehebruch-Romane. Hat Benn doch recht?

Fred, nicht wahr, *das* ist es! Wie hätte ich es verhindern können! Ich bin müde vor Traurigkeit.

9. Oktober

Noch keine Antwort – ist Fred froh, mich los zu sein? Wie dumm war mein Brief, weil er so gescheit hatte sein wollen! Daß ihn »Mätresse« verletzt hat, die Drohung mit der Polizei belustigt – ist noch das wenigste. Mein Angelauswerfen, als müßte er eifersüchtig werden, weil ich von Hilmes schrieb! Aber warum ruft er nicht an? Weil ich genau mit jener Pedanterie geurteilt habe, die er als Gefühlsmensch haßt – oder auch liebt, wenn ich ihm nämlich seine Kinder, seine Buchführung, seinen Alltag in Ordnung halte. In dieser Krise hätte ihm aber ein wütender Temperamentsausbruch, hätten ihm selbst Tränen und Geschirrzerschlagen besser gefallen.

Ach, daß ich ihm noch gefallen will!

10. Oktober, abends

Keine Antwort. Morgens wieder im Hotelbad, nachmittags mit Hilmes und den Kindern im Wald und auf Bühler Höhe. Sehr gut abgelenkt worden, ein charmanter Plauderer – aber sonst? Jedenfalls verständnisvoll und doch diskret. Die Frauen sehen ihn länger an als nötig; mich mustern sie kalt. Ingrid findet ihn »so schön – wie *den*, Mutti, in dem Förster-Film, mit dem häßlichen Wilddieb«. Ich weiß nicht, welches Kitschkino sie meint. Ich dachte nur, wie lange wird's dauern, bis Ingrid die Wilderer bevorzugt und ihnen verzeiht, daß sie so häßlich sind wie – Don Juan.

Soll ich meinen Eltern schreiben?

Vorgestern im Café brach ich deshalb auf, weil ich hoffte, bei der Rückkehr im Hotel Hilmes noch zu treffen. Mir das einzugestehn tat weh. Gut, daß ich ihn nicht traf.

Ein Anruf von Fred – ein Blick auf die Uhr: und ich wußte, *warum*! Bildete mir jedenfalls ein, das zu wissen, jagte die Kinder, die schon im Bett waren und mit ihm sprechen wollten, hinaus auf den Flur, schloß ab und schrie in den Hörer: »Viertel nach zehn! – glaubst du, ich wüßte nicht, warum du jetzt anrufst, so spät? Weil sie neben dir liegt, weil du sicher sein willst, daß wir nicht in dem Mitternachtszug heimkommen und dich erwischen mit ihr, du dreckiges Schwein! Wie weit seid ihr denn grade, hast du sie im Sessel oder in *meinem* Bett? Nein, mach nur weiter, vor uns bist du sicher – aber ich rufe jetzt die Mutter an von deiner Nutte – und wenn *die* euch nicht stört, dann weiß ich wenigstens, daß sie als Kupplerin arbeitet.« Weiter kam ich nicht, Fred legte auf, ich bekam einen Heulkrampf – dann schlugen die Kinder an die Tür, ich öffnete, Peter sagte: »Wenn du uns verbietest, mit Papa zu sprechen, dann reißen wir dir aus, dann fahren wir per Anhalter heim.«

Ich riß einen Zettel aus dem Hotel-Briefblock und kritzelte die Vorwahlnummer hin und sagte: »Hier – telefoniert meinetwegen die ganze Nacht mit ihm, wenn *ihn* das nicht stört, mich bestimmt nicht.«

Noch während ich mir das Salzwasser aus dem Gesicht wusch und mich schminkte, riefen die beiden an, zweimal, aber Antwort kam nicht. Er hat also gar nicht von zu Hause angerufen? Wie konnte ich auch den Spleen haben, er treibe sich *abends*, nachts mit Renate in unserem Haus herum, um den Nachbarn Stories zu liefern? Dort im Haus kann er sie ja bei Tage haben, sobald die Patienten abgefertigt sind – oder zwischendurch. Aber ich weiß genau, warum diese Frage: ob zu Hause, ob unten in der Praxis – oder sonstwo (als wäre das nicht schnuppe), mich derart beschäftigt. Weiß es und wage kaum es hinzuschreiben. Eines der Erlebnisse, über die »man« nicht spricht – weil sie die wesentlichen sind...

Wenn ich an uns denke – als gäbe es uns noch, uns beide –, habe ich die fixe Erscheinung von Freds Sessel in seinem schmalen EKG-Zimmer vor Augen; ein hoher Klubsessel, längst aus der Wohnung ausrangiert und als Leseplatz für Fred dorthin geschafft, wo er seine Fachbücher und Zeitschriften stapelt, ein überzähliger Raum unten in der Praxis, der kaum benutzt wurde, bevor er sich den EKG-Apparat kaufte – selten, daß er einmal Patienten dort hineinführte, früher. Ich brachte ihm, wenn er nicht zum Frühstück heraufkam, öfter Brote dorthin und Kaffee – und neulich, nein, ein Vierteljahr ist das auch schon her, fand ich Fred in zwei Nachschlagewerke vertieft, obgleich er dreimal zu seinem ohnehin so verspäteten Mittagessen gerufen worden war; längst waren die zwei Sprechstundenhilfen (eine von ihnen schon Renate) zu Tisch, die Kinder waren sogar wieder aus dem Haus, hatten beide im Weggehen ihm zugerufen, sein aufgewärmtes Essen stehe auf dem Tisch – nun rannte ich wütend selbst hinunter, ich war schon umgezogen, um in die Stadt zu gehen, ich rief betrübt, nachdem ich ihn erst im Sprechzimmer, dann im Röntgenzimmer gesucht hatte: »Jetzt kann ich die Leber wegschmeißen!« – er fing meine Wut ab, entschuldigte sich, warf die Lexika hin, rief: »Dein Kleid!« – aber es war nur ein billiger Versandhausfetzen für 40 Mark (solche Dinger gefallen ihm am besten) – genug, daß es neu war, er nahm mich bei den Händen, schubste mich in den Sessel, ich schimpfte: »Dein Essen ist völlig verdorben!«, er rief fröhlich: »Ich doch auch – wir doch auch!« – kurz: er machte nicht einmal die Tür zu, da hatte ich schon keinen Schlüpfer mehr an, er faßte meine Kniekehlen, hob sie hoch – sehr hoch auf die altmodischen hohen Sessellehnen – und nahm mich ohne Kuß und ohne Präludium, zog selbst auch gar nichts aus – dafür aber mich mit rauher Zärtlichkeit, während er schon so in mich vertieft war, daß wir uns fast nicht bewegen konnten. Brutal wie Fünfzig-Mark-Nutten, die hinter dem Opernhaus stehen und gar nicht bis aufs Zimmer gehen mit ihren Kunden, in Autos benutzt werden – so trieben wir's als alte Eheleute, und ich war erlöst wie ein eingesperrtes Tier, das man wieder laufen läßt. Wir hatten keinen Krach gehabt, hatten auch vier Nächte vorher ziemlich heftig und angetrunken das Bettübliche gemacht – dieser überraschende Tagesangriff aber ist es, der mich jetzt in Wachträumen mit Trauer und Haß erfüllt. Ohne ihn liebte ich Fred nicht mehr so, daß ich ihn erschießen möchte! Oder ihm mit einem Kerzenständer die Schläfe zertrümmern. Der Sessel! – mein fixes Bild der Verzweiflung. Schon die Tatsache, daß er unten in der Praxis steht – in Renates »Wirkungsbereich«; die Frage – Quatsch: die Gewißheit, daß er genau dort... die obszöne Aufdringlichkeit der Bilder, die mir nachstellen wie Steckbrief-Fotos, die quälende Vorstellung, daß er auch ihr – was trägt schon ein Mädchen im Hochsommer unter dem heiß machenden, hochgeschlossenen Praxiskittel – die sehr schönen braunen Kniekehlen auf den hohen Lehnen »auslegte« – es ist um rasend zu werden. Und das Vertraulichste dann, hinterher: Fred sagte oft mit sozusagen streichelnder Ironie, daß nicht nur ich, sondern *alle* Frauen, auch die jungen, noch selbstsicheren, ihre »Scham« nicht vorn haben, sondern hinten: die Angst, der Po sei das eigentlich nicht Vorzeigbare, weil unschöne, zu schwere. Und der Reiz, daß dort allein – wenn man längst schon nicht mehr weiß, was Scham ist – noch und immer wieder eine Hemmung überwunden werden muß, ehe man ihn hinhält, was ja nirgends naheliegender ist als auf einer so hohen, harten Sessellehne. Was auch geschah – nachdem er, ohne zu ejakulieren, mich in einen solchen Orgasmusjubel hochgegeigt hatte, daß sogar er es für nötig hielt, die Tür zu schließen in dem leeren Haus. Wie ich dann gehemmt war, in grellstem Mittagshochsommerlicht, mich von hinten nehmen zu lassen; die neue, *traurige* Zärtlichkeit – oder bilde ich mir das jetzt ein –, mit der er mich umstimmte, indem er mir sagte, wie alterslos ich sei – machte es mir zur Gewißheit, daß seine Leidenschaft zu so ungewohnter Stunde bereits das Ergebnis eines sehr schlechten Gewissens war. Männer sind ja so – wahrscheinlich erleichterte es ihn ein bißchen, sich sagen zu können, daß er *mir* immerhin *auch* noch die Freude »gewährte«, das Schwein, die er genau auf diesem Möbel auch der Sprechstundenhilfe schenkte – bestimmt seit Pfingsten schon, wenn nicht seit Ostern, als ich ihn blöderweise bereits zwei Tage allein ließ.

Jetzt ist es hingeschrieben – aber nun? Haß ist nicht abendfüllend. Und Alleinsein ist aller Laster Anfang. Die Fallsucht der Blätter ist auch in mir – immerhin bin ich ein Blatt, das sich wünscht, jemand höbe es auf. Und dem auf die zynischste Weise – mindestens jetzt – egal ist, wer das täte. Ein Fernfahrer, meinetwegen. Aber der gutgemeinte Rat Sabines, sich zu rächen, ist für eine bürgerlich Eingehegte wie mich verdammt schwierig zu verwirklichen.

Feinkost-Geschäft. Im Fenster ein Aquarium, so klein wie mein Hutkoffer. Peterchen zählt 28 auf ihre Hinrichtung wartende – sie vielleicht vorausahnende – Fische, verschiedene Gattungen und Größen, sogar Salz- und Süßwasserfische durcheinander, was für die Tiere so qualvoll sein wird, wie es für Eskimos wäre, die nach Afrika, und für Afrikaner, die in die Eiswelt deponiert wären. Große und kleine Forellen; ganz in der Tiefe, so dicht bei dicht liegend, nebeneinander, übereinander, daß sie sich nicht bewegen können, kleine Hummer. In der Mitte, einziger seiner Gattung, ein mir nicht bekannter schwarzblauer Fisch, so massig, daß er sich, der Kleinheit des schaudervollen Behälters wegen, nicht rühren kann, vor allem nicht drehen, ohne anzustoßen. Er steht da wie gefesselt. Wer ihn sieht, kann nie wieder Fisch in einem solchen Laden kaufen – und wird es doch tun, so sind wir Menschen. Was geht in diesen Gefangenen vor?

11.x. mittags

Seit ich selber eine Geschichte habe, um nicht zu prahlen: ein Schicksal, jedenfalls Figur bin, sicherlich eine närrische, in einem Ehebruch-Roman, verläßt mich zusehends das Interesse an Geschichten, an Romanen. Zwar lese ich mehr als zu Hause, aber nur Non-Fiction-Bücher. Spricht das dafür, daß Erzählungen vor allem geschrieben werden für Leute, die selber nichts zu erzählen haben? In der Tat war ja die politisch weitgehend windstille Zeit Rußlands und Westeuropas in der zweiten Hälfte des 19. Jahrhunderts die Blüte-Epoche des Romans – jene Jahrzehnte, da sogar Kriege kaum ins normale Leben eingriffen (außer dem entsetzlichen amerikanischen Krieg, weil die da drüben schon damals so wenig wie jetzt in Vietnam einen Unterschied zwischen Bewaffneten und Wehrlosen anerkannten). Da muß ein Zusammenhang sein – viele »lebten« nur lesend, als man noch kaum reiste, nie telefonierte und als neunzig von hundert Menschen in Kleinstädten und Dörfern wohnten, also nicht einmal Konzerte und Theater besuchen konnten oder nur ausnahmsweise. Kultur setzte Konzentration – nicht Ablenkung voraus, daher man damals auch Briefe schreiben konnte. Setzt nicht Kultur auch – ein heute derart ketzerischer, »reaktionärer« Gedanke, daß ich nie riskierte, ihn in Gesellschaft zu äußern –, setzt sie nicht auch die Berufslosigkeit der Frau voraus? Da es schon keine Dienstmädchen mehr gibt, was ein Fortschritt ist, wenn man sie vor Augen hat, die armen Dienstmädchen unserer Eltern, die zwar gut behandelt, aber miserabel bezahlt wurden – *wann* sollte eine Frau noch lesen oder musizieren, wenn sie neben dem Haushalt noch einen *anderen* Beruf hat? Und wer setzt Kultur fort, wenn nicht die Frau ohne Job? – der Mann doch nie, der kann es nicht, eben wegen seines Jobs! Wann lesen Männer Romane?

Noch ergiebiger als Biographien finde ich Autobiographien, obgleich in denen noch schamloser aufgeschönt und verschwiegen wird und man über zwei so wesentliche Daseinszentren wie Liebe und Finanzen nichts als das Konventionelle erfährt. Trotzdem, wenn die Schreiber nicht zu alt waren, dann hört man von ihnen selber doch noch mehr als später von den Biographen, die ja auch lügen, sei es aus Unkenntnis, sei es aus Rücksicht auf Angehörige ihrer »Helden«.

Sollte ich wieder einmal mit Fred sprechen, so werde ich ihm aus den Selbstdarstellungen zweier bedeutender Ärzte, die ich las, die Mahnung weitergeben, unbedingt zu *schweigen*!

Stoeckel, zu Sauerbruchs Zeiten der namhafteste Gynäkologe

Deutschlands, erzählt, daß er mit seiner Frau, Tochter eines Medizin-Professors, das heilige Versprechen auf Gegenseitigkeit austauschte, einander die Wahrheit zu sagen, wenn die letzte Krankheit als solche erkannt sei. Stoeckel hielt Wort, ließ seine Frau, die zeitlebens trotz vieler Kinder an seinem Arztberuf kenntnisreich Anteil genommen hatte, eines Tages wissen – sie hatte ihn an ihre Vereinbarung erinnert –, daß sie unheilbar sei. Ergebnis: er bereute es, der neunzig wurde, bis zum letzten seiner Tage, denn die ahnungslos und hoffnungsvoll gewesene Frau *quälte* sich martervoll zu Tode, weil er ihr eröffnet hatte, sie werde sterben! Und August Bier, Berliner Geheimrat wie Stoeckel, Vorgänger Sauerbruchs, lobte auch die Lüge als die allein humane Aussage gegenüber *jedem* Kranken, der noch so krank sein könne, noch so uralt, immer aber denke: *ein* Jahr könnte ich doch noch leben. (Auch wenn er das Gegenteil versichert.)

Bier belegt die lebensverlängernde Kraft zur Selbsttäuschung durch die groteske Geschichte, wie ein erfahrener Kollege ihm eines Tages eine Röntgenplatte zeigt: Krebs in absolut hoffnungslos fortgeschrittenem Stadium, das sieht jeder Mediziner auf den ersten Blick. Glücklicherweise sagte der Kollege sofort, dies sei sein eigenes Röntgenbild – so kann Bier sein Entsetzen verbergen. Denn nun muß er sich anhören (und beipflichten), wie der altgeschulte Arzt böse belustigt über einen dritten Kollegen spricht, der ihm habe weismachen wollen, diese Röntgenaufnahme zeige Krebs! Dieses tadellose Bild! Und hält es noch einmal gegen das Licht – und wieder bestätigt Bier dem Kollegen, der zahllose tausend Röntgenaufnahmen sah, diese aber nicht mehr lesen kann, nur weil es seine eigene ist, daß er völlig gesund sei und der Krebs-»Seher« ein Spinner. Das hört der Verlorene, schnellt hoch und lebt vergnügt bis unmittelbar zum rasch einbrechenden Tod ...

Warum notiere ich das? Will ich es Fred verzeihen, daß er mir über unsere Ehe die Wahrheit, die sie umbringen wird, ersparen wollte? Schwieg er doch nicht nur aus Feigheit? Und wenn: was hängt davon ab, feig sind wir schließlich alle. Wofür ich ihn hasse, ist nicht, daß er schwieg – sondern daß er Renate noch immer ... ich mag's nicht schreiben, was ich sprechen würde.

11. Oktober, im Bett

Ohne Tagebuch wäre ich krank, so abhängig hat die Ehe mich vom Gesprächspartner gemacht.

Lange habe ich Ingrid angesehen, sie schläft neben mir – drei Jahre noch, dann beginnt mit der Periode und den Beschämungen der Pubertät die Zeit der »Erkenntnis«, die alle in Resignation darüber münden, daß wir Menschen mit dem Glück nur bekannt gemacht werden, um es zeitlebens zu suchen.

Die Liebe, Ingrid, ist nicht liebenswert – und doch, eine Frau setzt sich stets ins Unrecht, wenn sie die Liebe verdächtigt; ich hätte es ja auch nie getan, solange man mich liebte. –
Sie ist so niederträchtig, du ahnungsloses Kind, daß die Alten den Liebestrank erfinden mußten, nur um den jahrelangen Betrug von Tristan und Isolde am guten König Marke zu rechtfertigen. Oder die Tarnkappe, glaubst du, es hätte sie je gegeben? Oh, Brunhild hat den Schänder des königlichen Bettes, über dessen sehr verdienten Tod du traurig warst, schon erkannt – und *wie* sie ihn erkannt haben wird! Wie Hamlets Mutter den Brudermörder...

Dein Vati betrügt mich, seit Monaten schon, mit Renate – und sooft er heimkam, sei es aus ihrem Bett, sei es aus dem Operationssaal, küßte er mich vor euch und allen wie immer. Und nichts, liebes Kind, gar nichts fällt deiner Mutter ein, was dich später, in fünf oder sieben Jahren, vor dieser Teufelei, die auch du mitmachen wirst, bewahren könnte. Du siehst mir so ähnlich, Ingrid – wie sollte ich dich da bewahren!

Wie du da schläfst, ebenso unschuldig lag ich vor 23 Jahren in meinem Bett in Ostpreußen, und etwas, das ich Neugier nannte, erregte mich, weil ich unsere Einquartierung auf der Treppe gehört hatte, einen »schneidigen« Offizier, der mich offenbar ganz als Erwachsene achtete. Jedes seiner Worte verwirrte mich, einmal fuhr er mir über die Arme und durchs Haar, dann küßte er mich. Sonntag, sehr früh, irrte er sich in der Tür – und saß nun an meinem Bett, versprach, mit mir auszureiten, und tupfte mir mit seiner Zungenspitze den Schlaf aus den Augen. Und nur knapp eine Woche nachdem ich diesen Fremden zuerst gesehen, jammerte ich, keine drei Kilometer entfernt von Gemeindehaus und Bibelstunde, wo die Eltern mich vermuteten, unter Tannen auf seinem Mantel wie eine Gezeichnete, die geopfert werden soll – ein Überfall, der, gemessen an meiner damals überirdisch »reinen« Vorstellung von Liebe, einem Lustmord gleicht. Und dennoch, Ingrid, du würdest deine Mutter nur hassen, wollte sie dich je vor solchen Erfahrungen bewahren. So ist die Liebe.

Schon wußte ich, halb noch auf den Knien, dann schon auf dem Rücken, daß seine Hände, die meinen Leib magnetisierten, mir auch das letzte abstreifen würden, Höschen und Hemd, nachdem Ernst mich mit List und Leidenschaft dazu gebracht hatte, »nur« das Kleid auszuziehen, »um dich einmal, nur *einmal* im Unterzeug zu küssen – wir haben doch keine Zeit!« Als er selbst die Kleider abwarf, erschrak ich und gab nach ohne Liebe – nur aus der Backfisch-Angst, dieser Mann halte mich sonst für eine »dumme Gans«.

Nun sah er das körperlich noch sehr unreife Mädchen – weiblich, reizvoll, bestrickend nur erst in seinem Wesen, das ihn gefoppt hatte. Ich konnte ihn nicht einmal küssen, worum er bat – und bevor ich sein Entsetzen und Versagen vor meinem halb kindlichen Körper begriffen hatte, drängte er sich im hohen Waldgras hilfesuchend an meine Haut und deckte mich und meine und auch seine eigene jammervolle Beschämung zu mit seinen Küssen, seinem Körper. Er blieb wie gelähmt in seinem Schuldgefühl, bis er instinktsicher tat, was uns beiden allein noch helfen konnte: Er drückte mir die Knie auf die Schlüsselbeine und nahm mich mit dem Mund, daß nicht länger die Scham mich verschloß, sondern die Lust mich öffnete. Sofort war ich unter seinem wühlenden Kuß wie eine Stichflamme verwandelt, ich loderte auf in Wonne und Widerwillen – dann verströmte meine Kraft, mein Kopf fiel wie abgeschlagen zur Seite, meine Hände, die sich in Ernst verkrallt hatten, lösten sich, und auch meine kurzen, atemlos flachen Schreie, tierische Laute, wie man sie manchmal hört, wenn Jungen im Frühjahr die Raine abbrennen, auch sie verstummten.

Es war gut so. Als ich wieder zu mir kam, nicht mehr gewillt, noch aufzustehen, zog ich in verzweifelter Anhänglichkeit sein Gesicht an meine Augen – ich hatte nur noch diesen Mann, ich wollte ihn lieben, denn ich würde ja nie mehr wie bisher unter

Menschen gehen können. Und Ernst war jetzt so ruhig und sicher, daß er mich mit heilendem Zartgefühl in der Wärme seines Wesens und seiner Arme bergen konnte. Er sprach lange auf mich ein, schmeichelnd und stetig, wie ein großes Tier Wunden leckt, während sein mächtiger Körper, in dem ich noch die pulsierende Erregung abklingen fühlte, mich wie ein breites, langsames Floß trug. Ich gehörte ihm völlig. Und er war so gerührt, daß ich die letzte Scheu überwand und mich stockend zu der Frage durchrang, ob das nicht »schrecklich« sei, wie er mich da geküßt habe...

»Das steht doch schon in der Bibel, mein nasses, neugeborenes Fohlen«, sagte er. Seine große, so beruhigende Hand lag wieder fest in meiner Schonung, wie er das nannte, er zitierte gelassen: »Dein Schoß ist ein runder Becher, dem nimmer Getränk mangelt...« Neben das *›Wunschkind‹* legte ich nun das schönste aller Liebeslieder auf meinen Nachttisch, das *›Hohe Lied Salomos‹*. Und »des Nachts auf meinem Lager suchte ich, den meine Seele liebt«. Meine Hände zitterten, ich lag nackt unter der Decke und flüsterte – wenn ich nicht in seinem Bett war – die zärtlich klagenden Sätze, die ich schnell auswendig wußte, wie seinen Namen vor mich hin. Keine Sekunde fühlte ich mich schuldig. Nur wenn ich vor dem Spiegel stand, was jetzt immer öfter und länger geschah, wurde ich melancholisch, weil ich noch nirgends so schön war wie die Braut vom Libanon und sicher niemals »Brüste wie zwei junge Rehzwillinge« haben würde. Mein Selbstbewußtsein stieg, als Ernst mich dann in der dritten Nacht ganz »erkannte« – wie stark und gültig finde ich heute dieses biblische Wort.

Liebt eine Frau, fühlt sie sich auch schon dazu berechtigt – Männer, ich sah es bei Ernst, haben ihre Skrupel. Wenn ich das weiß, wie kann ich Freds Geliebte dann noch verurteilen? Und wie kommt es, daß niemand von Liebe, selbst von verruchter, von demütigender Liebe sprechen kann, ohne ihr schon zu huldigen? Ich fürchtete für Ingrid, als ich sie so ahnungslos da schlafen sah, ich wollte sie in meiner stummen Zwiesprache *warnen* vor einer ähnlichen Leidenschaft – und sprach ich nicht so, daß ich sie dazu verführt hätte? Bin ich nicht dankbar, daß ich mich diesem Mann geben konnte, bevor er fiel – obwohl ich doch weiß, daß wir an seiner Frau so scheußlich gehandelt haben wie Fred und Renate an mir? (Sie hat es allerdings nicht erfahren.)

Schlaf, Ingrid, so gut schläfst du schon bald nicht mehr oder nur dann wieder, wenn du dich auf der Flucht vor den Heimsuchungen der Liebe, vor Treuelosigkeit, Alleinsein, Eifersucht und Schuld, *in* die Liebe retten kannst. Dann schläfst du gut.

Nachts, halb drei

»Sie hat es allerdings nicht erfahren!« – ich erschrecke, daß ich das hinschreiben konnte – wie eine Rechtfertigung. Und doch: es *ist* eine!

Wieder wach, aus Eifersucht. Ich darf nicht mehr ohne Schlaftabletten ins Bett gehen. Morgen wollen wir reiten, die Kinder sollen es lernen, und ich brauche Bewegung, um wieder schlafen zu können. Was hilft es, die Rivalin zu unterschätzen. Denk ich nur an Ernst, so weiß ich, wie unwiderstehlich Jugend ist, die sich ohne den Wunsch, geheiratet zu werden, an reifes Alter verschwendet. Renate ist sehr bezaubernd, noch Mädchen – und doch, ihr Gang, wie gelöst und wie sicher; wie verschlagen ihr Blick, eine Frau mit Fluidum, weil sie ein Geheimnis hat. Ich habe keines mehr. Fred hat schon früher geklagt, ich sei ohne Kapricen. Das ist ein Fehler, seit es uns gutgeht – als ich noch in der Praxis half, als das Geld knapp war, als wir das Haus bezogen, da hat er es gerade geschätzt, daß ich so besonnen war, wie *er* sein sollte. Gerechtigkeit? – Ach, sie ist wie Gewissen, wie Dankbarkeit einer der Werte, die Eros ignorieren *muß*, um ganz er selbst zu sein.

Und *das* blieb von unserem Vertrauen zueinander: »Renate ist jetzt so schön!« sagte ich naiv. Er, lässig: »So? Ja, dann wird sie wohl bemannt sein.«

Während Ingrid und Peterchen auf die Welt kamen, stand er als Schutzengel hinter meinem Bett, stundenlang – höchstes Vertrauen, »Gewißheit«, die ich geradezu körperlich empfand; sie war mir das eigentlich Befriedigende auch an unseren Umarmungen, ich wollte stets, daß wir uns finden im Bett; er suchte das Vergessen.

Und zuletzt, nein, leider schon seit Peters Geburt, war dieser

Unterschied fühlbar. »Wir sind brave Eheleute«, sagte er dann, grämlich scherzend. Das kränkte mich. Doch ich fand es nur natürlich, daß wir uns, Eltern einer schon Pubertierenden, nicht mehr so hitzig und besessen liebten wie in den ersten Ehejahren – und vorher.

Voriges Jahr im Urlaub war ich noch einmal das junge Ding ohne Verantwortung, ich hatte weder Kinder noch Telefonate um die Ohren, ich war tausend Meilen entfernt von Praxis, Einladungen und Steuerberatern, ich war allein mit Fred, wie auf der »Verlobungsreise«. Heller, heißer Mittag, wir dösten nach Tisch in Liegestühlen, unser Balkon ging auf Gärten, aus denen es morgens nach gemähtem Gras roch, wir sahen auf Baumwipfel und Sommerwolken, die durch unsere Sonnenbrillen das verschleiernde Grün, die Ruhe englischer Landschaftsbilder des 18. Jahrhunderts angenommen hatten. Daß wir den Straßenlärm ums Kurhaus aus weiter Ferne gerade noch hören konnten, daß er aber leiser war, uns weniger nahe als das jahrtausendalte, ewig gleiche Geräusch des Sensendengelns – genossen wir als zusätzliche Pointe, die noch das Gefühl steigerte, es gäbe Zeit, die nicht vergeht, Leben ohne Altern, Altern ohne Tod. Fred hatte zu Hause nicht hinterlassen, wohin wir reisten. So weit von jeder Pflicht, da in der Glut – und es genügten zwei Sätze, eine zärtliche Herausforderung, die Erinnerungen weckte, eine Berührung unserer Hände, der Funke sprang über, schon war ich nackt und auf seinen Armen und dann im kühlen Zimmer – so stürmisch wie früher, nur noch bedenkenloser, befreiend wie lange nicht mehr und jedenfalls nicht mehr wieder, auch ohne jeden Vorbehalt. Und heute *wünschte* ich sogar, diese Stunde hätte sich uns in einem Kind bewahrt.

Ich erwachte langsam, wie in großer Abwehr gegen den Alltag, etwa um 17 Uhr, weil ein Gewitterwind die Gardinen vor der offenen Balkontür hin und her zerrte. Ich lag noch in Freds Bett, mein Mund noch an seinem Hals, so wie ich von ihm herabgesunken war, fast ohne Übergang in diesen herrlichen Schlaf. Mein Körper war zerschlagen von der Liebe und dem unbequemen Lager. Freds Bein lastete schwer auf mir, aber es entflammte mich aufs neue, daß wir so nah beieinandergeblieben waren wie vor unserer Ehe auf seinem harten, schmalen

Junggesellenbett. Ich wußte mit meinem Glück nicht wohin, so daß ich ihn mit diebischer Vorsicht küßte – bis er schließlich doch aufwachte und mich, während draußen das Gewitter niederschoß, unter die Dusche trug (auch zum letztenmal!), wo wir so lasziv belustigt waren wie als Liebende, die noch an keine Hochzeit denken – oder wie jetzt Renate und er.

13. Oktober

Daß ich mich scheiden lasse, steht nun fest.

Gestern keine Eintragungen. Ohne zu schreiben, würde ich weniger Erinnerungen heraufholen – und weniger unglücklich sein. Gestern abend war ich auch zu müde, um zu notieren, denn wir waren zu Fuß im Rebland und haben im *Lamm* zu Neuweier Forellen gegessen. »Wann kommt Vati mit dem Auto?« stöhnte Peterchen, der unverdrossen mitmarschierte.

Unser Gespräch hatte mich wohltuend abgelenkt, Hilmes erzählte von Schiffsreisen nach Norwegen und USA. Die Kinder unterhielt er durch meisterhafte und sehr komische Nachahmungen von Tierstimmen und mit einem Feldstecher. Ein Herbsttag wie für Agfacolor, so klar, daß ich ohne Glas nadelfein die Spitze des Straßburger Münsters erkennen konnte. Für einen Moment vermißte ich, als Ingrid den bunten Bauersfrauen in den Weinbergen zuwinkte, während Peter sich zu unseren Füßen eine gemähte Wiese hinabkullern ließ, den Apparat – da erschrak ich schon: Es fehlte noch, diese Idylle durch Farbfotos im Familienalbum zu verewigen.

Im *Lamm*, als die Kinder den Tisch schon verlassen hatten, um die rare Entdeckung einer noch »richtigen« Schmiede in der Dorfstraße auszukosten – meine Enkel werden schwerlich eine Schmiede mehr sehen können –, führte eine durchaus humorlos gestellte juristische Frage zu Kaskaden von Gelächter. Die anderen Gäste – zum Glück waren die meisten schon gegangen – müssen Hilmes und mich für übergeschnappt gehalten haben.

Der badische Wein (»Wir sind vulkanischer Boden!« protzte die pferdhohe Kellnerin, als Hilmes den Kaiserstühler lobte, und man wußte nicht, meinte sie sich oder den Wein) – der Wein ist tatsächlich so schwer, daß der an Rhein und Mosel, damit verglichen, zu Limonade wird. Aber es war nicht der Wein

– *Ehen!* waren es, die mich Tränen lachen ließen. Keine ist so viel wert, wie ihre Scheidung kostet.

Hilmes hatte zunächst konventionell »ehefreundlich« geredet, seine Berufskrankheit: wie ungerecht es doch sei, bei jeder Beurteilung der Ehe zu vergessen, daß sie identisch ist mit dem Leben – so daß, wer da glaube, er kritisiere seine Ehe oder leide unter ihr, in Wahrheit gar nicht seine Ehe meine, sondern sein Leben!

Aus diesem Irrtum erwachse der unmögliche Anspruch auf eine glückliche Ehe – »das ist so verrückt wie die Erwartung eines glücklichen Lebens, denn sie *ist* ja zu ihrem Unglück das Leben, die Ehe. Es kann also – wie im Leben – auch in der Ehe Glück geben, zuweilen – aber eine glückliche Ehe ist so unmöglich wie ein glückliches Leben. Ehe *ist* Dauer, Glück kann nicht dauern – wird es ein Zustand, hört es auf, Glück zu sein. Aber die Ehe hört auf, wo sie nicht mehr der Zustand ist! Und ganz und gar inhuman ist es, Ehepartner an den Maßstäben zu messen, nach denen man Geliebte taxiert! Der Liebespartner ist bekanntlich die Sonntagsausgabe des Menschen; der Ehepartner ist schuldlos an der Tatsache, daß er auch in Allnacht und Alltag seine Rolle spielen muß – was man vielleicht als Mensch gerade noch schafft, aber doch nicht als lieber Mensch!«

Ich lachte ihn schon aus, als er es noch ernst meinte. Alles, was er da vorbrachte, war gut gelernt, weil oft zu anderen gesagt. Rauflustig entgegnete ich: wäre wahr, was er da sagte, dann würde es ja dem Mann und der Frau *gleich* schwerfallen, in Ehen zu leben – aber es seien doch in den weitaus meisten Fällen die »Herren«, die sie zerstören.

Hilmes: »Auch dort, wo *scheinbar* der Ehebruch des Mannes zur Auflösung der Ehe führt – führt in den meisten Fällen gar nicht der Mann die Scheidung herbei, sondern die Frau erzwingt sie, entweder die beleidigte oder die, die geheiratet werden will; sie muß darauf abzielen, daß er sich einbildet, ›es geht nicht mehr‹. Wahrhaftig aber *will* er, daß es weitergeht mit der Ehe. Nur besiegt diesen Willen natürlich die Frau, weil sie intelligenter ist. Oder weil vielen Frauen, gerade auch den raffiniertesten, die zu faul sind, berufstätig zu sein...«, was ich kommentierte: »Danke, also so faul wie ich!«... »weil denen die

Anbringung des Nasenrings beim Mann die einzige Lebensaufgabe ist, außer dem Gebärgeschäft. Der Mann ist privat deshalb der Schwächere, weil er durch seinen Beruf abgelenkt wird. Logisch, wer etwas zum Beruf macht, siegt über den Amateur – die Frau betreibt die Liebe als Beruf, der Mann als Amateur.«

Ich warf ein: »Sagen wir: als Dilettant.«

Er schlug zurück: »Neulich erfüllte ich in Barcelona die Mannespflicht, einmal im Leben einen Stierkampf anzusehen; als binnen achtzig Minuten vier der sechs den ›Tod am Nachmittag‹ gestorben waren, floh ich – glauben Sie: aus *Ekel* vor uns Männern. Denn dem Stier wird ja nicht die Spur einer Chance gelassen! Und obwohl ich so männerfeindlich wie nie im Leben aus dem Stadion kam – erhielt ich nach hundert Metern folgende Belehrung: Eine Frau im verschwitzten Kleid, Figur wie eine Roulade im Zwirn, machte vor einem Café ihren Gebieter fertig; er mochte Ende Vierzig sein, er war noch immer sehr schön, eine Volksausgabe des jungen Picasso. In zehn Minuten war dieser Parademann ein nicht mehr aufmuckendes, nicht mehr aufschauendes Demutstier, das weg wollte, aber nicht einmal die Flucht mehr wagte – offensichtlich dankbar, daß es wenigstens deshalb keine Schläge bekam, weil das ›Gespräch‹ außerhalb der Wohnung stattfand. Ein Rätsel, wie diese Frau das schaffte, die offensichtlich ihren Herkules nicht einmal mehr erotisch verknechten konnte: faltig wie Wellpappe, Haare zwar nicht auf den Zähnen, aber auf den Lippen, kurz- und krummbeinig, einen Po wie Katalonien, und wenn sie duscht, werden die Füße nicht naß. Nicht einmal die nikotingelbe Haut der Spanierin hatte sie mehr, sie war ausgeweißt wie ein Sahnebaiser – und dennoch, so rasch ein Fleischwolf Gehacktes macht, so rasch machte ihr Maul aus dem Mann Brei ohne Knochen. Ja, da hatte ich nun achtzig Minuten lang Männer Stiere töten sehen – aber in zehn Minuten gelernt: Den Stier tötet der Mann, den Mann die – Kuh.«

Das sei eine Frage der Persönlichkeit, nicht: der Institution, der Ehe, hielt ich dagegen. »Dieser sogenannte Mann da wird von seinem Arbeitskollegen oder seiner Freundin nicht anders zum Hund gemacht wie von seiner Ehefrau.« Und ich wiederholte, Hilmes lenkte nur ab von meiner Behauptung, daß nicht die Frauen, sondern die Männer die meisten Ehen zerstören. Daß Hilmes dies soeben bestritten hatte, hinderte ihn jetzt nicht, *meine* Behauptung zu begründen! Und das nicht zu merken, denn er war nun in Fahrt und rief mehr, als er sagte: »Das ist doch kein Wunder! Denn Frauen finden in der Ehe buchstäblich *immer* – der Mann aber *niemals* die Erfüllung des Ersehnten. (Ich spreche jetzt von der Ehe, nicht: vom Ehe*partner*: Was den betrifft, so fallen Mann und Frau gleich oft herein.) Aber in der Ehe erhält doch ein Mädchen die Puppen, mit denen es spielte, von denen es träumte, auch den Kochherd bekommt es und das Häuschen und das Auto – dagegen wird der Junge durch nichts anderes so radikal abgeschnitten von jeder Hoffnung auf Erfüllung seiner Träume wie gerade durch den Eintritt in die Ehe! Er wollte Großwildjäger werden oder Sportflieger oder Indianer oder Forscher oder Revolutionär – aber nur die wenigen Jungen, die davon träumten, Kapitän zu werden, können die Realisierung ihres Traumes mit der Ehe vereinbaren!«

Ich hatte ihn schon mehrfach ausgelacht, aber das letzte brachte er so engagiert vor, daß ich höhnte: »Wollen Sie mir erzählen, nur die Ehe habe Sie daran gehindert, Südpol-Pionier zu werden!«

Er, ganz ernsthaft, fast gekränkt: »Daran nicht gerade – aber ausgerechnet zum Anwalt hat nun wirklich nur die Ehe mich machen können.«

Jetzt lachte ich ihn wieder aus: »Von Anwesenden sprechen wir nicht, bitte – aber im übrigen: denken Sie, wie viele Flaschen unter den Männern buchstäblich dann, wenn wahr ist, was Sie hier sagen, allein durch die Ehe davor bewahrt werden, zu entdecken, *was* für Flaschen sie sind! Ja, lieber Gott, was sollte denn werden aus Herrn Schulze, wenn nicht eine Ehe ihm den Vorwand gäbe, sich einzureden, er habe nur deshalb das Uran nicht entdeckt, weil er durch vorzeitiges Heiratenmüssen gezwungen gewesen sei, Geld als Apotheker zu verdienen – statt genial und unversorgt zu forschen.«

Aber nun schlug mich Hilmes mit einem Beispiel ohnegleichen: »Da war in *Paris Match* neulich eine Fotoserie über den Herzog von Windsor! Ach, Eduard VIII. sieht nur noch aus wie die abgelebten Möpse der Herzogin, sieht denen physiognomisch ähnlich! Und war doch bis zu dem Tag, an dem diese mehrfach Geschiedene ihn zur Abdankung zwang, als König von Großbritannien und Kaiser von Indien und Herr aller Ozeane und eines Fünftels der Erde ein – Mann! Wie kann eine Frau die totale Abwesenheit von Liebe so gut tarnen? – denn hätte sie, die schließlich auch mit einem Chinesen schon gehaust hatte, ohne daß der ihr die Ehe anbot, dem König nur eine Spur Gefühl entgegengebracht, sie hätte ihn nicht mit der Krone des damals noch stärksten aller Reiche bezahlen lassen, um mit ihr zu schlafen! Nur ein Weib von so alttestamentlicher Niedertracht konnte *das* aus diesem Eduard machen, was jetzt von ihm noch auf dem Sofa dasaß: leberleidend, aber leider lebend...«

Wir tranken entschieden zuviel und immer diesen Badischen – bald war ich so heruntergekommen, daß ich mit Hilmes diskutierte, ob das unannehmbare Wort: »Wer zum zweitenmal heiratet, hat nicht verdient, daß ihm die erste Frau gestorben ist« – annehmbar werde, wenn man statt Frau – Ehepartner sage.

Und was bin ich für eine Heuchlerin, denn wie gern war ich verheiratet!

Mörderisch wurde zwischen uns die Stimmung – und das gibt Hilmes recht –, als er mich offensichtlich einbezog in seine erschreckende Bemerkung, daß er *niemals* eine Frau getroffen habe, die nicht bei der Scheidung die Kinder als Geiseln benutzte, um den Mann zu erpressen, materiell wie seelisch: »Sogar auf Kosten der Kinder – wird jede zu einer Medea!«

Hilmes *hat* recht – und doch sagt er nur die halbe Wahrheit, weil die andere Hälfte, die er verschwieg, den Rachekrieg der Frau überhaupt erst begründet: Daß der Mann, ob er's darauf anlegt oder nicht, die Frau, die wegen der Ehe den Beruf drangab, zu seiner Hilfskraft hatte, die *seinen* Erfolg mitbewirkt hat, die jetzt aber nach der Scheidung deklassiert ist. Und, schlimmer, *umweltlos* – nicht mehr fähig, meistens, beruflich noch einmal ihrer Ausbildung gemäß (sofern sie nicht schon seinetwegen auf ihren Berufsabschluß verzichtet hat!) eine neue Existenz zu gründen. Wie ich das hinschreibe, weiß ich schon, daß ich auch Fred unsre Kinder nicht öfter sehen lassen werde als einen Vater, der sitzt! Und daß ich ihm das Haus wegnehme, nicht deshalb, weil auch meine Eltern Geld dazu gaben, sondern weil er es liebt, das so unpraktische alte, doch behagliche Gemäuer. Hilmes ist mir als Anwalt zu konziliant, ich werde jenen G. nehmen, der es fertigbrachte, sogar einen Anwalt bei dessen Scheidung zu ruinieren.

Übrigens schreibe ich das vermutlich nur deshalb so ehrlich hin, weil ich doch noch hoffe, daß es nicht dazu kommt ...

Um abzulenken, erinnerte ich Hilmes an Montherlants Beobachtung, das Paar, das »ewige Paar«, das dem Drama ausweiche, ende im Stumpfsinn. Hilmes sagte abfällig: »Dieser homosexuelle Ehe-Spezialist!« Ich, äußerst aggressiv: »Was haben Sie gegen Homosexuelle? Nach meiner Erfahrung sind Homosexuelle die einzigen Männer, die nicht persönlich ausbeuten, was eine Frau ihnen anvertraut!«

Das saß! Und war auch zu meinem Schutz gesagt, denn natürlich gleite ich durch Gespräche allmählich aus der Kurve und Hilmes zu, gemäß der uralten Erfahrung, wenn zwei Intimitäten austauschen, tun sie es bald nicht nur mehr mit Worten.

Ob Montherlants Bemerkung stimmt?

Daß zum Beispiel meine Eltern nicht im Stumpfsinn vegetieren, obgleich sie (meines Wissens) ihre Dramen nicht als Paar erlebt haben, sondern durch Wirtschaftskrise, durch den Tod des Sohnes und ihre Vertreibung von Haus und Erde, spräche dafür, daß Hilmes recht hat mit seiner Gleichsetzung von Ehe und Leben.

Da Hilmes mich aufheitern wollte, erzählte er vom Mißgeschick anderer.

Das belegt unseren Sadismus: daß Schadenfreude uns am schnellsten aufheitert! Es gibt keine beklagenswerteren Menschen als Komödienfiguren – Hilmes: »Alle Ehegeschichten sind Kleinbürgergeschichten – selbst wenn sie im Hause Windsor spielen!«

Zur Umsetzung von Eros in Aggression: »Da kamen zwei in meine Praxis, die konnten sich nicht einmal mehr darüber einigen, worüber sie sich zanken wollten. Sie waren noch jung, der Mann sehr erkältet; er bat seine Gebieterin um Rücksicht, er komme vom Arzt, mit Spritzen, sie sähe doch, wie er leide. Schließlich rissen die Nerven, er schrie: ›Ich habe eine Million Einheiten Penicillin im Kopf!‹ Drauf die Frau, als spucke sie: ›Hättest du die mal woanders!‹«

Und solche Leute haben Kinder! Hilmes meinte, erstaunlich, daß die von zwei solchen Ur-Hassern Erzeugten sich nicht wie Rumpelstilzchen bei den Füßen packen und vor Wut in der Mitte selbst durchreißen!

Aber auch Geist schützt nicht vor Ehefolgen, vor der progressiven Abwertung des Partners; einem Ring, den wir lange am Finger haben, glauben wir nicht mehr, daß er aus Gold ist – allenfalls, wenn er uns gestohlen wird. Hilmes sieht den erschreckendsten Befund an Unverständnis füreinander, das alle Eheleute charakterisiere, im Haus Fontane: »Emilie war nicht nur sehr gebildet, sondern auch klug. Aber als Fontane einmal das Zimmer verließ, da sagte sie, die immerhin sein Meisterwerk *›Effi Briest‹* neunmal abgeschrieben hatte, der vielen Korrekturen wegen, ehe es zum Setzer ging, und die jahrzehntelang mit Fontane verheiratet war – sie sagte zum jungen Gerhart Hauptmann: ›Da hält er sich nun immer für einen Dichter… und er ist doch nun einmal kein Dichter, nein, wirklich, er ist doch keiner!‹«

Mir fiel ein: Fred wurde auf eine Kegelbahn gerufen, dort war einer verstummt, ohne vom Stuhl zu fallen – Herzschlag. Noch während Fred Wiederbelebungsversuche machte, kam die herbeitelefonierte Witwe. Fred wollte trösten, der Mann war erst fünfzig gewesen… Er sagte: »Sie werden ihn jetzt nach Hause holen wollen; das ist zwar verboten, aber ich richte es so ein, daß Sie ihn bis morgen abend im Haus behalten dürfen.«

Darauf die Frau: »Ach, wozu – danke, nein! Wozu diese Umstände, zu Hause *nützt* er mir ja nun auch nichts mehr.«

Nur Schreck, kein Schock. Keine Trauer. Kegelbrüder waren betroffener, dennoch hielt einer für nötig, eigens zu sagen: »Für heute schlage ich vor, kegeln wir nicht weiter!« Plötzlich sah die Frau beunruhigt aus; Fred fragte, ob er ihr noch etwas helfen könne, sie sagte: »Ja – sein Portemonnaie, ich finde nicht sein Portemonnaie!« Denn sie kramte der Leiche bereits die Taschen leer. Endlich fand sie's im Mantel. Das erleichterte sie merklich.

Besonders ehrlich – so wollte Hilmes das Kolleg fortsetzen, doch ich floh –, ehrlich sei doch wenigstens jene Frau gewesen, die beim Eintritt in sein Büro ein kleines Päckchen verloren habe. Hilmes hob es auf: »Da ist Ihnen etwas aus der Handtasche gefallen« – und reichte es ihr.

»Ach ja, danke«, sagte die Frau, »das sind nur die Zähne von meinem Mann. Die nehme ich immer mit, wenn ich ausgehe, sonst ißt er das Fleisch im Eisschrank.«

Hilmes: »Und das Schlimmste: dies ist *keine* Scheidungsgeschichte! Dieser Mann lief *nicht* weg. Seine Frau kam zu mir, weil ihr ein Mieter Strom gestohlen hat.«

»Zähne«, fuhr Hilmes im Ernst fort, lachte dann aber doch, »sind oft Kriegsgründe! Ein Architekt, der nicht in Mode war – die haben oft wirtschaftlich zu kämpfen –, kommt von einem Richtfest erst bei Tagesanbruch heim. Natürlich schleicht er, aus Angst vor seiner Frau. Er eckt an, nicht mehr nüchtern. Sie richtet sich im Bett auf: ›Wie siehst du denn aus!‹ Er, mit einem tatsächlich reinen Gewissen: ›Wie soll ich denn aussehen?‹

Sie, drohend: ›Ach so: das hast du noch nicht mal gemerkt!‹ Er wird unsicher – ahnungslos. Sofort schreit sie, ob er wirklich nicht wisse, was er vergessen habe; natürlich bei … und nun folgen die Namen der zwei oder fünf Frauen aus seiner beruflichen oder ihrer beider gesellschaftlichen Umgebung, die ja grundsätzlich jede Frau zuweilen verdächtigt, ihr das Männlein auszuspannen.« Hier unterbrach ich: »Es sei denn, eine Frau ist so blöde wie ich und schöpft Verdacht nicht einmal dann, wenn der Mann schon seit Monaten mit seiner Sekretärin schläft.« Hilmes kommentiert: »Ehebruch wird nur deshalb oft nicht entdeckt, weil die Partner inzwischen so irreal schlecht voneinander denken, daß einer den anderen gar nicht mehr für fähig hält, eine oder einen dritten noch zu beeindrucken.« Also, wollte ich doch wissen, was hatte der Architekt vergessen … bei der Freundin nach dem Richtfest?

Hilmes: »Nichts – bei einer Freundin! Er kam ohne das sehr neue, das sehr teure Gebiß heim, das er sich neulich – Verzeihung, den Kalauer – vom Munde abgespart hatte. Und wehrte sich nun: ob seine Frau glaube, er lege ausgerechnet auch die Zähne noch ab, wenn er denn bei einer Frau ›ablege‹.

›Wo hast du sie denn, diese Dreitausend-Mark-Prothese, alter Idiot!‹

Der Angetrunkene denkt nach: ›Ich saß doch die ganze Zeit mit andern an der Tafel, neben dem Bauherrn, Tischherr seiner sehr schönen Tochter. Ich kann also die Zähne – ja, ich kann sie nur auf dem Klo verloren haben.‹ Jetzt war die Frau vor Wut aus dem Bett, als wolle sie ihn schlagen; vielleicht hat sie ihn geschlagen, das geben solche Leute nicht zu. Sie schrie: ›Wie kann ein Mann beim Pinkeln seine Zähne verlieren?‹ Er, bedrückt, wegen des Geldes: ›Beim Pinkeln nicht – aber beim Kotzen.‹

»Dieser Krach«, schloß Hilmes, »hat sich für mich gelohnt. Ich verschone den Mann, aber die zwei haben Gütertrennung, und sie hat Geld; ich lasse sie für ihn die Scheidung mitbezahlen, die sie will, nicht er. Der Zähne-Disput hat sie nur ausgelöst. Sie läßt sich scheiden, weil er für sie ein Versager sei: Er habe versäumt, noch Beamter zu werden, Stadtbaumeister, solange er unter vierzig war. Er ist so anständig, daß er sich nicht mal wehrt... er ahnt wohl, daß sie mit ihrem Jugendfreund schläft, der Karriere machte und wieder freigeschieden ist.«

Ich entgegnete, mir falle auf, wie in allen seinen Geschichten wir Frauen als die Närrinnen dastehen, ihr Männer aber, fügte ich an, ihr steht nicht selten geradezu mörderisch da, ja, ohne Übertreibung: als Mörder! Und ich erzählte Hilmes, was mir gestern Sabine telefoniert hatte: der junge Reuffel hat sich unter einen Zug geworfen. Er hatte ein Verhältnis mit dem Dienstmädchen seiner Eltern, kleine Leute, so daß man sich wunderte, daß die überhaupt ein Mädchen haben. In den Semesterferien eröffnete er dem Vater, er werde das Mädchen heiraten. Da sagte dieser Elektriker, das erlaube er nicht. Der Student lachte ihm ins Gesicht, doch bekam zu hören: »Sie ist deine Schwester.«

Das hatte auch die Mutter des armen Studenten nicht gewußt.

Wie *mörderisch* dumm doch Tabus sind: Konnte der Elektriker nicht seiner Frau erzählen, er habe ein uneheliches Kind; statt sein eigenes Kind als »Dienstmädchen« zu sich zu nehmen? – ohne auch diesem Mädchen anzuvertrauen, er sei ihr

Vater. Und wenn er's schon verschwieg und kein Mensch im Städtchen davon wußte, wo er wann dieses Kind gezeugt hat – konnte er da nicht das Maul halten und die Kinder heiraten lassen? Hilmes sagte, er wisse, wie idiotisch Leute Geschwisterliebe noch heute tabuisieren: ein Adoptivvater brachte einen hervorragend intelligenten und schönen Sohn zurück ins Waisenhaus, hat ihn also verstoßen – weil er gehört hatte, dieser Junge sei von den Kindern eines Amtsrichters gezeugt worden...

Hilmes entschuldigte sich: Er habe keineswegs Frauen närrischer darstellen wollen in Scheidungskrisen als die Männer. Doch mörderisch sich zu verhalten – sei keine männliche Spezialität, Frauen würden ebenso zu Hyänen: »Ich mußte den Chef eines Krankenhauses und zwei Söhne eines dort Verstorbenen wegschicken, die zu dritt zu mir gekommen waren, um die Witwe des Verstorbenen anzuzeigen: die hatte ihren Mann im Klinikbett buchstäblich *totgeredet*! Zwei Schwestern und ein Arzt bezeugten ebenfalls, wie sie versucht hatten, diese Frau daran zu hindern, ihren mit Infarkt dort liegenden Mann, wie bei ihrem ersten Besuch, durch böses Reden abermals in Lebensgefahr zu bringen. Sie baten das Weib, das ein Maul hatte wie ein Messer: ›Sagen Sie aber nichts, was ihn wieder aufregen könnte!‹ Doch kaum am Krankenbett – entdeckte sie Blumen, die diese beiden Söhne aus erster Ehe dem Vater geschickt hatten; und nun legt sie los: er hätte die Blumen zurücksenden müssen, er müsse sich endlich einmal zu ihr – seiner zweiten Frau – bekennen, anstatt noch dauernd Beziehungen zu Kindern aus erster Ehe zu unterhalten: sieben Minuten nach Beginn des Rede-Terrors ist der Mann daran gestorben.« Hilmes: »Ich mußte aber den Ärzten und Söhnen sagen, sparen Sie Ihr Geld, ich kriege die Frau niemals hinter Gitter, wohin sie gehört!« Er fügte an, wenn zweite Ehefrauen nicht wie die ersten einem Mann Kinder geboren hätten, würden sie *in der Regel* aus Eifersucht – keineswegs aus Geldgier – versuchen, diese Kinder aus erster Ehe wenigstens völlig um das Erbe ihres Vaters zu prellen: »Der Gesetzgeber müßte festlegen, daß Kinder aus früheren Ehen immer schon zu Lebzeiten des Vaters ihr Erbe, wenn nicht erhalten, dann doch zugesprochen kriegen, denn ist der Vater erst in der Urne – ist meist nichts mehr da!« Doch fügte Hilmes an, weil die jüngere Frau fast ausnahmslos den Mann überlebe, sei das so – nicht weil Frauen von Natur raffiniertere Erbschleicher seien als Männer. Überlebt der Mann – ist er ebenso schuftig, obwohl »fast nie ein Mann eine Frau nur auf Abriß heiratet, wie so oft junge Frauen alte Männer!«

Nicht wenige, erzählte Hilmes, nehmen Tiere zu Hilfe, um Ehepartner zu ertragen. Eine voll Emanzipierte hatte einen Mann, der von Natur schon das war, was viele erst durch Dressur werden: einen sogenanten »Hausmann«, also einen, der sie wunderbar ergänzte, solange sie berufstätig war, indem *er* den Haushalt fast allein machte – was jedoch *ihr* nur so lange zusagte, wie sie acht Stunden draußen im Beruf war. Doch als Pensionierte war ihr die pausenlose »Hausmütterlichkeit« des Mannes eine Qual – »er liest nichts, er putzt nur hinter mir her und redet und redet und redet!« Hilmes fragte, *was* er denn rede, die Frau schrie fast: »Ja, das *sagt* er nicht!« Sie sei aber aus finanziellen Gründen bereit, auf die Scheidung zu verzichten, wenn Hilmes ihn überreden könne, »ein paar Tiere anzuschaffen, die ihn von mir ablenken – mindestens einen Hund, den er dreimal täglich ausführen muß, und zwei Wellensittiche, aber keinen Kanarienvogel!« Warum, wollte Hilmes wissen, keinen Kanarienvogel? Die Frau: »Das lohnt nicht, der macht keinen Dreck, und mein Mann wischt doch so gern – Wellensittiche machen aber dauernd Dreck, die werfen den Sand, die Federn, das Futter aus dem Käfig, da hat mein Mann schön zu tun!« Die Frau schärfte ihm noch ein, dem Anwalt ihres Mannes zu schreiben, ihr Mann möge »doch *erlauben*, daß sie« einige Haustiere anschaffe. Denn weil er nichts zu sagen habe – wolle er wenigstens befehlen, also auch gebeten werden, ihr zu gestatten, was sie doch nur tue, um es *ihm* aufzuhängen. Hilmes: »Und wenn er Ihnen dann überläßt, das Viehzeug zu versorgen?« Die Frau versicherte, da bestehe keine Gefahr: »Mein erster Versuch, den Hund oder die Vögel zu füttern, würde bereits einen ganzen Kursus auslösen, bei meinem Mann, was ich alles dabei verkehrt machte – nein, nein, das wird ihn hinlänglich beschäftigen!« Hilmes sagt, tatsächlich habe diese Umfunktionierung des Fürsorgetriebes von der Frauquälerei auf die

Tierquälerei die Ehe, was immer das noch gewesen sein mag, gerettet...

Der Wein und der lange Rückmarsch, zuletzt für die Kinder fast nicht zu schaffen – haben wenigstens meinen unberechenbaren Körper kasteit. Ich schlief heute durch bis acht, war dann mit den beiden im Hotelbad und weiß nun endgültig, daß keine Post mehr von Fred zu erwarten ist. Ich zwang mich, nicht in Gegenwart der Kinder zu fragen, sondern erst jetzt, während Ingrid und Peter auf dem Spielplatz sind. Sehr peinlich, daß Hilmes gehört hat, wie der Portier – ironisch, oder bilde ich mir das ein? – sagte: »Wieder nicht, nein, gnädige Frau, leider.«

In diesem Moment nämlich – halb elf – kam Hilmes die Treppe hinunter, als habe er am Fenster meiner Rückkehr aus dem Bad aufgelauert, was mir für einen Augenblick das Gefühl gab, er spezialisiere sich auf Ehescheidungen, um die verlassenen Frauen zu trösten.

Immerhin fertigte ich ihn kurz ab, obwohl es mich freute wie – nun, wie eine verschmähte Frau, als er feststellte, die gestrige Wanderung und das Baden seien mir offensichtlich ausgezeichnet bekommen. Es gelang mir auch nicht (weil ich es gar nicht wollte), eine Theaterkarte für übermorgen abend, ›*Colombe*‹, auszuschlagen; er scherzte etwas mühsam, er könne »seine Klientin von der Steuer absetzen«. Wieso bleibt er länger in B.-B., als er vorhatte?

Sein Kompliment tat so gut, weil er gestern in dem engen Frühstückszimmer mit den unverschämten, aber gezielten Worten: »Nicht gut geschlafen, gnädige Frau? – Sie sehen blaß aus« an unseren Tisch getreten war. Meine Antwort war ausgeblieben, er redete wieder schnell und witzig auf die Kinder ein, aber meine Hände zitterten, so fühlte ich mich durchschaut – und erneut gedemütigt. Ich haßte Fred noch leidenschaftlicher als in der Nacht – dieser schlimmsten meines Lebens: »Unter der Dusche, wie er jetzt mit Renate« – als ich das hinschrieb, hatte ich in meiner Verlassenheit wie als Teenager geweint – und nicht nur geweint, meiner gescheiterten Liebe ausgeliefert. Das Tagebuch fiel vors Bett, ich verbiß mein Schluchzen im Kissen, um nicht die Kinder zu wecken, ich knipste das Licht aus, meine Hände gehorchten nicht mehr meinem Willen, ich sehnte Fred herbei und haßte ihn, seinen Mund, seine Gier, ich wollte ihm folgen wie in unseren ersten Jahren – als sich die tollwütige Heimsuchung in Erschöpfung löste, kam mit der Scham auch der Triumph, daß ich doch offenbar noch das gleiche empfand und mit der gleichen Intensität wie seine Neunzehnjährige...

Jetzt weiß ich, es war Selbsttäuschung: denn ich *bin* ja nicht mehr ein junges Mädchen, bin auch nicht mehr 25, ich *kann* nicht mehr bei Nacht und Regen ein Steinchen ans Fenster des Geliebten werfen, nur um ihm zu sagen, daß nichts mehr zu fürchten sei, da die Tage doch gekommen sind. Ich *kann* es nicht mehr aufregend finden und schaudervoll schön, im Auto schwachgeküßt und ausgezogen und sieben Meter neben der Bundesstraße, die von Fernlastern bebt, geliebt zu werden – ich bin gern im Warmen und sicher vor Beobachtern und vor Grasflecken. Ach, ich weiß, je weniger uns noch bezaubern kann – je weniger Zauber geht aus von uns.

Nach einem Rendezvous
und so weiter –
und so weiter

Viel zu aufgeregt, um zu schreiben – Freds Brief, endlich, da er schon kaum mehr Bedeutung hat! Warum sollte ich zurückgehen, *jetzt*, da ich – ach, ich weiß noch nicht –

Das widerwärtig »wissende« Lächeln des Nachtportiers, als er mir eben Freds Brief überreichte. Entweder ahnt er, daß ich die verlassene Frau bin; oder er hält mich für die Geliebte von Hilmes. Und das ist beinahe richtig – *beinahe*.

Wie sagte Hilmes, als ich ihn vorhin bat, mich vorgehen zu lassen: »Es ist schon egal, ob ich mit Ihnen gemeinsam oder ob ich eine Viertelstunde *nach* Ihnen ins Hotel komme, man hält uns doch kaum für Anwalt und Mandantin.« Und als er sah, wie erschrocken ich war – er sah nicht, daß seine Worte mich auch zärtlich erregten –, setzte er lächelnd hinzu: »Diese Leute, finden S' nicht, Gertrud, kennen einen oft schon besser als man sich selbst...«

Nein, so *will* ich das nicht! Hätte ich nicht die Kinder bei mir, wer weiß, ob ich noch darauf bestanden hätte, *vor* ihm heimzukommen – und in welches Zimmer. Reist er Montag nicht ab, so müssen wir fahren. Es ist weit mit mir gekommen! Was soll mir da noch dieser Brief. Gott sei Dank, ich muß ihn nicht mit dem Gefühl lesen, Fred ausgeliefert zu sein.

Liebe Gertrud,
Frl. R. arbeitet in der Klinik, Du wirst ihr im Haus nicht mehr begegnen. Als zweite Sprechstundenhilfe habe ich bereits die Tochter von Kollege Heymann engagiert.

Für die Rückkehr habe ich Euch den bequemsten Zug herausgesucht: der Lorelei-Expreß geht um 14 Uhr 50 ab Oos. Da Montag die Schule beginnt, nehme ich an, Du wirst am Samstag reisen. Kommt kein gegenteiliger Bescheid, werdet Ihr um 19 Uhr 34 von Z. in Düsseldorf abgeholt.

Über Deine Scheidungspläne, die ich absurd und hinsichtlich der Kinder vollkommen unverantwortlich finde, mündlich.

Angenehme Reise! Fred

Nachschrift:
Da ich nicht weiß, was Du mit dem Anwalt aus München in Baden-B. (umständlicher ging es wahrhaftig nicht) schon abgemacht hast, will ich gleich noch hinzufügen, daß ich niemals gesagt habe, ich wolle Frl. R. heiraten – und zwar hätte ich es schon mit Rücksicht auf den Altersunterschied nie gewagt. Ich hatte nie die Absicht, dem Mädchen zuzumuten, später sozusagen als meine Diakonisse zu leben. Sie wird im Januar Stewardeß. Jedenfalls, Gertrud, solltest Du Dich nicht dermaßen unter Dein Niveau begeben und eine hilflose Neunzehnjährige als Mätresse bezeichnen. Deine Selbstgerechtigkeit! Weiß Gott, das Mädchen hat sich gewehrt gegen unsere Leidenschaft – wenn Du Deine erste Liebe später hattest und unter »moralischem« Stern, so sei zufrieden (oder auch nicht), aber rechne Dir das nicht als Verdienst an.

Übrigens lenkst Du mit Deiner großzügigen Geste des Verständnisses nur geschickt von Deinen eigenen Fehlern ab. Daß mich die Leidenschaft getroffen habe »wie eine Kugel«, klingt zwar überzeugend, doch solltest Du nicht gleich das Schicksal bemühen, wo es sich auch um die Folgen Deiner ewigen »Vernunft« handelt, die unser Privatleben seit Jahren reguliert wie eine eiserne Lunge. Wir haben ja mehr als einmal darüber gestritten. Ob ich mal mit Freunden betrunken war oder Dir den Nerz kaufte, ob ich Ingrid verwöhnte oder auf die CDU pfiff und damit auf den Medizinalrats-Titel – *alles* war falsch, weil gegen Deinen Terminkalender gerichtet. Bitte, Gertrud, zerlege jetzt nicht auf Deine erprobte Art diese einzelnen Fakten – Einzelheiten habe ich in der Klinik genug. Im einzelnen hast Du immer recht gehabt, das *ist* Dein größter Fehler. Das Recht hast Du – und Deinen Mann hat jetzt das Mädchen, das kommt davon. Bitte glaub deshalb nicht, ich könnte die alles in allem doch schönen Jahre mit Dir jetzt weglegen wie meinen Sommerhut. Aber das hilft nichts, wenigstens vorläufig nicht. Ich habe Renate nicht aus Leichtsinn verführt und weiß auch nicht, wie ich von ihr loskommen kann. Ich habe aber nicht das Gefühl, wenn ich überdenke, wie unsere Ehe sich in den letzten Jahren abgespielt hat, daß Eifersucht der Hauptgrund für Deine Empörung ist – im Gegenteil. Ich war Dir im Schlafzimmer doch eigentlich nur noch lästig. Gib das zu. Und überlege Dir, daß Deine Stellung als meine Frau vor aller Welt unangetastet bleibt – was kann Dich dann eigentlich noch so sehr gegen mich aufbringen?

Jedenfalls, Gertrud, sprich nicht mehr von Scheidung! Laß die Zeit gewähren, wir werden in Ordnung kommen. Zahl den Anwalt aus, und beende die komische Idylle da mit ihm unterm gleichen Dach. Was sollen die Kinder denken! – oder habt Ihr sie selten dabei? Sind wir nicht vielleicht schon quitt?

Kommt zurück, Gertrud, bitte! F.

Ob wir womöglich schon »quitt« seien, diese Frage ist die unverschämteste, obwohl sie berechtigter ist, als Fred ahnt. Wäre er erleichtert, wenn ich mich auf billige Weise rächen würde? Wahrscheinlich – und mir schaudert vor diesem Zynismus. Nun gerade nicht! Ich bin ihm zu bürgerlich, zu pedantisch – wenn ich aber meine Neigung verschenke, dann soll es achtlos geschehen, während es bei ihm und Renate Passion ist!

Eine Genugtuung habe ich nun jedenfalls: Er wird leiden, wenn ich ihn sitzenlasse.

Wieso schrieb ich da: »auf billige Weise«? Wieso ist es »billig«, wenn ich mit Hilmes schlafe?

Gedankensünden sind die schlimmsten, weil sie weitergehen. »In Gedanken hab ich dich schon ermordet«, sagte ich bei einer Versöhnung zu Fred. Er: »Ich dich oft – wie jeder jeden, mit dem er lebt. Kein Mensch gehört ungestraft zur einzigen Gattung großer Tiere, die sich untereinander umbringen.«

14. Oktober, nachmittags

Da mich »der Helm«, den aufzusetzen der arme Mann in der Grube versäumt hat, doch nicht in Ruhe läßt, so empfahl mir Hilmes, mich in einem Brief als Zeugin anzubieten – ich schickte ihn, nachdem ich ihn auf der Schreibmaschine des Hotels getippt hatte, an die Staatsanwaltschaft und die Kopie an die Ortsgruppe der Gewerkschaft Bau, Steine, Erden. Ich mußte lügen und tat's ohne Skrupel: Ich verschwieg, daß wir erst dazukamen, als man die Bretter schon von dem Erschlagenen abräumte, also eine Minute »zu spät«. Sonst würden die mich gar nicht annehmen als Zeugin, sagte Hilmes – sofern sie das überhaupt tun. Daß die Gewerkschaft hilft, darauf kann man sich allerdings deshalb nicht verlassen, weil die Baufirma der Gewerkschaft – gehört! Die Linken sind – links, die Rechten sind rechts korrupt.

Heute früh im Reitstall, der Lehrer machte nach einigem Feilschen Sonderpreise für die Kinder; es ist im Winterhalbjahr ohnehin nicht so teuer. Sobald ich im Sattel saß, war ich wieder fit, ich wurde nicht müde, aber das Reiten erregte mich aufs neue – das Gegenteil hatte ich erreichen wollen. Ich spüre überhaupt wie mir meine »ewige Vernunft« abhanden kommt, sobald ich nicht mehr den Haushalt regeln, sondern mit meinem Alleinsein fertig werden muß.

Ingrid wird auf dem Pferd schnell sicherer werden. Ihre Haltung ist gut, gut auch, wie sie die Furcht verbirgt. Sie ist komisch ernst, doch grazil und elastisch, während Peterchen zwei Jahre älter sein müßte: Er wirkt wie die Äffchen, ängstlich, mißtrauisch und fast plump, die Clowns auf Pferderücken werfen und unter Hallo durch die Manege jagen. Übrigens komme ich zu diesem Vergleich, weil die beiden im Zirkus sind, wir haben eben gemeinsam die Tierschau durchwandert, um sechs erwarte ich sie am Zeltausgang.

Ich muß mich für Stunden wenigstens distanzieren, von Hilmes, von gestern abend und auch von Freds Brief. Eben brachte das Mädchen mein aufgebügeltes Kleid, das ich notfalls zum Tanzen anziehen kann, ich habe mich um neun im Kurhaus verabredet. Wahrhaftig, daß ich *tanzen* würde, hätte ich mir nicht träumen lassen, als ich daheim die Tür zuschlug.

Ich fühle mich auch weniger beleidigt, seit ich meine Liebe zu Ernst neu entdeckte. Wie häßlich, daß ich ihn verleugnet habe. Verzeih mir, Kurt! »Mein Jugendfreund, der gefallen ist« – das klang so viel harmloser als das Geständnis, mit sechzehn einem Vierzigjährigen gehört zu haben. Es quält mich, zu denken, daß Kurt, wie Unzählige seiner Generation, wie auch mein Bruder, begraben wurde, ohne daß er jemals im Schoß einer Frau lag – denn nur die Liebe läßt uns ahnen, manchmal, was die Schöpfung ursprünglich mit uns vorgehabt haben könnte.

Einmal, Kurt, haben unsere Lippen sich berührt, am Abend, bevor du in die Kaserne gegangen bist. Ein Kuß war es noch nicht, nur ein Versprechen, das ich gebrochen habe; denn Ernst war da, bevor du fielst.

Dein Gesicht, deine Stimme – sie sind untergegangen. Wie sehr habe ich dich vergessen, wie sehr auch Ernst, dessen Stimme ich auch nicht mehr höre. Wer lebt, der vergißt. Und wer nicht vergißt, kann nicht leben. Nur weiß ich noch, wie du im Bad auf mich zugeschwommen kamst, Kurt, um dich im Rettungsschwimmen zu üben. Erst der »Kopfgriff«: deine Hände scheu und doch fest an meinem Unterkiefer, ich auf dem Rücken brauche gar nichts zu tun, als mich sanft durchs Wasser ziehen zu lassen – ein bißchen unheimlich und sehr schön. Dann der »Übergriff«: mit deinem linken Arm faßt du über meine Brust und drückst meinen Kopf an deinen Hals, mein Rücken liegt an deinem Leib, mit einem Arm- und Beinstoß bringst du mich ans Ufer – noch schöner. Erste Zärtlichkeiten, kaum schon als solche erkannt. Drei Wochen später, und deiner Freundin, nach der du im Kasernenbett Sehnsucht hast wie nach den Pferden in der Domäne deines Vaters, wie nach unseren Seen – drei Wochen später nur, da zittern ihr die Beine, sooft sie dem einquartierten Major im Elternhaus begegnet, einem Soldaten, der schlecht schläft, seit er weiß, daß Hitler Rußland überfallen wird.

Fast täglich waren wir ausgeritten, Kurt, Sabine und ich. Papi erlaubte mir alles, seit mein Bruder an der Maas gefallen war. Ich trug im Sattel seine Lederhose. Nun war Kurt im Arbeitsdienst, und die Domäne hatte auch ihre letzten Reitpferde noch der Wehrmacht geben müssen – der Führer hatte wieder große Dinge vor! Ich war traurig, unser sonst so umdüsterter Major durchschaute mich. Wir aßen gemeinsam, er fragte freundlich-ironisch, ob ich den Kopf hängen lasse, weil Kurt nicht schreibe. »Was geht Sie das an?« fuhr ich hoch. – »Ich bin eifersüchtig, Gertrud«, sagte er so völlig ungetarnt, daß meine Eltern sich mit ihm freuten über den gelungenen »Scherz«, der mir das Blut in die Stirn trieb, weil ich schon wußte, daß er keiner war.

Oh, Ernst war geschickt! Vater und Mutter fanden es »wirklich aufmerksam«, daß nun unser Gast mir ganz selbstverständlich das Vergnügen des Reitens ermöglichen wolle. Selbst wenn sein Bursche, der im Nebenhaus einquartiert war, nicht mitgeritten wäre, hätten sie niemals die Bedenken gehabt, die Vater einmal über mein Alleinsein mit dem siebzehnjährigen Kurt geäußert hatte: so völlig »unmöglich« war, was geschah.

Mein Herz hüpfte wie bei einem Spatz, den man in der Hand hält, mein Schulheft flog weg –: Pferdegetrappel vor dem Haus! Ich stieg aus dem Rock, kniete vor dem Schrank, um aus dem Schubfach die Lederhose herauszuholen, da hörte ich Ernst schon auf der Treppe, nun klopfte er an, trat sofort ein. Ich war weniger verwirrt, daß er mich im Höschen sah, als weil er merkte, wie eilig ich es hatte – hätte es nicht besser ausgesehen, ihm erst noch ein wenig böse zu sein, weil er mich gestern abend so wüst geküßt hatte? Ich kniete noch immer, ich genierte mich aufzustehen, er sah gequält auf mich herab – er ging zurück auf den Flur, das uralte, weiträumige Haus selbst schien zu schlafen, die ehrwürdige Apotheke zum Bären. Vater hielt Siesta, Mutter und Elsbeth mochten im Garten sein. Ernst kam zurück, er hockte neben mir, er sagte: »Du hast mir... du... schließ dich nachts lieber ein!« Ich weiß nicht mehr, was ich dachte, wollte, nicht wollte – nur das weiß ich heute genau: An diesem Nachmittag endete meine Kindheit. Und sofort meldete sich als kurzer, stechender Schmerz die Einsicht, daß die Liebe nicht zu unserem Glück geschaffen ist. Denn jetzt spürte ich zum erstenmal, daß ich einen Körper hatte, weil Ernst schnell und fest und zärtlich seine Hand zwischen meine Schenkel schob, ich war blind wie unter Wasser, ich stieß ihn weg, ich taumelte, fiel vornüber gegen seine Brust, sein Mund an meinem Hals rührte mich auf – nicht, nicht, nein, stammelte ich, mir wurde übel, ich empfand Ekel, Angst und etwas, das ich nicht kannte, das aber nun in mir war und herrschte ...

Da zog er mich schon auf die Beine, ich wandte zitternd das Gesicht ab, seine starken Hände zitterten wie ich, wortlos half er mir in die Lederhose, schloß mir den Gürtel – und erst als er mir auf dem Hof den Steigbügel hielt, konnte er sagen: »Wo ist eigentlich Ihre Mutter?«

Der Bursche half ihm aufs Pferd, meine Mutter kam aus dem Garten, ich trabte voraus, weil ich mit meinen Augen nicht wohin wußte, dann verhielt Ernst an meiner Seite, der Bursche, Herr Becker, zehn Längen hinter uns.

»Bist du mir böse?«

Ich schüttelte den Kopf, doch als ich merkte, daß er mich lange ansah, setzte ich leichtsinnig hinzu, mehr noch aus Hochmut: »Im Gegenteil!«

Schon waren wir, obwohl ich *wußte*, was geschehen werde, für morgen abend verabredet; alles, was er sagte und wie er es sagte, fachte mich an in der Tiefe. Ich hörte hin mit interessiertem Unbehagen, den Blick verengt wie gegen allzu grelles Licht – und dann flüchtete ich, dann ritt ich ihm davon, grausam amüsiert, daß er mir, sei es auch wegen seiner Verwundung in Frankreich, nur knapp folgen konnte. Ich war ihm nicht ausgeliefert, noch behauptete ich meinen eigenen Willen! Ernst schrie mir nach, er fürchtete, daß ich stürzen werde; ich galoppierte bis fast nach Grelow, dem Nachbardorf, ich ritt drauflos, wie ich nur einmal mit Kurt geritten war. Ich dachte sogar für eine Pferdelänge an ihn, ich sehnte ihn angstvoll herbei, ich hätte ihm alles sagen mögen, er würde mich beschützen – würde er es, würde ich es *wollen*? Nein, ich würde es ihm nicht sagen, würde mich nicht wie ein Schulkind benehmen! War es nichts, so geliebt zu werden? Von einem richtigen Mann, der tausend Soldaten kommandierte. Ach weiter, weiter, da kamen die Kiefern, es ritt sich so leicht auf Waldwegen, das Pferd war ruhig und schnell, ich beugte mich über seinen Hals, mein Gesicht berührte die Mähne, ich liebte es, ich liebte alles, ich legte wieder für eine Sekunde mein Gesicht auf sein Fell, es durchlief mich – und weiter, ich kannte doch hier im Wald, auf dem Feld und nun auf den gemähten Wiesen jede Furche, jeden Strauch, und dort die Dächer, das war die Domäne: Sabine, ich habe einen Geliebten – was sagst du nun! Dort, sieh ihn an, den Bataillonskommandeur mit den vielen Orden – den Mann, dem ich davonreite, weil ich ihn fürchte. Benehme ich mich nicht lächerlich?

Ernst war an meiner Seite. Er schimpfte: »Reit nicht so verrückt!« Er strahlte: »Du bist – oh, warte, morgen abend!« Seine »Drohung« ließ mich schaudern, aber nicht mehr aus Angst. »Denk an mich!« bat er, befahl er. Er mußte jetzt inspizieren, Herr Becker sollte mich heimbegleiten.

Es wurde ein sehr langsamer Ritt, die Sonne lag mir wie ein schwerer Arm auf der Schulter. Schweißverklebt, den Geruch fast ausgereiften Getreides, vom letzten Heu, von Harz in den Nüstern, die Tollheit des Galopps im Leibe und Bilder vor Augen, die sein schamloses Geständnis, ich sei längst in Traum und Wachen seine Geliebte, entfesselt hatte – so fiel ich fast aus dem Sattel, als Herr Becker zu Haus die Zügel nahm, ich bedankte mich unhöflich kurz und hätte geweint, wenn mir jemand über den Weg gelaufen wäre, als ich jetzt in mein Zimmer stürzte wie in seine Arme. Ernst, lieber, schrecklicher Ernst, was hast du aus mir gemacht! Abschließen, Jalousie herunter – ich riß mir die Kleider ab, alles, bevor ich mich auf die kalte Steppdecke warf, ich glühte, ich war verschwitzt, ich taumelte aufs Bett, ich flüsterte zehnmal seinen Namen, ich stammelte in mich hinein, was ich ihm nie sagen könnte, wie sehr sehnte ich ihn herbei! Ernst, tu deine Hand wieder dahin – nein, doch, ja, ah ... Ich war nicht mehr allein, er war bei mir, er war es – solange ich mir das sagen konnte, schämte ich mich nicht. Eine mir unbekannte, erschreckende, aber auch erlösende Quelle öffnete sich, mein Schoß wurde überschwemmt – wovon, woher ... ich hatte Angst, was war das, warum konnte ich nicht aufhören, bis mein Nacken so schwer wurde, meine Lider. –

Überlege ich, daß ich noch eine Woche, bis dann in der Nacht vom 19. auf den 20. Juni »Herr Major« sein Bataillon an sich vorüber nach Osten marschieren ließ, mein Stübchen neben seinen beiden Zimmer hatte; und daß meine Eltern unseren bei Tisch sorgfältig und betont ironisch zur Schau getragenen »Flirt« nicht eine Minute ernst nahmen: so drückt mir unsere Skrupellosigkeit noch jetzt fast das Herz ab – ich sühne ja nun. Gleichzeitig bin ich zornig über ihre Naivität! Sie haben doch auch, oder wenigstens Vater wird die Liebe kennengelernt haben und wissen, daß sie ungleich stärker als früher, *jede* Hemmung überwältigt, wenn ein Mensch, der sich in religiösen Zeiten zu Gott hätte flüchten können, heute nur in der Liebe noch seine Zuflucht erblickt vor der Geschichte, die ihn unterpflügen wird.

Ernst wußte, warum Urlaubssperre über die »Sommerfrische« der Division verhängt war: »Der Narr wird auf Moskau marschieren; wir können froh sein, wenn er so viele von uns wieder heim ins Reich bringt wie einst Napoleon.« Das sagte er, der als Fähnrich 1919 durch die Ukraine geritten und später von der Reichswehr zur Roten Armee als Ausbilder geschickt worden war, in riskanter Offenheit zu Vater. Der wollte nicht glauben, daß Hitler noch zu besiegen sei. Er vermittelte »Herrn Major« an einen Postbeamten, der ihn abends binnen einer Minute mit Augsburg verband – was sonst zwei Stunden dauerte. Und mein Geliebter telefonierte täglich mit seiner Frau und seinen Kindern. Er spürte, er werde sie nie wiedersehen. Mir sagte er: »Glaubt ein Soldat nicht mehr an sein Glück, hat's ihn auch schon verlassen.« Und er hörte mit Vater London.

Also beiderseits Vertrauen in Anstand, Ehre, Aufrichtigkeit – und *doch* von Ernst so aufs äußerste mißbraucht unterm Dach des Gastgebers: aus Liebe. Und er liebte doch auch seine Frau, die Anrufe lähmten sein Herz – war es anfangs nur diese Qual, die mich nichtssagenden Backfisch für den Gepeinigten erst interessant machte? Hat einer Phantasie, ist er immer gefährdeter.

Die ahnungslosen Eltern hatten weniger als der bedrohte Freund; und ich habe weniger als Fred.

Einmal sagte er etwas Furchtbares: »Wenn du nicht wärst – vielleicht hätt ich dann versucht, meine Frau noch heimlich kommen zu lassen.« Diese Entdeckung, daß Fred mich mit Renate hintergeht, wiegt nicht – sie wiegt *bei weitem* nicht so schwer wie der Satz: In Augsburg lebt eine Frau, die von mir um die letzte Begegnung mit ihrem Mann gebracht wurde! – Warum läßt Liebe uns so schuldig werden?

Es blieb mir erspart, solange er bei mir war, und ich hoffe, dem Freund blieb es überhaupt erspart, die endgültige Bedeutung seiner Worte zu ermessen. Im Augenblick seines Todes wurden sie zu einem Vorwurf, der inkommensurabel ist. (Manchmal hoffe ich, er habe seine Frau deshalb nicht kommen lassen, weil er sich nicht die Stärke zutraute, mit *ihr* den Abschied von allem zu erleben. Er wollte am letzten Abend seiner Mutter schreiben, unterließ es dann.)

Ich kann nicht daran zweifeln, Ernst liebte mich in der Gewißheit, daß er *sofort* mit dem Leben zahlen müsse: »Du bist das Abschiedsgeschenk für mich«, sagte er – und glaubte, es nicht »nehmen« zu dürfen. Noch als ich, mein Hemd leichtsinnig in der Hand, zum zweitenmal aus seinem Bett barfuß über den Flur in meines huschte, ich verließ ihn mit dem ersten Vogelpfiff, es dämmerte kaum – noch da war ich Mädchen. »In drei Jahren kommt einer, der dich heiratet, mein Eichhörnchen – ich will dir nicht zumuten, daß du ihm dann ein Geständnis machen mußt«, sagte er mit der gewinnenden List des Komplicen, während ich unter seinen schnellen, zarten Bissen erschauerte. »Du bist noch so – so ergreifend jung« – und er führte, um mich zu schonen, meine sehr scheue Hand, während ich mit jagendem Herzen wegsah – und dann war es kein Spiel mehr, sowenig wie für die Blume, die mit den Wurzeln ausgerissen wird. Ich wehrte mich, er liebte das sehr – nun konnte ich nur noch röcheln unter seinem »schrecklichen« Kuß, bis ich zu Tränen gelöst war. Hatte er mich in den Tannen überlistet, jetzt wollte ich schenken, und ich bestand darauf, er müsse auch das ganze Geschenk nehmen: »Dich verleugnen! Wer immer mich liebt«, beteuerte ich heroisch und meinte es so ehrlich, wie man später nie mehr ist, »der *soll* wissen ...«, ach und doch, bis heute habe ich dich sogar »totgeschwiegen«, Ernst, treulos, wie das Leben uns macht.

Lust, kaum Schmerz, Erschrecken vielleicht nur lagen in meinem Schrei, der sich sofort an seiner Schulter brach, als Ernst dann doch ganz zu mir kam. Was aber dabei in seinem Gesicht war, habe ich nie wieder gesehen – »Aufmachen« ist offenbar doch, ich will nichts idealisieren, der mächtigste Genuß, den die Schöpfung zwar nicht für den jungen, doch für den reifen Mann bereithält (und Töten, vermute ich, sooft ich die Zeitung lese). Daß ich, wie es in »unserem« Lied Salomo heißt, ein verschlossener Weinberg, eine versiegelte Quelle war, gewährte Ernst noch einmal die Liebe auf ihrer elementarsten Stufe; eine Ahnungslose alle Wonnen *zuerst* zu lehren und ihr fürs Leben *seine* Spielarten der Umarmung aufzuzwingen – ein Ur-Verlangen, das *ich* meinem Mann nie erfüllen konnte. Und weil wir nie darüber sprachen, glaubte ich schon, er habe es nie verspürt; als ob nicht, was der Mensch am tiefsten ersehnt, fast immer verschwiegen würde.

Denk ich an die letzten Stunden mit Ernst, so scheint mir alles verzeihlich, was jemals auf der Welt aus Liebe geschah. Ein uferloses Zugeständnis, und ausgerechnet *ich* sage das? Ist das konsequent? Ach, konsequent – ich spreche doch von Liebe!

Sein Fenster stand offen, der dicke Birnbaum schützte uns vor dem Mond, der sehr hell heruntergrinste. Die Eltern wollten aufstehen, wenn Herr Major kurz vor zwei das Haus verließ, ich wollte ihn abmarschieren sehen, das schien ihnen selbstverständlich. Ich dachte nur, hoffentlich geht Vater nicht auch mit. »Ernst, du mußt wiederkommen«, hauchte ich – es war nicht viel, doch für mehr reichte es nicht, denn ich wußte, ob er fallen oder heimkehren werde, zu mir käme er nie zurück. Ich hatte den Bademantel wieder an, ich mußte in meinem Zimmer sein, ehe der Bursche herüberkäme. »Du darfst jetzt nicht mehr weinen – deine Eltern!« sagte Ernst, und ich spürte in seinen Armen, welche Kraft er aufwenden mußte, um nicht auch überwältigt zu werden. Einige Worte noch, die keine Sätze mehr wurden, und Tränen traten in seine Augen. Da schrillte sein Wecker auf, ein altmodischer, höllisch lärmender Dienstbotenwecker. Mit *einem* Griff war er abgestellt, ich aber konnte mich nicht mehr fassen, ich riß mich los, schon war ich an der Tür, um leise zu öffnen, da zog Ernst mich noch einmal an sich, und dann kniete er vor mir, wie damals in den Tannen. Meine Hände suchten den Kopf des Freundes, sein Haar, seine Schultern – er küßte mich hart und verzweifelt, und als er sein Gesicht, das einige Sekunden wie ausruhend zwischen meinen Beinen gelegen hatte, zu mir emporhob und er mich noch einmal mit seinem Blick wie für immer umfaßte, da sagte er: »Könnte ich dich – euch vor Augen haben, zuletzt.«

Die Worte, die zuerst seiner Frau galten, seinen Kindern, sie blieben mir, nicht sein Geist. Nur sehe ich es noch unter dem Stahlhelm, ein Totenkopf, mondgrau, mir sehr entfernt, als seine Soldaten, viele von Quartiersleuten begleitet, in der schimmeligen Dämmerung an ihm vorüber zur Bahn marschierten. Ernst grüßte sie, als stände er schon an ihren Gräbern. Ich weinte gegenüber an einem Gartenzaun. Ob ich noch einmal, wenn das Bataillon vorbei war, zu ihm laufen durfte? Ich hatte vergessen, ihm meine Blumen zu geben, nun wagte ich es nicht. Ich sah dieses erschreckend fremde Gesicht unter dem Helm – und so sah ich es auch, als am übernächsten Tag, Sonntag früh, das Radio mit Fanfaren und Pathos verkündete: »...hat nunmehr der Führer das Schicksal des Abendlandes in die Hand des deutschen Soldaten gelegt...« Da sprach ein Berufslügner. Mich aber ließen seine Worte erstarren wie die Stimme des Weltgerichts.

Ernst fiel am fünften Tag. So teilt er nicht die Schuld der Deutschen, die allein in Rußland siebenhunderttausend Nachkommen des Volkes Salomos ermordeten – auch Mädchen, Bräute, wie sie das Lied besingt, dessen Worte wir nachts in unsere Zärtlichkeiten mischten, das Hohelied. Spät erst fand die Nachricht seines Todes auch zu uns. Ich aber wußte es gleich, weil keine Post kam. Nur eine Woche noch konnte ich, so sehr gelähmt vor Verlassenheit, daß selbst Vater mißtrauisch wurde, davon träumen, ich bekäme ein Kind – dann wurde auch dieser waghalsige Mädchenwunsch vom Leben ausgewischt. –

Montag, lange vor dem Aufstehen

Mein Psychogramm – ein äußeres Bild von ihm entspräche dem einer wegen Kälte vorzeitig geschlossenen Badeanstalt: zugemacht, entleert, abgelassen.

Zu meiner Ablenkung:

Ist die Architektur eines Zeitalters seine Identitätskarte – und mindestens auf den ersten Blick identifiziert doch die Nachwelt eine verschwundene Epoche mit deren Gebäuden –, wie werden dann wir Heutigen von unseren Enkeln eingeschätzt werden? Gar nicht, vermute ich. Keiner wird mehr hinsehen auf das, was wir bauten –.

Hier in Baden-Baden, sooft man aufblickt zu einer Häuserzeile, fällt einen diese Ahnung wie ein persönlicher Vorwurf an. Ach, wenn man uns eines Tages messen wird an denen, die zwischen 1820 und 1880 dieses Stadtjuwel in seine natürliche Fassung – man muß sagen: hineinorganisiert haben, denn organisch, denn wie gewachsen, nicht wie erbaut und aufgesetzt, ruhen die Villen und Gasthöfe und Hotels am Flüßchen, auf Hängen, in Hügeln, an Abhängen, weiß strahlende Würfel in ihren türkisgrünen bis meerblauen Berg- und Baumfassungen, in die jetzt der Herbst sich wie Krebs hineinfrißt, dort eine Ahorngruppe abkahlt, hier einen Streifen Mischwald durch Metallfarben – Messing, Bronze, Kupfer – oktoberlich stigmatisiert. Und doch ist noch Heiterkeit, die ansteckt, über diesem in solcher Geschlossenheit vielleicht einzigen deutschen Stadt-Prospekt, der elegant ist, ein Fluidum, das mitzuschaffen doch *auch* eine Arbeit des schöpferischen Architekten wäre! Aber sie können heute nichts als – vorrechnen, daß der hundert Jahre alte, lustig verbaute, höchst pittoreske Eisenpfeiler- und Backsteinbahnhof, der im Innern noch wahrhaft nach Karawanserei aussieht, durch einen neuen zu »ersetzen« sei, durch einen Serienschuppen, wie schon tausend »Stück« in allen von der britischen Royal Air Force verbrannten Städten zwischen Ruhr und Iller stehen! Und dieser Badener Bahnhof ist nicht nur werbend charakteristisch für die Jahrzehnte, als hier neben Paris *das* Zentrum einer europäischen Gesellschaft war, die zum Geist eine ihn noch fördernde Intimität hatte wie heute außer de Gaulle kein Politiker sie mehr anstrebt. Sondern dieser Bahnhof gehört zu dieser Stadt gerade deshalb, weil sein Wert als Museum zweifellos höher ist als sein praktischer Nutzen. Doch nur *den* respektieren unsere barbarischen Nützlichkeitsfetischisten mit ihrem »soziales Engagement« vortäuschenden Brecheisen-Verhältnis zur Kunst, die sie – übertragen und im Wortsinn – nur als Fern-Seher »kennen«.

Das Wutgezeter neulich, als der alte Ernst Jünger trocken bemerkte, wir Deutsche seien kein Kulturvolk wie die Franzosen! Aber er hat doch recht. Ist doch kein Zufall: während hier die Beseitigung des Bahnhofs debattiert wird, und immerhin war er die Eingangspforte zu einer deutschen Stadt der Belle Époque und des Fin de siècle – zur gleichen Zeit stellt Paris seine Gare d'Orsay, die noch vierzig Jahre später erbaut wurde als der Badener Bahnhof und seit Jahrzehnten gar nicht mehr befahren wird, unter Denkmalschutz. Fünfzig Jahre lang war »man«, das heißt: die Snobs, für die stets nur das Neueste zählt – sich einig, daß dieser anläßlich der Weltausstellung 1900 erbaute Bahnhof als Monstrum der Architecture Officielle der Dritten Republik der Schandfleck von Paris sei; jetzt ist er als schön erkannt, und selbst der Hinweis – der ihn unfehlbar in Deutschland zum Tode durch Abriß verurteilen würde –, daß er eines der kostbarsten Grundstücke von ganz Paris besetzt, nämlich 18 000 Quadratmeter City, kann das imposante Eisengewölbe, 28 Meter hoch, dieser wieder tolerierten Architektur nicht mehr zum Einsturz bringen. Deutsche »Stadtväter« hätten ein so hoch zu verhökerndes Grundstück längst der IBM oder der Deutschen Bank oder der Gewerkschaft »Schweinemast & Soziologie« für ein Verwaltungshochhaus ausgeliefert, dessen architektonischer »Pfiff« darin bestände, daß die dort Eingekäfigten sogar um das Recht gebracht würden, ein Fenster öffnen zu dürfen: die Klima-Anlage bringt bekanntlich »gesündere« Luft...

Eine Stadt wie Baden-Baden ist nicht zuletzt dazu gut, das verschüttete Formgefühl in einem aufzuwecken und einem beizubringen, die eigene Lebensspanne als rasch vergänglich kritischer zu sehen. Woher nimmt übrigens eine Generation das Recht, was vorangegangene an Architektur geschaffen haben, zu vernichten – obgleich doch jede Generation nur den Nießbrauch an einem Gemeinwesen hat, das unzählige aufgebaut haben? Daß Architekten sich mit dem blamieren, was sie bauen – ist nur ihre Sache. Doch kriminell ist, daß sie – aus sehr verständlichem Haß, weil sie's nicht können – das abreißen, was Vorgänger bauten.

Und dann erzählt Hilmes am Bahnhof, daß die Juristen mit höchstens 4000 DM »bestrafen« dürfen, wenn einer bei uns ein Haus abreißt, das bereits unter Denkmalschutz gestellt war. Wieder ein Beweis, daß unsere Behörden die Erhaltung von Kulturdenkmälern im Ernst gar nicht *wollen*: denn 4000 Mark »Sühne« sind natürlich für jeden Bau-Unternehmer nicht einmal ein Witz, geschweige eine Strafe.

An der Oos

Schon zu kühl, am Flüßchen zu sitzen. Doch will ich noch notieren, daß *Schweigen* – negativ ausgedrückt: daß Lügen – auch nach Benn das Ratsame ist, nicht nur angesichts der Unheilbarkeit von Patienten, sondern auch angesichts der Ehen, die offenbar unheilbar *werden*, wenn Partner einander die Wahrheit antun. Wenn Benn recht hat – wäre Freds Heimlichtuerei weitgehend entschuldigt, wenn auch natürlich nicht, daß er mich wegen Renate sitzenläßt; Benn schreibt einer Frau über eine Ehegeschichte: »Nicht allerdings kann ich Ihnen verzeihen, daß M. noch am gleichen Abend der in Umständen befindlichen A. die Sache erzählt. Rücksicht erscheint mir wesentlich gentlemanliker als Wahrheit; dieser Beichtzwang des Mannes ist auf jeden Fall inferior, Zeichen schwacher Männer. Daher meine alte Maxime: ›Gute Regie ist besser als Treue!‹«

Nacht-nicht: Tagbuch

Wer sitzengelassen wurde wie ich und nichts mehr erlebt – fängt notgedrungen an, sich für die Erlebnisse anderer zu interessieren. (Wenn das wahr ist, wie vereinsamt müssen Autoren dann sein! Schreiben eine – Ersatzhandlung?)

So hab ich den seltsamsten, einen nie erwarteten »Erfolg« meines Lebens zu verbuchen: eine Frau hat sich in mich verliebt – wenn ich mir das nicht nur einbilde. Vermutlich bin ich für sie nichts als der Türöffner, meine Tochter um sich haben zu können, die sicherlich für Lesbierinnen ein Augenfest ist. Immerhin hat mir diese entschlossene Eroberin eine Art »Antrag« gemacht: Sie will mich massieren, damit ich wieder schlafen kann. Ich habe sie bisher im Tagebuch gar nicht erwähnt, obgleich sie – sicherlich Ingrids wegen – tagtäglich um uns ist: die weibliche Respektsperson des Hotels. Die Oktobernächte sind so kalt, daß sich meine Gewohnheit, wenn ich nicht schlafen kann, auf dem Balkon zu sitzen, nur im Hemd, um auszukühlen, weil man dann schnell wieder einschläft, nicht beibehalten läßt. Lesen, Licht stören zuweilen Ingrid. Was tun? Ich zog mich flüchtig an, um ins Schreibzimmer neben dem Speisesaal zu gehen, dort liegen auch Zeitungen. Kaum hatte ich unten Licht gemacht, denn niemand saß mehr da, kurz nach Mitternacht, trat die Herrin des Hauses ein, die keineswegs die Besitzerin ist, sondern eine Beschließerin, wie man wohl sagt, die Wäschekammern, Küche, aber auch Speisesaal – und vor allem das meist ausländische Personal regiert. Sie trat, der tomatenrote Bademantel mag diesen Eindruck verstärkt haben, wie ein weiblicher Matador auf mich zu: »Schreiben Sie wieder Tagebuch?«

»Nachtbuch! – nein, ich hab es nur aus Gewohnheit dabei, ich halte mich sozusagen an ihm fest.« Da ich mich ärgerte, ihr diese vertrauliche Mitteilung gemacht zu haben, fragte ich rasch: »Wollen Sie denn jetzt noch schwimmen?« Jetzt habe man das Bassin für sich allein, ich solle doch mitkommen. Ich fragte: »Haben Sie keine Angst, nach Mitternacht allein da im Keller-Labyrinth?« Sonst gehe sie mit ihrer Freundin, die für einige Tage zu ihrer Mutter gefahren sei. Auch schließe sie das Bad hinter sich zu: »Dann braucht man keinen Bikini.« Sie lachte – als lache sie jemanden aus; vielleicht lachte sie in Gedanken an den Hotelbesitzer, einen geschrumpften Zwerg, der hundertjährig wirkt und sicher dahingerafft würde bei der Vorstellung, seine Personalchefin schwimme nackt in *seinem* Haus! Da wir an der Nordsee auch »ohne« schwimmen, holte ich mein Badezeug nicht. Im Lift drückte ich mein Erstaunen aus, daß sie nach so einem harten Arbeitstag nicht zu müde sei. Sie sagte leichthin: »Und wenn dieser alte Kasten brennt, ich halte zwei Stunden Siesta – daher bin ich abends nie müde.«

Das konnte ich sehen. Ehe ich nur einen Fuß in dem angeheizten, fichtengrün gefärbten Wasser hatte, war sie – ein riesiger dunkler Schwan, wie flügelschwebend – schon zweimal durchs Bassin. Eine Heroine, massig, ohne fett zu sein; ein Bekken für Zwillinge, so groß und breit, daß ihre Brüste, obgleich erheblich schwerer als meine, ein bißchen zu klein wirken unter ihren Diskuswerfer-Schultern. Wo hab ich die schon gesehen, dachte ich – und wußte es sofort: in Florenz. Auf dem Grab des Lorenzo Medici liegt sie, in rauchbraunem Marmor, Michelangelos Aurora, mit den ungeheuren Kniescheiben und Mannarmen. Noch wenn sie lacht, geht Stärke von ihr aus, ja eine Androhung. Zähne weiß wie bei Welpen. Bezwingen oder fliehen muß sie, wer sich als Mann in sie vergafft – sofern Männer sich in sie vergaffen. Denn sie hat keinen, auch keine Kinder, ist bestimmt aber schon Mitte Dreißig. Daß sie Hannelore Müller heißt, statt Juno, ist ein Witz. Ich las, es gebe unter wenig verstädterten Menschen »aufgesparte« Naturen, Persönlichkeiten, die gleichsam Jahrhunderte der Entwicklung übersprungen oder im Erbgang ihrer Familien nicht mitgemacht haben und die nun in unserer reduzierten Zivilisation archaisch wirken. Manchen sieht man das nur am Kopf an, so dem Maler Kokoschka, dem Schauspieler Lindinger. Bei dieser Hannelore paßt das ganze Skelett in kein Konfektionskleid. Als sie auf dem Rücken schwamm und die mächtigen Schenkel öffnete und schloß wie unter einem Mann, mußte ich »irgendwie« weggukken; auch, als sie sich mit einem Ruck an der Leiter mehr hochstemmte als herauszuklettern: wie das Wasser von ihr abfloß, bannte ihre Hypertrichosis meinen Blick: während bei uns Durchschnittlichen das Venusfell nach oben gerade abschließt, lodert, muß man sagen, das Haar bei ihr nabelwärts weiter wie bei Männern – weit mehr Haar, als der Schlüpfer, den sie später anzog, bedeckt. Noch im Wasser rief sie mir zu: »Da hängt eine Kappe, wenn Sie auf die Rutschbahn wollen – das macht Fez!« Und schon rutschte sie selbst, aber ohne Kappe, sie brauchte auch keine zu ihrem harten, kräuselkurzen Haar, das rasch trocknet. Ich hatte genug, nachdem ich zweimal das Bassin durchquert hatte, und als ich herauskletterte, stand sie da mit dem Badetuch und trocknete mich ab, fest und zärtlich: »Ich bin Physiotherapeutin«, sagte sie; doch sie habe den Beruf nie ausgeübt. »Erstens verdient man nichts, zweitens ist es zu öde, drittens tut man's mit wenigen Körpern gern – aber wenn Sie schlecht schlafen: nach einer Massage von mir schlafen Sie wie nach einer langen Radtour.«

Wir rauchten an der Heizung, auf den Holzbänken, und ich dankte ihr, daß sie den Kindern ihre Höhensonne gebe; wußte aber bald: sie tat's, um Ingrid nackt zu sehen, und dachte, nie laß ich die hin, ohne Peter mitzuschicken ... Sie wiederholte: »Kommen Sie doch mit oder kommen Sie abends – ich bin auch nicht an der See so braun geworden, ich nehme meinen Urlaub zum Skilaufen. Vor zehn kann ich abends nie in meine Wohnung gehen, ich zeige sie Ihnen!«

So ergab sich, während wir ins Dachgeschoß lifteten, wo sie ihr Terrassenzimmer hat, von selber die Frage, warum sie nicht auch Kinder habe – ein Umweg, meine Neugier zu befriedigen, warum sie nicht verheiratet sei. Wieder erbitterte mich, zum erstenmal im Leben an Intimitäten anderer Leute interessiert zu sein – und keineswegs als Journalschreiberin, sondern als Frau, die keine Intimitäten mehr hat.

Mit der Genugtuung, die ich auch an Homosexuellen beobachtete, wenn man sie als solche erkannt hat – weil sie zu stolz sind, dauernd verstecken zu sollen, was ihnen so natürlich ist wie jedem von uns seine Liebesgewohnheiten, befriedigt, daß unser Gespräch dahin geführt hat, sagte sie: »Der Richtige wollte mich nicht, als er mich ausprobiert hatte – und die vielen, die ich ausprobiert habe, waren nicht die Richtigen. Jetzt schlafe ich lieber mit einer Frau.«

Das hätte selbst ich gemerkt, die ich eine höchst begriffsstutzige bürgerliche Gans bin, sobald wir in ihrer Wohnung waren, denn wo sonst findet man bei einer Frau das Poster einer nackten Schwedin und Kolbes *›Tänzerin‹* als Foto; auch auf dem Nachttisch das Foto einer jungen Frau in tief ausgeschnittenem Abendkleid. Das Gespräch stockte nicht, ich war auf der Hut, auch nur Erstaunen zu zeigen, denn je selbstverständlicher man aufnimmt, was einem erzählt wird, je gesprächiger werden die Erzähler. Ich fragte, als sei ich nicht sonderlich interessiert, was an dem so richtig gewesen sei, der sie nicht gewollt habe – und an den anderen so falsch.

»Ach, die Männer sind nicht schuld«, sagte sie, und sie wirkte plötzlich bedrückt, »die sind schon gut so – an *mir* liegt es, aber ich weiß nicht einmal, ob es meine Herrschsucht ist ... ich weiß nur, ich wollte eigentlich immer ein Junge sein – so wie mein Bruder, den ich nie hatte, mir aber immer wünschte, oder ehrlicher: wie mein Stiefvater – mit dem ich als Halbwüchsige sofort geschlafen hätte, wäre er nur auf diese niederträchtige Idee gekommen. Natürlich nicht, er liebt meine Mutter heute noch – mir aber machte es einen gewaltig negativen Eindruck, wie er von uns allen, von Mutter, Großmutter, mir und der Wohnung und sogar von Mutters Rente Besitz ergriff, ein arbeitsloser Soldat, ein Spätheimkehrer – war nichts, tat nichts, anfangs jedenfalls, und herrschte doch, ohne ein Tyrann zu sein; er war eine umwerfend gewinnende Persönlichkeit, obgleich krank, er hatte Wasser in den Beinen, als er aus Sibirien kam; er suchte einfach einen Herd und Pflege und drang bei uns ein unter dem Vorwand, von meinem Vater als Kriegskameraden zu sprechen, der längst in Norwegen vermodert war. Was mich aber ganz für ihn einnahm und mit Verachtung für meine Mutter erfüllte, das war die Tatsache, wie er binnen einer Woche ein Kaninchen aus ihr machte, seinen Fußwärmer im Bett – und, Herrgott, wie streng zu mir und wie willensstark im Beruf war sie gewesen seit Vaters Tod und bis dieser neue alte Sack kam, der sie anfangs wahrscheinlich überhaupt nur wärmen und streicheln konnte, bis es wieder ging – sie aber war so gezähmt nach acht Nächten mit ihm, so beschnitten in ihrer Persönlichkeit, daß ich mit Ekel dachte: *das* kriegt bei *mir* niemals ein Mann zustande, wozu denn überhaupt einen Mann! Sie verstehen, es waren die Jahre, wo man anfängt, an sich selbst zu spielen – und tagsüber wurde ich aufsässig gegen den Eindringling, obgleich der mir nie ein böses Wort sagte, gar nicht versuchte, mich zu erziehen. Aber Mutter ›schaute zu ihm auf‹, wenn er zum fünftenmal das gleiche erzählte, was hat der wohl zu bieten, dachte ich! Immerhin verdiente er später Geld, zwar nie genug, daß meine Mutter endlich daheim bleiben konnte, sie verdiente ihm den Wagen, den sie sechs Tage abzahlten und abputzten, um am siebten drei Stunden mit ihm irgendwo hinzufahren, wo es noch langweiliger war als sonntags zu Hause.«

Ich fragte, wieso sie aber – bei so viel Opposition – als Backfisch durch ausgerechnet diesen Mann verführbar gewesen sei.

Auch aus Opposition, sagte sie – »er wäre nicht mehr der Gentleman gewesen, hätte er Mutter, mit der er noch lange nicht verheiratet war, mit mir hintergangen, er hätte seine immer spürbare, wenn auch von ihm nicht beabsichtigte Überlegenheit verloren.«

Ich sagte: »*Das* wird es sein, was Ihnen die Frauen angenehmer macht als Männer – Sie hassen deren Überlegenheit, aber dichten Sie die den Männern nicht nur an? Die sind uns doch gar nicht überlegen!« Schnell warf sie ein: »Aber wahlfrei sind sie: fängt schon in der Tanzstunde an, wenn aus der seltenen Damenwahl ein Gnadenakt gemacht wird – das gab mir den letzten Schubs auf die Bahn, auf die ich dann geraten bin, übrigens ohne es zu bedauern ...« Ich fand nicht fair, nicht auch von mir zu sprechen – »wahlfrei«, damit hatte sie ja recht; es war nun Zeit, obgleich ihr offensichtlich guttat, einmal darüber zu sprechen, sie hatte Kaffee gemacht, dann Likör geholt, ihr immerhin anzudeuten, daß mein Mann sich die freie Wahl soeben erlaubt hatte.

Sie war ahnungslos gewesen und sagte: »Daran sehen Sie, daß ich keine Versuche gemacht habe, Ihre Kinder auszuhorchen, ich muß Ihnen aber sagen, es liegt doch ganz bei Ihnen – es gehört nicht einmal Mut dazu, sondern nur Lust –, sich diese Wahlfreiheit zu nehmen.« Sie vermute, fügte sie hinzu, niemand sei wirklich fähig, Ehebruch zu verzeihen, ohne sich gerächt zu haben. Könnte wahr sein. Denn warum sonst sind betrogene Ehepartner, wenn sie einen neuen Partner haben, in Scheidungskriegen so viel versöhnlicher als partnerlose Übriggebliebene?

Nun wollte ich von mir ablenken, wollte auch hören, ob sie je bis zum Ende die »Damenwahl« durchgeführt habe – und heftig kam die Antwort, ein Kriegsruf: »Ausschließlich!«

Ich kenne Frankfurt nicht. Sie habe im Kleinbürgerviertel Niederrad gewohnt – »und noch weiter draußen sind Bahnhöfe, die heißen Frankfurt/M.-Sportfeld oder Frankfurt-Louisa, seltsame Stationsnamen. Klettert man dort eine Böschung hoch, so ist man an den letzten Gleisen, auf denen man

Züge abstellt, zuweilen auch die nagelneuen sauberen Erster-Klasse-Waggons. Man braucht einen Drücker, um sie aufzuschließen – da ist er, ein nicht mehr benutzter Talisman.« Sie lachte und nahm ihn aus einem Aschenbecher und sagte gedehnt: »Jaaa – mit dem hab ich zwei Jahre lang nicht nur wie jetzt Zigaretten ausgedrückt, ein Beutestück, wenn Sie so wollen.« Er gehörte dem ersten Mann, einem Lokomotivführer, den »ich mir ausgesucht hatte, erstens, weil er sehr schön war, zweitens, weil ich mich schämte, immer nur darüber nachzudenken, was denn nun eigentlich Mutter an dem neuen Vater finde – ich war fünfzehn und schon einen Kopf höher als meine Klassenkameradinnen im Lyzeum. Ich hatte im Main geschwommen, hatte mich dort an der Böschung mit Freundinnen gesonnt, auch mit Jungen, die gleichaltrig waren, das heißt: so unverschämt im Reden wie verschämt im Tun – es gab nur einen, der nicht das war, was die Wiener präpotent nennen, er war scheu, pickelig, freundlich, klug und leidend, ohne daß ich wußte weshalb. Der würde weder anmaßend sein, wenn man ihn geliebt hatte – noch es herumerzählen, wie es verächtlicherweise fast alle anderen taten. Ich sprach oft mit ihm, er quälte sich auf dem Gymnasium ab, ist heute hoher Richter, traute sich damals an kein Mädchen – und so war er mir recht, *der* sollte mich haben! Aber er fürchtete mich – *mich*, sah ich mit Erbitterung, mich besonders! Genau der Grund, warum ich ihn und keinen anderen wollte. Aber noch länger warten, das ging mir gegen den Stolz; auch verzagte ich fast bei der Beobachtung, daß dieser Junge mir gegenüber noch wesentlich scheuer war als vor Klassenkameradinnen – mein Schicksal, das sich verdammt früh ankündigte. So stellte ich mich innerlich auf diesen schönen Lokführer ein und schloß Wetten mit mir selber, wann ich den Mut hätte, ihm nicht nur zuzuwinken, wie man eben Eisenbahnern zuwinkt, sondern ihn anzusprechen. Das war dann ganz leicht – die Frage ergab sich: darf ich nicht einmal so eine neue Elektro-Lok von innen sehen; es gab keinen Heizer mehr, der Mann war allein – hielt mir die Hand hin, und ich zog mich hoch, und ich dachte mehr daran, daß ich dabei seinen Ehering gefühlt hatte, als an das, was er mir erklärte von seiner Maschine, die *sein* Stolz war. ›Haben Sie schon jemand mitgenommen?‹ fragte ich; er beteuerte, wie streng verboten das sei, auch wie gefährlich, denn – ›so enge, wie das hier ist, und ganz allein mit hundertvierzig Sachen und dreihundert Menschen an Bord‹. Er beeindruckte mich; er war nicht nur schön, er trug auch Verantwortung – aber dann kam das wieder, was mein Leben bestimmt: die Angst, mich unterwerfen zu lassen – was die Leute das Natürlichste nennen, was aber ich nicht wollte, seit ich Zeuge gewesen war, wie Mutter sich dabei aufgegeben hatte. Heute weiß ich mehr, harte Auseinandersetzungen, keineswegs nur mit Männern, haben mich aufgeklärt, daß ich buchstäblich zur Furie werde in den drei, vier Tagen vor meiner Periode, nicht immer, aber zuweilen ... wir sind dann ja alle gereizt, ich aber könnte jemanden erschlagen. Heute weiß ich das und dämpfe mich dann mit 30 Milligramm Valium. Ich hätte gut wieder herabklettern können von der Lok, ohne daß der Mann zudringlich geworden wäre – aber ich hätte nicht wieder so plausibel ihn ansprechen können wie heute; und da war auch meine Ehre, ›das‹ endlich einmal kennenzulernen, zu testen, was denn so Dolles dahinter sei; und war meine Angst, mich zu Hause zu schämen, mir sagen zu müssen, ich sei doch wie Mutter und wie die anderen: ein Kalb, das gehorsam wartet, bis der Mann-Metzger den Termin festlegt. Ich bat ihn also, mich doch einmal auf einer Reise mitzunehmen im Führerstand – und als er wiederholte, wie streng verboten das sei, sagte ich, da seien doch Frauen anders als Männer – ich jedenfalls sei durch nichts so sehr für eine Sache zu gewinnen wie durch ihr Verbot. Und wies auf einen Beifahrer Klappsitz und schlug vor, ich stopfte meine Haare unter eine Mütze von ihm und führe nachts mit – ›da kann Ihnen doch gar nichts passieren‹. Ob ich denn nachts von Hause wegdürfte, wie alt ich denn sei. Wenn ich weg *dürfte*, dann würde ich nicht wollen, sagte ich und gab mein Alter mit achtzehn an. Ich spürte, wie er wankend wurde – aber seine Angst wuchs auch, er lachte verlegen und sagte: ›Das kann teuer kommen, Mädchen – aber ich will's mir überlegen!‹ Und mit dieser Viertelzusage hatte ich einen Vorwand, ›Wirklich?‹ zu jubeln und ihm einen Kuß zu geben, so wie ich den Mann meiner Mutter küßte in ihrer Gegenwart, Weihnachten, wenn er mich beschenkt hatte, oder allenfalls noch in der

Silvesterstunde. Dieser Mann aber hielt mich nun endlich fest – und da ich unter meinem bunten Warenhaus-Fähnchen nur den Schlüpfer trug, keinen BH (ich trage nie einen), wie man eben im August schwimmen geht, so besorgte den Rest meine salzig verschwitzte Haut. Ich stammelte etwas wie: daß ich noch nie geküßt worden sei, und sein Lachen, mit dem er das quittierte, und dieses ›*Das* glaubt man dir aufs Wort‹ brachte mich ganz zu mir selbst. Ich versteifte mich, verschloß mich, drückte seine Hände weg, und wie ich das konnte, wie ihn das einschüchterte, das bewies mir, daß dieser nun lechzende Mann keineswegs, sondern daß *ich* die Situation beherrschte. Ich wiederholte: ›Mich hat nie ein Mann geküßt.‹

Er sagte: ›Dann bist du nicht achtzehn – nun, will's nicht wissen. Ja – und einer muß schließlich der erste sein, wie?‹ Es gefiel mir, daß er jetzt bettelte, ich fand mich überfällig, er sagte: ›Komm‹ – und sprang ab auf die Gleise und half mir mit der Badetasche von der Lok und nahm diesen Drücker, und wir gingen in den TEE-Wagen, der gleich hinter der Lok stand, und er verschloß auch die Abteiltür, und während er – vor Erregung riß er zu wüst – Sonnenstores herunterzerrte, sagte er roh und verletzend, aber unwillkürlich, über die Schulter: ›Zieh dich aus!‹ – Da aber hatte er einen der Stores mit seinen nervösen Pranken so mißhandelt, daß er sich nicht mehr ziehen ließ, er murmelte: ›Scheiße‹ – schloß auf, wir gingen ins übernächste Abteil, wieder dasselbe, wieder die gleiche Aufforderung; hinter den Stores lag noch die vanillehelle Sechs-Uhr-Abendsonne, er riß zwei der drei Sitze zu Liegen zusammen, sah auf, und als er mich mit den Worten: ›Mach schon – hier sind wir sicher‹, ausziehen wollte, drückte ich wieder ganz bestimmt seine Hände weg und sagte: ›Beide – oder keine.‹ Er erledigte das vermutlich nicht selten bei offenem Hosenstall, aber angekleidet – so sehr überraschte ihn meine Forderung. Wieder spürte ich, daß der nicht *mich* zähmen würde; ich sagte ganz ruhig, während ich das Kleid aufhängte: ›Ich will noch Jungfrau bleiben!‹ Er lächelte schief, aber ohne das blöde Siegerlachen von vorhin. Seine Hand, als er mich aufs Polster drückte, war mir zu heftig gewesen, wieder schloß ich die Schenkel, murmelte wohl, ich wolle ›das‹ mit einem Mitschüler tun, zum erstenmal – und hätte auch Angst vor einem Kind. ›Das gibt's doch gar nicht‹, sagte er, ›wem erzählst du das?‹ – er fand, ich sei doch zwanzig, und wie ich ihn fragte, ob's ihm nicht genüge, so zusammenzusein, da sagte er – was mich sehr für ihn einnahm –, ja, er habe auch Angst, da er nichts dabeihabe; nur glaube er nicht, daß ich Jungfrau sei. Meine Ungeschicklichkeit hat ihn dann überzeugt, er schwor, mir ›nichts zu tun‹, doch solle ich endlich die Knie hochziehen und mich öffnen – und da geschah's, daß ich meiner Macht inne wurde: er sah nur in meinen Schoß – und ejakulierte sofort mit einem Schrei auf meinen Hals, und dann lag er da in einer mir völlig unverständlichen Beschämung und Zerknirschtheit; er sagte sogar mehrfach, wie sehr er sich schäme, das sei ihm noch niemals passiert: ›Du bist eine Hexe!‹

Ich wußte nicht, was ich angestellt hatte, er warf sich auf den Rücken, starrte zur Decke und beteuerte: ›Das ist ja nicht menschenmöglich!‹ Er tat mir leid. Dann besann er sich und wischte mir Hals und Brüste ab und küßte mich auch wieder und endlich, aber immer noch wie zusammengeprügelt, konnte er mir erklären: ›Du bist da unten, verstehst du – so – so anders – so *riesig*.‹

Ich richtete mich auf, völlig entsetzt, ich schüttelte ihn, bis er mir erklärt hatte, wieso ich da ›anders‹ sei; endlich konnte er sich fassen und mich beruhigen: ich sei nur größer, doch durchaus nicht ›anders‹ – und zur Bestätigung küßte er lange und zärtlich, was ihn umgehauen hatte, aber seine Erregung kam nicht zurück – erst zwei Tage später, als er präservativbeschirmt mich durch die Klitoris um den Verstand gebracht hatte, konnte er mich auch um die sogenannte Unschuld bringen; ich vermute, die Bundesbahn alarmierte die Mordkommission beim Anblick der Schlachtbank. Ich hielt ihn, der so ein verständnisvoller Liebhaber war, doch gerade *das* machte mich so hörig, wie ich es absolut nicht werden wollte, nicht einen Tag länger aus, als seine Bereitwilligkeit anhielt, nunmehr auch *mir* zuweilen die Siegergeste zu gönnen – er ertrug es nicht, daß ich ihn jetzt immer öfter mit aller Körperkraft derart hernahm, daß er zumeist schon seine letzte verschossen hatte, bevor ich ihn überhaupt hineinließ: es war mir eine Wonne, ihn jetzt bewußt im Vorspiel so völlig abzuwracken, wie ihn beim erstenmal der bloße Blick zwischen meine Beine entwaffnet hatte. Sie werden mich perfide finden – ich glaube aber sicher zu wissen, daß dieser Drang in mir erst aufkam, als er den Triumphator zu spielen begann, den rauhen Alleskönner, der erstens daheim die Frau und mittags auch mich noch hatte – das hielt ich nicht aus, das gab mir wieder die Angst zurück, unter ihm das Kaninchen zu werden.

Keine von uns weiß ja, warum sie zuletzt Frauen bevorzugt – gerade weil ich ihn doch sehr liebte, und zärtlicher als er war ja niemand – da erwehrte ich mich seiner schließlich, indem ich immer öfter von seiner Frau, seinen Kindern redete, als wolle ich – absurd, ich wollte das ja gar nicht –, daß er sich von denen losmache; er war 22 Jahre älter, er wußte inzwischen, wie er das ironisch nannte, daß bei mir ›der Staatsanwalt noch den Finger drauf hat‹, daß ich kaum sechzehn war – mehrmals sprach er mit würdeloser Angst davon, ich hätte behauptet, achtzehn zu sein, obgleich ich doch anfangs fünfzehn war – ›und das reicht für Zuchthaus!‹ Als ich ihn zum letztenmal verließ – immer in Erster-Klasse-Abteilen, aber längst hatte er ein feines Bettuch in seiner Lok –, zuletzt hielt ich ihm den Drücker da unter die Nase: ›Der bleibt mein Talisman.‹ Und das ist er...

Den Mitschüler, den ich anfangs erwähnte, habe ich später, glaub ich, sehr glücklich gemacht – und doch weggeschreckt, wir sahen – das sage und sehe ich ganz konventionell – komisch nebeneinander aus: er einen Kopf kleiner als ich und halb so breite Schultern. Ich trauere ihm heute noch nach, aus keinem sehr edlen Gefühl, sondern weil er mich anbetete, zu mir aufschaute, dankbar, ja immer staunend, daß ich mich ihm gegeben hatte, als erste und ohne daß er sich je an mich herangetraut hätte. Aber er war zuletzt dann eben doch auch ein Mann, das heißt: konventionell, befangen in der Vorstellung, das Herrchen sein zu müssen – nur im Bett nie, da war er mein unermüdlich Bediensteter: pervers, nicht wahr, daß ich das wollte, vermutlich wollte ich ja auch hier nur wieder einen Vorwand, ihn wegzuschicken... doch wer ist nicht pervers!«

Sie lachte, aber unglücklich, ich sagte: »Was zwei tun, wenn sie Freude dabei haben, kann ja nie pervers sein; pervers ist stets nur der dritte – also ich, jetzt –, der zweien zuguckt bei dem, was einen dritten nichts angeht.«

»Hab ich Sie gelangweilt?« fragte Frau Müller erschreckt. Ich sagte, im Gegenteil, ich möchte sogar noch wissen: »Könnten Sie jetzt noch mit einem Mann schlafen?«

Sie, sehr erstaunt: »Aber sicher – man kann sich immer für Augenblicke, wenn auch nicht auf Dauer, dem unterordnen, den man beneidet. Ich beneide vermutlich doch die Männer – oft, wenn ich eine Frau habe, beglückt mich die Empfindung, der *Mann* zu sein, der sie nimmt. Ach, und es ist so unschuldig, was wir tun – denn niemals müssen für *unsere* Freude Kinder damit bezahlen, daß wir ihnen das Leben zumuten!«

Ich sagte, stand auf und ging: »Aber Sie leben doch *gern*!«

Sie brachte mich zum Lift und sagte: »Nur solange ich mich das nicht frage – wie jeder, vermute ich.«

Ich sagte: »Das vermute ich auch, gute Nacht, Frau Müller.«

Sie rief: »Aber Sie kommen doch wieder zu mir?« Tue ich.

Montag mittag

Sehr früh im Reitstall, nur um Hilmes nicht schon am Kaffeetisch zu treffen – irgend etwas in mir, was ich ungern benenne, lehnte sich dagegen auf. Ungeduld, Enttäuschung, weil er mich gestern abend nicht – hingerissen hat? Er hätte seinen Wagen dabeihaben müssen. Der Gang zum Hotel, nach unseren Küssen in der Allee, hat ernüchtert.

Das ist es: ich nehme ihm übel, daß er mich nicht dahin brachte, den berühmten *coup de foudre* als Entschuldigung zu haben – denn weil ich nun einmal so bin, brauchte ich diese Rechtfertigung. Noch weiß ich zu genau, was ich tue, und es ist scheußlich: ich sehe längst, daß Fred und R. nicht schuldiger sind als Ernst und ich. Warum aber sträube ich mich dann, heimzufahren und meinem Mann die Chance zur Rückkehr in die Ehe zu geben? Weil ich heut nacht – bei Hilmes sein möchte? Ich habe nie mehr Verständnis gefunden als bei ihm, er ist so uranständig, der beste Freund – ob er aber auch der Mann ist, mir zu ersparen, daß ich mich noch jemals frage, wie ich in sein Bett kam? Ich habe Angst vor unserem Rendezvous, ich werde mit geschlossenen Augen hingehen – doch brauch ich mir nur vorzustellen, wie wir gestern tanzten und später im kalten Nebel an der Oos hinaufliefen, bis fast zum *Bären*, um schon wie ein Ladenmädchen auf die Uhr zu sehen, unglaublich. Tanzen und flirten – wie gut das tut, wenn man so klügelt wie ich. Wie alle Ironie versagt, sobald man einsam – also liebebedürftig – ist. Wie dann Worte aus abgegriffenen Romanen wieder betören, als hätte sie erst der Augenblick geboren. Natürlich hat er nicht gesagt, es ist ja heut so schwer geworden, das noch zu sagen, außer im Getümmel der Umarmung – aber spüren lassen hat er, daß er mich mag. Sympathie – »reicht« sie nicht schon deshalb, weil sie haltbarer ist als Liebe? Weil Liebe das Unbedingte, das Absolute ist – verlangt sie das auch. Doch das ist *immer* zuviel verlangt! Einmal sagte Hilmes: »Gertrud – dich zu betrügen!« Warum überfiel mich nach diesem Satz das Mitleid mit mir selbst so sehr, obwohl ich doch weiß, daß dieses Kompliment eine banale Vereinfachung ist: Ernst hat seine Frau geliebt und doch betrogen; Fred liebt und betrügt mich; ich liebe Fred und – *werde* ihn betrügen. Liebt nicht auch das Hürchen Colombe seinen eifernden Julien?

Daß wir beide so ahnungslos in dieses als Komödie getarnte Trauerspiel hineinstolperten, in die Geschichte vom armen Soldaten, dem seine Frau nicht Hörner aufsetzt, sondern ein ganzes Geweih! Wie genau es den sehr, den *zu* disziplinierten Freund »betraf«, merkte ich an seinen hektischen Geistreicheleien in der Pause nach dem zweiten Akt. Es machte mich unwillig, daß er meinetwegen sein eigenes Theater aufführte; so legte ich ihm die Hand auf den Arm und fragte, als hätte ich schon entschieden: »Wollen wir denn bleiben bis zum Schluß?« Er war gerührt. Aber statt mich in den Wagen und in den Wald und später in irgendein Hotel zu entführen, so wie Fred es getan hätte, ohne Schwamm und ohne Zahnbürste, nicht einmal mit einer Aktentasche, die vor dem Portier wenigstens den Schein wahrt, als habe sich das Ehepaar für die Übernachtung vorbereitet – statt dessen scherzte Hilmes über seine Wunde: »Die Leichtfertigen sind so entzückend, sonst könnten sie unsereinen ja nicht so leiden machen. Meine Frau war meine Filia hospitalis, als ich Referendar war – unwiderstehlich. Und einfallsreich genug, das Triviale so romantisch zu drapieren, daß ich mir einbilden konnte, verwegen wie Romeo gewesen zu sein. Nur war sie leider außerstande zu begreifen, daß man, wenn der Mann im Ural gefangen ist, nicht auch noch für Untermieter Filia hospitalis sein kann. Sie weinte herzzerbrechend, als ich sagte, ich könnte das nicht verwinden. Ich sagte ihr die Wahrheit vor die Stirn, und sie leugnete keine Viertelstunde, obwohl ich nur Ahnungen gehabt habe – ›nun hab ich's dir gestanden, Liebster, nun brauchen wir doch nicht mehr drüber reden ...‹ so ungefähr. Sie ist überzeugt, ich hätte aus juristischer Pedanterie unsere Ehe zerstört. Etwas, das so vorübergehend ist wie das Leben! Und manchmal, Gertrud, denk ich das jetzt auch und bin für Karnevalmoral. Sicher ist es egoistisch, aus Liebe einen Partner fürs Leben zu binden – und es ist kein Verdienst, wenn man selbst immer treu bleiben konnte. Oder ist es gar Pech? – Ich frage dich ohne Zynismus. Wer zur Treue veranlagt ist, ist auch dazu bereit – und hat leicht richten. Seit ich das weiß, bin ich als Anwalt unsicherer – und das ist gut so. Ich rate ja auch dir nicht zu und nicht ab ...«

Eben! Schon wie er küßt – sehr appetitlich, sehr geübt, ja heftig, aber zu lange. Man wird schon vom Küssen satt. Fred mit seinen unbeherrschten, formlosen Lippen küßt vorher schlecht, grob, hart, zu gierig – er »küßt« eigentlich gar nicht, er macht – ich weiß nicht, was – mit seiner Zunge auf den Schlüsselbeinen und im Nacken, und schon »haut's einem alle Sicherungen raus«, wie er so etwas nennt.

Die Colombe war entzückend, eine Blondine von höchstens zwanzig, so sprühend, daß ich, statt Juliens Partei zu *ergreifen*, auch noch zornig war über den Armen. Wie grausam berechnet von der Natur, daß solche Gegensätze immer zueinanderfinden: Fred und ich, Hilmes und seine Frau, Julien und Colombe – ja, aber was sollte Julien mit einem ernsten Mädchen anfangen? Es gäbe kein Leid und keine Leidenschaft, und sie kämen vor Grübelei nicht dazu, ein Kind zu zeugen.

Und weil mein Freund so treu ist wie ich, so gründlich, so beherrscht – ach, ich fürchte, deshalb müßte Gertrud erst eine Colombe werden, wenn sie ihm fürs Leben unterhaltsam genug sein sollte. Warum gefällt *mir* diese kesse Betrügerin so viel besser als ihr Mann, der so treu ist wie ich und wie Hilmes? Die

Antwort auf diese Frage beantwortet auch, warum ich *Fred* heiratete. Schluß, sonst geh ich mit Hilmes nicht mehr aus...

Wolken, grau wie zerknüllte nasse Zeitungen, westwärts gestoßen, verhängen minutenschnell die Sonne. Dann ist das Land in kühlnasses Tintenblau getaucht, die Berge drohen, die noch soeben die Wärme und Schmiegsamkeit eines Tierleibs hatten; schattenkalt ist das Land – und diese Empfindung bleibt, wenn schon längst die Sonne wieder in den Weinbergen und auf den Rübenfeldern so machtvoll da ist, daß noch technisches Gerät, Volkswagenbusse, Traktoren, Kartoffelausmacher – glücklicherweise alle knallbunt gestrichen – sich friedlich dem Herbst ein- und der Natur unterordnen. Kein Pferd mehr auf Hunderten von Äckern...

Wieso aber, wenn doch dieses erntereiche Land so harmonisch wirkt wie eine Plantage im Himmel und die Sonne tatsächlich so »golden« wie in einem Biedermeier-Gedicht – wieso fröstele ich? Weil – mindestens bei Introvertierten, wie ich leider eine bin – das Äußere so wenig Macht hat über unser Inneres. Blicke über Land, auf Schönes vertiefen nur – verändern aber nicht oder kaum das Lebensgefühl: der Traurige wird trauriger, der Heitere heiterer. Beeinflussen können nur Menschen uns oder menschliche Dinge, ein Kuß, ein Konto – oder der Mangel an beidem. Dagegen ist die Außenwelt immer nur so schön, wie unsere Innenwelt hell ist. Oder so abgestorben. Selbst die Sonne scheint nicht, sondern brennt nur, wenn nicht unser Gemüt belichtet ist, sondern das Dunkel sucht: so berührt mich heute der Blick auf die naßgeregnete Blutbuche, die verweint aussieht und Nacht für Nacht kahler wird – »dünne im Genick«, wie Fred von alten Männern sagt, ehe sie sterben. Neulich dagegen, als Hilmes mich mit seinen Komplimenten korrumpiert hatte, da waren es die Birken hinter dem Hotel, die ich fast zu Sinnbildern des Lebens – eines nicht allzu ernst zu nehmenden – hochstilisierte: nicht der Wind schüttelt sie, obgleich auch sie die beige gewordenen Blätter verlieren, sondern sie schütteln den Wind ab, unverletzbar, zart, zäh und sie halten – der Baum Rußlands – größter Kälte stand. So sehen wir in die Natur nur hinein, was aus uns herausschaut.

Zu meiner Entgegnung, Frauen närrisch – Männer aber mörderisch: Ob Männern die Brutalität eingefleischt ist – oder bricht die nur in Fällen großer Enttäuschung aus, die ich heraushörte aus der Bemerkung des (besser Tennis als Theater spielenden) Intendanten, der vielleicht einige Gläser übern Durst getrunken hatte, als er einmal feststellte, früher sei es »schließlich üblich gewesen, auf Grabsteinen neben dem Namen des Mannes den seiner *zwei* Ehefrauen zu finden – da ja die erste immer oder fast immer in einem Wochenbett starb«! Schon damals kam mir der Verdacht, der Mann habe da weniger beobachtet als – gehofft; jedenfalls habe sein Unterbewußtes herausgelassen, daß er »eigentlich« findet, unseren »Gebietern« stehe Ende vierzig eine neue Zwanzigjährige zu!

Angst vor dem Alter ist Angst – eine sehr berechtigte – vor dem Alleinsein. Übrigens spricht dieses Schicksal – das mindestens jeden zweiten Menschen einholt – sehr gegen die Ehe als Lebensform: die Zweisamkeit wird zu rasch zur Einsamkeit; personenreichere Lebensgemeinschaften unter ungefähr Gleichaltrigen – denn Kinder gehen ja noch früher weg, als der Ehepartner stirbt oder treulos wird – werden sich hoffentlich durchsetzen. Unsere bisher landläufige Auffassung von Ehe ist das stärkste Hindernis gegen größere Wohngemeinschaften, deren Nützlichkeit zu allen Zeiten diskutiert wurde – und aus sehr verschiedenen Gesichtspunkten. Den vermutlich humansten brachte Napoleon auf: er schlug vor, den Rassenhaß dadurch aus der Welt zu schaffen, daß ein Mann stets zwei Frauen verschiedener Hautfarben heiraten solle: dann würden die Kinder, wenn nicht Mischlinge, so doch Geschwister von Mischlingen, Rassenschranken bald nicht einmal mehr wahrnehmen. Mich erheiterte natürlich, als ich das vorgestern las, der Dünkel, mit dem Napoleon das Recht – Hilmes warf sarkastisch ein: »Die Pflicht!« –, *zwei* Ehepartner zugleich zu haben, dem Mann zusprach. Warum nicht auch der Frau? – die schließlich sexuell eher geeignet ist, mit zwei Partnern fertig zu werden, als ein Mann. Lieber Gott, das gäbe Komödien, wenn der »Gebieter« nachts um zwölf von seiner zweiten Frau besucht würde, nachdem er um elf bei der ersten war: vor diesen zweien könnte er sich nur zu einer dritten retten! Aber ihre Verwandlung in eine Komödie ist schließlich das einzige, was in höheren Jahren eine Ehe erhalten könnte.

Abends

Plötzlich und wuchtig – als fiele die Zimmerdecke auf mich – schlug mich heute die an sich doch ganz banale Einsicht um, daß ich seit meiner Heirat nicht ein einziges Mal daran gedacht habe, irgendwann meinen Beruf wieder auszuüben. Die erste Regung: dem Mann zu danken, der mich davon befreit hat, daß ich je wieder Geld verdienen muß – kippte rasch in Bitterkeit um: er hat mich dadurch auch total abgerüstet! (Freilich nicht bewußt; nichts lag ihm ferner, als einen Gedanken daran zu verschwenden, wie ausgeliefert ich der Ehe bleibe, wenn sie mich um den Beruf gebracht hat.)

Doch selbst dann, wenn wir uns versöhnten – ganz unwahrscheinlich, denn er »hat« das kalkulierende Biest ja immer noch, und ich traue *ihr* (nicht ihm) jetzt sogar Heiratspläne mit Fred zu –, selbst wenn meine Ehe geflickt würde, was soll ich dann tun, wenn die Kinder mir aus dem Wege gehen, wenn sie demnächst schon froh sind für jede Stunde, in der ich mich *nicht* um sie kümmere? Freds Buchhalterin bleiben oder nur Party-Gans? Vorgartenpflegerin? Abonnentin auf moderne Graphik? Den *Stern* »lesen«?

Ich bin entschlossen, das furchtbar billige Gerede so vieler Frauen, ihre feststehende Formel, die gescheiterte Ehe habe ihnen »die besten Jahre des Lebens geraubt« (es waren ja immer auch *seine* besten Jahre) – ich werde dieses Geschwätz nicht mitbeten. Nur weiß ich ab heute, berufsverschont heißt – wenn man keinen Ehepartner mehr hat – auch umweltlos. Und das ist mörderisch – so sehr, daß doch nur der Gang zum Psychiater bleibt. Oder zum Arbeitsamt. Das ist tatsächlich eine Alternative...

Natürlich sprach ich auch mit Hilmes darüber. Sein Kommentar: »Ja, siebzig Prozent der pensionierten Männer sterben in den ersten vier Jahren, nachdem man sie aus dem Beruf davongejagt hat, eine gewerkschaftlich geförderte Unmenschlichkeit ohnegleichen! Und das in einem Staat, dessen erfolgreichster Regierungschef – auch der am längsten regierende – schon über siebzig war, als er zum erstenmal Kanzler wurde! Daher habe ich auch die Figur des Sisyphos nie verstanden: wieso ist es eine Qual, daß er den Stein wälzen soll? Qualvoll, wär's, hätte man ihm den Stein weggenommen.«

Im Lesesaal

In der Kurzeitung eine Lithographie des Musikzimmers der französischen Sängerin Viardot, die in Baden-Baden baute. Turgenjew und Theodor Storm sitzen – 1865 – mit dem preußischen Königspaar neben dem Flügel, ihnen gegenüber das Ehepaar Bismarck. Ist denkbar, daß aus *unserer* Zeit einmal ein solches Bild des Zusammenseins von Geist und Macht auf die Nachwelt käme? Ja, in Frankreich – *nur* dort! Sofort nach seiner Wahl ernennt de Gaulle einen der größten Autoren zum Kultusminister mit dem Auftrag, Paris zu »waschen«, damit es wieder die schönste Stadt der Welt wird. In Bonn dagegen atmet man auf, als der einzige, der je dort dem Geist seine Stimme gab, Heuss, abgelöst ist durch einen Präsidialclown, von dem der Volksmund sagt, er sei ein Wunderkind gewesen. Wieso? – »Weil er bereits mit vier Jahren solche Reden halten konnte wie heute!« Als er dem Papst einen Staatsbesuch machte, habe der ihn gefragt, ob er ihm einen Wunsch erfüllen dürfe. Antwort: »O bitte, ja, Heiligkeit – ich möchte einmal die Sixtinische Kapelle spielen hören!«

Witze – aber wie brandmarken sie *uns* Untertanen, die sich *zweimal* ein solches Staatsoberhaupt vorsetzen lassen, von Leuten, die für Portoerhöhung, Getreidepreise und Fußball je einen Minister im Kabinett dulden – aber keinen für Kultur! Die schieben sie ab in Provinzminister, die keiner auch nur dem Namen nach kennt, weil sie Namen nicht haben. Es ist erstaunlich, daß so kluge, so berechnende Männer wie viele in Bonn so gar keine Witterung dafür haben, daß alles, was sie leisten, spurlos verwischt, weil es keinerlei Widerhall findet in der Kunst ihrer Zeit, der sie aus dem Wege gehen wie der Teufel dem Weihwasser. An der Staatsform Demokratie liegt das nicht – die Akropolis wurde von Demokraten gebaut. Tatsache aber ist: nie saßen die Landesherren bei uns so weit entfernt von Professoren und Künstlern wie heute. Ich lese die Selbstbiographie von Andersen, Sohn eines Schusters, der *einen* Raum »besaß«: für Werkstatt, Küche, Ehebett und die »Schlafbank« des Kindes, also kümmerlichster Herkunft war. Und doch war Andersen später immerzu auf seinen Reisen Tischgenosse, Feriengast, Reisebegleiter der damals Herrschenden und ihrer Familien vom König von Preußen bis zur Queen Victoria. Käme Andersen heute nach Berlin oder London, denn nach Bonn käme er natürlich überhaupt nicht – so würde ihn vom Fernsehen ein Abteilungsleiter in die Kantine einladen, er müßte selbst bezahlen, erhielte jedoch die Spesen »rückvergütet«, nach Ausfüllung von fünf Formularen. Die Herrschenden in Berlin würden von seiner Anwesenheit deshalb nichts merken, weil sie ihn nicht kennten. Und deshalb wird auch *sie* sehr bald keiner mehr kennen, diese Landesherren, die sich dessen nicht einmal schämen, weil sie das nicht merken. Kunstferne sind – Spurlose. Keinen von ihnen hat es später je gegeben.

Lesesaal

Daß meine Ehe-»Tragödie« neben der Tötung des Italieners unterm Kran so unerbittlich wird wie das Schwarze unterm Nagel neben dem Schwarz einer Todesanzeige, sagte ich mir sofort, denn wer Kummer hat, der bezieht maßstablos *alles* auf sich. Und doch sind solche Relativierungen nicht nur Unsinn, sondern auch die Wurzel alles Inhumanen: das eigene Leid im Maßstab eins zu einer Million verkleinern und sozusagen deshalb Tuberkulose nicht fürchten, weil ja so viele andere sie auch schon hatten – das führt zu dem, was Fred einmal das »Generalstabsdenken« nannte, das die einzelnen nicht nur, sondern komplette Divisionen, die man verheizt wie Briketts, gar nicht mehr als Individuen sieht und gelten läßt. Aus der Sicht eines Weltkriegs sind wir allerdings nur noch Ameisen, die irgendein Führer dann ja auch bedenkenlos tottritt – aber diese Perspektive ist eben unerlaubt. Erlaubt nicht nur, sondern geboten ist, daß jeder einzelne seine eigene Person als Nabel der Welt ernst nimmt. Sonst gibt er sich völlig auf.

0 Uhr 50

Mein lieber Freund,
die Kinder schlafen, ich habe leise gepackt, wenn Du beim Frühstück diesen Brief findest, sind wir unterwegs. Wirst Du nicht ein wenig erleichtert sein?

Hätte ich mich eben von Dir mitziehen lassen, das wäre bestimmt sehr schön gewesen – bis zum Hellwerden! Aber ich *muß* doch nach Hause, und wie hätte ich mich dann noch von Dir trennen sollen. Du weißt, was es mich kostet, die Kinder jetzt ihrem Vater zurückzubringen. Aber da wir beiden doch eigentlich *immer* wußten, ich müßte zurück – wie hätten wir uns dann morgen früh angesehen in Deinem Zimmer?

Mußte ich's Dir da nicht ersparen, mich als kopfloses Huhn in Erinnerung zu behalten, das sich deshalb so geschwind rupfen ließ, weil seine Liebe nicht mehr wert ist als seine Treue?

Nur die Flucht vor Dir kann mich ordnen. Hoffen darf ich also nicht, Dich bald wiederzusehen, denn ich könnte Dir nur begegnen, wenn meine Ehe nicht mehr zu leimen ist. Das muß ich aber wünschen, denn durch die Begegnung mit Dir, mein lieber, guter Anwalt, habe ich *auch* wieder erfahren, wie anfällig wir alle sind, Colombe oder nicht, wie verführbar und also wie sehr darauf angewiesen, zu verzeihen.

Schon vor Tagen war ich dort, wo ich jetzt bin: bei dem Entschluß, meinem Mann eine Chance zu geben – wie Du mir im ersten Gespräch geraten hast. Dann vergaß ich ihn, Deinen Rat, meinen Entschluß, auch meinen Mann und alles, sogar die Kinder – Deinetwegen! Aber versteh mich bitte auch jetzt: die Treulosigkeit hat mich daheim vertrieben, die Lüge, das falsche Spiel – sollte ich jetzt, und ausgerechnet mit Dir, der Du mir so wenig gleichgültig bist wie sonst nur mein Mann, beginnen in der Anarchie der Gefühle – halb noch nach Hause gehörend, halb schon zu Dir? Genauso handeln wie mein Mann, den ich deshalb verließ?

Nein, käme ich eines Tages zu Dir, so suchte ich bei Dir, was ich verloren habe, weil ich mich der Liebe ohne Ordnung heut nicht mehr gewachsen fühle. Ich habe sie ganz früh kennengelernt, die Liebe *ohne* Ordnung, sie war sogar meine glücklichste – die kürzeste auch. Und wenn Du böse sein solltest – ach bitte,

bitte, sei es nicht! Morgen früh hätt ich Dich vielleicht nicht mehr verlassen können. Vergiß mich gründlich, wie gern hätte auch ich Dir etwas gegeben, denn Du hast mir sehr viel mehr bedeutet, als Du ahnst. Und deshalb, mein lieber, guter Anwalt, vergißt Dich nie

Deine dankbare Gertrud E.

Hanau, 16. Oktober

»Weil ich mich freue, daß wir gleich bei den Großeltern sind!« erklärte ich, als Ingrid entdeckte, ich hätte ja Tränen in den Augen. Der Zug hatte schon Frankfurt wieder verlassen, bis dahin war es gutgegangen.

Und nun sind wir hier. Die Eltern nahmen den Überfall mit Freuden hin und finden es reizend, daß wir die letzten Ferientage bei ihnen verbringen wollen. Wenn sie sonst noch etwas fanden, haben sie es gut verschwiegen. An Baden-Baden denke ich möglichst wenig. Ingrid trauert ihren Reitstunden nach, und ich – ich will versuchen, an der Illusion festzuhalten, daß ich frei bin, zu tun und zu lassen, was ich will.

Aber ich werde ja nicht wieder abreisen, nach München nicht und nicht woandershin. Allzu lange wird Fred Renate nicht mehr haben, sie wird sich, wie ich und die meisten Mädchen, die ihre Jugendliebe mit verheirateten Männern durchmachten, bald verheiraten, weil sie sich während ihrer »romantischen Phase« nicht an einen Gleichaltrigen gebunden hat. Wie *müde* ist unsere Ehe doch geworden, da ich nicht mehr fähig bin, die Geliebte meines Mannes zu hassen. Nur ein überwältigender Schmerz, ein gemeinsamer Verlust könnten Fred und mich noch einmal zusammenführen wie früher – oder ist auch das schon eine Übertreibung? Werde ich nicht Ingrids Zimmer eines Nachts stillschweigend wieder verlassen und zu Fred gehen – und dann wirklich wieder ganz gut schlafen?

So wird es kommen, so wird es gehen, bis eines Tages der Festredner Onkel Wilhelm uns Mustergatten zur Silberhochzeit einen Präsentkorb voller Platitüden überreicht. Ich werde, vielleicht schon junge Oma, stillhalten wie beim Fotografen und liebe, lächelnde Miene machen zum albernen Spiel.

Und bin ich denn berechtigt, mich sehr zu beklagen? Ich habe zwei gesunde Kinder, die mir nie danken werden, daß ich ihnen das Elternhaus erhalten habe, weil das so selbstverständlich ist. Und wir haben ein »Heim«, das jetzt zwar Risse in den Wänden hat, die nicht mehr ganz zu verputzen sind – so werden sie halt zugehängt mit einigen neuen Bildern, vielleicht einem Gobelin, und dann ist es *noch* komfortabler.

Und sollte ich wieder einmal verzweifelt sein, immerhin nähere ich mich den Wechseljahren, so will ich nicht Reisaus nehmen, sondern vergleichen, etwa mit Mutter, deren einziger Sohn gefallen ist. Oder mit einer Kriegerwitwe in Augsburg, die vielleicht von ihrer Rente leben muß und nie mehr einen Gesprächspartner fand.

Mein Heft lasse ich hier. Denn die Blätter, die noch frei sind, waren für den Freund gedacht. Sollen die Eltern es wegschließen.

Jetzt gehe ich zum Telegrafenamt und schaue nach im Telefonbuch von Augsburg, ob ich eine Frau finde, die Ernsts Witwe sein könnte – und dann rufe ich sie einmal an, ohne, versteht sich, ihr die Wahrheit zu sagen. Finde ich sie nicht – werde ich mir tröstlich einreden, sie habe seinen Familiennamen nicht mehr, also wieder heiraten können ...

[illegible]

[illegible]

Mein [illegible]

[illegible]

Ich [illegible]

Konjunkturkuli

Konjunkturkuli · Kains Liebe ·
Geschichtsatlas
Dreihundert Jahre: Die neunte Welle ·
Churchill · Vergessenes Grab ·
Zur Liquidierung abgestempelt · Reiche

Konjunkturkuli

Fünfundzwanzigtausend Kilometer
jeden Monat, jeden Monat,
aber keiner, keiner führt nach Haus!
Die Türkei, dem Touropa-Netz nicht angeschlossen,
einmal nur im Jahr seh' ich sie wieder,
jährlich einmal meine Frau, die Kinder.

Speisewagen-Kellner, doch kassieren
darf ich nur, wenn ich mein Wägelchen
mit Getränken durch den D-Zug schiebe.
Eine Glaswand trennt uns von den Deutschen,
die uns »diese Leute« nennen,
»Läuse im Gepäck« und »Hammelfresser«.

Gruppen-Wohnung, keine Einzelzimmer.
Volksbad-Dusche weit im andern Stadtteil.
Gibt man uns für mehr Geld eine Wohnung,
die ein Deutscher nicht mehr nimmt,
gibt man uns für weniger Geld auch Arbeit,
die ein Deutscher nicht mehr macht.

Wer bemißt, wann ein Beamter
»angemessen« sagt zur Wohnung,
die ich »nachzuweisen« hätte,
wenn er mir erlauben sollte,
meine Kinder herzuholen,
die hier keine Schule fänden?

Ohne Ende unsre Trennung –
doch ihr Ende wär' noch schlimmer:
keine Arbeit! Freizeit? Schlafen,
Kartenspielen, Wäsche, Briefe.
Hunde dürfen wir nicht halten,
denn ein Hund hält keinen Hund.

Manchmal muß ich mir ein Mädchen
kaufen – doch bezahlte Frauen
wecken Trauer nur um meine,
die in Anatolien hinwelkt –
und wie alt ist jetzt mein Vater!
Ob ich den noch einmal sehe?

Kains Liebe

»Ihr erschrecket, wenn sie dasteht.«
West-östlicher Divan.

Gezeichneter,
verhaßt wie häßlich. Hört er des Gutsherrn Pferde,
weiß ihn fern dem Dorf: jagen, ackern, im Holz ...
badet Kain im Fluß, überläßt den Hunden die Herde
– schleicht zu der Frau, die Modell war Maillols.

Schönheit
– die ihn vernichtet, läßt sie ihn nicht hoffen!
Ungeduld: so früh wie heut mittag riskierte er's nie;
tags sind die Hintertüren auf dem Land meist offen.
Doch nicht mehr in der Wanne fand er sie

Sie hockte
auf dem Bett, groß, im Kittel aus Frotté-Velours;
hat Zehennägel – nicht für ihn! – gelackt.
Entgegen ihrem Willen, nicht: Herzen – half Natur
dem Hirten, sie auszuziehen. Nackt

Bronze
brotlaibbraun, konturenstrenge Form: Juno-Modell!
So schwer, reif, leuchtend liebte sie Maillol.
Sie wehrt sich – doch ihr nasses Venusfell,
wie es spontan in Kains Mund überquoll

Auch Firnlicht
ihrer Augen – verricten, was sie doch empfindet:
daß sie ihm Elcment ist, Magma des Seins!
Daß sie nicht *ihn* liebt, doch sich überwindet,
für Augenblicke heimlich ihm das Kains-

Mal wegzuküssen
– dem glücklos abgehausten Steckbrief-Bild
und ihm, so oft er bei ihr lag,
mit seiner Libido die Suizidlust stillt:
das schuldet Kain ihr bis zum Jüngsten Tag.

Geschichtsatlas

Jahre, »Taten« – an den Wind verloren.
In den Wind gearbeitet! – klagt Salomo.
Hekatomben hat Geschichte weggeschoren,
wüstgelegt, genarrt, von nirgendwo
und um nichts nach nirgends deportiert.

Brüder, Vettern, Kinder, Eltern
wie Benzin auf »Vormarsch«-Straßen
querweltein verbraucht, auf Feldern
an der Rollbahn abgeworfen – oder fraßen
Feuer oder Fische oder Strahlen ihren Leib?

Zum Beispiel die M.s am Markt, Friseur,
politikfremd veropfert – jeder hat sie gekannt.
Ich meine die M.s aus La Tranche-sur-Mer,
du meinst die aus Kiew – wie fliegenden Sand
hat der Kriegswind sie ins Nichts verschleudert.

Und der du's liest und der ich's schreibe:
Wo wirft *uns* die Politik auf Abraumhalden?
Bomber kreisen – eine Bleibe
ist kein Haus mehr, längst verwalten
sie die Völker per Computerbank.

Du bist auch mit allen Steckbrief-Daten,
Reisen, Steuern, Leberflecken
längst gespeichert – vorgeladen,
kann kein Wald, kein Raum dich mehr verstecken,
wenn der Staat, gesichtslos, nach dir greift.

Dreihundert Jahre: Die neunte Welle

»Früherer Kaiser rauhe Geschlechter,
wie ihre Geschosse sind sie verflogen.«
Mao Tse-tung, ›Schnee‹

1913: die Romanows feiern,
seit dreihundert Jahren regieren sie Rußland.
Fünf Jahre später: der Zar ist erschossen,
verscharrt samt Familie.
Was blieb: auf amerikanischem Wodka
ein Etikett namens Romanow

Dreihundert Jahre dauern
auch in China vier Dynastien:
von 618 bis 906 die Tang.
Die Sung von 961 bis 1278.
Die Ming von 1368 bis 1644.
1912 treten die Mandschu ab
mit des Kaisers zweijährigem Neffen Pu Yi.
Einheitsgekleidet und willig,
ein Untertan Mao Tse-tungs,
stirbt er als Gärtner.

974 gibt Otto II. Österreich
den Babenbergern. 1246 sind die erloschen.
Die Merowinger beginnen 430 den Aufstieg.
751 steckt den letzten ins Kloster
der Vater Karls des Großen, dessen Sippe
687 die Macht an sich riß.
987 verjagt den letzten Nachkommen Karls
aus Frankreich Capet. Auch die Medici:
1434 wird Cosimo Herr in Florenz
1737 stirbt dort der letzte seines Geschlechts.

1619: Habsburgs steirische Linie
gelangt in Wien zur Alleinherrschaft.
1919: Rückkehr der Sippe in die Schweiz.
Ein Zürcher Juwelier zerschneidet den Florentiner,
um ihn vermarktbar zu machen.
Karl und Zita raubten Vitrine 13 leer
in der Schatzkammer der Hofburg,
ehe sie Wien verließen.

Dreihundert Jahre auch bleiben
die Gonzagas Herren über Mantua,
womit Kaiser Ludwig der Bayer
sie 1329 belehnt; 1627 erlischt dort
im Mannesstamm ihr Geschlecht.

1618: der Herrschaft Berlins
wird Ostpreußen untertänig.
1918: Wilhelm der Letzte von Preußen
verläßt Schlüters Berliner Schloß,
das dreißig Jahre später geschleift wird.
Die Teller aus seinem »Silbernen Saal«
wird der Enkel des Kaisers verhökern:
dem Sohn jenes Feldwebels,
der in Persien 1925
ein Kaiserhaus gründete.

Generationen wie Wellen: erlerne am Meer
die Kategorien von Ebbe und Flut.
Der Kamm jeder neunten schwillt höher als der
Kamm der acht ersten – bricht ab dann und ruht,
befreit vom Zwange zur Wiederkehr ...
Neun Generationen ermüden das Blut,
das sind dreihundert Jahre: dann sinkt der Speer

Churchill

»Ich bin kein Journalist, der über Ereignisse
berichtet; ich mache Ereignisse,
über die Journalisten berichten.«
Winston S. Churchill

Günstling des Glücks,
im Schloß seiner Väter geboren,
begraben in dessen Park
neben den Eltern – nach neunzig Jahren.
Der mehr Völker, Armeen, Schiffe *bewegt* hat;
mehr Seiten geschrieben, mehr Reden gehalten
als jeder – als jeder! – andere,
stirbt am 70. Todestag seines Vaters
nach dem Satz: »Es ist alles so langweilig« ...

Gemartert auf Schulen, weil er nie zuhört.
(Einmal drei Jahre in der gleichen Klasse.)
Denn er träumt. Träumt schon als Knabe,
wovon *allein* er träumen wird neun Jahrzehnte:
unsterblich zu werden! Größer als Englands
– bisher – größter Seemann, größter Soldat:
Drake und Marlborough, seine leiblichen Ahnen.
Träumt er das, weil er es wird
– wird er das, weil er es träumt?

Wo nichts geschieht – macht er es geschehen.
Erotomotorische Ruhmgier
– doch wie er die sättigt:
das rettet die Freiheit, erlöst Westeuropa.
Einziger aller Menschen,
dessen Autobiographie, dreißig Bände,
identisch wird mit der Weltgeschichte
eines halben Jahrhunderts und zweier
erdballbewegender Kriege.

Sein Stern: Daß nicht sein Gegner
ein Feind ist wie hundert frühere,
wie bisher Fürsten, Heerführer, Diktatoren
– sondern das Tier aus der Tiefe,
der Installateur von Auschwitz:
den überwunden zu haben, macht diesem
Einen und seinen Gefallenen
die *Menschheit* zum Schuldner – wenn es
Dresdens Verbrennung auch nicht entschuldigt.

War Criminal auch er, denn Gegner tauschen
Eigenschaften aus. Dennoch der erste
Eroberer überkontinentalen Zuschnitts
– vom Suezkanal (am Rand der Vernichtung)
bis zur Elbe –, der für das eigene Land
kein fremdes Dorf annektiert hat!
Einziger Krieger überhaupt,
dessen Schlachten *fremde* Nationen,
mehrere, verdanken, daß sie noch da sind ...

Obenauf und in der Presse:
fast siebzig Jahre lang.
Glücklich sogar noch privat,
trotz ererbter Melancholie
als Ausreißer, Ehemann, Vater und Trinker:
»Whisky mäßig, aber stündlich.«
Als Maler, Spaßmacher, Maurer.
Und was er schreibt, immer Chronik seiner selbst,
seiner Ahnen: erhält den Nobelpreis.

Und doch, letzter Seufzer,
weit jenseits der achtzig, anvertraut
nur dem Arzt, Resümee
nach dieser Lebensstrecke ohne Beispiel,
was sagt er, am Bettrand:
»Diese Welt!
– kein Mensch, der sie kennt,
würde sie jemals
freiwillig betreten!«

Vergessenes Grab

– des Archimedes, an der Straße nach Agrigent:
Hundert Jahre überwuchert von Dornengestrüpp;
auffindbar dank Kugel, Zylinder auf kurzer Säule

Und verwitterter Jamben in Stein: Mühsam entziffert
vom dreißigjährigen Cicero, Quästor auf Sizilien.
Fiel ihn, als er's entdeckte, ein Vorgefühl an

Einst werde auch er geköpft – wie 212
Archimedes: »Störe doch meine Kreise nicht« –,
durch einen der Krieger, die Syrakus erstürmt?

Zur Liquidierung abgestempelt

Schweige und reihe dich ein den Kolonnen Entschwundener.

Wo Kinder um den Tod schlangestehen,
muß das Jüngste Gericht abgesagt sein.

Halte dich nicht für vermißt,
ab morgen vermißt niemand dich Abgebuchten
aus der schiefen Schlachthof-Ordnung der Reichsverweser.

Finde dich ab mit der sechsstelligen Zahl,
die man dir einbrennt, auch du nur Schotter
unter den Gleisen der sogenannten Entwicklung
auf ein Ziel hin, das es nicht gibt.

Tröste dich mit der Banalität der Vernichtung:
wer alles ging dir voran! Dies ist deine Hoffnung:
geborgen vor Menschen und Gott in der Ruhe des Nichtsseins.
Unauffindbar bleibt die Küste der Toten,
ein Streifen Kies.

Nimm vom Glück deiner Kindheit, vom Strand mit der Mutter
die Welle, das Klischee des Absurden,
zur Unterweisung im Sterben:
zwecklos landwärts geschoben, schon ersetzt von der nächsten,
wo sie zerbricht, wird sie frei von der Macht,
die sie fortwirft.

Reiche

Beginn wie Ende: »Von der Karte streichen!«
Doch jede Waffe wird zum Bumerang.
Anschlag. Preemptive strike – Griff in die Speichen.
Heilschreie erst – dann Sturz vom Felsenhang.

Staatsmänner planen ohne Fragezeichen.
Empfang im Schloß – Flucht durch den Notausgang.
Marsfelder heute – morgen Krieger-Bleichen.
Auf jedes Kampflied folgt ein Grabgesang.

Sprecht nicht verächtlich von versunkenen Reichen:
Geschichte ist, was *jedem* Volk mißlang.
Aufstieg wie Fall ein Knüppeldamm von Leichen,
Ordensband gestern – morgen schon der Strang.

Erst mußte er die Baßgeige verkaufen: Johann Georg Elser.

»Den Entschluß zu meiner Tat faßte ich im Herbst 1938. ... Wenn ich gefragt werde, ob ich die von mir begangene Tat als Sünde im Sinne der protestantischen Lehre betrachte, so möchte ich sagen, ›im tieferen Sinne, nein!‹ ... Ich wollte ja auch durch meine Tat ein noch größeres Blutvergießen verhindern.

... Ich war bereits voriges Jahr um diese Zeit der Überzeugung, daß es bei dem Münchener Abkommen nicht bleibt, daß Deutschland anderen Ländern gegenüber noch weitere Forderungen stellen und sich andere Länder einverleiben wird und daß deshalb ein Krieg unvermeidlich ist, d.h. ich hatte die Vermutung, daß es so kommen wird. Dies war meine eigene Auffassung. ... Die von mir angestellten Betrachtungen zeitigten das Ergebnis, daß die Verhältnisse in Deutschland nur durch eine Beseitigung der augenblicklichen Führung geändert werden könnten. Unter der Führung verstand ich die ›Obersten‹, ich meine damit Hitler, Göring und Goebbels. Durch meine Überlegungen kam ich zu der Überzeugung, daß durch die Beseitigung dieser 3 Männer andere Männer an die Regierung kommen, die an das Ausland keine untragbaren Forderungen stellen, die kein fremdes Land einbeziehen wollen.«

Johann Georg Elser: Aussagen, November 1939

I.

Am 9. April 1945 rief dem »kleinen Schorsch«, wie im Konzentrationslager Dachau der sogenannte »Ehrenhäftling Hitlers«: Johann Georg Elser genannt wurde, einer der SS-Bewacher zu: »Mitkommen!«

Vielleicht wußte Elser sofort – vielleicht erst nach hundert oder zweihundert Schritten, daß er jetzt ermordet werde. Denn der Weg, ein sehr weiter Weg, sicher zehn Minuten lang, ging dorthin, wo der jetzt Zweiundvierzigjährige nie gewesen war. Und von dem keiner außer den SS-Männern, die Menschen dorthin führten, je zurückgekommen ist: ins Krematorium! Der ehemalige KZ-Aufseher Franz Lechner aus München, der lange Zeit Elser in seiner »Obhut« gehabt hatte, hat neunzehn Jahre später, 1964 den Reportern Peis und Petry berichtet: »Wer Elser tötete, weiß ich nicht.

Es gab bei uns mehrere Tötungsarten: Vergasen, Erhängen, Genickschuß. Elser ist im Krematorium getötet worden. Er wurde von uns weggeführt, entlang des elektrisch geladenen Zauns. Er kam am Lagertor vorbei, und dann ging's quer durch das Lager. Dann kam eine Steinmauer mit einer kleinen Eisentür. Dahinter befand sich das Krematorium. Das war ein unscheinbarer Bau. In dem Krematoriumsvorbau saß ein SS-Unterscharführer, der zu den Eintretenden sagte: ›Kommen Sie mit.‹ Dann führte er sie in den Hinrichtungsraum. Jeder, der bei uns hingerichtet wurde, mußte sich ausziehen. Man sagte den Betreffenden, es sei, um zu baden. Wenn dann der Häftling nackt war und zufällig einmal den Rücken hindrehte, wurde er, ohne es zu ahnen, erschossen. Elser wird sicher auf die gleiche Weise umgebracht worden sein.

Ich selbst bin nicht dabeigewesen, aber man hat sich im Lager darüber unterhalten. Oberscharführer Fritz, den ich nach den letzten Minuten Elsers befragte, sagte jedoch, Elser sei am Fleischerhaken aufgehängt und dann im Krematorium verbrannt worden. Übrigens: Kurz nachdem Elser hingerichtet war, kam

Oberscharführer Fritz zu mir in den Kommandanturarrest; er holte sich die Zither, die sich Elser gezimmert hatte. Ich sah ihn über den Gang gehen. Beim Hinausgehen streifte er mit dem Daumen über die Saiten.«

Im amtlichen Tagebuch des KZs war bereits am 5. April – laut Lothar Gruchmann, in seinem Vorwort zur ›Autobiographie eines Attentäters‹ –, ein sogenannter »Schnellbrief« des Chefs der Sicherheitspolizei aus Berlin unter der Nummer 42/45 registriert worden, der den Kommandanten des Lagers Dachau anwies: »... auch wegen unseres besonderen Schutzhäftlings Elser wurde erneut an höchster Stelle Vortrag gehalten. Folgende Weisung ist ergangen: Bei einem der nächsten Terrorangriffe auf München bzw. auf die Umgebung von Dachau ist angeblich Elser tödlich verunglückt. Ich bitte zu diesem Zweck, Elser in absolut unauffälliger Weise nach Eintritt einer solchen Situation zu liquidieren. Ich bitte besorgt zu sein, daß darüber nur ganz wenige Personen, die ganz besonders zu verpflichten sind, Kenntnis erhalten. Die Vollzugsanzeige hierüber an mich würde dann etwa lauten:

›Am ... anläßlich des Terrorangriffs auf ... wurde unter anderem der Schutzhäftling Elser tödlich verletzt.‹«

Zwanzig Tage nach Johann Georg Elsers Tod wurden die letzten lebenden Häftlinge des KZs Dachau durch amerikanische Soldaten befreit...

Des SS-Mannes Franz Lechners Satz: »Ich selbst bin nicht dabeigewesen« ist neben dem Satz: »Davon habe ich nichts gewußt« der in der deutschen Sprache meistgesprochene seit Hitlers Tod. Das ist verständlich. Denn wer zum Beispiel Bewacher in einem Konzentrationslager war oder geholfen hat, Gefangene zu erschießen, der gefährdete zeitweise seine Pension, wenn er in der Bonner Republik merken ließ, an Ermordungen teilgenommen zu haben. So dumm war auch keiner – denn grundsätzlich wurde Mord zeitweise bestraft, allerdings nur dann, wenn er von Nichtjuristen begangen worden war. Denn die Juristen des von Adenauer gegründeten Staates erfanden für sich das Entschuldigungswort: »Befehlsnotstand« – womit sie sich selber für die Terror-Urteile freisprachen, die sie unter Hitler gefällt hatten. Diesen Befehlsnotstand billigten sie aber nur studierten Juristen zu – nicht auch solchen Leuten, die keine Juristen gewesen waren, als sie mordeten. Das war zwar irrsinnig, aber nicht nur real, sondern legal in jenem Bonner Staat, dessen Parlament das einzige überhaupt auf der Welt gewesen ist, das sich selber bei jeder Gelegenheit als sogenannter »freiheitlich-demokratischer Rechtsstaat« anpries, weil eben doch immerhin einige Parlamentarier das Gefühl hatten, so sehr lasse ihr Staat das Recht außer acht, daß man von Zeit zu Zeit das Gegenteil beteuern müsse ... Bonn hat dann doch zuletzt – denn bald waren alle potentiellen Angeklagten ja ohnehin aus biologischen Gründen nicht mehr in Ämtern oder auch nur am Leben –, Kriegsverbrecher-Prozesse gegen Nichtjuristen durchgeführt. Als aber doch *einmal* in Westberlin Mitte der achtziger Jahre gegen einen Juristen Rehse, der Beisitzer im »Volksgerichtshofe« Hitlers gewesen war, Anklage erhoben wurde – sprach man Rehse frei, weil er seine Anträge, zahllose Angeklagte aufzuhängen, angeblich guten Glaubens gestellt hatte: demnach lag Befehlsnotstand vor ... und auch deshalb ließ man Rehse laufen, weil er nun angeblich zum Sitzen zu alt war.

Fast vierzig Jahre lang aber – dann waren ohnehin fast alle Richter der Hitlerzeit gestorben oder jedenfalls längst pensioniert aus Altersgründen –, hat allerdings in der gesamten Bundesrepublik niemals ein Richter einen Richter für Todesurteile vor Gericht gestellt, die der unter Hitler gefällt hatte – zum Beispiel über eine Frau, die ihrer Vermutung Ausdruck gegeben hatte, Hitler werde seinen Krieg verlieren. Nie wurden Juristen, die eine solche Mitbürgerin auf die Guillotine gebracht hatten – in *keinem einzigen* Fall –, jemals auch nur angeklagt, geschweige denn verurteilt! Als erst Mitte der sechziger Jahre – fast zwei Jahrzehnte nach Gründung dieses Bonner Staates –, das Ausland verlangte, Deutsche müßten ihre Kriegsverbrecher aburteilen, kam es zu Prozessen, in denen aber wiederum – in keinem einzigen außer dem genannten Fall Rehse – ein Jurist durch die Juristen der BRD angeklagt wurde. Denn den Juristen billigten ihresgleichen, wie gesagt, Befehlsnotstand zu. Angeklagt und auch verurteilt wurden aber beispielsweise SS-Soldaten, die als Achtzehnjährige geholfen hatten, Juden zu ermorden: Da sie noch keine Juristen gewesen sein konnten, als sie schossen oder vergasten oder ertränkten oder aufhingen: waren sie nun strafbar, während ältere ihrer Vorgesetzten, die noch in der Weimarer Republik studiert hatten, was Recht, was Unrecht ist, weiterhin gut versorgt durch sehr hohe Pensionen im Schutze des Begriffs Befehlsnotstand lebten, auch dann, wenn sie für Hitler Zahllose gemordet hatten. Nicht lange nach dem Kriege schon hat zum Beispiel jener Lübecker Oberreichsanwalt Lautz, der an der Seite Roland Freislers, des Präsidenten des Volksgerichtshofs, stets die Tötung durch den Strang auch für die Offiziere des 20.7. 1944 gefordert hatte, ebenso wie die Witwe und die Kinder Freislers – die sich aus Scham immerhin einen anderen Namen zugelegt hatten –, Pensionen erhalten, die das Zwanzigfache und mehr jener Renten betrugen, die den Hinterbliebenen der von ihnen Hingerichteten gezahlt wurden – in jenen *wenigen* Fällen, in denen die überhaupt aufgrund der Hinrichtung ihres Nächsten eine Rente erhalten haben: die weitaus meisten erhielten *keine*! So auch nicht die Eltern oder Witwen oder Kinder der nahezu zwanzigtausend deutschen Soldaten, die von Hitlers Kriegsrichtern umgebracht worden sind; Vergleichszahl: die ehrenhafte Armee Kaiser Wilhelms hat während der vier Jahre des Ersten Weltkriegs insgesamt vierzig Soldaten hingerichtet...

Zugegeben, daß zwanzig, dreißig, vierzig Jahre nach Kriegsende es für die Juristen des Bonner Staates sehr schwierig war, Prozesse zu eröffnen, denn es hätte ja diese Schergen und Massenmörder jemand anzeigen müssen – die Zeugen aber waren ebenfalls von ihnen ermordet worden, sofern sie keine Mittäter waren. Wer also hätte sie überführen sollen? Immerhin hatte der erste Präsident der Bonner: Theodor Heuss die Republik in seiner ersten Rede verpflichtet auf das Bibelwort: »Gerechtigkeit erhöhet ein Volk.« Doch um soziale Gerechtigkeit – beispielsweise bekamen auch Johann Georg Elsers Mutter oder Sohn niemals eine Rente – war dieser Staat nie bemüht. Ja, er brachte es fertig, zum Beispiel den Angehörigen jener gefallenen Offiziere oder Gefreiten, die als Zwangsrekrutierte aus Zivilberufen in die Hitler-Armee zum Kriegsdienst eingezogen worden waren, eine weitaus geringere Rente – nämlich eine Rente, keine Pension –, zu zahlen als den Angehörigen jener

Offiziere und Gefreiten, die Berufs-Soldaten, mithin Beamte gewesen waren, als sie fielen. Ein Staat, der sogar für Kriegerwitwen und Kriegerwaisen solche Unterschiede in ihrer Versorgung konstruiert, mag gewesen sein, was immer: Daß er ein Rechts-Staat gewesen wäre – haben nicht einmal seine Kabarettisten behauptet...

Doch diese Unterscheidung zwischen Beamten und Normalverbrauchten, zwischen Mördern, die studierte Juristen oder keine waren – diese in allen Berufen und Lebensdingen künstlich-gesellschaftliche Unterscheidung zwischen dem, was Narretei legitim oder illegitim nennt: sie hat auch die Geschichte-Schreibung der Nachkriegszeit mitgeprägt, ja nachweislich oft verfälscht. Denn man unterschied nun ganz ironielos und offiziell zwischen: Quellen und »Sekundärquellen«. Noch jene Historiker, die mit sehr verhängnisvoller Verspätung – denn wie viele Zeugen waren dann tot, wie viele schriftliche Unterlagen verschwunden –, die endlich um 1970, also einunddreißig Jahre nach Elsers Attentat auf Hitler, seine Spuren anfingen zu sichern: machten diesen Unterschied. So daß zum Beispiel der Herausgeber – 1970 – des Vernehmungsprotokolls, das drei Polizeikommissare im Geheimen Staatspolizeiamt zu Berlin zwischen dem 19. und 23. November 1939 von Elser aufgenommen hatten, so daß sogar der Historiker Lothar Gruchmann vom Münchner ›Institut für Zeitgeschichte‹ noch diesen Unterschied machte, als er einleitend festhielt: »Wir sind hier auf überlieferte Gespräche mit hohen NS-Führern angewiesen, die in Sekundärquellen erwähnt werden« ... Gruchmann verabsäumt zu erwähnen, daß *allein* diesen – wie er sagt – »Sekundärquellen«: womit er zum Beispiel eine Illustrierte meint oder ein Fernseh-Gespräch –, es zu verdanken ist, daß *überhaupt* Zeugen aufgerufen und auf Tonband gehört wurden, die Elser persönlich nahestanden – sogar so nahe wie seine Mutter, seine Geliebte, ja seine Mörder... Was – wenn *das* Sekundärquellen sind – wäre eine Primär-Quelle?

Diese Frage drängt sich auf wie keine andere hinsichtlich der historischen Forschung, wenn man bedenkt, in einer Epoche zu leben, deren spezifische Einrichtung: Die Gaskammer – niemals, ohne Ausnahme: *niemals* schriftlich erwähnt wurde von jenen vielleicht fünfzigtausend Menschen, die Gaskammern gewollt, gebaut und Opfer in ihnen umgebracht haben. Es gibt keine Zeile Hitlers oder Himmlers oder Heydrichs, die belegte, daß diese drei Haupt-Initianten der Tötungen in Gaskammern auch nur von deren Existenz gewußt haben: Sie hielten sich an Bismarcks Verordnung, niemals, »was von Wichtigkeit« sei, dem Papier anzuvertrauen... zahllos sind diese und ähnlich formulierte Verfügungen des großen Mannes! So wenn Holstein schreibt: »Bismarck hatte gleich nach meiner Ankunft in Petersburg (1861) vor mir geäußert, daß Führung eines Tagebuchs unvereinbar mit der diplomatischen Diskretion sei. Ich hatte mich dem gefügt und bedaure es heute, besonders wegen der Gepräche, die Bismarck und Goltz nach dem Essen am Kamin führten«... Und Hitlers Staatssekretär des Auswärtigen: Ernst von Weizsäcker charakterisiert wie für die Nazi-Zeit für *jede* Diktatur, ja für jeden Staat alle sogenannten schriftlichen Quellen, die unsere Historiker noch immer mit gradezu kriminell gewordener Naivität die *primären* nennen, während sie zumeist nicht einmal als Sekundärquellen seriös genannt werden *können*, in einer Zeit, die – um das spektakulärste aller Beispiele beizubehalten –, sogar das Wort »Gaskammer« niemals schriftlich in Befehle oder Akten oder Briefe aufnahm; Weizsäcker in seinen ›Erinnerungen‹:

»Wahrheitsuchende Geschichtsschreiber werden noch lange nach den Urgründen dieses Krieges forschen. Benützt die Forschung Quellen des Dritten Reiches, so möge sie bedenken: niemand kam damals in Deutschland zum Ziel, wenn er nicht der herrschenden Ausdrucksweise Rechnung trug. Vorschläge vernünftig gebliebener Beamter und Offiziere und fast alle ihre Argumente waren solche ad hominem. Ohne Kenntnis von Haupt- und Nebenadressaten sind sie historisch kaum verwertbar. Wer in jener Periode in Deutschland politisch wirken wollte, schrieb ja nicht, um später als kluger Warner dazustehen, nicht um seine Seele zu retten. Er sprach und schrieb in Konkurrenz mit Psychopathen und für Psychopathen. Geschichtsforscher werden das erkennen. Sie werden nicht bei den heute gültigen Parolen stehenbleiben. Sie werden sich nicht zufriedengeben mit dem Schlußstadium vor dem Krieg... Was bis zum Kriegsausbruch bei uns ein vernünftiger Mensch dachte und für den Frieden tat, das konnte er nicht aufschreiben, ohne sich und Gleichgesinnte und ohne die Sache selbst zu gefährden. Darum wird das, was von deutscher Seite geschehen ist, um den Krieg abzuwenden, dokumentarisch immer lückenhaft bleiben... Und was im Krieg mich dauernd und im Grund allein in Atem hielt, nämlich der Versuch, durch Ausländer, besonders durch Neutrale, und zugleich mit Hilfe der innerdeutschen Opposition dem Unheil zu steuern – hierüber enthalten meine Notizen aus den Jahren 1939 bis 1943 so gut wie nichts.« ...

Man kennt auch die – sehr berechtigte – Verbitterung Weizsäckers gegen den entlassenen Botschafter von Hassell, weil der in seinem Tagebuch vermerkte, daß Weizsäcker ihn gewarnt hat: Er sei amtlich informiert worden, daß Hassell auf seinen Reisen überwacht werde. Weizsäcker belegt hier abermals, daß Kluge in Diktaturen nichts dem Papier anvertrauen dürfen – und warum auch die Mörder selber das ja nie tun: Es gibt keine Silbe- schriftlich, von Hitler, daß er auch nur gewußt habe von der Existenz eines Ortes namens Auschwitz... auch keine mündliche. Weizsäcker schreibt: »Nicht lange nach Casablanca« (das war der Ort, an welchem die Alliierten Churchill und Roosevelt, ohne Stalin hinzuzuziehen, sich darauf geeinigt hatten, den Deutschen die *bedingungslose* Kapitulation abzuverlangen, was dann den Krieg erheblich verlängert hat)–, »sagte mir der preußische Minister Popitz« (hingerichtet wie Ulrich von Hassell nach dem mißglückten Attentat auf Hitler, nach dem 20. 7. 1944)–, »zwei deutsche Feldmarschälle, deren Namen er mir nannte, wünschten von mir eine schriftliche Meinungsäußerung, ob unsere Gegner mit einem Hitlerfreien Deutschland nicht ebenso brutal umspringen würden wie mit einem besiegten Hitler-Deutschland. Ich erwiderte, ich schriebe überhaupt keine Briefe... Der Wunsch der zwei Feldmarschälle, meine Ansicht *schriftlich* zu erhalten, war mir ein neuer Beweis für die Offenherzigkeit mancher Mitglieder der innerdeutschen Widerstandsbewegung. Im Frühjahr 1942 wurde ich amtlich informiert, daß die Geheime Staatspolizei den uns seit langem befreundeten Botschafter a. D. v. Hassell überwache und verfolge, auch auf seinen Auslandsreisen. Seine und seiner Frau Unbefangenheit im Ausdruck kam der Polizei zustatten. Darum war es ebenso nötig wie riskant, daß ich an Hassell diese meine amtliche Information weitergab und ihn vor Spitzeln warnte. Ich glaubte, dieser Freundschaftsdienst würde als solcher verstanden werden. Doch war das nicht der Fall, wie Hassells 1946 veröffentlichtes Tagebuch aufweist. Die Existenz der Tagebuchnotizen zeigt, daß meine Warnung begründet war. Ihr Bekanntwerden hätte dem Autor, vielen seiner Gesinnungsgenossen und auch mir, vor allem aber der Sache des Widerstands das Leben ausgelöscht. Tagebücher sind Sicherheitsventile für Stimmungen des Augenblicks. Sie später ohne Kommentar zu veröffentlichen, ist meistens ein Unrecht gegen den Verfasser.«

Hier hat Weizsäcker ohne Einschränkung recht. Es ist eine Warnung: Dies alles hat zu bedenken, wer einen Menschen *deshalb* allein aus den Akten beurteilt, die seine Todfeinde und Verhörer und Hinrichter angelegt haben – *weil es* Bekenntnisse oder Äußerungen nicht gibt, die dieser Mensch noch in Freiheit abgegeben hat: höchst unwürdig und verlogen, einen Häftling nach seinen Aussagen in der Haft ausgerechnet der Nazi-Bestien zu beurteilen! Wir haben aber von Johann Georg Elser keine Aussagen, Briefe, überhaupt Schriftliches nicht, was er *außerhalb* der Haft gesagt oder verfaßt hätte …

»Sekundärquellen« – nur dünkeldumme Hochnasigkeit, die bedeutende Verluste in der historischen Überlieferung verschuldet, *kann* überhaupt den Unterschied zwischen Quellen und »Sekundär«-Quellen konstruieren. Menschen von Rang vermochten zu sagen, so der Maler Lenbach: »Beim Rubens hätte ich mögen Kammerdiener sein« – unsere beamteten »Historiker« dagegen sind sich zu fein, auch nur einen Chauffeur aufzusuchen, der zum Beispiel auf Befehl zweier Mörder im Generalsrang den Feldmarschall Rommel in den Tod fahren mußte: Rommel wurde ja unterwegs von seinem Haus Richtung Ulm, wo dann seine Leiche eingeliefert wurde als ein angeblich an Herzversagen unterwegs Verstorbener, von zwei Generalen, die Hitler ihm zugeschickt hatte, gezwungen, Gift zu nehmen … Erst der Brite David Irving – aber kein deutscher Historiker – hielt für nötig, diese Tragödie anhand des einzigen *glaubhaften* Zeugen: nämlich des Fahrers, der auch nur ein armer Befehlsempfänger, doch kein Mörder war wie die beiden Gift bringenden Offiziere, zu überliefern. Ist also die Aussage des Chauffeurs eine »Sekundärquelle«? Während die »offizielle« Darstellung etwa durch einen der zwei Büttel Hitlers, die dem populärsten aller seiner Offiziere das Gift brachten, eine Hauptquelle ist?

Absurd, diese närrische Unterscheidung: sekundär, was gesellschaftlich nicht »fein« ist?

Halten wir uns an die Maxime Lichtenbergs, der notierte, an keiner Biographie eines Königs interessiert zu sein, die nicht einmal verboten gewesen ist! – also nur eine offizielle, eine demnach schöngefärbte wäre. Selbstverständlich wären die Briefe eines Dienstmädchens – wenn es welche gäbe – der Kaiserin Friedrich, der klugen Mutter des letzten deutschen Kaisers wertvoller, wenn diese Briefe ihre Herrin schildern, als das Vorwort des Herausgebers ihrer Briefe, Sir Robert Ponsonby, der sie nachweislich durch Kürzungen »gesellschaftsfähig« gemacht, also: gefälscht hat. Denn diese Kaiserin Friedrich, wie sie sich nannte nach dem Tode ihres Mannes, der nur 99 Tage Kaiser war, schrieb ganz unverblümt vier Bände Briefe an ihre Mutter Queen Victoria ... Unser reizvollstes Buch: Die drei Bände der Gespräche mit Bismarck basiert nahezu ausschließlich auf dem, was heutige Historiker »Sekundärquellen« schimpfen, nämlich auf Niederschriften meist ganz unbekannter Personen, die Gespräche mit Bismarck notiert haben ...

II.

Fünfzig Jahre nach Beginn von Hitlers Krieg, 1989 ist wieder einmal neu der Buchstabe E – E wie Elser – in einem der gewaltigen *vierundzwanzig* Bände der neuesten Brockhaus-Enzyklopädie behandelt worden, im weitaus umfassendsten Nachschlagewerk deutscher Sprache. Vierundzwanzig Bände, davon für den Buchstaben E *allein* ein ganzer Band: Doch Johann Georg Elser, einer der nur zwei Deutschen, die zu Füßen Hitlers eine Bombe zündeten – wurde der Aufnahme in den Brockhaus nicht für würdig erachtet! Die knapp ebenso umfassende Meyer-Enzyklopädie, die inzwischen – Fluch der Fusionen – im gleichen Verlag wie der Brockhaus erscheint: unterschlägt ebenso diesen Münchner Attentäter! Es ist demnach nicht zu viel gesagt, wenn man folgert, daß in diesen zwei repräsentativsten Lexika, die deutsch erscheinen, *Geschichtsfälscher* am Werke sind. Denn schon vor über zwanzig Jahren haben zwei höchst renommierte Historiker vom Münchner Institut für Zeitgeschichte: Anton Hoch und Lothar Gruchmann Johann Georg Elsers Tat und Leben – in den entscheidenden Tagen vor dem Attentat auf die Stunde genau – dargestellt und alles, was sie erforschten, sogar belegt durch die Autobiographie des Attentäters, an deren Echtheit kein Mensch auch nur eine Minute zweifeln konnte: Denn Elser war gezwungen, diese Autobiographie der Berliner Gestapo anläßlich seiner Vernehmungen in die Schreibmaschine zu diktieren. Und Anton Hoch hat diese unersetzlichen Blätter ausfindig gemacht im Archiv des Bonner Justizministeriums. Er hat sie dann in einem so gründlichen wie aufregenden Essay, der auch als Sonderdruck erschienen ist, vor zwanzig Jahren: 1969 in Heft 4 der Vierteljahreshefte für Zeitgeschichte ausgewertet; endlich hat sogar noch Lothar Gruchmann diese ›Autobiographie eines Attentäters‹ im August 1970 in Stuttgart als Buch veröffentlicht: Vorabdruck in Auszügen auf fünf ›Spiegel‹-Seiten mit fünf Fotos, Heft 29/1970. Und der Londoner Germanist J. P. Stern hat in seinem, seit 1978 auch deutsch vorliegenden Buch: ›Hitler – der Führer und das Volk‹, den schwäbischen Einzelgänger Johann Georg Elser, den »Mann ohne Ideologien«, als Hitlers »wahren Antagonisten« zur Mittelpunktsfigur gemacht, zu »Hitlers moralischem Gegenbild«. Sterns Elser-Porträt wurde in der ›Frankfurter Allgemeinen‹ am 4. November 1978 mit Fotos auf einer ganzen Wochenend-Seite abgedruckt. Und genau wie dieser Brite sah auch bereits zehn Jahre *vor* Erscheinen seines Heldenliedes der Münchner Hans Gottschalk diesen Schwaben Elser, als er zum dreißigsten Jahrestag des Attentats – ausgestrahlt im Fernsehen

Sonntag den 9. November 1969, um 20 Uhr 15, gesehen also von der ganzen Bunderepublik –, den bewegenden Film geschrieben hat: ›Der Attentäter‹. Wie Fritz Hollenbeck hier den einzigen Deutschen, der 1939 ebenso konsequent war wie Adolf Hitler, dargestellt hat, das wird nie vergessen, wer es sah: Gottschalks und Hollenbecks Film, Regie: Rainer Erler – war überhaupt das menschlich ergreifendste Stück Zeitgeschichte, das neben Ernst Schnabels Anne Frank-Biographie: ›Spur eines Kindes‹ (Fischer-Bücherei) einem Deutschen nach Hitlers Krieg gelungen ist...

Jede andere Nation, selbst dann, wenn nicht Auschwitz sie wie uns Deutsche auf ewig brandmarkte, würde gradezu *prahlen* mit den – nur – zwei Männern, die ihrem Hitler einen Zeitzünder neben das Rednerpult oder unter den Kartentisch gelegt haben; mit Oberst Graf Stauffenberg prahlen wir ja auch: *Dieser* große Schwabe »paßt« ins beliebteste (und verlogenste) Klischee, das wir Deutschen uns von der ach so ehrenhaften Armee neben der ach so schändlichen NSDAP zurechtgelegt haben. Es war Zuckmayers so gutgemeintes wie gutgemachtes, gleichwohl historisch gänzlich unhaltbares Udet-Bild in seinem bedeutenden Drama ›Des Teufels General‹, das zuerst uns die Chance geschenkt hat, das meistbenutzte Alibi zu finden. Doch waren es in Wahrheit ja *nicht* »die Nazis«, die bedenkenlos unsre Brüder und Vettern und Väter und Söhne für den Braunauer auf den Schlachtfeldern verheizt haben: die Nazis konnten nicht einmal Wien besetzen. Das hat die ach so ehrenhafte Armee getan! Nazis konnten nicht ein einziges Judenkind aus Oslo oder Marseille oder Kiew nach Auschwitz bringen: das hat der SS die Armee ermöglicht, sofern die Armee nicht selber – man lese Krausnicks und Wilhelms Dokumentation: ›Die Truppe des Weltanschauungskrieges‹ –, fleißig geholfen hat, Juden zu ermorden! Und so »gehört es sich« denn auch für die Brockhaus- und Meyer-Lexikon-Redakteure den Johann Georg Elser »natürlich« wegzufälschen aus der deutschen Geschichte, deren ergreifendste Gestalt im 20. Jahrhundert Elser gewesen ist; wohl aber jedem Fedor von Bock samt Foto seine Spalte in ihren Lexika einzuräumen; Bock war jener Boss von Hitlers Heeresgruppe Mitte, die 1941 vor Moskau geschlagen wurde: ein Mann, über den schon während des Krieges sein einstiger Vorgesetzter, der aus Opposition gegen Hitlers Kriegspläne zurückgetretene Generaloberst Freiherr von Hammerstein zu seinem Sohn Kunrat gesagt hat, mit Bock, den er zum Widerstand gegen Hitler hatte bewegen wollen, könne »man nur noch über die Jagd reden«: Diesem Bock also im Brockhaus Bild und Spalte, dem Elser – keine Silbe; es gab schlimmre Staaten auf deutschem Boden, oft genug. Doch einen so verächtlichen wie die Bonner BRD gab es niemals ... *Einzelgänger* als Widerstandskämpfer werden bei uns noch schimpflicher unterschlagen als sogar Linke! Es ist aber am 50. Jahrestag des Elser-Attentats endlich an der Zeit, die deprimierende Wahrheit anzuerkennen, daß die »Preußen-Priesterschaft, der Generalstab«, wie angstvoll in seinem literarischen Meisterwerk: ›Weltkrise 1911–18‹ Winston Churchill bereits des Kaisers Armee-Führung apostrophierte, enthusiastisch für Hitler Europa kurz und kleingeschlagen hat. Widerstand haben die »Herren« dem »böhmischen Gefreiten«, wie sie wegen seiner kleinbürgerlichen Herkunft – nur deshalb – verächtlich den Mann schimpften, während sie sich vier Jahre stolzentstellt seine Ritterkreuze von ihm umhängen ließen, erst geleistet – mit sehr wenigen Ausnahmen –, als sie endlich begriffen, er werde die Rote Armee auf ihre Rittergüter bringen ... Wendet man ein, Pläne, Hitler umzulegen, seien bereits gehegt worden, bevor der Prag nahm, so muß diesen geborenen Aktivisten – wäre ein Generalstäbler kein Aktivist, wäre er kein Generalstäbler –, mit Preußens Staatsphilosoph Hegel erwidert werden: »Die Geschichte des Geistes ist seine Tat, denn der Geist *ist nur, was er tut*! Es ist die Ehre der großen Charaktere, schuldig zu sein.« In diesem Sinne wurden die beiden eminenten Schwaben *auch* schuldig: Elsers Bombe zerfetzte neben sieben Nazis eine Kellnerin und verletzte sechzig ›Bürgerbräu‹-Besucher; Graf Stauffenbergs Bombe tötete sogar einen am Tisch Hitlers schreibenden Stenographen ... Im Sinne Hegels gibt es für den Attentäter also nur *eine* Tat, auch im Sinne Wilhelm Tells: den Tod des Gegners! Elser vermochte Hitler nicht zu töten, weil der, entgegen jahrelangen Erfahrungen, zu früh, ganze elf Minuten zu früh, den Saal verlassen hatte, das heißt: sein Rednerpult, das völlig durch Elsers Bombe in der dahinterstehenden Säule vernichtet worden ist! Doch Elser – und das macht uns seine Tat ehrwürdiger noch als sogar jene Stauffenbergs –, hat schon sechs Jahre *zuvor*, sechs Jahre vor Stauffenberg, hat schon ein Jahr *vor* dem Krieg, im Herbst 1938 bereits, die Vorbereitung zum Attentat begonnen! Und er konnte nur – im Gegensatz zu den deutschen Offizieren –, an *einem* Tag im Jahre handeln, nur am 8. November. Denn nur am 8. November war Hitler zu voraus berechenbarer Stunde an einem zuvor festgelegten Ort anzutreffen für einen Menschen, der sonst Zugang zu ihm nicht gehabt hat: nur zu der jährlich wiederkehrenden Gedenkfeier kam Hitler mit Sicherheit nach München. Und selbst um diese »Sicherheit« stand es problematisch genug im Jahre 1939. Hitler hatte nämlich aus Angst vor Attentaten gar nicht kommen wollen, erstmals. Und hat tatsächlich seinen Mitbanditen den Gedenkmarsch durch München auch verboten, weil im Vorjahr 1938 zu seinem Entsetzen jener Schweizer Priesterseminarist Maurice Bavaud, der ihn bei diesem Marsch erschießen wollte, als Ausländer, der nicht deutsch, nur französisch sprach, dennoch vermocht hatte, eine Karte für die erste Reihe der »Ehrentribüne« zu ergattern: Bavaud – 1941 in Plötzensee enthauptet – kam nur deshalb 1938 nicht zum Schuß, die Hand bereits an der Pistole in der Manteltache, weil er nicht gewußt hatte, daß die Fahnen vor Hitler gesenkt werden in dem Moment, in dem er vorbei-»schritt«, so daß Bavaud ihn nicht mehr sehen konnte ... Hitler hatte sich darüber hinaus für sich selber eine Ausrede einfallen lassen, ohne seiner Umgebung sagen zu müssen, er habe Angst: Er gab vor, sogar für wenige Stunden in Berlin unabkömmlich zu sein, weil er am 12. November 1939 in Frankreich einfallen wolle – was er dann bekanntlich erst am 10. Mai 1940 getan hat. So hatte er angeordnet, seine Mitmarschierer im biergelben Hemd aus dem Jahre 1923 sollten erstmals 1939 *ohne ihn* in ihren Erinnerungen schwelgen, und ohne zuvor, wie bisher in jedem Jahr, durch die enge Münchner Altstadt zu marschieren. Da eine Besprechung mit der Generalität tatsächlich für den kommenden Tag in der Berliner Reichskanzlei angesagt war, Hitler sich aber doch dann entschlossen hatte, erst am 7. November, seine Münchner Rede am 8. abends selber zu halten (ursprünglich hatte sein Stellvertreter Hess sprechen sollen), wollte er mit dem Flugzeug zurück nach Berlin. Ein Zettel, der ihm aufs Rednerpult gelegt wurde: wegen Nebels könne der Führer nicht starten, er müsse den Zug nehmen – veranlaßte ihn dann, seine Rede so entscheidend abzukürzen, daß er Elsers Bombe entging... mit einem »Vorsprung«, wie gesagt, von ganzen elf Minuten! Das Schicksal, wer oder was immer das sein mag, bewahrte ihn auf, ›Endlösung‹ und Rußlandfeldzug anzuordnen, jene zwei »gewaltigsten« seiner Aktionen, die er nachweislich ganz allein und gegen den Rat ausnahmslos *aller* seiner Mitverbrecher gewollt und »auf den Weg gebracht« hat... Warum das »Schicksal« ihn dazu aufbewahrte: kann man nicht genug begrübeln, so zwecklos das auch ist.

Hitlers Sonderwaggons wurden also dem fahrplanmäßigen Nachtzug München–Berlin um 21 Uhr 31 hinzugefügt; in Nürnberg wurde Hitler dann gemeldet, was Elsers Bombe um 21.20 Uhr angerichtet hatte...

Der Alleingänger Johann Georg Elser, der 1938 die Tötung *des* Mannes beschloß, der garantiert den zweiten Weltkrieg anzetteln werde, gehörte wie Maurice Bavaud und Claus Graf Stauffenberg auch laut Macchiavelli zu den seltensten Menschen überhaupt. Der Florentiner schreibt: »Vor Attentaten, die mit kalter Überlegung von einem entschlossenen und hartnäkkigen Manne begangen werden, kann sich kein Herrscher schützen, denn jeder, der nicht um sein Leben bangt, kann es ausführen. Doch braucht man solche Attentate weniger zu fürchten, weil solche Attentäter sehr, sehr selten sind.«

Schießen konnten Stauffenberg und Elser nicht: Stauffenberg hatte bei Karthago am 7. April 1943 durch britische Tiefflieger das linke Auge, den rechten Unterarm und zwei Finger der linken Hand verloren. Elser hatte sich 1938 bei seiner Tatort-Besichtigung als Augenzeuge von Hitlers November-Aufmarsch und Bierkeller-Rede überzeugt: Kein Mensch hätte inmitten der »Getreuen« Hitlers, gesetzt sogar den ganz unwahrscheinlichen Fall, er wäre bis in ihre Mitte vorgedrungen als Namenloser – vermutlich völlig ausgeschlossen –, eine Pistole in Anschlag bringen können... der Saal mußte niemals bewacht werden, so total besetzt war er jedes Jahr von fanatisierten Mitschreiern. Ein Offizier des Generalstabs, der zu Hitler persönlich vorgelassen wurde, hätte ihn erschießen können, vermutlich auch noch nach dem 20. Juli 1944, als man die »Herren« bat, Koppel mit Pistolentasche im Vorzimmer abzugeben... Hosentaschen immerhin wurden ihnen ja nicht untersucht. Aber ein Handwerker wäre nie zum Schuß – da gar nicht in Hitlers Nähe – gekommen.

Wendet also jemand ein, Elser gehöre nicht zu diesen von Macchiavelli genannten Seltensten, da ja Elser entschlossen gewesen sei, zu entkommen: Der sage sich, daß dennoch der Mut dieses Mannes aus Hermaringen, geboren 1903, ohne Beispiel war! Denn er mußte *vierzigmal* zum Tatort schleichen – immer ging der Protestant zuvor in eine Kirche –, und mußte fünfunddreißig Nächte dort knieend arbeiten, ein Bluterguß im Knie hat ihn verraten –, um in die saaltragende Hauptsäule, vor der Hitlers Rednerpult aufgestellt wurde, die Bombe und die Uhren einzubauen! Vierzigmal... sogar Ajax, den Hund des Saalwärters, hat er sich erst mit Speiseresten anhänglich machen müssen, damit er ihn nicht anbelle, wenn Elser unter eine Tischdecke kroch, so oft der Saal nachts kontrolliert wurde... Ich verstehe nichts von Mut, wie sollte ich. Aber gerade deshalb fand ich stets verächtlich, daß Schopenhauer den Mut eine »Unteroffizierstugend« geschimpft hat. So ahnungslos konnte nur von dieser vielleicht höchsten Tugend des Menschen einer sprechen, der glück-verdummt unterm Baldachin absoluter materieller Sekurität lebte, fern der »Weltgeschichte«: das heißt verschont von ihr wie im Biedermeier die anderen Spitzweg-Figuren auch! Denn allein der Mut eines Johann Georg Elsers, eines Claus Graf Stauffenbergs – hätten ihn einige wenige Deutsche außer diesen zwei Schwaben auch noch aufgebracht –, würde die Welt und uns ja bewahrt haben vor Hitlers Krieg...

III.

Voltaires Definition der russischen Regierungsform: »Le despotisme tempéré par l'assassinat« (Despotismus, gemildert durch Mord) war noch im 19. Jahrhundert völlig gesellschaftsfähig – sogar bei engsten leiblichen Verwandten derer, auf die Voltaires Maxime gemünzt war: auf die Romanows! Nicht nur hat Bismarcks Paris-Botschafter Fürst Münster die Formel offiziell benutzt – sogar die Mutter des letzten deutschen Kaisers: die Tochter der Queen Victoria schreibt sie an ihre Mutter, als am 21. Februar 1880 in Berlin die Nachricht eingeht, man habe versucht, die Zarenfamilie beim Betreten des Speisesaals in die Luft zu jagen durch eine unter der Treppe explodierende Bombe. Und als ein Jahr später Alexander II. auf dem Heimweg von einer Parade in Petersburg durch einen Bombenwurf in seine Kutsche getötet wird, schreibt die preußische Kronprinzessin – deren Mann, der spätere Kaiser Friedrich, ein Vetter ersten Grades des Ermordeten ist –, am 14. März 1881 der Queen Victoria über die russischen Verwandten ihres Mannes und ihres Bruders Edward: »Wie wollen sie jemals zu einem zivilisierten, freiheitlichen und ordentlichen Staat werden bei all der grausamen Unterdrückung, dem Verbannen nach Sibirien und langsamen en-gros-Töten von Familien? Wann wird das Leben und die Freiheit der Untertanen durch kluge und menschliche Gesetze gewissenhaft geschützt werden! Despotismus ist ein Dämon, der alle wilden Verbrechen und Grausamkeiten mit sich bringt und früher oder später zu so schrecklichen Ereignissen führen muß, die dann gewöhnlich den Unschuldigen treffen.

–

Vor dem Sklaven, wenn er die Kette bricht,
vor dem freien Menschen zitt're nicht.«

(Von welcher Frau eines *demokratischen* Herrschers wird man Briefe, vier Bände voll, dieses Niveaus hundert Jahre nach ihrem Tode drucken können?) Wir haben die Kaiserin Friedrich zitiert, um zu sagen: selbst Herrscherfamilien haben immer gewußt, daß der Meuchelmord die natürliche Folge des Despotismus ist! Tatsächlich ist jede Diktatur allen Untertanen wie das Recht zu atmen auch das Recht auf Mordanschläge schuldig. Selbst bürgerlich-konservative Historiker des 19. Jahrhunderts, sofern sie Niveau hatten, haben das zugestanden: Jacob Burckhardt hinterließ ein Vorlesungs-Fragment über den ›Mord als Hilfsmittel‹. Der Basler geht davon aus, daß »bei Abwesenheit aller legalen Rechtsmittel der Mensch Richter in eigener Sache wird« ...

Dies, natürlich, ist das einzige Kriterium für die Legalität des Meuchelmordes: die Abwesenheit aller legalen Rechtsmittel, der Staat als die gesetzlich verankerte Terroristen-Vereinigung. So reiste denn auch der britische Militärattaché in Berlin und Chef der britischen Artillerie: Brigadegeneral Mason-MacFarlane 1939 eigens in die Downingstreet, um zu melden, wenn nicht Hitler an seinem 50. Geburtstag: am 20. April 1939 anläßlich der Parade erschossen werde, sei der Zweite Weltkrieg absolut unvermeidbar! Sir Mason-MacFarlane wies nach, daß die Herkunft eines Blattschusses auf die schauerlichste Figur der überlieferten Geschichte während der Musik-zerlärmten Geburtstags-Parade, im Dröhnen der Panzer, der Flugzeuge, der Musik – denn die Tribüne war gegenüber der Wohnung dieses Schotten, Berlin, Sophienstraße 1 –, niemals rekonstruierbar sei. Aber dieser General besprach, vermutlich weil er einen Scharfschützen benötigte, anders als der Schweizer Bavaud, anders als der Schwabe Elser, seinen Entschluß nicht allein mit seinem Gewissen, sondern in der Downingstreet, und er ward ihm verboten ... Schuldig: wer wurde es hier? Der zur Tat Entschlossene, der die Tat selber nicht tun konnte, denn er war ein Schwerverwundeter des Ersten Weltkrieges, oder jene, die ihm dazu den Scharfschützen nicht bewilligten?

Elsers moralisch-religiöse Basis war seine Gewißheit, Hitler provoziere durch noch weitergehende territoriale Forderungen seine europäischen Nachbarn derart, daß der Krieg unvermeidlich sei. Ihn zu verhindern gab es *ein* Mittel: Hitler zu töten; Elser *handelte* aus ganz genau dem gleichen Grund, aus dem der britische Militär-Attaché zu handeln vergebens gefordert hat ... Der Londoner Germanist J. P. Stern hat 1978 in seinem Hitler-Buch erstmals Johann Georg Elser ranggemäß gezeichnet, das heißt porträtiert als *den* deutschen Antipoden des Tyrannen:

»Hitlers wahren Antagonisten – sein *moralisches* Gegenbild – finden wir nicht unter den militärischen Führern oder den Junkern, die alle ein politisches Ziel oder ein patriotisches Anliegen mit ihm teilten; nicht unter dem Klerus der beiden Konfessionen, deren Märtyrer vorwiegend der – in der Offenbarung wurzelnden – kirchlichen Tradition der Selbstaufopferung folgten und daraus ihre Kraft zogen; auch nicht unter den Juden, die in der Mehrzahl die hilflosen Opfer des Regimes waren, verlassen von Gott und den Menschen.

Um Hitlers wahren Gegner zu finden, müssen wir nach dem ›kleinen Mann‹ suchen: nach einem, der aus den gleichen sozialen Umständen kam wie er selbst und doch ohne religiösen oder ideologischen Hintergrund in einer ganz anderen moralischen Welt lebte und starb. Sein Name ist Johann Georg Elser. Ein Name, der in der Literatur des Widerstands wenig geehrt wird.«

Stern hat das psychologisch überzeugende Elser-Porträt vermutlich deshalb zu schreiben vermocht, weil er diese, wie er Elser nannte, »Gottfried-Keller-Figur« mit Liebe sah. So nahm er den Schwaben zunächst einmal in Schutz:

»In den Kommentaren deutscher Historiker erscheint er immer wieder als Eigenbrötler, exzentrisch, versponnen, vielleicht sogar verrückt. Damit soll die Motivation seiner Tat diskreditiert werden. Ich halte das Gegenteil für wahr. Die Tatsache, daß er sich niemandem anvertraute, diskreditiert nicht ihn, sondern die Welt, in der er lebte. Sein großer Vorteil lag darin, daß er in jeder Hinsicht unauffällig war. In einem Meer von Menschen, die gegenüber dem schreienden Unrecht bestenfalls gleichgültig blieben, wußte er, daß er das, was er tun mußte, ganz allein würde tun müssen, und er betete, daß es das Richtige war und daß er die Kraft haben würde, es zu vollbringen. Er war nicht besonders religiös, auch wenn er seit seiner Kindheit ›zwar nicht immer, aber oft vor dem Einschlafen das Vaterunser gebetet‹ hatte.«

Und Stern zitiert aus Elsers ›Autobiographie‹, also aus der in Berlin am 19. November 1939 – »vorgeführt erscheint Elser, Johann Georg« – begonnenen Vernehmung:

»Persönlich, d.h. aus freiem Herzen und in selbstgewählten Worten habe ich nie zu Gott gebetet. Meine Tat bzw. den Wunsch eines Gelingens derselben habe ich nie in mein Gebet aufgenommen. Als Kind wurde ich von meinen Eltern gelegentlich sonntags mit in die Kirche genommen, später bin ich manches Mal allein gegangen, aber schließlich immer seltener. Erst im Laufe dieses Jahres ging ich wieder öfter in die Kirche, nämlich bis heute vielleicht seit Jahresbeginn [1939] ungefähr 30mal. Ich bin in letzter Zeit auch öfter werktags in eine katholische Kirche gegangen, wenn gerade keine evangelische Kirche da war, um dort mein Vaterunser zu beten. Es spielt meines Erachtens keine Rolle, ob man dies in einer evangelischen oder katholischen Kirche tut. Ich gebe zu, daß diese häufigen Kirchenbesuche und dieses häufige Beten insofern mit meiner Tat, die mich innerlich beschäftigte, im Zusammenhang stand, als ich bestimmt nicht soviel gebetet hätte, wenn ich die Tat nicht vorbereitet bzw. geplant hätte. Es ist schon so, daß ich nach einem Gebet immer wieder etwas beruhigter war.

Wenn ich gefragt werde, ob ich die von mir begangene Tat als Sünde im Sinne der protestantischen Lehre betrachte, so möchte ich sagen, ›im tieferen Sinne, nein!‹

Ich glaube an ein Weiterleben der Seele nach dem Tode und ich glaubte auch, daß ich einmal in den Himmel kommen würde, wenn ich noch Gelegenheit gehabt hätte, durch mein ferneres Leben zu beweisen, daß ich Gutes wollte. Ich wollte ja auch durch meine Tat ein noch größeres Blutvergießen verhindern.«

»Ist dies exzentrisch zu nennen?« fragt Stern und faßt dann »die Handlung« zusammen, wie Elser sie den Berliner Vernehmern viel detaillierter zu Protokoll gab:

»In der Nacht des 5. August 1939 begann Georg Elser an dem Pfeiler zu arbeiten, der seine Bombe aufnehmen sollte. Er brauchte zu seinem Vorhaben dreißig bis fünfunddreißig Nächte. Jeden Abend nahm er seine bescheidene Mahlzeit in der Gaststätte ein und blieb bis Lokalschluß sitzen, versteckte sich dann in einer Abstellkammer, bis alle Gäste und das Personal gegangen und die Türen verschlossen waren, arbeitete anschließend drei bis vier Stunden lang, um sich in den frühen

Morgenstunden wieder zu verstecken, bis er beim Eintreffen der Lieferanten und ersten Gäste das Lokal unbemerkt verlassen konnte. Die Aufgabe war gewaltig. Mit Werkzeugen, die er selbst entworfen und hergestellt hatte, mußte er eine Platte von 80 qcm aus der Vertäfelung entfernen und an Zapfenbändern anbringen, ein Loch in die Zementfüllung stemmen und ausweiten, dabei den Mörtel aufsammeln und sackweise fortschaffen. Den Sprengstoffbehälter bastelte er aus alten Metallbüchsen zusammen. Um ganz sicherzugehen, brachte er zwei Uhrwerke an, bei denen die Zahnräder an den Achsen der Stundenzeiger so ausgefeilt waren, daß sie langsam einen Stahldraht aufrollten, an dessen Ende ein Dreifachzünder angebracht war. Die kleine Tür in der Vertäfelung kleidete er zuerst mit Blech aus, damit nicht zufällig ein Nagel von außen die Apparatur beschädigen könnte, und dann noch mit Kork, um das Geräusch der beiden Uhren zu dämpfen – und er mußte das Ganze von vorne beginnen, als er sah, daß das Mauerloch für die Bombe zu klein war. Und da das Lokal jeden Tag benützt wurde, mußte er jeden Morgen sorgfältig alle Spuren beseitigen. Hinzu kam, daß nach einigen Nächten seine Knie wund wurden und er sich ärztlich behandeln lassen mußte – und diese eiternden Wunden waren es, die später den Verdacht der Gestapo bestätigen sollten.

Frühmorgens am Montag, den 6. November 1939, war er mit seiner Arbeit fertig, installierte die Bombe und setzte den Zündmechanismus in Gang, den er auf Mittwoch, den 8. November, 21.30 Uhr eingestellt hatte. Soweit hatte er Glück gehabt. Da er, wie gesagt, nur selten Zeitung las, wußte er gar nicht, daß Hitler sein Kommen zum Treffen der Alten Kämpfer ursprünglich abgesagt, sich aber dann in letzter Minute doch noch zur Teilnahme entschlossen hatte. Elser verließ München und fuhr nach Stuttgart, wo er die Nacht zum Dienstag in der Wohnung seiner verheirateten Schwester verbrachte, der und deren Mann er erklärte, er müsse illegal in die Schweiz. ›Es ist nicht zum ändern‹, sagte er ihnen. Sie fragten ihn nicht weiter aus, nahmen aber an, er sei zum Militär eingezogen worden und wolle desertieren. ›Schreib auch mal‹, sagte die Schwester, und ›bleib gsund!‹ Er ließ ihnen seine Kleider und übrigen Habseligkeiten, und da er nur noch zehn Mark hatte, gab ihm die Schwester weitere dreißig für die Reise. Doch sein Perfektionismus ließ ihm keine Ruhe: Statt nach Konstanz zu fahren, wie ursprünglich geplant, fuhr er am Dienstagabend zurück nach München, um die Apparatur ein letztes Mal zu überprüfen. Sie funktionierte bestens. Dann nahm er den Zug nach Konstanz.«

IV.

Die »Führer-Geburtstagsparade« alle Jahre; der Münchner Erinnerungsmarsch an den Putsch vom 9. November 1923; der Heldengedenktag vor Schinkels Wache Unter den Linden –, es waren nur ganz wenige Daten, zu denen Hitler in der Öffentlichkeit *regelmäßig* erschienen ist: Lebte er doch leider so umsichtig wie erfolgreich nach seiner Maxime: völlig überraschend kommen und gehen, bietet allein Schutz vor Attentätern. Hitler setzte hinzu (Tischgespräche im Hauptquartier), denn er sprach sehr oft über seine Angst vor Attentaten, und deshalb allein sprach er so oft auch von Schiller; und er sprach *nur* von Schiller; sonst von keinem einzigen Dichter; und sprach auch von Schiller nur deshalb und stets bedauernd verächtlich, weil der ›Wilhelm Tell‹ geschrieben hat –, Hitler präzisierte: »Er halte es mit allen seinen Autofahrten so, daß er sie überraschend ausführe und die Polizei nicht verständige. Er habe auch dem Leiter seines Sicherheitskommandos, Rattenhuber, und seinem Fahrer Kempka« – zuvor hieß Hitlers Chauffeur Herr Schreck –, »die strikte Anweisung gegeben, seine Fahrten absolut geheimzuhalten, und sie darauf hingewiesen, daß sie diesem Befehl zu gehorchen hatten, auch wenn noch so hohe Vorgesetzte... sie um Auskunft angingen. Sobald nämlich etwa die Polizei etwas von seinen Ausfahrten erfahre, durchbreche sie die übliche Art der Diensterledigung und wirke allein dadurch schon auf die Menschen alarmierend, ohne dabei zu bedenken, daß alles, was die Regel durchbricht, auffällt« ... So am 3. Mai 1942, als der mörderische Feigling, der sich ja auch kein einzigesmal eine zerbombte deutsche Stadt angesehen hat, um allein *sein* Leben umständlich besorgt, sich wieder einmal über den

Tell des Jahres 1938 ereiferte: Den im Vorjahr am 13. Mai 1941 enthaupteten Schweizer Maurice Bavaud, der als einziger Mensch des Zeitalters riskiert hatte, am 9. November 1938 in München Hitler frontal mit einer Pistole aus der Welt zu schaffen. Als der zur Tatzeit 22jährige Eidgenosse aus Neuenburg nach siebzehn Monaten Einzelhaft in der Todeszelle zur Berliner Guillotine geführt worden war, dauerte es nur noch drei Wochen, bis Hitler, nach Lektüre der Hinrichtungsprotokolle – getippt in Großbuchstaben auf der sogenannten Führerschreibmaschine, damit Hitler ohne Brille lesen konnte –, bis Hitler am 3. Juni 1941 durch seinen Sekretär Bormann den Geheimbefehl an drei Minister sandte, ›Wilhelm Tell‹ dürfe nicht mehr aufgeführt werden. Sein rückgratloser Goebbels, der ihm niemals widersprochen hat, schämte sich immerhin derart, daß er diese Anweisung in seinem Tagebuch verschwieg, obgleich er an manchen Tagen bis zu dreißig Druckseiten Journal diktierte: die Nachwelt sollte niemals erfahren, daß der Dr. phil. geholfen habe, Schillers ›Tell‹ zu unterdrücken...

Man kann Hitler, der laut einem Major von Katte – bei Ernst Jünger zu lesen –, schon lange vor dem Attentat vom 20. Juli 1944 gesagt haben soll, immer werde ihm ganz seltsam zumute, wenn »dieser Oberst mit dem einen Auge mich ansieht« – dieser Oberst war Claus Graf Stauffenberg –, man kann ihm nicht absprechen, eine sonst kaum bei Menschen, eher bei Herdenbullen anzutreffende Witterung für Gefahren gehabt zu haben: Bereits 1939 hätte Elser – würde er geplant haben, auf der Straße zu schießen –, Hitler dort gar nicht mehr angetroffen haben, geschweige denn: getroffen. Denn da der Diktator – was geheimgehalten wurde –, ja im Vorjahr dort in München durch den Schweizer Priesterseminaristen Bavaud zweimal »wie der Volksgerichtshof ausführte« in »akute Lebensgefahr« gebracht worden war –, so hatte er, wie schon gesagt, den Marsch nicht nur für die Kriegsdauer verboten, sondern hat später »erwogen«, am 7. September 1941, vier Monate nach der Enthauptung des Schweizers und drei Jahre nach seinem vereitelten Anschlag, so der Diktator bei Tisch: »... ob man in Zukunft überhaupt den Marsch des 9. November stattfinden lassen solle. Auf engem Raum sei hier die ganze Führung des Reiches zusammen, noch dazu auf einem langen Marsch durch enge und unübersichtliche Straßen... (Auch) Die Tatsache, daß er (ein Jahr später) dem Sprengstoffattentat im Bürgerbräukeller am 8. November 1939 nicht zum Opfer gefallen sei, verdanke er lediglich dem Umstand, daß im letzten Augenblick wegen des schlechten Wetters die Benutzung des Flugzeuges unterblieb und dafür entsprechend früher mit dem Sonderzug gefahren wurde...«

Als Anton Hoch, der Historiker des Münchner Instituts für Zeitgeschichte, Elsers Verhör-Protokolle aufgefunden und diese im Archiv des Bonner Justizministeriums entdeckte, vielleicht allermerkwürdigste Autobiographie eines Deutschen auch zuerst ausgewertet hatte – interessant auch, wie der halb zu Tode gefolterte Elser im Verhör noch versucht, so viele Spuren anderer Menschen aus seinem Umkreis wie möglich zu verwischen, da notierte ich die kürzeste, mir mögliche Zusammenfassung dieses anrührenden Balladen-Lebens:

Johann Georg Elser:

Unauffällig liquidieren, beim nächsten Luftangriff:
Gestapo-Brief vor Kriegsende nach Dachau.
Im Krematorium des KZs wird Elser
– geboren 1903 in Hermaringen –
vermutlich stranguliert, vielleicht erschossen:
die Zeugen, jetzt pensionsberechtigt, schweigen,
da sie die Mörder sind...

Elf Monate vor Hitlers Weltkrieg
geht Elser, Sprengstoff zu entwenden,
als Hilfsarbeiter in den Steinbruch:
ein Deutscher ist so konsequent wie Hitler.
Gefoltert ein Jahr später, verhör-zermürbt
– er glaubt, Gott habe seine Tat verworfen –
nennt Elser ungebeugt nur *ein* Motiv:

Friede oder – Hitler! Ein Tell totalitärer Zeiten,
so viel vereinsamter als der des Mythos,
wie Hitlers Volk den Zwingherrn *liebt*,

der in Europa fünfzigmal mehr Menschen,
als vor dem Krieg in München lebten,
in Gräber wirft, auf Aschenhalden,
dreihunderttausend vor die Fische ...

Vier Wochen früher als die Wehrmacht losbricht,
bricht Elser aus der Säule, die den Saal stützt,
(hier hetzt der Führer jedes Jahr die Mitbanditen auf)
die ersten Steine für die Pulverkammer.
Kniet fünfunddreißig Nächte vor der Säule
– ein Bluterguß im Knie wird ihn verraten.
Die Taschenlampe abgeschirmt; Schutt, Steine

Trägt er in einem Köfferchen zur Isar.
Drei Tage vor der Explosion Uhrwerke
Zünder abzustimmen: Die Polizei
glaubt nicht, daß er das konnte, bevor er
die Maschine nachbaut in der Haft.
So oft er – vierzigmal – zum Tatort schleicht,
betritt er Kirchen, das beruhigt ihn ...

Der Schwabe war nach sieben Dorfschuljahren
der prüfungsbeste Tischler-Lehrling.
Musiziert in Vereinen, spielt vier Instrumente,
beliebt bei Frauen, ehelos – Verwandte
schimpfen ihn rechtsversessen; Politik
ist ihm nur Kampf um Recht; wählt stets KP
»Ein Arbeiter«, erklärt er den Verhörern

»Muß Euer Feind sein!« – hat für Tat und Leben
im Monat weniger als hundert Mark; noch zehn
am Tage, als er in die Schweiz will.
Die Schwester schenkt ihm dreißig.
Damit reist er zurück nach München,
um seine Uhren nachzuprüfen ... In Konstanz,
schon in Haft, hört er im Radio Adolf Hitler

Den Saal zu früh verlassen – elf Minuten!
Acht Nazis tot, fünf Dutzend sind verwundet...
Nach drei Jahrzehnten nennt sein Heimatdorf
nach Johann Georg Elser eine Straße
– doch keine deutsche Stadt, nicht eine.
Dies Volk liebt zwar die Freiheit – doch nicht jene,
die starben, um es zu befreien.

V.

Als Hans Gottschalk zum dreißigsten Jahrestag der Elser-Tat 1969 in seinem Drehbuch: ›Der Attentäter‹ –, das er im politischen Verdrängungs-Mief der Bundesrepublik nur deshalb zu realisieren vermochte, weil er selber Produktions-Chef der Münchner Bavaria war –, als Gottschalk die hier von Professor Stern und mir allzu knapp zusammengefaßten Motive und Lebens- und Tatumstände des einsam großen Mannes in anderthalb Fernseh-Stunden (mit Hilfe des Instituts für Zeitgeschichte), so episch detailgenau ins Bild gesetzt hatte wie Elser selber bei seinen Vernehmungen und wie Zeugen und Zeitgenossen: Wirte, Handwerker, Zimmer-Vermieterinnen, Elsers Geliebte, sein Bruder –, da schrieb ich zwei Tage später an Gottschalk, was ich zitiere, um darzutun, daß auch schon 1969 nicht alle Landsleute Elsers das undankbare Totschweigen seiner Großtat mitgemacht haben. Und um abermals zu belegen, daß – laut Hegel – der Geist nur *ist*, was er *tut*. Denn da die meisten sogenannten Geschichten des Widerstands im Dritten Reich Elser übergehen, ganz oder fast, doch zahllosen *Plänen* hoher Offiziere, Hitler zu töten, seitenlange Erörterungen auch dann widmen, wenn die über Geschwätz nicht hinausgekommen sind, sofern nicht erst post festum: nach Hitlers Tod die Offiziere diese angeblichen Vorhaben sich ausgedacht haben –, so hatte ich bereits 1967 in meiner Churchill-Sikorski-Tragödie: ›Soldaten‹ eindeutig Stellung für den *einzigen* Deutschen bezogen, der neben Stauffenberg wirklich gehandelt hat. Ich schrieb an Gottschalk am 12. November 1969, drei Tage, nachdem sein Film sofort nach der Tagesschau der ganzen Nation gezeigt worden war:

»Daß Sie Georg Elsers Tat, der bedeutendsten der deutschen Widerstandsbewegung, in Ihrem ergreifenden Fernsehspiel gedacht haben – kann kaum jemanden so berührt haben wie mich. Denn ich habe 1967 in der Buchausgabe meines Dramas ›Soldaten‹ an zwei Stellen auf diesen Elser hinzuweisen versucht – ganz vergeblich, obwohl jene Worte, die ich Churchill über ihn in den Mund legte, auch bei den 75 Berliner Aufführungen des Stückes nicht gestrichen worden waren. Churchill sagt im 3. Akt, der 1943 spielt, wenn ich mich einmal selber zitieren darf:

Zehn Jahre regiert der Mann jetzt, und nur *eine* Gruppe,
meines Wissens, hat bis zu diesem Tag in Deutschland
aktiv gekämpft und wurde ausgerottet:
die Salon-Kommunisten im Berliner Luftfahrtministerium,
siebzig Männer und Frauen um den Neffen von Tirpitz –
die und der einsame Münchner Attentäter, dieser *große* Mann:
die handelten tatsächlich.
Die Studenten kürzlich, da von der Münchner Universität:
sie haben nicht *einen* Nazi ermordet.
Wie entsetzlich, das Schafott besteigen zu müssen,
ohne wenigstens ein paar Nazis auf dem Gewissen zu haben!
Was zählt denn sonst – Flugblätter? Tatenarm und gedankenvoll.
Wäre Hitler hier an Land gekommen,
ich hätte *jedem* Briten auferlegt: nimm einen mit!

Und im 1964 spielender Prolog zu diesem Stück, in der Charakterisierung des deutschen Bundeswehr-Obersten Weinmüller, habe ich geschrieben: ›Da jedoch ein adliger Vorgesetzter es öfters erwähnte, sah Weinmüller sich eines Tages gesellschaftlich genötigt, mit interessiertem Argwohn ein Buch über die deutschen Widerstandsgruppen gegen Hitler aufzuschlagen – selbstverständlich eines, das, wie alle anderen, den einzigen Einzelgänger, der tatsächlich durch eine Hitler zugedachte Bombe ein halbes Dutzend Nazis zerfetzte, nicht einmal im Register erwähnt: denn dieser Georg Elser war nur ein Arbeiter, hatte ein uneheliches Kind, und, verdächtiger noch, er war Kommunist . . .‹

Für die Bühne, lieber Herr Gottschalk, ist mit Ihrem Spiel

Elsers Figur ›erledigt‹: das Theater würde sich lächerlich machen, wollte es versuchen, dem, was Sie geschaffen haben, etwas hinzuzufügen. Ich finde jedoch, daß schon der Prozeß Ihres Schreibens, Ihre Wege zum Bruder Elsers, in sein Dorf, gemeinsam erzählt mit dem Prozeß des Verdrängens dieser Figur aus der Geschichte des Deutschen Widerstandes: für einen Essayisten enorm fesselnd wären. Ich würde dieser Essayist gern sein – denn in einem solchen Aufsatz könnte man einmal den Skandal dessen, was sich heute Zeitgeschichte nennt, darstellen.«

Es kam 1969 nicht zu diesem Essay. Ergebnis: Nun sind die meisten Zeugen gestorben, die damals noch persönliche Begegnungen mit Elser hätten überliefern können. So will ich wenigstens 1989 – fünfzig Jahre nach der Tat und nach Hitlers Überfall auf Polen – noch verbuchen, soweit ich das finde, was damals in Zeitschriften von Menschen berichtet wurde, die mit Elser zusammengewesen waren; der Drehbuch-Autor sagte 1969 zu dem Reporter Eberhard Einhäuser: »Hier soll gezeigt werden, wozu ein Einzelner fähig sein kann, wenn er seine Möglichkeiten erkennt und ausschöpft.« Und auf den Einwand, dieses Thema habe doch Schiller im ›Tell‹ schon abgehandelt und sich »dafür einen erfolgreichen Tyrannenmörder genommen. Warum also Elser? ... Noch einmal die Frage: was wäre, wenn?«, antwortete Gottschalk:

»Nicht ›was wäre‹?, sondern ›was war?‹ ist bei diesem Stück die Frage. Oder noch besser: ›was ist?‹. Ich habe zum Beispiel festgestellt, daß Elser kein Amokläufer wie der Dutschke-Attentäter war. Sondern ein Mann, der genau wußte, was er wollte. Er sah nach dem Münchner Abkommen, das die Tschechoslowakei vernichtete, klar, daß sich eine Katastrophe anbahnte. Er wollte durch den Tod Hitlers diese Katastrophe verhindern. Er wollte nicht den Nationalsozialismus abschaffen. Nur dessen Führung, die den Krieg angezettelt hatte.

Bei meinen Ermittlungen bin ich auf zum Teil unbekannte Unterlagen gestoßen. Ich habe mit Leuten gesprochen, die Elser kannten, mit noch lebenden Verwandten, seinem einstigen Arbeitgeber und dem damaligen Polizeipräsidenten von München.«

Und Einhäuser erzählt: »Für die Rolle des Mannes, der in

nächtelanger, mühseliger, aber handwerklich perfekter Arbeit die Zeitbombe in die Säule des Bürgerbräukellers einbaute, entdeckte man auf der Städtischen Bühne in Ulm den Schauspieler Fritz Hollenbeck (40). Das Exmitglied des Ostberliner Brecht-Ensembles: ›Eine Rolle, auf die man ein Leben lang wartet. Um so mehr, wenn sich herausstellt, daß zwischen diesem Elser und mir ein paar frappierende Wesensgleichheiten bestanden haben müssen. Vor allem – er war genauso zurückhaltend, ja schüchtern wie ich.«

Als noch schüchterner und äußerst wortkarg erwies sich der noch lebende Bruder des Attentäters, dem Fritz Hollenbeck bei den Außenaufnahmen in Georg Elsers Heimatort Königsbronn (bei Ulm) begegnete. Hollenbeck: »Doch dann wurde er richtig zugänglich und schenkte mir schließlich einen handgeschnitzten Hobel, den er einmal von seinem Bruder Georg zu Weihnachten bekommen hatte.«

Weit weniger zugänglich zeigten sich die übrigen Bewohner von ›Attentatshausen‹, wie der Geburtsort Elsers während des Krieges oft genannt wurde. »Die Leute sind von Natur aus wortkarg«, sagt Regisseur Rainer Erler. »Hinzu kommt das Mißtrauen jedem gegenüber, der an Dinge rührt, die längst vergangen und zum Teil auch vergessen sind. Oder die sie nie ganz durchschaut haben, deren Auswirkungen sie jedoch zu spüren bekamen.«

Der Bruder des Attentäters, Leonhard Elser, umriß das komplexe Thema um die Zivilcourage eines einzelnen mit dem Satz: »Ich hoffe, daß die Wahrheit endlich ans Licht kommt.«

Zum ›Spiegel‹ hatte der Drehbuch-Autor gesagt: mit seinem ›Lehrstück‹ vom kleinen Mann im Einzelkampf, wolle er belegen, daß Widerstand gegen Hitler nicht allein das Privileg der Generale und Offiziere war ... »Bis heute erinnert in Elsers Heimatstadt Königsbronn kein Denkmal, kein Straßenschild an die patriotische Tat des Schreinergesellen!«

›Privileg der Generale‹: Wer das liest und aufgrund seines Jahrgangs von Hitlers Drittem Reich nur noch wenig weiß, der könnte versucht sein, die Wehrmacht für Hitlers Gegner zu halten – die doch in Wahrheit sein fürchterliches und gewissenloses Werkzeug war, Europa zu unterjochen und auch den Vernichtungsfabriken Auschwitz, Treblinka, Maijdanek die Opfer zuzuführen, die nur einzufangen waren, weil die Armee die Grenzen Europas für die Mörderverbände der SS überrannt hatte. Sogar ein Mann, dem Hitler nach dem Attentat Stauffenbergs 1944 die Giftampulle schickte, mit der er sich umbringen mußte, weil Hitler nicht riskierte, Deutschlands populärsten Offizier vor Gericht zu stellen, sogar Erwin Rommel bezeugte in seinen (von David Irving in Rommels Familie aufgefundenen) Briefen, wie *identisch* die Armee, die Partei und ihr Führer waren. Rommel, der spätere Feldmarschall, war zu Beginn des Krieges Hitlers Beschützer: war zum Chef des Führerhauptquartiers ernannt worden, bevor ihm Hitler vor dem Frankreich-Feldzug eine Panzerdivision anvertraute – gegen den erklärten Willen des Heerespersonalamtes. Rommel schrieb während des Polenfeldzugs am 12. September 1939 seiner Frau: »Der Führer ist allerbester Stimmung. Komme nun öfters mit ihm ins Gespräch, das ist ganz persönlich ... In 8 bis 10 Tagen ist der Osten erledigt und dann kommt die gesamte kriegserfahrene Wehrmacht ... nach dem Westen ... Diesmal schaffen wir es bestimmt.« Und er schrieb nach Johann Georg Elsers Attentat, am 9. November: »An der Stelle, an der gestern abend der Führer gesprochen hat, liegt 1½ Meter Schutt. So stark hat die Detonation gewirkt. Es ist gar nicht auszudenken, wenn der Anschlag wirklich gelungen wäre. Ich hoffe, daß nun auch im FHQu (Führerhauptquartier) die Sicherheitsmaßnahmen entsprechend besser organisiert werden und alles von zentraler Stelle (mir) geregelt wird. Denn wenn man schon *die* Verantwortung hat, so kann man sie mit niemand teilen.« Und am 15. schrieb Rommel: »Der Führer ist sehr entschlossen. Das Münchner Attentat hat ihn in seinem Willen bestärkt. Es ist eine Freude, dies miterleben zu können.«

Und noch vier Jahre später, noch nach der Vernichtung der sechsten Armee bei Stalingrad, kurz vor Vernichtung auch von Rommels Afrikacorps durch die Engländer – militärische Niederlagen, wie sie während des ganzen Ersten Weltkrieges den Deutschen an keiner Front, auch nicht annähernd in diesen Ausmaßen, hatten zugefügt werden können –, war Hitlers Autorität, ja Popularität so ungebrochen, wie J. P. Stern in seinem

Hitler-Buch belegt, als er die ›Treue-Kundgebung‹ – so hieß das amtlich – der Münchener Studentenschaft anläßlich der Enthauptung der Geschwister-Scholl-Gruppe ›Die weiße Rose‹ beschreibt:

»Im Zusammenhang der deutschen Geschichte sind die Isolierung all dieser Gruppen und Individuen und die Verweigerung jeglicher Unterstützung durch eine breitere Öffentlichkeit (wie sie die Widerstandsgruppen in fast allen besetzten Ländern fanden) tragischer als ihr persönliches Schicksal. Ihre Ziele waren zum größten Teil utopisch und ihre Erwartungen illusionär. Als die studentischen Verschwörer der ›Weißen Rose‹, Hans Scholl und seine Schwester Sophie und ihre Freunde, wegen Verteilung subversiver Flugblätter verhaftet wurden (die sie zuletzt am hellichten Tag ins Treppenhaus der Münchner Universität geworfen hatten), glaubten sie sich der Unterstützung durch ihre Kommilitonen gewiß. ›Was liegt an meinem Tod‹, sagte Sophie Scholl zu einem Mitgefangenen am Morgen ihrer Hinrichtung, dem 22. Februar 1943, ›wenn durch unser Handeln Tausende von Menschen aufgerüttelt und geweckt werden.‹ Das Gegenteil war der Fall. Am selben Abend noch wurde vom offiziellen NS-Studentenbund eine Demonstration veranstaltet, an der mehr als 3000 ihrer Kommilitonen teilnahmen, um Loyalität gegenüber der Regierung zu bekunden (die Mehrheit waren Medizinstudenten auf Studienurlaub von der Front, die allen Grund hatten, sich mit den Parteifunktionären gutzustellen). Die Zahl 3000 wird vom ›Reichsstudentenführer‹ genannt und mag übertrieben sein. Sein Bericht als ganzer wird jedoch von einer Augenzeugin, einer politisch wohl nicht engagierten Studentin, bestätigt: ›Die Kundgebung im Auditorium Maximum gehört zu den schauerlichsten Erinnerungen, die mir aus jenen Tagen geblieben sind‹, schreibt sie. ›Hunderte von Studenten johlten und trampelten dem Denunzianten und dem Pedell der Uni Beifall, und dieser nahm ihn stehend und mit ausgestrecktem Arm entgegen ...‹

Als Beispiele moralischen Heldentums und jenes ›vernünftigen Gottesdienstes‹, von dem der Apostel Paulus spricht (›Ich mahne euch nun, liebe Brüder ..., daß ihr eure Leiber begebet zum Opfer, das da lebendig, heilig und Gott wohlgefällig sei, welches sei euer vernünftiger Gottesdienst‹), sind die Aktionen der ›Weißen Rose‹ in der europäischen Geschichte unübertroffen; daß sie unsere höchste Bewunderung verdienen, braucht nicht betont zu werden. Als politische Aktion gegen ein politisches System war die Verschwörung jedoch konzipiert auf dem Boden einer moralischen Utopie, durchgeführt mit kopflosem Enthusiasmus und bar aller greifbaren Resultate: in dieser Hinsicht war die ›Weiße Rose‹ typisch für andere Gruppen und Einzelpersonen, die ein ähnlich grausames Schicksal erlitten.«

Und nach wiederum fünfzehn Kriegsmonaten war noch immer Hitler so populär wie nur Bier und Geschlechtsverkehr. Ich selber stand dreizehnjährig als Pimpf des ›Jungvolks‹ in Reih und Glied auf dem Marktplatz meiner Heimatstadt, als dort am Abend des 21. Juli 1944 jene in allen deutschen Gemeinden angeordnete »Treue-Kundgebung« zu Hitler aus Anlaß des mißglückten Attentats des Grafen Stauffenberg stattfand – das Atmosphärische, mindestens *das*, einer solchen Veranstaltung kriegt auch ein Mensch in der Pubertät schon sehr genau mit: *Zerrissen* hätte das Volk jene, die »Hand an den Führer« gelegt hatten! Da ist J. P. Sterns Hinweis auf die »Isolierung all dieser Gruppen und Individuen« innerhalb der deutschen »Volksgemeinschaft« von höchster Wichtigkeit: Einsamer waren Menschen nie als jene, die innerhalb Deutschlands Widerstand gegen ein Regime leisteten, das sich so lange halten konnte, weil es die gewaltigste Mehrheit hinter sich hatte. Die *in* Deutschland gegen Hitler kämpften – waren genau so verhaßt wie jene von ihren Völkern bewundert wurden, die das außerhalb Deutschlands getan haben! Das muß einkalkulieren, wer das *Ethos* der Tat Johann Georg Elsers begreifen will: Daß er sich dazu entschlossen hatte, belegt Elsers Vernunft und seelische Größe. Daß er durchhielt, so einsam vier Monate lang – mußte er dann zahlen mit den irrationalen Kurzschluß-Reaktionen, als er seine Tat geleistet hatte und zur Grenze aufbrach: alle seine Kraft hatte er jetzt verbraucht, er machte nur noch Fahrlässig-Törichtes, angefangen mit der Ansichtskarte des Tatortes, die er ebenso verräterisch bei sich trug wie ein Abzeichen des 1933 verbotenen Rotkämpferbundes; gradezu verträumt vor seelischer Erschöpfung torkelte er den Zöllnern in die

Fänge. Die Tat verändert den Täter! Elser hatte – einsamer und mutiger als jeder andere – mehr geleistet seit dem 5. August, als ein Mensch durchhalten kann, der mit niemandem sprechen darf.

In Haft dann, wenn auch barbarisch zusammengeschlagen, wie noch heute ein Vergleich der Fotos bestätigt: das einzige, das die Presse erhielt, zeigt einen verstört-kaputten, fast verlegen dreinschauenden Elser; die zwei aus der Zeit vor der Tat stammenden Porträts einen geistvoll lustigen Intellektuellen, dem wohl zuzutrauen ist, daß er vier Instrumente spielt und *geniale* Erfindungskraft hat! Die nationalsozialistische sogenannte »Arbeiter«-Partei gab niemals zu, Elser sei Arbeiter, sei Handwerker; er war in ihrem Vokabular nur ein »Subjekt des britischen Geheimdienstes«, ein Kommunist–, in Haft dann, als Kaputtgeschlagener auch seiner Freundin konfrontiert, die sein Entstelltsein im Gesicht ebenso bestätigt wie das Foto, hat Elser noch einmal im Vernehmungsprotokoll so glasklar wie vernünftig und wie moralisch seine Tat begründet:

»Die von mir seit 1933 in der Arbeiterschaft beobachtete Unzufriedenheit und der von mir seit Herbst 1938 vermutete unvermeidliche Krieg beschäftigten stets meine Gedankengänge. Ich stellte allein Betrachtungen an, wie man die Verhältnisse der Arbeiterschaft bessern und einen Krieg vermeiden könnte. Die von mir angestellten Betrachtungen zeitigten das Ergebnis, daß die Verhältnisse in Deutschland nur durch die Beseitigung der augenblicklichen Führung verändert werden könnten. Unter Führung verstand ich die Obersten: Hitler, Göring und Goebbels. Ich war der Überzeugung, daß durch die Beseitigung dieser drei Männer andere an die Regierung kämen, die an das Ausland keine untragbaren Forderungen stellen würden, die kein fremdes Land erobern wollten und die für die Verbesserung der sozialen Verhältnisse der Arbeiterschaft Sorge tragen würden.«

VI.

Da die Historiker ihrer Pflicht, das Leben Elsers zu erforschen, nicht nachgekommen sind dreißig Jahre lang und länger – waren, als in ihren Augen der große Mann endlich »standesgemäß«, das heißt behandlungswürdig, geworden war durch Auswertung der Vernehmungprotokolle und deren Veröffentlichung als Autobiographie: die meisten Zeugen »natürlich« gestorben! So ist es ein Glück, daß wenigstens zum 25. Jahrestag des Attentats (›Der Stern‹, Heft 18 und 19, 1964) die zwei Reporter Günter Peis und Ernst Petry noch Menschen zu Protokoll gebeten haben, die Elser geliebt oder gekannt haben, auch Tatort-Zeugen, ja sogar jenen spätereren SS-Obersturmbannführer Huber, der Elser noch in München das Geständnis abgenötigt hat und den wir kennen von dem berühmten Foto, das 1939 (in allen Zeitungen) Himmler mit Heydrich, Müller, Nebe und Huber an einem Tisch zeigte: Die Fahndungskommission zur »Aufklärung des verbrecherischen Mordanschlags vom 8. November 1939« ... Da Illustrierte oft noch rascher veralten und unauffindbar werden als sogar Bücher, so wollen wir hier so viel wie möglich verbuchen von den absolut unersetzlichen Aussagen jener Zeugen, die 1964 von Peis und Petry noch gehört worden sind ...

Schade, daß 1970 Gruchmann in seine Buchausgabe der Autobiographie, die Elser den Vernehmern in die Maschine diktieren mußte, nicht auch die Aussagen – nach dem Kriege – der Mutter Elser, des Bruders, der Freundin aufgenommen hat. Anton Hoch hat in seinem Bericht in den Vierteljahrsheften diese Spuren-Sicherung erwähnt – aber auch, ohne sie zu zitieren –, die zuerst Günter Peis und Ernst Petry vorgenommen haben, zu einer Zeit, als zwar schon ein Vierteljahrhundert seit Elsers Tat vergangen war – die meisten Deutschen aber noch immer an der Gestapo-Verlautbarung festhielten, der Mann müsse »Hintermänner« um Otto Strasser und den britischen Geheimdienst gehabt haben! Deshalb haben ja die deutschen Historiker – oh, darin sind sie geübt! – es versäumt, aus Fahrlässigkeit und Hochnasigkeit, entscheidende Zeugen für die Geschichte-Schreibung zu vernehmen. Daher auch ihr Haß auf jenen Briten David Irving, der zuweilen zwar eine kriminell abstruse These aufstellt – zum Beispiel: Hitler habe erst 1943 erfahren, daß Himmler seit Februar 1942 die Juden vergase –, der aber dennoch den Deutschen das Entscheidende voraushat: Er vernimmt Zeugen und sucht schriftliche Quellen – während die unseren zumeist ausländische Archive gar nicht betreten, sondern oft aus elf Büchern anderer Leute ein zwölfes »eigenes« machen! Und schon gar nicht in die »Niederungen« herabsteigen, wie zum Beispiel diese zwei Stern-Reporter, und Gestapo-Bullen, die Elser vernommen haben; oder Zöllner, die ihn an der Schweizer Grenze verhafteten; oder sogar die Allernächsten: seine Geliebten, seine Mutter, seine Mitbewohner oder Wirt und Kellner des Tatorts Bürgerbräukeller einmal ihre Eindrücke auf Tonband sprechen lassen. Als zum Beispiel Golo Mann den Matrosen-Erschießer Filbinger gegen den Vorwurf in Schutz nahm, ein furchtbarer Jurist im Dienste Hitlers gewesen zu sein – hatte Mann noch niemals auch nur eine einzige Institution aufgesucht, in der – zuweilen Zehntausende, so im ehemaligen Kloster Kornelimünster bei Aachen –, Marine-Gerichtsakten der Flotte Hitlers gelagert sind. Daher Golo Mann insinuierte, auch andere – ich zum Beispiel – besuchten nicht Archive, sondern ließen sich Filbinger-Akten von den Bolschewisten in der Ostzone schicken... Ranke und Mommsen, die zu den Quellen reisten und mindestens dann, wenn das noch möglich war, auch an die Orte der Geschehnisse, die sie darstellten, hätten diese Methode Golo Manns während seiner Arbeit an der Deutschen Geschichte im 20. Jahrhundert verachtet; diese Ungründlichkeit war zum Glück nicht Golo Manns Arbeitsweise als er seinen sehr bedeutenden ›Wallenstein‹ schrieb, für den er Quellen sammelte und Tatorte besuchte... In seiner ›Deutschen Geschichte des 20. Jahrhunderts‹ – daher erwähnen wir sie hier – erübrigt Mann für Elser aber nicht einmal eine Fußnote; weil er sich Gesprächen mit Zeugen grundsätzlich entzieht; der große Schriftsteller war ja, als *alle* noch lebten, sofort nach Kriegsende in Deutschland!

Übrigens ist der Bericht der letzten Freundin Elsers in seiner Heimat – ob er auch während der Attentat-Vorbereitungen in München eine Kellnerin als Freundin hatte, ist nicht festzustellen, da Elser bei allen Vernehmungen stets umsichtig besorgt war, Mitmenschen durch ihr Verschweigen vor Verhören und Schlimmerem zu schützen –, übrigens ist Frau Else Härlens Bericht über ihre »Vorführung« bei Himmler und Hitler auch deshalb so faszinierend, weil sie vielleicht der einzige Mensch des Zeitalters war, der es erstens *überlebt* hat, vom »Reichsführer SS und Deutsche Polizei« persönlich vernommen worden zu sein; und der zweitens überhaupt von Hitler persönlich vernommen worden ist: Jedenfalls weiß man das von keinem anderen Menschen! Frau Else Härlen berichtete 1964 den Reportern Peis und Petry:

»Die Gestapo hat mich aus dem Büro heraus mitgenommen. Ich wurde nach Berlin gebracht. Sie führten mich ins Reichssicherheitshauptamt. Von acht Uhr morgens bis vier Uhr nachmittags wurde ich ununterbrochen verhört. Ich war mindestens in acht verschiedenen Zimmern. Immer wieder neue Beamte, immer wieder die gleichen Fragen.

Ich wußte nichts von Elsers Geheimnissen. Am Abend war ich völlig verzweifelt. Sie brachten mich in ein Hotel, wo ich gut untergebracht war. Eine Sekretärin der Gestapo bewachte mich. Sie ging überall mit mir hin, selbst zur Toilette.

Nachts um halb zwei Uhr holte sie mich aus dem Bett. Ich mußte wieder zum Verhör. Wieder ins Reichssicherheitshauptamt. Es war aber ein anderer Flügel als am Tage. Sie führten mich durch lange Gänge, dann wurde ich durch eine Tür geschoben und stand in einem großen Arbeitszimmer. Hinter dem Schreibtisch stand ein Mann, den ich von Fotos in den Zeitungen kannte.

Es war Heinrich Himmler. Ich war ziemlich aufgeregt, aber er beruhigte mich und war eigentlich ganz nett. Er hat mir Platz angeboten und gesagt, ich soll alles erzählen, aber ganz genau, von Kindheit an, von Königsbronn und von Elser und wann und wie ich ihn kennengelernt habe.

Ich tat es.

Er hat mich nur selten unterbrochen, nur wenn er etwas nicht verstand. Oder er nickte zustimmend mit dem Kopf. Ich sagte ihm, daß mein erster Mann ein Trinker war und wie gut sich Georg Elser mir gegenüber benommen hat.

Himmler schien alles zu verstehen. Am Schluß sagte er: ›Ich glaube auch nicht, daß dieser Mann es getan hat.‹

Dann stand er auf und klopfte mir auf die Schulter: ›Hut ab vor Ihnen. Sie sind eine wackere Schwabenfrau.‹

Das war alles. Es hatte vielleicht zwei Stunden gedauert. Es war auch kein richtiges Verhör. Er ließ mich einfach erzählen. – Dann brachten sie mich wieder in das Hotel zurück.

Am Tag darauf brachten sie mich zur Reichskanzlei.

Auch hier ging es endlose Korridore an ungezählten Türen vorbei. Dann, vor einer Flügeltür, blieben meine Begleiter stehen. Vor der Tür standen zwei SS-Männer. Sie grüßten und rissen die Tür auf. Ich stand in einem großen Arbeitszimmer mit einem riesigen Kronleuchter. An den Kronleuchter erinnere ich mich genau und an einen großen Tisch. An dem Tisch saß ein Mann mit feldgrauer Uniform.

Er blickte nicht auf, als einer der SS-Leute meldete: ›Mein Führer! Hier ist die Frau!‹

Mein Gott, das war wirklich Hitler. Ich ging bis an den Schreibtisch.

Hitler legte eine Akte, in der er gelesen hatte, zur Seite und sah mich an. Er sagte gar nichts. Mir war alles so peinlich.

Ich wollte grüßen, aber ich habe den Arm nicht hochgebracht. Einer von den Männern, die mich begleitet hatten, stieß mich an den Ellbogen, aber ich brachte den Arm wirklich nicht hoch. Ich konnte nur sagen: ›Mein Führer.‹

Denken konnte ich an nichts, ich war zu aufgeregt.

Hitler sah mich lange an. Dann sagte er: ›Sie sind also die Frau von dem Elser. Jetzt erzählen Sie mal.‹

Ich erzählte die Wahrheit, genau wie bei Himmler, aber Hitler war viel unangenehmer.

Er versuchte mir jeden Satz im Mund herumzudrehen. Er sagte mir auf den Kopf zu, daß ich doch von Georgs Attentatsplan gewußt habe.

Aber ich hatte doch wirklich nichts gewußt. Immer wieder, wenn er mir etwas anhängen wollte, sagte ich: ›Mein Führer, so war es nicht!‹

Zum Schluß sagte ich zu Hitler: ›Mein Führer, ich war schon bei Herrn Himmler, der hat mir geglaubt.‹

Da ließ er mich wieder ins Hotel bringen. Hitler sah ich nicht mehr.

Vier Tage danach brachten mich zwei Gestapo-Leute zum Hotel Kaiserhof in einen vornehm ausgestatteten Saal. Dort waren vier oder fünf Beamte.

Ich mußte mich an einen Schreibtisch setzen. Mit dem Blick zur Tür.

Einer der Beamten setzte sich mir gegenüber. Er sagte: ›Hören Sie, Sie haben ein paar anstrengende Tage hinter sich. Aber jetzt müssen Sie sich noch einmal zusammennehmen. Jetzt kann sich nämlich Ihr weiteres Leben entscheiden.‹

Darauf öffnete sich die Tür, und herein kam Georg. Links und rechts von ihm zwei Gestapo-Beamte.

Ich wollte aufspringen, aber meine Beine versagten. Ich konnte nur denken: ›Mein Gott, wie sieht er aus. Was haben sie mit ihm gemacht!‹

Georgs Gesicht war schwarz und blau und gelb und verquollen. Er wollte auf mich zu, aber sie hielten ihn fest. Etwa drei Meter vor mir mußte er stehenbleiben. Handschellen hatte er keine an und sie hatten ihm einen neuen Anzug gegeben. Sauber gekämmt war er auch. Aber die Flecken …

Einer der Beamten fragte Georg: ›Haben Sie ihr etwas von Ihrem Plan gesagt?‹

Er hat immer nur geantwortet: ›Ich habe ihr nichts gesagt. Ich habe niemandem etwas gesagt. Ich wollte keinen in diese Sache hineinziehen, schon gar nicht meine Freundin Else.‹

Als sie ihn schon abführen wollten, rief ich schnell: ›Hast du das wirklich getan? Das kann doch nicht wahr sein.‹

Er senkte nur den Kopf. Dann streckte er mir die Hand entgegen, aber sie drehten ihn um und führten ihn hinaus. Ich mußte weinen. Es war so endgültig.«

Wenn wir auch die Zimmervermieterin aus der Türkenstraße hier sprechen lassen; auch die Kellnerin im Bürgerbräukeller und dessen Pächter, ja noch die Umsicht belegen, mit der Elser dessen Hund abrichten mußte –, so nicht nur deshalb, um zu überliefern, daß zum Beispiel ein »Arbeiteressen« 1939 sechzig Pfennige kostete, – sondern um den abstrusen Theorien zu begegnen, »Hintermänner«, eine Moskauer oder Londoner »Zentrale«, hätten diesen Attentäter ferngelenkt: Es ist der Haß unseres Zeitalters auf den Einzelnen, der solche Märchen ausdenkt – in Übereinstimmung mit der These von Marx, daß nicht einzelne Menschen, sondern »gesellschaftliche Bedingtheiten« die Geschehnisse steuern oder ihre Steuerung verabsäumen! Elser war allein, denn nachweislich – daher hier auch ein Münchner Handwerksmeister zu Wort kommt –, hatte er sogar seine Attentats-Maschine selber erfunden und jedes einzelne Zubehör sich selber bei Münchner Handwerkern herstellen lassen müssen, sofern er es nicht schon aus Schwaben am 5. August, als er in München an der Säule anfing, mitgebracht hat. Würden andere ihn beauftragt und gesteuert haben: sie hätten ihm mindestens das Material für die Maschine mitgeliefert, denn wie leicht hätte doch das ganze Vorhaben auffliegen können durch Elsers Bestellungen bei den Münchner Handwerkern ... Und wäre Elser nicht fähig gewesen, in Haft seine Maschine von A bis Z noch einmal zu bauen – aus diesen Wochen stammt das hocheindrucksvolle Porträt des großen Mannes, wie er sich mit dem Zeichenstift über einen Konstruktionstisch beugt –, er wäre vermutlich totgefoltert worden auf der Suche nach den von Hitler »bestellten«, von Himmler vermuteten »Hintermännern« ...

Seine Türkenstraße-Wirtin Lehmann erzählte von ihrem »ruhigen, netten« Mieter:

»Er hatte ein paar schwere Kisten bei sich. Mein Mann hat ihm geholfen, sie in den Keller zu tragen. Oben behielt er nur eine hölzerne Truhe. Aber die ging nicht in das kleine Zimmer. Deshalb stellten wir sie auf die Diele. Ein bißchen komisch war der Herr Elser schon. Aber das fiel mir damals nicht so auf. Nur einmal öffnete ich unverhofft die Etagentür. Da hockte er vor seiner Truhe und blätterte in einem Ordner mit Zeichnungen. Als er mich sah, warf er eilig alles wieder in die Truhe und schloß sie ab ...

Er kam nachts immer sehr spät nach Hause, und manchmal kam er überhaupt nicht. Das habe ich gemerkt, wenn ich ihm sein Frühstück bringen wollte. Ich wunderte mich, denn so ein Typ war er eigentlich nicht.

Er ist allen Handwerkern in der Nachbarschaft auf die Nerven gefallen. Mal hatte er etwas zu schleifen, mal etwas zu bohren, mal etwas zu drehen. Von mir wollte er ein Reißbrett haben. Aber ich hatte keines. Erfinder sei er, hat er gesagt.«

Das sagte Elser auch zu dem Schlossermeister Max Niederhofer in der Rumfordstraße 32.

»Es muß im Oktober 1939 gewesen sein. An dem Tag hat es stark geregnet, und es war kalt. Ich machte Feuer in meiner Werkstatt. Plötzlich kam ein kleiner schmächtiger Mann herein. Er fragte, ob er etwas arbeiten dürfe.

Ich habe geglaubt, er suche eine Stelle und sagte ihm, daß ich keinen Gesellen brauche. Aber dann kam heraus, daß er nur meine Werkstatteinrichtung benutzen wollte. So etwas habe ich gar nicht gern. Ich schickte ihn zum Teufel.

Aber er kam wieder und sagte, daß er an einer Erfindung arbeite, dazu brauche er einen verschraubbaren Stahlzylinder. Das wär' doch wirklich nur eine Kleinigkeit. ›Wenn Sie mir einen Auftrag geben wollen, bitte! Aber hier arbeiten lasse ich Sie nicht‹, sagte ich zu dem Mann. Daraufhin zog er eine Zeichnung aus der Tasche und sagte: ›Dann machen Sie mir bitte diesen Zylinder.‹

Ich sah die Zeichnung an. Es handelte sich wirklich nur um einen Stahlzylinder, etwa 20 Zentimeter lang, 7 Zentimeter Durchmesser mit einer Wandstärke von 10 Millimeter. Auf der einen Seite war der Zylinder geschlossen, auf der anderen Seite sollte innen ein Gewinde hineingeschnitten werden. Dazu gehörte ein passender Deckel, der sich fest verschrauben ließ.

Ich machte ihm das Ding. Was ich ihm dafür abgenommen habe, weiß ich nicht mehr. Aber er hat sich sehr gefreut, als er es abholte.«

Soweit der Schlossermeister Niederhofer, der ahnungslos half, das Attentat auf Hitler vorzubereiten.

Peis und Petry haben dankenswerterweise auch die (1939 verletzte) Kellnerin Maria Strobel und den Pächter des Bierkellers auf Tonband sprechen lassen:

Frau Maria Strobel:

»Von dem Arbeiteressen für sechzig Pfennig ließ er immer noch eine gute Portion übrig. Meist einen Teil Fleisch oder Leberkäs. Das gab er dem Wachhund Ajax.«

Peis und Petry fanden dann die Bestätigung einer Aussage im Elser-Protokoll, das Elser am 23. November 1939 als korrekt unterschrieben hat, durch den Pächter des Bierkellers:

»So dressiert, bellte der Hund nicht. Und gerade das hätte um ein Haar Elsers Plan vorzeitig scheitern lassen...«

Der damalige Pächter des Bürgerbräukellers, Anton Payerl, berichtet:

»An einem Oktoberabend gegen zwölf kam der Nachtwächter zu mir. Er sagte, Ajax hätte sich eigenartig benommen. Er sei schwanzwedelnd in den dunklen Saal gelaufen und erst nach mehrmaligem scharfen Rufen wieder zurückgekommen.

Das wunderte den Nachtwächter, denn Ajax gehorchte sonst aufs Wort. Ich ging mit dem Nachtwächter und dem Hund in den Saal. Ich machte Licht an, und der Nachtwächter ließ Ajax los. Er lief sofort die Treppe zur Galerie hinauf. Wir gingen hinterher.

Mir verschlug's die Sprache. Oben stand ein kleiner, unscheinbarer Mann, Ajax stand vor ihm und wedelte. Der Mann machte einen verstörten Eindruck.

›Was machen Sie denn hier?‹ fragte ich.

Er gab keine Antwort.

›Was haben Sie hier zu suchen?‹ fragte ich noch einmal. Er stotterte etwas Unverständliches. Dann sagte er: ›Meine Knie. Ich habe verletzte Knie und der Verband ist gerutscht. Ich habe ihn hier in Ordnung gebracht.‹

Das kam mir komisch vor.

›In dem dunklen Saal?‹ fragte ich.

›Ich habe ja eine Taschenlampe bei mir‹, sagte er und hielt sie mir hin.

Ich sah mir den Mann genau an, und es fiel mir auf, daß ich ihn schon ein paarmal bei uns im Bräu gesehen hatte.

›Warum sind Sie denn nicht in die Toilette gegangen, dort ist ja Licht‹, sagte ich.

Er druckste ein bißchen herum, dann sagte er: ›Dort sind doch immer Leute, und ich muß ja die Hose ausziehen, um den Verband zu richten.‹

›Zeigen Sie mir mal die Knie‹, sagte ich. Sofort ließ er die Hose herunter, und wirklich, er hatte an beiden Knien Verbände.«

Die Knie Elsers waren tatsächlich schmerzhaft entzündet. Die Ursache stellte sich später bei der Vernehmung Elsers durch Kriminalrat Huber heraus.

Elser sagte: »Ich hatte einen Tisch an den Pfeiler geschoben. Und unter diesem Tisch arbeitete ich, immer auf den Knien. Manchmal schmerzte es so stark, daß ich nicht mehr konnte.«

Diese Aussage Elsers wird auch von Frau Lehmann, seiner Wirtin, bestätigt:

»Eines Morgens – es muß Mitte Oktober 1939 gewesen sein – konnte der Herr Elser nicht aufstehen. Ich fragte, ob ich einen Arzt holen sollte, aber er sagte: ›Es ist nur eine leichte Entzündung an den Knien. Das geht wieder weg. Ich bin vielleicht zuviel gelaufen.‹«

Die verletzten Knie retteten Elser, als er von Anton Payerl im Saal überrascht wurde.

Payerl: »Was sollte ich machen? Das war ein komischer Kauz. Ich ließ ihn laufen.«

Wir erzählen hier nicht Gruchmanns Publikation des Elser-Protokolls nach, das jedermann in der ›Deutschen Verlags-Anstalt‹ kaufen kann, sondern nur jene Aussagen von Zeitgenossen, die Exaktheit und Stimmigkeit von Elsers Tatschilderung bestätigen oder über seine Verhaftung und Aussage berichten, auch endlich über Elsers Ermordung. Peis und Petry folgern: »Grotesk: aber Elser wurde ein Opfer der Hitler-Rede«, die – genau so war es – nämlich zwei Zollbeamte aus einem Fenster gehört hatten. *Deshalb* verließen sie den Standort, wo sie eigentlich dienstlich hätten postiert sein müssen, näherten sich dem Fenster, aus dem sie die Rede Hitlers gehört hatten und setzten sich auf eine Gartenbank an dem Haus, aus dem der Lautsprecher tönte: so sah Elser sie nicht, als er über einen Zaun stieg, sondern hielt die Grenze an dieser Stelle für unbewacht! Peis und Petry:

»Elser hatte von der Emmishofer Straße aus die etwa hundert Meter entfernte Grenze beobachtet. Weit und breit war kein Zollbeamter zu sehen. Er stieg über den Zaun des ›Von Wessenberg'schen Erziehungsheimes‹ und schlich durch den Garten auf die Grenze zu.

Als er unter einem Birnbaum – nur noch etwa dreißig Meter

vor der Grenze – kurz stehenblieb, hörte er aus dem Gebäude des Erziehungsheims die Radioübertragung der Hitler-Rede.

Er wollte langsam weitergehen, aber in diesem Augenblick wurde er angerufen.

›Halt, wo wollen Sie hin?‹

Die Zollbeamten Rieger und Zipperer hatten um diese Zeit Streifendienst. Als sie an dem Erziehungsheim vorbeigekommen waren, hatten sie aus dem offenen Fenster die Übertragung aus dem Bürgerbräukeller gehört und sich auf eine Bank hinter dem Haus gesetzt, um der Rede Hitlers weiter zuzuhören. Deshalb konnte Elser sie nicht sehen.

Die beiden Zollbeamten und der Attentäter hörten gemeinsam die Worte Hitlers:

›Wir haben uns eine Wehrmacht aufgebaut – das kann ich ja ruhig heute aussprechen – wie es eine bessere in der Welt nicht gibt. Und hinter dieser Wehrmacht steht ein Volk in einer Geschlossenheit, wie es gleichfalls in der deutschen Geschichte bisher noch nie der Fall war.‹

In diesem Augenblick entdeckten die Zöllner eine Gestalt, die durch den Garten schlich.

Zipperer: ›Mein Kollege sprang auf und rief den Mann an. Der tat noch ein paar Schritte – vom Birnbaum bis zum Apfelbaum – und blieb dann stehen. Rieger fragte ihn, was er hier suche. Und der Mann sagte, er habe sich verlaufen. Das war natürlich eine faule Ausrede, denn um in den Garten zu gelangen, hatte er über den Zaun steigen müssen. Ganz klar, der Mann wollte illegal über die Grenze.‹

Es war 20.35 Uhr. Der Zollbeamte Rieger führte den verdächtigen Elser zur Zollaufsichtsstelle, die etwa 200 Meter entfernt war. Dort saßen die Beamten Straube und Traber ebenfalls vor dem Volksempfänger und lauschten den Worten des Führers. Sie nahmen kaum Notiz von dem Verdächtigen.

Ziemlich gelassen leerte Elser seine Taschen. Er war sich seiner Sache sicher. Aus dem Lautsprecher tönten Hitlers Worte ...

20.55 Uhr. Elser, der bis dahin die Befragung durch den Zollbeamten Rieger ruhig über sich ergehen ließ, wird plötzlich nervös. Hitler sagt: ›Ich kann den heutigen Abend nicht schließen, ohne Ihnen, wie immer, zu danken für Ihre treue Anhänglichkeit ...‹

Die Führerrede nähert sich dem Ende. Viel eher als in all den anderen Jahren. Normalerweise sprach Hitler anderthalb Stunden. Darauf hat Elser seinen Plan aufgebaut.

21.00 Uhr. Hitler hebt die Stimme: ›Parteigenossen!‹ Man hört, wie die Blutordenträger und alten Kämpfer sich im Bürgerbräukeller erheben. ›Unsere nationalsozialistische Bewegung, unser deutsches Volk und über allem jetzt unsere siegreiche Wehrmacht – Sieg Heil!‹

Der Berichterstatter des Berliner Lokalanzeigers schrieb am 9. November 1938:

›Ungeheure Begeisterung, eiserne Kampfentschlossenheit, tiefe Ergriffenheit und jubelnde Siegesgewißheit mischen sich in den ungeheuren Beifallssturm, der aus dem brausenden Sieg-Heil aufbricht und den Führer mit unbeschreiblicher Stärke umtost ... Unaufhörlich brausen die Heilrufe zu ihm empor ... Wie ein Schwur sind die Lieder der Nation, in deren Gesang die ergreifende Kundgebung ihren feierlichen Höhepunkt findet.‹

In der Zollaufsichtsstelle Konstanz-Kreuzlingen starrt Georg Elser auf den Radioapparat. Der Zollbeamte Straube schaltet das Gerät ab und wendet sich Elser zu ...«

Die Kellnerin Maria Strobel hatte am Prominententisch bedient:

»Die hohen Herren verließen mit Hitler den Saal so plötzlich, daß ich gar nicht mehr kassieren konnte. – Die meisten Tische im großen Saal waren leer. (Die Mitschreier folgten Hitler zur Bahn: daher nur ein halbes Dutzend umkam durch Elsers Attentat.) Auch auf der Galerie war kaum noch jemand. Ich war gerade dabei, die Maßkrüge von dem Hitler-Tisch zu räumen.

Gehört habe ich eigentlich nichts. Ich spürte nur plötzlich einen gewaltigen Luftdruck und flog durch die Pendeltür fast bis zum Haupteingang. Dann war ich weg. – Als ich wieder zu mir kam, lag ich zwischen zerstörten Möbeln, zersplitterten Maßkrügen und zerrissenen Girlanden. Mauerwerk lag auf mir, und eine Staubwolke nahm mir fast den Atem. Menschen schrien. Hinter mir war die ganze Saaldecke heruntergestürzt.«

Die »Überstellung« Elsers an die Gestapo erfolgte, als noch in der gleichen Nacht ein Fernschreiben den Zöllnern vom Attentat in München Kenntnis gab und schärfste Bewachung der Grenzen anordnete – nur deshalb, weil Elser, ganz unbegreiflich, die Ansichtskarte des ›Bürgerbräukellers‹ und das kommunistische Abzeichen bei sich getragen hatte: sonst hätte nichts ihn verraten; Peis und Petry haben den Konstanzer Gestapo-Beamten noch zu Protokoll genommen:

»Im Gestapo-Quartier, im ersten Stock des Hauses Mainaustraße 27, machte der Kriminalbeamte Otto Grethe Nachtdienst.

Grethe heute, 1964:

›Kurz nach neun Uhr brachten mir die Zollbeamten einen Mann. Er hieß Elser. Einer der Beamten legte mir die Sachen, die bei Elser gefunden worden waren, auf den Tisch und ging dann. Ich hatte nur die Schreibtischlampe brennen.

Aber ich sah den Mann genau. Er machte einen harmlosen Eindruck.

›Warum wollten Sie über die Grenze?‹ fragte ich.

›Ich wollte nicht über die Grenze. Ich wollte Herrn Feuchtlheimer hier in Konstanz besuchen. Er ist Vorsitzender des Trachtenvereins. Dabei habe ich mich verlaufen.‹

Ich ließ diese Angaben nachprüfen. Es gab tatsächlich einen Herrn Feuchtlheimer, der Vorsitzender des Trachtenvereins war. Aber er wohnte am Petershausener Bahnhof, weit weg von der Stelle, an der Elser verhaftet worden war. Ich hielt ihm dies vor, und er versuchte, sich herauszureden:

›Ich kenne mich nicht aus in Konstanz!‹

Aber ich konnte ihn sofort widerlegen: Wir hatten festgestellt, daß er fast sieben Jahre in Konstanz gewohnt hatte.

Daraufhin gab Elser zu, daß er die Schweizer Grenze illegal überschreiten wollte, und begründete diesen Versuch: ›Ich habe ein uneheliches Kind und konnte die Alimente nicht zahlen.‹

Ich wußte nicht so recht, wie ich weiterkommen sollte.«

Bis das Fernschreiben das Attentat meldete ... Der schon erwähnte spätere Obersturmbannführer Huber – einer der nur vier, die mit Himmler an der Spitze die Aufklärung des Attentats durch viele hundert Kriminalisten beaufsichtigen sollten –, gab Peis und Petry 1964 in München über den Verlauf der Vernehmungen 1939 vorsichtig Auskunft und erklärte, warum in Berlin – er selber hatte Elser noch in München zum Geständnis gebracht –, Heinrich Müller, befehlsgemäß die Suche nach »Hintermännern« mit Folterungen beginnen mußte, die auch Heydrichs Nachfolger Schellenberg später in seinen Memoiren bestätigte, würden wir nicht schon durch den Bericht von Elsers Freundin wissen, wie Elser entstellt (worden) war. Peis und Petry:

»Aus Elser selbst war nichts herauszuholen. Er wurde am nächsten Morgen nach München gebracht.

In der ›Hauptstadt der Bewegung‹ war inzwischen ein Heer von Kriminalisten unter der Führung von Kriminalrat und SS-Oberführer Nebe am Werk. Himmler selbst hatte die Oberaufsicht übernommen. Die Beamten verfolgten Hunderte von Spuren. Sie durchsiebten die Trümmer des Bürgerbräukellers. Immer auf der Suche nach Einzelheiten der Höllenmaschine, die vielleicht einen Hinweis auf ihre Herkunft geben könnten. Die Ausbeute war gering, und am zweiten Tag verlor Himmler die Geduld. Er brauchte endlich einen Täter!

Wenn Nebe es nicht schaffte, dann mußte Huber heran. Kriminalrat Franz-Josef Huber befand sich in Wien. Am 11. November, drei Tage nach dem Attentat, beorderte Himmler ihn nach München.

Kriminalrat Huber, 1964:

›Ich wußte, daß Nebes Leute am Tatort kriminalistische Feinarbeit geleistet hatten. Aber ich glaubte, daß man diese Sache mehr vom Motiv her anfassen sollte. Deshalb überprüfte ich die Oppositionsgruppen innerhalb der Partei und befaßte mich mit kommunistischen Elementen. Zu diesen gehörte auch Elser. Ich ließ ihn mir vorführen.

Zwei Beamte brachten den kleinen schmächtigen Mann herein. Er hatte einen dunklen Anzug an und machte einen sympathischen Eindruck. Ich dachte schon: Nein, das ist unmöglich, der kann nichts damit zu tun haben. Aber ich wußte, daß er lange vor 1933 für einige Zeit Mitglied der KPD gewesen war, und ich wußte, was man bei ihm gefunden hatte. Tagelang befaßte ich mich mit ihm. Und ich merkte, daß er mir immer dann auswich, wenn ich auf seinen Münchner Aufenthalt zu sprechen kam. Er verstand mich absichtlich falsch. Wenn ich ihn auf den Bürgerbräukeller ansprach, tat er in seiner Antwort, als handle es sich um den Löwenbräukeller.

Ich hatte mir den Tatort angesehen. Die Höllenmaschine mußte auf der Galerie in den Pfeiler praktiziert worden sein, und zwar dicht über dem Fußboden. Das setzte eine langwierige Arbeit voraus, die nur im Knien ausgeführt werden konnte.

Eigentlich war es ein Schuß ins Dunkle, als ich sagte: ›Ziehen Sie sich aus, Elser.‹

Einen Augenblick zögerte er. Es war ihm peinlich. ›Es geht mir hauptsächlich um die Knie‹, sagte ich. Langsam zog er die Hosenbeine hoch, und ich sah: Elsers Knie waren geschwollen und vereitert. ›Haben Sie mir jetzt etwas zu sagen?‹ fragte ich.

Er schwieg lange. Dann sagte er: ›Wenn jemand so etwas getan hat, was erwartet ihn?‹

Ich wollte ihm nicht sagen, was ich dachte, und antwortete: ›Das kommt darauf an, weshalb er es getan hat.‹

Ich glaubte, es sei besser, das Verhör jetzt abzubrechen.

Nachts um zwölf Uhr ließ ich mir ihn wieder vorführen. Ich sagte gar nichts. Er saß klein an dem Tisch und hatte eine Flasche Sprudel vor sich. Immer wieder trank er einen Schluck. Dann, ohne jeden Übergang, sagte er: ›Ja, ich war es‹, und erzählte in allen Einzelheiten, wie er die Höllenmaschine fabriziert und eingebaut hatte.‹

Huber war mit seinem Erfolg zufrieden. Am Morgen des 13. November rief er seinen Vorgesetzten, SS-Oberführer Müller, in Berlin an und meldete das Geständnis. Gestapo-Müller freute sich, aber am Ende des Gesprächs stellte er die entscheidende Frage: ›Und wer steckt dahinter?‹

Huber: ›Niemand.‹

Müller: ›Das machen Sie Himmler mal klar.‹

Tatsächlich schrieb Heinrich Himmler auf das Vernehmungsprotokoll in seiner winkligen Handschrift: ›Welcher Idiot hat diese Vernehmung durchgeführt?‹

Himmler konnte keinen deutschen Menschen gebrauchen, der aus eigenem Antrieb die Hand gegen den ›Führer‹ erhob. Er brauchte Hintermänner aus dem Ausland, Drahtzieher, eine ›Verschwörung des Weltjudentums‹.

Huber konnte sie ihm nicht liefern. Deshalb nahm sich Himmler den kleinen schwäbischen Handwerker Elser selbst vor.«

VII.

Über Himmlers persönliche Begegnungen mit dem – »vorgeführt erscheint: Elser, Johann Georg« –, Inhaftierten wissen wir nichts; doch da er sogar Elsers Freundin persönlich verhörte und Hitler täglich informiert sein wollte über den Stand der Vernehmungen, hat er sich zweifellos intensiv mit ihm auseinandergesetzt: was auch belegt ist durch Schellenbergs Memoiren; Schellenberg war Himmlers Geheimdienstchef, als solcher Rivale des Chefs der ›Abwehr‹: Admiral Canaris – ›Abwehr‹ hieß der Geheimdienst der mit der SS rivalisierenden Wehrmacht. Schellenberg persönlich hat nach dem Attentat vom 20. Juli 1944 – Canaris war schon pensioniert – den Admiral verhaftet. Übrigens wurden Canaris und seine Mitarbeiter Oster, Dohnany, Bonhoeffer am gleichen Tag wie Georg Elser nackt erdrosselt – die Abwehr-Männer in Flossenbürg, Elser in Dachau: am 9. April 1945, als die Amerikaner Hessen und Thüringen schon seit acht Tagen erobert und die Rote Armee Berlin längst eingekreist hatte.

Die von Elser nachgebaute Kopie seiner Höllenmaschine wurde ein solches »Meisterstück«, daß die Gestapo sie bis Kriegsende jungen, neu auszubildenden Mitarbeitern stets vorgeführt hat. Sie ist ebenso wenig erhalten wie die meisten Akten der Gestapo und des sogenannten Volksgerichtshofes, die tagelang vor Einzug der Roten Armee in Berlin verbrannt worden sind; daß Elsers Vernehmungsprotokoll ebenso erhalten ist wie das Todesurteil gegen Bavaud, ist der Tatsache zu danken, daß Kopien der Aussagen Elsers ans Justizministerium, die des Todesurteiles – weil Bauvaud Schweizer war – ans Auswärtige Amt zu Herrn von Weizsäcker gingen ... Das Foto, das Elser so eindrucksvoll am Reißbrett zeigt, wurde der Kopie seiner Aussagen beigelegt und ist deshalb vorhanden. Nicht erhalten sind seine Konstruktionszeichnungen, von denen offensichtlich keine Kopien ans Justizministerium verschickt wurden. Mit dem Modell seiner in die Säule eingebauten Attentats-Maschinerie hatte Elser endlich seine Allein-Urheberschaft dokumentiert; vermutlich haben die körperlichen Quälereien damit aufgehört. Doch Hitler wie Himmler verzichteten keineswegs auf ihr Vorhaben – und nur deshalb »hoben sie ihn auf« bis Kriegsende als sogenannten »Prominentenhäftling« wie Pastor Niemöller –, Elser nach ihrem Endsieg in einem Schauprozeß aburteilen zu wollen, in welchem er so »präpariert« auftreten sollte, daß der Welt weiszumachen wäre, er sei das »Werkzeug« der Briten gewesen … Deshalb ja hatte Schellenberg 1939, unmittelbar nach Elsers Tat, das heißt am nächsten Tag, die zwei britischen Geheimdienstler Best und Stevens, die Schellenberg hier erwähnt, in Holland kidnappen müssen: Es war der »Arbeiter«-Partei Hitlers unmöglich, einen Arbeiter vor Gericht zu stellen, der den geliebten Führer habe töten wollen – Briten mußten ihn angestiftet haben … Als selbst Himmler begriff, die bereits Richtung Nürnberg marschierenden USA-Streitkräfte würden kaum noch einen solchen Schauprozeß gestatten, gab er den Befehl, Elser anläßlich eines Bombenangriffs auf München im KZ zu ermorden. Über die im Schellenberg-Zitat genannten »Hintermänner« Elsers: Der Alleintäter hat sie offensichtlich ebenso wie der Alleintäter Maurice Bavaud die seinen, deshalb erfunden, (sofern nicht Schellenbergs Gedächtnis erst nach dem Kriege sie erfunden hat, wie es den meisten Memoiren-Schreibern mit vielen »Fakten« ergeht), weil er darauf vertraute, die Bullen würden die mörderischen »Verhör«-Methoden nur dann nicht bis zu seiner Ermordung steigern, wenn sie noch hoffen könnten, dank weiterer Aussagen solche »Hintermänner … die im Ausland für ihn sorgen wollten« schließlich dingfest zu machen. Logisch: nur so lange die Schläger noch dem Wahn aufsaßen, der Gefolterte wisse mehr, als er sage oder eigne sich für einen Propaganda-Prozeß, konnten sie an seinem Überleben interessiert sein …

Wie unzuverlässig Schellenbergs ›Memoiren‹ sind, allein aus dem Gedächtnis ohne Tagebuch geschrieben, wird schon belegt durch seine Behauptung, die aberwitzig ist, Elser habe einen Bruder im KZ – was Elser gewiß nicht gesagt hat: sein Bruder war niemals im KZ–, was ja niemand besser wußte, als Elsers Berliner Quäler, denen die KZ's unterstanden haben. Ähnliche Falschaussagen sind immer zu verzeichnen, wenn Erinnerungen ohne amtliche Unterlagen, Jahre, Jahrzehnte *nach* den Geschehnissen verfaßt werden. Atmosphärisch, nicht faktisch, sind aber Schellenbergs Erinnerungen dennoch aufschlußreich:

»Berlin war immer eine nervöse und gehetzte Stadt. Jetzt aber schlug mir im Amt eine Atmosphäre geradezu hektischer Erregung entgegen. Soeben war die Kommission zur Aufklärung des Bürgerbräu-Attentats aus München eingetroffen, und der gesamte Fahndungsapparat der Geheimen Staats- und Kriminalpolizei lief auf höchsten Touren, um die Hintermänner des Anschlages zu ermitteln. Dies sei deshalb erwähnt, weil oft behauptet worden ist, das Bürgerbräu-Attentat sei von Heydrich, Himmler oder gar Hitler selbst gestellt worden. Bei einer so ausgedehnten Fahndungsaktion wäre es ausgeschlossen gewesen, daß nicht an irgendeiner Stelle etwas davon durchgesikkert wäre.

Bisher war nur der Konstrukteur der Höllenmaschine gefaßt worden.....

Er hatte unter der Last der Indizien gestanden, in einer Säule des Bürgerbräukellers seine Höllenmaschine mit Zeitzünder eingebaut zu haben. Es handelte sich um einen genial umkonstruierten Wecker, der mit einer Explosivmasse gekoppelt war. Elser hatte erklärt, zwei unbekannte Personen hätten ihm bei der Vorbereitung des Anschlages geholfen und versprochen, später im Ausland für ihn zu sorgen... wurde ich für abends neun Uhr zum Vortrag bei Hitler bestellt. Heydrich riet mir, mich zuvor beim Gestapochef Müller genau über den Stand der Verhöre des Attentäters Elser zu unterrichten....

Ich fragte Müller, wer nun seiner Meinung nach hinter Elser stecke. Er kniff die Augen zusammen und erwiderte: ›Ich komme einfach nicht weiter mit dem Kerl, er ist zu verstockt und bleibt immer bei seiner ersten Aussage – er hasse Hitler, ... Dann behauptet er wieder, ihm habe die aufregende Bastelarbeit an der Höllenmaschine einfach Spaß gemacht, wobei er dann immer das Bild des zerfetzten Körpers Hitlers vor sich gesehen habe. Sprengstoff und Zünder seien ihm von den beiden Unbekannten in einem Münchener Café zugesteckt worden. Es kann schon sein‹, meinte Müller schließlich, ›daß der Strasser mit seiner Schwarzen Front die Finger im Spiele hat.‹ Müller hielt inne und sah nachdenklich vor sich hin. Ich bemerkte, wie übernächtigt er aussah und daß die Knöchel über dem breiten Rükken seiner rechten Hand rot angeschwollen waren. Dann schaute er mich ein wenig von unten herauf an. In seinen Augen lag ein böser Glanz. ›Bisher habe ich noch jeden kleingekriegt, den ich mir vorgenommen habe...‹ sagte er. Mich fröstelte. Müller merkte es und fügte betont hinzu: ›Hätte der Kerl meine Ohrfeigen schon früher bekommen, würde er sich diesen Unsinn erst gar nicht ausgedacht haben.‹ – Das war Müller. Er spielte kein Theater, das war seine Natur. Er würde auch weiter versuchen, sein Opfer mit allen Mitteln zum Sprechen zu bringen.

Anschließend fuhr ich in die Reichskanzlei....

Man unterhielt sich über den Luftdruck. Hitler aber hörte jetzt kaum zu. Nach einer Weile wandte er sich plötzlich mit den Worten an Himmler: ›Schellenberg glaubt nicht, daß die beiden (von ihm aus Holland entführten) Engländer etwas mit Elser zu tun haben.‹ Und Himmler darauf: ›Ja, mein Führer, aber das ist nur seine Auffassung.‹ Ich schaltete mich nun in das Gespräch ein und erklärte ganz offen, daß ich ein Zusammenspiel Best-Stevens-Elser für ausgeschlossen hielte: ich könne freilich nicht behaupten, daß der englische Nachrichtendienst nicht durch andere Kanäle mit dem Attentäter in Verbindung gestanden habe. Hitler erwiderte zunächst nichts. Dann wandte er sich an Heydrich: ›Ich möchte wissen, um was für einen Typ es sich bei diesem Elser handelt. Man muß den Mann doch irgendwie klassifizieren können. Berichten Sie mir darüber. Im übrigen wenden Sie alle Mittel an, um diesen Verbrecher zum Reden zu bringen. Lassen Sie ihn hypnotisieren, geben Sie ihm Drogen; machen Sie Gebrauch von allem, was unsere heutige Wissenschaft in dieser Richtung erprobt hat. Ich will wissen, wer die Anstifter sind, ich will wissen, wer dahintersteckt.‹

Nun erst wandte er sich seiner Diätkost zu. Er aß schnell und hastig und ohne besondere Eleganz...«

Wie ganz und gar unzuverlässig im Faktischen Schellenbergs

in den fünfziger Jahren aufgeschriebene Memoiren sind, wird deutlich auch hier, wenn er schreibt: »In den folgenden Tagen« – Elser müßte dann seine Attentats-Maschine binnen weniger Tage nachgebaut haben; auch dürfte er kaum je zum Gestapo-Chef Müller gesagt haben, Sprengstoff sei ihm in einem Münchner Café zugesteckt worden, da er ja schon vor dem ihn vernehmenden Huber in München ausgesagt hatte, daß er sich in dem Steinbruch deshalb hatte anstellen lassen, um dort den Sprengstoff zu entwenden ... Natürlich hatte Schellenberg die erst fast zwanzig Jahre später, 1969 ausgewerteten, im Archiv des Bonner Justizministeriums aufgefundenen Berliner Vernehmungsprotokolle Elsers vom 19. bis 23. November 1939 – die vorangegangenen Münchner Protokolle sind unauffindbar, vermutlich nicht mehr erhalten –, gar nicht zur Hand, als er um 1950 seine Erinnerungen schrieb ...

»... An einem der folgenden Tage war ich bei einer Besprechung zugegen, die Heydrich mit Müller führte. Müller berichtete, daß sich drei Fachärzte eine Nacht und einen Tag lang mit Elser beschäftigt hätten. Man habe ihm beachtliche Mengen Pervitin eingespritzt, seine Aussage sei jedoch immer die gleiche geblieben. Dann habe er, Müller, einen anderen Weg eingeschlagen, um herauszubekommen, ob Elser tatsächlich selber der Erbauer der Höllenmaschine gewesen sei. Er habe für ihn eine Schreinerwerkstätte einrichten lassen und ihm befohlen, seine Teufelsapparatur noch einmal herzustellen. Elser habe daraufhin innerhalb kurzer Zeit das genaue Gegenstück angefertigt und es in eine Holzsäule eingesetzt. Es sei ein Meisterstück geworden. Heydrich interessierte die Arbeit Elsers so sehr, daß er sie zu sehen wünschte und mich bat, mitzukommen. Ich sah den Attentäter zum ersten Male. Es war ein kleiner, schmächtiger Mann, etwas blaß, mit hellen Augen und einer hohen Stirn – ein Typ, wie man ihn zuweilen unter qualifizierten Handwerkern antrifft. Er sprach unverfälschte schwäbische Mundart, dabei zeigte er sich schüchtern und zurückhaltend ängstlich. Auf Fragen gab er nur widerwillig Antwort, doch taute er auf, wenn man ihn wegen seiner Handfertigkeit lobte; dann erläuterte er sein nachgefertigtes Modell redselig und mit allem Eifer.

Von seiner Aussage bezüglich der beiden Unbekannten, mit denen er sich in einem Münchner Lokal getroffen haben wollte, wich Elser nicht ab. Müller gab jedoch nicht auf. Am Nachmittag ließ er vier bekannte Hypnotiseure rufen, es gelang jedoch nur einem, Elser in einen hypnotischen Schlaf zu versetzen, wobei er wiederum bei seinen bisherigen Angaben blieb.«

VIII.

Auch des Reiches damals berühmtester Psychiater Geheimrat Professor Bumke, Bruder des (seit 1929) Präsidenten des Leipziger Reichsgerichts, wurde aus München nach Berlin geholt und auf Elser »angesetzt«: Leider hat Bumke, dem es offensichtlich nach Hitlers Ende peinlich war, von den Nazis als Gutachter geschätzt und herbeigeholt worden zu sein, nach dem Kriege seine Aufzeichnungen über die Begegnung mit Elser vernichtet. Und dann jene Memoiren geschrieben, die, wie alle ohne Aufzeichnungen verfaßten, eben doch zu lückenhaft sind, um verläßlich zu sein. Es kommt hinzu, daß auch Bumke dem Nachkriegsgerücht aufgesessen ist – sogar Pastor Niemöller hatte ihm und jedermann diesen Unfug erzählt –, die Nazis selber hätten Elser beauftragt, den Saal hochgehen zu lassen: dann wäre in der Tat Hitler ein todesmutiger Mann gewesen! (Wenn er riskiert hätte, sich bis elf Minuten vor der Explosion direkt neben die sprengstoffgeladene Säule zu stellen!) Geheimrat Oswald Bumke schreibt:

»Kurz danach wurde ich nach Berlin geholt, wo ich den ›Attentäter‹ begutachten mußte. Es fehlte ihm nichts. Er wäre Kommunist und Pazifist, erklärte er, und deshalb hätte er Hitler und seine Leute beseitigen wollen, weil sich nur dadurch der Krieg hätte vermeiden oder schnell beendigen lassen... Auf den Gedanken, Elser hätte das Attentat im Auftrag der Gestapo begangen, bin ich nicht gekommen, ja als Gerüchte dieser Art aufgetaucht sind, habe ich ihnen widersprochen. So viel Verworfenheit hätte ich nicht für möglich gehalten.«

Bumke, der über die allerbedenklichsten seiner psychiatrischen Patienten schreibt: »In friedlichen Zeiten begutachten wir sie, in aufgeregten regieren sie uns« – ist schon 1950 gestorben und hat also nicht mehr Anton Hochs Auffindung des Elser-Protokolls und die Rehabilitierung des Jahrzehnte lang um seinen Nachruhm betrogenen Elsers erlebt ... man hatte Elser in der Nachkriegs-Geschichteschreibung sozusagen seine Tat gestohlen, indem man sie immer wieder anderen als ihm, ja den Nazis selber, zuschob! So hat denn Bumke sogar das Wort »Attentäter« in Anführungsstriche gesetzt, obgleich er doch 1939 bei seiner Begegnung mit Elser einen völlig normalen Eindruck von dem entschlossenen Schwaben mitgenommen hatte ... Tatsächlich sind die zwei überlieferten Porträts *vor* der Haft, ebenso wie das am Zeichentisch *in* der Haft, beeindruckend: denn wie selten sind im gleichen Gesicht eine so hohe Stirn und ein so starkes Kinn anzutreffen wie bei diesem höchst erfindungsreichen, musikalisch so aktiven, doch an Büchern und Zeitungen nicht interessierten Schwaben, der nicht »nur« mit achtzehn die beste Tischlerprüfung abgelegt, sondern auch heimlich als »Metall-Arbeiter« sich autodidaktisch die Kenntnisse angeeignet hat, seine Attentatsmaschine zu konstruieren ...

Doch Gerüchte scheinen zuweilen sogar hochkarätige Psychiater stärker zu beeindrucken als der Augenschein; daher sogar der Ordinarius Bumke schließlich nicht mehr glaubte, was er gesehen hatte: einen ehrlichen, idealistisch-praktischen Attentäter – so »gesund«, politisch gesehen, wie 1939 weder Bumke selber noch *einer* der anderen sechzig Millionen Deutschen je gewesen sind, die wir ja alle dem Hitler, wenn nicht enthusiastisch, so doch widerstandslos, in Krieg und Mord und Untergang hinterherliefen ... Ein Fall für die Psychiatrie – »es fehlte ihm nichts« – ist nicht Elser gewesen, niemals! Sondern die Mißhandlung dieses wahrhaft großen Mannes, erst durch die Nazis, die ihn öffentlich stets nur als »Subjekt und Werkzeug des Secret Service« denunziert haben; zweitens durch die Nachwelt: Da ein ganzes Volk – wir alle – dem Hitler »aufgesessen« waren, um es so schonend wie möglich zu formulieren, konnten wir einfach nicht zugeben, daß *einer* bei Verstand, Mut, Entschlußkraft geblieben war – einer ohne jeden Anhang, Einfluß, ohne Mittel! Elsers einziges »Mittel« war sein Gewissen: Er wußte 1938, was viele wußten und viele *wollten*: Hitler werde Krieg machen. Den wollte Elser verhindern oder – da der Krieg dann im September schon begonnen hatte –, abkürzen durch die Ermordung des Mörders. Die Umsicht, Intelligenz, mit denen Elser seine Tat verwirklichte, sind in jedem einzelnen Detail aus dem Verhörungsprotokoll ablesbar und nötigen einem Seite nach Seite Ehrfurcht und Staunen ab: wie viel mehr noch wüßten wir von diesem eindrucksvollsten Deutschen des Jahrhunderts – hätte der Psychiater Bumke, der letzte Mensch, der Elser noch sprach und kein Gestapo-Bulle war, sich nach dem Krieg nicht seiner Aufzeichnungen geniert und sie vernichtet, weil sogar *er* nun nicht mehr glaubte, was ihm bei der Begegnung mit Elser so glaubhaft gewesen war. Sondern auf Niemöllers (und anderer) Geschwätz hereingefallen ist: Elser sei nicht der Täter seiner Tat! Daß Niemöller, gewiß ein ehrlicher Mann, nach dem Kriege dieses Märchen in Umlauf gesetzt hat, das läßt sich allerdings so erklären – wie Lother Gruchmann vom ›Institut für Zeitgeschichte‹ in seiner ausgezeichneten Einleitung zu Elsers ›Autobiographie‹ (eben das Protokoll der Vernehmung in Berlin vom 19. bis 23. November 1939) –, es erklärt: Elser wurde in dem KZ Sachsenhausen, dreißig Kilometer nördlich von Berlin, später in Dachau, wohin er wie alle prominenten Häftlinge Ende 1944 oder Anfang 1945 gebracht worden ist, derart bevorzugt behandelt, daß die – ebenso bevorzugt behandelten – Mitgefangenen ihn einfach nicht für »schuldig« im Sinne der Nazis halten konnten: Pastor Niemöller, der Münchner Domkapitular Neuhäusler, der österreichische Bundeskanzler Schuschnigg, der französische Ministerpräsident Léon Blum, der Reichsbankpräsident Schacht, die Generale Halder, von Falkenhausen, der Oberst von Bonin, der Industrielle Fritz Thyssen: Sie alle – ohne je ein Wort mit Elser sprechen zu können –, sahen diesen Mitgefangenen, der nicht in *einer* Zelle saß, sondern mit zwei SS-Männern, die ihn Tag und Nacht vor einem Selbstmord-Versuch »behüten« sollten, in *drei* Zellen, deren Innen-Wände man entfernt hatte, um Elser eine Schreinerwerkstatt einzubauen. Hitler persönlich wollte ja unbedingt Elser »aufheben« für den großen Schauprozeß, den er nach Deutschlands Sieg gegen den britischen Geheimdienst und deren zwei am 9. November 1939 in Holland gekidnappten Offiziere Best und Stevens – Mitgefangene Elsers, jedoch ebenfalls daran gehindert, je mit ihm ein Wort wechseln zu können –, veranstalten würde... Je »höher« nunmehr Elser sich selber aufbaute gegenüber den zwei SS-Schergen, die seine Leibwächter waren, je eindrucksvoller er ihnen weismachte, ein persönlicher Gefangener ihres Abgottes, des Führers zu sein – was ja sogar wahr gewesen ist –, je besser wurde er auch von denen behandelt, die ihm gar erlaubt hatten, ein Musikinstrument zu bauen: aus abertausend abgebrannten Streichhölzern eine Zither, auf der »ihr« Elser, der »kleine Schorsch« oft spielte... Gruchmann: »... bekam Elser im gemauerten ›Zellenbau‹, in dem übrigens auch die Engländer Best und Stevens inhaftiert waren, als bevorzugt behandelter Sonderhäftling eine geräumige Zelle zugewiesen, die durch Entfernung der Zwischenwände aus drei normalen Zellen gebildet worden war. Neben verpflegungsmäßigen Vergünstigungen wurden ihm eine Hobelbank und Tischlerwerkzeug zur Verfügung gestellt, mit denen er nach Belieben Holzarbeiten und Schnitzereien für die Wachmannschaften anfertigte. Soweit nicht schon während der Berliner Haftzeit geschehen, baute er wohl hier im Auftrag der Gestapo auch seine Höllenmaschine noch einmal nach. Dem ›kleinen Schorsch‹, wie er im Lager genannt wurde, war es erlaubt, mit einem selbstgebauten Lochbillard zu spielen und auf der Zither zu musizieren. Je zwei SS-Bewacher, die sich mit in seiner Zelle aufhielten und auch nachts gegenseitig ablösten, durften ihn keine Sekunde aus den Augen lassen, um einen Selbstmord und jeden Kontakt mit anderen Häftlingen zu verhindern. Vielleicht hat Elser hier einem seiner Wächter die Story erzählt, daß er das Attentat auf persönlichen Befehl Hitlers durchgeführt habe und ihm dafür eine Villa und eine Staatspension versprochen worden seien, – um sich als ›Ehrenhäftling Hitlers‹ auch bei den unteren Chargen eine wohlwollende Behandlung zu sichern.

Über die wahren Gründe für die bevorzugte Behandlung Elsers im Konzentrationslager gibt es keine aufklärenden Dokumente. Wir sind hier auf überlieferte Gespräche mit hohen NS-Führern angewiesen, die in Sekundärquellen erwähnt werden und besagen, daß Elser für ein später beabsichtigtes Propagandaschauspiel ›konserviert‹ wurde.«

Wie Elser selbst auf fanatisierte Nazi-Propagandaschreiber in seinen bedrückendsten Tagen – während der Verhöre – gewirkt hat, belegt Lothar Gruchmann durch ein Zitat aus Hitlers Zeitung: ›Der Völkische Beobachter‹ vom 22. November 1939: »... Dieser Mann dort hat keine auffällige Verbrecherphysiognomie, sondern intelligente Augen, leise, vorsichtig abwägende Ausdrücke, die Vernehmungen dehnen sich endlos, jedes Wort überlegt er lange und genau, bis er Antwort gibt, und wenn man ihn dabei beobachten kann, vergißt man einen Augenblick, vor welchem satanischen Untier man steht, welche Schuld, welche grausige Last dieses Gewissen dort scheinbar so leicht zu tragen imstande ist.« Elser weinte und sagte: »Das habe ich nicht gewollt«, als man ihm noch im November 1939 die Wochenschau zeigte mit den Särgen seiner acht Attentat-Opfer; Hitler selber, Trauerflor am linken Oberarm auf seinem Ledermantel, war zur Trauerfeier in München erschienen. Doch daß Bumke, daß der Geheimrat und Universitätsprofessor und Klinikchef seine unersetzlichen Notizen der Gespräche mit Elser vernichtet hat – erstens doch wohl, warum sonst? –, weil er sich nach dem Kriege genierte, Gutachter der Gestapo gewesen zu sein; zweitens und vor allem sich genierte, als führender Psychiater einen Menschen normal und in seinen politischen Motiven zum Attentat überzeugend befunden zu haben, von dem es nunmehr – *nach* dem Kriege – hieß, er sei ein Schwindler gewesen, der sogar auch ihm, Bumke, habe verschweigen können, im Auftrage der Nazis das Attentat verübt zu haben –: ist eine so melancholisch stimmende wie zeitgenössisch vielfach bezeichnende Anekdote! Erstens belegt sie einmal mehr, wie selbst höchstgestellte Gelehrte im Reiche Hitlers ihm absolut hörige Mitläufer gewesen sind – sonst würde ja Bumke, ein besonnener Mensch, dem Zeitgeist nicht so völlig ausgeliefert gewesen sein, wie beinahe alle anderen Deutschen. Sondern hätte mindestens in dem *einen* Tatmotiv Elsers: Hitler beseitigen, um den Krieg zu vermeiden oder abzukürzen – *Größe* entdeckt! Als bürgerlicher Wissenschaftler konnte Bumke verständlicherweise für die zwei anderen, ihm von Elser genannten

Tatmotive: Kommunist und Pazifist zu sein – keine Gegenliebe, kein Verständnis entwickeln. Warum auch? Erstens, kann ja keine wie immer geartete Diktatur, also auch die kommunistische nicht – und Kommunismus hat sich bisher ja stets nur als Diktatur etabliert, als Einpartei-Herrschaft –, eine Alternative zur Diktatur Hitlers sein; zweitens sind Pazifisten Menschen, die andere für sich kämpfen lassen – wäre Churchills England, um nur ein Beispiel zu geben, nicht freiwillig, von Hitler niemals angegriffen, gegen Deutschland marschiert und bereit gewesen, sein Empire dafür aufzuopfern: Wer hätte dann je die Feuer von Auschwitz ausgetreten?

Doch mit solcher Umsicht, wie Elser zweifellos sie auch Bumke hat detailliert schildern müssen, mit solchem Mut, mit solcher Intelligenz sowohl in der Behandlung der Mitmenschen wie in der Bewältigung der technischen und der örtlichen Schwierigkeiten, das Attentat schon *vor* dem Kriege – bei Hitlers Einmarsch nach Böhmen – geplant und dann verwirklicht zu haben: Das mußte doch einem Seelenkenner Eindruck machen auch dann, wenn er Attentate generell verabscheute. Und wenn er in moralischer Hochnasigkeit – wie sein Generationsgenosse Staatssekretär Ernst Baron von Weizsäcker in seinen ›Erinnerungen‹ von sich gesagt hätte, es habe »nicht in meiner Erziehung gelegen, einen Menschen zu töten«. In *wessen* Erziehung lag es? Als seien Attentäter zum Totschlag Erzogene! War Herr von Weizsäcker je dazu erzogen worden – sicher nicht, aber getan hat er es doch! –, namens des Auswärtigen Amtes abzuzeichnen, daß er keine Bedenken hege, wenn 1942 aus Frankreich und Benelux 96 000 Juden nach Osten abgekarrt würden? (Seit sein Marinefreund Canaris schon 1940 Weizsäcker von den systematischen Ausrottungen berichtet hatte: war der Staatssekretär eine der bestinformierten Deutschen.) War *Elser* erzogen worden, einen zu töten? Sind existentiell ernste Situationen je aufgrund der Erziehung gemeistert worden? Ist überhaupt schon ernst, was noch konventionell dank unsrer Erziehung zu entscheiden, zu bewältigen wäre? Was ist Psychiatrie wert, wenn sogar einer ihrer berühmtesten Vertreter, der keineswegs ein fanatisierter Hitler-Mann war, in Elser, den er für so gesund hielt, wie Elser war, nicht den Außerordentlichen erkennt, wenigstens an dessen *Tat* erkennt? (In seinen Memoiren behauptet Bumke, während des Krieges einmal zu seinem Sohn gesagt zu haben, als der ihn mit dem sogenannten »deutschen Gruß« spaßeshalber begrüßt habe: »Heil Hitler!« – da habe Vater Bumke gesagt: »Das denkst du dir so einfach, mein Junge!«). Nein, sicher war Bumke nicht Nazi. Umso quälender das Problem, warum er noch ein volles Jahr nach dem »Kristallnacht« genannten Pogrom, der ihm doch seine Grundeinsicht erneuert haben muß: Die sehr gefährlichen Irren seien jene, die in friedlichen Zeiten in Anstalten behandelt, doch in aufgeregten als Führer von ganzen Völkern bejubelt werden –, um so problematischer, daß im intimen Gespräch mit Elser der berühmteste Psychiater Deutschlands nicht spürt, daß hier ein Ungewöhnlicher das Ungewöhnliche deshalb versuchen *mußte*, weil mit den Mitteln, die die bürgerliche Gesetzgbung zuläßt, der Situation nicht beizukommen ist: Nämlich einen Alleinherrscher daran zu hindern, einen Kontinent in den Krieg zu stürzen! Doch Bumke merkte *nichts*, so sehr war selbst *er* angesteckt von der Hitleritis wie wir anderen sechzig Millionen ...

Erdrückender ist nicht zu belegen, wie *einsam* Elser in seiner Nation war; und woran wäre menschliche Größe deutlicher sichtbar als an einer monatelang durchgehaltenen Tatvorbereitung, die so hundertprozentig dem Consensus populorum widerspricht wie Elsers Tat – und die dennoch die einzig mögliche ist, einen Wahnsinnigen von der Anstiftung des Weltkrieges abzuhalten? Und wie unbeschreiblich *einsam* war Elser nicht nur in seiner mitlaufenden Nation – sondern sogar innerhalb der geschichtlichen Überlieferung! Sonst hätte der gebildete Bumke doch gespürt, daß dieser Gesunde, den Bumke selber ausdrücklich nicht für einen Patienten hielt, einer der ganz Vereinzelten war – und schon als solcher der Hochachtung wert –, der sich außerhalb des Kollektivs und seinen panischen Bewegungen hielt und allein deshalb noch fähig, strikt gegen den Consensus populorum zu denken und zu handeln. Aber, eben, auch Psychiater sind nur Zeitgenossen. Und wenn neunundneunzig von hundert Heil schreien ... Daß Bumke nicht einmal fertigbrachte, nach dem Krieg für Elser zu *zeugen*, den er doch genauer gekannt haben sollte als jeder seiner Vernehmer und Quäler –, als man den großen Toten seine Tat gestohlen hat und sie gar den Nazi-Banditen selber zuschob! Deutsche sind Leute, die – der Anwalt Senfft hat neulich sarkastisch daraufhin gewiesen – es fertigbringen, über jene ihrer Untaten, die sie nicht ableugnen können, die Formel in Umlauf zu setzen, sie seien »in deutschem Namen geschehen«. Also durch *andere*?

IX.

Um am Tatort aus- und eingehen zu können, versuchte Elser das klassische Mittel der Infiltration: Er hatte gehört, der »Hausbursche« des Bürgerbräu-Kellers müsse einrücken; so freundete er sich an mit ihm und bot ihm fünfzig Reichsmark – sehr viel Geld für Elser, der ja während der Vorbereitung seiner Tat nichts verdiente –, wenn ihn der Hausbursche dem Pächter des Bräuhauses als Nachfolger empfehle. Es kam nicht zur Einberufung des »Burschen«. Als Elser ihm fünfzig Mark für den Job anbot, »besaß« er selber siebzig Mark: sein ganzes Barvermögen! Um bis zum 5. August 1939, als er anfing, die Säule als Sprengstoffkammer auszuhöhlen, und aus Schwaben nach München reiste, seine Ersparnisse »auf ungefähr 350–400 RM« zu steigern, mußte Elser, der vier Instrumente spielte, erst seine Baßgeige verkaufen …

REQUIEM

Dem unbekannten Soldaten ·
Johann Georg Elser ·
Iris · Familien · Elternhaus ·
Kinderfrage · Geschichte ist Naturgeschichte ·
Bäume – nicht Blumen ·
Schwarze Segel · Deus absconditus?

Dem unbekannten Soldaten

Du bist den Großen
nur eine Karte im Skat,
aus dem Leben verstoßen
– ach, Matrose, Soldat!

Was Zeitungen rühmen
an Admiralen, Generalen
– ihr Anonymen
müßt es bezahlen . . .

Je entfernter vom Morden
Namensträger sich drücken,
je stolzer die Orden,
die am Halse sie schmücken!

Du, für die nur ein Mittel,
Fahnen zu hissen,
büßt im Sterbekittel
ins Gras gebissen

Der Feldmarschälle Eroberungswut!

Vier Jahre vergossen
kleiner Leute Blut,
selbst den Geschossen
weit fern geblieben:

Ist den Generalen
und denen, die schieben,
der Unbekannte
aus jedem Lande

Der im banalen
Kriegstag zerrieben,
in keinen Annalen
je aufgeschrieben:

– bleibst du denen
nur eine Karte im Skat,
den stets Fotogenen
– unbekannter Soldat!

Johann Georg Elser

Unauffällig liquidieren, beim nächsten Luftangriff:
Gestapo-Briefe vor Kriegsende nach Dachau.
Im Krematorium des KZs wird Elser
– geboren 1903 in Hermaringen –
vermutlich stranguliert, vielleicht erschossen:
die Zeugen, jetzt pensionsberechtigt, schweigen,
da sie die Mörder sind ...

Elf Monate vor Hitlers Weltkrieg
geht Elser, Sprengstoff zu entwenden,
als Hilfsarbeiter in den Steinbruch:
ein Deutscher ist so konsequent wie Hitler.
Gefoltert ein Jahr später, verhör-zermürbt
– er glaubt, Gott habe seine Tat verworfen –,
nennt Elser ungebeugt nur *ein* Motiv:

Friede oder – Hitler! Ein Tell totalitärer Zeiten,
so viel vereinsamter als der des Mythos,
wie Hitlers Volk den Zwingherrn *liebt,*
der in Europa fünfzigmal mehr Menschen,
als vor dem Krieg in München lebten,
in Gräber wirft, auf Aschenhalden,
dreihunderttausend vor die Fische ...

Vier Wochen früher, als die Wehrmacht losbricht,
bricht Elser aus der Säule, die den Saal stützt
(hier hetzt der Führer jedes Jahr die Mitbanditen auf),
die ersten Steine für die Pulverkammer.
Kniet fünfunddreißig Nächte vor der Säule
– ein Bluterguß im Knie wird ihn verraten.
Die Taschenlampe abgeschirmt; Schutt, Steine

Trägt er in einem Köfferchen zur Isar.
Drei Tage vor der Explosion Uhrwerke
Zünder abzustimmen: Die Polizei

glaubt nicht, daß er das konnte, bevor er
die Maschine nachbaut in der Haft.
Sooft er – vierzigmal – zum Tatort schleicht,
betritt er Kirchen, das beruhigt ihn ...

Der Schwabe war nach sieben Dorfschuljahren
der prüfungsbeste Tischler-Lehrling.
Musiziert in Vereinen, spielt vier Instrumente,
beliebt bei Frauen, ehelos – Verwandte
schimpfen ihn rechtsversessen; Politik
ist ihm nur Kampf um Recht; wählt stets KP.
»Ein Arbeiter«, erklärt er den Verhörern

»Muß Euer Feind sein!« – hat für Tat und Leben
im Monat weniger als hundert Mark; noch zehn
am Tage, als er in die Schweiz will.
Die Schwester schenkt ihm dreißig.
Damit reist er zurück nach München,
um seine Uhren nachzuprüfen ... In Konstanz,
schon in Haft, hört er im Radio Adolf Hitler

Den Saal zu früh verlassen – elf Minuten!
Acht Nazis tot, fünf Dutzend sind verwundet ...
Nach drei Jahrzehnten nennt sein Heimatdorf
nach Johann Georg Elser eine Straße
– doch keine deutsche Stadt, nicht eine.
Dies Volk liebt zwar die Freiheit – doch nicht jene,
die starben, um es zu befreien.

Iris

Iris – schattenernstes Blau,
Strahl der Nacht in buntem Strauß,
ihre Tiefe, naß von Tau,
leuchtet, lockt wie nur die Blaus

Abendkühler Wälder, Meere...
Doch wenn sie , schon nach zwei Tagen,
blaugelb hinwest, wie erwehre
ich mich dann verdrängter Fragen

Die ihr bleu mourant erweckt.
Wenn ihr Blau verbleicht, wie gleichen
(Bilder, die kein Grab verdeckt)
ihre Blätter dann dem Leichen-

Blau, das Gesichter, die wir küßten,
und das Hände, die uns hielten,
stempelblau stigmatisiert.
Sterbende... wenn wir nur wüßten

Wohin letzte Blicke zielten:
ob, wer *uns* stirbt, auch die Seinen,
denen *er* wegstirbt, verliert.
Weil doch Sterbende nie weinen.

Familien

Der Volksmund spricht:
der Bettelstab
steht alle hundert Jahre
vor eines anderen Tür.

Familien verbrauchen sich
meist schon im Aufstieg;
wenn endlich der Enkel
des Arbeiters, Handwerkers, Bauern

Rechte, weil Reichtum erkämpft hat,
ermüdet der Mut, lähmt Melancholie.
Zerstädtert, entnervt und zerstreßt
verkümmern bald die Instinkte.

Teils dumm, teils gelehrt,
verhökern Urenkel Stadthäuser, Firmen
doch sammeln Utrillos, barocke Kommoden
und Schwiegersöhne von Adel ...

Selten, daß Geschlechter, uralte,
verenden wie Schwäne: singend ...
Daß eines Kunst macht
zum Schluß.

Elternhaus

Die Uhr in meinem Elternhaus
– wem schlägt sie heute?
Der sie geerbt, wo stellte er sie ab?
In Muttis schöner Wohnung blöde Leute;
die setzten den Plafond herab.

Denn »tiefere Decken sparen Heizung«
Entsprechen, denk' ich, eurem Horizont;
so werdet ihr die Stukkatur verschonen.
Vergangenheit: wer nannte sie »besonnt«?
Sie ist mir, seit hier Fremde wohnen

Wo ich einst Enkel war und Kind
– ein offenes Bein, das immer näßt,
die Schritte hemmt, sich nie ganz schließt.
»Vollendet« nennen, was uns nur verläßt?
Geh, eh du Vaters Schatten siehst.

Wie weg schon
... sind trotz Fotos die Gestalten!
In *ihrem* Haus nimmt's mir den *Da*-Seins-Trieb.
Trostlos, daß zwar Gefühle sich erhalten
– doch nicht Gesichter: Wasser überm Sieb.

Kinderfrage

In memoriam: 23. 3. 1977

»Warum starb er so jung? Und so ein guter Mensch,
das ist nicht anständig von Gott!«

Was einem Schüler sagen,
der diese Frage stellt?
Wenn *Kinder* Gott anklagen,
so richtet das die Welt.
Hat er nicht recht, der Junge,
der erst zwölf Jahre ist?
Ich hatte auf der Zunge

Doch schwieg ich: Wieso bist
Du überzeugt gewesen,
was Gott tut, das sei gut?
Ich sagte: »Hast gelesen,
was Jahr für Jahr die Wut
(so heißt's) der Elemente
mit Maus und Maat versenkt?

Denkst Du, durch Gottes Hände?
Gott hat das nicht verhängt!
Natur – nicht: ›Gottes Plan‹,
die läßt ein Schiff verschwinden,
zerbrechen im Orkan
– doch andre heimwärts finden« ...
Der Junge rief und lachte:

»Kann Gott nichts Böses tun?«
Ein Kind belügen? Machte
doch Glaube es immun!
Gott oder Krebs: Wer's treibt,
die Frage Böses-Gutes,
nicht sie, die schlimmere bleibt:
Gott oder Krebs: *was* tut es!

Geschichte ist Naturgeschichte

Kommt eine neue Religion auf, so ist ihr erstes Anliegen, ihre Vorgängerin auszurotten ... Darüber kann uns die Beobachtung des Verfahrens unterrichten, das die Christenheit dem Heidentum gegenüber eingeschlagen hat: es hat dessen Satzungen und Bräuche insgesamt abgeschafft und alle Erinnerung an die Glaubenslehre der Vorzeit zum Erlöschen gebracht. Freilich ist es ihm nicht gelungen, alle Kunde dessen auszulöschen, was die großen Heiden getan haben; weil man in christlicher Zeit die lateinische Sprache beibehalten hat, und zwar gezwungenermaßen, weil man sie brauchte, um die neue Lehre aufzuzeichnen. Wäre es möglich gewesen, dies in einer neuen Sprache zu tun, so wäre ... keine Erinnerung an die alte Zeit übriggeblieben ... man verbrannte die Werke der Dichter und der Geschichtsschreiber, zerstörte die Bildsäulen und legte alles nieder, was irgend Zeugnis vom Altertum ablegte.

Niccolo Machiavelli

Organismen, so auch Menschen, leben nur
um sich »aus«-zuleben: Als Spiel der Natur!

Leben dem Auf- und Abbau ihrer Energien.
Denn Beschäftigungstherapien

Geschichte genannt –, sind das Wechselspiel,
das zum Tode führt, doch zu keinem Ziel.

Geschichte hat keins, hat nur ein Ende:
wie Einzelne so auch Völker und Kontinente.

Kontinuität? Keine. Nur als karge Fortsetzung
Integration in den Siegern – deren Dung.

Selten, daß ein Newcomer Teile übernimmt
dessen, dem er Vernichtung bestimmt.

Wie notgedrungen Christen von den Alten Latein.
Doch meist läßt der Sieger keinen Stein

Auf dem andern von Kulturen, die nicht widerstehen.
Untergang, kein Übergang. Auf neuen Altären sehen

Will der Neue an Göttern allein die *seinen*!
Einziger Trost derer, die untergehen:

Nur im Nichts muß niemand mehr weinen.

Bäume – nicht Blumen

»Die Bäume sind unsre Ahnen.«
Bismarck

Blumen – laß sie uns meiden:
Chiffren der Vergänglichkeit!
Bäume: unter ihnen weiden
Geist, Gemüt – befreit

Von Tod-Angst, die uns panisch
zur Flucht treibt im Zeitvergehen.
Was sonst lebt so lange organisch
wie Bäume? Sie widerstehen

Unserem Zeitmaß, unserer »Deadline«.
Harmlos gemeint: Schlußtermin
– mahnt das Wort doch an Grabstein.
Und so arglos wir Blumen ziehn

Nur unter Bäumen leiden
an der Zeit nicht Gefühl, Intellekt.
Blumen gib Toten: Beim Scheiden
hilft ein Tarnungs-Effekt.

Schwarze Segel

Wer ahnt,
der die Taue loswirft
im Frühlicht,
das emaillekalt glänzt,
wie er nach Haus kommt?

Noch auf dem Weg zum Hafen
hält seine Hand die des Kindes;
um ihn ist noch, der ihn trug,
den er trug in der Nacht:
der vertraute Leib seiner Frau . . .

Doch wer ahnt,
wenn er ausfährt, verlockt von Geschäften
an bedrohliche Ufer, daß sein Segel,
jetzt prahlend weiß sich brüstend
im pfaufarbenen Meer

Schon zur Nacht
achterdecks liegt, leichenlaken-fahl,
und er heimgefahren wird
die Füße voran
unter schwarzem Segel?

Deus absconditus?

Im Zweiten Weltkrieg, statistisch belegt,
verreckten an Land, in der Luft, auf den Meeren
Soldaten, Zivilisten: sechsundfünfzig Millionen.

Gott – wenn es Gott gibt – hat das nicht bewegt.
Die Ökologen können uns belehren:
kaum daß der Krieg vorüber war, bewohnen

Mehr Menschen diese Welt als bei Beginn!
Fünf Jahre Völker-Schlächter-Großbetrieb
vermochten dem Planeten »nichts« zu rauben.

Ein Zweck? – wer weiß. Doch wer noch Sinn
darin sieht, daß nicht durch dieses Sieb
er fiel, doch *jene:* müßte glauben

Nicht Zufall – Fügung habe ihn beschützt.
Fügung, die Auschwitz fügt und Hiroshima?
Kinder ertränkt, verhungern läßt, verbrennt?

Millionen Kinder – spielerisch vernützt!
Wer dies verhindern könnte, doch ihm zusah:
sei Gott? Dann wäre Gott moralisch impotent.

Die Berliner Antigone

Für Marianne

Da die Angeklagte *einer* falschen Aussage bereits überführt war, glaubte der Generalrichter, er könne sie retten: Anne behauptete, ihren Bruder – den Gehenkten, wie der Staatsanwalt möglichst oft sagte – sofort nach dem Fliegerangriff ohne fremde Hilfe aus der Anatomie herausgeholt und auf den Invalidenfriedhof gebracht zu haben. Tatsächlich waren ein Handwagen, aber auch eine Schaufel auf der Baustelle an der Friedrich-Wilhelm-Universität entwendet worden. Auch hatten in dieser Nacht, wie immer nach den Bombardements, Feuerwehr, Hitlerjungen und Soldaten die geborgenen Opfer in einer Turnhalle oder entlang der Hauptallee des Friedhofs aufgereiht.

Vor Gericht aber hatten zwei Totengräber mit der zeremoniellen Umständlichkeit, die ihr Gewerbe charakterisiert, die jedoch in Zeiten des Massensterbens so prätentiös wirkte wie ein Sarg, überzeugend bestritten, unter den 280 Verbrannten oder Erstickten, die bis zu ihrer Registrierung unter Bäumen auf Krepp-Papier lagen, den unbekleideten, nur mit einer Plane bedeckten Körper eines jungen Mannes gesehen zu haben. Ihre Aussagen hatten Beweiskraft. Sehr präzise vor allem in den Nebensächlichkeiten gaben sie an, persönlich jeden einzelnen der 51 Toten, die weder zu identifizieren gewesen noch von Angehörigen gesucht worden waren, drei Tage später in die Grube gelegt zu haben, in das Gemeinschaftsgrab.

Die Bezeichnung Massengrab war verboten worden. Die Reichsregierung pflegte die Toten eines Gemeinschaftsgrabes mit besonders tröstlichem Aufwand beizusetzen: nicht nur waren Geistliche beider Konfessionen und ein namhafter Parteiredner, sondern auch noch ein Musikzug des Wachbataillons und eine Fahnenabordnung hinzugezogen worden.

Ein Beisitzer des Reichskriegsgerichts, ein großväterlich warmherziger Admiral, der als einziger in dem fast leeren verwahrlosten Saal keine Furcht hatte, war so gerührt durch die Schilderung der Totenfeier, daß er der Angeklagten mit milder Zudringlichkeit empfahl, endlich die Wahrheit zu sagen über den »Verbleib« ihres toten Bruders: Die Entweihung eines Gemeinschaftsgrabes durch die Leiche eines von diesem Gerichtshof abgeurteilten Offiziers müsse sonst leider – er sagte zweimal aufrichtig *leider* – als strafverschärfend gewertet werden.

Anne, zermürbt und leise, beharrte auf ihrer Lüge ...

Der Generalrichter, während der Worte des Admirals wieder in innerem Zweikampf mit seinem Sohn, fand Bodos Gesicht nicht mehr; es zerfloß ihm wie damals im Rauch der Lokomotive – nach ihrem notdürftig zusammengeflickten Übereinkommen, am Vorabend von Bodos Abfahrt zur Ostfront. Mehr als den Verzicht, sich in diesem Augenblick mit der Schwester eines Hochverräters *öffentlich* zu verloben, hatte der Generalrichter seinem Sohn nicht abzwingen können. Seiner Weigerung, dieser Mesalliance jemals die väterliche Zustimmung zu geben, hatte Bodo die Drohung entgegengesetzt, sich sofort mit dieser Person zu verheiraten, die ihn offenbar schon seit Wochen in jeder freien Stunde an seinem Potsdamer Kasernentor abgeholt hatte – auch dann noch, *auch* dann noch, als Annes Bruder schon verhaftet war!

Der Mann, statt dankbar zu sein, daß er als Schwerverwundeter mit einem der letzten Flugzeuge aus dem Kessel von Stalingrad ausgeflogen worden war, hatte nach seiner Genesung schamlos erklärt, nicht die Russen, sondern der Führer habe die 6. Armee zugrunde gerichtet. Und Bodo stand nicht davon ab ...

Der Generalrichter, qualvoll erbittert, mochte das nicht wieder zu Ende denken. Er sah sich fest an einem Wasserfleck, der jetzt wie ein überlebensgroßer Fingerabdruck die Wand über der Büste des Führers durchdrang. Die kolossale Bronze war unerschütterlich auf ihrem Sockel geblieben, obgleich der Luftdruck des nächtlichen Bombardements selbst Rohre im Gerichtshof aus der Wand gerissen hatte ...

Der Generalrichter hörte kaum dem steifschneidigen Staatsanwalt zu. Bodo schien kein Gefühl dafür zu haben, auch seine Mutter nicht, was es ihn kostete, diese Tragödie zur Farce – und dem Führer das Wort im Mund umzudrehen, nur damit dieses aufsässige Frauenzimmer vor dem Beil bewahrt blieb. Wer sonst, wenn er den Vorsitz abgelehnt hätte, würde auch nur daran interessiert sein, Hitlers ironisch wegschiebende Anordnung nach Tisch, die Angeklagte solle »in eigener Person der Anatomie die Leiche zurückerstatten«, so auszulegen, als dürfe das Mädchen den Beerdigten stillschweigend zurückbringen?

Der Führer, beiläufig vom Propagandaminister unterrichtet,

während ihm die Ordonnanz schon neue Depeschen über den politischen Umsturz in Italien reichte, hatte zweifellos nicht einmal an ein Gerichtsverfahren gedacht: Anne sollte enthauptet und der Anatomie zur Abschreckung jener Medizinstudenten »überstellt« werden, die vermutlich bei der Beseitigung der Leiche ihres Bruders geholfen hatten. Hier in der Reichshauptstadt, unter den schadenfrohen Augen des Diplomatischen Korps, das hatte Hitler noch angefügt, sollte nicht geräuschvoll nach ungefährlichen Querulanten unter den Studenten gefahndet werden: peinlich genug, daß im Frühjahr die feindliche Presse von der Studentenrevolte in München Wind bekam, weil Freislers Volksgerichtshof zwar schlagartig, aber doch zu laut damit aufgeräumt hatte.

Der Generalrichter, selten im Hauptquartier, noch seltener am Tische Hitlers, hatte mit erfrorenen Lippen »Jawohl, mein Führer« gemurmelt und später, ein geblendeter Gefangener, nicht mehr zu seinem Wagen hingefunden. Wie hätte er denn in Hitlers kaltblaue, rasputinisch zwingende Augen hinein das beschämende, das unmögliche Geständnis ablegen können, dieses Mädchen, die Schwester eines Hochverräters, sei heimlich mit seinem Sohn verlobt...

Jetzt verfiel er, Schweiß unter der Mütze, in den unsachlich persönlichen Tonfall des betagten Admirals und versprach der Angeklagten fast vertraulich mildernde Umstände. Unduldsam, aber genau entgegnete er dem Staatsanwalt: zwar sei nur während des Alarms das Kellergeschoß der Universität in der Nacht zugänglich; auch seien die Gitter dreier Fenster der Anatomie ebenfalls entfernt worden, um zusätzliche Notausgänge zu schaffen; und nur infolge der katastrophalen Verwirrung durch das Bombardement habe die Angeklagte die Schlüssel an sich bringen können. Dennoch: die Beseitigung der Leiche sei keine persönliche Bereicherung, »mithin« könne von Plünderung nicht gesprochen werden. Auch sei die Beerdigung nicht unbedingt ein staatsfeindliches Bekenntnis, da es sich bei dem Verräter um den Bruder handele. Als mildernder Umstand gelte noch die seelische Zerrüttung: der Verurteilung des Bruders sei bekanntlich der Freitod ihrer Mutter gefolgt.

Verdächtig, dachte der Staatsanwalt, ein straffgekämmter

Hamburger mit einer Stimme wie ein Glasschneider – verdächtig. Aber der Ton des Generals ließ ihn verstummen. Er entblößte sogar die Zähne, ohne daß ein geplantes verbindliches Lächeln daraus wurde: Der Vorsitzende entschied nämlich auch darüber, ob er ihn weiterhin benötigte oder ihn zur Front »abstellte«. Er hätte ihn gern in die Hand bekommen, diesen Chef. Es war doch lachhaft, daß er jetzt der Angeklagten eine befristete Zuchthausstrafe versprach, wenn sie die Exhumierung ihres Bruders unter Bewachung vornähme; ein solches Angebot, sicher, man brauchte sich später nicht daran zu halten – stand in keinem Verhältnis zu ihrem Verstoß gegen den Führerbefehl, politischen Verbrechern das Begräbnis zu verweigern ...

Während er voller Genugtuung die Beugung des Gesetzes durch seinen Chef bedachte; während der Admiral mit dem wehmütigen Wohlgefallen alter Männer diese halberloschene »Pracht von einem Mädel« da auf der Anklagebank teilnahmsvoll mit Blicken tätschelte; und während der Wasserfleck über der Büste des Führers vor dem langen wutroten Fahnentuch weiter und dunkler um sich fraß, zwang sich der General, schon ohne Atem, schon ohne Hoffnung zur äußersten Brutalität: »An langwierige Nachforschungen kann das Gericht zu diesem Zeitpunkt des Totalen Krieges keine Kräfte verschwenden«, drohte er heiser und hastig Anne und sich selbst. »Sie können sich 24 Stunden überlegen, ob Ihre Helfershelfer in der Anatomie die Leiche Ihres Bruders dort wieder vorfinden – oder ob die Mitwisser durch Einlieferung *Ihres* Körpers, Kopf vom Rumpf getrennt, darüber aufgeklärt werden sollen, daß wir Nationalsozialisten jeden defätistischen Ungehorsam rücksichtslos ausmerzen.«

Die Todesangst gab sie nun nicht mehr frei. Doch am Abend waren ihre Hände immerhin so ruhig, daß sie Bodo schreiben konnte. Es war schon der Abschied, das wußte sie, und Brandenburg, der gute Wärter, der gleich bei Annes Einlieferung mit fröstelndem Grauen »die Schwester« erkannt hatte, war bereit, ihren Brief als Flug-Feldpost hinauszuschmuggeln.

»Du wirst erfahren, wo ich meinen Bruder beerdigt habe, und wenn Du mich später wieder suchst, so nimm ein paar

Zweige von unserer Birke an der Havel und lege sie auf sein Grab, dann bist Du mir nahe.«

Sie wollte Pfarrer Ohm anvertrauen, wohin sie den Bruder gebracht hatte – wenigstens *er* blieb vor den Schergen und Schändern in Sicherheit. Dieser Gedanke bewahrte sie davor zu bereuen, obwohl sie nicht mit der Todesstrafe gerechnet hatte und bei der Drohung des Generalrichters zusammengebrochen war.

Gewaltsam vertiefte sie sich in die schon Traum gewordene Erinnerung an die Nacht vor zehn Tagen, um nicht wieder völlig von der Angst erbeutet zu werden. »Das Gericht glaubt Ihnen nicht, daß Sie den Bruder auf den Invalidenfriedhof geschafft haben!« hörte sie die durch Gekränktsein verschärfte Stimme des Generalrichters – ich würde das auch nicht glauben, dachte sie jezt mit einem Sarkasmus, der sie für einen Moment belebte, fast erheiterte . . .

Und wenigstens innerlich riß sie sich los von Wand und Gitter, heraus aus der Zelle – und sie war frei, solange sie draußen an den Streifen Erde dachte, an den heidnisch alten, schon seit Generationen stillgelegten Totenacker, rings um die noch mit Feldsteinen aufgetürmte Marienkirche, im ältesten Stadtteil, ganz nahe der Universität. Die mächtigsten, die königlichen Bäume Berlins wölbten sich dort domhoch über die wenigen Grabsteine dahingesiechter Jahrhunderte, und einen der Steine, einen starken Schild der Ruhe, ausgeweint von Regen und Schnee, zerrissen wie – wie Mutters letztes Gesicht, hatte sie an jenem Nachmittag zum Grabstein des Bruders bestimmt. Sie wollte Ohm jetzt bitten, ihr die Bibelstelle zu übersetzen, die sie dort noch mühsam herausgelesen hatte: Apost. 5,29 – während der Name für die Augen, auch für die tastende Hand schon verloren war.

Wie viele hatten dort wohl Ruhe gefunden. Aus Scheu grub Anne nicht sehr tief. Sie hatte mit einem großen Messer die dicke Decke aus Moos und Rasen ziemlich spurlos herausgetrennt, während ihr sichernder Blick, sooft sie aufsah in die laute Nacht, über die glutsprühenden Dächer wie in eine Schmiede fiel. Ganz Berlin eilte in chaotisch geschäftigen Löschzügen zu den Bränden, und Anne ließ sich einfach mitreißen von dem Wirbel, als sie, sofort nach dem Ende des Angriffs mit dem Handwagen den Hof der Universität verließ – woran sich später die Denunziantin, eine Kommilitonin, erinnern konnte. Die phosphoreszierte Friedrichstraße hatte sich brechend und verglühend im Feuerwind gegen den Himmel gebäumt, eine flackender Fahne der Verwüstung. Und dann – wie eine Friedensinsel, so meerweit getrennt von der orgiastischen Brandwut, lag der dunkle Acker da. Niemand störte sie. Vor der Straße durch verwilderte Forsythien geschützt, geschützt im Rücken durch die gotische Nische, grub sie ohne Hast und warf die Erde auf die Plane, die den Bruder bedeckt hatte. Und sie spürte die große Anstrengung nicht, als sie den Körper vom Wagen hob und ihn noch einmal hob und bettete. Doch vermied sie, das friedlose Gesicht anzusehen; denn am Nachmittag in der Anatomie war sie hinausgestürzt, sich zu erbrechen. Sie breitete ihren Sommermantel über den Bruder – dessen Todeskälte sie starr machte; Minuten vergingen, bis Tränen und ihre Berührung der Erde dieses Erstarrtsein von ihr nahmen; nun konnte sie Erde auf den Mantel werfen – doch dann sah sie sich schon in der Falle: ihre Beine, ihr Rock, ihre Hände waren so sehr von der feuchten Erde beschmutzt. Atemlos warf sie das Grab zu. Erst als sie, wieder kniend, schon den Rasen auflegen wollte, wurde ihr bewußt, daß nach dieser Brandnacht Zehntausende ebenso beschmutzt herumlaufen würden. Da ließ sie sich Zeit. Behutsam deckte sie die Erde ab, verteilte den Rest unter Büschen und preßte mit den Händen das Moos fest. Ehe sie mit dem Handwagen auf die Straße ging, schlich sie spähend hinaus, wartete, bis ein schweres Lastauto den Lärm verstärkte, und nach fünfhundert Metern erreichte sie wieder das erste brennende Haus; und etwas weiter, da riefen zwei Hitlerjungen sie um den leeren Wagen an, packten Koffer und Körbe und schließlich noch eine hysterische Frau obenauf, die sie unversehrt aus dem Keller gezogen hatten, und Anne ließ sich versprechen, sie würden den Wagen morgen am Hauptportal zum Invalidenfriedhof abstellen, und dann warf sie die Schaufel und die Plane in die schwelenden Trümmer. Später fand sie einen Hydranten, an dem die Feuerwehr gerade den Schlauch abschraubte, und da wusch sie sich die Beine und das Gesicht und die Arme. Und hinter ihr trug man Tote weg, und sie floh aus den Trümmerstraßen, getrieben, sich bei Bodo zu bergen, überwältigt von einer quälenden Gier nach Leben – um es zu vergessen, das Leben.

Das hätte sie ihm gern geschrieben, jetzt, wo die Angst sie wieder hochjagte von der Pritsche und die zweimal zwei Meter des Käfigs ihr unter den Füßen zu schrumpfen – und dann wegzusacken schienen wie die Klappe des Galgens. Sie durfte ihm nicht verraten, wie trostlos sie war. So zwang sie sich, ihm zu schreiben, sie fände es nicht sinnlos, zu sterben für das, was sie getan hatte. Das war die Wahrheit, aber nicht die ganze. Auch das war aufrichtig: daß sie den Tod, da schon so unzählige Generationen »drüben« seien, nicht fürchten könne; daß sie sich aber in erstickendem Ekel mit der Hand an die Kehle griff, sooft sie ans Sterben dachte, an die Anatomie, das verschwieg sie. Und endlich fand sie sogar etwas Ruhe in dem banalen Gedanken: so viele müssen sterben können, Tag für Tag, und die meisten wissen nicht einmal wofür – ich werde es auch können. Und sie fand es nur noch anmaßend, nach einem Sinn zu fragen, und sie konnte jetzt denken: daß so viele schon drüben sind, daß alle nach drüben kommen, das muß mir, das *muß* mir genügen.

Das letzte verschwieg sie auch sich. Brandenburg wartete auf den Brief. Sie mußte einen kleinen Halt, ein einziges Wort, das ihm blieb, hineinlügen – und da sie einen Stern durchs Gitter sah, den sie nicht kannte, und noch einen, so fiel ihr ein, was sie im letzten Urlaub verabredet hatten, beim Segeln in einer hohen hellen Nacht: immer aneinander zu denken, wenn sie abends den Großen Wagen sähen, Bodo in Rußland, sie in Berlin. Und sie schloß: »Ich sehe durchs Gitter unseren goldenen Wagen, und da weiß ich, daß Du jetzt an mich denkst, und so wird das jeden Abend sein, und das macht mich ruhig. Bodo, lieber Bodo, alle meine Gedanken und Wünsche für Dich vertrau ich ihm an, für immer. Dann weiß ich, sie erreichen Dich, wie weit wir auch getrennt sind.«

Die Planierung des Gerichtshofes durch eine Luftmine verlängerte Annes Bedenkzeit auf elf Tage.

Ihr Pflichtverteidiger schaufelte mit rotplumpen Händen nur hilflos leere Luft; sie hatte ihn zwanzig Minuten vor der ersten

Verhandlung kennengelernt. Bei seinem zweiten und letzten Besuch sah er sich um nach der Zellentür, als erwarte er von dort einen Genickschuß. Dann wisperte er, sein Taschentuch neben dem Mund: »Die Frau des Generalrichters war heute früh bei mir, sie hat geweint – jetzt weiß ich erst, daß ihr Sohn und Sie ... also: der General wird Sie retten, wenn Sie sich sofort bereit erklären .. « Anne, als dürfe sie das nicht hören, bat ihn hektisch, endlich eine Nachricht von Bodo herbeizuschaffen.

Die Besuche des Pfarrers waren ihr gefährlicher. Ohm versuchte Anne klarzumachen, daß ein Unbestatteter nach christlicher Auffassung nicht ruhelos bleibe. Und sosehr sie seine Besuche herbeisehnte, so erleichtert war sie, wenn er ging. Sie weinte jedesmal, schließlich war sie so verwirrt, daß sie nicht mehr wußte, ob sie ihm das Geheimnis zuletzt für Bodo anvertrauen dürfe.

Vier Tage und Nächte teilte sie dann die Zelle mit einer neunzehnjährigen polnischen Zwangsarbeiterin, die ihr aus zerknetetem Brot einen Rosenkranz formte, mit dem Anne sowenig beten konnte wie – ohne ihn. Die Verschleppte aus Lodz hatte sich heimlich, während eines Fliegeralarms, in einer Dresdner Bäckerei satt gegessen und sollte deshalb als Plünderer geköpft werden. Sie war nicht tapfer, aber stoisch, so daß ihre Gegenwart Anne erleichterte – während der Generalrichter gehofft hatte, das Zusammensein mit der rettungslos Verlorenen, die nicht einmal Angehörige benachrichtigen durfte, mache Anne geständig. Und wahrscheinlich wäre seine Rechnung dennoch aufgegangen. Als nämlich der Polin die Stunde schlug – im lauernden Morgenlicht des zehnten Tages von Annes Bedenkzeit – und sie aufgerufen wurde, ohne Gepäck mitzukommen, umarmten und küßten sie sich – Schwestern vor dem Henker; und Anne, durch die Berührung mit dem schon ausgebluteten Gesicht der Gefährtin jäh wie vom kalten Stahl des Fallbeils selbst angerührt, wurde mit einem Schnitt innerlich abgetrennt von ihrer Tat: Sie begriff das Mädchen nicht mehr, das seinen Bruder bestattet hatte – wollte es nicht mehr *sein*, wollte zurücknehmen. Damit war sie vernichtet. Allein gelassen, duckten ihre Nerven sich vor jedem Schritt draußen auf dem Gang, dessen blendender Linoleumläufer nicht betreten werden durfte. Ihr flatternder Blick stieß sich wund an den Mauern und verfing sich in den Gitterstäben, durch die der Tag hineinprahlte. »Das Leben geht weiter« – diese roheste aller Platitüden, sie verbrannte ihr Herz. Noch in den Spatzen, die sie beim Rundgang im Hof auf Kokoshalden gesehen hatte, demütigte sie diese ordinäre Wahrheit. Und was Bodo ihr zum Trost gesagt hatte, als sie erfuhr, ihr Bruder werde gehenkt, das nagelte nun Stunde um Stunde ihre kaltwache Vorstellungskraft auf das Brett unterm Messer, auf dem man sie anschnallen würde, und richtete ihre Augen auf die Blutrinne in den Fliesen hinter der Guillotine: der rumpflose Kopf lebt da unten noch weiter, noch lange, zwar blind, doch vermutlich bei Bewußtsein, manchmal eine halbe Stunde – während der Tod am Galgen meist schneller eintritt. Mit dieser Feststellung hatte der Generalrichter vor seiner Familie einmal zu rechtfertigen versucht, daß er »Verräter«, denen die Kugel verweigert wurde, dem Strang überantwortete, und Bodo hatte Anne mit nichts anderem beruhigen können. Was mochte jetzt *er* durchleiden, seit er wußte, was ihr bevorstand? Denn Frauen, auch das hatte er ihr damals gesagt, blieb laut Führerweisung das Beil verordnet...

Als man aber später dem Pfarrer aufschloß, kam sie nicht dazu, ihre Tat zurückzunehmen. Sein Gesicht war eingestürzt. Und seine Unfähigkeit, das erste Wort zu finden, gab Anne für die Dauer weniger Atemzüge die Kraft, Gelassenheit vorzutäuschen. Sie glaubte, er müsse ihr sagen, sie sei schon verurteilt. Sie deutete an, er könnte »es« sagen. Da murmelte er, und sie hielten sich aneinander fest: »Ihr Verlobter – Bodo, hat sich in einem russischen Bauernhaus erschossen.«

Lange erst, nachdem er es gesagt hatte, hörte sie ihn: »Man fand nur Ihren Brief bei ihm, er hatte ihn erst eine halbe Stunde...«

»Brief?« – und er las an ihren Augen ab, daß sie das nicht begriff. Bodo hatte auch seiner Mutter nicht mehr geschrieben. Das sagte er ihr. »Kein Brief – kein – *nichts* für mich?«

Nun mußte er es *doch* sagen. »Er wollte zu Ihnen... verstehen Sie!« sagte der Geistliche, und seine Augen zuckten. Er mußte es wiederholen: »Bodo wollte bei Ihnen sein. Er glaubte doch – er dachte, Sie seien schon... tot.«

Hitler zeichnete alsbald den Generalrichter mit der höchsten Stufe des Kriegsverdienstkreuzes aus und empfing den durch häufiges Weinen noch treuer gewordenen Mann persönlich im Hauptquartier. Bei Tisch sagte er an diesem Tag, und es war das erste Mal, daß seine Tafelrunde ihn erbittert über den entmachteten, aber von ihm noch immer sehr verehrten Mussolini sprechen hörte, der italienische Staatschef könne sich ein Beispiel nehmen an diesem deutschen Richter, der in heroischer Weise die Staatsräson seinen familiären Gefühlen übergeordnet habe – und solle sich endlich dazu aufraffen, seinen Schwiegersohn, den Verräter Graf Ciano, in Verona erschießen zu lassen.

Der Generalrichter hatte sein Angebot nicht ausdrücklich widerrufen, wäre aber – nach Bodos Tod war er zwei Tage nicht zum Dienst erschienen – vielleicht auch nicht mehr imstande gewesen, die Delinquentin noch aus der angelaufenen Vernichtungsmaschinerie zurückzureißen. Sie hatte Anne automatisch in dem Augenblick erfaßt, in dem sie ins Gefängnis Lehrter Straße überführt worden war – schon als »Paket«. Das war die Fachbezeichnung für »Patienten mit geringer Lebenserwartung«, wie die besseren Herren der Justiz, die sich in fast jeder Situation ihren Witz bewahrten, zu sagen pflegten.

Paket besagte: als juristische Person abgebucht, zur Dekapitation und behördlich überwachten Kadavernutzung freigegeben. Das Honorar für Urteil, Gefangenenkost und Scharfrichter sowie »für Übersendung dieser Kostenrechnung« war bei politischen Verbrechern per Nachnahme von den Angehörigen einzutreiben, im Falle ihrer »Nichtauffindung« oder bei Ausländern der Staatskasse »anzulasten«.

Seit Anne wußte, wie Bodo ein Leben ohne sie eingeschätzt hatte, fand auch sie selbst in ihren starken Augenblicken das Leben nur noch überwindenswert – und doch hatte sie ein Gnadengesuch geschrieben, dem sie sich nun gedemütigt ausgeliefert sah. Nur körperliche Schwäche – denn »Pakete« bekamen in ihren absichtlich überheizten Zellen fast nichts mehr zu essen, an manchen Tagen nur eine Handvoll Kraut –, nur ihre Schwäche verdrängte zuweilen ihre seelischen Heimsuchungen. Der Hungerschmerz reduzierte sie auf ihre Animalität, und zuzeiten nahm das hysterisch gesteigerte Bedürfnis nach einem

Stück Seife ihr den Blick dafür, daß sie gesetzlichen Anspruch nicht einmal mehr auf Sauerstoffzufuhr hatte. Schließlich atmete sie nur noch, weil sie in lächerlicher Verkennung der Kriegslage dem Größenwahn erlegen war, der Führer oder auch der Herr Reichsminister für Justiz fänden noch Zeit, sich mit einem Gnadengesuch zu befassen – das aber selbstverständlich, trotz seiner »Nicht-Vorlage« niemals übereilt abgelehnt wurde, sondern erst nach einer humanen Frist, wie sie in der Verordnung vom 11. Mai 1937 bestimmt worden war.

Manchmal entrissen ihre Toten, der Freund, die Mutter, der Bruder, Anne ihrer Angst und bewirkten, daß das Unvorstellbare, ihr eigenes Totsein, vorstellbar wurde ohne Entsetzen, ja eben als die wahre verläßliche Freiheit. In solchen Momenten war sie bereit. In den Nächten, wenn sie lag, überwog ihre Daseinsbegierde. Am Tag, unter der Folter der Zuchthausgeräusche, wenn ein Wagen im Hof, wenn Schritte und Lachen und Schreie und Schlüssel ihr den Vollstrecker anzukündigen schienen, versuchte sie, auf ihrem Schemel unter dem Gitter, sich abzuwenden von der gegenüberliegenden Tür, von dem Kübel und den Würgehänden, die sie seit der Gerichtsverhandlung nach sich greifen sah – und in die Einsicht zu flüchten, daß allein der Tod uns beschützen kann. Der Tod, nicht Gott. Denn zu jung, um ergeben zu sein, trennte sie von *dem* wie eine Eiszeit die kosmische Gleichgültigkeit, mit der er seinem Geschöpf gegenüberstand, echolos wie die Zellwand. Von »oben« erhoffte sie nichts als ihre schnelle Hinwegnahme durch eine Bombe, denn »Pakete« wurden während der Fliegerangriffe auf Berlin nicht aus ihren Gehäusen im fünften Stockwerk in die Luftschutzkeller mitgenommen; das hätte zu hohen »Personalaufwand« erfordert. Einmal splitterte die Scheibe in ihre Zelle – es war der Augenblick, sich die Adern zu öffnen, aber Hoffnung und Schwäche hinderten sie. Und als sie es endlich gekonnt hätte, da war Tag, und ihre Wärterin, eine kinderreiche Witwe, die Anne oft heimlich einen Apfel mitbrachte, entfernte mit geradezu antiseptischer Sorgfalt auch den winzigsten Splitter, nicht nur aus Annes Käfig, sondern sie fand bei der »Filzung«, wie sie die Leibesvisitation nannte, auch das scherenspitze Glas, das Anne als letzte Waffe gegen ihre äußerste Entwürdigung in ihrem Haar unter dem gestreiften Kopftuch versteckt hatte. Sie lachte aus ihrer guten nahrhaften Brust, die deutsche Mutter, weil sie doch noch pfiffiger war als die Gefangene, sie lachte ohne jede Grausamkeit – und erschrak so sehr, als sie, zum erstenmal, in Annes Augen Tränen sah und ganz unvorbereitet ihr wimmerndes, verzweifeltes, irrsinniges Betteln um den Splitter abwehren mußte, daß sie schnell ging, einen Apfel zu holen.

Sogar ein Arzt gab jetzt acht, daß Anne bei voller Gesundheit auf das Schafott kam. Tatsächlich verlangte die bürokratisch geregelte Absurdität des »Endvollzugs« die Anwesenheit eines Mediziners, als man ihr endlich – eine Formalität von neunzig Sekunden – die unbegründete Ablehnung des Gnadengesuchs und die Stunde ihrer Enthauptung verlas. Ohne Auflehnung ließ Anne, gefesselt seit der Urteilsverkündung, sich auch noch die Füße an eine kurze Kette legen und mit sechs anderen jungen Frauen, von denen eine noch ein Kind während der Haft geboren hatte, zum Auto nach Plötzensee bringen, wo ihnen ein halbidiotischer Schuster, der seit Jahren als Rentner dieses Privileg eifrig hütete, mit verschreckt geilen Augen und zutraulichem Geschwätz umständlich das Haar im Nacken abschnitt; dabei ließ er die schimmernde Flut von Annes sehr langen, blonden Haaren mit seniler Wollust durch seine riechenden Finger gehen, wickelte ihr Haar dann grinsend um einen seiner nackten Unterarme und tänzelte, die Schere unaufhörlich öffnend und schließend, um die Gefesselte herum, bis man ihn hinauspfiff wie einen Hund. Denn Anne mußte sich völlig ausziehen, um nur noch einen gestreiften Kittel und Sandalen anzulegen.

Die Todeszellen blieben offen, die Delinquenten waren an einen Mauerring gekettet. So sprach Pfarrer Ohm sie noch. Ob Anne sich jetzt des Wortes Apost. 5,29 erinnern konnte, das sie auf dem Grabstein des Bruders gefunden hatte; ob sie jenes Mädchen gewesen ist, das nach einer Chronik an diesem Nachmittag »wie eine Heilige starb«; oder ob sie es war, die zum Schafott ein Foto in den gefesselten Händen mitnahm, um für ihre Augen einen Halt zu finden – wir wissen es nicht. Pfarrer Ohm schrieb einige Jahre später auf eine Anfrage: »Ersparen Sie sich die technischen Einzelheiten, mein Haar ist darüber weiß geworden.«

Die Frauen wurden in kurzen Abständen über den knochengrauen Hof zum Schuppen des Henkers geführt. Dorthin durfte kein Geistlicher sie begleiten. Wer da, neben dem dreibeinigen Tischchen mit Schnaps und Gläsern, als Augenzeuge Dienst tat, der Admiral, der Staatsanwalt, ein Oberst der Luftwaffe als Vertreter des Generalrichters und ein Heeresjustizinspektor, der schwieg sich aus nach dem Krieg, um seine Pension nicht zu gefährden. Nur darüber berichtet das Register: Auch an diesem 5. August waltete als Nachrichter der Pferdeschlächter Röttger seines Amtes, der für seinen Schalk berüchtigt war und der, fast auf den Tag genau, ein Jahr später den Feldmarschall von Witzleben und elf seiner Freunde in Drahtschlingen erwürgte. Diese Hinrichtung wurde gefilmt, weil der Führer und sein Stab sich am Abend in der Reichskanzlei ansehen wollten, wie die Männer verendeten, die am 20. Juli 1944 versucht hatten, das Regime zu beseitigen. Ein Staatssekretär hat überliefert, daß selbst der satanische Parteigenosse Hitlers, sein Propagandaminister, während der Filmveranstaltung sich mehrmals die Hand vor die Augen hielt.

EPITAPH

Die Berliner Anatomie
erhielt in den Jahren 1939–1945
die Körper
von 269 hingerichteten Frauen

Professor Stieve im »Parlament«
am 20. Juli 1952,
dem 8. Jahrestag
des gescheiterten Attentats
auf Hitler

Geh

Komm nie mehr
– nur noch heute;
auch morgen, ein letztes Mal.
Zwar sehen Dich wieder Leute

Aber die Qual,
Dich mittags nicht zu haben,
quält uns noch früh genug ...
Du weißt, was wir uns gaben

An anderen war's Betrug.
Du mußt Dich von mir reißen,
was haben wir denn versäumt!
Du mußt. Versuch nicht Schneisen

Ins Meer zu treiben! Geräumt
wird übermorgen dies Zimmer,
die Planke im Mahlstrom der Stadt.
Du weinst? – ach, heißt nicht immer

die Bilanz, das letzte Blatt:
Abbrechen, weiterwandern?
Verachte mich – aber *geh*.
Gehst nicht auch Du zu andern?

Dies Bettzeug, rascher als Schnee
verliert es unsere Spuren.
Spurlos verläßt Du auch mich.
Wer immer auf unsre Uhren

Künftig blickt, neben sich
Dich oder mich, nackt, in Betten:
was Du mir bist, ahnt er nicht.
Hätten wir uns früher – ach, hätten . . .

Zu spät. Geh. Lösch das Licht.

Eros

Schwer von der Hitze
spannt mittags dein Schritt
– wie die Brüste die Bluse –
die hautstraffe Hose.
Herausfordernd preist er
dein Zentrum an.

Mein hungriger Blick
verrät uns den Leuten,
meine Stimme ist unfrei
»moralisch« gereizt
– Melancholie,
dein Knecht zu sein.

Mein blödes Gewissen
bewölkt unsern Tag.
Deine schilfgrauen Augen
verunsichern jeden.
Wen nahmst du dir gestern
– schweig, daß du nicht lügst.

Doch, lüg – so ermunternd
du im Wald mit dem Slip
das Verstädterte abstreifst,
zum Menschen den Mann machst,
den berufsverkrüppelten
Umsatz-Idioten!

Erwartung des Abends.
Gang durch nachtnasse Wiesen,
Nüstern wittern Haut,
noch salzig vom Mittag
Gestirnhell dein Nacktsein
unter grabschwarzen Tannen ...

Wenn auch die Lust dir
keine Wahrheit entreißt
– reißt doch zur Erde
Dionysos uns.
Lachschreie, Knäuel
balgend beißender Hunde.

Heimwärts erheitert mich,
wenn du vorangehst,
der Mondsichelschwung
deines handlichen Hinterns:
Backen mit Grübchen,
ein Ärschchen zum Lachen

Dein Ärschchen, das lacht!

Großmama

»Du Affe!«, sagt sie, zweifelt er,
ob sie auch übermorgen kommt.
»Find'st du das fair?«, ihr Seufzer,
erwischen Zärtlichkeiten
sie »in der vierten Dimension«.
Chilenische Geschäftsbesucher lüften
den drögen Frust der guten Ehe;
begründen Spanisch-Portugiesisch-Kurse.

Freizügigsein erspart's ihr, Kindern
– »drei habe ich herausgegeben« –
zu neiden, daß die »Penner, Pennerinnen
sich rasch ablaufen wie die Slipper«.
Auch körperlich zu Neid kein Anlaß:
Windsurfing, Schlittschuh halten Oma
– rollige Katze –
dem handlich, den sie handhabt.

Aufheizender Kontrast: Rücken rehschlank,
Brüste gewichtig. Apfelkalt. Und stehen
wie im Mai Kastanienkerzen.
Nordische Maja Goyas, blondgetönt
wie Mittagslicht... Mirakel,
das ihm Gottesfurcht macht: sein Glück
unfaßbar, daß sie *ihn* nimmt.
Sie lacht's ihm weg, sein Seelen-Karzinom...

»Wir sind das stärkere Geschlecht,
weil wir es *haben*!« Sie spürt: Sind Männer
immortellengrau und müssen schon zum Zahnarzt,
umarmen sie aus – Todesangst.

Freundin

»... denn das Naturell der Frauen
ist mit Kunst so nah verwandt.«
›Faust II‹

Noch duftet meine Haut wie Deine,
als Du nicht im – doch mit dem Slip gewinkt.
So riecht erhitzter Wald, wenn endlich seine
Erdkruste im August Gewitterwasser trinkt.

Hochsommer, Du, doch auch der kühlt, der Fluß:
wer maßt sich an, daß Du mit *ihm* nur schwimmst?
Dein Lachen heilt – auch dies. Des Daseins Überdruß
– Du nimmst ihn dem, den Du Dir nimmst.

Die Kunst ist weiblich. Ihr strömt Deine Quelle
zu wie der Liebe, strömt und strömt – woher?
Von wo auch Venus, spermaweiße Welle
in Gischt geboren wurde: Aus dem Meer.

Was war's denn nun?

Bleibt ein Haben bei so viel Soll?
Wer fragt das noch, wenn die Jahre fliehen!
Das »Eigentliche«, denkt man spannungsvoll

Wartend, wartend wie beim Zähneziehen,
wird ja noch kommen – doch das war's dann schon!
Und verdammt nah jetzt den Müll-Deponien

Begreift man: Das Leben selbst war sein Lohn.
Legitim, daß man gehofft – oder größentoll?
Waren wir nur Echo unsrer Nation

– was uns an Parolen entgegenscholl?
Schopenhauers Einsicht: Die Macht des Willens
verfratzte Nietzsche in den Willen zur Macht.

Resultat: Zwei Kriege – Orgasmen des Killens,
Verlust des Ostens: was sonst hat's erbracht?
Was sonst blieb übrig vom Veitstanz des Lebens

– uns Aktivisten gegen's innere Vakuum?
Urnen und Schrott und als Reimwort: vergebens
dem Volk wie dem Individuum.

Badende

Selbstverständlich
sind auf Bildern
Schönheit, Nacktsein da!
Doch ein Krampf,
wenn *Worte* »schildern«

Was Degas:
Frauen,
die er baden sah
– leichter Hand
schier hingesprayt ...

Bist erkannt:
Identität
dein Gesicht
gibt sie Modellen!
Wie dein Farbton: Eistee/Most

Den Pastellen.
Nimm per Post
dies Badetuch, knallbunt
wie ein Bauerngarten.
Wär ich da

Dich zu frottieren
– kann nicht warten!
Bin dir nah –
wie beim Skizzieren
einst Degas.

Stella-Dialog

»Jede soll ihn haben,
ohne der andern was zu rauben.«
Goethe

ER: Bleib treu
statt's nur mit *ihm* zu machen!
Soll der Boy,
jung, dir neu,
mich als Onanist verlachen?

SIE: Hast nicht mehr, die du liebst:
so liebe, die du hast!
Begreif's: du bliebst,
doch warst nur – Gast.
Keine Vögel nisten

Im Vorjahrsnest:
Liebe hat Fristen;
du erpreßt.
Ist Liebe – Treue?
Sie baut Zelte, kein Haus.

Klagst, bis ich's bereue...
Geh! Schluck's. Verdau's –
›Mit dir gepennt‹
(geliebt hast nur du!)
– als Argument?

ER: Wie Scheiße vom Schuh
wischst du mich weg?
Bring mich nicht um!
Komm ins Versteck:
kein Fluidum

Ohne Heimlichkeit,
wir bleiben intim,
wenn ihr's auch seid.
Was nimmst du ihm?
nimmst du auch mich?

Heuchelei, ›gehörtest‹ *einem:*
gibst dem Jungen dich,
stiehlst dich dem Alten?
Treue: beiden oder – keinem
kannst du sie halten!

Bronze

Bronze, wie Deine Schultern
feuervergoldet: Barocke Statuette
so intim, Paris um siebzehnhundert

Wie Deine Scham. Metallene Glätte
kühl wie Dein Fleisch. Wen wundert,
daß es wie Du erregt, das Artefakt!

Wer war ... wie lebte dieses Weib?
Als ob *Dich* nackt
der sah, der ihren Leib

Vor drei Jahrhunderten gegossen.
Mir schaudert: Schön wie Du – dahin!
Komm, eh auch wir stromab geflossen

Ich bald, da ich schon müde bin ...
Komm! Nur Liebe schützt
vor Fragen nach dem Sinn.

Atlantik-Novelle

Krieg mit der ganzen Welt, aber Friede mit England!
Spanisches Sprichwort

»Wir möchten gerne die Welle kennen,
auf welcher wir im Ozean treiben,
allein wird sind diese Welle selbst« ...
Jacob Burckhardt: ›Historische Fragmente‹,
am 6. 11. 1867

»Jede Begrenzung ist an sich bloß um der Notwendigkeit willen da; es ist immer Willkür dabei, aus dem Wellenmeer der Weltgeschichte ... nur Eine Folge oder Ansicht von Wellen loszutrennen, und doch verfährt schon der Seemaler nicht anders«.
Jacob Burckhardt: ›Historische Fragmente‹,
am 4. 5. 1871.

I

Fritz, mein zweijähriger Zweiter, der mich morgens weckt, tritt meist sofort mit einer Behauptung oder einer Frage ans Bett; gestern stellte er fest: »Männer kriegen Söhne und Frauen Töchter.« Heute fragte er: »Kannst du mit deinem Bett Auto fahren?«

Kleinlaut, denn so weit sind wir ja gekommen, daß wir uns schämen, wenn wir es noch nicht zu einem »Führer«-Schein gebracht haben, wie noch immer wir Deutschen in erschreckender Unbefangenheit amtlich drucken lassen, statt Fahrer-Schein – kleinlaut antworte ich dem Jungen: »*Nur* mit meinem Bett kann ich Auto fahren!« Denn schließlich bedarf man weder der vier Räder noch des LSD, um auf Reisen zu gehen, wie die Mediziner den lila Zustand benennen. Eine leichte Steppdecke: unser fliegender Teppich! Der trägt uns rascher überall hin als sogar Flugzeuge. Wohin könnte ein Auto mich bringen – wohin nicht auch das Bett in Träumen mich trägt? Und »nur der Zusammenhang der Vorstellungen unter sich nach dem Gesetz der Kausalität unterscheidet das Leben vom Traum«. Sonst nichts? Da soll noch einer mäkeln, Kant sei kompliziert!

Seit ich den Atlantik in beiden Richtungen zu Schiff überquerte, einmal auf der ›France‹, einmal auf der ›United States‹ – die, da vom Pentagon mitfinanziert, ein übler Truppentransporter ist, noch mit vier Klassen (die Franzosen haben nur zwei) und ohne Stabilisatoren, so daß dieses Schiff den Atlantik einen Tag rascher durchpflügt als jedes andere, doch wird der Passagier darin geschaukelt, daß er kotzt von New York bis Bremerhaven –, seit diesen Meerfahrten träume ich oft von Schiffen, von Wogen. Und erlebe natürlich in diesen Träumen unendlich viel Interessanteres, als ich nur auf Deckliegestühlen gesehen habe. Es sind, vermute ich, die Träume vor Tagesanbruch, die unsere verschwommenen und verschwimmenden Erlebnisse verifizieren, sie reinwaschen vom Tang, den ihnen nur das Brackwasser alltäglicher Zufälligkeiten ansetzte; Schlafwanderungen erst verdeutlichen Ereignisse, steigern sie zur bleibenden, zur magischen Realität, so wie sie auch aus unseren Feinden, Gefährten, Gespielen und Gebietern erst deren volle Identität herausholen. Könnten wir – am Tage immer nur ein Konjunktiv – mit einem »Pferde stehlen«: bei Nacht kann man mit dem ein Bankhaus plündern.

Mein Hamburger Verleger Ledig-Rowohlt, mit dem ich soeben telefonierte, war potentiell stets identisch – zum Glück ahnte er das nicht – mit dem Gebieter meiner drei vergangenen Jahre, mit Churchill, der mich beherrscht, seit ich gewagt habe, ein Stück über ihn zu schreiben! Nie war Ledig dem Churchill so ähnlich wie in jenem Moment, in dem er mich davor warnte, »die Schwierigkeiten zu unterschätzen, den herrlichen alten Burschen hinzukriejen«!

Ledig wohnte im soundsozigsten Stockwerk des New Yorker Gotham-Hotels; er war, im Morgenmantel, seit gut fünfviertel Stunden »unterwegs« von seinem abgegessenen Frühstückstisch in die Badewanne, war auch, zwischen Rauchen, Rasieren und Monologisieren, ein bißchen mit mir beschäftigt, und wenn ich eines Gefühls fähig war an diesem Morgen nach einer der sehr kurzen Nächte – denn der Reisebegleiter Ledig sorgt für Schlafentzug, weil der Sechzigjährige weniger davon braucht als andere mit fünfunddreißig –, wenn ich ein Gefühl hatte, dann wieder einmal dies: daß es ruhig macht, diesen Mann neben sich zu haben. Genauer: zur Rechten einen halben Schritt vor sich zu haben, diesen Verleger mit breitem, skifahrerhaft vorgebeugtem, meist englisch betuchtem Rücken, der einen wie eine flexible Panzerplatte abschirmt gegen die Bestie Öffentlichkeit, in deren hungrige Fresse Ledig in jener Gangart hineinläuft, die ich schon lange kannte, bevor ich Ledig zuerst sah: nämlich aus Wochenschauen, die Churchill zeigen. Beider Schritt ist kurz, sehr schnell, sehr fest, so daß der eingerollte Schirm nur selten aufs Trottoir aufgesetzt werden kann, wie ja überhaupt der Schirm nicht eigentlich gegen den Regen mitgenommen wird, sondern weil unsere langweilige Männermode nicht mehr gestattet, mit Degen auszugehen. – Ihr Gehen charakterisiert die Menschen genauer als ihr Sprechen.

Wenn Sensible, Verträumte, Ängstliche – und Churchill wartete niemals auf einem Bahnsteig, ohne sich hinter einen Eisenpfeiler zu stellen, wenn ein Zug vorübersauste – zu Taten »schreiten«, dann drückt ihre Gangart aus, daß ein Entschluß dazu nötig war. So auch bei Ledig. Der ungehemmte Täter, den keine Reflexion bremst, geht nicht, wie Churchill ging, wie Ledig geht – aber mehr Verlaß, zweifellos, ist auf einen Gefährten, der *trotzdem* mitgeht; dessen erste Schritte die eigenen Hemmungen tottreten müssen. (Noch einen Monat vor der Landung der Amerikaner und Briten in der Normandie, am 8. Mai 1944, sagte Churchill – natürlich unter Tränen – zu Eisenhower: »Wenn sie fehlschlägt, dann werden wir gemeinsam untergehen.« Er gab dem Gelingen der Invasion am 6. 6. 1944, die dann Hitler binnen weniger Monate aus Frankreich vertrieb, eine Chance von fünfzig Prozent.)

Ledig hat zum erstenmal über seinen Vater, seine Jugend zu mir gesprochen, als wir im Auto nach Le Havre gefahren wurden, um uns auf de Gaulles neuem Flaggschiff, der ›France‹, einzuschiffen, weil mein *›Stellvertreter‹* seine Broadway-Premiere haben wird. Und wie den Churchill seine frühen Jahre erklären, wie sie uns alle programmierten – so auch meinen Verleger. Wer sagte das, rückblickend: er sei »das Produkt einer unglücklichen Kindheit«? Und: »Es braucht den unerbittlichen Druck der Umstände, die stechenden Schmerzen des Unglücks, den Ansporn der Geringschätzung und des Hohns in frühen Jahren, um jene … Zielstrebigkeit und jenen beharrlichen Mutterwitz hervorzubringen …«

Churchill hat es gesagt, Ledig hat es nur bestätigt – auf seine Weise, das heißt: durch Geschichten. Durch bittere. Durch lustige, die den »Mutterwitz« – ein ziemlich blödes Wort übrigens, im Falle Ledig ganz unzutreffend, denn von der Mutter kommt ihm die Melancholie, der Witz vom Vater –, Geschichten also, die seinen Humor belegen. Hier eine neuere, die ich hörte, als ich auf dem Schiff fragte, wo er seinen Bowlerhut gelassen habe, denn an Bord trug Ledig ein grau-bunt gewürfeltes Leinenhütchen. Ledig: »Abhanden gekommen, neulich, bei einer Eifersuchtsszene auf einem englischen Landsitz. Dabei saß ich völlig sittsam mit der Dame im Garten … durch diesen Garten treibt ein schmales, aber wildes Flüßchen. Was kommt denn da geschwommen, denke ich plötzlich. Mein Hut! Der Hausherr hatte ihn aus Wut in der Garderobe zerfetzt und ins Wasser geworfen. Nun, ich beruhigte seine Frau und ließ den Mann nicht merken, daß ich gesehen hatte, wohin mein Hut geraten war; daß ich ihn überhaupt vermißte. Ich holte dann in London einen neuen, den denkbar feinsten, in der Savile Row. Den schickte ich an den Wüterich, mit meiner Karte, auf die ich schrieb: ›Something to throw into the river.‹«

Da, im New Yorker Hotel, hatte ich nur bei ihm frühstücken wollen und nicht die Absicht, seinem Lever beizuwohnen, aber er ließ mich nicht gehen. »Warten Sie noch, bis ich mit Greenburger telefoniert habe«, denn wir hatten gehört, dieser New Yorker »Scout« des Hamburger Rowohlt-Verlags – ein Mann mit Ramses-Kopf und so traurigen Augen, als spiegele sich in ihnen die jahrtausendealte Geschichte der Verfolgung der Juden – wolle Polizeischutz erbitten, weil amerikanische Nazis und Jesuiten am Abend als eine Wand von Demonstranten den Zugang zum Theater blockieren würden. Ledig erneuerte wieder einmal das kalt gewordene Badewasser, während er mir vorhielt: »Is ja nu och nich gerade schmeichelhaft für Sie, lieber Hochhuth, daß die Polizei Ihr Stück in Schutz nehmen muß.«

Ich: »Mit demokratischen Polizisten darf man sich doch verbünden, das mußte ich auch in Basel; zum Ausgleich wird der ›*Stellvertreter*‹ in Spanien und Rußland von der Polizei verboten –.«

Ledig, während er in die Wanne steigt: »Die Volkswut kommt auf, weil Sie sich von historischen Figuren hinreißen lassen wie diesem Pius – ehrlich gesagt, ich glaube, das ist gar keen guter Gedanke, ein bißchen obsolet. Heute müßte doch Geschichte am Namenlosen exemplifiziert werden, am unbekannten Soldaten, wenn schon ...«

Kleinlaut gebe ich zu, zwischen der offenen Badetür und dem Telefon: »*Einmal* kann man die, wenn man's kann, vielleicht zeigen, die Endstation des Soldaten.«

Ledig zwischen Husten, dessen Resonanz das Badewasser erheblich steigert, und sich bürstend: »Beckett! – aber die Endsituation, die hat ja Beckett gestaltet, endgültig.«

Ich: »Der zeigt die Menschen*reste*, die nachgeschichtlichen.

Aber der Mensch inmitten der Geschichte, der noch begreift, daß er verheizt wird, es fast noch artikulieren kann, wenn er auch wehrlos dagegen ist – also der einzelne in der exemplarischen Situation des Zeitalters der Wehrpflicht: wurde meines Wissens noch nicht dargestellt.«

Ledig: »Und warum versuchen Sie *das* nicht? Weil ein Maschinengewehrnest im Schnee von Stalingrad, auf das ein Panzer zurollt, nicht zu zeigen ist?«

Ich: »Doch, technisch kann die Bühne durchaus mit einem sehr simplen sparsamen Bild die Endsituation im Weltkrieg darstellen; ich dachte oft auf unserer Überfahrt daran, wenn große Schiffe versenkt werden, und das passierte ja wöchentlich 1941 bis 44, bleiben fast immer einige Räume so dicht verschottet, daß Versunkene in denen noch tagelang leben – in Pearl Harbour lebten eingeschlossene Matrosen nachweislich siebzehn Tage, ehe sie erstickten oder selbst Schluß machten, wenn sie das konnten. Im Bauch der in einem Fjord gekenterten ›Tirpitz‹ auch, und einer ihrer Matrosen, der nach vier Tagen aus ihr noch befreit wurde und heute an der Volksbühne arbeitet, hat mir ein entsprechendes Bühnenbild skizziert. *Das* ist zu machen. Aber wie will man verdeutlichen, daß die *nicht endende Zeit* der Gradmesser der Angst ist? Die zwei Theaterstunden samt Pause mit Bier und Brötchen lassen absurderweise die eigentliche Folter, die Zeit, je eindrucksvoller das Stück ist, je weniger grauenvoll erscheinen. Interessiert das Stück *sehr,* so verschwindet die Zeit völlig aus ihm – für die im Parkett. Wie sollen sie dann zu spüren bekommen, daß die Verurteilung zum Zeithaben bei völligem Hoffnungsentzug die schlimmste Vollstreckungsart ist, die der ›Weltgeist‹ bereithält?«

Ledig: »Das soll ich Ihnen glauben – daß dies der Grund ist, warum Se lieber einen Premierminister zeigen als einen namenlosen Matrosen? Nee – Sie hab ich in Verdacht, Sie globen noch ganz vormarxistisch an den einzelnen Mann, der Geschichte macht.«

Ich: »Glauben tue ich nicht an ihn, ich sehe nur, es gibt ihn wie eh und je. Auch Benn hat ja nicht an Geschichte ›geglaubt‹, aber doch gesagt, an ›Herzoginnen lasse sich mehr ausdrücken als an Kartoffelschalen‹. Vielleicht kann sogar in epischen Schilderungen das Werkzeug der Geschichte, auch Ihr Opfer – die sind ja oft identisch –, erst dann gezeigt werden, wenn es wenigstens bis an den *Rand* des grünen Tisches vorgedrungen ist. Felix Hartlaub können Sie im Führerhauptquartier darstellen, wie er dort das Tagebuch der Wehrmacht-Führung schrieb – aber nicht in den Straßen Berlins, in denen er zuletzt als unbekannter Soldat verlorenging. In der ›*Odyssee*‹ heißt es schnöde:

›Da geschah es, daß der Matrose Elpenor zu Tode kam.
Die einzige Gelegenheit, ihn zu erwähnen.
Denn nie tat er sich hervor, weder durch Mut noch durch Klugheit.‹«

Nun lacht mich Ledig aus: »Daß Sie *dies* zitieren, bestätigt nur meinen Verdacht: Sie finden die Elpenors nicht abendfüllend – ist dies? Da ruft Greenburger an! Sagen Sie ...«

Ich: »Soll er später anrufen?«

Ledig: »Komme –«

Ich: »Tag, Herr Greenburger – ja, er kommt, er badet. Haben Sie Polizeischutz?«

Ledig, hat mir den Hörer aus der Hand genommen, brummt hinein: »So, berittene Polizei, das ist doch och mal ganz schön. Hm ...«

Ich beobachte ihn und denke: schade, daß ich dem Primeminister einen Frottierlumpen umhängen muß, das kann ins Auge gehen, kann an eine Toga erinnern – nackt wie Ledig müßte er aus dem Bad kommen, das hätte Wahrheit. Nie würde Churchill sich konventionell »bedecken«.

Ledig, zu mir: »Haben Se was z' schreiben?«

In den Hörer, während ich mitschreibe: »Also um halb sieben – wo? Im Plaza. Hm. Komme allein, der geht ja nie mit zu seinen Premieren – wenn ich 'n nich noch umstimme.« Er legt erst auf, nachdem das halbe Hindernisrennen über den Paragraphenverhau einer gerichtlichen Klage »in Sachen Nachlaßverwaltung Musil« erörtert ist und geht, vorgebeugt, beide Hände hoch in die Taille gestützt, in der Haltung, in der Churchill zu sprechen pflegte, von einem Teppichende zum anderen. Das Telefonat ist vergessen – ich denke: jetzt müßte der Kammerdiener mit einem Badetuch kommen und kopfschüttelnd sagen: »Sir, Sie essen in zwanzig Minuten beim König« – aber Sawyers kommt nicht, es kommt auch der Frühstückskellner nicht, den Tisch abzuräumen, und ich – ich habe gar keine Veranlassung, mein Modell zu verscheuchen, denn Ledig erläutert: »Also – ich will mal saachen, Se sin ja nu gar keen Zigarrenmensch, Hochhuth! Sie lesen den Churchill, aber das reicht ja nich – der muß ja dampfen vor Vitalität, und wo wollen Se das hernehmen, wenn Se keen Modell haben – ich habe – hier hatte ich meine Manschettenknöppe doch liejen ... ja, also berittene Polizisten, um uns vor den Nazis zu schützen, haben Se das gehört – eijentlich, ich will mal sagen –«

Ich denke daran, daß Churchills Stabschef bestätigt, oft habe auch an dessen Oberhemden der oberster Knopf gefehlt, nur die Krawatte hielt die Hemden zu; und eindrucksvoll ist jetzt auch Ledigs rasches Zeremoniell, Uhr und Rauch- und Schreibzeug in Weste und Rock unterzubringen, aber leider, wie ein Prominenter sich anzieht, das ist abgebraucht: Brecht hat das für den *›Galilei‹* schon bei *›Leonce und Lena‹* gestohlen – und ich muß es genug sein lassen damit, daß er nackt telefoniert im zweiten Akt; oder vielmehr und leider mit der dämlichen Toga ...

II

Die Tabletten, die ich gegen Seekrankheit nehme, dazu der Alkohol, den man natürlich nicht dazu trinken sollte, den man aber doch auf See ungefähr in so viel höheren Quanten trinkt als pflichtloser Passagier, wie man mehr Wasser dort sieht als Land – sie haben, im Bunde mit der See selber und mit Seekriegs-Lektüre, zu der so unendlich viel Zeit ist an Bord: *Träume* in einer Intensität hervorgerufen, daß diese Träume sogar den Tag noch stundenweise mitbestimmen. Träumen, Wachen – wann beginnt was, wenn man ins breite, weißwirbelnde Kielwasser blickt, lesend, dösend, schreibend, sprechend, denn mein Verleger liegt wieder neben mir, wie ich, wie wir alle winddicht verpackt von kundigen Matrosenhänden. Ist doch die Februarluft, nelkenstengelgrau, noch feuchter als sie kalt ist.

Man sitzt nicht – *gebettet* ist man in den Deckstühlen. Und so bedarf es nicht erst der Mahnung des Friesen Jaspers: »Wer nicht täglich eine Weile träumt, der verdunkelt sich den Stern, von dem alle Arbeit und jeder Alltag geführt sein kann.« Man träumt oft. Und das Wachsein ist auch noch bestimmt durch die Assoziationsschübe, die erst die Träume heraufbrachten, wer weiß, aus welchen Angstzonen! Warum sonst diktierte sich hier am Heck das Gedenkblatt sozusagen von selber, das ich längst schon reimen wollte zur Erinnerung an zwei der U-Boot-Fahrer, die mich als Schüler neidvoll beschäftigt haben, hirnlos wie ich war als Zehnjähriger »gewaltig« aufgerührt durch die Wehrmachtsberichte über die Atlantik-Abschlachtungen, verschont noch, allein dank des Jahrgangs, von jeder Kenntnis des Krieges, den ich ja nur in Wochenschauen »gesehen« hatte, die niemals einen toten Deutschen zeigten ...

Leutnant zur See Breitenstein, ein Nachbarjunge, den wir ehrerbietig grüßten, wenn er im Urlaub stolz an uns vorbeiging, weil es uns beeindruckte, wie er leger die Hand vom schwarzen Schirm seiner Mütze wegstieß – was wir imitierten –, und der Obermaat Schlunk, der als Vollwaise seine Urlaube bei seiner Schwester verbrachte, die Dienstmädchen bei jenem Arzt Koch war, dessen Sohn als mein Freund mich zuhören ließ, wenn der Matrose von »Feind«-Fahrten bis in den Golf von Mexiko sparsam erzählte, übrigens nur, wenn wir ihn sehr darum bedrängten ... Wir Zehnjährigen, verblendet, verblödet damals, aber doch nicht stärker als auch die meisten der Erwachsenen, wir erfuhren es früh, schon im Herbst 1941, daß die Briten aus Hitlers stolzer U-Boot-Waffe Fischfutter gemacht, sie ausgerottet hatten wie keine andere Waffengattung sonst. Zahlen, versteht sich, bekamen wir erst nach dem Krieg. Doch daß es zu Ende ging mit der »Herrlichkeit« der U-Boote: das konnten selbst die Nazis nicht verheimlichen. Schon hatten sie bekanntgeben müssen, zwischen März und Mai 1941, daß die drei namentlich genannten »erfolgreichsten« ihrer U-Boot-Kommandanten ausgefallen waren, zwei durch Tod, einer durch Gefangenschaft. Von 39 000 deutschen U-Boot-Fahrern sind 27 212 gefallen, die weitaus meisten anderen gefangen worden.

Matrosen

Vernutzt vom Krieg – »jenseits des Lustprinzips«:
Schlaf bis zum Tod lockt fast schon wie ein Bett!
Entseelt zwar dank des Bord- und Mordbetriebs,
treibt doch, bis uns die Fische zum Skelett

Abnagen, unser Fleisch zum Trost der Fleischlichkeit.
Einmal noch Urlaub vom atlantikgrauen
Stahlsarg – und eine ganze Dunkelheit
meerfern wie Menschen leben, weil uns Frauen

Vor Feind und Kriegsgerichten schützen wie ein Kai!
Kein Standgericht, das Freunde umgebracht,
verhört uns noch im Traum; nicht Polizei,
kein U-Boot jagt uns diese Nacht.

Land! – was Blockade, Minen uns verwehrten,
kann ein Mädchen geben, das es wagt,
um den Blitz, der uns zerreißt, zu erden,
uns zu lieben, bis es tagt.

Wie unverwundbar wird mein Leib durch deinen.
Zwei schwache Fackeln, du und ich – der Wind
verlöscht sie rasch, auch wenn wir sie vereinen,
– statt daß sie brennen, bis wir nicht mehr sind!

Treibt dich Gebärsucht, Daseins-Barbarei
– schmeck' ich mein Meergrab schon in deinem Schoß.
Zeitfrage, bis der Ruf: »Torpedo frei«
mich wegreißt samt verlorenem Floß.

So reime ich hier, den Blick ins Kielwasser gerichtet, das so weiß wie jener Kalk ist, den man auf Massengräber wirft – aber auch, kann ich nicht umhin, mit Grauen zu denken, so weiß wie der Kalk, den man in Spanien in Senkgruben streut...

Was mag in ihnen vorgegangen sein in ihren letzten Stunden, denn sehr oft dauerte der Todeskampf eines Bootes, das durch

U-Boot-Jäger unters Meer geduckt war, bis die Wasserbombe traf – geworfen wurden oft unzählige –, stunden-, ja tagelang ... Und ich schrieb dieses Gedicht, diese beiden gefallenen Matrosen vor Augen, nicht nur als Gedenkblatt für sie, sondern auch für ihre Opfer, die zahllosen ... ihre Kameraden vorwiegend in der britischen Handelsmarine: Jeder vierte kam um! Kam um ... schönt, was geschah, verharmlost es sehr. Denn wie viele ertranken keineswegs so rasch, wie ihre torpedierten Schiffe »absoffen«, sondern trieben in ihren Schwimmwesten noch lange lebend. Retteten doch U-Boote grundsätzlich – U-Boote des Gegners auch nicht – keine Schiffbrüchigen, aus Platzmangel; allenfalls einmal einige sehr wenige Landsleute, zum Beispiel eine abgeschossene Flugzeugbesatzung. Oder die Seeleute verbrannten, wenn die oft meilenbreiten dicken Ölteppiche leckgeschossener Tanker das Meer entzündeten, in das die Matrosen von explodierenden Schiffen hineingesprungen waren; sofern nicht auch diese Tanker, als die bevorzugten Ziele für deutsche Torpedos, mit ihrer ganzen Besatzung in die Luft flogen. Und wer stellt sich vor, was vorging in jenen, die in meist großen Schiffen noch lange lebend auf dem Meergrund in schottendichten Räumen vegetierten, ohne auch nur eine Pistole zu haben, mit der sie sich hätten erschießen können. Das hat auch Churchill als ihn beklemmende Vorstellung schon vor Augen gehabt in seinem literarischen Meister-Epos: ›*Weltkrise 1911 bis 18*‹. Und eine Generation später, am 25. Juni 1941 – vier Tage zuvor war »der Mann da drüben«, wie Churchill Hitler zu nennen pflegte, über Rußland hergefallen –, sagte der Premierminister in einer Geheimrede dem Unterhaus, Großbritannien habe mit seinen Verbündeten, wozu damals die USA noch nicht gehörten, allein in den vergangenen zwölf Monaten viermillionensechshunderttausend Tonnen Schiffsraum in der »Schlacht um den Atlantik« verloren. Um eine so abstrakte Zahl in ein Bild zu verwandeln, sie vorstellbar zu machen, denn was ist das: eine Million Tonnen? Die zwei damals größten Passagierdampfer der Welt, ›Queen Mary‹ und ›Queen Elizabeth‹, überhaupt die größten, bisher je gebauten Schiffe, haben 81 235 und 83 673 Tonnen – sie bringen ab August 1942 binnen weniger Monate über zwei Millionen amerikanische und kanadische

Soldaten nach Großbritannien, ohne daß ein einziges Mal eines der U-Boote Hitlers versuchen kann, einen dieser Ozean-Giganten anzugreifen, obgleich die ohne Sicherung fahren: sie sind mit 28 Knoten so viel schneller als jedes Schiff, das sie geleiten könnte, außer in unmittelbarer Nähe der Küste, *so* daß sie den Atlantik allein überqueren...

Was mag der Hauptgrund sein, daß nicht Historiker – von Ausnahmen, seltenen, abgesehen –, sondern Augenzeugen jene Chroniken schrieben, die einen nach Jahren noch oder in Träumen zu – verschonten! – Miterlebenden der Tragödien machen? Augenzeugen suchen nicht den »Überblick«, der allemal den einzelnen – im Wortsinne: überblickt, das heißt: übersieht, über ihn hinsieht. Sondern der Augenzeuge sucht die Darstellung seiner selbst oder seiner Kameraden, auch seiner Feinde, *seiner* Welt. Er stellt einzelne dar und Einzelheiten. Welcher Historiker dagegen erübrigt auch nur eine Fußnote für jene blutige Atlantik-Novelle – Novelle übersetzte Goethe aus dem Italienischen: »unerhörte Begebenheit« –, die sich auf diese Weise bisher nur einmal in der Geschichte aller Meere ereignet haben soll?

Da der Schlaf Räume und Jahre überbrücken kann – wurde ich Augenzeuge, mitgenommen an den Tatort von meinem Reisegefährten, dessen Identität der Traum in eins verwoben hatte mit der des britischen Premierministers...

III

»Seien Se nich wieder so nervös, gehen wir auf die Brücke, wir sind ja noch sechsundzwanzig Stunden auf See!« sagte er. Komprimieren tun sie auch, die Träume. Wie unerheblich wird in ihnen, daß wir nicht unterwegs nach England sind, überhaupt nicht auf West-Passage von New York in den Clyde zickzacken – Zickzackkurs, um deutschen Torpedos auszuweichen –, sondern daß wir uns in Le Havre auf der ›France‹ eingeschifft haben...

Doch dies, unleugbar, ist die ›Queen Mary‹, eines der beiden stolzesten und tonnagestärksten Passagierschiffe Großbritanniens zwischen 1930 und 1970. Und da eine Traumwelle, viel stürmischer als eine des Atlantiks, uns wegspülen kann von Ort und Uhr und Datum – vermutlich ausgelöst durch die gestrige Radiomeldung, dieser Meeresriese werde als Schiffsmuseum und Hotel an einer amerikanischen Küstenstadt stillgelegt –, so sind wir jetzt um ein Vierteljahrhundert aus der Zeit verschlagen ins Kriegsjahr 1942, und dies sind die Stunden der Hundewache am 2. Oktober. Im Bauch dieses riesigsten aller Wale sind 10 409 amerikanische Soldaten, die abwechselnd in den Kojen schlafen müssen und deren viele demnächst bei der Invasion Nordafrikas und Siziliens sterben werden – sofern nicht schon heute nacht ein doppelter deutscher U-Boot-Torpedo uns mittschiffs trifft ...

Aber davor schützt die Geschwindigkeit; es sei denn, wir passierten zufällig ein bereits auflauerndes, schußbereites Boot im Abstand von weniger als einer halben Meile. Wir laufen 28 Knoten – demütigend für Hitlers Haie. 81 000 Bruttoregistertonnen, und dennoch ist der Bug scherenschmal, elegant wie der einer Yacht. Und wir sind nicht mehr allein wie während der Überfahrt über den Atlantik. Sondern wir sind jetzt in Küstennähe – und westlich Irlands schon ist wachsende Gefahr, von Hitlers Flugzeugen angegriffen zu werden, so daß der Flakkreuzer – Flak ist die Abkürzung für Flieger-Abwehr-Kanone –, HMS ›Curaçao‹, der nur ungefähr ein Zwanzigstel unserer Tonnage hat, an der Spitze einer Zerstörerflottille zu uns gestoßen ist, um uns Geleit bis Irland zu geben. Der Kreuzer hat uns auf fünfzehn Meilen Distanz an den drei Säulen unserer Riesen-Schlote ausgemacht, dreißig Minuten später nimmt er seine Position ein: fünf Seemeilen liegt er uns voraus, während sich der Abstand unseres Bugs zu seinem Heck vermindert, aber gewiß kalkulationsgenau ... Freilich, der kleine Kreuzer ist wesentlich langsamer als der Riese hinter ihm ...

Der Riese rollt. Und die Nacht, nur der Schlaf, gestattet die Folgerung: weil die Schiffe ein Ziel haben, die Wogen und die Wetter aber keines, deshalb behaupten sie sich als Einsame gegen die Ozeane, deren Unmaße einen auf die Vorstufe zur Frömmigkeit heben, nämlich ängstlich machen.

Unheimlich ist es, dieses Rollen und diese Nacht – besser als im Bett, da hat mein Gefährte recht, ist man an der Bar aufbewahrt. Die Bar ist geschlossen, und der Gang ist eng, ein verbotener Gang. Keine Treppe, nur eine Leiter vor einer Eisentür, die verschlossen ist. Zurückklettern, zurückstampfen, der Gang ist noch enger als auf dem Herweg, er stößt auf Gänge links, auf Gänge rechts. Aber der mir vorangeht – hier wieder kennt er sich aus, genau, denn diese Tür, jetzt, verbindet Wirtschaftsräume mit einer Tür zur Bar der königlichen, der Premierminister-Kabinen des A-Decks. Und es gibt keine Bartür auf der Erde, auf den Meeren, die *ihm* zu verschließen wäre, sei es selbst während der Hundewache. »Warum so abgehetzt?« fragt er mich auf dem Hocker, in Erwartung des Whiskys – und er ahnt nicht, daß seine massiven Zugriffe ins Kulinarische, nicht weniger als sein Rücken, rechts, einen halben Schritt vor mir, eine wogenglättende Wirkung auf mich haben.

»Mein Geschmack ist ganz einfach – ich esse nur das Beste«, wer hat das gesagt, Ledig oder Churchill? Ich weiß es nicht mehr...

»Sie sind immer noch blaß«, sagt Ledig und hebt sein Glas.

»Ich dachte«, versuche ich zu erläutern, »eben – als wir uns da im C-Deck verirrt hatten: ein doppelter Torpedo-Einschlag, und wir kämen nie mehr hoch. Vorige Woche wurde in der Straße von Dover aus einem deutschen Geleitzug ein Erzfrachter herausgeschossen; neunzig Sekunden später war vollkommene Spurlosigkeit, dort, wo der Dampfer geschwommen – da kommen nicht mal die Katzen von Bord.« Ledig nickt so vertieft, daß er zweifellos nicht zuhört: will er mir die Churchill-Figur wieder ausreden? »Ich glaube nicht, daß Sie Geschichte nur an den prominenten Tätern darstellen können, am grünen Tisch. Was Sie für unlösbar halten: Eingeschlossene in einem Bergwerk oder Versunkene in einem Schiff zu zeigen, weil die eigentliche Folter, die nicht verrinnende Zeit, nicht spürbar wird: dieses Problem fällt weg, wenn Sie den ewig als ›Neger‹ benutzten und zerräderten kleinen Mann darstellen, also nicht den Präsidenten Kennedy, sondern dessen angeblichen Mörder Oswald, in dessen Geschick sich doch wie in dem des Hauptmanns Dreyfus oder des van der Lubbe der Satanismus einer ganzen Epoche kristallisiert... Haben Sie gelesen, was de Gaulle zur Ermordung Kennedys gesagt hat, und de Gaulle soll einen sehr tüchtigen Geheimdienst haben, der sicherlich auch hier auf seinem Flaggschiff einige Luxuskabinen für Prominente, zu denen wir beide Gott sei Dank nicht gehören, verwanzt hat; de Gaulle sagte: »Die Ermordung Kennedys ... Die Polizei hat die Tat ausgeführt, oder sie hat den Befehl dazu gegeben ... Sie haben sich auf diesen Kommunisten (Oswald) gestürzt, der nicht daran beteiligt war ... ein herrlicher Angeklagter ... Sie wollten ihn auf der Stelle erschlagen, ohne daß die Justiz hätte eingreifen können ...«

Ich gebe zu, beeindruckt durch de Gaulle – denn wie selten sagt ein Staatsmann, wie hier der Präsident zu Jean-Raymond Tournoux so ungeschminkt über Heikelstes seine Meinung: »Oswalds ›Bestellung‹ in das Schulbuchlager von Dallas, wo er ja erst wenige Wochen vor dem Attentat ›angestellt‹ worden ist – auf wessen Veranlassung auch immer –, signalisiert, wie dann seine Ermordung, faschistische Tendenzen in den USA, sehr heftige sogar. Höchst darstellenswert – doch ich glaube, was heute geschieht, kann man heute noch kaum zeichnen, erst morgen. Im Traum wird alles Gegenwart, aber von der Gegenwart kann man nicht träumen – und deshalb nicht schreiben. Hat je einer ein Haus gemalt, das erst gestern gebaut wurde? Nie!«

Ledig: »Wie wollen Sie dann aber dem Zweiten Weltkrieg noch ein *aktuelles* Stück abgewinnen?«

»Seine Gestalten sind Geschichte – doch seine Barbareien aktuell, speziell der Luftkrieg gegen Zivilisten. Das ist ganz Gegenwart – trotzdem: von Churchill kann man schon träumen!« Von Churchill träumen bedeutet nur, im Schlaf Anschluß finden an seine Aufzeichnungen und Gespräche, die auch zuweilen Traumprotokolle gewesen sind: Am 25. Juli 1945 hatte er seinem Arzt erzählt: »Ich träumte, das Leben sei vorüber. Ich sah sehr deutlich meinen Leichnam unter einem weißen Tuch auf einem Tisch in einem leeren Zimmer. Ich erkannte meine nackten Füße, die unter dem Laken hervorragten.« Am anderen Morgen erfuhren er und die Welt, daß er wider alle Berechnung mit erdrückender Mehrheit aus Downing Street weggewählt worden war. Und Churchills intimste Aufzeichnung, verfaßt als Greis, ist auch ein Traumprotokoll:

Kein Mensch hat Churchill zeitlebens tiefer beschäftigt als sein Vater; exakt auf den Tag siebzig Jahre nach dessen Tod – starb der neunzigjährige Sohn, der in dieser intimen Aufzeichnung ein Gespräch protokolliert, das er in seinem Gartenhaus mit dem Gespenst Lord Randolphs geführt hat. Der Vater kam ein Menschenalter nach seinem Tode, um den inzwischen zum Sieger über Hitler gewordenen Sohn wegen dessen beruflicher Untauglichkeit zu verhören.

»Aber Geschichte wird auch in Träumen stets zum Alptraum«, sagt Ledig und blickt drein, als könne man der Zeit nachschauen.

Und wie er jetzt vom Hocker gleitet und dem Barmann dankt und mir vorangeht, fällt mir ein, daß er von einem Bremer Wasserschout abstammt – und da ich mir vorstelle, daß ein Schout ein höherer Lotse ist (stimmt nur im Traum), so stampfe ich ohne Unbehagen hinter ihm drein, obwohl ich mit grünspangrünem Gesicht nur vorwärts komme, weil der Gang geländergesichert ist. »Steht man auf einem nur normal großen Passagierdampfer, 180 Meter lang, so ist bei brettglattem Meer die Brücke doch 21 Meter hoch«, hat der Kommodore uns belehrt. »Seen von zwölf bis achtzehn Meter sind nicht unübersteigbar. Auch im tiefsten Tal sieht man noch immer den Horizont.«

Mein Gefährte öffnet die schwere Tür zum Oberdeck, wir treten hinaus, schneller wieder hinein, denn der Schauer, der über die Back fegt, da der Kamm einer schweren See am Bug zerplatzt, besprengt auch uns. Es tagt. Unerklärlich, daß man dem Mann da vor mir, der so lotsensicher die Brücke betritt, den Eintritt sozusagen in die Bordsakristei gestattet. Und nur deshalb, hinter seinem Schild von Rücken, auch mir. Zwei Offiziere stehen auf den Brückenauslegern. Der Rudergänger, auf den Steuerstrich am Kompaß orientiert (denn Radar wird erst in zwei Jahren hier installiert werden), hält den Riesen auf Kurs – er lenkt ihn, man sieht es, so behutsam wie ein Inderjunge, der auf dem Kopf des Urwaldriesen sitzt, den Elefanten des Maharadschas. Nur das matte Kompaßlicht, abgeschirmt, gibt der Brücke Dämmerhelle, die ausreicht, um die schwere, anstekkende Müdigkeit auf dem Gesicht des Quartermasters, des

Mannes am Rad, zu erkennen. Sir James, der Kommodore des »Sonnenschiffs‹, wie England und das Empire seine ›Queen Mary‹ nennen, ist selber auf der Brücke – und wie er sich jetzt ehrerbietig dem Mann zuwendet, der mir voranging, und der gespannt, die Zunge eingeklemmt zwischen Ober- und Unterkiefer, hinabstarrt auf den kleinen waffenstrotzenden Kreuzer ›Curaçao‹, der schwer unter den Keulenschlägen der Brecher voranhastet, das läßt mich erkennen, daß jetzt mein Traumgefährte jener ist, der er am Tage nur potentiell war:

Sein Schatten weilte unbegreiflich
auf dem Abend meines Zimmers –

Bestimmt entsinne ich mich jetzt nicht des Standorts dieser Zeilen (Lasker-Schüler über Trakl), denn ich versuche von den leise gewechselten Fragen und Antworten etwas zu verstehen, während der Rudergänger auf einen Knopf in Höhe seiner Mütze drückt, da eine Klingel ihm angezeigt hat, daß – 4 Uhr 32 – ein Kurswechsel fällig ist: er meldet das dem Wachhabenden und sagt durchs Sprachrohr den neuen Kurs an. Und erst jetzt dreht der übermüdete Rudergänger das Rad... Mich beruhigt das, denn weil ich nichts von Technik verstehe, hatte es mich erschreckt, daß die ›Queen Mary‹ soeben durch das Kielwasser der ›Curaçao‹ gelaufen war, die sich jetzt nahe vor unserem scherenschmalen Bug an Backbord befindet und herumgezerrt mit der Dünung kämpft. »Wie weit?« fragt der Premierminister Sir James. Der Kommodore antwortet: »Gut eine halbe Meile, Sir!« Und er selber ordnet an: »Legen Sie das Ruder mittschiffs und gehen Sie wieder auf Backbord.« Zu Churchill sagt er: »Die Burschen da vor uns wissen verdammt gut, wie sie Geleitschutz zu fahren haben. Sorge macht mir immer nur ein bißchen der Sog dieses fast zu schnellen Achtzigtausend-Tonnen-Pflügers. Eigentlich wissen wir nämlich immer noch nicht, wie der Sog zu berechnen ist...«

Ich sehe hinab, sehe vor uns, Phalanx vor Phalanx in nicht abreißenden, in sich steigernden – denke ich, aber das täuscht – Wutangriffen die immortellenfarbenen Seen in Kampfformation über den Bug hereinbrechen und scheitern, während der Wind kreischt und Fetzen von den Brechern reißt, die als Schaumflocken heran- und vorbeiwirbeln. Die Kämme leuchten.

Der Kommodore, der als Vierzehnjähriger auf einem Windjammer blinder Passagier werden wollte, weil anders ihm nicht erlaubt wurde, die sieben Meere zu befahren, erinnert den PM (Primeminister), um zu erläutern, daß kleinere Schiffe »einen harten Sturm am besten durch Beidrehen abreiten«, an die uralte Beobachtung, die mich zu der Frage verführt, wie anders Hegel gedacht hätte, würde er je das Meer befahren haben, statt nur einmal an der holländischen Küste zu stehen ... und nichts anderes hinzuschreiben, dort bei Scheveningen, als den *einen* dümmlichen Satz: »Hier die unbegrenzte Nordsee, das deutsche Meer gesehen«. (Das »deutsche«!)

Der Kommodore sagt zum Primeminister: »Sie wissen, der Mensch an Land nennt Seen ›Wellen‹ und wählt damit den, wissenschaftlich gesprochen, exakten Ausdruck. Tatsächlich sind die aufgetürmten Wassermassen Wellen, *die sich nicht vorwärtsbewegen,* wie es den Anschein hat, sondern sich stets an der Stelle wölben und ausatmen. Der Ozean ist eine gefüllte Schale, deren Inhalt sich an der Oberfläche nur dank Strömungen und Gezeiten in der Horizontale bewegt... Nehmen Sie eine schwimmende Holzplanke, die keiner Windwirkung unterliegt, sie rührt sich beim Sturm nicht von der Stelle, sondern steigt und fällt mit den Wellen.«

Erstaunlich! Daß demnach selbst bei Taifunen noch die Wellenwalzen, zehntausendtonnenschwer, nicht »voran«-kommen, sondern sich, Spasmen ohne Endzweck, Entkrampfung durch Erschöpfung, nur hoch- und abtoben; daß die Seen noch bei Orkanböen *auf der Stelle* anschwellen, steigen, sich bäumen, *um in sich selber* zusammenzubrechen – durchaus ohne Beziehung zu einem Ganzen, einem »Gesamtablauf«, den es offenbar in der Natur so wenig gibt – wie in der Geschichte ...

Diese See jetzt, die dort machtvoll von einer neuen Böe getrieben sich gut sieben Meter noch über die anderen, ihr vorangegangenen und erloschenen, die peitschender Regen geduckt hatte, höher türmt – auch sie wird nach nur neunzig bis hundertzwanzig Metern, so nah die Entfernung von Kamm zu Kamm bei Nordatlantikstürmen, schon wieder verröchelt sein,

ein spermaweiß bewimpeltes Ejakulat, nicht einmal um seiner selbst willen da, viel weniger noch uferwärts gerichtet, Zielen zu oder einem »Sinn«.

Die antiken Denker, Küstenstädter, Meerbefahrer, konnten das anschauen, und ihrer keiner verfiel dem Fortschrittswahn – aber die unseren? Hätten auch sie am Meer gewohnt – ist denkbar, daß sie dann naiv wie Hegel nach christlichem Geschichtsschema der Verwirklichung der Vernunft auf Erden entgegengehofft hätten? Typisch: dem das Leben entstammt, das Meer, 70 Prozent der Oberfläche unseres Planeten, *kommt in der deutschen Philosophie nicht vor!* Nur dem Friesen Jaspers stellt das Meer: »Die Forderung, es aushalten zu können, daß nirgends der feste Boden ist, aber gerade dadurch der Grund der Dinge spricht.« Und Goethe, der auch das Meer gesehen hat, illustrierte nicht zufällig an »Bächen«, an »Strömen«, an »Fluß« und »Überschwemmung« den sinnlosen – den absolut sinnlosen – Potenzverschleiß der gesamten Ära Ludwigs XVI. und der Französischen Revolution –, mögen sie auch so zweckvoll der Ökonomie gedient haben wie später die Hitleritis oder früher die schwarze Pest. »Man sieht in dieser ungeheueren Empirie nichts als Natur und nichts von dem, was wir Philosophen so gern Freiheit nennen möchten« (an Schiller, 9. März 1802).

Der Kommodore, als wisse er, daß ich hilflos grüble, zerkaut die Worte: »Ich bin über vierzig Jahre dabei, aber das Meer behält das Beste für sich. Man spürt zwar immer Gottes Hand – aber manchmal spürt man sie ein bißchen zu sehr.« Der PM setzt düster hinzu: »Was allein die zwei Weltkriege runtergezogen haben.« Mir fällt sein furchtbarer Satz aus einer Rede ein, während er der Invasion Hitlers entgegensah: »Die Home Fleet wartet, die Fische warten auch.«

Und ihn selber hat es zeitlebens eingeschüchtert, das Meer – *nur das Meer* konnte ihn einschüchtern, diesen Herrn jener Kriegsflotten, die – während er sie befehligte, im Ersten und im Zweiten Weltkrieg – jeweils die größten aller Zeiten gewesen sind. Nie dachte Churchill »ohne Unbehagen« an einen Atlantikflug. Und allein die Schlacht um den Atlantik weckte während des Krieges seine Angst. Mit frommer Scheu hat er – wie oft – das Meer bedichtet, ja noch dessen Karte: »Sie maß nahezu sechs mal neun Meter. Da sie eine Seekarte war, wurde ihr Zentrum von der größten Wassermasse des Erdballs eingenommen: Die ungeheueren Gebiete des Stillen Ozeans füllten einen Platz von etwa achtundzwanzig Quadratmetern aus. Auf dieser Karte bedeutete eine Fläche von einem Umfang, den der Kopf einer Schleiernadel hat, den vollen Gesichtskreis, den man an einem klaren Tag von der Mastspitze eines Schiffs überblicken kann. Fraglos gab es mehr als genug Platz dafür, daß Schiffe einander verfehlten.«

Oder kollidierten...

Doch Sir James, für den natürlich sein Schiff ein Individuum ist und der noch sagen kann: »Es klang ganz so, als rufe uns eine abgeschiedene Seele an«, hat auf ein Geheimnis hinweisen wollen, das in dieser Stunde zwar sichtbar wird, aber auch bisher unerforscht blieb: Wie blasse Bouillon kündigt jetzt über einer Wolkenbank die Sonne sich an, und dieses Aussehen verrät dem Seemann, »daß da Wind, noch sehr viel Wind drin ist – erklären kann keiner von uns, daß Wind aus Westen das Aussehen der im Osten aufgehenden Sonne beeinflußt«.

Er schweigt. Sein Blick, verengt, ist konzentriert auf den kleinen Flakkreuzer dort unten. »Wie weit?« fragt er leise. Teilt er die Besorgnis seines Rudergängers, ist seine ›Queen Mary‹ der ›Curaçao‹ zu dicht auf dem Heck? Ich, versteht sich, merke gar nichts. Ich sehe die Gischtspritzer von Bug her brückenwärts wirbeln und habe das Gesicht jenes Matrosen Schlunk vor Augen, den ich als Schüler bewunderte, weil er auf U-Boot-Fahrten bis in den Golf von Mexiko nicht ebenso vor Grauen verrückt geworden war – wie einer seiner Kameraden, der während eines Angriffs amerikanischer U-Boot-Jäger, die 72 Stunden das deutsche Boot unter Wasser hielten und Bomben in nächster Nähe schmissen, vom Kapitän erschossen werden mußte, nachdem der seine Mannschaft um Erlaubnis gefragt hatte. Der Kamerad da unten war so irrsinnig geworden, daß er anzustecken begann. »Einen, der noch lebt, kann man gar nicht so beneiden wie den Maat nach dem Gnadenschuß.« Der Erzähler wie der, vom dem er erzählte, wurde dann einer der U-Boot-Fahrer, die im Hitler-Krieg »an die Fische verfüttert wurden«. Aber Captain Boutwood von der ›Curaçao‹ hat den

Riesen und dessen Schwesterschiff, die ›Elizabeth‹, oft heimgeholt, und die Sicht ist jetzt zureichend. Soeben läßt er durchgeben: »Erbitte Ihren gegenwärtigen Kurs und tatsächliche Geschwindigkeit.« Der Wachhabende, der Erste Offizier der ›Queen Mary‹ gibt zurück: »108 Grad, 26,5 Knoten.«

Das wird der High Court of Justice drei Jahre später als eine falsche Angabe in den Gerichtsakten verbuchen: der Kreiselkompaß der ›Queen‹ zeigt zwei Grad zuviel an, und auch die Geschwindigkeit des Giganten beträgt fast 28 Knoten... Der Wachhabende, ohne Erregung, sagt leise: »Leicht Backbord« – das ist nichts als eine vorbeugende Maßnahme. Der Kreuzer wird sein Ruder nach Steuerbord legen und ohne Schwierigkeit von der ›Queen‹ klarkommen.

Das Steuerhaus des Riesen hat nebeneinander *zehn* Fenster, es ist neun Meter breit – bei einer Gesamtbreite der Brücke von 36 Metern von Nock zu Nock: nie zuvor, nie später mehr hatte ein Schiff eine ähnlich große Befehlszentrale. Doch freilich, sie liegt 69 Meter hinter dem Vorsteven und so hoch wie nie eine zuvor – 27 Meter hoch über der Wasserlinie, so daß Schiffe, die sehr dicht vor der ›Queen‹ fahren wie heute ihr Schutzkreuzer, von der Brücke nicht immer gut, zuweilen gar nicht zu sehen sind... Warum aber, so frage ich mich irritiert – doch Schlaf und Traum kommentieren ja selten, was sie uns zeigen, wohin sie uns transportieren –, warum sehe ich jetzt auf der Brücke plötzlich nicht mehr das väterlich beschwichtigende, mir aus seinen Erzählungen schon urvertraute Gesicht des Kommodore? Warum steht da nicht mehr Sir James – sondern unnahbar ein mir Fremder, der nur Kapitän ist und Illingworth heißt? Wieder ist soeben ›Curaçao‹ so dicht am Bug der ›Queen Mary‹ vorbeigekommen, daß ich sie von der Brücke nicht mehr sehen konnte – wohl aber die uns abschirmenden drei Zerstörer, die annähernd drei Seemeilen voraus laufen... Die Sicht ist noch gut. Ohne Hektik war der Wachhabende dieses über dreihundert Meter langen Schiffs seine Kontrollschritte gegangen, vorbei an den zwei so auffallend kleinen Messing-Steuerrädern, die zwei voneinander getrennt arbeitende Ruderleitungen bedienen – doch wie er jetzt nachschaut, ob das Ruder seinem Befehl gemäß: »Leicht Backbord« hatte er gesagt – in die entsprechende

Richtung gelegt wurde... ist er elektrisiert, als er, auf seinen Standort zurückgekehrt, hinabsieht – jetzt fast in den Schornstein der ›Curaçao‹ hineinsehen kann!

»*Hart* Backbord!« – er zischt es mehr, als er es ruft. Doch es dauert lange, dauert unendlich, bis die Bugspitze, die der Mariner Steven nennt, auf das panikschnelle Drehen des Steuermanns am Ruder reagiert – »auswandert«. Endlich wandert der Steven des Achtzigtausendtonners – wandern ist genau das Wort für die erschreckende Gemächlichkeit, mit der das geschieht – weg aus der Richtung des Kreuzerhecks. Aber wie komme ich dazu, jetzt den Matrosen Paul Schlunk dort unten auf dem Heck der ›Curaçao‹ unter jenen anderen auszumachen, die zu uns hinaufstarren – vielleicht weil sie unseren scherenschmalen Bug und die königliche Architektur unserer palästehohen Decks so noch nie gesehen haben – so nahe! Ich sehe Kielwasser – läuft es auf mich zu, läuft es vor mir her, ich weiß es nicht, es läuft über Schlunks Gesicht, läuft über meins, spült uns zueinander und *er* zerrt mich, über Bord springend, mit sich hinab, und ich schreie wie er und wie alle – ich bin wach. Und als Ledig, im Liegestuhl neben mir verpackt auf dem windgeschützten Heck der ›France‹, seine Hand auf mein Handgelenk legt und väterlich-belustigt fragt: »Schön geschlafen?« – da ist in den Annalen der Seefahrt, bis dato niemals zu verzeichnen, folgendes einzutragen: Der Passagierdampfer hat den Kreuzer guillotiniert!

Die ›Queen‹ hat die ›Curaçao‹, die etwa in einem Winkel von 20 Grad Richtung Backbord vor ihr her zackte, im zweiten Rumpfdrittel »berührt«, wie Gulliver ein Schiffchen der Liliputaner – und sie schiebt den Kreuzer vor sich her, dreht ihn herum, drückt ihn unter die See, und »ist durch«; hat ohne zu verlangsamen dessen siebeneinhalb Zentimeter dicke Stahlwände zweimal zerschnitten und schraubt weiter, während die geduckten Hälften des Kreuzers wieder auftauchen, eine hängt links, eine hängt rechts am Rumpf des Riesen, die Hälften rollen über, »schrappen« entlang am Leib des Täters, von beiden Hälften springen Männer ins Wasser, werden zurückgeschlagen an die Rumpfreste, von denen sie loskommen wollten, werden untergepflügt und wirbeln weg, fort, ab wie Küchenreste –

während das Kielwasser dieses größten aller Wellenpflüge nicht anders leuchtet als dieses hinter uns, als das der ›France‹: die übliche breite Schleppe, lang, schön, »unschuldig«, wie bräutlicher Tüll. Oder wie eine Kalkspreu – Kalk auf dem Grab der Männer der ›Curaçao‹, denen Flöße und Bojen nachgeworfen werden. Denn die Königin verlangsamt nicht um einen Knoten: darauf könnte – freilich sehr unwahrscheinlich – ein U-Boot Hitlers gewartet haben. Die Admiralität wird denn auch sehr gefaßt resümieren: »Was erst wäre geschehen, hätte die ›Queen‹ die ›Curaçao‹ genau mittschiffs zerschnitten – in der Munitionskammer!« Nur zwei Zerstörer wenden, um Menschen und Leichen zu fischen. 72 Matrosen überleben. 72 von 410.

Brautkorrespondenz

Chanson: Lügen haben schöne Beine · Erstes Petting · Mond-Scherzando · Ankunft · Arbeitspause · Ehe ist Liebe ohne Sehnsucht · Brautkorrespondenz · Frauen-Chanson.

Chanson: Lügen haben schöne Beine

Melodie: »Die Fahne hoch,
die Reihen dicht geschlossen.«

Komm, zieh dich aus, auch wenn du mich betrügst.
Ich spiele mit, als hielt' ich dich für treu.
Und lüge, daß ich deiner Lüge glaubte.
Der Ekel ist verschluckt. Was bleibt, ist neu:

Die Einsicht, daß auch ich die Liebe
nicht sehr entbehre, wenn der Spaß nur bleibt.
Der wächst – bereichert um den Spaß der Diebe:
sobald dein Stutenfell sich an mir reibt

Glaubst du, ich glaubte, deine Tummelwiese
sei nur *mein* Bett – oh, hoppe-hoppe Reiter!
Wenn deine anderen dir glauben, so verdrieße
sie nicht durch Beichten. Wahrheit macht nicht heiter.

Männer, du weißt – zwar müssen sie alles essen.
Doch alles *wissen*? Gott behüte: nein!
Schönheit schafft Rechte, die ihr angemessen.
Du lügst so gern: das soll uns nicht entzwein.

Wie wär's, wenn wir uns künftig beim Vereinen
in das Gesicht zu sehen – ersparten?
Sogar die Tiere, die nicht lügen, scheuen den Blick.
Auskunft im Zoo ergab: bei allen Arten

Kommt Er von hinten. Und betreffs der Lügen:
im Paradies war Treue zwar der Brauch,
doch offenbar, weil Eva zum Betrügen
nur Adam hatte – und zur Ehe auch.

Erstes Petting oder Volksausgabe von Goethes ›Besuch‹

Putzgeruch in feuchtem Hausflur,
Treppe: eingesehenes Feindfeld,
drei Uhr mittags – rasch hinauf!
Onkel öffnet seinen Laden,
Tante trabt zur Pedicüre,
die Cousine ins Büro.

Lichtblond wie ihr Mozartzopf
ist ihr Zimmer ... »Nimm die Hand weg!«
Lautlos erst die Tür verschließen.
»Was ich will? Beim Aufsatz helfen.«
(Wilhelm Meisters Wanderjahre.)
Nackt will er sie endlich sehen ...

»Warum kniest Du – Du, ich schreie!«
Er: »Daß Dein Onkel mich hier findet,
Deinen Slip auf den Sandalen?
Küssen ist pervers – in Kleidern!«
Sie: »Da gehört Dein Kopf nicht hin
– steh doch auf! Wenn jemand kommt.«

Doch sein Flehn: »Laß Dich ansehn!«
Sie: »Gibst Du auch Dein Ehrenwort ...«
Er: »Jedes – ja, doch.«
Sie: »Daß Du mir mein Kleid nicht wegnimmst?«
Und er schiebt's nur bis zum Kinn hoch
– schaut und schweigt. Schweigt überwältigt

Sieht zum erstenmal ein Mädchen,
will daß sie sich jetzt aufs Bett legt ...
Sie: »Wenn Du wirklich selbst nichts ausziehst!«
Seinem Blick hält sie nicht stand,
deckt den Busch mit ihrer Hand zu
– erst als er den Kopf hineinpreßt

Kindlich stammelt: »Du bist – göttlich!«
– tilgt der Stolz in ihr die Scham,
überläßt sie seinem Mund ... alles.
Doch die langen, harten Schenkel
– nicht sein Betteln, erst ihr Brunnen
wird sie auftun. Also streckt er

Ihren sanften, keuschen Fingern
eine Wünschelrute hin, die sie lange
nicht ergreift. Wegsehn muß sie,
hält dann fest – und sich an ihr fest.
Ihre Scheu kämpft mit der Neugier.
»Mach nicht weiter ... doch, doch weiter!«

Und erschrickt: »Was ist ... was kommt – da!«
Naß verklebt – riecht sie nach Stahl,
preßt sich an ihn wie die Scheibe
einer Stulle an die andre – drängt ihm jetzt
– ein Schrei, befreit – in die Hand.
Leckt ihm seinen Lehrlingsbart.

Mond-Scherzando

»Tu etwas Mond an das, was du schreibst.«
Jules Renard, *Journal*

Du seist kein Gegenstand für Lyrik mehr,
wird tausendfach in Feuilletons geschrieben.
Das mag ja stimmen, greiser Mond, doch wer
gibt denen Licht, die sich *verstohlen* lieben?

Die lichtlos-unbehaust wie Partisanen
auf bullensicherem Waldbett grasen,
Aussteiger, die den Autobahnen
ausweichen wie den fahndungshellen Straßen

Von denen Peitschenlampen sie verscheuchten?
Laszive fleht er: »Jetzt – deinen Rücken!«
Sie sieht, sich windend-wendend, *Voll*mond leuchten.
Seufzt: »Schrecklich hell!« Und sein Entzücken

Daß sie sich *schämt* (doch sonst nicht ihre Art)
– als ob erst Mondlicht ihre Backen ihm entdeckt:
beflügelt ihn erneut! Ihr Griff, robust, doch zart
hat flinkerhand ihn hinterrücks versteckt.

Ankunft

Du mit Weekend-Koffer, Kuß vor den Leuten.
Schon im Bus rauht der Sog Deines *Da*-Seins
mir die Stimme; suche in Deinen Augen,
ob Du schon mitlebst, wie wir uns nehmen.

Kaum Deinen ferienbraunen Oberarm umschließt
meine Hand; Deinen Nacken, auch nackt,
streift sie – und zuckt fast zurück:
ein Stromschlag. Drei Wochen im Juli allein
– Landstriche verbrennen in zwanzig Tagen.
Dein Kleid, wie es Dir steht! – ach, Sprache:
sie tarnt allenfalls das Verlangen,
übersetzt es in alberne Chiffren:

Was Du Stichprobe nennst, Maßstab, auch Stehplatz;
ich Deinen Jungfernstieg nenne, Deine stillen
Reserven; Kopfhaar unterscheide von Haupthaar.
Wie Liebe, die endgültig wurde, großer Worte sich schämt.
Ärzte sagen vernünftig: Den Hormonspiegel senken.
Zuvor aber der Portier, sein ächtender Blick:
»Wünschen sie noch am Mittagstisch teilzunehmen?«
Später, vielleicht . . .

Im Lift *noch* nicht allein: »Deine Blumen – vergessen!«
Du – und trotz Zuguckern Deine Hand jetzt,
Elektrizität und – weg. Nur ein Flügelschlag:
»Armer Don Chaos!«

Arbeitspause

Nach Tisch; der grelle Horizont
war mittags-menschenleer.
Sekretärin; längst gefärbt schon ihr Blond:
»Meine Linie! – kein Kantinen-Dessert.«
So blieb noch Zeit, hinauszufahren.
Ihr Lachen gab ihm Mut zum Liebestest,
auch ihre Alters-Spur am Hals, in Haaren.

Er resigniert, halb-kahl, infarkt-zerstreßt
– »wir zwei mit unsern über neunzig Jahren« –
war auch kein Boß; war nur am Boß erkrankt.
Sie weiß, daß er sich niemals scheiden läßt.
Er duzt mich, bis der Wagen aufgetankt,
denkt sie gekränkt; nie wird er abends kommen,
bei Pausen wird es bleiben, »kurz gesonnt« –

Doch daß er endlich sie – sie ihn genommen,
zwar viel zu hastig, auch nicht sehr gekonnt,
nimmt ihr den Minderwertigkeitskomplex vor Ehen.
Er denkt besorgt, wie er diktiert,
Blick, Stimme, Schritt, kann jeder sehen,
sind jäh verjüngt bei ihr: was ist passiert?
Mich lieben – soll die sich nicht unterstehen!

Ehe ist Liebe ohne Sehnsucht

Wie hat dies Paar
sich einst »erkannt«!
Jetzt: Haut an Haut sogar
die – Wand …

Ein Fleisch zwar noch,
doch als sie's machten,
die Frau, der Mann:
was sie da dachten

Will lieber keiner mehr
vom anderen wissen …
Zwar schlafen beide noch
auf gleichem Kissen

Doch gleiche Träume auch,
daß sie die hätten:
wer's hofft, weiß nichts
von Ehebetten!

Brautkorrespondenz

SIE: In einem Spielzeugladen
hob ich Winnetous Schwester vom Pferd.
Mußt Du erst erraten,
was die jetzt (wie ich) entbehrt?
Ich sende Dir die arme Groteskfigur,
die weder stehen noch liegen kann,
um Dich zu mahnen: sogar sitzen nur
kann sie auf einem Spieß, lieber Mann!

ER: Die Figur, die Du mir schenkst,
Reiterin, arme, ohne Hengst,
braucht es nicht, mich zu ermahnen,
Bundesstraßen, Autobahnen
flugschnell hinter mich zu bringen!
Doch, was hilft's, wenn ich in Bingen
oder welchem Ort auch immer
statt um acht – um sechs mein Zimmer
im Hotel beziehen kann:
die Termine steuern den Mann!
Elf Filialen erst bereist.
Lagerhaltung – was das heißt,
die nach Vorschrift kontrollieren!
Fände ich nichts zu monieren,
könnte ich den Job verlieren:
wer zahlt dann den neuen Wagen?
Übrigens hab' ich vorzuschlagen,
auf den Opel zu verzichten,
um uns dies Jahr einzurichten:
steuerlich voll absetzbar
ist das nur, wenn wir im Jahr
gemeinsam von Gehaltsklasse C
zur Steuer veranlagt werden für D.

Doch zahlt der soziale Wohnungsbau
die Prämie nur *einem:* Mann *oder* Frau,
soweit ich die neuesten Erlasse kenne –

Infarktbedroht küßt Dich, hier schließend
Dein Männe.

P.S. Betrifft Gesundheit: bitte bedenken,
wir sollten den Hormon-Spiegel wieder senken.
Wozu ich Dich Samstag in Frankfurt erwarte
auf Sonntags-Rückfahrt-Ermäßigungskarte.

Frauen-Chanson.

»Ich wünschte, ich wäre eine Maus: dann
hätte vielleicht meine Frau ein bißchen
Angst vor mir!«
von Schönthan: ›Raub der Sabinerinnen‹.

Frauen, die das stärkere Geschlecht
sind, weil sie es *haben*:

Wie im Handumdrehen schwächt
ihr den Mann! Ihn abzutraben,

braucht's ein Viertel Eurer Kraft.
Der, den *zwei* auf Abbruch stürmen

– stirbt! Oder eine Dritte schafft
ihm den Unterschlupf beim Türmen.

(Die ihn meist erst sitzen läßt,
wenn er ihr das Bett schon näßt.)

Wer kennt *einen* Ehemann, der nicht Angst vor der Frau?
Kluge schaffen sich Töchter an, die zum Vater stehen.

Haft und wohn-»haft«: haargenau
trifft's die Sprache; überstehen reimt auf Ehen.

Die Statistik lehrt, acht Jahre
älter als die Männer werden

– würden Frauen! Po und Haare
bleiben ihnen wie den Pferden:

beim Friseur – viermal mehr
zahlen *sie* als er.

Denn wie selten kriegen Frauen Glatzen!
Auch verlieren sie nie den schönen Hintern.

»Schwächeres Geschlecht«: So schwatzen
nur Idioten. Seht an Kindern:

Was die Frau tut, bis eins kommt zur Welt!
Komisch wenig tut dazu ihr Hund: Der Mann

... der so gerne als ihr »Herr« bellt,
weil *sie* zeigt, wo's lang geht im Gespann.

Allenfalls in Firmen und Kasernen
darf befehlen noch der Chef, der Offizier.

Doch in Frauen muß jedes Männlein lernen:
schon daß sie es nimmt – gibt ihr

eine Souveränität, die seine
einfach weglacht über Nacht:

Nur weil sie gewährt, was ganz alleine
erst aus Männern – Menschen macht!«

Bettina

Wer Söhne hat, soll niemals schreien: »Dort rennt der Dieb.« Und wer Töchter hat...

Als ich einen mir Nahestehenden, dessen nähere Bezeichnung nicht hierhergehört – keinen Sohn! – auf einer Drogen-Entzugsstation zu verabschieden hatte, lernte ich, zermürbt von den Umständlichkeiten, Freudlosigkeiten der sich hinziehenden »Einlieferungs«-Zeremonie und der Gespräche mit Pflegern und mit einem Arzt, der schon ein Gesicht hatte wie eine Kühlschranktür, ein Mädchen aus Solothurn kennen, das zwar nicht diese teure Entziehungs-Anstalt, aber doch andere, staatliche, auch als Patientin – als »Zwangseingewiesene«, wie es erzählte – längere Zeit von innen gesehen hatte... Nun hatte sie hier jemanden besucht.

»Sie fahren zum Bahnhof?« fragte das Mädchen, als mein Taxi vorfuhr. Die »Anstalt« lag auf einem Hügel kilometerweit von Zürich entfernt. »Wollen Sie mit?« fragte ich, erleichtert, die nächste halbe Stunde im Auto nicht allein zu sein, vielleicht auch jemanden ausfragen zu können über dieses mir immer fremde, nun aber, seit ich es gesehen hatte, wildfremd gewordene Sanatorium, dem ich einen Menschen überließ, um den ich selber mich beizeiten hätte kümmern sollen: etwas verspätet, diese Einsicht! Das Mädchen hatte gesehen, daß mich die Verabschiedung seelisch nicht unerheblich mitgenommen hatte; es war mitfühlend, ohne vertraulich zu werden – was mir guttat. »Nun steigen Sie schon ein«, sagte ich, »Sie müssen ja nicht auch noch ein Taxi zahlen!« Wir redeten, als kennten wir schon einander. Nun, wir fuhren nicht zum Bahnhof – zunächst fuhren wir essen. Acht Tage später konnte ich ihre »Geschichte« notieren, die leider keineswegs nur die ihre ist, daher interessant auch für andere...

Die Stadtmauern, die das idyllische Schweizer Solothurn heute noch ebenso umgürteln wie seit Jahrhunderten, haben in keiner Weise helfen können, seine Jugend vor dem Drogenkonsum zu schützen. Die neunzehnjährige Bettina hat schon seit sechs Jahren mühelos in Lokalen, die den Jugendlichen dafür bekannt sind, Hasch oder Heroin kaufen können. Auch LSD.

Wie geriet die noch nicht Vierzehnjährige erstmals in jene *scene*, die sie wiederholt auch Underground oder Unterwelt nennt? Eine harmlose Lehrerin forderte eines Tages die Schüler auf, das Familienbuch mitzubringen, das Bettina »Taufbüchlein« nennt. Bettinas »Mutter« sagte, sie könne es nicht finden – doch kaum war sie aus dem Haus, da fand Bettina das Buch und las, zugerichtet durch diesen Schlag wie durch einen Milzriß, daß sie nicht die Tochter des Metzgergesellen Soundso und seiner Ehehälfte sei, wie sie bisher als selbstverständlich angenommen hatte: Sie las, daß sie unehelich zur Welt gekommen ist, als Tochter einer damals Achtzehnjährigen, die sie seither für ihre ältere Schwester gehalten hatte. Bettinas einzige Reaktion: »Vierzehn Jahre lang habt ihr mich Tag und Nacht betrogen!« So moralisch und gnadenlos und auch selbstgerecht, wie der Mensch nur in der Pubertät ist, sah die Vierzehnjährige nicht, daß ihre Großeltern es durchaus gut gemeint hatten, als sie ihrer Tochter (und sich selber natürlich auch) es ebenso wie der Enkeltochter Bettina hatten ersparen wollen, von hämischen Nachbarn mit dem Schimpfwort »unehelich« gezeichnet zu werden. Bettina hat heute noch keinerlei Verständnis dafür,daß man mit dieser – wie sie das noch immer nennt – »Lüge« tatsächlich nichts anderes wollte, als sie vor Schande und Komplikationen zu bewahren. Es ist ihr 1983 nicht mehr klarzumachen, wieviel vernünftiger, auch liberaler seither die Gesellschaft geworden ist. Bettina weiß nicht, was ihre Mutter vor fast zwanzig Jahren an Demütigungen – angefangen im Entbindungsheim – hätte durchmachen müssen, wäre es »ruchbar« geworden, daß sie von einem, der alsbald wegen Betrügereien im Gefängnis saß und sich dann dort das Leben genommen hat, unehelich geschwängert worden sei. Als ich bei ihrem Bericht aufbegehrte: »Aber Sie müssen doch Ihren Großeltern sehr dankbar sein – Sie genauso wie Ihre Mutter!«, da hat sie mich zunächst nicht verstanden: dankbar für eine Lüge?

Ich wiederum, an Lügen gewöhnt, wie jeder Erwachsene, konnte mich nur noch mühsam in eine Vierzehnjährige versetzen, die bei der Entdeckung, ihre »Schwester« sei ihre Mutter, ihre »Eltern« seien ihre Großeltern, blindwütig aus dem Haus gestürzt ist, um monatelang nicht wiederzukommen. Und um die warme Wohnküche des Metzgergesellen und seiner Frau, in der nichts Bettina je gefehlt hatte, mit dem Wohn- und »Arbeits«-Zimmer einer Hure zu vertauschen, die nachts durchschnittlich zehn Männer für jeweils 150 Schweizer Franken »über sich ergehen« ließ. Immer hatte Bettina anwesend zu sein: Das war eine der Bedingungen dafür, gratis bei der etwa zehn Jahre älteren Dirne, die staatlich »erfaßt« war, wohnen und essen zu dürfen. Die zweite Bedingung: Bettina mußte mit ihr im gleichen Bett schlafen und sich ihre lesbischen Handgreiflichkeiten gefallen lassen. Denn diese Frau, sehr verständlich, fand »Männer zum Kotzen«. Immerhin war das Bett, in dem Bettina mit Uschi – so hieß die Strich-Dame – schlafen mußte, nicht das gleiche Bett, das Uschis Arbeitsplatz war: sie fertigte ihre »Freier« in einem Kabuff ohne Dusche ab – wohnte aber einige Häuser weiter... »Warum um Gottes willen verlangte Uschi von Ihnen«, fragte ich, »daß Sie dabeisitzen sollten? Und war Ihnen das nicht widerlich?«

Bettina: »Meist hielt ich mir eine Zeitung vor. Aber ich sollte mit einer Pistole dabeisitzen, und das tat ich auch, weil Uschi mehrfach erlebt hatte, daß Männer für 150 ›Stutz‹ [schweizerisch: Franken] länger als fünf Minuten in ihrem Bett bleiben wollten.«

Diese Pistole hat natürlich, als die Großeltern Bettinas in höchst berechtigter Angst mit Polizei anrückten, dazu beigetragen, daß Bettina seither dauernd »im Auge behalten« wird – ob sie nun zeitweise auch zu den Großeltern zurückgeschickt worden war oder ob sie in »Heimen« unterschiedlichster Bezeichnung und Strenge »einsitzen« mußte. Uschi hatte vermutlich entscheidenden Anteil an der erfreulichen Tatsache, daß Bettina *selber* nur zweimal Heroin genommen hat: »Beim erstenmal habe ich kollabiert, beim zweitenmal derart gekotzt, daß ich bis heute genug davon habe.« Das wird daran liegen, daß sie fast täglich für Uschi, die total abhängig von Heroin war, 1,5 Gramm »Schmeck« einkaufen und Uschi auch meist – die selber das nicht mehr fertigbrachte – mit der »Pumpe« in den Oberschenkel einschießen mußte: Uschis Arme waren schon nicht mehr aufnahmefähig. Vor dreieinhalb Jahren kostete in dem schweizerischen Kleinstädtchen die von Uschi benötigte

Dosis 1000 Franken, also zwei Drittel dessen, was Uschi durchschnittlich pro Nacht verdiente. Auf meine Frage: »Was wurde aus den anderen 500 Franken?« antwortete Bettina: »Ausgegeben, versoffen, verjuxt – übrig blieb für Uschi nichts!« Man muß vermuten, das Zusammensein mit der schon fast als Heroinleiche zu bezeichnenden Uschi hat Bettina drastischer, als jeder eigene Entschluß das hätte bewirken können, davor gewarnt, vom Hasch, das sie liebt und braucht, auf Heroin umzusteigen.

Wieweit haben »die Verhältnisse« Bettina geprägt – und wieweit ihr Charakter? Tatsache ist, daß der Schock der Erkenntnis, nicht die Tochter derer zu sein – immerhin aber doch die Enkeltochter –, die sie bisher für ihre Eltern gehalten hatte, eine *abnorm* leidenschaftliche Reaktion in Bettina ausgelöst hat: Sie versuchte, sich mit einhundertdreißig Optalidon und mit sechs zwanziger Valium das Leben zu nehmen. Kaum aus dem Spital ins Großeltern-Haus entlassen, fing sie an zu trinken. Da sie meist nicht frühstückte, ehe sie in die Schule ging, aber irgendwo auf dem Weg schon zwei Glas Bier und einen Schnaps trank, kam sie das Kotzen an: die Lehrerin war besonders empört, als sie einen Leitz-Ordner aus dem Regal zog, in den sich Bettina erbrochen hatte. Man kann nicht sagen, die Gesellschaft habe das Weitere verschuldet. Immerhin: nachdem Bettina nur vier Tage hintereinander die Schule geschwänzt hatte – welche Vierzehnjährige hätte das nicht schon getan! –, wurde sie für immer aus der Schule hinausgeworfen. Gottfried Keller hat aus eigenem Erleben schon vor einhundertvierzig Jahren die nicht wieder gutzumachende Schuld der Gesellschaft beklagt, die nur zu oft einen Jugendlichen dadurch erst dem Abseits oder dem Abschüssigen ausliefert, daß sie ihm den normalen Weg verschließt wegen leichtester Bagatell-»Vergehen«: Normal ist für Jugendliche allein der Schulbesuch! Das ist auch Bettina zugestoßen – und zwar zu einem Zeitpunkt, zu dem das noch in allerstrengsten moralischen Kategorien denkende, völlig unschuldige Mädchen, das noch zu keinem Jungen irgendeine Beziehung gehabt hatte, aufs tiefste erschüttert wurde durch das Eingeständnis ihrer leiblichen Mutter, die sie bis zum Vortag für ihre ältere Schwester gehalten hatte: »Natürlich hätte ich dich gerne abgetrieben, aber vor vierzehn Jahren konntest du einen Arzt dafür weder bezahlen noch finden!«

Noch heute fällt es der fast Zwanzigjährigen schwer, so oft sie inzwischen mit Jungen geschlafen und selber alles getan hat, um nicht schwanger zu werden, ihrer Mutter dieses Eingeständnis zu verzeihen. Vergebens versuchte ich Bettina zu erklären, daß es kein Ehepaar gibt – oder fast keines –, das nicht einmal oder öfter abgetrieben hat, obgleich doch Verheiratete keineswegs die »Schande« einer unehelichen Entbindung zu fürchten haben, an der unzählige Mädchen früher und viele auch heute noch buchstäblich zugrunde gegangen sind. Wieder fällt mir auf, und es ist mir schwer erträglich, daß Jugend so unduldsam macht: Bettina, wie die meisten Gleichaltrigen, verlangt für sich selber jede Nachsicht, die sie ihrer Mutter verweigert. Auch ist da ein Mangel an Vorstellungskraft: sie kann nicht begreifen, nicht annähernd, daß vor zwanzig Jahren eine uneheliche Niederkunft mindestens eine Kleinstädterin noch zu einer Gejagten gemacht hätte! Die Mutter, sagt Bettina, habe weder Drogen genommen noch versucht, sich umzubringen, als sie mit achtzehn entdeckte, daß sie schwanger war – von einem Jungen, der wegen wiederholten Betrugs bald im Gefängnis saß. Und auch als Bettinas Vater sich dort tötete, verfiel ihre Mutter keiner Sucht, sondern schlug sich als Friseuse durch. Sind das nicht Tatsachen, die der Tochter wenn nicht Mitgefühl, so doch Verständnis abgewinnen müßten?

Sobald Bettina spricht, ist man beeindruckt von der Bildkraft ihrer Sprache, von der Exaktheit ihr Beobachtungen. »Sie sollten schreiben!« sagte ich zu ihr. Sie antwortet: »Tagebuch habe ich immer geschrieben – nur natürlich nicht in der Einzelhaft, als man mir nicht einmal ein Buch zum Lesen gab.«

Einzelhaft?

Ich traute meinen Ohren nicht. Bettina spricht vom Loryheim bei Bern, das als Erziehungsheim ausgegeben wird, aber der Polizeidirektion untersteht, die jene Mädchen – zwanzig sind dort –, die aufsässig sind, Haftbedingungen unterwirft, die zweifellos alles mögliche bewirken können, nur keine Wiedereingliederung ins normale Leben. Zweimal hat Bettina erlebt, einmal während ihrer Periode, daß sie in diesem Gefängnis sechs Tage hintereinander weder duschen noch lesen durfte. Sie war im Keller eingesperrt. Wenn sie dann täglich eine halbe Stunde an die Luft kam, durfte sie nur sitzen im Hof – nicht: sich bewegen. Damals war sie fünfzehn Jahre alt. Nicht einmal Besuche der Eltern sind dann zugelassen ...

Die Heimleitung ist immerhin so vernünftig, eines Abends die zwanzig Mädchen in den Film ›*Die Kinder vom Bahnhof Zoo*‹ zu führen. Bettinas Kommentar im Tagebuch: »Aber mit der Lory-Heimleitung gehe ich nicht mehr in einen solchen Film. Denn sie sahen nur das Fixen. Das Drogenproblem sahen sie nicht.« Wenige Seiten später schreibt sie bekenntnishaft, und zwar in so großer Schrift, wie sie sonst keine Eintragungen macht, als wolle sie hier geradezu plakativ verdeutlichen, wie ernst es ihr damit ist: »Drogen, könnt ihr uns helfen? Nein, ihr könnt es nicht. Ihr macht alles noch verschissener! Die Nadel am Arm. Das Gefühl, frei zu sein. Nein, nein, ich möchte das nicht noch einmal durchmachen. Dann sterbe ich lieber!« Bettina sendet mir ohne Einschränkung alle ihre Tagebücher zu, auch Briefe, die an sie geschrieben wurden. Die Ehrlichkeit dieses Mädchens ist beeindruckend. Sie beweist aber auch, mit welch gelassenem Selbstbewußtsein Bettina weiterhin ein Leben führt, das so ziemlich allen »Moralvorstellungen« ins Gesicht schlägt; dazugehört, daß Bettina jetzt, nach nur wenigen Monaten, ihren – zwar nicht attraktiven, aber ihr doch hilfreichen Job als Hilfsschwester in einem Großstadtspital aufgekündigt hat, ohne der Frage nachzuhängen, wovon sie denn leben solle.

Eine Berufsausbildung, bekanntlich, ist nicht alles – doch ohne sie ist alles nichts! Und allein hier im *Sozialen* ist die »Stelle«, an der ich – älter als Bettinas Vater und demnach ohne jeden Kredit, moralisch, bei ihr und ihren Jahrgängern – ganz behutsam ansetzen kann, ihr ins Gewissen zu reden. Denn aufs Soziale allein ist sie ansprechbar – und so beeindruckt sie meine Frage, ob sie je darüber nachgedacht habe, wie bevorzugt sie sei, erstens in der Schweiz leben zu dürfen, die keine Arbeitslosen kennt? Und zweitens mühelos einen Ausbildungsplatz zu bekommen? Sie lacht, ein wenig eingeschüchtert, aber nicht angeödet – sie geniert sich fast und gibt dann zu: was schon *das* für ein Glück sei, niemals darüber nachdenken zu müssen, wie sie eine Lehrstelle fände! Ich erzählte ihr, daß bei mir zu Hause in der BRD jetzt wieder eine Viertelmillion Mädchen und Jungen, die soeben die Grundschule verlassen haben, lehrstellenlos bleiben; ich sage ihr, daß nach meiner Auffassung kein Staat einen Funken Loyalität erwarten darf von jungen Menschen, denen er weder Lehrstellen noch einen Platz auf der Universität vermitteln könne...

Wenn Jugendliche sich zusammenrotteten, um denen alles kurz und klein zu schlagen, die ihnen das elementarste Recht vorenthalten – das auf einen Ausbildungsplatz –, für das sie sich in neun oder fünfzehn Schuljahren schwer geplagt haben: dann fände ich das so erfrischend wie nützlich und wie legitim. Das sagte ich Bettina. Doch womit ich die Schweizerin nicht langweilen will: daß nämlich bereits vor einem Jahrhundert, 1883, der maßgebende Sozialpolitiker der Geschichte, daß schon Bismarck im Berliner Reichstag schreiend niedergestimmt wurde – von den Unternehmern –, als er »das Recht auf Arbeit« gesetzlich verankern wollte. Sein sechsundachtzigjähriger Kaiser unterstützte den Kanzler, der zuvor schon als erster in der Geschichte Krankenversicherung und Altersversorgung per Gesetz eingeführt hat – der aber dann Staat und Unternehmer auch noch zwingen wollte, jedermann »das *Recht* auf Arbeit« zuzugestehen, zu garantieren – das es noch heute nicht gibt! Schon deshalb nicht, weil heute kein europäischer Staatsmann mehr so sozial denkt wie Bismarck dachte, der geschrieben hat: »Der Staats-Sozialismus wird sich durchpauken!« Jedoch die von Eugen Richter, einem von 1867 bis 1906 höchst machtvollen Parlamentarier angeführten Groß- und Kleinkapitalisten im Parlament vereitelten Bismarcks Wunsch, das Recht auf Arbeit zu garantieren – und so sehr verlor der Kanzler die Lust an seiner Sozialgesetzgebung, daß er diese Leistung, die als einzige noch heute weiterwirkt – denn die Einheit Deutschlands, die er geschaffen hatte, hielt ja nur siebzig Jahre –, in seinen Memoiren mit keiner Silbe erwähnt. Der sich dagegen ironischerweise Führer der »Fortschrittspartei« nennende Eugen Richter war ein solcher Gegner des Fortschritts, daß er dem konservativ genannten, in Wahrheit revolutionären Bismarck ins Gesicht schrie, des Kanzlers Gesetzesvorlage, ein »Recht auf Arbeit« einzuführen: sei schon »nicht mehr nur Sozialismus, sondern bereits Kommunismus!« ...

Immerhin hat es Bettina nachdenklich gemacht, daß ich sie bitte, ihren Job als Hilfsschwester wenigstens zu benutzen, sich im Spital eine sogenannte »ordentliche« Lehrstelle zu suchen. Denn die Beziehung Bettinas zu ihrer Mutter ist zu locker – um es neutral auszudrücken –, als daß Bettina Geld von ihr annehmen würde, sofern überhaupt die Mutter bereit wäre, ihr welches zu schenken. (Der Ehemann der Mutter, Besitzer einer ganzen Reihe von Einzelhandelsgeschäften, hat 1979 angeboten, Bettina auf dem teuersten Internat der Schweiz – Monatskosten: 5000 Franken – ausbilden zu lassen; Bettina lehnte ab.)

Bettinas Tagebücher sind die radikalsten, die mir je eine Frau gezeigt hat: »Gestern war ich mit Tschico aus. Er kaufte für vier Lappen Shit und ein »G« Cola (ein Gramm Kokain). Davon gab er mir je die Hälfte. Er zahlte mir auch jedes Gesöff usw. Ich glaube, er würde mir auch noch den Eiffelturm kaufen, wäre der käuflich. Obwohl sonst als harter Typ bekannt, ist er zu mir sehr lieb. Finde das unheimlich schön. Er ist nicht so wie all die andern. So lieb, so zärtlich, rücksichtsvoll, einfach große Spitze... Ich versprach Ulla, daß ich so um 22 Uhr zu ihr komme und wir dann gemeinsam zu Nacht essen. Ich vergaß die Zeit total, als wir eins gepafft hatten. Und so kam ich erst um ca. 0 Uhr 45 heim. Ulla war noch auf. Zum Pech merkte sie auch, daß ich verladen war. Dann ging's los. Sie machte mir Vorwürfe und heulte Zornestränen. Ich saß einfach ruhig auf der Couch und hörte ihr zu. Dann zog mich mein Verlangen zu ihr. Ich umarmte sie und entschuldigte mich. Wir duschten zusammen, tranken noch was und gingen ins Bett. Danach schliefen wir zusammen. Es war so schön – total schön. Ich hab sie gerne. Auch bei ihr fühl ich mich geborgen. Sie ist eine gute Krankenschwester wie auch Liebhaberin. Am Sonntag hab ich wieder mit ihr, heute nachmittag hab ich mit Tschico abgemacht. Ich freu mich riesig. Er ist einmalige Spitze!«

Bettina hat Freunde und Freundinnen gebeten, ebenfalls in ihr Tagebuch Eintragungen zu machen. So schreibt eine ihrer Freundinnen aus dem Erziehungsheim, in dem offensichtlich die Insassen alles andere haben, nur keine »Erziehung«, die irgendeinen Nutzen für Drogenabhängige bringt: nämlich Therapie und ärztliche Beratung – die Freundin trug in Bettinas Tagebuch ein: »Am Morgen ging ich Bettina wecken. Etwa zwei Minuten danach bekam ich von ihr ein Müntschi [Kuß], das mein Herz höher schlagen ließ. Wir waren über den Mittag draußen. Am Nachmittag in Luzern. Ich hatte eigentlich die ganze Zeit über Lust auf sie. Ich liebe dich mehr als mein Leben... Am Abend, nach dem Nachtessen, gingen wir wieder hinaus. Es fing damit an, daß mir Bettina die Binde aus der Hose reißen wollte. Mein Herz hüpfte nur so!!! Ich war so wahnsinnig spitz auf dich, Bettina. Dann gingen wir in die Toilette, wo es eine ganze Menge Streicheleien und Reibungen gab... Ich könnte stundenlang mit dir herumschmusen und dich streicheln, mit dir schlafen, dich einfach berühren... In Gedanken bin ich die ganze Nacht bei dir... Ich will mit dir so fest wie möglich zusammensein (damit meine ich, mit dir schlafen). Ich werde unsicher, da ich das Gefühl habe, daß du mir nicht glaubst und daß du enttäuscht bist von mir. Du sagst, ›Übung macht den Meister‹. Ich hoffe, daß das stimmt.«

Auf der nächsten Seite zeigt die Eintragung Bettinas, der noch immer Eingesperrten, daß eine Krise die Freundinnen lähmt. Vermutlich hat Bettina Verlangen nach einem Jungen, denn: »In letzter Zeit denke ich wieder viel an Urs. Doch diese Zeiten sind vorbei. Ende, Schluß, fertig.« Vier Tage später zerreißt sie alle seine Fotos, trägt aber mit Freuden in ihr Journal ein: »Morgen kann ich nach Solothurn zu meinen Eltern (Großeltern) in den Urlaub. Und ich freue mich natürlich riesig darauf!«

Die Aufzeichnungen lassen nicht merken, daß ihr oder der Freundin während der Haft die Drogen gefehlt haben oder der Alkohol. Wecken die Drogen erst das Verlangen nach ihnen – oder werden sie gesucht, weil die Sucht nach ihnen schon da ist? Zentrum des Problems: was eigentlich heute unsere Konsumgesellschaft den Jugendlichen für eine Lebenserwartung – womit nicht die Länge oder Kürze eines Lebens gemeint ist, sondern sein Inhalt – mitzugeben hat auf den Weg?!

Das Gefühl, die Umwelt sei so nutzlos wie das eigene Leben

in ihr, ergreift Bettina an dem Tag, an dem sie hört, einer ihrer Großväter sei gestorben – nicht jener, der ihr besonders nahestand, weil er sie an Kindes Statt und aufgezogen hat, sondern der Vater ihres (toten) Vaters. Sie schreibt: »Heute um 12 Uhr 25 starb mein Großvater. Der Vater von meinem Vater. Ich kann nicht mehr. Scheiße, ich will nun auch nicht mehr leben. Für was und für wen lebe ich noch? ... Ich möchte doch zu meinem Vater!!! Bitte, hohe Macht, mach meinem Scheißleben ein Ende ...«

Bettina ist nicht mehr in Haft, so kann sie sich drei Tage später mit Drogen über ihren Lebensekel hinweghelfen; und notieren: »Di, ich bin total high. Hab einen Trip (Supermann) geschmissen, 'ne Linie Cola gesnifft und einen ›Götterjoint‹ gepafft. Natürlich von Tschico und Bruno. Total ›gfäggig‹ [super]. Und trotzdem scheißt es mich an. Ich bin total fertig, abgefuckt, stupide, chaotisch ...«

Ist es nicht an uns Alten, den Jungen wenigstens andeutungsweise zu sagen, wozu es eventuell gut ist, auf der Welt zu sein? Doch wie könnte ich das! Aber Mitgefühl weckt Mitverantwortung. Doch das letzte, was diese Neunzehnjährige sich wünscht im Umgang mit Erwachsenen: daß die sich einmischen in das, was sie tut. In das, was sie *denkt*, sollen andere, Ältere, Alte sich einmischen, das mag sie, darum bittet sie – das beweist die Lebhaftigkeit ihres Geistes, der Widerspruch sucht und sich selber im Widersprechen orientiert. Auch im Zustimmen; so albern ist sie nie zu widersprechen, nur um zu widersprechen ...

Wer schätzt den Wert eines Tagebuchs so hoch ein wie dieses Mädchen? »Nur Reden und Telefonieren – bringt einen nicht zu sich selber!« Sie erzählt mir, als wir Kahn fahren auf dem Zürichsee, eine Anekdote, die ausdrückt, was auch Bettina ihrem Journal verdankt – »und es gehört doch so wenig Energie dazu, täglich einige Zeilen zu notieren! Haben Sie denn nicht gehört, neulich, von dem Passagier dieser für zwölf Tage in die Wüste entführten Maschine, der Tagebuch schrieb?« Und Bettina erzählt, die siebzig stündlich durch ihre Ermordung bedrohten Geiseln seien nach ihrer Befreiung unter ärztlicher Kontrolle geblieben, die Folgen dieser schockierenden beiden Wochen seien untersucht worden. Ergebnis: nur einer von ihnen allen hatte keine »seelischen Blutungen«, wie Bettina das ausdrückt, erlitten. Und dieser eine war *der* Passagier, der ein Stundenbuch geschrieben hatte; den Luftbanditen war's gleichgültig gewesen, was der Passagier da kritzelte – ihn aber hat das Schreiben davor bewahrt durchzudrehen... während anscheinend alle andern zeitweise einen Gemüts-Kollaps durchzustehen gehabt haben...

Daß ich Grauhaariger so spontan mit dem Mädchen in unverkrampftes Gespräch kommen kann: danke ich nur meinem Instinkt, nie eine moralisierende Bewertung in das, was Bettina erzählt – oder verschweigt – einzubringen, weder wenn sie spricht noch wenn sie mich ihre Notizen lesen läßt, deren viele auch Polaroid-Aufnahmen betexten, die kein Staatsanwalt einem Sex-Magazin durchgehen ließe. Denn wer sich ein Problem oder auch nur ein Faktum aufschließen will – der verstellt sich selber den Zugang, wenn er nicht dieses Faktum, dieses Problem sprechen läßt – sondern beide mit den Urteilen und Vorurteilen des Bürgerlichen Gesetzbuches anpirscht. Zum Beispiel diesen Tagebucheintrag Bettinas: »Mitte September ist der Probemonat von Ruth und mir zu Ende. Heute verdiente ich über den Mittag kurz spitz 500 sFr. Hab mit Heidi geschlafen. Die steht total auf mich. Stell dir vor, für zwei Stunden pennen 500 Franken. Gut, was?«

Wenige Wochen später notiert sie: »Lachen kann ich momentan nur noch künstlich. Gestern war ich mit Brigitte im Bristol. Brigitte besoff sich. Ich bekam von René und Willi eine Linie Cola, danach pafften wir noch eins. Hab morgen mit ihnen in Wil abgemacht. René nahm gestern noch ein ›Lappenbriefchen‹ Brown Sugar rein. Nun frag ich wirklich, warum ich keine Drogen nehmen sollte. Das ist das einzige, was mich für ein paar Stunden glücklich macht. Auch wenn es Betrug ist vor mir selber.« Kürzlich, während sie längst als Lernschwester arbeitete, hielt sie fest: »Na, *ça va*? Mir so-so la-la. Gestern war ich mit René und Peter bei Hans zu Hause. Der hat eine wahns [wahnsinnige] Wohnung. Wir pafften dann eins. Peter hatte ein ganzes Kilo Schwarzen bei sich. Danach sniffte noch jeder von uns eine Linie Cola. Von dem hatte er auch ein paar hundert Gramm. Und zu guter Letzt schmissen wir je einen Trip Bonus

(LSD). Wir hörten guten Sound, und auf einmal nahm mich René in seine Arme. Ein gutes Feeling war das. Nur einen Haken hat die Sache. Es ist eine einseitige Liebe. Er liebt mich, aber ich hab ihn nur einfach gerne. Ich blies ihm noch das Horn. Das war alles. Am nächsten Tag holten sie mich vom Spital ab. Wir unternahmen vieles gemeinsam. Ich persönlich gifte wieder viel. Muß aufpassen wegen dem LSD.«

Das Tagebuch allein charakterisiert Bettina unzureichend. Denn auf meine Bitte, einmal ganz sachlich ihre unterschiedlichen Empfindungen und Reaktionen anläßlich so verschiedener Drogen wie LSD, Kokain, Heroin und Shit aufzuzeichnen, lieferte sie binnen zweier Tage in ihrer klaren Handschrift, die Selbstbewußtsein ausdrückt, eine achtseitige Analyse, die mich wiederum bedauern läßt, daß das Mädchen – ich habe oft mit ihr darüber gesprochen – daß es aus Starrsinn das Angebot des Mannes ihrer Mutter ausgeschlagen hat, ihre Ausbildung auf einer Internatsschule zu finanzieren. Denn Bettina müßte studieren. »Ach, studieren – ist doch viel zu ernst für eine wie mich, der die Mutter auch noch ›Bett‹ als erste Silbe im Vornamen aufgehängt hat!« Lacht sie auch über diesen Kalauer, so ist sie ganz ernst, als sie ankündigt, daß sie in kein Internat geht – »ich will nicht mehr als Eingesperrte leben, sondern in einem Hotel; ich hab schon angezettelt, daß man mich als Lehrtochter nimmt in einem tollen Hotel in Zürich. Bevor ich den Vertrag habe, sag ich aber nicht, aus Aberglauben, in welchem Hotel!« Dort werde ich Bettina wiedersehen – obgleich ich ein bißchen Angst davor habe.

Privatissime

Lebenslauf · Malkasten Oktober
Mozart · Nachtmahr · Die Zeit
Saisonschluß · Gaia
Sechzehn · Feldliebe

Lebenslauf

Greller Mittag, graues Zimmer
Stirn ermüdet, Herz vergletschert
eingestuft du, »aus«-gewertet
Sommer Phrasen Schlußverkauf.

Vor dem Fenster »Wirklichkeiten«
die sich lärmend selbst erzeugen
Wegwerf-Ware wie wir selbst
Müllplatz der Big Dollar Words.

Schnittpunkt Börse, Ämter-Kehricht
Mandarine der Konzerne
– du dazwischen ortlos zappelnd
Köder von ZK und Wallstreet.

Zu entnervt, um nur zu fragen
wer dich kreiselt und verschleißt
ferngelenkt nach einem Kursbuch
dessen Chiffren niemand kennt.

Jalousien mit Sonnenstreifen
– eine Frau, die zu dir hastet
Absprung in die Wirkungswelle
einer Droge, Achselhaare:

Fleisch als letzte Transzendenz
Fluchtspirale ins Absurde
Trieb, dem Hiersein auszuweichen
auf *dem* Weg, der es verewigt.

Teufelskreis humanae vitae.

Malkasten Oktober

Lackhartes Licht, parkettgelb. See-Ufer
weißweinhell. Die schildpattbraunen Farben
in Feldern, Gärten, in den Reben.
Saftschwere Birnen, die im Gras verdarben
– so naß wie Du – nicht aufzuheben!

Bestürzung. Panik: Jeder Sommer
– wie er mir Altem, noch nicht Dir,
rasanter als der vorige schwindet ...
Trost: Das Sonnenblumen-Rad weist mir
als Ziel die Schöpfung im Zenith; wo findet

Sich sonst so schwarz
– wie seine Kerne schwarz – in der Natur
Erblühtes wie Dein Venushügel-Haar?
Die Sonnenblume lockt zu Dir. Die Sonnenuhr
wirft lange Schatten schon, so spät im Jahr.

Mozart

»Die durch ihren plötzlich rasend gewordenen Ehemann so sehr mißhandelte Frau Hofdemel ist nun durch die Geschicklichkeit und den rastlosen Fleiß der Herren Ärzte Peter Roßmann und Günther schon so weit hergestellt, daß sie ihren Dank den höchsten und hohen Herrschaften persönlich abstatten kann. Wie sehr das Schicksal dieser Unglücklichen das Mitleid beinahe aller Bewohner Wiens erregt, wie sehr Jeder theil an ihrem Leiden nahm, ist zu bekannt, als daß ich hiervon einige Meldung machen sollte. Unsere große Kaiserin ließ sich genau um das Befinden erkundigen«.

›Grätzer Zeitung‹, am 9. Februar 1792

Marburg, Autographen-Auktion
hundertachtzig Jahre nach Mozarts Tod:
ein Bettelbrief, ihm auf drei Wochen
einhundert Gulden auszuleihen,
bringt achtundzwanzigtausend Mark!

Hofdemel, Franz, Justizkanzlist,
ein Bruder Mozarts in der Loge,
war Adressat und gab die Gulden
– für Mozarts Grab, drei Jahre später
gab keiner Geld, kein Fürst, kein Freund.

Der »Freund« besaß neuntausend Gulden;
elf Gulden kostete der Leichenwagen
samt Platz im Massengrab.
Zur Friedhofspforte gingen fünfzehn Wiener,
zum Grab ging keiner mit.

Ein Schneegestöber scheuchte sie ins Warme;
zur Grube waren es noch tausend Schritte!
Constanze war nicht eine der drei Frauen,
die seinem Sarg zum Friedhof folgten
– doch Magdalena, Hofdemels Frau …

Schülerin Mozarts, Pianistin
– »stand sie ihm nahe«. Zu nah?
Denn dies verschwieg noch jeder Biograph:
ihr Mann versuchte sie zu töten
nach Mozarts Beisetzung.

Motiv des Mordanschlags ist Eifersucht.
Sie ist im vierten Monat.
Sie überlebt die Messerschnitte
in Hals und Brust. Hofdemel bringt sich um.
Wien ist entsetzt. Zu Karl Czerny

Sagt Beethoven noch Jahre nach der Tat,
als Magdalena ihn besuchen möchte;
zeitlebens trägt sie Shawls, der Narben wegen:
»Hofdemel? – nein! Ist doch die Frau,
die mit Mozart die Geschichte hatte!«

Als Spießer so verklemmt wie groß als Künstler,
verweigert er ihr wiederholt den Zutritt.
Endlich spielt er der Pianistin vor.
Sie urteilt: übertrifft
selbst Mozart, wenn er fantasiert ...

Ist's unerklärlich, daß Constanze
in Baden wohnte – nicht: bei Mozart?
Und erst nach sechzehn Jahren – vergeblich
nach seinem Grab gesucht?
Doch vor dem Kaiser hat sie ihn verteidigt:

Leopold zahlte Mozarts Schulden, sehr geringe.
Doch nörgelte auch er, was sie bestritt:
von dessen »stadtbekannten Ausschweifungen« ...
Der Ruhm hat keine *weißen* Flügel:
Selbstentdeckung Balzacs, die – jeder macht.

Nachtmahr

Schlaflos.
Denken bei Cognac führt zu Höllenstrafen.
Fleischfresser heute – morgen selbst schon Aas:
So sieht er sich – Frau, Söhne, Hunde schlafen –,
welteis-erstarrt im schwarzen Fensterglas.

Drei Uhr.
Je höher fliegend einst die Jugendträume
– je tiefer hat er sie begraben.
Milchstraße – jenseitslos. Entherzte Räume,
die ihn als zweifelkranken Knaben

Einst schockten,
ihn auch faszinierten: Jetzt öden sie ihn an.
Was Sippe, »Sitte«, Geld ihm noch erlauben
– längst langweilt es den resignierten Mann.
Tags schützt ihn Arbeit. Doch zu glauben,

Arbeit –
genüge schon als Therapie?
Das Denken totzuschlagen, ist sie gut.
Wie mit der Frau das – sofern die
noch will und es zuweilen tut.

Die Zeit

Vertraute – mir nah
wie meine Hand; ich ging,
wie jetzt dir, auch ihnen
zur Seite: so arglos.

Tückisch ist aber
die alle vernichtende Zeit:
daß wir ihrer wie Luft,
die wir atmen, nicht achten!

Lautlos regiert sie.
Schlägt zu – und wieder
ein offenes Grab, und wir
stehen da, *verlegen*

Ob unsrer Ohnmacht,
Undauer, Nichtigkeit.
Lebenslänglich gewirkt: spurlos,
als ob wir das Meer gepflügt.

Leeregefühl nach Triumphen.
Wir Vergeßlichen, bald vergessen.
Weinen und Lachen und
– Erde verschlingt uns.

Saisonschluß

Puder, Stifte – so pastos
du sie aufträgst, schminkt die Erde
jetzt der Tod: die Ferien enden

Rot, braun, schwarznaß, Haut und Schoß
Frauenfarben – Geist und Lenden
onanieren; blöd allein

Du im Süden, ich im Westen
kleben wir Urlaubsfotos ein.
Briefe? – wann! Wir telefonieren ...

Ausflucht; wissen schon, am besten,
unsre Nummern wegzutun,
da wir uns ja doch verlieren.

Sonntags Panik, Stadtwald, Regen;
nach dem Regen riecht, wie du
riechst, wenn du bei mir gelegen –

noch das Laub an meinem Schuh.

Gaia

»So herrsche denn Eros, der alles begonnen!«
Faust

Ursprung der Kunst – wird *Dein* Fleisch Geist!
Kein Mann erzwingt und kein Kalkül,
was sich aus weiblichen Hormonen speist:
Form, Schönheit, Tiefe – Klarheit, Energie, Gefühl.

Du topasbraun-nackt: die Leuchtkraft der Ikonen.
Vulkanglut unter Mattgold. Deine Haut
tarnt – da so kalt – die erogenen Zonen,
bis im zentralen Kuß, was aufgestaut

Rißrote Lippen überschwemmt in dunklen Locken:
Lust verjüngt beide, bis die Woge bricht.
Mit neunundsechzig öffnen die barocken
Schenkel die Vorahnung: Das Weltgericht

Hält eine Göttin ab, kein Gott: Das Weib
– *die* Erde ist *die* Mutter – das Alpha, Omega gesetzt.
Der Mann kommt aus der Frau. Zu ihrem Leib
kehrt er, kehrt Kunst zurück – zuletzt.

Sechzehn

Heut um sechs
hat die Flut
unsre Strandburg geschleift
unsre Bucht
unser Bett
gestern nacht.

Daß der Tag
schon zertrennt
– statt zur Liebe »reift«
was nur Tanzen
im Jazzclub
entfacht

Und dich mir
wieder nimmt
wie die Wellen den Sand –
(mit dem Blut
deines Hymen
vermischt)

Erhält erst
der Sache
daß ich dich heuer fand
die Frische
flutharter
Gischt.

Du flogst nur
zwei Tage
und eine Nacht durch mein Leben
deshalb lebenslang lockend
durch raschen
Verzicht

Jungsein
als Idee
und dein Bild, sie verschweben
in eines, an dem
sich das wirkliche
bricht. -

Denn wie lang
ich nun lebe:
du *bleibst* sechzehn Jahre
bleibst alterslos
in dieser
Gestalt

Bist noch sechzehn
wenn aus Muscheln
die ich vom Strand aufbewahre
der Wind um die Insel
schon längst
verhallt.

Feldliebe

Sei um neun am Weißklee-Feld!

Fragt Dein Vater Dich, wohin
sag ihm, gingst zur Volkshochschule
und sein Bier sei kalt gestellt.
Wenn ich früher fertig bin

Komme ich Dir noch entgegen
bis zum Volksbad Goethe-Ecke.
Sieht nicht aus, als käme Regen
– und wenn doch: wir haben als Decke

Meinen Trenchcoat; brauchst für Deinen
keine Grasflecken zu fürchten ...
Sieben Stunden Schicht, bis endlich
Nacht und Feld und – Du erscheinen!

Wär ich gut, müßt ich Dich warnen
doch ich hab Dich schon im Blut
sage Sätze, die mich tarnen
bin nicht treu: sei auf der Hut!

Worte, die den Blitz herleiten
Coup de foudre – urvertraut.
Noch nach Jahren Wirklichkeiten
wie der Schauer auf der Haut.

Du bist schamlos wie ein Tier
schuldlos – reflektierst ja nie.
Fällt Dein Kleid, fällt ab von mir
auch mein Laster: Ennui.

Lachst sie weg wie alles Böse
die Verzweiflung, meine Sünde
– wie ich Dir die Bänder löse.
Sprechen, eh' ich in Dir münde

Ist verboten, denn es würden,
sagst Du, wenn sie *reden* müßten,
Sterne selbst von ihren Bürden
auf die Welt herabgedrückt...

Körper andrer: unsre Küsten.
Nichts und niemand überbrückt
– nur ein Leib – die innere Arktis.
Humusduft, Haut, Atem, Gras

Berge mich in Deinen Buchten,
Schwester Du Nausikaas!
Flieh auch heute aus den Schluchten
Deiner Einheitshäuser-Straße –

Nimm Dein Rad. Wenn Vater bellt
– von dem Spanischkursus reden!
Rück ihm's Fernsehen vor die Nase
(Fußball Chile gegen Schweden)

Sei um neun am Weißklee-Feld.

Brief an einen Sohn

Weinberger bricht sein Wort

... versicherte der Pentagon-Chef Anfang Juni in Washington, die USA würden die veralteten und zum Teil schon verrotteten 90 000 Giftgasgranaten aus den Munitionsdepots in der Bundesrepublik abziehen ...
... zog Weinberger seine Zusage kurzerhand zurück: ein »bindendes Versprechen« habe er ... nicht gegeben.
Die Bundesrepublik ist das einzige westeuropäische Land, in dem an verschiedenen Standorten amerikanisches Giftgas gelagert wird.

Spiegel, 12. August 1985

4. September 1983

Mein lieber Junge,
ich bin also mitgewesen in Mutlangen auf der Schwäbischen Alb, um am 44. Jahrestag des Kriegsausbruchs zu demonstrieren gegen die Aufstellung der neuen amerikanischen Pershing II-Raketen, obwohl ich gar keinen Zweifel daran habe, daß sie nicht dorthin gestellt worden wären, hätten nicht zuvor die Russen die DDR mit SS-20 vollgestellt. Daß ich in Mutlangen war – beeinflußt auch meine Antwort auf Dein Telefonat. Erreicht, greifbar, haben wir nichts – doch ein Zeichen gesetzt. Ich will aber diesen Brief nicht mit meinen Bericht über Mutlangen belasten, den Du am 8. September im *Stern* lesen kannst...

Also Deine Frage vorgestern am Telefon: Wieso wir nicht auswandern nach Kanada, in die »Schweiz des 21. Jahrhunderts«, wie du sagst, weil Du überzeugt bist, Kanada bleibe wie Indien im Windschatten des nächsten Krieges, ebenso wie die Schweiz die ersten zwei Weltkriege ohne eine einzige kaputte Fensterscheibe überlebt hat. Wahrscheinlich hast Du *damit* sogar recht. Um so mehr aber hat Deine Bemerkung mich betroffen gemacht: hier auf den beiden Munitionskisten »sitzenzubleiben«, ja weiterzuschlafen, zu der die Amerikaner wie die Russen die zwei Hälften Restdeutschlands gemacht haben, das sei »nur noch fahrlässig«. Aber Dein Vergleich mit 1938 – ich hoffe, er stimmt deshalb nicht, weil es keinen Hitler heute gibt, dessen Waffen allerdings, verglichen mit den heutigen, dem Vergleich eines Kavallerie-Säbels mit einem Panzer gleichkommen. Daß Du sagtest: »Hätte meine Großmutter 1939 in Berlin die Warnung der Brüder Mann lesen können und wäre getürmt – so wäre sie nicht 1943 mit Mildred Harnack enthauptet worden!« geht mir nach. Sicher ist, wir sind nicht gewitzter, sind keineswegs klüger – trotz der Erfahrung der Vorgänger-Generation –, als die Bürger 1938 waren: Was die Erklärung sein dürfte, warum aus der Geschichte nichts gelernt wird. Die wesentlichen, die existentiellen Erfahrungen scheinen zwar übertragbar auf die Kinder zu sein, jedoch auf die Enkel schon *nicht* mehr –

denn wäre dem nicht so, *lernten* ja die Menschen aus der Vergangenheit, was sie offensichtlich nicht tun! Daher es keinen moralischen Fortschritt gibt, sondern nur technischen – eben den, der zwar herrlich ist in der Zahnheilkunde, aber furchtbar dort, wo Geschütze museal werden, weil man Raketen erfand...

Natürlich sollst Du nach Kanada auswandern, allein oder auch mit Deinen Brüdern, wenn Ihr wollt! Und was ich dazu tun könnte, das würde geschehen, Euch drüben den Start zu erleichtern. Für mich aber ist ein Verlassen des deutschen Sprachraums undenkbar – oder nur im Falle meiner Bedrohung an Leib und Geist: So wie Juden gehen *mußten*, wenn sie durften, um 1939 nach Kriegsbeginn nicht in einer Falle zu sitzen, aus der sie »heraus« kamen nur in die Gaskammer. Solange ich hier aber schreiben darf, was ich will, es meist sogar veröffentlichen darf – nicht immer! –, gehe ich nicht weg. Nicht nur, weil ich schon Mitte fünfzig bin; nicht einmal deshalb, weil ich nie in einer anderen Sprache schreiben könnte – sondern auch, weil ich ja Kanada kenne, ein wenig. Als in Toronto meine ›*Soldiers*‹ ihre englische Erstaufführung haben mußten, weil in England das Stück noch verboten war – da sagte auf einem der üblichen Premieren-Empfänge der Bürgermeister zu mir, ich würde wohl verstehen, daß Toronto sich nur ein Vierteljahr lang – pro anno – ein Theater leisten könne, da sie noch so vieles aufzubauen hätten in Kanada, Straßen, Überlandleitungen und so weiter. Ich sagte, ich verstände das überhaupt nicht: eine Stadt von fast einr Million Einwohner, im Zentrum ist jedes Eckhaus wie in Zürich eine Bank oder Versicherung – unermeßlicher Reichtum, und keine Umwelt-, keine Rassen-, keine Übervölkerungs-, keine Arbeitslosen-Probleme! Jedoch Theater glauben sie sich nur »leisten« zu können, und nur drei Monate im Jahr, weil ein Jude – wieder einmal ein Jude! – es ihnen aus der eigenen Tasche bezahlt. Mr. Ed Mirvisch hat das herrliche Royal Alexandra Theatre, gebaut 1907, das einzige der Stadt, mühsam davor gerettet, zugunsten eines Parkhauses abgerissen zu werden, und da er ein Warenhaus hat oder mehrere und eine kunstliebende Frau, so stiftet er den Torontoern drei Monate lang Kunst: Juden sind ja die einzigen Mäzene auf der Welt, die

Geld auch für solche Kunst ausgeben, die sie sich nicht wertsteigernd in die eigenen Häuser hängen oder stellen können – für Kunst, die morgen weg ist, wie Theater eben morgen weg ist. Weshalb ich das erzähle: Wie der Bürgermeister dieser Weltstadt denkt, daß man Kunst überhaupt nicht braucht, so denken viele da drüben, auch in den USA, wo ja auch das Theater am Broadway fast nicht mehr stattfinden kann, weil es zu teuer wurde: allein Musicals »rentieren« – und Private *können* ja nicht immer Geld zuschießen, das muß man zugeben! Der Staat aber gibt nichts dazu, *nichts*, wenn man absieht vom Lincoln Center, das er subventioniert. Meinesgleichen würde drüben schlicht verhungern... selbst die zwei Großen, die sie in unserer Zeit hervorbrachten im Theater, Tennessee Williams, Arthur Miller »rentieren« jetzt am Broadway nicht mehr... Also, damit hast Du auch meine ganz egoistische Begründung, warum ich nach Europa gehöre: Ich habe gar keine Wahl, beruflich kann ich hier nicht weg – könnte es selbst dann nicht, wäre ich fähig, in einer anderen Sprache zu schreiben.

Ich will Dir aber nicht nur – was ja harmlos ist – begründen, warum *ich* nicht mitginge über einen Ozean, sondern ich will Dir auch sagen, wer irgend *kann*, nicht nur als Deutscher, sondern auch als Europäer, der sollte hier bleiben und versuchen, *den* Zustand herbeizuführen, der vielleicht unserem armen Land die Chance gibt, das nächste Jahrhundert zu erleben: Die Ent-Blockung des Kontinents, womit nicht die »Neutralisierung« gemeint ist, was heute als schimpflich gilt, absurderweise. Frankreich ist nicht neutral – aber es duldet auch nicht auf seinem Boden eine »Schutz«-Macht, die keinem Franzosen gestattet, darüber mitzubestimmen, welche Waffen diese andere Nation auf seinem Boden lagert oder gar von seinem Boden aus abfeuert. Frankreich gehört zum Westen und wird ihn verteidigen wie Spanien ihn verteidigen wird, das auch keinem Militär-Bündnis wie der NATO angehört – und so sicher China an der Seite Rußlands kämpfen würde, vielleicht auch Jugoslawien; wenn es überhaupt zu einem Krieg kommen sollte, der nicht in 24 Stunden wieder zu Ende ist, weil die zwei Supermächte diesen Krieg sofort – sehr unwahrscheinlich – mit allem, was sie haben an Wasserstoff-Bomben, ins Lager der Supermächte selber getragen haben. (Wer im Westen die Illusion pflegt, China werde im Falle eines Konflikts zwischen Moskau und Washington auf die Seite der USA treten: der lese im Tagebuch von Galbraith, was der als Botschafter Kennedys in Indien, während der Kuba-Krise, über die damalige Haltung der Chinesen eintrug: Bei allen ihren Spannungen mit Rußland – waren die Chinesen dennoch ganz entschlossen auf seiten der Russen!)

Aber es ist ein Unterschied, ob man sich dem Westen zugehörig fühlt, wie das auch Japan tut, ohne dennoch den USA zu erlauben, bei ihm Atomwaffen einzukellern – oder ob man sich dem Westen und auch dem Osten willenlos, ohne Mitsprache-Recht hinhält, ja anbietet, als den künftigen Kriegsschauplatz. Das tut die BRD, das tut die DDR. Wir wollen nicht streiten – da es nicht weiterbringt –, wer von beiden damit eine größere historische Schuld auf sich lädt; Bonn, vermute ich, weil da immerhin ein bißchen mehr Freiheit ist als in Ostberlin, sich der »Schutz-Macht« zu erwehren. (Geradezu ungeheuerlich ist es, daß die Bonner jetzt versäumt haben, die Amerikaner um die Pershings zu bitten – ohne zu verlangen, daß die dafür aus der Pfalz ihre B- und C-Waffen-Lager abtransportieren, deren leichte Beschädigung durch eine Rakete ja schon hinreichen würde, die BRD zu vergasen!) Also entscheidend ist das Überpersönliche: Ich meine, auf dieser Halbinsel Europa soll doch offenbar – wenn es nach dem Willen Washingtons und Moskaus geht – der dritte Weltkrieg sich austoben. Und das ist – denke ich – der Grund, warum wir hier bleiben müssen, so lange versucht werden *kann*, die Endkatastrophe abzuwenden. Denk an die Friedensbewegung nicht nur in den beiden Deutschländern, sondern überhaupt in Europa: Erstmals mußten Demonstranten, einfach ihrer Zahl wegen, von den Politikern ernst genommen werden! Ist das nichts? Natürlich muß ihre Stärke zusammengefaßt werden in einer Galions-Figur. Und die wird sich finden und an ihre Spitze stellen. »Spitze« sage ich, weil ich das Bild des Speers damit ansprechen will, denn Resolutionen der Massen bedürfen der Stoßkraft, die sie nur gewinnen, wenn ein Sprecher vorangeht. (Wie war nach '68 die Studentenbewegung plötzlich geköpft, als der arme Dutschke in den Kopf geschossen worden ist!) Nur ein *einzelner*, der seine ganze Existenz mit einer werteschaffenden Idee lebenslänglich identifiziert, kann ein *Gründer* sein: Wie viele tausend, hunderttausend Zionisten zum Beispiel – wären nichts geblieben als Zionisten in ihrer Diaspora, ohne den *einen* Theodor Herzl! Erst *ein* Mensch, der für nichts anderes lebt, ob eine Frau wie die Nightingale oder ein Mann wie Dunant, das ist gleichgültig, bringt – wörtlich gemeint – »zuwege«, was Ungezählte bewegt! Und so müßt Ihr Friedensbewegte – besonders Ihr, die Ihr eine so verhängnisvolle Neigung habt, alles, was Ihr schaffen wollt, zugrunde zu diskutieren und auch jene an die Wand zu diskutieren, die sich unter Euch hervortun: eine Neigung, an der die antike Athener Demokratie verendet ist, die keine Profilierten in ihren Reihen zu ertragen vermochte, lies das bei Burckhardt –, und so müßt Ihr Euch *einigen* auf einen Europäer von Rang und in höheren Jahren: »Des Greises leuchtend Aug' in der Versammlung«, heißt es schon bei Homer. (Auch haben sehr hochgestellte Alte fast keinen Ehrgeiz mehr für die eigene Person ...) Nehmt Willy Brandt als Eure Galions-Figur, besser noch Bruno Kreisky, weil der aus einem blockfreien, neutralen Land stammt.

Und schon mitgearbeitet hat am Ur-Modell eines entblockten Europa: am österreichischen Staatsvertrag! Niemand kann Kreisky unterstellen, zugunsten einer der zwei »Lager« zu sprechen, wenn er dem Frieden das Wort spricht. Das heißt: Der Loslösung Europas aus den zwei Allianzen, deren Oberhäupter Europa nur als Panzergraben vor *ihrer* Türe »verteidigen« wollen, bis nichts mehr übrig ist von Europa! Dagegen gibt es *ein* Mittel: Die Aufteilung des Kontinents in das, was der sehr große und verkannte de Gaulle das Europa der Vaterländer genannt hat. (Lies unbedingt jenen Band der Memoiren de Gaulles, der seine Rückkehr an die Macht schildert und seine Weigerung gegenüber den USA, *dann* die NATO auf französischem Boden fernerhin zu dulden, wenn kein Franzose Mitspracherecht über den Einsatz der auf französischem Territorium lagernden Waffen habe! Sonst wäre de Gaulle in der NATO geblieben!)

Ihr braucht einen so integren wie international geschätzten und »weltanschaulich« unverdächtigen einzelnen, der den Zentralen in Moskau und Washington deren Halbierung Europas in ein östliches und ein westliches aufkündigt; die Halbierung in zwei Militär-Glacis, die von den Supermächten – schon gar nicht mehr heimlich! – nur betrachtet werden als Manövergelände, auf denen eines Tages zu probieren ist, wie moderner Krieg aussieht – damit man ja diesen Krieg rasch beendet, ehe er »überschwappen« könnte auf die Territorien der beiden Supermächte selber: Exakt so ist er geschildert in dem sehr überzeugenden Film ›*The Day after*‹.

Wenn Du fragst, was hat die Forderung nach übernationaler Zusammenfassung der europäischen Friedensbewegung mit *mir* zu tun, der ich kein Politiker bin – so sage ich Dir: Du kannst sprechen, formulieren, überzeugen, also helfen. Du solltest nicht auswandern und eines Tages nur zusehen, meine ich, wie Deine alte Heimat, das Abendland, deshalb untergeht, weil seine Bürger sich von Leuten, die da nicht geboren sind – was doch letztlich entscheidet; die Amerikaner taten gut daran, in ihrer Verfassung zu verbieten, daß einer Präsident wird, der erst eingereist ist –, zu Satelliten haben machen lassen, die nicht einmal mitsprechen dürfen über Frieden oder Krieg in ihren eigenen Territorien! Gib Dir die Antwort selber, ob Du dem nur von jenseits des Meeres zusehen willst!

Und denk darüber nach, was Deine Generation heute praktisch tun kann, das Vermächtnis de Gaulles zu vergegenwärtigen, für heute zu aktivieren! Und so auch das jener sehr bedeutender Österreicher, die mit den Russen den Staatsvertrag ausgehandelt haben. Denn das österreichische ist durchaus ein europäisches Modell oder sollte dazu erweitert werden ... Holt Euch, Ihr Jungen, einen so integeren wie schlauen und wie ideologisch nicht vernagelten Menschen wie Kreisky, der viel zu alt ist, für sich selber noch etwas zu wollen, Karriere zu machen – der aber, ich kann's nur wiederholen, »zuwege« bringen wird, was Euch an Ideen beschwingt, wenn auch Kreisky nicht mehr mit Euch bis zum Ziel gelangen kann. Denn so eilig es ist, daß Ihr *anfangt* – so lange noch wird es dauern, bis Ihr am Ziel seid: Der Befreiung Europas von seinen ihm tödlich bedrohlichen zwei Vormundschaftsbehörden in Moskau und Washington.

Natürlich kannst Du auch weglaufen in einen anderen Erdteil, aber das nur individuelle Glück, gesetzt sogar den Fall, daß Du es dort finden wirst, kann Dich, der Du ja immer so leidenschaftlich Anteil genommen hast an der »Polis«, nur vorübergehend befriedigen. Ich denke doch, wer jung ist, der sollte sein Leben nicht allein seiner Libido widmen und seinem Einkommen, sondern auch einer Idee, einer Aufgabe, die hinausreicht über die eigene werte Person. Wir Europäer *haben* eine – vielleicht überleben wir nur, wenn wir ihr gerecht werden.

Sei umarmt von Deinem alten

Papa

[illegible]
[illegible]
[illegible]
[illegible]
[illegible]
[illegible]
[illegible]
[illegible]
[illegible]

[illegible]

[illegible]

Empfehlung an Vertriebene

Empfehlung an Vertriebene
Asia · Matrosen
Des Kaisers neue Kleider
Schopenhauer · Hamlet
Am Anfang war das Bild: Fragen in Lascaux
Offenbarung 6

Empfehlung an Vertriebene

Den Fenstern, den Gestirnen,
gaben die Alten
die Namen ihrer Nächsten,
deren Stimmen verhallten ...

Am Ewigen, am Firmament
– was hat sonst Bestand –,
festgemacht das Flüchtigste: den Menschen!
Schwinden doch selbst Gräber wie verwehter Sand.

»Versetzt sie unter die Sterne!«
Folge diesem Beispiel der Alten.
Bald bist du aus der Heimat vertrieben:
wie sonst dann vor Augen behalten

Die hinter den Grenzen geblieben?
Bewohnen ja nicht Fremde – Feinde bewohnen dein Haus.
Kehrtest du heim, du würdest verhaftet.
Nicht einmal Fotos Verstorbener bekamst du heraus ...

Doch die Leuchtbojen in den Meeren des Himmels
– nahmst du mit dir, nahmen dich mit fort.
Alles sonst – ach!, ist anders: Ausland ist wie Elend
vom Stamm her das gleiche Wort.

Nur der Große Wagen tröstet dich auch hier
– womit du daheim ihn beladen:
mit Menschen, Gedanken und Bildern,
sicher bringt er's dir nach durch alle Blockaden.

Asia

Piazza di Spagna, im Reisebüro, wandgroß
die Asien-Karte, englisch die Überschrift.
Lang sucht dein Blick, bis er – fern wie den Eskimos
Australien – am Rahmen-Rand Europa trifft.

Halbinselchen, nord-nordwärts, so entschwunden
wie Scapa Flow auf der Europa-Karte ...
Ein Blick – Dein *Ein*blick: überwunden
hast du des Abendlandes enge Warte

Die dir die Heimat als zentral vorgaukelt, Nabel
der Welt, die ihr Gesetz empfing von den drei Hügeln:
Akropolis, Capitol und Golgatha: Nur eine Fabel
bleibt sie für Völker, die sie überflügeln

Und dereinst von uns sprechen wie wir von Rom, Athen!
Reisende aus Japan, Indien, Borneo:
wenn sie, wo London, Zürich stand – dann stehn,
befragen ihren Guide: War hier Europa irgendwo?

Matrosen

Von 39 000 deutschen U-Boot-Fahrern
im Zweiten Weltkrieg
sind 27 213 gefallen.

Vernutzt vom Krieg – »jenseits des Lustprinzips«:
Schlaf bis zum Tod lockt fast schon wie ein Bett!
Entseelt zwar dank des Bord- und Mordbetriebs,
treibt doch, bis uns die Fische zum Skelett

Abnagen, unser Fleisch zum Trost der Fleischlichkeit.
Einmal noch Urlaub bis zum Wecken vom atlantikgrauen
Stahlsarg – und eine ganze Dunkelheit
meerfern wie Menschen leben, weil uns Frauen

Vor Feind und Kriegsgerichten schützen wie ein Kai!
Kein Standgericht, das Freunde umgebracht,
verhört uns noch im Traum; nicht Polizei,
kein U-Boot lauert auf uns diese Nacht.

Land! – was Blockade, Minen uns verwehrten,
kann ein Mädchen geben, das es wagt,
um den Blitz, der uns zerreißt, zu erden,
uns zu lieben, bis es tagt.

Wie unverwundbar wird mein Leib durch deinen.
Zwei schwache Fackeln, du und ich – der Wind
verlöscht sie rasch, auch wenn wir sie vereinen,
– statt daß sie brennen, bis wir nicht mehr sind!

Treibt dich Gebärsucht, Daseins-Barbarei
– schmeck' ich mein Meergrab schon in deinem Schoß.
Zeitfrage, bis der Ruf: »Torpedo frei«
mich wegreißt samt verlorenem Floß.

Des Kaisers neue Kleider

»Goethe hält sich aus Haß gegen den abstrakten Gedanken ... ganz ans Empirische: statt über jenen abstrakten Gedanken hinaus zu der anderen Seite des Empirischen, zum Begriff überzugehen, welcher nur zum Durchschimmern kommt.«

Hegel

Wenn Hegel Goethes Farbenlehre liest,
entsetzt ihn dessen »Haß auf das Abstrakte:
er hält sich ganz an das Empirische« ...

Deutscher, wie selten denkst Du, was Du siehst!
Du »siehst« nur, was Du denkst: Das Nackte
ds Kaisers – weil Natur, das »Tierische«

Nicht sein kann, da es nicht sein darf –,
das siehst Du nicht: ein Kind nur hat gelacht!
»Sah« Hegel Gott sogar in der Geschichte – sah

Goethe, der Denken der Erfahrung unterwarf:
kein Heilsgeschehen, wie Jesus, Marx gedacht,
lenkt die Geschichte nach Utopia.

Natur ist sie, kein Zweck, kein Ziel – ein Sein.
Ziellos wie Pflanzen, Tieren, Staaten es bestimmt
– bringt sie auch Dich zu keinem andern Ziel

Wie Gras und Hund und Dein Gebein.
Ob Du es Pneuma nennst, ob Gott: Was gibt und nimmt
ist nur Natur. Ein Sinn? Ein Spiel!

Schopenhauer

»Wo liegen deine größten Gefahren?
Im Mitleiden.«
Nietzsche: ›Fröhliche Wissenschaft‹

Was er lehrte, sei abgetan,
hat Nietzsche gedichtet.
Wir, die Nietzsches Schüler sahn,
die Europa fast vernichtet,
wissen, es kam umgekehrt:

Mitleid, das der Danziger lehrte,
blieb da doch als einziger Wert
– nicht: die »Umwertung der Werte« ...
Blonde Bestien: was die taugen,
sah man auf verbrannter Erde!

»Übermenschen« sollen die Augen,
ihre Hybris zu beweinen,
doch sonst nichts, nichts sonst behalten.
Mitleid! »Herren«-Völker, die's verneinen,
sind zu richten, aufzuspalten!

Hamlet

Erstens, letztens: Gleichmut heucheln,
treue Diener treu bestechen,
Text chiffrieren an Mitverschwörer,
bißchen Petting mit Ophelia,
daß die Freunde, *seine* Spitzel,
es nicht spitzen, wie des Falkners

Griechenrücken – alle Fotzen
mir ersetzt, nach frühem Schreckschlag:
Bären wollten wir beschleichen,
– was wir fanden, weil die Pferde
sie verrieten und ihr Wimmern,
war die Queen – als Onkels Lutsche.

»Neunundsechzig – spielen doch alle!«
So belehrte mich Horatio,
der mich dort im Wald zurückriß,
als ich – dreizehn! – Onkels Dolch,
ihn zu killen im Lustgestrampel,
aus den Kleidern schnappen wollte.

Früh geprüft und gleich versagt.
Hätte ich doch aufgeschrien!
Nur ertappt, er wär' gegangen.

Doch zu *schweigen*!

Vaters Tod ist meine Schuld.
Jetzt läßt mich Horatio fühlen,
daß mein Zögern Feigheit ist.

Wer nicht lacht, wer's glaubt, der fragt
nach Beweisen: waren die Eltern
nicht allein? Claudius pirschte,
offiziell. Ach, sie ... *sie* hat es getan!
Nie vergessen, wenn's ihm glückt,
Mutter endlich noch zu schwängern

Königin Klimakteria,
sterbe ich an Himbeersoße;
unbeweisbar wie des Vaters
»Schlangenbiß« bei der Siesta ...
Yorik spaßte vor den Eltern:
»Niemals durch sein Schwert – vielleicht

Durch die Scheide wird Prinz Claudius
sich ein Herzogtum gewinnen!«
Wer regiert, der soll in Witzen
Wahrheiten von morgen sehen!
– Daß ich meine Irrenwächer
köpfen ließ, Verbrauchsagenten,

War nur Selbstbestätigung.
Als Belehrung für den König,
daß auch ich auf Mord trainiert sei,
war es mehr als ein Verbrechen:
eine Dummheit, die ihn warnte.
»Tod durch Steinschlag« auf der Jagd

Wie ich plante, ist verpatzt;
auch Turniere – nichts verfängt mehr.
Bleibt: des Priesters Wein vergiften.
Doch auch diesen Weg – wie jeden, jeden
sperrt *ihr* Beisein! – jäh »erkannt«
als Weib die Mutter – herrscht sie, herrscht

Drängte schon, wenn ich's als Junge
selber machte – mir die Mädchen
aus dem Traum. Ophelia später
war wie weggelacht. *Ihr* Lachen,
als sie ihre harten Euter,
obenauf, gepfählt, ihm hinhielt

Lechzend, eine Koppel Rüden,
macht seine Brunst zu – meiner.
Deshalb *Mord* ihm unterstellen?
Stirb als Nebenbuhler! – »Hamlet,
der du uns näher als ein Sohn stehst« …
Richtig: wie dein Mörder nahe!

Am Anfang war das Bild: Fragen in Lascaux

»Hier muß doch ein Schatz sein!«
Vier Kinder entdeckten 1940 die Höhle,
nach fünfzehn Jahrtausenden:
Die Wiege der Weltkunst!

Doch Krieg tobt, Hitler zerstiefelt,
zerpanzert Europa, besetzte Paris:
auch Kinder verbrennen durch Phosphor,
werden in Polen vergast.

Weil Menschen *das* tun: Ist deshalb
auf den ersten Bildern kein – Mensch?
Kein Tier, das Fleisch frißt?
Keine Spur einer Gott-Vorstellung?

Trotzdem vereinnahmt der Dorf-Abbé
sogleich die Stätte gottfreier
Schönheit als Kultraum: »Capella Sixtina
der Archäologen«! – Als habe der Eros

Des frühesten genialen homo ludens,
verachtend Menschen wie Götter
– er hätte auch sie sonst gestaltet:
anderem gehuldigt als – Tieren!

»Höherem«, so der Abbé, als der Natur?
Brauchten Menschen in der Natur – Gott?
Spät erst, Verbrecher geworden, erfanden
sie aus Angst Sündenböcke – die Götter!

Offenbarung 6

»Der amerikanische Präsident Ronald Reagan hält es nach Darstellung eines Washingtoner Lobbyisten für durchaus möglich, daß sich die Welt gemäß der Offenbarung Johannes' dem Jüngsten Gericht und der Entscheidungsschlacht von Armageddon zwischen Gut und Böse nähert.«

›Basler Zeitung‹, 1. 11. 83

Malvenfarbene Luft und Höhen,
Felder, frühlingsbraun, noch kaum begrünt.
Maimild schon der März, trotz Böen:
schönes Land! Doch ungesühnt

Drückt der Fluch Dich: Schuld der Väter
– Tilgung bis ins siebte Glied!
Kinder, Enkel, früher, später
büßt Ihr Auschwitz: *hier* geschieht

Armageddon. Statt beritten
kommt der Weltgeist mit Raketen,
die wir selber, Satelliten,
uns von »Schutz«-Mächten erbeten.

Mutterliebe

Für Georg,
der dies – dies auch –
angeregt hat.

Der König weiß von Ihrem ganzen Anschlag,
durch Kundschaft,
die sie sich nicht träumen lassen.
Shakespeare, ›König Heinrich V.‹

Zeitungen meldeten am 5. August 1985, daß im burgundischen Avallon ein Fünfzigjähriger mit seinem Gewehr einen Zwanzigjährigen erschossen hat, in der irrigen Annahme, der Junge habe ein vom Alten gezähmtes, ihm dann aber entwischtes Eichhörnchen getötet; der Zwanzigjährige hatte es tot aufgefunden und dem Alten gebracht. Und lange ist es noch nicht her, daß auf der Autobahn drei Menschen umkamen, weil ein vierter – am Steuer – bei hoher Geschwindigkeit einem Eichhörnchen ausweichen wollte, das die Fahrbahn überquert hat. Beide Nachrichten erneuern die Mahnung, diesem auch Eichkätzchen genannten Sciurus vulgaris – »auszuweichen«, das kann man ja nicht mehr sagen, seit an diesem Ausweichmanöver drei Menschen gestorben sind; sagen wir vorsichtiger: daß es nie gut war, einem Eichhörnchen zu begegnen. So erzählen schon Historiographen vom Hofe Ludwigs XIV., daß nur ein Eichhörnchen Seine Majestät veranlassen konnte, gegen seinen langjährigen Finanzminister Fouquet einen Untersuchungs-Ausschuß zu bilden, als das Gerücht aufkam, der Minister habe öffentliche Gelder veruntreut. Als Ludwig das Schloß Fouquets besuchte, da habe ihn verstimmt, an vielen Wänden auf dessen Wappen das an einem Baum hochlaufende Eichhörnchen zu sehen, darunter den so aufreizenden wie anmaßenden Spruch: ›Wohin käme ich nicht‹ – ›Quo non ascendam‹. Jetzt war der König bereit, die Geschäfte dieses Hausherrn untersuchen zu lassen – der dann den Rest seines Lebens bei enteignetem Vermögen im Kerker absaß ...

Nicht in seinem Wappen, doch in seinem Munde führte Hitlers Stabschef der Luftwaffe, der schon mit vierzig Jahren den Gipfel seiner Karriere erreicht hatte – vier Jahre später schoß er sich tot –, das Eichhörnchen: sosehr liebte und so oft wiederholte dieser Generaloberst die Redensart: »Der Teufel ist ein Eichhörnchen«, – daß er offenbar darüber vergessen hatte, daß solche Sprüche konkreten Erfahrungen abgewonnen wurden; und daß man nicht die Mahnung, die in ihnen enthalten ist, schon deshalb außer acht lassen darf, weil man einen solchen

Spruch ständig im Munde führt ... Übrigens hat dieser General sich erschossen, ohne noch zu erfahren, daß der Teufel, als er ihn in seinen Dienst nahm, sich nicht damit begnügte, getarnt als Eichhörnchen zu kommen – er kam als etwas *noch* Lieblicheres getarnt: als Mutterliebe ...

Sie entschuldigte sich: »Wenn das senil ist, war ich schon mit dreißig senil. Und mein Vater immer. Die Schwester einer Großmutter hat mir noch erzählt, auch ihr Vater habe – wenigstens im Alter – stets lidschlagschnell die Augen voll Wasser gehabt, wenn er oder jemand sonst auch nur seine verstorbenen Eltern erwähnte!«

Der dreißig Jahre Jüngere sagte zu der Fünfundachtzigjährigen: »Was heißt da ›nur‹ – immerhin: die Eltern!«

Sie ergänzte lachend und so lebhaft, wie er nie eine so Betagte hatte sprechen hören: »... nur, das sollte nicht heißen: *nur* die Eltern; ich hatte sagen wollen, Eltern, die den nur normalen Tod alter Leute in ihrem Bett hatten sterben dürfen. Doch ich hab's halt geerbt, vom Urgroßvater schon, daß mir immer sofort das Wasser in die Augen schießt, sobald ich mich aufrege – und natürlich rege ich mich immer auf, wenn ich an den Jungen denke!«

Der Junge war ihr einziger Sohn, als Seekadett auf dem Schlachtschiff ›Bismarck‹ umgekommen, vor über vierzig Jahren. Und sie sagte und legte ihrem Besucher die Hand aufs Knie: »Das ist Treue, Günter, daß Sie sich aufgemacht haben, herzufahren zu meinem Fünfundachtzigsten, um mir dieses Foto von euch Seekadetten zu bringen; hätten Sie mir das Bild im Brief geschickt, dann hätte ich heute mit keinem über meinen Jungen reden können ... Sie aber hätten sich's erspart, ›eine alte Frau weinen zu sehen‹, wie die letzte Zeile von Rilkes ›*Cornet*‹ heißt ... heißt die nicht so? ›*Cornet*‹ war eines der Modebücher im Krieg; schon meine Generation kannte es beinah auswendig. Liest das noch jemand? Und die Novellen von Binding wurden viel gelesen – am meisten natürlich Carossa und Hesse; auch der Wiechert, von dem wir wußten, der habe sogar eine Weile im Konzentrationslager gesessen. Die wurden viel mehr gelesen als die Nazi-Schriftsteller, soweit ich weiß, und die Nazis ließen sich diese Dichter auch gefallen, weil die so unpolitisch sind. Liest man die noch?« Der Besucher sagte: »Hesse ist wieder ein Bestseller-Autor.«

»Mein Herbert, wie Sie wissen – war ja auch ganz unpolitisch, eben ein Poet, und Rilke war sein Gott, und die besten Gedichte des Jungen sind natürlich Rilke-Ableger. Ich gab ihm an Bord der ›Bismarck‹ zwei Bände Rilke mit, selbstverständlich. Wüßte ich doch nur einen Verlger, der die Gedichte Herberts druckt. Wenn schon sonst von ihm nichts mehr da ist! Wer wird von ihm noch jemals reden, wenn ich demnächst weg bin?«

Wieder traten Tränen in ihre Augen. Günter Neuenburg sagte: »Ihre Tochter wird den Bruder so wenig vergessen, wie ich den Freund vergessen kann: er war ja nicht nur der übliche Bordkamerad, deren gab's einige – er war mein *Freund*, mein einziger. Ein so enger, daß diese Freundschaft andere, Dritte, ausschloß. Mädchen hatten wir noch nicht... das war ja ganz anders als heute, man schwärmte sogar an Land nur von ferne, jedenfalls wenn man noch nicht zwanzig war wie wir.« Er schwieg, sah vor sich hin, als habe er ein Mädchen von damals vor Augen, dann fuhr er fort: »Seine Gedichte, ja, er zeigte sie mir. Ich will gern versuchen, einen Verleger zu finden. Stuttgart ist schließlich eine Verlegerstadt. Wenn ich persönlich auch keinen Schriftsteller kenne – außer eben unseren früheren Vorgesetzten auf der ›Bismarck‹, den vierten Artillerie-Offizier des Schiffs, den ranghöchsten der wenigen Offiziere, die aufgefischt wurden, Müllenheim-Rechberg. Er hat das gründlichste aller Bücher über die ›Bismarck‹ geschrieben. Ich will ihn gern bitten, den schriftstellerischen Nachlaß von Herbert seinem Verleger zu empfehlen.«

Die Frau fragte: »Müllenheim-Rechberg? Das Buch fehlt mir noch; wird man alt – entgeht einem alles!«

Sie hatte eine armlange Reihe von Büchern gesammelt, die alle die ›Bismarck‹ betrafen oder jedenfalls die Atlantik-Schlachten des Hitlerkrieges, und sie hatte sie außerhalb ihres Bücherschranks für sich aufgestellt, dort, wo auch drei Fotos von Herbert als Mariner standen: in einer abgeschlossenen westfälischen Barock-Vitrine, neben altem Silber und Porzellan. Und schon war sie zum Schreibtisch gegangen, rasch, riß – immer eilig, die rüstige Fünfundachtzigjährige, brettlang, brettmager – ein Blatt vom Terminkalender und wollte den Autor des ihr noch nicht bekannten Buches über das Schicksals-Schiff ihres Sohnes notieren. Erschrocken sagte der Besucher, während ihm durch den Kopf ging, was er neulich bei einer Quiz-Sendung im Fernsehen mitbekommen hatte: daß allein in der BRD über siebenundzwanzigtausend Uralte leben, die 95 oder älter sind –, jetzt sagte er: »Bitte, nein – Sie werden gestatten, daß ich Ihnen das Buch noch zusende, als nachträgliches Geburtstagsgeschenk.«

Doch er dachte, was bin ich für ein Idiot, daß ich das Buch erwähnt habe! Die ist so geistesgegenwärtig, daß sie's bestimmt nicht vergißt; und sie kann *sterben* nach der Lektüre! Er redete weiter, um die alte Frau vergessen zu machen, daß sie Autor und Titel hatte notieren wollen. Sie kam auch zu ihrem Sessel zurück, ohne den Zettel. Und als sie wieder Platz nahm, sagte sie, noch immer die Frau, die zeitlebens Personal genug gehabt hatte, um auch jetzt noch anzuordnen, ja zu befehlen; sie sagte gebieterisch: »Aber wenn Sie mir das Buch zusenden lassen von Ihrem Buchhändler, dann bitte ich mir aus, daß die Rechnung beiliegt! Bücher sind ja heute schrecklich teuer – ich weiß noch, wie die *›Buddenbrooks‹* in Ganzleinen drei Mark fünfundachtzig kosteten – in Leinen! Also, bitte, keinesfalls dürfen Sie's ohne Rechnung schicken – ich kann ja meine hohe Pension gar nicht verzehren.«

Sie hatte die opulente Pension einer Generalswitwe. Er dachte: So viel habe ich bei weitem nicht, im Monat; er war aber nicht nur ein schlichter Geschichts- und Englischlehrer, sondern immerhin Studiendirektor. Sie war schon wieder aufgestanden, nahm nun doch das Kalenderblatt und sagte: »Ich schreibe diesem Verfasser, diesem – wie sagten Sie: Vierten Offizier? Vielleicht besorgt er mir einen Verleger für meinen Sohn. Haben Sie die Adresse?«

Er hatte sie, doch sagte: nein. Er werde sie ihr schreiben. Und er wiederholte nur den Namen, setzte hinzu, von Müllenheim sei ein pensionierter Botschafter der Bundesrepublik, und plötzlich war er sich sicher, daß er risikolos die Adresse des Autors und sogar das Buch an die alte Dame senden könne, weil ihm einfiel, daß ja der Chronist zwar die letzten Details der Tragödie aufgezeichnet hatte, nicht aber *die Namen* der schätzungsweise achthundert Matrosen und Offiziere, die – fast schon gerettet – dem britischen Kreuzer beinahe in Griffnähe gekommen waren und dann doch nicht aufgefischt wurden wie er selber und wie Müllenheim – sondern am nächsten Tag oder auch schon in der kalten Mainacht gestorben waren, weil das Schiff weggedampft war, ohne sie zu retten. Und da sie durch die Todesangst noch enger zusammengeblieben waren, bis zum letzten Moment, als während des ganzen Gefechts, so wußte Neuenburg, daß auch Herbert zu denen gehört hatte, die der See überlassen blieben, ohne begreifen zu können, was man ihnen antat... Wozu einen – wie oft hatte er im Rückblick auf Freund und Schiff das gedacht – wozu einen das Schicksal, was immer das sein mag, zuweilen aufhebt! Wie wäre doch den Kameraden, die einen Tag lang und eine Nacht noch oder wenigstens Stunden, Stunden, Stunden lang im Wasser sich zu Tode erschöpften, bis sie durch Kälte abstarben oder bis ihnen Möwen die Augen auspickten, wie wäre ihnen allen zu gönnen gewesen, gleich ihrem Admiral von der schweren Schiffsartillerie des britischen Schlachtschiffs ›King Georg V.‹ getötet zu werden. Anstatt unverwundet und voller Hoffnung, auf den beigedrehten britischen Kreuzer klettern zu können –: den Briten abdampfen zu sehen.

Die ruhelose Alte war längst wieder aufgestanden; denn da die Whisky-Stunde gekommen war, Viertel nach fünf – so glaubte sie, sie müsse ihrem Gast etwas anbieten, und wahrhaftig, er hatte ihn nun nötig, den Cognac, den sie ihm und auch sich selber hinstellte. »Oder nehmen Sie lieber einen Wodka – ich hab diesen polnischen, der schmeckte meinem Mann immer am besten!« Er entschied sich, den Wodka zu probieren: »Aber wieso sind Sie nicht müde, heute, nach der gästereichen Gratulationscour!« Sie lachte, tat das ab: »Ich hatte meinen üblichen Mittagsschlaf... und dann hab ich die Enkel und die Urenkelin schwimmen geschickt« – vor dem Fenster lag, keinen Kilometer weit das See-Ufer –, »damit ich mit Ihnen noch allein reden könnte. Denn *das* ist mein Geburtsgeschenk – daß ich über Herbert sprechen kann. Von Ihnen, Günter, habe ich, gleich nach dem Krieg, das einzige bekommen, was mich – wenn man wach liegt; morgens, wenn es nebelt vom See her, werde ich seit Jahren in der Dämmerung wach –, was mich dann ein wenig trösten konnte: die Gewißheit, daß der Junge noch an Bord gefallen ist ... statt zu denen zu gehören, die da nicht aufgefischt wurden, sondern stundenlang sterben mußten ...«

Ihre Stimme war gekippt, sie wischte Tränen. Ihr Taschentuch, da zu oft gebraucht während dieses Gesprächs, war nicht mehr in der Tasche, sie hatte es in den Gürtel gesteckt, es dauerte, bis sie herausbringen konnte: »Doch ein Trost, daß Sie gesehen haben – daß er gleich tot war. Ich hab mir das in den vielen Jahren immer wieder als den einzigen Trost gesagt. Ich fragte mich oft und sprach mit allen darüber, die mich besuchen von den Freunden meines Mannes – woher wohl dieser englische Kreuzerkommandant den Vorwand genommen hat, die bald tausend Bismarck-Überlebenden einfach ertrinken zu lassen und abzudampfen mit seinem Kreuzer. Denn wenn er auch wirklich geglaubt hat, daß da ein deutsches U-Boot am Tatort sichtbar geworden ist: dann müßte dieser Engländer doch auch gedacht haben, aber *das kann er nicht gedacht haben!* – dieses deutsche U-Boot wolle ausgerechnet das einzige englische Schiff torpedieren, das ›Bismarck‹-Überlebende auffischte! Ein deutsches U-Boot, hätte es dort eins gegeben, würde sich ja wohl auf eines der britischen Schlachtschiffe gestürzt haben, um es zu torpedieren – nicht aber auf einen Kreuzer, und noch dazu auf *den*, der als einziger Deutsche auffischte!«

Ihr Besucher deutete mit Händen und mit einem her und hin bewegten Kopf Ratlosigkeit an: er vermute ja auch nicht, sagte er endlich, daß Captain Martin von H. M. S. ›Dorsetshire‹, der immerhin *ihm* und noch hundert anderen Deutschen das Leben gerettet hatte, daß Martin geglaubt habe – ausgerechnet *seinen* Kreuzer werde ein U-Boot dabei angreifen. Doch wollte Neuenburg das international noch immer gängige Klischee vom britischen fair play nicht anzweifeln. Leise sagte er, resigniert – und auch schon ein wenig ermüdet gegenüber einem Thema, das so oft wie dieses auf allen ihren Kameraden-Treffen seit

Kriegsende und sogar schon im britischen Gefangenen-Camp erörtert worden war: »Martin hat sicher nicht vermutet, ein deutsches U-Boot greife *den* an, der Deutsche rettete, aber es könnte ja auch sein, daß die schweren Einheiten der Briten für ein deutsches U-Boot schon nicht mehr ereichbar waren; sofern da wirklich ein Boot gewesen ist – was aber nach dem Krieg nicht bestätigt wurde. Doch vergessen sie nicht, gnädige Frau... den Briten war vor drei Tagen das stärkste Schlachtschiff der Welt in die Luft gejagt worden, sechs Minuten nach Gefechtsbeginn. Die ›Hood‹ war ja nicht versenkt worden, nach einer Seeschlacht – sondern war explodiert, weil eine ›Bismarck‹-Granate ihre Munitionskammer erwischt hatte – und *drei* Matrosen überlebten ihr Schiff, drei von über vierzehnhundert Mann und neunzig Offizieren: und das wußte seit Tagen natürlich auch dieser Captain Martin. Menschlich *fragwürdig* ist ein Racheakt immer – aber menschlich ist er auch, menschlich-schweinisch, wie leider das meiste, was wir Menschen tun. Wozu achthundert Deutsche auffischen – wenn die ausgerechnet von jenem Schiff kamen, das erstens keinen Versuch gemacht hat, beizudrehen und nach Überlebenden der ›Hood‹ Ausschau zu halten; und das zweitens ganze *drei* Männer von der ›Hood‹ am Leben gelassen hatte – drei, die nach Tagen von Engländern aufgefunden, aufgefischt wurden. Vielleicht wären es mehr gewesen, hätte am Tatort wenigstens das Flugzeug der ›Bismarck‹ nach ›Hood‹-Überlebenden die See abgesucht – aber das Flugzeug wurde zu dieser Suche gar nicht loskatapultiert! So überlebten drei die ›Hood‹ – drei von fast fünfzehnhundert. Doch wenn hier ein Grund vorliegt zu Anklage und Verbitterung: dann dürfen wir nicht die Briten anklagen, sondern unsere eigene Seekriegsleitung, die in nationalbewußtem Größenwahn zweitausendzweihunderteinundzwanzig Männer mit der ›Bismarck‹ hinausgeschickt hatte – obgleich die Briten auf ein größeres und zwanzig Jahre älteres Schiff nur fünfzehnhundert Besatzungsmitglieder kommandierten! Die ›Bismarck‹, zwei Jahrzehnte moderner als der Brite: modernes technisches Gerät benötigt doch stets *weniger* Menschenhände zur Bedienung als veraltetes, wie das der ›Hood‹ veraltet war, – wieso aber ›benötigte‹ angeblich ›Bismarck‹ ein Drittel mehr Menschen als die größere ›Hood‹? Und so wie wir Deutschen auch unsere eigenen Männer schon mit ›Bismarck‹ in Scharen zwecklos verheizt haben – so auch wieder zwei Jahre später, als im Eismeer die vergleichsweise so kleine ›Scharnhorst‹ – auch mit Hunderten von Seekadetten – in der Weihnachtsnacht versenkt wurde: sogar an Bord der ›Scharnhorst‹ waren fast fünfhundert Männer mehr als an Bord der fast zwanzigtausend Tonnen schwereren ›Hood‹! Selbst ›Titanic‹ hatte noch 14 Menschen weniger an Bord als ›Bismarck‹. Größenwahn hat ja nicht nur unsere ›größten‹ Aktionen, die zwei Weltkriege ausgelöst, sondern auch viele Tragödien *innerhalb* der Kriege mitbestimmt ... Ich wollte auch immer schreiben: ein Schulmeister wie ich hat ja vierzehn Wochen Ferien im Jahr; ich bitte Sie, was macht ein gesunder Mann mit vierzehn Wochen Ferien, wenn er dann nicht nur seine Familie schikanieren will? Ich wollte schreiben; alle historischen Archive stehen uns ja seit 1950 offen: aber ich konnte es nicht, weil es zu traurig ist für einen Deutschen, über Kriege zu schreiben; nicht weil wir die Kriege verlieren – sondern weil wir so blöd sind, noch blöder als ruchlos ... Das belastet zu sehr. So lerne ich lieber noch eine Sprache in meiner Freizeit ... ich lerne Chinesisch und gehe auch bald zum drittenmal schon nach Hongkong. Denn Chinesisch lernen – geht außerhalb Chinas nicht, jedenfalls mir fällt's zu schwer.«

Er war erleichtert, von Sprachen statt von Schlachten zu reden, doch Herberts Mutter sagte: »Schrecklich, sich auch noch sagen zu müssen, wie unnötig sie hinausgeschickt wurden, viele unsrer Jungen ...«

Unnötig, dachte Neuenburg, doch das sagte er nicht: Unnötig – um das so neutral, so arglos wie möglich auszudrücken, war überhaupt das alles. Aber das kann man einer Mutter nicht sagen, zuletzt.

»Unnötig« war keineswegs nur, siebenhundert Menschen *mehr* auf der ›Bismarck‹ als auf ›Hood‹ hinauszukommandieren in den voraussehbaren Tod. Neuenburg hatte sich »noch einen – diesmal aber doch lieber einen Cognac« erbeten; und war aufgestanden und sah zu dem See-Ufer hin, und er wünschte, die badenden Enkel kämen jetzt heim und brächten ihn und vor allem die Großmutter und Urgroßmutter ab von ihrem Thema.

Er war ans Fenster getreten, um das Gesicht des Freundes abzuschütteln, das ihn jetzt wieder verfolgte – so wie er es zuletzt gesehen hatte: Herberts ölverschmierte Hände waren zum zweitenmal von einem der Taue abgeglitten und er war zurückgerutscht ins Wasser – und niemand mehr konnte ihm helfen, denn der britische Kreuzer, von dessen Deck diese Taue herabgelassen worden waren, damit ein paar wenige Deutsche sich an ihnen noch hochziehen konnten, so wie Neuenburg es schließlich geschafft hatte, *gerade noch* –, der Kreuzer nahm nun brutal volle Fahrt auf zwischen den Schwimmenden und machte, daß er wegkam. Brutal, sagte sich Neuenburg, weil durch das sofortige Aufnehmen der *vollen* Fahrt vermutlich einige, gar nicht so wenige der Schwimmenden in den Sog des Schiffs geraten und von den Schrauben in Stücke zerfetzt worden waren... hoffentlich auch Herbert: »Dann wäre er wenigstens gleich tot gewesen... statt womöglich von einem Hai gefressen zu werden!«

Nein, so beruhigte er sich, den Haien ist es am 27. Mai vermutlich so weit nordöstlich des Golfstroms noch zu kalt... Und so unschuldig er dran war, gerettet worden zu sein, während vor seinen Augen der Freund zurückfiel in die See – so sehr bedrückte ihn doch, absurderweise, jetzt und schon so oft das Gefühl, ihn im Stich gelassen zu haben. Verrückt. Aber daß *er* lebte – doch *der* tot war... Herberts Augen zuletzt, wie er geschrieen hatte – und sie hatten fast alle geschrieen, die da noch schwammen, als sie begreifen mußten, der Kreuzer dampfte auf und davon –, wie die Augen des Freundes, der sich rettete, ansahen, zuletzt, die würde er nie mehr los...

Und er dachte noch, was ist das Leben – wenn eine Lüge das einzig Gute ist, das man der Mutter eines Umgekommenen noch zuteil werden lassen kann, die Lüge, Herbert sei gefallen – statt erfroren, ertrunken, nach Stunden... Stunden...

Jetzt hatte Neuenburg wieder seinen Admiral vor Augen, den Einundfünfzigjährigen, der ›Bismarck‹ und die ihm anvertrauten zweitausend in den Tod gefahren hatte, weil er – obgleich gewarnt vor der Ausfahrt – dennoch zwecklos seinem Führer funkte, wo er war... Des Admirals Gesicht, verzerrt durch Pessimismus und Arroganz – zuweilen verträgt sich das–, belegte geradezu, daß Unbelehrbarkeit sein Hauptcharakteristikum war: daß die schiffereichste Armada der Welt volle dreißig Stunden keine Berührung mit ihm hielt, der soeben das Flagschiff dieser Armada vernichtet hatte – hätte doch Lütjens mindestens *eines* lehren können: daß die Briten ihn nicht fanden! Doch war er überzeugt, sie wüßten, wo er sei – und funkte seinem Führer, er fahre nach Brest, da Ölverlust ihn zwinge, den Plan aufzugeben, in den Atlantik durchzubrechen... Und da Lütjens ›Bismarck‹ der Vernichtung überantwortet hatte, so taufte nach dem Hitlerkrieg die neue deutsche Marine ihr erstes großes Schiff auf den Namen: Lütjens... um zu dokumentieren, sie sei keineswegs bereit, Folgerungen aus der Geschichte zu ziehen oder gar anzugeben, Hitlers Admiral habe »seine« Besatzung aus Dummheit umgebracht...

Nein, dachte Neuenburg – es ist zu deprimierend, zu beschämend für einen Deutschen, Geschichte des zwanzigsten Jahrhunderts zu schreiben; schriebe ich, ich wählte unseren sinnvollen Krieg, den der Befreiung von Napoleon... Nun war er nicht mehr allein.

Die Unruhige hinter ihm, aus dem Zimmer gegangen, war zurück, sie ordnete irgend etwas an bei der Haushälterin; heute war sogar eine zweite Aufwartung da, wegen der Gäste. Diese Hektische, dachte Neuenburg, die würde mich wahnsinnig machen, hätte ich sie immer um mich; ihre Tochter hatte ihm erzählt, wenn sie in den Ferien bei der Mutter sei, dann müsse sie der Alten ausreden, schon morgens um sechs den Kaffee nicht nur zu kochen, sondern ihr auch ans Bett zu bringen. Die Alte redete wie eine lebhafte Sechzigjährige; wußte sie auch nicht mehr, was sie vor zwanzig Minuten getan und gesagt hatte – was sie vor zwanzig, vor vierzig Jahren getan und gesagt hatte, das wußte sie noch bis auf den Wochentag genau. Jetzt sprach sie von der Stunde, zu der »diese verdammte Sondermeldung um halb sechs angekündigt wurde; immer noch habe ich die Liszt-Fanfaren im Ohr, die diese Meldungen aus dem Führerhauptquartier ausposaunten... wir waren ja noch bedrückt, weil am Vortag, am Freitag, die Marine hatte zugeben müssen, daß die Engländer den berühmtesten deutschen U-Boot-Kommandanten zur Strecke gebracht hatten, diesen listigen Prien, der ihnen bald nach Kriegsbeginn in Scapa Flow ein Schlachtschiff versenkt hatte. Ich weinte, nach der Sondermeldung – doch mein Mann nannte mich hysterisch, denn für ihn war völlig sicher, Lütjens brächte euch und sein Schiff zurück nach dem rettenden Norwegen, weil doch jetzt zweifellos die ganze Home Fleet Jagd auf die ›Bismarck‹ machen würde; mein Mann sagte: ›Die stürzen Churchill, wenn der nicht fertigbringt, uns *das* heimzuzahlen, denn die ›Hood‹ ist ja nicht irgendein Schiff, sondern das Flagschiff des Empire, sein Stolz. Und deshalb kannst du beruhigt sein, das weiß auch Lütjens und bringt die Jungen auf dem kürzesten Weg nach Hause ...«

Neuenburg unterbrach, leicht war's ja nicht für ihn, zu Wort zu kommen: »Sogar Hitler hat das gehofft und ist schlau genug gewesen, es nicht zu befehlen, weil er für möglich hielt, daß die Briten mithörten. Nur unser Admiral war nicht so intelligent und funkte in der Weltgeschichte rum – der Idiot funkte heim, daß er nach Brest fahre ...«

Doch nun – totkalt und so plötzlich ein Fuchseisen zuschlägt – würgte Neuenburgs Hals die Garotte. Angesteckt von der Unrast der Rüstigen, war er wieder am Fenster mit seinem Cognac, vor sich den noch föhnschweren Augustspätnachmittag – nun mußte er sich die Krawatte lockern und setzen: *Damit* hatte er nicht gerechnet, heute früh, als er aufgebrochen war, einer Fünfundachtzigjährigen zu gratulieren! Die hatte, als der Ortsname Brest fiel – rasch, rasch wie sie alles sagte, hinzugesetzt: »Brest, ja – und das hat mich dann auch beruhigt für die nächsten, die letzten zwei Tage!«

Sie also, dachte Neuenburg, *sie* also ist es gewesen, die ihren Sohn und zweitausend Söhne anderer Mütter ersäuft hat.

Er hätte auch dann nichts sagen können, wäre er zu Wort gekommen. Doch er war so fertig, daß er »sie nicht einmal totschlagen konnte«, wie er das am nächsten Tag nannte ... er wankte in den Sessel, weich in den Kniekehlen und hörte die Alte weiter schwadronieren, während sie, statt wenigstens still zusitzen, bereits wieder etwas *tun mußte*, zum Verrücktwerden: ihm wieder Kaffee nachschenken mußte, den er ja gar nicht mehr trinken wollte ... diese Unrast, die vielleicht schon die Unruhe vor dem Grab war. Und Neuenburg hätte aufschreien mögen – doch saß er da, total unfähig, ihr auch nur ins Wort zu fallen. Ihr uferlos-ahnungsloses Gequatsche hatte ihm jeden Willen genommen, während er sich anhören mußte, in quälender Breite, was er ja nun *wußte*: wie diese Frau es endlich doch nicht – gegen jede Wahrscheinlichkeit – durch ihren vor vierzig Jahren vermutlich geradezu *teuflischen* Mitrede-Trieb zuwege gebracht hatte, den Briten die ›Bismarck‹ vor die Rohre zu liefern. Volle 31 Stunden lang hatten sie die Spur des flüchtenden Giganten verloren; als die Engländer dank der Mutterliebe dieser furchtbaren Frau das Schiff endlich doch noch wiederfanden – hatte die ›Bismarck‹ noch immer einen Vorsprung vor Admiral Sir John Tovey, dem Commander-in-Chief der Home Fleet, auf der ›King George‹, seinem Flagschiff, von hundertfünfzig Meilen; und das schützende Brest war vierhundert Meilen – nur! – nahe...

Neuenburg dachte: ich gehe jetzt, ich muß jetzt sofort hier raus, oder es geschieht was so Sadistisches, daß ich... doch da waren wieder die Augen Herberts vor ihm, so wie ihn der Freund zuletzt angesehen hatte, ihn den Geretteten, er der Ersaufende... Und das hielt ihn zurück. Und da wußte er, das war nun der letzte ihm mögliche Freundesdienst: daß er es Herberts Mutter ersparte, ihr ins Gesicht zu sagen, daß *sie* es gewesen war, die ihren Sohn und die zweitausendundsechs anderen, die mit ›Bismarck‹ umgekommen sind, der Abschlachtung überliefert hatte...

Nicht frei von Genugtuung berichtete rasch und konzentriert und lückenlos die Alte, wie sie damals »in Berlin Himmel und Hölle in Bewegung« gesetzt hatte – um sich endlich beruhigen zu können, daß ihr Junge gerettet werde, weil die ›Bismarck‹ *nicht* in den Atlantik durchbreche, sondern Brest anlaufe. Ja, die Hölle, dachte Neuenburg. Sie aber empfand jene Genugtuung, die in jedem ist, der abseits lebt – doch davon sprechen kann, wie er früher einmal irgend ewas Bedeutsames bewirkt, gesteuert, erreicht hat. Ihr war bis heute erspart geblieben zu erfassen, was *sie* »erreicht« hatte – nämlich die Erreichung der ›Bismarck‹ durch die Briten, bevor die in Brest war. Ohne zu sprechen – das konnte er noch nicht wieder – ohne zu fragen, goß Neuenburg, die Füße da im Sessel weit von sich gestreckt, den Blick nach unten gerichtet, um das intelligente Gesicht der Bornierten nicht sehen zu müssen, sich abermals einen Cognac ein. »Wir konnten Jeschonnek erst gar nicht erreichen, denn er war selber nach Athen geflogen, um von dort Nachschub nach Kreta zu kommandieren – da ja die Landung der Fallschirmjäger auf Kreta beinahe im Blut erstickt wäre. Doch dann hat ja Jeschonnek sich auf mein Drängen hin von Athen aus mit Berlin in Verbindung gesetzt und bekam den Funkspruch der ›Bismarck‹ im vollen Wortlaut mitgeteilt – nun, und dann konnten wir erleichtert aufatmen, weil wir nun wußten, wohin das Schiff fährt« ... vor allem aber, dachte Neuenburg, wußten das nun auch die Engländer, weil sie zwar noch nicht so weit waren, den Marine-Funkschlüssel zu entziffern, den Lütjens an Bord benutzte, um dem Führerhauptquartier mitzuteilen, wohin er sein Schiff steuere; doch den Luftwaffen-Chiffrier-Schlüssel, *den* konnten die Briten seit neun Monaten schon so mühelos lesen wie unsereiner die Zeitung; und da Jeschonnek Chef des Generalstabs der *Luftwaffe* war – wurde auf diesem Luftwaffen-Funkweg ihm nach Athen gemeldet, was der Admiral von Bord der ›Bismarck‹ Hitler gefunkt hatte ... Und den Luftwaffen-Chiffrier-Schlüssel, *den* entschlüsselten die Briten in Minutenkürze ... Und so hatten sie die ›Bismarck‹ wiedergefunden, nach 31 Stunden, in denen 64 britische Schiffe – die schiffereichste Treibjagd der See-Weltgeschichte! – und zahllose Flugzeuge ein Gebiet von über fünf Millionen Quadratkilometern vergebens abgesucht hatten ... anderthalb Tage lang! Und nun schickten die Briten Trägerflugzeuge, und einem glückte, mit einem Luft-Torpedo das Ruder der ›Bismarck‹ zu demolieren, daß der Gigant nur noch Kreise fuhr und – kurz vor Brest – in Ruhe eingeholt, von Sir John Toveys ›King George V.‹ im Morgengrauen zusammengeschossen werden konnte ...

Neuenburg, trocken im Schlund, sagte, um irgend etwas zu sagen: »Ja, danke, Wasser – ja, Wasser mit Kohlensäure hätte ich gern.« Er konnte ja nicht *noch* einen Cognac nehmen als Autofahrer, so nötig er ihn gehabt hätte. Die Uralte klingelte schon, ordnete an, beinah sofort kam das Wasser; Neuenburg sagte: »Für Herberts Bescheidenheit war auch typisch, daß er nie davon sprach, daß er ja diese direkten Beziehungen in die höchste

Generalität hatte ... aber wenn der Generalstabschef in Athen war: wer hat ihm denn dann aus Berlin den Funkspruch der ›Bismarck‹ dorthin gefunkt?«

»Keine Ahnung«, sagte Herberts Mutter, während Neuenburg dachte: das ist die schauerlichste Umkehrung dessen, was man sonst unter Nepotismus versteht – wäre Herbert nicht der Neffe eines sogenannten großen Mannes gewesen, der wie die meisten großen Männer auch nur ein verhängnisvoller Stümper war: vielleicht lebte er heute noch – er und zweitausend andere! Teuflisch, dachte Neuenburg, ohne noch hinzuhören, was die Alte, so lebhaft wie schon lange Jahre nichts Gegenwärtiges mehr, jetzt erzählte – aber kaum hatte Neuenburg an den Teufel gedacht, da erwähnte ihn Herberts Mutter; sie sagte: »Der Teufel ist ein Eichhörnchen« – dieser Satz sei die immer wiederkehrende Redensart des Generalobersten Jeschonnek gewesen, wie auch des Führers Luftwaffen-Adjutant, Herr von Below, Jeschonneks engster Freund, es überliefere in seinem Buch. So, dachte Neuenburg, jetzt spricht sie schon nicht mehr von Hitler – sondern vom Führer: was nur belegt, daß sie zweifellos auch im Krieg nicht Hitler sagte, sondern: »der Führer« – wie wir alle; und des Führers Luftwaffen-Adjutant, dieser hübsche von Below, der neben Jeschonneks Vorzimmer ein kleines Büro unterhielt und Hospitant im Stabe Jeschonneks war, ohne deshalb aufhören zu müssen, Hitlers Luftwaffen-Adjutant zu sein, dieser Below wußte natürlich alles von der ›Bismarck‹, was auch Hitler wußte ... sollte *er* seinem engsten Freund mitgeteilt haben, was von Bord des verfolgten Schiffes seinem Hitler mitgeteilt worden ist? Die Mutter Herberts legte nun aus, was das Schicksal damit gemeint haben könne, sollte der Lieblingssatz Jeschonneks: »Der Teufel ist ein Eichhörnchen« – auch zugetroffen habe, als die ›Bismarck‹ versenkt wurde. Und sie hatte das schon so oft in den vergangenen vierzig Jahren anderen erzählt, daß sie es automatisch vorbrachte: »Mein Mann«, sagte sie traurig, und wieder wurden ihre schönen Augen naß, »hat oft mit Kummer davon gesprochen, daß die Wahrscheinlichkeit, ausgerechnet das Ruder eines so schnellen Schiffes zu treffen, eins – zu einer Million sei ... *das* war der Teufel, nicht wahr, nicht gerade in Gestalt eines Eichhörnchens, aber doch nur eines – denkt man – so harmlosen, altmodischen Doppeldeckers ... diese englischen Flugzeuge sahen aus wie die in meiner Jugend, wie die im Ersten Weltkrieg: und doch hatte der Teufel diese harmlose Gestalt angenommen, um die ›Bismarck‹ zum Stehen zu bringen oder vielmehr zum Kreise-Fahren« ...

Neuenburg war aufgestanden, um zu gehen: sonst kann ich's doch nicht lassen, ihr noch ins Gesicht zu sagen, daß nicht der britische Doppeldecker das Eichhörnchen war, das so harmlos aussieht, aber doch der Teufel ist – sondern daß sie selber, die übergeschäftige Mutter samt ihrer Sohnesliebe der Teufel war oder das Eichhörnchen oder der Teufel *im* Eichhörnchen oder – ach! Ach, wer das wüßte ...

Und laut sagte er, während sie erschrocken aufblickte und ihn daran erinnerte, er habe doch noch zum Abendessen bleiben wollen: »Ihr allzu guter Cognac, gnädige Frau, hat mir doch ein wenig stärker zugesetzt, als ich für möglich hielt – und ich will von der Autobahn herunter sein, ehe es dunkel wird. Und dann, wissen sie, wenn ich dabeisitze auch heute abend noch –, das könnte doch Ihre Familienfröhlichkeit mit Enkeln und Urenkeln dämpfen, denn wenn Sie *mich* sehen, seinen Freund, wie sollten Sie dann nicht an Ihren Sohn denken ... wenden sie sich lieber zum Ausklang Ihres Geburtstages der *neuen* Generation zu!«

Und sie widersprach nicht, doch auch wohl erleichtert, daß er abfuhr. Im Rückspiegel sah er sie zwischen den hohen Sonnenblumen im Vorgarten, und er dachte, so lieb wie sie jetzt aussieht – so lieb sieht nicht einmal ein Eichhörnchen aus, wenn sich der Teufel in ihm versteckt ...

P.S.

Diese Geschichte ist – wie so viele – zu schön, um wahr zu sein. Die Wirklichkeit war entsetzlicher, wie ich erst Jahre, nachdem ich ›Mutterliebe‹ erzählt hatte, herausfand.

Der Brite David Irving hatte auf meine Bitte dem Bruder des Generalobersten Jeschonnek die Frage geschrieben, ob der Junge mit ›Bismarck‹ untergegangen sei. Darauf antwortete Herr Jeschonnek: Keiner seines Namens sei auf der Bismarck gewesen!

Das Apodiktische der Antwort gab mir zu denken; es schien mir anzudeuten, diese Familie wolle durchaus mit dieser Sache nichts zu tun haben. Wie verständlich, denn ihr Sohn oder Neffe – später Admiral der Bonner Bundesmarine – hatte zwar durch die höchst aufgeregte Nachfrage nach dem Verbleib der ›Bismarck‹, persönlich ganz unschuldig, deren Vernichtung bewirkt – war aber selber auf deren Begleitschiff: ›Prinz Eugen‹, das der herumfunkende Quatschkopf Admiral Lütjens sofort nach seinem Sieg über die ›Hood‹ heimschickte, so daß ›Prinz Eugen‹ in Frieden hafenwärts hatte abdampfen können ... Jeschonneks Teufel als Eichhörnchen hatte sich also auch noch die Schadenfreude gemacht, ausgerechnet *den* nicht umzubringen, dessen Anwesenheit auf einem Begleitschiff der ›Bismarck‹ deren zweitausend Seeleute ums Leben brachte ... nur weil seine Familie – ich wiederhole: wie begreiflich – nicht hatte abwarten können zu erfahren, wo der Junge sei!

Rom-Blätter

Ein Rad dreht sich · Rapido
Via del Corso: Beim Juwelier
Marc Aurel · Borghese-Gartenmauer
Kontinuität
Fontana di Trevi, 16. Oktober
Römerin · Name is writ in water

Ein Rad dreht sich

> Der Stand des Wissens um 1820 rechtfertigte noch den Glauben an etwas Absolutes ›hinter‹ den einmaligen individuellen historischen Ereignissen. Indessen sehen wir heute Indien und China und Mexiko mit ihren erstorbenen Kulturen ... Es ist ein *rein faustisches Bedürfnis,* ein überindividuelles Element anzunehmen, das sich trotz aller historischen Niedergänge einem Ziel zu bewegt. *Spengler*

Verstumme auch du
wie die Stufen hier stumm sind
– nichtssagend, was wem geschah,
der über sie hinschritt,
Städter, neun Generationen einer City,
die in Erd- und Kriegsbeben unterging:
Selinunt.

Die hier lebten ebenbürtig
dem imperialen Karthago
wie Wilhelms Deutschland dem England Edwards
– sich wechselseitig bereichernd
bis nur dreihundert Jahre
nach ihrer Gründung der Handelspartner
sie wegstrich.

Zu Hilfe geholt
von den Segestern, die den Selinuntern
den Weg sperrten zum Tyrrhenischen Meer,
verkaufte Karthago 409
jene Bewohner als Sklaven,
die es nicht ermordet hatte
bei Erstürmung der Stadt.

Karthagische Tottreter
– ahnte ihrer einer bei der Schleifung
des Gegners: daß er die Vernichtung
seiner Heimat hier probe?
Ehe Stalins Genickschuß ihn wegwarf,
sagte ein polnischer General,
als Warschau vor Hitler kapitulierte:

»Ein Rad dreht sich.«
Das sah für sein Rom Scipio voraus,
als er auf Befehl
des Senats das Verbrechen beging,
Karthago, das besiegte,
wegzutilgen . . . verbrannte Erde.
Geschichte holt jeden ein.

Rapido

Il Tempo: nur italienisch wird verdeutlicht,
wie Zeit, ein blasses Wort, das Ruhe vortäuscht,
vergeht, verjagt – uns mitreißt, wegreißt...

Wohin – zweihundert Kilometer jetzt die Stunde:
rast denn dein Zug? Hält an auch in dem Ort,
in dem du deine Gräber hast. Du steigst nicht aus.

G'schaftelhuberst weiter, Terminen zu, Geschäften
– und wirst doch eingeholt, wirst angehalten:
Die Toten sind es, die den Lebenden

Die Augen öffnen! Seit sie verstummten,
sind ihre Fragen nur beredter. Auch dein Tod schaut
schon über deine Schulter; nicht vom Gebirge mehr.

Via del Corso: Beim Juwelier

Nimm Silber statt Gold. Schultern, Nacken, Gelenke
schimmern Dir ja schon golden wie späte Tizians!
Platingefaßte Türkise – die schenke
ich Dir für den Hals, schön wie der eines Schwans.

Noch feuriger flammte, doch wer kann ihn bezahlen
– von Brillanten umkränzt – *ein* dunkler Smaragd:
er nur kann Licht wie deine Augen verstrahlen ...
Ihn solltest Du tragen. Und mich! Sonst sei nackt.

Marc Aurel

Gegen Krieg und Pest hat er neunzehn Jahre
das ihm Anvertraute verteidigt, einen ausgedehnteren Staat
als jeden, den sonst die Geschichte kennt:
vom Firth of Forth bis zum Tigris, vom Nil
bis zur Mündung von Schelde und Rhein.

Vier Gütezeichen unterscheiden Marcus in seiner Mitwelt
von allen; in der Nachwelt von vielen, die herrschten:
Nie übertritt er Grenzen des Imperiums,
bevor Aggressoren sie verletzten. Weder tötet
noch versklavt er Gefangene: er siedelt sie an.

Ohne zu morden, hilft er die Christen zu unterdrücken:
er weiß, totalitär wird und Terrorist,
wer zu *einer* Idee – alle bekehren will.
Schließlich urteilt er milder, als die Gesetze fordern,
seine Maxime: »Die Menschen bei ihren Sünden lassen!«

Denn da er *sich* kennt – hat er Nachsicht auch für andere.
Zwar selbst adoptiert, adoptiert *er* keinen Politiker,
ihm das Reich zu vererben, sondern überläßt es schuldhaft
dem unfähigen Sohn: Familien-Liebe, wen blendet sie nicht!
Souverän überhört er das Gerede, das um die Kaiserin ist

Die dreizehn Kinder zur Welt bringt. Doch sie stirbt,
die ihm Unentbehrliche. Die Kinder, die meisten, sie sterben.
Zurück bleibt *Le stoicien:* So nennt der Preußen König
sein Gedicht, das den Römer spanischer Abkunft
als Vorbild zeichnet. Doch allein im Trotz gleicht er

Der kein *Retter* wie Marcus ist – sondern Eroberer,
dem Verteidiger, der nur herausgefordert vordrang:
Bis Venetien schon, Zehntausende vrschleppend, waren
die Germanen in Italien, ehe des Kaisers Legionen,
befehligt von ihm, sie zurückwarfen bis zur Donau.

Einmal kämpft er acht Jahre fern der Reichshauptstadt
zwischen Erzgebirge und Orient – und spricht doch lieber
griechisch als Latein: seine Quelle bleibt Hellas!
Bedrückender noch als der Feind – wütet die Pest,
die bis zu zehntausend Menschen täglich hinrafft in Rom ...

Hunderttausende sterben in den Provinzen. Nachwuchs
fehlt Bauern und Heer. Keine Steuern. Da läßt der Kaiser
in einer Auktion, die sechzig Tage dauert, die Schätze
seines Palastes versteigern, sogar die Gewänder:
steht doch das Volk ihm näher als sein Hofstaat.

So geht er auch in Rom wie ein Mitbürger immer zu Fuß.
Nur in Feldzügen reitet er: Michelangelo stellte die
wiedergefundene Reiter-Statue aufs Kapitol, die einzige
aus der Antike erhaltene: bilderstürmende Christen
verschonten sie nur, weil sie im Reiter das Abbild

Konstantins vermuteten, der, als erster Herrscher getauft,
jedem *aufgezwungen* wurde als Beispiel: fortan trat
der Scheiterhaufen anstelle der Kreuzigung;
der Fortschritt hat viele Gesicher.
Erschöpft stirbt Marcus, nur 59 Jahre, an der Front

In Wien am 17. März einhundertachtzig.
Der *An mich selbst* sein Philosophikum überschrieb,
notierte, was damals kein anderer Herrscher gedacht hat;
und was heute jeder weiß – doch wer praktiziert es:
»Nur was dem Schwarm nutzt – nutzt auch der Biene.«

Borghese-Gartenmauer

Efeu im Süden:
seine Blätter auf Mauern
spotten der müden,
die im Norden versauern

Doppelt so groß,
trotz Glut wie betaut.
Kühl ihr Glanz, flecklos
wie deine Haut.

Üppig, nie trocken
auf heißesten Steinen:
naß wie deine Locken
zwischen den Beinen.

Edera, deutsch Efeu.
Im Capitol
– zäh, stark, treu –
Republik-Symbol.

Efeu-Ranken:
kein Mensch wird so alt!
Wie deine Flanken:
festester Halt.

Mütterlich umschlingend,
worauf sie blühn,
väterlich durchdringend
– androgyn.

Kontinuität

– lehrt Rom: Es gibt sie nicht?
Weil ein Imperium untergeht?
Und selbst den Marmor, noch im Licht
– auch Sterbe-Nähe schon umweht?

Nein! Der *Mensch* – nicht Stein
bemißt der Dinge Wert und Zeit!
Geh übers Forum nie allein:
nur mit dem Partner, nur zu zweit

Verdrängst du Alters-Angst,
die dich befällt.
Mitmenschen dankst
du, was dich hält.

*

Letzte Liebe: »Kontinuierliche!«
Love-Jargon, ihr allein bestimmt
– bis euch das Tierliche
im Akt auch die Sprache nimmt.

Nimmt mit der Abschieds-Angst,
wenn ihr entspannt seid, stumm;
wenn sie verlangt, du verlangst
– Kontinuum.

Dies Bett wird zur Bahre. In Trauer
– von Zunge, Zähnen, Lippen gerauht,
fröstelt im Sterbeschauer
schon unsre Gänsehaut.

Fontana di Trevi, 16. Oktober

War je die Zeit für ein Brunnengedicht?
Als seines Carossa schrieb?
Oder jetzt? Nasser Marmor im Licht
bairisch weißblau: entnervend lieb!

Touristen lachen. Übern Rücken
werfen sie Münzen ins Becken:
Wiederkehr soll dann glücken.
Denktag. Doch kein Erschrecken

Niemand will's wissen: im Lachen!
Befehl in honigem Abendlicht
an Familien: Packt Eure Sachen ...
Stört Volk, Papst, Weizsäcker nicht.

Razzien ... deutsche Heldentaten:
Siebzig Menschen pro Waggon für Vieh.
In Italien achttausend Juden verladen.
Ziel Auschwitz, ab Termini

Komplicenhaft die Mitwelt.
Die Nachwelt glückverdummt.
Geschichte: wer sie aushält,
kennt sie nicht. Oder verstummt.

Römerin

»Ich bewundere außerdem ihre
gewölbten Augenbrauen ...«
Hamsun: Pan

Roma gleich Amor
rückwärts gelesen.
Wie hier der Marmor
herrlich dein Wesen

Festhält, doch freilegt
– Römerin
Stein, doch bewegt:
so im doppelten Sinn

Du Jahrtausende alt,
doch Morgentau-jung!
Deine Gestalt
– Verkörperung

Unendliche Reihen
verschollener Ahnen.
Du lebst, als seien
die abgetanen

Generationen,
im Staub verweht:
Legionäre, Amazonen
erstanden, konkret!

Musik deines Schritts:
wie sie verheißt
Deine Tiefe im Witz
– wohin es uns reißt

In Orgasmen elementar!
Cäsaren ein Becken
wie Deines gebar.
Schweigen. Verdecken

Daß ich ... gehst weg?
bald nicht mehr lebe.
Ohne Dich – ohne Zweck:
ich nur Stock ohne Rebe.

Deine Umbrahaut leuchtet
Romlicht-umgleißt.
Deine Augen feuchtet,
was Du ... weißt.

Name ist writ in water

»Vor einigen Abenden, da ich traurige
Gedanken hatte, zeichnete ich mein
Grab bei der Pyramide des Cestius.«
Goethe, Rom 1787

Gräber sah man hier noch keine
– da signierte Goethe seine

Zeichnung der Cestius-Pyramide
dort, wohin dereinst die Tide:

Gezeiten-Wechsel in Mensch und Meer
den Sohn verschlug ohne Wiederkehr.

Genau, wo der Name Goethe stand,
ließ, als ob er die Skizze gekannt

Eckermann, der nach vierzig Jahren
mit August Goethe Italien befahren

Zufall? – ihm das Grab ausheben!
Schicksal? Aus Urangst das Streben

Nach Kausalität in jedermann ...
Illusionsfrei Keats: Here lies One

Whose Name was writ in Water. Ewig ist
doch nur, daß man uns vergißt.

Du und ich auch immer nur:
Menschen – also ohne Spur.

Der weiße Hirsch

»Der Kaiser will nicht, daß Du mitfährst, aus dem Süden in die Kälte von Berlin; dann werden dort sehr viele Herrschaften und kein Platz, große Konfusion und keine rechte Frau von Haus sein ... mit mir wird wahrscheinlich Nicola Pejacsevich reisen, dann die zwei Adjutanten und die Deputationen seiner zwei Regimenter.

Von gestern auf heute war hier eine große Hetz. Um sieben Uhr kam die Todesnachricht aus Berlin ... Stimmung im Publikum war kostbar, wie immer. Gestern abends große Hetz, nicht theilnahmsvoll gerührt, sondern eben nur Hetz. Wie die Nachricht kam, er ist nicht tot, hieß es allgemein: Das ist fad; wie die Telegramme kamen, er hat in der Nacht noch gegessen und Champagner getrunken, war hier Heiterkeit; die richtige Todesnachricht nahm man indifferent auf, eher in der Stimmung: Gott sei Dank, jetzt hat man Ruh mit diesen ewigen Nachrichten ... noch mehr hat dem Interesse an dem Tod des Kaisers Wilhelm der große Brand am Bauernmarkt geschadet, der so merkwürdig war, da die Stiege einstürzte und die Damen im Hemd in das Sprungtuch springen mußten, die Pintscher, Möpse und andere Verreckerln aber durch den Rettungsschlauch gerettet wurden, als ob sie die wichtigsten Persönlichkeiten wären. Das ist halt weanerisch, weanerisch, weanerisch und hat an Schan, aber an eigenen Schan! Das Lied ist wahr und richtig, das habe ich in den letzten zwei Tagen wieder gesehen.«

Kronprinz Rudolf aus Wien am 9.3. 1888 nach Abbazia an die Kronprinzessin von Österreich-Ungarn.

Der weiße Hirsch

[illegible]

Der weiße Hirsch

– ein Zehnender, den am 6. März 1878 der neunzehnjährige Kronprinz Rudolf von Österreich-Ungarn, auf Staatsbesuch in Berlin, geschossen hat, wurde »gerächt«, als dieser einzige Sohn des Kaisers Franz Joseph und der Elisabeth von Bayern am 30. Januar 1889 *gewaltsam* umkam: *wie*, das weiß kein Mensch, der heute noch lebt. Alle Biographen des Kronprinzen, der nie aufgehört hat, die Gemüter südlich des Mains zu beschäftigen, erwähnen dieses *weiße* Wild, auch jene, die keine Waidmänner sind und sich's verbitten, für abergläubisch gehalten zu werden. Oskar Freiherr von Mitis schreibt: »Rudolf aber hat mit seinem Untergang für den Aberglauben der Grünen Gilde, wonach der Schütze die Erlegung eines *weißen* Wildes mit einem gewaltsamen Tod büßt, ein neues, düsteres Kapitel geliefert.« Tatsächlich hat ja Aberglaube den gleichen Ursprung wie Klischees: was sich den Menschen immer erneut als Erfahrung aufdrängt, das wird schließlich geglaubt, wird Klischee ... muß deshalb aber keineswegs falsch sein. Daß der Erbe der damaligen Großmacht genau in jener Osterwoche 1889, in der Samstag, den 20. April, des Kaisers dämonischer Untertan Adolf Hitler als Sohn eines Zöllners in Braunau geboren wurde –, aus seinem Holzsarg umgebettet wurde in den erst jetzt modellierten und gegossenen Zinnsarg in der Kapuzinergruft: ist auch ein Gleichnis. Denn ohne die Beseitigung der Monarchien in Berlin und Wien 1918, hätte ja Hitler 1933 und 1938 die leerstehenden Throne nicht erklettern können. Sein Triumphzug ohne Beispiel durch Österreich, das dessen jubelnde Bvölkerung ihm geschenkt hat, jährt sich 1988 zum 50. Male ...

Und vor 99 Jahren Hitlers Geburt. Und gleichzeitig der Einzug des Kaiser-Sohnes in die Gruft seiner Mütter – Maria Theresia – und seiner Väter, bei den Kapuzinern. Erlebt man aber das Zentenarium eines historisch bedeutsamen Ereignisses, so hat man die Pflicht, aufzuschreiben, was Zeugen ersten Ranges – die selber nicht schrieben – einem darübr erzählt haben. 1983 hat Zita, die letzte Kaiserin Österreichs, die als dogmenstarre Katholikin mit einundneunzig am Rande des Grabes nicht lügen wird, erstmals zugegeben, der Kronprinz habe sich *nicht selber* getötet, wie die offizielle Verlautbarung besagt, sondern sei erschossen worden. Schon Prinz Reuss, Bismarcks Botschafter in Wien, hatte amtlich berichtet, der päpstliche Nuntius habe ihm anvertraut, dem Kronprinzen dürfe eine kirchliche Beisetzung gewährt werden, da er kein Selbstmörder sei, wie alle Zeitungen auf Anweisung des Hofes berichtet hatten.

Zwar hatte der Schwiegervater des Toten, der König von Belgien (laut Lernet-Holenia) gemahnt, die Wahrheit dürfe nicht an den Tag kommen, sie »war noch viel schlimmer als sogar die Selbstmordversion«! Und Lernet-Holenia setzt – leider *immer ohne Quellen!* – hinzu: »... wie auch der Kaiser selber später eingestand«. Wie starb aber Rudolf von Österreich-Ungarn nun tatsächlich? Nie mehr wird das herauszufinden sein. Doch ist in aller Literatur die erst 1960 publizierte Autobiographie Otto Flakes: ›Es wird Abend‹ noch nie herangezogen worden, obgleich sie vermutlich die einzige *Erklärung* liefert für die in vielen Rudolf-Büchern behauptete Tatsache – wenn es denn eine ist? –, daß er seine sechzehnjährige Geliebte Mary Baronesse von Vetsera bereits »gegen halb elf am Abend dieses 29. Januar« erschossen hat, aber danach, so bei Lernet-Holenia, »freilich noch immer nicht, oder wenigstens nicht sogleich, den Mut ... fand, auch sich selbst zu erschießen«. (Das kommt der durch Flake festgehaltenen Wahrheit schon nahe.)

Vielmehr habe – so die Literatur, das heißt immer nur: die *Vermutungen* –, der Kronprinz selber sich »erst morgens am 30. gegen halb acht erschosen, nachdem er die ganze Nacht neben der Toten verbracht hatte«, wie Lernet-Holenia und andere schreiben, das heißt: konstruieren. Otto Flake nun, dessen absolute Zuverlässigkeit als Historiker noch vor wenigen Jahren Golo Mann bestätigt hat, als er ein Nachwort zu Flakes damals schon über fünfzig Jahre alter, gleichwohl keineswegs verjährter Hutten-Biographie schrieb, bringt in seinen Lebenserinnerungen eine Erklärung für die Merkwürdigkeit, daß erstens der Kronprinz die von ihm erschossene Geliebte so lange überlebt – und daß zweitens sein Vater, der Kaiser gesagt haben soll, was alle Biographen (und auch alle ohne Quelle) zitieren: »Mein Sohn ist gestorben wie ein Schneider.« Denn Flake erzählt, wie die russische Fürstin Trubetzkoi ihn 1914 in Berlin-Grunewald mitnahm zu »ihrer mütterlichen Freundin, einer Frau von P., ... sie war entweder die Gattin oder die Witwe eines Diplomaten. Was aber die Tragödie von Mayerling betraf, so war einer ihrer Verwandten der Onkel des jungen Mädchens und sein Rächer gewesen; der Kronprinz habe nicht den Mut gehabt, der Geliebten in den Tod zu folgen ... Ich wurde gebeten, keinen Gebrauch von unserem Gespräch zu machen, die Zeitungen stürzten sich auf jede Mitteilung ... Die alte Frau war keine Frömmlerin, sie hatte viel gesehen. Die Welt mit den Augen des Menschen von Welt betrachten können führte zu einem Standpunkt, der nicht der weltliche war – ein starker Eindruck blieb.« Die Aussage dieser Frau von P., die dank der ja noch vorhandenen Adreßbücher des Grunewald-Viertels zu identifizieren sein wird, kann allein erklären, was bisher so mysteriös war: wieso die Kirche sich zur Beisetzung, die sie einem Selbstmörder nicht gewährt haben würde, bereit erklärte; wieso der Kronprinz die von ihm Erschossene so viele Stunden überlebt hat; wieso sein Vater das ungeheuer verächtliche Wort »Schneider« aus der Jägersprache wählte, um seines Sohnes Sterben zu charakterisieren. Denn ein Schneider – darunter verstehen Jäger, und der Kaiser bediente sich häufig der Sprache der Jäger, da er leidenschaftlich der Jagd ergeben war –, ein Schneider ist ein feiger Hirsch, der »kneift«. Oder, wie die Rudolf-Biographin Brigitte Hamann schreibt: »Schneider bedeutet einen schwachen, feigen Hirsch, der sich furchtsam im Unterholz verkriecht und einem offenen Kampf mit dem Stärkeren ausweicht ... Das Wort ›Schneider‹ hätte demnach, auf einen Menschen angewendet, die Bedeutung von ›Schwächling‹ oder ›Feigling‹. Es wäre eine verächtliche Färbung des noch harmlosen Wortes ›Krepierl‹, mit dem der Kaiser den Kronprinzen als Kind bedacht hatte« ... Wenn wahr ist, daß der Kaiser seinen Sohn einen ›Schneider‹ nannte – dann ist auch wahr, was Frau von P. Flake anvertraut hat. Denn ganz und gar unmöglich kann der Kaiser, hätte sein Sohn sich erschossen, so verächtlich von ihm gesprochen haben. Nötigt doch Selbstmord, mag man ihn aus christlichen Motiven auch verurteilen, allemal Hochachtung ab mindestens für die Energie, ja das *Höchstmaß* an Energie, das einer aufbringen muß, der sich selbst erschießt! Kein Vater nennt seinen Sohn »Schneider«, der das konnte. Doch ein General – der dreißigjährige Kronprinz war General, der seine sechzehnjährige Geliebte tötet, dann aber den Energieschub nicht mehr aufbringt, ihr in den Tod zu folgen: kann schon, so ungerecht das auch ist, Verachtung auslösen bei allen jenen, die nie davon gehört haben, daß der Mord den Mörder *verändert*! Nämlich schwächt: weil dieser Mord gar nicht selten das letzte Aufgebot, ja die *restlose* Ejakulation an Kraft war; und *den* total geschwächt zurückläßt, der ihn beging, weil er, von Natur kein Mörder, alles, was in ihm war an Todesverachtung und Entschlossenheit, »verschossen« hat in sein Opfer. So konnte auch das Ehepaar Goebbels, nachdem es in Hitlers Reichskanzlei seine sechs Kinder mit vergiftetem Pudding getötet hatte, sich selbst nicht mehr erschießen, sondern mußte SS-Männer bitten, ihm diesen »Liebesdienst« zu tun ... Der Kronprinz konnte einem österreichischen Offizier befehlen, ihm in der furchtbarsten Not diesen letzten Dienst zu erweisen ... Auch schießt ja ein Selbstmörder sich nicht in die Hand ... doch ein sehr Geschwächter wird reflexartig die Hand gegen den Kopf hochwerfen (jeder Arzt kann auch erklären, warum), ganz unbewußt, wenn er weiß, daß jemand auf ihn schießt: der Grund, warum man armen Hunden an der Erschießungsmauer stets die Hände auf den Rücken bindet. Und der Kronprinz galt als entnervt, ja hypersensibel. Seine Witwe scheut sich nicht, als sie ihn in ihren Memoiren charakterisiert, von seiner »nervösen Furchtsamkeit« zu schreiben, als Gegensatz zu Rudolfs »Lebensverachtung« ... Er kann nicht mehr er selber gewesen sein – wer wirft auf ihn den ersten Stein –, als er der Sechzehnjährigen in ihrer Launenhaftigkeit nachgegeben und sie in ihrer und seiner Verrücktheit erschossen – und *begriffen* hatte, neben der Toten, was ihm da »passiert« war! Der Kaiser überlebte seinen Sohn bis 1916, also 27 Jahre: nie mehr durfte der Sohn vor ihm erwähnt werden ... Warum?

Was *ich* anläßlich des Gedenktages: 30. Januar 1889 – 30. Januar 1989 zur Todesnacht von Mayerling als Zeuge beibringen kann, würde ich beeiden, wäre das nicht überflüssig, da ein noch lebender Mitzeuge da ist: die Urenkelin des Kronprinzen, die heute in Brüssel als Fotografin lebende und mit einem Lord verheiratete geborene Prinzessin von Windischgraetz, in deren Gegenwart ihr Vater, der Enkel des Kronprinzen: Fürst von Windischgraetz mir in seinem Palais in der Wiener Strohgasse 6 erzählt hat, was ich hier kommentarlos überliefere:

Bevor ihr Vater dazukam, fragte mich die Kaiserliche Hoheit, diese Cousine, ich weiß nicht, wie vielten Grades, des jetzt regierenden Königs der Belgier, bevor die Fürstin – sie ging barfuß, immer, zu Hause – mich zu ihrem Vater führte, fragte sie mich: »Haben Sie das Foto des Kronprinzen von seiner Aufbahrung gesehen?«

Ich: »Natürlich, Sie meinen den stark bandagierten Schädel?« Aber die kaiserliche Hoheit, eine der schönsten Frauen, die ich je traf, meinte keineswegs den Verband um den Kopf, sie sagte: »Nein – ich frage: ›Warum sind die Hände des Toten unter der Decke?‹ Kein Katholik sonst wurde je so in den Sarg gelegt, sondern mit gefalteten Händen – warum versteckte man die Hände des Kronprinzen unter Blumen oder der Decke? Das ist ja auch geschickterweise so fotografiert, daß man's nicht erkennen kann! Nun, weil sie offenbar verwundet waren, die Hände, aber kein Selbstmörder schießt sich in die Hände: das heißt, er hat sich gewehrt, sie haben seine Hände verletzt in dem Kampf, in dem sie ihn ermordet haben!«

Denn die Prinzessin kannte Flakes Autobiographie nicht. Und ich brachte es nicht übers Herz, ihr oder ihrem Vater zu widersprechen. Beide lebten in der festen Überzeugung, der Kronprinz sei ermordet worden, weil er mit der ungarischen Aristokratie einen Kaisersturz, einen Staatsstreich gegen seinen Vater, gegen Wien geplant habe... wie auch Lernet-Holenia es vermutet. Als die Fürstin mich zu ihrem Vater führte – er hatte meist als Großwildjäger auf seinen afrikanischen Besitzungen gelebt, nachdem er 1944 durch den Einzug der Roten Armee in Ungarn sein Gut verloren hatte, das so maßlos gewesen war, von beiden Donau-Ufern je neun Kilometer lang begrenzt zu werden –, sprachen wir natürlich erst über die offizielle Version, der Kronprinz sei »aus Liebe«, wie Kitschromane »überliefern«, gestorben. Beide waren, Enkel wie Urenkelin, erbittert belustigt anläßlich dieser Operetten-Albernheiten, ja sie waren *wütend* amüsiert: »Mein Großvater hatte nachweislich über dreißig uneheliche Kinder: was für eine Chuzpe, diesem Erben eines der stärksten Reiche der Erde anzuhängen, er habe sich wegen einer Affäre mit einem Teenager erschossen!« Die Urenkelin erzählte von ihrer Lektüre der aufwiegelnd liberalen Zeitungsartikel, die der Kronprinz – natürlich unter anderem Namen – für die Wiener Presse geschrieben habe, um das altersmorsche Staatsgebilde schon zu Lebzeiten seines reformfeindlichen Vaters zu modernisieren. Endlich berichtete der Fürst: »Gern sagte man das ja nicht als Enkel, aber mein Großvater hat geschossen auf den Kaiser! Auf der Jagd hat er's versucht, ihn umzubringen, aber der Schuß ging in den Arm des Büchsenspanners; in dem Moment, als der dem Kaiser ein neugeladenes Gewehr hinhielt, bekam er hier« – das zeigt der Fürst an seinem linken erhobenen Unterarm – »den Schuß. Der Kaiser, kreidebleich, kam von seinem Anstand herab und hat vor der versammelten Gesellschaft seinen Sohn aufgefordert, sofort die Jagd zu verlassen. Schon daß der Kronprinz dort seinen Stand hatte aufbauen lassen, läßt auf ein Attentat schließen: so postiert man sich nicht, daß man so leicht den Nachbarn treffen kann…«

Beide, Fürst und Fürstin, waren überzeugt, der berüchtigte Jagd-»Unfall« sei durchaus – Rudolf war ein Meisterschütze – *keiner* gewesen, sondern ein Attentat. Das wollte ich überliefern, weil der solide, schon erwähnte Biograph von Mitis 1928 schrieb: »Nur um Haaresbreite fehlte es damals, daß der Thronfolger seinen… Vater erschoß. ›Es dürfte in den Jahren 1885 oder 1886 gewesen sein, als im Höllgraben bei Mürzsteg auf Kahlwild gejagt wurde… Der Trieb ging, nachdem sowohl der Kaiser wie der Kronprinz ziemlich viel geschossen hatten, bereits dem Ende zu, als dem Kronprinzen noch ein Rudel Hochwild kam. Er beschoß das Wild, und als es, immer weiter flüchtend, für ihn immer weniger erreichbar wurde, vergaß er die alte Regel, verließ seinen Stand und schoß nochmals, als das Wild schon gegen den Stand des Kaisers zog. Die Kugel traf den hinter dem Stand des Kaisers sitzenden Träger Martin Veitschegger aus Mürzsteg beim Ellenbogen in den Ärmel. Dieser erhielt vom Kaiser fünfzig Gulden, und der Kronprinz durfte an dem Trieb am nächsten Tag nicht teilnehmen‹. So war durch das völlig regelwidrige Verhalten des Thronfolgers die Gefahr einer unerhörten Katastrophe, die mit unabsehbaren Folgen verknüpft gewesen wäre, heraufbeschworen worden« ...

Kannte der Fürst aus der Familien-Überlieferung den Verlauf auch ein wenig anders: er ist freizusprechen von der Verdächtigung, leichtfertig und unbewiesen seinen Großvater eines Mordanschlags gegen den Urgroßvater bezichtigt zu haben! Wie noch heute seine Tochter, sah der Fürst in seinem Großvater einen bedeutenden Politiker, der verzweifelt war, an seinem starrsinnigen Vater vorbei keine Reform zur Rettung de Monarchie durchsetzen zu können und deshalb in die gewaltsame Opposition, ja bis zum Mordversuch gedrängt worden sei ... Nie mehr wird aufgeklärt werden können – durch wen sollte das geschehen? – ob das Haus Habsburg, wie einst Philipp II. und Don Carlos in Madrid, auch noch an seinem Ende einen Vater-Sohn-Konflikt ausgetragen hat bis zur letzten, das heißt tödlichen Konsequenz: so daß einer, natürlich der Schwächere – wie stets – an ihm zerbrochen ist ...

Über den General und Erben eines machtvollen Reiches anläßlich seines hundertsten Todestages aber nichts anderes zu erzählen als sein – Ende: ist unfair! Dieser Mann hat verdient, auch eine Momentaufnahme miteinzublenden, die aus der Feder einer der gescheitesten Frauen seiner Zeit stammt, aus der »Vickys«, wie die Berliner Kronprinzessin, die spätere Kaiserin Friedrich und Mutter Kaiser Wilhelms des Letzten in der Familie genannt wurde. Sie schrieb am 17. III. 87 ihrer Mutter, der Queen Victoria, über den Neunundzwanzigjährigen, der neun Monate vor seinem Ende zu heikelsten Verhandlungen mit Bismarck nach Berlin entsandt worden war; offizieller Anlaß der Reise war die Silberne Hochzeit des Kronprinzen Friedrich mit Victoria von England; in Wahrheit war Kronprinz Rudolf vom österreichischen Außenminister ersucht worden, den Fürsten Bismarck zum Verzicht auf dessen Verlangen zu bewegen – das gelang nicht –, das Bündnis Berlin-Wien, das verfassungsmäßig festgelegt werden sollte, als einen Beistandspakt zu deklarieren, der sich gegen *alle* Angreifer, nicht nur, wie Österreich wollte, gegen Rußland allein richte. Vor hundert Jahren, das ist diesem Brief der britischen Königstochter abzulesen, war die Konstellation, wie Kronprinz Rudolf sie sah, schon ählich jener, die ein Vierteljahrhundert später, 1914, die Fronten bei Anzettelung des Ersten Weltkrieges markierte – allerdings mit dem wesentlichen Unterschied, daß Großbritannien noch in keiner Weise in Deutschland einen Gegner sah: das hat ja erst der deutsche Enkel der Queen, der letzte Kaiser mit seinem wahnwitzigen und zwecklosen Schlachtflotten-Bau provoziert... Die deutsche Kronprinzessin britischer Abkunft schreibt über Rudolf: »Er meinte vernünftigerweise, daß man in einem Kriege Rußland nicht ernstlich zu schädigen vermöge – man könne ihm keine Provinzen nehmen usw.; der einzige positive Nutzen, den man zu erreichen imstande sei, wäre, Rußland von der Gewinnung seiner Ziele und der freien Betätigung seines Willens abzuhalten. Er scheint zu glauben, daß Rußland Österreich in Galizien angreifen will... Rudolph glaubt« – sie schrieb den Namen mit ph –, »England könne von außerordentlichem Nutzen sein, wenn es dafür sorge, daß Italien ruhig bleibt... Rudolph meint, daß, wenn Deutschland Österreich gegen Rußland hilft, die Franzosen sofort Deutschland angreifen... Er hält Frankreich für stärker, besser bewaffnet, besser vorbereitet und patriotischer als früher – auch Rußland für kampfbereiter als im Russisch-Türkischen Krieg... man könne nicht leugnen, daß gegenwärtig Rußland die erste Geige in Europa spiele, die stärkste Macht sei und den übrigen ihren Willen aufzwänge... jeder Zeit imstande, Frankreich auf seine Seite zu ziehen... Er sprach mit wundervoller Klarheit, Klugheit und gesundem Menschenverstand, ist vollkommen au fait über alles und mit verschiedenen schwierigen Botschaften an den Fürsten Bismarck betraut worden«...

Auch diese Züge an dem – wie immer – »Verewigten« sind zu erwähnen. Der das seriöseste Buch über ihn schrieb, Werner Richter, Zürich 1941, zitiert auch die wahrhaft erstaunlichen Einsichten, ja Prophetien, die der erst *fünfzehnjährige* Rudolf, dessen Gesichtszüge schon Resignation prägen, aufgeschrieben hat: »Die Regierung... nähert sich um einen Schritt der Republik ... Eine alte Herrscherfamilie hält sich noch eher ... doch ein neuer Emporkömmling kann nur kurze Zeit seine Macht erhalten, denn der ganze Herrscherbegriff gehört nicht mehr in unsere Tage ... Das Königtum steht da, eine mächtige Ruine, die von heute auf morgen bleibt, doch endlich sinken wird. Jahrhunderte hat es gehalten ... doch jetzt ist seine Aufgabe zu Ende, frei sind alle Menschen, und beim nächsten Sturm sinkt diese Ruine« ... Mit fünfzehn geschrieben! Auch dieser Biograph berichtet Einzelheiten, die den Kronprinzen als entnervt, ja angstvoll charakterisieren – doch seine Furcht zum Beispiel vor Attentaten war ja nur zu berechtigt, bedenkt man, daß Herrscher damals keineswegs ihre Leibbullen hatten wie heute jeder Minister; und daß die Mutter Rudolfs alsbald von einem ialienischen Idioten in Genf einfach abgestochen wurde, weil auch sie ungeschützt spazierenging ... Seine Witwe schreibt über Rudolfs Stellung zu seinem Vater: »Er achtete den Kaiser überaus hoch – vermochte das aber sogleich zu vergessen, wenn ihm andere vorspiegelten, wie bald er selbst Kaiser sein könne. Sein Glaube, daß er berufen sei, eine neue Zeit heraufzuführen – und die Nonchalance, mit der er bereit war, alles zu verspielen« ...

Wer fähig war, eine geliebte Sechzehnjährige zu erschießen aus dem abgründig inhumanen Egoismus, nicht allein in den Tod gehen zu wollen, wenn er des Lebens überdrüssig geworden – ein für Rudolf schon passendes Wort: der war auch fähig, wenn schon nicht sich selber, so doch einen als Bedrückung empfundenen Vater zu erschießen, den er bezichtigte, dieses Leben überhaupt verschuldet zu haben ...

Tierliebende, die Briefe Rudolfs gelesen haben, könnten versucht sein, zu sagen: es sei diesem Waidmann am Ende beschieden gewesen, was er selber mit ruchloser Beiläufigkeit – wie er das in Briefen am Rande berichtet – vielen Tieren zugefügt hat: sie nicht zu schießen, sondern »nur« anzuschießen: »Gestern erlegte ich vier Rehböcke in Eckartsau und schoß noch einen stark an.« Oder: »... galoppierte wieder in unsere Donauauen, wo ich drei Böcke erlegte und drei anschoß« ... wie muß diesem Mann »zumute« gewesen sein, wenn wahr ist, was die alte Dame in Berlin Flake berichtet hat: daß er der von ihm Getöteten, einem *Kinde* – nicht folgen konnte?

Nachzutragen bleibt, daß die Rudolf-Biographin Hamann festhält, wie dem Liebespaar zwei Monate vor der entsetzlichen Nacht als Menetekel – das die beiden freilich nicht erkannten – dieses Ende des einen und die Unfähigkeit des anderen, auch *mit sich* ein Ende zu machen, an die Wand gemalt worden war: »Marys Hauslehrer erzählte, Mary habe sich im November auffällig für den Fall Chambige interessiert: Dieser Fall eines geplanten Doppelselbstmordes eines Liebespaars, der mit dem Tod der Frau endete, der Mann aber durch einen Fehlschuß überlebte ... später machte sie die bezeichnende Äußerung, ein Freund ... habe ihr erklärt, dafür einzustehen, mit dem Spiegel in der Hand sein Ziel nicht verfehlen zu können«. Doch das Ziel nicht treffen: ist eines. Ein anderes: gar nicht mehr schießen können ...

O Deutschland, hoch in Ehren! Die Republik der Selbstversorger

»Deutschland braucht Bayern« · Parlamentarier ·
»Volks«-Vertreter · Mutlangen
Der häßliche Deutsche
Bergmänner und Bischöfe
Heilig Abend · Richter
Prozession oder 63 % für Strauß
Zensur gegen Strafgefangene
Sein Grundbesitz
Fahndungsbücher · Deutsche

»Ist der öffentliche Dienst endgültig auf dem Wege,
sich umzufunktionieren in einen
Selbstbedienungsladen derer, die drin sind?«

Bundespräsident Heinemann am 7. März 1974

»Der Leiter der Hamburger Pressestelle ...
ist gleichzeitig mit dem ersten Bürgermeister ...
aus dem Amt geschieden ...
Bis zum Jahresende 1981 soll der 40jährige nach einer Dienstzeit
von knapp drei Jahren sein volles Gehalt
in Höhe von 8281 Mark erhalten.
Für weitere fünf Jahre 75 Prozent
und dann bis zum Lebensende 50 Prozent.«

Professor Theodor Eschenburg, Die Zeit, am 10. Juli 1981

Gewidmet dem letzten Anwalt
der politischen Literatur
in der bundesdeutschen Öffentlichkeit:
Professor Dr. Fritz J. Raddatz,
anläßlich seines 50. Geburtstages
am 3. September 1981

»Deutschland braucht Bayern«

Slogan des CSU-Parteitages 1970

»Ein chinesisches Sprichwort sagt: ›Hat jemand eine hohe Stellung, kommen auch seine Hunde und Hühner in den Himmel.‹ Zu Zeiten des seligen Strauß, der selber mit Wohltaten heftigst gesegnet war (geschätztes Vermögen bei seinem Tod: 100 Millionen Mark), schienen in Bayern die öffentlichen Finanzinstitute geradezu ein Endlager für abgebrannte Weggenossen oder Rivalen. Finanzminister Huber wurde Chef der Landesbank, der ehemalige Innenminister Merk avancierte zum Sparkassen-Chef und Staatssekretär Müller zum Präsidenten der Landeszentralbank ... Posten, die mehrere hunderttausend Mark im Jahr bringen.«

Stern, am 21.3.1991

Ein Tusch! Wir Bayern feiern heute, daß wir Bayern.
Schaum vor den Lippen, Schaum auf unsern Krügen.
»Kopfleiste« sagt schon: vor der Stirn ein Brett.
Drauf unser Slogan, stolz, in steilen Zügen:
»Deutschland braucht Bayern!« – schwarzgedruckt und fett.
Der Saalschutz schützt das Bräu vor APO-Schreiern.
Hier feiern Bayern unter sich! Nur Bayern.

Bei diesen Feiern, Bayern, daß wir Bayern,
da brüllen wir nicht wie Ammergauer Vieh!
Wir singen vielmehr die Parteitag-Hymne
gesittet nach der trauten Melodie:
»Als wir Bayern klug geworden,
schleusten wir in Deutschlands Norden
Hitler, Himmler, Göring ein ...«

Parlamentarier

»Die Abgeordnetenentschädigung beträgt 3664 Mark im Monat, die Bundestagspräsidentin bekommt das Doppelte ... über diese Entschädigung hinaus erhalten die Abgeordneten – auch dann, wenn sie gleichzeitig Minister sind – eine steuerfreie Kostenpauschale: im Monat 5243 DM. Minister bekommen neben ihrem Gehalt (250.000 DM) auch noch fünfzig Prozent ihres Abgeordnetengehalts: 57.984«

Die Zeit, 22. 3. 1991

»O, Deutschland, hoch in Ehren!«
– die Melodie kann bleiben.
Doch die Parteien lehren,
wie sie's mit Ämtern treiben
im »heiligen Land der Treu«:
der Text ist umzuschreiben.
Für Schulbücher druckt neu:
»Bonn – Trog für viele Schweine!
Komm, stoß Dich auch gesund!
Kommst Du nicht auf die Beine:
in Bonn – nicht grad beim ›Bund‹
– doch als Parteibuch-Mann
fällt niemand auf, der nichts,
sofern er reden kann.«

»Volks«-Vertreter

»In Frankfurt wird gleich gegen 870 Verdächtige – darunter etwa 430 Bedienstete von Stadt und Land Hessen – ermittelt ... Das Straßenbauamt verlor 30 Mitarbeiter durch Haftbefehl, die Stadtwerke verloren 14. Selbst bei der Stadtreinigung kamen die Staatsanwälte auf Bestechungssummen bis zu 500.000 Mark. ›Sizilianische Verhältnisse‹ diagnostizierte der Staatsanwalt.«

Stern, 21.3.1991

Statistik 1978:
Für *ein* Amt kriegen Landtagspräsidenten
– nicht alle – über zwanzigtausend
im Monat hierzulande Renten.
»Sozialhilfe im Schnitt«:
da zahlt man Ehepaaren von 65 Jahren,
und zählt darin schon mit
den »Mehrbedarfs-Zuschlag«
sechshundertsiebzig Mark ...

Wer zwingt herbei den Tag,
an dem das Volk in Sarg
und Urne schlägt und brennt,
was sich auf seine Kosten
– Mastvieh im Parlament –
erschwätzt hat Sitz und Posten
und »Volks«-Vertreter nennt?
O Bürger, Stimmen-Vieh,
was hast du dir erwählt!

Abwählbar sind die nie.
Hast du die je gezählt?
Fast neunzehnhundert kleben
in Land- und Bundestag...
Was die sich selber geben
an Mehrbedarfs-Zuschlag,
die da die Zeit abhocken,
nur um sich alle Jahre
Diäten »aufzustocken«:

Für wie viele Rentner-Paare
scheint's denen »angemessen«?
Kaum, daß sie selbst vier Jahre
im Landtag abgesessen,
doch auch in Bonn, im Bund,
so haben sie schon Pension
»verdient« mit Arsch und Mund.
Und dies dem Volk zum Hohn:
korrupt muß keiner sein

Nein – nur gesetzestreu
die MDBs am Rhein...
Doch was sich ohne Scheu
so von der Spree zur Saar
den Mehrbedarfs-Zuschlag
selbst steigert Jahr um Jahr
an Isar, Elbe, Main
im Land-, im Bundestag:
wie oft ist's nur ein –Schwein!

P.S.: »Gibt es in Deutschland einen Beruf
außer dem des Bundesministers,
der keiner speziellen Vorbildung bedarf?«
Frage eines Schulentlassenen
auf seiner vergeblichen
Suche nach einer Lehrstelle.

Mutlangen: Deutschland – verschwunden

Offenb. 16/16

Richtung Osten,
von Stuttgart vierzig Kilometer:
vorbei am Landgasthof in Mutlangen.
Sattelschlepper der US-Army bringen
Pershing Erstschlag-Raketen in Stellung.
Reichweite, Zielpunkt: Moskau.

Richtung Westen,
von Wismar achtzehn Kilometer:
seitab der Windmühle von Nantrow.
Ein Güterzug, dreißig Waggons,
bringt Panzer, russische, der Werra zu,
der Grenze zwischen beiden Deutschland.

Was bleibt von Windmühle, von Landgasthof,
erbaut vor zwei Jahrhunderten,
wenn sich die Panzer auf die Ketten,
die Ingenieure an die Drücker machen?
Wo, Deutschland
– zu schweigen von allen, die Dich bewohnen

Von allen denen zu schweigen:
wo, Deutschland, wirst Du dann auffindbar sein?
Nur in einigen Deiner Bücher, zu lesen
in Volksbibliotheken des Kaukasus.
In einigen Kompositionen noch, gespielt
in transatlantischen Concert-Halls.

Der häßliche Deutsche

»Bonn braucht keine wirtschaftspolitischen Lehren und Ratschläge von Washington. Das ist, auf einen Nenner gebracht, der Inhalt eines Interviews in der ›New York Times‹, in dem sich der Bundeskanzler zu den Ansichten der neuen amerikanischen Regierung äußert. Das Interview hat in Washington allgemein wegen seines harten Tenors überrascht, nicht zuletzt auch deswegen, weil der Kanzler darin seinerseits der amerikanischen Regierung Ratschläge erteilt. Er weist darauf hin, daß die deutsche Lage, was die Inflationsbekämpfung und den Stand der Arbeitslosigkeit betreffe, sehr viel besser sei als die amerikanische. Dies sei das Resultat einer strengen Disziplin in fiskalischer und monetärer Hinsicht. Washington tue gut daran, meinte der deutsche Bundeskanzler weiter, ebenfalls solche Disziplin walten zu lassen.«

Frankfurter Allgemeine Zeitung am 25. 1. 1977

Unser Herr Bundeskanzler ermahnt die Briten,
eine Stunde mehr zu arbeiten, müsse er bitten!
In Paris tituliert ihn der Präsident:
»Feldwebel« – Der Kanzler aber nennt

Den Franzosen: »Meinen Freund« – und glaubt das sogar.
Kein Schnauzbart schmückt ihn – und doch aufs Haar
gleicht der Kanzler dem Kaiser, der Anno nullacht,
worüber Europa erbittert gelacht

Im ›Daily Telegraph‹ kundgetan,
die Engländer hätten nach *seinem* Plan,
»der jetzt im Archiv in Windsor liegt«,
schlußendlich die Buren doch noch besiegt!

Zwar pumpt Bonn Milliarden in Ostblock-Staaten,
doch den Römern wird drohend vom Kanzler geraten,
Italien ohne KP zu regieren:
um des Deutschen Wohlwollen nicht zu verlieren.

Dem Areopag schrieb er auch einen Brief,
der die Justiz dort zur Ordnung rief,
sie lehrte, was Politik sei, was Gewalt und was Recht;
Piraten seien auszuliefern – geschwächt

Werde sonst das Ansehen Athens in der Welt!
Doch die Welt sieht den Boche vom Trieb entstellt,
Nachbarn zu belehren – die sich verbinden
im gleichen Gefühl: ihn zum Kotzen zu finden.

Bergmänner und Bischöfe

»Die katholische Caritas in München verkaufte ein Grundstück im feinen Stadtteil Nymphenburg für mehr als eine Million Mark an Ministerpräsident Streibl. Da erlaubte die Baugenehmigung statt einem Einfamilienhaus die Errichtung eines Mehrfamilienhauses, was den Wert des Landes prächtig steigerte ... Eigentlich hatte die alte Dame, die der Caritas das Grundstück vererbt hatte, sich dort ein Altenheim gewünscht.«

Stern, am 21. 3. 1991

Neulich hat Gott die Welt entdeckt
– zufällig und zum erstenmal,
seit er sie zum Leben erweckt.

»Und der? – Wie heißt dieser Pickel da unten?«
Petrus erläutert: Erde heiße der Stern.
»Soso – hat man Bewohner dort gefunden?«

»Majestät«, antwortet Petrus gekränkt,
»von diesem Planeten stamme auch ich!«
»Interessant!« ruft Gott – »aber was zwängt

Sich für verrußtes Gesindel da aus dem Loch?«
Petrus schluckt; dann spricht er tapfer:
»Bergmänner sind die – und schuften doch

Genau wie du, Herr, es uns auferlegt!«
»Was«, schreit der Alte, »unterstellst du mir!«
»Halten zu Gnaden«, sagt Petrus erregt –

»Halt's Maul!« ruft Gott – und gequält
sieht er in der Grube ein schlagendes Wetter.
»Wer hat den Männern da erzählt

Ich hätte diese Schinderei befohlen!
Wenn solche Schweinereien dort passieren
– dann bleibe diese Erde mir gestohlen.«

»Majestät«, sagt Petrus, »diese Kumpel verdienen
ihr Brot im Schweiße des Angesichts:
genau dies verlangtest du doch von ihnen!«

»Die armen Idioten!« klagt Gott – »ja, denken
die ernstlich, das hätte ich *wörtlich* gemeint?«
Und krümmt sich vor Ekel – ihn abzulenken.

Zeigt Petrus ihm rasch in Rom das Konzil.
Tausend Bischöfe singen im Petersdom,
Kardinäle und Papst – und das Orgelspiel

Hört selbst noch Gott – und hat seine Freude
an der Prachtversammlung in Seide und Gold:
»Witzig, diese spitzigen Hüte der Leute!«

Und Gott fragt, was diese Sänger *vereint*.
»Das Wissen, o Herr« – gibt Petrus zur Antwort,
»mit dem Schweiß, das sei nicht so wörtlich gemeint.«

Heilig Abend

Dampfgrauer Wolken tiefer rascher Gleitflug,
als ob ein Wirbel nasse Leichenlaken
der Wäscheleine wegriß im Spital.

Baustellen – doch die Arbeit abgebrochen.
Mit Kurzarbeitern zählen Arbeitslose
schon zweieinhalb Millionen ...

Teerpappenschwarze Wälder; Wiesen faulbraun.
Der Dollar schwankt, doch stützt das Pfund noch,
gestützt von DM, die der Franken stützt.

Die Banken zinsen jetzt mit vier Prozent nur,
doch nehmen zwölf: Befehl des Präsidenten
der Bundesbank an seinen Prokuristen:

Den Bonner Kanzler. Geschlossene Schranken,
Autoschlangen – die wildgewordnen Scheibenwischer
putzen nur Glas, doch öffnen keinen Ausblick.

Betongedärme, Ausfallstraßen, Atlantikwall-Stil.
Statt Bäume vor den Häusern: wie angstgesträubte Haare
Antennen auf den Dächern, zur Volksberieselung.

Hysterisierte Fernseh-Bon(n)zen »tagen« nachts:
Life darf Silveser nur das Kabinett noch
– nicht mehr das Kabarett gesendet werden!

Hautfahl wie unrasierte Wangen die Äcker unterm Regen.
Agonierendes Land, dem selbst der Schnee ausbleibt
– wie einem Sterbemüden nicht der Tod kommt.

Richter

Eine Leierkasten-Ballade

Denen gewidmet, die *nicht* so sind . . .

Was Normalverbrauchte »Schicksal« nennen,
lernt ein Richter nur als »Laufbahn« kennen.
Gibt er lebensläglich »aus Versehn«:
ihm kann lebenslänglich nichts geschehn.
Seine Sicherheit, daß dem so ist,
legt das Strafmaß fest, das er bemißt.

I.

Nun hört eine Moritat ohne Moral,
denn sie spielt unter deutschen Juristen.
Selbst wer schuldlosen Menschen das Leben stahl,
den streichen die nicht aus den Listen
– Mafia-Geist – des Berufsverbands:
Nicht einer ward vor Gericht gestellt,
der für die Schänder des Vaterlands,
für die Nazis – Todesurteile gefällt.

Nicht einer! – sie alle gelangten ins Alter,
sei es im Amt, sei's mit hoher Pension:
einst Büttel Hitlers – heute Verwalter
demokratischer Rechte: dem Volke zum Hohn . . .
Auch die Richter der Rohrbach-Hetzel-Balladen
– nur der Zufall hat sie aufgelichtet –
nahmen selber keinen Schaden,
als sie Schuldlose vernichtet.

Verdammt, eine Moritat ohne Moral,
denn sie spielt unter deutschen Juristen.
Die sind gleich, ob sie christlich, ob liberal
ob sie Nazis sind, ob Kommunisten;
Das bleibt gleich – daß deutsche Richter
hierzulande nie ein Mann
– und wir dulden solch Gelichter! –
jemals haftbar machen kann.

II.

Hetzel nahm Anhalterinnen
– doch nie Kilometergeld:
nebst der Fahrt war zu gewinnen
fünf Mark bar – wenn sie in Feld
oder Wald sich rasch entschieden,
diesem Volks-Beau, der sie wollte,
was sie hatten, darzubieten ...
Keine, die ihm dafür grollte.

Außer einer, die ihm fluchte,
schwuren alle, daß der Mann
nie es mit Gewalt versuchte ...
Zeugin Mangold: »Keiner kann,
hohe Herrn vom Schwurgericht,
will's die Frau nicht, es erzwingen!
Zwar im Bett – im Auto nicht,
ist so mit uns umzuspringen.«

Und mit Nadelöhr und Faden
wollte sie das demonstrieren,
bis Geschworene sich verbaten,
»ins Detail« sich zu verlieren ...
Hetzel konnte in Verhören,
wieviel Frauen er genommen,
nur noch schätzen – doch beschwören:
allen sei das gut bekommen.

Nur Frau Gierth nicht – ihr Gesäß
hat ihn allzu hart erregt.
Als sie ihrem Wunsch gemäß
bäuchlings sich ins Gras gelegt
– denn als Paukenschlag vermißt
hat sie noch Anal-Betrieb –,
stieß er »ohne Hinterlist«,
bis sie auf der Strecke blieb.

Herzschlag! – tot. Die Ärzte nannten
den Reflexschlag: »Reaktion«.
Die Verteidiger befanden:
»Freispruch und ein Jahreslohn
für die Untersuchungshaft.«
– Da rief sich der Staatsanwalt
einen Herrn der »Wissenschaft«.
Ponsold lieferte alsbald

Den »Beweis«, daß eine Falte
– Fotos, nicht die Leiche gesehn –
schlüssig das Indiz enthalte,
»Mord durch Würgen« sei geschehn.
Zwar, Frau Gierth war längst begraben,
wurde auch nicht exhumiert,
doch kraft Ponsolds Sehergaben
wurde Hetzel »überführt«.

Strafmaß: Zuchthaus, lebenslänglich.
Doktor Ponsold, Münster, bürgt:
»Folgerung ganz unumgänglich,
mit dem Kälberstrick erwürgt,
ward die Gierth erst tot mißbraucht!«
(Niemand *zwang* H., sich zu melden,
kein Verdacht war aufgetaucht:
»Richter« ließen das nicht gelten!)

Hinzurichten war verboten,
doch wer weiß, ob das so bleibt.
Ruhe geben nur die Toten,
nicht wer Revision betreibt.
So wie H. nach dreizehn Jahren
(und nach fünfzehn war er frei),
weil er *zufällig* erfahren,
was in Münsters Aasee bei

Allzu flachem Wasserstand
sich gefunden hat: ein *Kopf*,
der laut Ponsold längst verbrannt,
als Frau Rohrbach einst vom Schopf
bis zu Füßen ihren Gatten
erst zersägte, dann verheizte ...
Was das Volk gefordert hatte:
sie zu köpfen – das »Gescheitste«

War im Grundgesetz verwehrt.
Deshalb überlebten beide,
»Lebenslängliche« – entehrt ...
Jahrelang von Richter-Seite
wurde Revisionsanträgen
keinerlei Gehör »geschenkt«:
Irrtümer nur zu erwägen
braucht kein Richter – wie versenkt

Steine auf dem Meergrund liegen
– so in Zellen Menschen-Reste.
Nicht das Recht – die Richter siegen!
Ponsold bleibt mit weißer Weste.
Selbst die Richer richten fort,
die ihm glaubten –; umgedichtet
haben sie das Bibelwort:
»Richtet – daß *euch* niemand richtet.«

III.

Verdammt, eine Moritat ohne Moral,
denn sie spielt unter deutschen Juristen ...
Unter Braunen, Roten, Schwarzen – egal:
sind selbst jene nie auszumisten

Die Schuldlose, hier einen Mann, eine Frau
durch Haft in Schande vernichtet:
lebenslänglich schuldlos im Bau
durch Richter, die – nie jemand richtet.

Prozession oder 63 % für Franz Josef Strauß

»Lauten Beifall erntete Strauß, als er zu den Vorgängen um Filbinger erklärte: ›Man kann Filbinger aus dem, was er bei Kriegsende unter den damaligen Verhältnissen getan hat, keinen Vorwurf machen. Aber man führt mit Ratten und Schmeißfliegen keine Prozesse.‹«

Hofer Anzeiger am 31. Juli 1978

Ein *toter* Christus, der ficht uns nicht an!
Den tragen wir selbst in München durch die Gassen:
der Kardinal geht »seinem« Kabinett voran,
schwarz wie die Herren in Schwarz die Massen
der Bayern, die in frommer Disziplin
dem Ehrendoktor Strauß die Mehrheit schenken.
Seht ihn: wie sittsam hinterm Baldachin!
Er denkt für alle – weil doch Denken

Den Glauben stört. Auch Du, auch Du
tust Gottesdienst, wählst du die Strauß-Partei
– Hochamt und Hochfinanz: die CSU.
Franz Josef Strauß – in jeder Sakristei
hat er gleich sein Büro. Nun knien sie wieder ...
Klingt ihr Choral nicht wie ein Wort an Eides Statt?
Ach, ja: ein böser Mensch hat keine Lieder
– wie uns die Nazi-Zeit bestätigt hat ...

Der Sänger dort, der so ergreifend schwitzt:
was er auch tut – er bleibt auf freiem Fuß!
Nie sitzen muß, wer erst im Landtag sitzt.
Old Schwurhands und der anderen Co-Filous
Erfahrung lehrt das vor Gerichten ...
Hauptsache: Deutsche Bank und Deutscher Bund,
sie bleiben, was sie längst sind – Synonyme!
Wer wird Finanzminister? Nicht den Hund

Sie zu bewachen, an die Würste binden!
Man wird im Reigen christlicher Kostüme
den Präsidenten auch des Landtags finden
– pfui! Dieser Mensch hat nicht intern,
in Bonn sogar hat er gesagt, Land Bayern,
es brauche »keinen Strauß – doch einen Herrn«,
um vor dem Ausland sich als Staat zu feiern!
Stets unbeirrbar auf dem Christen-Strich,

Marschiert Kultur mit in der Prozession:
Klassiker inszenieren – monatlich,
da die nicht beißen, fünfzigtausend Lohn.
Parteibeamte sind dank Aufsichtsräten
und Land- und Bundestag bei dreißigtausend
– dazu natürlich noch Diäten ...
Die Oberschicht in Bonn und München hausend
wie nie private Firmen das ertrügen

Druckt: Christen sind – die Strauß erwählen,
der nur aus Neid im Norden so verschrien ...
Herr Jesus selbst wird Eure Stimmen zählen
wie einst das Ablaß-Geld. Ihr solltet knien
vor Strauß als Bayerns größtem Sohn:
Wo Strauß die Finger faltet überm Wanst,
hat GOTT MIT UNS der Hitler schon
in jedes Koppelschloß gestanzt.

Zensur gegen Strafgefangene

»Das Druckwerk wird angehalten. Sein Inhalt gefährdet Ziel des Strafvollzugs und Ordnung der Anstalt.«

Gefängnisleitung Kaisheim gegen den Insassen Rechtsreferendar Rolf Pohle, dessen Mutter versucht hatte, ihm das Drama ›Juristen‹ zuzusenden.

Zensur in allen Haft-Anstalten:
grundgesetzwidrig, weil nicht die Büttel
aus Quälsucht über das Strafmaß,
das Richter verhängten, hinausgehen dürften.

Auch sich einmal so sehen: dort sitzend
Wochen, Monate, Jahre, ein Jahrzehnt:
denn aller Terror fängt an mit dem Gefühl,
selber sei man sicher vor ihm ...

Warum darf einer, der im Gefängnis
»seine« Arbeit acht Stunden getan hat:
abends, sonntags oder schlaflos zur Nacht
in seiner Zelle nicht lesen, wonach ihn verlangt?

Jeder weiß, dies Unrecht geschieht,
institutionalisiert durch Gewohnheit
und Willkür: Zensur, Entmündigung
sadistisch verhängt über Menschen,
die es büßen müßten durch Verschärfung
der Zensur, lehnten sie sich auf gegen sie ...

Warum schweigen zu dieser Dauer-Verletzung
des Grundgesetzes auch jene, die ihr Amt
dem Schwur verdanken, es zu verteidigen?

Eidbrüchig jeder, solange er dazu schweigt:
im Geheimen doch wissend so mancher,
daß auch er nur auf freiem Fuß ist
dank des Schweigens derer,
die ihn kennen und wissen, was *er* weiß!

Und der ich dies schreibe
und der du das liest: woher wüßten wir
ob nicht wie lange und wann und wo und wofür
auch wir noch »einsitzen« werden?
Denn wer sich selber kennt: woher nimmt er
das Vertrauen in seine Redlichkeit
– oder gar in die der Justiz: als dürfe
ausgerechnet ein Deutscher
sein Recht vom – Gesetz erhoffen!

So wie doch keiner, der Söhne hat,
je schreien sollte: dort rennt der Dieb!
Eine Frau von Thyssen,
Industriellen-Witwe am Rhein,
hat Asyle gestiftet: Armen,
Verwahrlosten, invaliden Kriminellen
– doch mit dem Vorbehalt:
immer müsse in diesen Häusern
ein Freiplatz auch sein für einen solchen Sproß
ihrer Familie.

Ist auch die Todesstrafe dem angemessen,
der sie fordert: Entzug von Büchern, leider
– »das Druckwerk wird angehalten« –,
wäre für *den* keine Strafe,
der Bücher entzieht:
denn der vermißt nie ein Buch ...
wie der Dumme von seiner Dummheit
weniger verspürt, je dümmer er ist.

Sein Grundbesitz

»Kein Mensch darf nur als Mittel benutzt werden.«
Kant

So wollten das die Schwarzen stets in Bonn;
die Roten dulden das dort auch – »Genossen«:
Wer schuftet, dem bleibt *nichts* davon!
Gleich einem Gottesurteil ward beschlossen

Arbeit, die Hände und Gesicht beschmutzt,
bringt keinem Eigentum: Haus, Aktien, Boden!
Als Mittel nur im Berg, am Bau vernutzt,
am Fließband auch – wird in Regierungszoten

Der Proletarier verhöhnt: Daß ihm Konsum
– Kleid, Essen, Hausrat – »Werte« gab!
Gewiß, auch *er* kriegt Land, posthum.
Auf zwanzig Jahre Grundbesitz: sein Grab.

Fahndungsbücher

Nur in England bin ich im Fahndungsbuch;
mein Neffe wäre fast nicht mehr heimgekommen:
in Dover, nach seinem London-Besuch,
aus dem Schulbus herausgeholt und vernommen,
hat Bernd – erst siebzehn – blauäugig bestritten,
mich persönlich zu kennen, ein Verwandter zu sein;
so ließen nach zwanzig Minuten die Briten
ihn wieder laufen; er schiffte sich ein ...

Ohne Recht nenne ich Basel als Heimatstadt:
ein Schweizer Zöllner beargwöhnt mich nie!
Mit bald fünfzig Jahren hat man es satt,
verdächtigt von teutonischer Hysterie,
mein Name *müsse* im Fahndungsbuch stehn,
faule Deutsche zu treffen, die sich schwer überzeugen,
meinen Namen in ihrem Buch *nicht* zu sehn,
so tief auch hinein sie den dummen Kopf beugen ...

Bei Aachen, bei Freiburg, Helmstedt, Berlin:
Deutsche suche mich fast immer im Fahndungsbuch!
Und lassen sie endlich mich weiterziehn,
die Arbeitslosen in jagdgrünem Tuch,
dann fühlt der bespuckte Patriot sich verbannt ...
Und seine Liebe treibt – und das will er nicht ändern –,
ihn zurück nach Europas kleinstem Land:
zum Kanton Basel-Stadt, dem Tor zu drei Ländern!

Deutsche

»Am 15. Dezember 1955 veranlaßte er den deutschen Botschafter in London, Hans von Herwarth, im britischen Außenministerium vorzusprechen, um Staatssekretär Sir Ivon Kirkpatrick eine vertrauliche Mitteilung zu machen: Selbst wenn im Zusammenhang mit dem Abschluß eines europäischen Sicherheitsvertrages, wie die Sowjets ihn wünschten, eine Wiedervereinigung Deutschlands aufgrund freier Wahlen möglich und völlige Handlungsfreiheit einer gesamtdeutschen Regierung gesichert sei, sei er – Adenauer – dagegen ... Adenauer habe betont, daß es ›katastrophale‹ Folgen für seine politische Position haben würde, wenn seine Ansichten, die er mit solcher Offenheit mitgeteilt habe, jemals in Deutschland bekannt würden‹.«

Marion Gräfin Dönhoff, Die Zeit, am 21. März 1986

Auf das Land, wo ich geboren,
reimt sich jetzt das Wort: vergessen.
Strecke Fulda – Göttingen,
Grenzgebiet seitab, Nordhessen.

Selten, daß ein D-Zug hält.
Schienenbusse führen zur Stadt.
Sackbahnhof – der Schlagbaum fällt!
Der das Land zerrissen hat:

Hitlers Krieg furunkelt weiter.
Minengürtel, Abschuß-Streifen,
links und rechts der Werra: beider
Staaten Grenzarmisten

Die zum kalten Weltgelächter
– Brudermord nach Fahndungslisten –
intern Himmler weiterspielen:
jedem Deutschen steht als Wächter

Stets ein Landsmann treu im Rücken!
Deutsche, die auf Deutsche zielen,
sehen die Nachbarn mit Entzücken,
die wir früher überfielen.

Brüder Ulbricht – Adenauer:
Hochverräter, Ideologen,
steigerten Ideen zur Mauer,
die, aus Steinen nachvollzogen

Denkmal ist der Dioskuren.
Ausgeführt für Siegerstaaten:
– teile, herrsche – was die schwuren.
Deutschland haben sie verraten.

Grüninger-Novelle

»Merke: es gibt Untaten,
über welche kein Gras wächst!«
J. P. Hebel

Mit einer Geste, die sogleich andeutete, *so* kommen wir nicht durchs Ziel, schob der Anwalt vor ihm liegende Papiere zusammen und sagte, obleich Basler, ganz dialektfrei: »Sie haben fehlerlos recherchiert, stimmt alles, vom Geburtsort dieses sogenannten Menschen – bis hin zu seiner Nachkriegsexistenz in Übersee; und auch bis zu Ihrer Entdeckung, daß er wieder zurückgekommen ist, nach Jahrzehnten! Niemand könnte auch die Echtheit dieser zwei Bankauszüge anzweifeln, aber da er sicher sein konnte, daß seine Opfer ermordet würden – *Ihre* Aussage zählt gewiß ebenfalls, sie ist mit diesen Bankbelegen schwerwiegend, aber sie wird gegen seine stehen, derzufolge er nichts – *nichts* zu tun hat mit alldem! Natürlich recherchiere ich weiter – doch vorerst sind wir machtlos. Ich betone: vorerst...«

Die Frau, die Ende Sechzig zu sein schien, in Wahrheit aber fünfzehn Jahre jünger war, hatte schon lange nichts mehr gesagt; nun schwieg auch der Anwalt. Sie stand auf und fragte: »Was bin ich Ihnen schuldig, ich würde das jetzt gern gleich bar erledigen, weil Überweisungen aus Israel...«

Der Basler tat das ab: »Kommt nicht in Frage, was wollen Sie mir denn dafür zahlen, daß ich Ihnen nicht – noch! – nicht helfen kann? Sie hatten Unkosten genug. Für mich ist dies eine neue Erfahrung – bitte behalten Sie doch Platz, ich nehme Sie mit zum Bahnhof, ich habe auch dort... ja, ich sehe hier zum erstenmal, wie wahr das ist, wenn man sagt: das perfekte Verbrechen glückt einem Privaten nur dann, wenn der Staat kein Interesse daran hat, daß es aufgedeckt wird.«

Die Frau ergänzte: »Das sagte ungefähr ebenso mal jemand, drüben in Kalifornien, als nach Luther King auch der zweite Kennedy erschossen wurde – da sagte einer: die Polizei mordet niemals, bevor sie den Täter hat! Das sei der Beweis ex silentio... wenn offensichtlich der Staat mindestens nicht hilft, den Mörder zu überführen. Aber wer ist hier in unserem Falle der Staat?«

Doktor soundso, der – wie viele Anwälte in dieser Stadt – einen aus der Geistesgeschichte des 18. und 19. Jahrhunderts erlauchten Namen trug, einen so klangvollen wie Euler oder Iselin oder Bernoulli oder Burckhardt, Paravicini, Bachofen, Vischer, Heusler, Wackernagel–, der schwere, vorsichtige Mann setzte zur Antwort an, doch »drehte dann ab«, wie man es von einem zur Landung bereit gewesenen Flugzeug sagen würde; zögernd und nur in Stichworten »landete« er dann doch mit dem, was er sagen mußte: »Natürlich sind da ja in Bank- und in Berner Archiven noch Dokumente aus Berlin auffindbar, dürfte man dort forschen. Das darf man aber nicht. Ich bin selber ein eingefleischter Befürworter des unbedingten Bankgeheimnisses, weil ich die radikale Trennung zwischen den Interessen des einzelnen und des Staates – oder genauer: der Gesellschaft – für human halte. Und daß die Schweiz wenigstens aus ihrer Finanzkraft die Stärke herausholt, die ihr sonst abgeht, weil die Natur ihr so stiefmütterlich alle Bodenschätze vorenthält, so daß wir keine Schwerindustrie bauen konnten, ja nicht einmal eine Autofabrik: das ist wohl legitim. Wir machen eben aus dem Bankgeheimnis das große Geld, das andere – ohne Verdienst – dank ihrer Gold- und Kohlenminen und ihres Öls haben...« Seine Besucherin erwiderte: »Mein Mann, der Volkswirt ist, meint, die Schweiz sei der einzige Staat der Geschichte, der es fertigbringe, auf nur drei einheimische Berufstätige noch einen vierten ausländischen zu haben, den sie samt dessen Familie anständig ernähre; und das heute, in einem Ozean von Arbeitslosigkeit in Europa, eine Leistung ohne Beispiel, daß hier auf dreieinhalb Millionen eigene – noch eine Million fremde Berufstätige kommen: die Schweizer, folgert er, seien ohne Frage in der Neuzeit das intelligenteste Volk!«

Der Anwalt schmunzelte, sagte aber mit Basler Ironie, die auch ein Understatement kultiviert, an dem gemessen britisches noch Größenwahn ist: »Hört man gern, aus der Fremde, ein solches Lob – doch wissen Sie, und damit sind wir wieder beim Thema, so leicht wir heute mehr als eine Million Ausländer und deren Familien anständig miternähren – so leicht hätten wir natürlich auch im Hitlerkrieg einige mehr retten können; doch bei – vergleichsweise – wie wenigen Flüchtlingen wurde damals, obwohl doch unsere Industrie auf Hochtouren für die Kriegführenden arbeitete–, ›das Boot ist voll‹ erklärt! Und natürlich ist es die sehr bittere Kehrseite des sehr vernünftigen Bankgeheimnisses, daß unsere schottendichten Archive auch Mörder schützen wie den hier... der mich immer – seit Sie zuerst seinetwegen kamen – an diesen entsetzlichen Arzt in Paris erinnert, er wurde nach dem Krieg enthauptet, der unter dem Vorwand, Verfolgten zur Auswanderung zu verhelfen und sie impfen zu müssen, damit sie ein Visum bekämen – sie in seine Praxis bestellte, mit allen Wertsachen, die sie mitnehmen wollten, und sie dann ›impfte‹: das heißt durch Spritze ermordet und in seinem Keller verbrannt hat, mehrere Dutzend ›Auswanderer‹, die in seinem Heizungskeller endeten...«

Die Jüdin, die Nachtschatten-Augen hatte, von infizierender Traurigkeit, war noch grauer geworden im Gesicht. Sie murmelte, sie erinnere sich dieses Arztes, wenn auch seines Namens nicht, den auch der Schweizer nicht mehr wußte, bis er plötzlich mitten im Gespräch ausrief: »Doktor Petiot!«

Denn sie waren noch nicht auseinandergegangen; sie war für heute seine letzte Klientin und hatte – da er schon kein Honorar annahm – ihn überredet, für seine Frau und sich ihre Einladung anzunehmen, bei Donati mit ihr zur Nacht zu essen; sie würde dann nach Zürich fahren, von wo sie morgen nach Israel zurückfliegen wollte. Er hatte noch angedeutet, er hoffe über Dienstkollegen – denn die meisten Schweizer Akademiker sind passionierte Offiziere, für einige Wochen im Jahr in ihrer Miliz – und auch über einen Historiker doch noch Zugang zu Papieren zu erlangen, die Beweiskraft hätten. Er war, ausgeruhter als sie, unverbraucht, entschlossener als die Verhärmte, den Mörder doch noch zu stellen – während sie als Tochter eines seiner Opfer schon fast resignierte. Daß aber der Schweizer nicht lockerließ, es fast als ehrenrührig ansah, für sich persönlich wie für seine Nation, bisher nichts unternehmen zu können gegen seinen entsetzlichen Landsmann, das gab auch ihr wieder ein wenig zurück von der Entschlußkraft, mit der sie zuerst diesen Advokaten aufgesucht hatte. Und so rief sie, nachdem ihm der Name des Pariser Mörders eingefallen war: »Auch dem hat man's ja schließlich auch beweisen können!«

Doktor Soundso lachte zum erstenmal, nur ein kurzes Auflachen: »Der war nur Arzt – kein Diplomat! Und der Franzose mußte seine Opfer von eigener Hand ermorden und verbrennen, während mein Landsmann *das* der Berliner SS überlassen konnte...«

Beiden tat es gut, vom Stadtbild, vom Rhein abgelenkt zu werden, als sie – nah ist in Basel alles –, zu Donati gingen. »So warm noch«, sagte die gebürtige Berlinerin, die aus Israel gekommen war, »daß man gut auf der Terrasse sitzen kann.« Der Anwalt antwortete, hier im ›Drei König‹ – denn sie gingen gerade am langgestreckten, im k. u. k.-Gelbweiß der offiziellen Gebäude Altösterreichs angestrichenen Hotel vorüber, sei auch eine Terrasse überm Fluß: »Wenn Sie das nächste Mal kommen, im ›Drei König‹ könnten Sie noch in dem Bett schlafen, in dem schon Queen Victoria genächtigt hat – und schon zwei Generationen früher, nach der Schlacht bei Waterloo, waren die gekrönten Häupter alle hier, der Zar, der König von Preußen und natürlich Kaiser Franz, dessen Bruder, der Erzherzog Johann, als Chef der österreichischen Armee sein Quartier im Seidenhof hatte; dies ist der Seidenhof!«

Er trat, Rücken zur Fahrbahn, vom Bürgersteig herab und sah, und nun blieb auch seine Begleiterin stehen, an dem verwaschenen hemdblauen Frühbarock-Palais empor, das ein noch gotisches Untergeschoß zum Ufer hin hatte. »In diesem Palais beginnt am Abend der Schlacht bei Waterloo der einzige deutsche Roman – meines wissens –, der als Fresko einer ganzen Epoche mit ›*Krieg und Frieden*‹ vergleichbar ist«, sagte der Anwalt, »Flakes ›*Fortunat*‹ – ein Epos des 19. Jahrhunderts, das vorwiegend in Paris spielt, aber doch in diesem Haus beginnt. Und das Nebenhaus, dieses da, schmaler als ein Handtuch, ist Hebels Geburtshaus... sein ›*Rheinisches Schatzkästlein*‹ ist ein so niedlicher Titel; man vergißt darüber, daß Hebel auch das Motto zu *der* Geschichte schrieb, die uns beide, gnädige Frau, zusammengeführt hat: ›Merke, es gibt Untaten, über welche kein Gras wächst‹...«

Die aus Berlin Stammende sagte: »Den Flake haben meine Eltern immer in der *Neuen Rundschau* gelesen; doch diesen Roman, wie sagten Sie...?«

Der Doktor wiederholte: »›*Fortunat*‹ – natürlich, den hat ja Flake erst im Hitlerkrieg geschrieben; können Ihre Eltern nicht mehr gekannt haben; und heute wird dieser Roman sogar hier in der Stadt noch kaum gelesen; meine Frau hat ihn für mich entdeckt. Vielleicht sehen wir sie kommen, denn hier ungefähr müßte sie aufkreuzen, wenn sie pünktlich ist!« Die deutsche Israelin sagte: »Hebels Geburtshaus ist ja die vollkommene Übereinstimmung mit dem, was man sich als Wiege dieses Dichters vorstellt... wie schön, daß es erhalten ist!«

Der Anwalt bekräftigte das insofern, als er klagte, ab 1950 seien in Basel, wie überall in Westeuropa, mehr reizvolle Gebäude durch die Architekten vernichtet worden als im Krieg durch die Bomber in Freiburg. Seine Begleiterin lachte, doch der Doktor sagte: »Kein Scherz, das ist statistisch belegt!« Auf dem Weg zu Donati – es waren nur noch zweihundert Schritte – ergänzte er: »Wenn ich Hebels Satz über Untaten zitierte – es mag Sie ein wenig mit uns versöhnen...Lebhaft, auch lachend unterbrach seine Begleiterin: »Warum sollte ich denn ›versöhnt‹ werden müssen? Ich werde ja nicht von *einer* Bestie auf die Natur Ihrer Landsleute schließen! ›Bestie‹: mögen alle Tiere mir verzeihen, daß ich diesen Menschen Bestie nannte. Aber was wollten Sie sagen?«

Und der Advokat erzählte ihr von jenem St. Galler Kantonspolizeichef Paul Grüninger, der »zwei- bis dreitausend Flüchtlinge illegal oder halblegal in die Schweiz einreisen ließ und deshalb schimpflich und pensionslos 1941 aus dem Dienst entlassen wurde – nach über zwanzigjähriger Dienstzeit seit 1919. Als er 1972 starb, bekam der 81jährige noch immer nicht nur keinen Rappen Pension, sondern hatte auch noch erleben müssen, daß ihm ausdrücklich vom St. Galler Großen Rat zwei Jahre zuvor noch einmal jeder Pensionsanspruch aberkannt wurde, nur weil er Flüchtlinge, meist Juden, hereingelassen und einigen die Einreise-Daten zurückdatiert hatte, um ihre Auslieferung an die deutschen Mörder zu vereiteln.«

Die Israelin sagte: »Und die teilweise steinreichen Schweizer Juden konnten sich nach dem Krieg nicht zusammentun, um dem Retter eine Rente zu geben?« Der Basler sagte sarkastisch: »Noch schlimmer ein Textilindustrieller Saly Mayer hat als Präsident des israelischen Gemeindebundes Herrn Grüninger denunziert beim Chef der Fremdenpolizei, bis dieser Rothmund den Judenretter hinauswerfen ließ! Ja, es gibt nichts Schrecklicheres als Menschen. In höchstem Alter hat Grüninger noch als Hilfslehrer Geld verdienen müssen – zuvor hatte er sich kümmerlich in anderen Berufen durchgeschlagen. Übrigens hat dieser erstaunliche Einzelne illegal erst gehandelt, *nachdem* er als Polizeihauptmann ganz offen, aber ganz vergebens auf einer Polizeidirektoren-Konferenz Einspruch erhoben hatte gegen die Schließung der Grenzen vor Flüchtlingen. Und er fand dabei für unsere ganze Nation die ehrenvolle Formulierung, der Großteil des Schweizervolkes lehne es ab, Juden und andere den deutschen Mördern auszuliefern ...«

Sie waren nahe dem Lokal, der Anwalt verschwieg der Jüdin, da er nicht wußte, ob nicht auch von ihr Angehörige dabeigewesen sein könnten, wie Grüninger seinen Gehorsam gegenüber seinem Gewissen, der den Ungehorsam gegenüber den Landesgesetzen voraussetzte, gerechtfertigt hatte; der Anwalt hatte sich Grüningers Worte aus der Zeitung herausgeschnitten, weil er wußte, als er sie in dem Bericht über eine veröffentlichte Aktenpublikation las, daß demnächst seine Klientin aus Israel wieder zu ihm komme werde; nun hatte er den Zeitungsartikel aus der *Neuen Zürcher* in seiner Brieftasche, wagte aber nicht, ihn dieser Frau zu zeigen; Grüninger hatte geschrieben, als Protest, unmittelbar nach seinem Hinauswurf, 1941: »Wer wie ich wiederholt Gelegenheit hatte, die traurigen, *herzzerbrechenden Auftritte,* das Zusammenbrechen der Betroffenen, das Jammern und Schreien von Müttern und Kindern ... mit anzusehen, der konnte schließlich *einfach nicht mehr mittun,* und es ist nicht zu verwundern, wenn *Polizei- und Grenzwachtorgane* kurzerhand erklärten, lieber den Dienst zu quittieren, als solche seelische und moralische Verantwortungen auf sich nehmen zu wollen. Gleicher Auffassung war auch die ganze *Grenzbevölkerung.* Pfarrherren, Ärzte, Lehrer, Beamte, alles setzte sich für diese armen Emigranten ein, und schwere *Vorwürfe* blieben der Polizei nicht erspart.« Zu dem albernen Vorwurf der Urkundenfälschung – weil er Einreisedaten von Juden zurückdatiert hatte, um sie vor der Auslieferung an ihre Mörder in Deutschland zu retten – hatte der Hauptmann zu Protokoll gegeben: »Ich habe selbstverständlich nie einen Moment daran gedacht, mich einer Urkundenfälschung schuldig zu machen, sonst hätte ich von Anfang an die Konsequenzen auf mich genommen. Diese Datenveränderungen wurden lediglich im Interesse der Emigranten angeordnet.«

Der Anwalt, während sie auf der Terrasse über dem Rhein Platz nahmen, erläuterte noch: »Sie müssen berücksichtigen, dieser ewig vorbildliche Eidgenosse hatte Vorgesetzte, die nach Berlin gereist waren, um die Massenmörder zu bitten, die möchten ein J in die Judenpässe stempeln, damit ja kein Jude an der Grenze durchschlüpfen könne in die Schweiz!«

Die Klientin antwortete: »Da geniere ich mich, ja: das *beschämt* mich, daß ich bisher nicht einmal den Namen Paul Grüninger gehört habe!« Der Basler zuckte mit der Schulter: »Wie sollten Sie! – im maßgebenden Buch zu diesem Thema: *›Das Boot ist voll‹*, kommt Paul Grüninger nicht einmal im Register vor: den wahren Märtyrern ist es wohl bestimmt, daß man nicht einmal ihren Namen kennt!«

Die Frau lächelte verzerrt: »*Wer* sollte so etwas bestimmen? Als wir eben hier auf die Terrasse traten und ich zuerst den Rhein sah . . .«

Der Anwalt setzte hinzu: ». . . den resedafarbenen, so nennt ihn bei Basel Flake in seinem Roman: exakt beobachtet, er ist resedafarben . . . Verzeihung!«

Die Frau murmelte, ihr Blick hatte sich wieder verdüstert: »Was verzeihen – ich bin froh, daß Sie mich unterbrechen, denn was mir durch den Kopf ging – bliebe besser unausgesprochen . . .«

Sie hatten Aigle als Aperitif, er trank ihr zu: »Jetzt müssen Sie's natürlich sagen . . .« Sie trank gleich aus, er schenkte ihr nach, sie sagte:

»Diese banale Einsicht zwingt sich einem so bedrückend an diesem gesegneten Ufer auf, das den einen zur Rettung wurde, den anderen aber nicht: daß Geographie und Jahrgang das Schicksal sind! Ist doch klar, daß ich hier denken muß: wären meine Eltern Basler Juden gewesen – statt Berliner; wäre ich nicht schon sechzehn gewesen und hätte sogar ausgesehen wie achtzehn, als ich nach Auschwitz kam mit Mutter, Großmutter und einem Bruder und einer Schwester, die noch Kinder waren und *deshalb* am Ankunftstag mit Mutter und Großmutter vergast wurden, während man mich aufhob als Zwangsarbeiterin – die Siemens-Werke hatten eine Filiale in Auschwitz –, hätte nicht allein der Jahrgang mich gerettet, meinen Geschwistern aber den Tod gebracht, ich bildete mir womöglich noch ein, das Schicksal treffe eine *persönliche* Auslese. Nein, die Auslese traf ein schöner, beruhigender Mann, von dem heute die Welt weiß, daß er Herr Dr. med. und Dr. phil. Mengele war – und er winkte mich links, die Geschwister rechts heraus, weil ich aussah, als könne ich Fabrikarbeit tun, doch die Kinder und Älteren und Alten wurden vergast und verbrannt...« Sie schwieg. Der Advokat schwieg. Und er dachte: wo bleibt meine Frau, es wäre gut, sie käme endlich. Seine Klientin, da das Gesagte sie aufgewühlt hatte, entschuldigte sich dafür – während er wie alle Verschonten, denen das nicht immer nur selbstverständlich ist, da er nicht zu den Glückverdummten gehörte wie die meisten, jetzt fast die – absurde – Nötigung empfand, *sich* zu entschuldigen. Er sagte: »An der Mißhandlung Grüningers sogar noch 1970 – können Sie ablesen, wie man erst recht dreißig Jahre früher, als Hitler im Zenit stand, seinen ›Fall‹ ansah; wenn noch 1970 unsere Behörden vorgaben, einen Mann rehabilitiert zu haben, indem sie ihm öffentlich bei dieser Gelegenheit noch einmal jeglichen Pensionsanspruch streitig machten: wie haben die dann erst 1941 über ihn den Stab gebrochen! Atmosphäre verdeutlicht soviel drastischer als Fakten: wir Späteren *können* den Schock nicht mehr ermessen, den Hitlers Marsch nach Paris binnen sechs Wochen mit der Vertreibung aller Briten vom Kontinent in einer Generation ausgelöst hat – und diese Generation stellte in allen Ländern Europas damals die Regierungen –, die im Ersten Weltkrieg gesehen hatte, daß die Deutschen vier volle Jahre lang in Frankreich nicht vorangekomen waren... Dieser Schock infolge deutscher Paraden unterm Arc de Triomphe erklärt allein ja auch, daß zum Beispiel in Berlin Hitlers Staatssekretär von Weizsäcker es sich erlauben konnte, mit drohender Gelassenheit dem schweizerischen Gesandten und Minister Fröhlicher Diskussionen darüber zuzumuten, ob die Schweiz ihren General Guisan nicht gegen einen deutschhörigen austauschen solle – wobei Weizsäcker sogar einfließen ließ, daß er an den Bruder seiner Zürcher Schwiegertochter denke, den Sohn unseres Generals aus dem Ersten Weltkrieg. Wer immer die damalige Zeit heute ansieht – tut den damals Handelnden unrecht, wenn er außer acht läßt, daß die mit dem Einmarsch Hitlers in die Schweiz rechnen mußten...«

Die Berlinerin, deutlich um Themenwechsel bemüht, sagte: »Ist Ihre Gattin berufstätig?« Und er war froh, nun von Kunst und von einer Kreta-Reise sprechen zu können; seine Frau war Kunsthistorikerin, am Antiken-Museum – und er fragte nun auch, was sie in Tel Aviv arbeite. Sie lachte – ein ungenaues Wort für das, was dabei in ihrem Gesicht passierte; denn mehr als ein Lachen war es ein Riß, der durch ihr Gesicht ging, das sozusagen ausge-elendet war vor der Zeit, obgleich sie vor der Deportation sehr schön gewesen sein mußte, wie noch jetzt die Stirn und die hochgeschwungenen Brauen und der faltig gewordene nofretetelange Hals es zeigten. Sie hatte lachen müssen, weil sie fand: »Wenn ich Ihnen sage, daß ich ausgerechnet Deutschlehrerin bin – müssen Sie mich natürlich als Sadomasochistin und Schizophrene abtaxieren. Und diese Diagnose dürfte ja auch stimmen, warum muß man Deutsch als Sprache im Mittleren Osten verbreiten, wenn man als einzige der Familie – auch Vettern, Cousinen und deren Eltern kamen alle um bis auf zwei – Auschwitz überlebt hat. Ja, ziemlich verrückt, um nicht zu sagen: unverantwortlich! Denn verheiratet bin ich ja mit einem Einwanderer aus Schweden, ich kenne mehr Juden aus Skandinavien als aus Deutschland und kann also nicht einmal meine deutsche Muttersprache als Entschuldigung angeben, warum ich die unterrichte – schwedisch spreche ich ebenso gut wie deusch!« Nun stellte ihr der Advokat seine Frau vor, die das übliche sagte: daß sie erst die Kinder mit Abendbrot habe versorgen müssen...

Bei Donati beginnen die meisten mit Vitello tonnato, kaltem Kalbsbraten in Thunfischsauce; die Israelin ließ sich helfen, die meist italienisch geschriebene Karte zu verstehen, und entschied sich für Costolette alla milanese, gebackenen Kalbskoteletts auf Mailänder Art; Zabaione kannte sie – weshalb sie lieber als Dessert Monte bianco probierte: Kastaniencreme. Der Weißwein kam vom Genfer See, aus Lavaux, 1964er Rocanel

Epesses... Man kann nichts Besseres trinken; nur macht er wach – ein Schlaftrunk ist er nicht, doch daran dachten die drei nicht. Die alte Frau – sie sah ja bestürzend viel älter aus, als sie war – sagte der jungen, die so gelackt frisiert war, als komme sie soeben aus einem der Coiffeur-Salons, deren es in dieser Stadt fast so viele gibt wie Restaurants: »Ihr Gatte sprach von Ihren Exkursionen nach Kreta, werden Sie auch bei uns in Israel ausgraben?« – die Ausgrabungen, die gerade jetzt die Amerikaner nach Auffindung eines Hafens aus der Antike an der kleinasiatischen Küste begonnen haben, waren ein fast unumgängliches Thema. Und ein ablenkendes! Denn die Lebensfreude, die von allem ausging – nur von ihrem Besuch bei dem Advokaten nicht, der allerdings der einzige Zweck ihrer Reise nach Basel gewesen war –, was sie hier am Rhein-Ufer sah und hörte; der Friede schlechthin – man war fast geneigt, wie als Kind den Schiffern zu winken, wenn die schweren, sehr langen, ölgetriebenen Frachter aus Rotterdam zum Basler Hafen unterm Donati-Balkon vorbeituckerten –, sogar noch die Qualität dieses Hundert-Franken-Gedecks und nicht zuletzt der aufkratzende, nervös machende Wein, dies alles pflügte ihr Innerstes obenauf: selbst eine Wochenschau mit Kriegsgreueln hätte nicht vermocht, die seelischen Stöße in der Frau heraufzurufen – wie dieser Basler Friede; sie hätte geweint, hätte sie nicht das schon verkrampfte Maß an Selbstzucht aufgebracht. Denn was sie vorher zu ihrem Anwalt gesagt hatte: die Unausdeutbarkeit dessen, was wir Schicksal nennen und was doch vermutlich nur Zufall ist; was sonst als Zufall sollte es sein, das eine Familie Kahn oder Bernstein hinrichtet, weil sie in Lörrach wohnt – statt einen Kilometer weiter in Basel, wo sie verschont bliebe –, dieser so schreckliche, *weil so banale Gedanke* schlug heute diese ehemalige Auschwitz-Insassin derart in die Flucht innerlich, wie ihr das nur einmal bisher zugestoßen war: als sie in Berlin das Eltern- und Großeltern-Haus wiedersah, dessen völliges Unversehrtsein – nicht ein Ziegel war im ganzen Krieg vom Dache gefallen! – ihr höhnisch ins verweinte Gesicht zu lachen schien.

Berufsgespräche führten dann beide Frauen ohne Umweg zu dem Thema, das sie zunächst mit Fleiß umgehen wollten, bis die Basler doch das richtige Gefühl hatten, es werde ihre Besucherin befremden, sprächen sie nicht auch von dem, was sie hierhergeführt hatte. Die Israelin war ausgegangen von dem Paradoxon, daß sie einerseits die Kunsthistorikerin *beneide*, weil »alles, womit Sie beruflich zu tun haben, Sie doch zunächst erst einmal ablenkt aus *unserem* verdammten Jahrhundert«!

Denn nirgendwo auf der Welt habe sie bisher eine Galerie betreten – »leider muß man hier verallgemeinern, die mit einem einzigen Bild oder einer Plastik daran erinnert hätten, daß immerhin der Zweite Weltkrieg stattgefunden hat und Hitlers ›Endlösung‹ und Hiroshima und die umfassendste Völkerwanderung der Geschichte: sagen Sie, wie kommt denn das? Die bildende Kunst ist seit der Kollwitz und Grosz und Picassos ›Guernica‹ und Dix und wenigen von Hofer und Beckmann nicht mehr bereit, das Jahrhundert wahrzunehmen, in dem sie entsteht!«

Die Schweizerin, die vorsichtig, als habe sie einen Offenbarungseid zu leisten, bei hochgezogenen Schultern, die leeren Handflächen nach oben zeigte, hatte mit Schrecken zugehört – durchaus überrascht. Und gab nun auch zu: »Sie haben recht – wenn es natürlich, vor allem in der Graphik, bedeutende Ausnahmen gibt: aber grundsätzlich kann ich Ihnen nicht widersprechen, leider. Ja, ich muß sogar zugeben, so sehr fehlt die Zeitgeschichte in der bildenden Kunst, daß mir und sicherlich auch den meisten meiner Kollegen – denn sonst hätten sie doch davon zuweilen gesprochen – das bisher überhaupt noch nicht aufgefallen ist. Unglaublich... aber ich hab keine Erklärung, warum anscheinend unsere Künstler die von Ihnen genannten Ereignisse entweder nicht darstellens*wert* finden...«

Ihr Mann lachte und unterbrach: »Dann wären die aber so größenwahnsinnig, wie man es ihnen auch beim bösesten Willen nicht unterstellen kann!«

Seine Frau: »... ja, was sonst? Du meinst also, darstellens*wert* – und ich meine das auch – finden Maler und Bildhauer Kriegs- und Auschwitz-Themen durchaus? Ja, *dann* bleibt nur die Folgerung: sie fühlen sich nicht im Besitz der Mittel, diese Katastrophen darzustellen. Hat denn aber, sagen Sie«, fragte jetzt die Kunsthistorikerin die Philologin, »die Literatur die

Mittel? Ja, hat sie wohl!« antwortete sie sich selbst. Ihr Mann sagte: »In Maßen – oder?«

Die Israelin sagte und nannte Titel, immerhin bemühten die Autoren sich, diese Themen – wenn nicht zu gestalten, das sei zuviel verlangt – doch im Gedächtnis der Menschen zu halten. Sie lächelte, dann sagte sie, nachdem sie noch einmal Wein bestellt hatte: »Man kann es freilich auch machen wie Ihr Landesheiliger hier, der Hermann Hesse... ich hab mich selber ein bißchen mit ihm eingelassen, gab ihn dann aber als Thema meiner Dissertation zurück, weil er mich anekelte mit seinem Pharisäertum: ich mochte nicht mehr über ihn schreiben, als ich den Brief kennengelernt hatte, den er nach Hitlers Tod an Luise Rinser gerichtet hat, die von den amerikanischen Truppen aus dem Zuchthaus in Bayreuth befreit worden war – Hesse schrieb, er bekomme jetzt Briefe vieler Deutscher, die ihm versicherten, sie hätten während der Hitler-Jahre mit einem Bein im Konzentrationslager gelebt und er – Hesse – frage dann nur: wieso nicht mit *beiden* Beinen! Gewiß, da antwortete er einem Parteigenossen. Aber man muß sich das vorstellen, da sitzt dieser Schwabe so sicher vor den Nazis im Tessin wie der Schweizer Bankverein, sagt niemals ein Wort gegen Hitler, damit ja auch der Verkauf seiner Bücher in Berlin weitergeht, solange dort überhaupt Bücher verkauft werden! – und dann nimmt er seinen Landsleuten übel, daß die nicht ins KZ gegangen sind. Widerwärtig. Lesen Sie nur die erste Seite von ›*Sinclairs Notizbuch*‹: Sie glauben, Sie haben Ihre Brille verlegt und können nicht lesen, wenn er dort sagt, jedesmal wenn er von einer weiten Reise zurückkomme, werde er von den Menschen für ein Phänomen angesehen, von den einen – wörtlich – ›als ein Besessener, von den andern als ein mit Wunderkräften Begnadeter‹! Das schreibt Hesse über Hesse – verzerrt von Eitelkeit; denn wer hätte diesen Harmlosen je für einen Besessenen gehalten? Als ich das las – das und vieles ähnliche –, machte ich als gründliche Preußin aber doch noch weiter mit ihm – erst sein Brief an die Rinser veranlaßte mich dann, sein Gesamtwerk zum Antiquar zu tragen.«

Was ihr Doktorvater gesagt habe, wollte der Jurist wissen. »Oh – den mußte ich wechseln, der war verstört vor Gekränktsein; er war Nazi gewesen und deshalb besonders streng darauf bedacht, dem Nachkriegskonsensus unbedingt zu entsprechen. Um 1948 gegen Hesse etwas vorzubringen – dazu mußte man wohl schon Jüdin sein wie ich, sonst wäre man relegiert worden. Außerdem wählte ich – was mir bei diesem Professor endgültig das Genick brach – als Thema meiner Diss die fünfundfünfzig Radioreden, die Thomas Mann gegen die Nazis gehalten hat: die herrlichste Kampfprosa, denke ich, die seit Luther deutsch geschrieben wurde! Die alten Nazis an den deutschen Universitäten propagierten damals den Hesse so sehr, wie sie den Thomas Mann haßten: Hesse sei ein Dichter – Mann ›nur‹ ein Schriftsteller, sagten sie und wollten das belegen mit Vergleichen zwischen *›Glasperlenspiel‹* und *›Doktor Faustus‹* ... Trostlose Quatschköpfe.«

Sie hatte ihre Gelassenheit wiedergewonnen, der spritzige Wein sie redselig gemacht; so getraute die Baslerin sich, sie direkt zu fragen: »Von meinem Mann hörte ich nur Andeutungen, warum Sie nach Basel gekommen sind. Ist dieser Mörder noch zu stellen oder nicht: werden Sie ihn einmal beschreiben?«

Die Frau aus Israel überlegte: »Wie beschreibt man Anonymität als Prinzip? Dieser Teufel in Person – hat ja in Wahrheit keine stärkere Anschaulichkeit als die Überweisungsaufträge, die er zu übernehmen vorgab – und als seine Telefon-Denunziationen bei der Gestapo, die er dann durch›führte‹. Die Gewißheit, verloren zu sein, die ich in den Augen meines Vaters sah; sein Schrei, als man ihn von uns wegriß, ihn die Treppe hinabwarf – die sind da, als Bilder der Vorhölle. Aber dieser Gangster, der meinen Vater – und wie viele noch – angezeigt hat? Ich *sehe* ihn nicht!«

Die Schweizerin entgegnete: »Aber schon das wenige, was ich von ihm weiß – ist doch so apokalyptisch, es *muß* überliefert werden!«

Die Israelin sagte: »Gewiß – die Handlung. Doch der Handelnde, das wollte ich sagen, tritt trotz seiner schicksalbestimmenden Niederträchtigkeit sozusagen auch aus dieser Geschichte so völlig zurück – wie er sich im Krieg zurückhielt und doch das Schicksal selber war für meinen Vater und wer weiß, für wie viele noch!«

Der Anwalt sagte: »Sie kennen Kleists Bemerkungen über die Entwicklung der Gedanken beim Reden – ich habe die Erfahrung gemacht, daß ein Faktum sich klärt, je öfter man es – jeweils vor Leuten, denen es noch neu ist – zusammenfaßt. Neue Hörer – neue Aspekte. Da wir doch noch zusammen sind und nicht schläfrig ...«

Die Gastgeberin unterbrach: »Wann fährt denn der letzte Zug nach Zürich?« Aber die Frau des Anwalts kam ihrer Überlegung zuvor: »Wir haben ein Gästezimmer – bleiben Sie diese Nacht! Wer Ihre Geschichte, wie soll ich sagen, im Leibe hat und spricht abends davon – ich denke, der sollte nicht allein in die Eisenbahn und in ein Hotelzimmer gehen; gehen Sie mit zu uns – Ihr Flugzeug geht ab Kloten doch erst morgen mittag?«

Die alte Frau lachte: »Sie können wohl Gedanken lesen? – Ich nehme, ohne mich lange zu zieren, Ihre großherzige Aufforderung an: Ja, Gastfreundschaft beginnt zur Nacht! Denn tags ist es keine Kunst, allein zu sein. Sie haben recht: ich fürchte mich ein bißchen vor der Bahn und dem Hotel; Befürchtungen, die übrigens mit dem Alter zunehmen ...« Und nun, da nicht allein für die nächsten zwölf Stunden, hatte sie auch den Mut, die Bitte ihres Anwalts zu erfüllen: »Vielleicht entdecken *Sie* – wo es Ihrem Mann und mir noch nicht auffiel – im Ablauf dieser Rekonstruktion das Loch, das eventuell uns doch noch den Blick auf einen weiteren Zeugen als mich eröffnet. *Ein* Zeuge – hat Ihr Gatte mich belehrt – reicht nicht: Mein Vater hat Hitlers Ankündigung in der Reichstagsrede – ein Jude durfte kein Radio haben, durfte aber vor Kriegsbeginn noch Zeitungen kaufen, wenn auch keine abonnieren –, mein Vater hat die Ankündigung Hitlers in der Rede vom 30. Januar 1939 wörtlich geglaubt und stand sogar in der Familie als närrisch da, wenn er interpretierte: Vernichten heiße totmachen und nichts anderes. Totmachen. Nichts anderes – nicht aussiedeln. Hitler hatte gesagt, wenn es dem ›Judentum‹ – er tat so, als seien wir nicht einzelne Juden, sondern eine Verschwörung –, dem ›Judentum‹ gelinge, Krieg anzuzetteln, dann werde, so wörtlich: ›... das Ergebnis nicht die Bolschewisierung der Erde und damit der Sieg des Judentums sein, sondern die Vernichtung der jüdischen Rasse in Europa.‹ Vernichtung – so behauptete mein

Vater – bedeute unsere Tötung; ich war alt genug, mitzubekommen, daß über diese Interpretation ein häuslicher Streit entbrannte – niemand glaubte meinem Vater. Der Weg zu den Konsulaten und Botschaften war ein täglicher, war auch noch nicht illegal; ich vermute, bis dann am 1.9. der Krieg erklärt wurde, waren sogar viele Nazis erleichtert, wenn es Juden noch glückte – vielen glückte es aber 1939 schon nicht mehr –, ein Visum zu erhalten. Wir hatten Freunde hier in der Schweiz, auch in England – ohne Frage waren die in beiden Ländern sehr aktiv, uns die Einreisepapiere zu beschaffen. Doch gerade in Staaten, in denen Beamte seltener zu bestechen sind als in korrupten, ist natürlich auch die Menschlichkeit seltener. Schwächen, das ist *deren* Stärke, machen ja auch vor dem Gesetz schwach! Hier aber nicht, in England auch nicht. Wie lange es nach Kriegsausbruch noch erlaubt war, offiziell in die Fürst-Bismarck-Straße 4 zu gehen – das war die Adresse der schweizerischen Gesandtschaft zu Berlin –, das weiß ich nicht; die anfangs so erdrückend siegreichen Deutschen wollten wohl auch in ihrer Reichshauptstadt die wenigen Neutralen, die es da noch gab, also bis 1941 auch noch die Amerikaner, nicht mit einem Sperrgürtel einzwingern. Mein Vater – wir waren aus der enteigneten großelterlichen Villa längst hinausquartiert worden in ein Armeleuteviertel, Hinterhaus, zwei Zimmer für sechs Personen, nur *ein* Kaltwasserhahn in der Küche – hatte zuerst diesen Diplomaten nur wegen Ausreisemöglichkeiten konsultiert; vermute ich. Doch könnte es auch sein, daß er bereits von einem Freund informiert worden war, der Mann sei für Geld empfänglich, im doppelten Sinne: die Bemühungen, die Einreise in die Schweiz zu ermöglichen, sich persönlich bezahlen zu lassen; das finde ich übrigens ganz normal, überhaupt nicht anfechtbar, damit rechnete man, nicht wahr. Zweitens aber helfe dieser Mann, Geld, das der Enteignung der Bankkonten entgangen war – vorgeschriebene kleine Beträge durfte man haben, man mußte ja einkaufen –, vor allem auch Schmuck als Diplomatengut unkontrolliert durch Deutsche gegen Beteiligung hinauszuschaffen. Daß ein Freund verschwunden war für immer, unmittelbar nachdem er auch bei diesem Schweizer gewesen war, ob auf der Gesandtschaft, ob außerhalb – weiß ich nicht:

wurde natürlich besprochen. Doch kamen die Eltern zu dem Schluß, das habe allenfalls mit dem Besuch in der Bismarckstraße zu tun – gehe aber keinesfalls auf eine Anzeige durch den Besuchten zurück. Ob mein Vater den zuletzt in der Gesandtschaft oder außerhalb getroffen hatte – konnte er nicht einmal mehr erzählen, so schnell nach ihm kamen die Schläger. Erschlagen haben sie ihn offenbar schon am nächsten oder am gleichen Tag, vielleicht auch enthauptet – erschlagen wurde in der Prinz-Albrecht-Straße, guillotiniert in Plötzensee. Wir wissen das nicht, aber ganz rasch kam die Postkarte, meine Mutter solle gegen einige hundert Mark die Urne abholen, also lange bevor wir nach Auschwitz kamen. Als ich mit Mutter hinkam, sie abzuholen, sagte ein Schwarzuniformierter vor einer Reihe von vielleicht zwanzig Urnen: suchen Sie sich eine aus – beschriftet sind die nicht. Und schrie – und ich dachte, nun schlägt er Mutter ins Gesicht: machen Sie, daß Sie hier rauskommen, sonst kommen Sie in die nächsten zwei Urnen! Wir nahmen dann irgendeine; aus Todesangst machten wir, daß wir wegkamen ...«

Die Frau schwieg, die Schweizer schwiegen.

Dann sagte die Frau – es dauerte ziemlich lange, bis sie das sagte: »Ich – sah mit Entsetzen, vor drei Jahren, daß ich so etwas geworden bin wie eine Rassistin. Denn ich suchte, sehr unanständig, die Heirat meiner Tochter mit einem Deutschen zu hintertreiben. Inzwischen habe ich schon ein deutsches Enkelkind, das ich so liebe, wie man Enkelkinder liebt ... und doch, gerade deshalb, weil ich keinen Funken Religiosität, im Sinne von Gerechtigkeitsvertrauen, habe – *wo* könnte Gott sein, wenn es Auschwitz auf Erden gab, gemacht von *dem* Volk, das ›*Nathan den Weisen*‹ hervorbrachte –, gerade deshalb werde ich die Vermutung nicht los: Deutschland wird total verschwinden aus der Welt – wie es sogar schon, ohne daß es eine Wasserstoffbombe gab, Karthago widerfahren konnte. Denn, bitte widersprechen Sie mir, ich bin *erleichtert*, wenn Sie's tun, ich liebe doch meinen Enkel in Deutschland – die Geschichte kann nicht weitergehen, als *sei nichts gewesen – wo Auschwitz gewesen ist!* Kann nicht. Und wird nicht. Denn wo Auschwitz war – ist morgen der Kriegsschauplatz der USA und UdSSR ...«

Der Basler widersprach sofort, doch mit dem Respekt, dem er ihrem persönlichen Erlebnis Auschwitz schuldete: »Ihre Folgerung basiert auf einer Zuversicht in eine ausgleichende Gerechtigkeit – *die* aber kann es ja gerade nicht geben, weil es Auschwitz gab. Und übrigens auch Hiroshima. Wo in größtem Ausmaß total Unschuldige umgebracht werden, da kann das zwar wieder geschehen, aber gewiß nicht durch eine göttliche Anordnung. Denn wer das anordnen könnte – müßte ja auch mächtig genug gewesen sein, das zu verhindern, was diesen Racheakt später rechtfertigt; und sofern Rache an dann wiederum total Schuldlosen göttlich sein könnte!«

Heftig sagte seine Frau: »Und ob sie das könnte! Göttlich heißt ja nicht gütig: der Gott des Alten Testaments übt entsetzliche Racheakte an schuldlosen Nachkommen verbrecherisch gewordener Völker, er tilgt sie völlig von ihren Stätten ... Unsere Gottesvorstellung ist derart gartenlaubenhaft harmlos geworden durchs evangelische Pfarrhaus« – und sie sagte lächelnd zu der Jüdin: »Ich komme auch aus einem – daß sie keineswegs mehr übereinstimmt mit *dem* Gott, der angeblich auch Geschichte bewirkt. *Der* Gott war selten menschlicher als der Weiße Hai, während wir ihn uns als Weihnachtsmann vorstellen möchten ... Wer angesichts der Opfer für sich festlegt, es gäbe keinen Gott – fällt wenigstens nicht in Versuchung, *ihm* die Abwehr der großen Schweinereien zu überlassen, sich als Mensch ein bißchen mitverantwortlich zu fühlen ...«

Sie schwiegen. Sie tranken.

Endlich sagte die Frau aus Tel Aviv: »Die zwei Konto-Auszüge, die dieser Mann da meinem Vater für die beiden ersten kleineren Beträge ausgehändigt hat – hatten genau das erreicht, was sich der Diplomat von ihnen erhoffte: sie hatten das absolute Vertrauen meines Vaters in diesen Gesandtschaftsangehörigen hergestellt – so daß er ihm jetzt, natürlich wieder ohne Quittung, den Rest unseres Vermögens hintrug, knapp hunderttausend Mark. Denn der Mensch hatte ihm auch gesagt, dieses Vermögen auf einem Schweizer Konto schütze uns vor einer Auslieferung nach Deutschland, wenn wir nur illegal oder halblegal in der Eidgenossenschaft Zuflucht fänden: für ein legales Visum sei es wohl schon zu spät. Juden mit Geld in der

Schweiz würden nicht so leicht an die Nazis ausgeliefert wie mittellose: die Schweiz habe verständlicherweise keine Lust, die Flüchtlinge auch noch zu ernähren! Und meine Eltern hatten das geglaubt, weil sie – lange vor dem Krieg – einmal gehört hatten, sogar die prominenteste Immigrantenfamilie in der Schweiz, Familie Thomas Mann, habe einen Vermögensnachweis erbringen müssen, um die Küsnachter Aufenthaltsgenehmigung verlängert zu bekommen, ehe sie nach den USA weiterflüchtete... Wir wußten nichts – niemand in Deutschland wußte irgend etwas Genaues. So entstand die Schutzbehauptung, die Gerüchte übertrieben immer. Doch das Gegenteil war zutreffend: auch Sadisten unter Gerüchtemachern hätten sich die Wahrheit nicht vorstellen können – oder niemand hätte sie ihnen geglaubt!... Ich muß noch etwas trinken, sehr kaltes Wasser mit Kohlensäure...« Sie hob den Arm, Herr Donati nahm selbst ihre Bitte entgegen.

Niemand hatte die Erzählerin unterbrochen, aber sie sah aus, als brauche sie – Ablösung. Der Advokat sagte: »Ich werde sogar Ihnen noch nicht sagen, wo ich – während Sie eben erzählten – ein Loch, vielleicht: *das* Loch in Ihrer Geschichte entdeckt habe, das den Blick freigibt zu einem Zeugen (oder mehreren), die sprechen werden ohne Rücksicht... allerdings vielleicht nur gegen bar!«

Die Israelin sagte: »Wenn die *öffentlich* stehen zu ihrer Aussage – dann auch gegen bar, natürlich. Und gegen Ihren und meinen Eid: daß niemand erfährt, daß wir gezahlt haben für die Aussage – das ist klar.« Die Frau des Advokaten ergänzte: »Mein Mann hat mir erzählt von den zwei Einzahlungsscheinen, die mein Landsmann Ihrem Vater ausgehändigt hat als Bestätigung, daß er für ihn ein Konto in Zürich hat einrichten lassen mit diesen beiden ersten Beträgen... erinnere ich mich richtig?«

Die Jüdin nickte: »Für diese beiden ersten Beträge kamen noch die Bankbelege, die mein Vater nie nach Hause brachte, sondern sofort einem uralten Dienstmädchen meiner Großeltern, das sich in ein Dorf der Mark Brandenburg verheiratet hatte, per Post zusandte – zu getreuen Händen; sie hat mir nach dem Krieg diese Quittungen auch ausgehändigt, so daß ich das

Geld – nach Schwierigkeiten – in Zürich abheben konnte, 1948. Als nun durch diese beiden Quittungen das Vertrauen hergestellt war – brachte Vater den Rest unseres Vermögens zu diesem Gesandtschaftsmann. Zehn Minuten nachdem er wieder zu Hause war – war die Gestapo bei uns, die ihm vorhielt – er lag schon auf dem Rücken, er wurde sofort zusammengetreten, bevor noch drei Sätze gefallen waren –, er habe einen Schweizer angegangen, der möge ihm Geld in die Schweiz überweisen. Mein Vater schwor, nur über Visa geredet zu haben, da zeigten die Gestapomänner, sie trugen Zivil, eine Kopie einer oder beider Überweisungen, die früher durch diesen Diplomaten getätigt worden waren: wir wußten sofort, Vater würde ermordet, und hofften nur, wir mit ihm, auf der Stelle. Was sie dann, noch in der Wohnung, mit ihm machten ... nun, das muß ich ja nicht – erzählen.

Vater hätte sicher gegen den Unmenschen schon deshalb nichts ausgesagt – abgesehen davon, daß einem Juden nichts geglaubt wurde von den Nazis –, weil er nicht wissen konnte, ob nicht genau dieser Mann sein einziger Entlastungszeuge wäre, käme es zu einer Konfrontation: woher sollte Vater wissen, daß *der* – nicht aber ein anderer sein Mörder war! Wann merkt man bei solchen ›Verhören‹, daß man nichts zu verlieren, also auch keinen, der einen ans Messer lieferte, mehr zu schonen hat? Zweifellos hat dieser Diplomat den Nazis öfter kleinere Beträge von Juden ausgeliefert, um das Vertrauen der Gestapo in seine Korrektheit zu stärken – und so glaubten sie natürlich *ihm*, aber nicht einem Juden, wenn er angab, ein Jude habe nur *gefragt*, ob er Geld für ihn in die Schweiz schaffe. Daß mein Vater nicht nur gefragt – sondern das Geld diesem Herrn schon gebracht hatte: mein Vater hätte es nie sagen können, er wußte ja: Todesstrafe stand darauf, Geld hinauszuschaffen. Und daß er totgeschlagen würde schon auf Grund der ersten Überweisung, die den Nazis von dem Diplomaten mit Kopie angezeigt worden war – darauf konnte der sich verlassen! Dessen Logik war lückendicht, todsicher.

Bestritt der Jude – wie mein Vater es noch in unserer Wohnung getan hat, ehe sie ihn mitschleppten –, dem Menschen zugemutet zu haben, Geld hinauszuschaffen: so zeigten die Nazis ihm den Durchschlag der ersten Einzahlung, mit der ein Gehilfe des Diplomaten das Konto eingerichtet hat. Denn dieser Gehilfe ...«

Die Frau des Anwalts fragte: »Der ist tot?«

Ihr Mann nickte – sagte dann aber: »Vermutlich, wir finden ihn nicht, obgleich wir seinen Namen ja haben auf Grund des Kontoblatts und seiner Unterschrift unter den ersten zwei Einzahlungsbelegen. Doch wer weiß: einer vom diplomatischen Corps kommt leichter zu einem falschen Paß als unsereiner zu hundert Franken!«

Die Jüdin fuhr fort: »Diesem Mann unterstelle ich aber – im Zweifel *für* ..., daß er gutgläubig gehandelt hat. Der muß nicht gewußt haben, daß der Kollege in Berlin die Juden auf die Guillotine lieferte –sobald die ihm eine lohnende Summe zur Überweisung gegeben hatten; oder sobald er wieder einmal das Vertrauen der Nazis in die Kontinuität seiner Denunziationen erneuern wollte und ihnen meldete: Der hatte achttausend Mark in der Rocktasche, dieser Jude, ich habe ihn hinausgeworfen; er konnte auch sagen, holen Sie das Geld hier in der Gesandtschaft ab – ich nahm's entgegen, als brächte ich es in die Schweiz: In jedem Fall war der Denunziant ein stets korrekter Neutraler. Je öfter er kleine Beträge und ihre Überbringer an die Nazis verriet – desto verdachtloser konnte er Flüchtlingen das ganz große Geld abnehmen, um sie erst *dann* ihren Mördern auszuliefern.«

Der Anwalt sagte: »Dieser Doktor Petiot war dagegen ein Anfänger!«

Die Frau des Anwalts spürte, was ihm im Berufseifer entging: daß die Erzählerin einen Abhang, innerlich, jetzt erreicht hatte, über den sie heute abend nicht mehr hinausgehen solle. Die Baslerin sagte: »Jetzt aber auf meine Rechnung noch drei Grand Marnier ... oder etwas ähnlich Beruhigendes!« Dann ergänzte sie: »Als Frau eines Anwalts erfährt man – glauben Sie mir! – viel weniger als jede Stenotypistin. Ich will auch keineswegs den Namen des Verbrechers wissen, nur –«

Ziemlich laut und ganz rasch nannte ihn die Jüdin. Leiser dann, da ihr Anwalt aufgeschreckt die Hand hob und sich umsah – leiser auch noch den Vornamen. Die Anwaltsfrau sagte:

»Sie sehen, mein Mann will das nicht, ich hätte ja wirklich nach dem Namen nicht gefragt, ich wollte nur wissen, wie er seinen Judaslohn angelegt hat.«

Ihr Mann kam der Israelin zwar zuvor, antwortete rasch: »Sehr umsichtig hat ers angelegt, das Blutgeld, sehr renditesicher.« Als sie schon die Gläser in der Hand hielten, sagte der Anwalt seiner Frau: »Bitte, vergiß alles – solange ich es noch nicht aufgebe, den Raubmörder noch zur Strecke zu bringen... Denn diese Geschichte ist nicht zu Ende – ich verspreche Ihnen das«, sagte er zu seiner Klientin; und sie war fast geneigt – fast – ihm zu glauben. »... für Sie ohnehin niemals. Doch für *den* beginnt sie erst!«

Die Jüdin sah jetzt aus, als sei ihr sehr müdes Gesicht kleiner geworden wie bei einer Gestorbenen. Der Kellner stand so nahe dem Tisch, daß sie nicht einmal die Stimme zu heben brauchte, als sie sagte: »Bitte, die Rechnung!«

Zu den Baslern sagte sie: »Ich muß mich entschuldigen, daß wir dauernd von mir gesprochen haben, ich will dafür sorgen, daß nach Paul Grüninger in Tel Aviv – wenig genug – eine Straße benannt wird. Kriege ich von Ihnen Unterlagen?«

Der Anwalt sagte: »Da Sie doch an ihn denken – ich hatte Ihnen einen Artikel ausgeschnitten, wollte Sie damit aber heute nicht auch noch belasten... hier!«

Zu dritt betrachteten sie das Zeitungsfoto. Der Anwalt sagte: »Da war Grüninger '79, zwei Jahre vor seinem Tod.«

Ein korrekter Beamtenscheitel über einem derart von Resignation geschlagenen Gesicht, daß die Lider die trauernden Augen fast abdeckten, als könne der Mann nicht einmal mehr im Fotografen seine Mitmenschen ansehen, die ihn derart mißhandelt hatten – dreißig Jahre lang. »Erschreckend«, murmelte die Jüdin. Die Baslerin sagte: »Wir unterstehen ja alle der Erdanziehungskraft – doch daß die auch ein Gesicht derart nach unten zieht, Augen, Lippen, jede Falte, die Wangen, ja den ganzen Kopf... gut, daß ihn niemand mehr fragen kann, wie er seine Mitbürger einschätzte, zuletzt.«

Nun kam die Rechnung.

Spanische Treppe: 12 Reise-Notizen

1

Einstein, den ein Mann
an einer Brücke hatte warten lassen,
gab, als der sich entschuldigte,
zur Antwort: »Keine Eile –
was ich zu tun habe, kann überall geschehen.«

2

Spanische Treppe

Kaskadengischt auf lichten Aquarellen:
drei Sturz-Seen aus Gestein, das schwimmt,
sanft abfällt dann in zwölf Zwölfstufenwellen.
Darauf vier Rassen; Weiße »weiß« wie Zimt.

Bleib' Wolke vor der Sonne, daß die Stufen
von Glut befreit sind und von Wind liebkost.
Via Condotti weht ihn her; mich Alten rufen,
närrisch im grünen Hemd, ja kurzbehost

Gier, Todesangst zur Treppe, die Atem sprüht:
die Treppe lebt, ein Leib, den Jugend nimmt.
Verblühte sehen – weg. Wer nicht ganz abgebrüht,
der lernt hier leidend, wie für ihn verglimmt

Was »Lebensfeuer« hieß – da ja die Jungen
ihn nicht einmal mehr ignorieren ...
Entzieht sich Schönheit dem, den sie bezwungen,
läßt sie – reis ab! – sein Herz gefrieren.

3

Gesund und Krank

Treibhaus-Import weißer Flieder:
kündigt er, Vorbote, schon im Januar
ihr den Frühling an – und liebegeneigt
wie im Mai atmet sie seinen Duft

Ihm verspricht er nicht wie im Vorjahr

als nachts im Garten der Fliederbusch
mondweiß ihr Dach war – sie wieder
nackt zu sehen. Ihn strahlt jeder Flieder
im Winterlicht weiß wie Sargwäsche an.

4

Landestöchter

Viele Frauen über vierzig Jahre
gleichen ihrer Königin:
Euterrunde, kachelblanke Ware

Als habe jede die Butter erfunden
oder aus Erwerbe-Gewerbesinn
die Butter gar aus sich selber entbunden.

Ihre Töchter riechen wie sauberstes Leinen.
Geheimnislos, backbraun wie Kabeljau.
Erschaffen werden die mehr reinen als feinen

Sooft Gott gähnt – zur Pastorenfrau.

5

Panik im Mai

Sie liegt hier – dort ihr Kleid,
seine Stirn auf ihrem Bauch.
Städter, Bauern – meilenweit;
ohne Trauschein, wie's der Brauch
ist ihr Jungfernblut geflossen,
keine Träne – nur ihr Blut:
was fast achtzehn Jahr geschlossen
– aufzutun, wie tut das gut!

Gras als Bettuch ist dezenter
als ein Laken im Hotel...
Aber Angst macht ihr Kalender!
Zwar noch fern wie das Gebell
eines Hundes sind die Tage.
Panik: »Gleich zum Kindbett auszuarten!«
(Petting ward zuletzt zur Plage)
seufzen, die sich endlich paarten.

Schütze, Pan, die Kinder beide,
die in Panik liebe-müden
unterm Blütenstaub der Weide!
Maiwind, warm schon wie im Süden
– streichel sie!
Die noch weiße Haut der Städter
– streichel wie
schilfgrau-blaue Weiden-Blätter!

6

November

Eisenkahl die Buchen, dicke Wolken
stechend weiß wie Birkenrinde.
Innen, außen – leergemolken
lieg ich in der Wanne, denn ich finde
doch kein Wort für einen dritten Brief,
der in deinem Starrsinn dich erreichte …

Regen, seit du weg bist, beinah rief
– längst vergessen, deine »Beichte« –
ich sogar im Zoo laut deinen Namen!
Komm doch. Halten würde ich dich nie.
Affen staunten, daß mir Tränen kamen,
doch so ohne Antwort bleibt kein Vieh.

7

Vergessen wo.

Anlege-, Ablege-Steg für Boote und Barkassen
– ich hab' vergessen, wo:
am Lido, an der Themse, in Stockholm,
vielleicht auf Korfu.

Ein Ausflug war geplant, wohin, was tut's.
Geblieben ist die Einsicht, die mich damals
veranlaßt hat, die Bootsfahrt abzusagen:
Ein Panorama *mehr* vor Augen und

– vergessen; *noch* ein Museum
oder eine Stadt: teilt mir das irgend etwas mit?
Sich zwecklos zu bewegen, vertreibt die Zeit
– als ob nicht jeder Tag sie schon vertriebe!

8

Widmung

Hart führt die Zeit den Besen
– auch das Gedicht
wird so wie wir verwesen,
jedoch vom Licht,
das du in mir entfachtest,
ist hier ein Widerschein:
Lies. Was Du betrachtest,
warst *Du!* Bleibt Dein!

9

Mond

Mann im Mond, der uns die Angst nahm,
Babysitter unsrer Kindheit,
ansprechbar, ein runder Onkel
– machte, waren die Eltern aus,
uns die Nacht blautannenhell.

Heute: wer ihn ansieht, schneidet sich,
nur vereister Stahl, gezirkelt
– überträgt den Schüttelfrost
seines wortlosen Alleinseins
auch auf mich, allein wie er.

10

Schopenhauer, der an Fichte rügte,
daß der vor lauter Lehren
nicht zum Lernen komme
– fand auch an einem Plinius
bemerkenswert suspekt,
daß der sich noch im Bad vorlesen ließ:
wann konnte der denn einmal denken?

11

Wohin?

Der Himmel bimssteingrau. Wie Schimmel auf Brot
liegt karger Rauhreif morgens auf den Fluren;
noch ohne Kälte, ohne Schnee der Januar.

Die Farbe – krankes Braun – verfaulten Kohls
verschmutzt die Täler, Hänge, Hügel...
Ins Land einschneidend täuschen Asphaltbänder

Schwarznaß und wie gewaschen – Ziele vor,
die – scheinbar – hinter Biegungen und Bergen
anstrebenswert, erreichbar seien... Ziele?

12

Eine Reise ist die letzte
– zur Grenze, an der wir nichts mehr verzollen.
Was mich sonst in Fernen hetzte:
Geschäfte, Schaulust, Mitredenwollen
läßt mich schon verdächtig kalt...
Bleibe ich jetzt deshalb so viel lieber zu Haus,
weil ich spüre: bald, sehr bald
– reise ich endgültig aus?

Flüchtling

Er hinkte an meiner Seite durch das Städtchen, dessen Namen ich so wenig nennen darf wie seinen Familiennamen. Denn wie leicht könnten die Augen eines Behördenvertreters dies lesen: und wäre dieser Leser ein aufmerksamer Staatsdiener, der vielleicht auf eine rasche Beförderung hofft, wenn er einen zur Strecke bringt, der seit Jahrzehnten für Angehörige – nicht auch für sich selber! – eine Rente herausgeschlagen hat, die dieser Familie nicht »zukommt«: So könnte ich tatsächlich unabsehbares Unheil anstiften, würde ich hier sagen, an wessen Seite in welcher außerdeutschen Stadt ich ging – als ich *den* hätte sehen können, dessen Geschichte ich hier skizziere.

Denn ich sah ihn gar nicht, obgleich er – ein Villenviertel mit Vorgärten, abends zwischen fünf und sechs im Oktober, also in nebelziehender Dämmerung – auf der anderen Straßenseite an uns vorüberging und meinen hinkenden Begleiter mit lautem Zuruf grüßte; und so auch von Baruch, wie ich meinen Freund nennen will, wiedergegrüßt wurde. Baruch ist der Freund der Bücher, im Alten Testament jener Gehilfe des Jeremias, der das Leben dieses Propheten aufschrieb; Baruch nenne ich meinen Freund deshalb, weil das hebräisch »der Gesegnete« heißt: und dieser Flüchtling aus Deutschland *war* ein Gesegneter, weil er sogar eine Razzia mit Polizeihund auf dem Dachboden seines Hauses – liegend zwischen den Ziegeln und dicht an dicht genagelten Dachlatten – in seinem Versteck überstanden hat, während alle Entdeckten seiner Glaubensbrüder nach Auschwitz deportiert wurden ... Baruch sagte, als der Mann an uns vorbeigegangen war: »Du hast ihn nicht erkannt, du weißt nicht seinen Namen und sollst ihn auch niemals erfahren. Doch seine Geschichte, die ist exemplarisch für unser Zeitalter der Flüchtlinge; sucht man in Zukunft eine Beziehung für unsere Epoche, so sollte man sie die Flüchtlinge nennen. Natürlich wird man das *nicht* tun: man wird sie das Atomzeitalter nennen, weil das Technische leider größeren Eindruck macht als das Menschliche ... aber es war ja gewiß, dieses Jahrzehnt um den Hitler-Krieg oder – Asien dazugerechnet – das Jahrzehnt um den

Zweiten Weltkrieg: die Epoche der neuen Völkerwanderung, die der Flüchtlinge.«

Ich fragte Baruch, warum er mir diese Geschichte des Mannes, der ihn da soeben freundschaftlich angerufen habe, nur erzählen wolle, weil ich ihn *nicht* erblickt hatte in der Dunkelheit. Baruch schmunzelte und sagte: »Weil schon Aldous Huxley gewarnt hat: eher dürfe man seine unschuldigen Töchter mit Casanova auf eine Ferien-Reise schicken und sich einbilden, der verführe sie nicht – als einem Schreibwütigen, und ihr Autoren seid alle schreibwütig, ein Geheimnis anvertrauen ...«

Ich lachte, aber dementierte: »Nur dumme Schriftsteller geben Informanten preis – nur die, die nicht neugierig sind und denen es also egal ist, ob man ihnen *noch* einmal etwas anvertraut, erzähl schon ... statt mich zu spannen!«

Und Baruch sagte: »Eine uralte, eine Agamemnon-Geschichte ... doch eben die eines Agamemnon, der sich wegen Kassandra gar nicht mehr heimtraute!«

Ich unterbrach: »Ein Flüchtling aus Deutschland, der hier während des Krieges eine neue Frau fand?«

Baruch antwortete und Trauer belegte jetzt seine Stimme, er sprach immer stockender: »Kein Jude wie ich, sondern ein Politiker, Berliner Reichstagsabgeordneter, der vor Hitlers Machtergreifung so genau den Nazis ins Gesicht voraussagte, was sie anstellen würden mit Deutschland – daß er bereits in der Nacht, als die den Reichstag ansteckten, geflüchtet ist: er wußte, sie würden ihn nicht aufheben im Lager, sondern totschlagen! Und als sie dann in dieses Land einfielen – wer hätte das vorausgeahnt, nie hatte zuvor ein deutscher Militär-Stiefel dieses Land betreten –, als dann doch 1940 die Deutschen als Okkupanten kamen, da versteckte ihn eine sehr schöne Frau, die nur ein bißchen älter war als seine Kinder in Deutschland ... und da sie beengt wohnten, wohnte er so dicht bei ihr, viereinhalb Kriegsjahre lang, bis uns die Briten dann befreiten von den Deutschen: daß aus diesem engen Zusammenhausen ... neben einer, wie soll ich sagen: existentiellen Dankbarkeit und Liebe ... auch ein Kind entstand. Und so, wie schrecklich, doch wie verständlich, schaffte es der Mann nach dem Krieg nicht mehr, dieses Mädchen sitzenzulassen samt dem Kind; so ließ er sich zu

Hause als tot melden, als verschleppt von den Nazis mit unbekanntem Ziel: so daß seine frühere Familie eine anständige Rente bekommt, noch heute. Denn als er 1933 fliehen mußte, ließ er ja nicht allein die Frau zurück – die Frau hätte vielleicht vor dem Krieg noch nachkommen können –, sondern auch drei Kinder! Und so ›gut‹ – ich sage gut in Anführungsstrichen –, so ›gut‹ das ausgegangen ist bis heute: ihn hat es zerstört. Denn er ist anhänglich. Ja, so ist das Schicksal, wenn du weißt, was das Schicksal ist, ich weiß es nicht: so ist es auch noch, das Schicksal – daß es *dies* ausgerechnet einem Mann auferlegt hat, dessen bezeichnendste Tugend die Anhänglichkeit ist. Er ist hundetreu: ich bin überzeugt, jeden Morgen seit einem Vierteljahrhundert, wenn er sich rasiert und im Spiegel erwischt – sieht er sich als treulosen Schuft, und dann leidet er, während natürlich diese gleiche Treue ihn ja auch 1945, als er wieder hätte heimgehen dürfen, heimgehen *müssen,* vielleicht, nach Deutschland – darauf verzichten ließ, um nicht seiner Retterin die Treue zu brechen!«

Wir schwiegen beide. Dann sagte Baruch, da wir in die Nähe seiner Wohnung kamen: »Sei vorsichtig, jetzt beim Abendessen, denn meine Söhne haben keine Ahnung – nur meine Frau, da die das ja miterlebt hat, sozusagen, kennt seine Geschichte!«

Ich hielt ihn zurück, wir waren an seinem Haus: »Und kennt seine Frau in Deutschland die Geschichte?«

Baruch sagte: »Es gibt Dinge, das weißt du, die kannst du auch den intimsten Freund nicht fragen – seine Kinder in Deutschland, da bin ich sicher: halten ihn für tot. Doch seine Frau ...? Einmal sagte er mir und konnte dann nicht weiterreden: einmal hat er mit gesagt, daß er zuweilen dorthin reist; ich weiß sogar, wie das Hotel heißt, in dem er sich einquartiert, weil er heimlich seine Kinder auf dem Schulweg sehen wollte. Ich sagte noch: laß das sein – das bricht dir das Herz. Er antwortete, als gehe es gar nicht um *ihn:* Oh, ich kann an meinen Kindern vorbeigehen auf der Straße – die erkennen mich doch gar nicht! Aber eben dies: daß er sogar an seinen Kindern vorbeigehen könnte, zeigt ihm ja nur seine Verlorenheit, denn wie gern hätte er gesprochen mit seinen Kindern ...«

Ich fragte: »Und was vermutest du – hat er seiner Frau in

Deutschland gesagt, daß er noch lebt?« Baruch wiegte den Kopf hin und her, wir gingen sehr langsam weiter; Antwort gab er nicht, sondern fragte: »Was vermutest *du*? Gut war die Ehe, er litt sehr unter der Trennung von dieser Frau – ja, ich bin sicher: er blieb ihr treu, bis die andere unter Gefahr für ihr eigenes Leben ihn versteckt hat! Übrigens hat diese Frau in Deutschland sich wieder verheiratet – zehn Jahre nach dem Krieg. Rente kriegte sie seitdem nur noch für die Kinder.«

Wir kamen heim ins Haus des Bücherfreundes, des Bilderfreundes. Ehe wir zu Tisch gingen, zeigte er mir wertvolle Graphik; ich fragte, wie er das finanziell geschafft habe; er lachte: »Nach dem Krieg galten ja die Expressionisten und der Jugendstil überhaupt nichts – nur Mut und Instinkt mußte man haben, wenn man diese Lieblinge aus der Jugendzeit noch schön fand: man mußte nur stehen zu ihnen, treu, sosehr sie auch aus der Mode waren... dann bekam man sie nachgeschmissen für 'nen Appel und 'n Ei. Und dann weißt du, kauft man Kunst, ist es *immer* so: ›eigentlich‹ hat man kein Geld, ›eigentlich‹ findet man's größenwahnsinnig, die Plastik, das Aquarell trotzdem zu kaufen – und kauft ja auch auf Raten... und siehe da, nach Jahren hängt es dort, ist längst bezahlt; und man hat durchaus vergessen: wie man es und womit man es einst abbezahlt hat.« Und er trank mir zu, wir waren schon fertig mit der Suppe. Seine Frau, die ihre ausgegangenen Söhne entschuldigte, sagte jetzt: »Ach ja, das hab ich fast vergessen, der Günther... hat angerufen, er sei dir grade in der Kennedy-Allee begegnet, aber da du nicht allein gewesen bist – er sah euch also beide: habe er dich nicht anreden wollen wegen deiner Klimts. Ob er diese Woche einen Museums-Fotografen schicken könne, er will in seiner – Serie...«

Baruch unterbrach seine Frau abwinkend, doch zustimmend; die Serviette in der Hand hielt er sogar hoch: »Natürlich, natürlich: ist ja klar, ist ja gut – er soll den Fotografen schicken!« Doch seine Frau, die uns die Teller füllte, sah nicht auf ihren Mann und auf sein hektisches Abwinken, sondern sah in die Schüsseln, und so redete sie weiter – und nun *wußte* ich, wem wir begegnet waren, denn diese Serie, die Baruchs Frau genannt hat, sie kennt ungefähr jeder, der sich für internationale Kunstbücher interessiert. Ich war so diskret gewesen, *nicht* das Nächstliegende zu fragen: was Baruchs Freund von Beruf sei, wovon er lebe. Nun sagte es die Frau ahnungslos, daß soeben Baruch mir die Biographie dieses Mannes erzählt hatte...

Er blickte mich verzweifelt an. Als seine Frau in die Küche ging, legte ich Baruch meine Hand auf die Manschette und beruhigte ihn: »Von Casanova unterscheiden wir Autoren uns immerhin dadurch, daß wir es zwar ebensowenig wie der unterlassen können anzurühren, was uns anvertraut worden ist...«

Baruch unterbrach: »Und auch bei dem, was Autoren tun, das *weißt* du: kann Blut fließen!« Ich versicherte ihm: »Gewiß, aber doch nur, wenn wir nicht Ort und Jahr und Namen verändern, wie ich es tun werde, wenn ich diese Geschichte erzähle.«

[illegible] gewesen, [illegible]
[illegible] war [illegible] Freund von [illegible]
[illegible] Nun ergibt es sich [illegible]
[illegible] die Biographie dieses [illegible] erzählt [illegible]

[illegible] nicht [illegible] an [illegible]
[illegible] und [illegible]
[illegible] beiden [illegible]
[illegible] daß wir [illegible]
[illegible]

[illegible] Und [illegible]
[illegible]
[illegible] wenn wir nicht [illegible] und [illegible]
[illegible] wenn [illegible] Geschichte [illegible].«

Antike Landschaften mit Ruinen.

Tempel · Leda · Selinunt.
Jesus-Talk am Swimmingpool des Tiberius.
Mühlenhund-Balladen oder
Agamemnon auf dem Dorfe
Das 7. Jahr: Odysseus bei Kalypso.
Bleib! Menelaos zu Helena.

Tempel

Äcker, fast fruchtlos, der Pflug
lockert nur mühsam sie auf.
Kein Haus, weder Straße noch Grabmal
sind geblieben – ein Tempel allein,
dem mit den Betern auch Gott starb,
behaust nur von Sandwind,
bezeichnet die Stadt noch:

Segesta

Geh weiter auch du – eh' sie dich
ansteckt, die Schwermut:
sie brütet auf entleerten Altären.
Wo Markt war, Theater und City,
sind Dünen. Wo Menschen lebten,
ist – nichts. Oder du – momentan;
auch so lange nur wie dein Schatten.

Leda

»... die königlichen Frauen des prähellenischen
Griechenlands fanden nichts dabei, Liebhaber
aus den Reihen der Leibeigenen zu nehmen.«
Ranke-Graves

Ein Domestik! Doch blieb mir keine Wahl:
mit Günstlingen von Stand zu schlafen,
das hat man oft erlebt, ist zu gewagt;
läßt man die erst ins Bett, sind die »Gemahl«
auch bald im Staatsrat! Doch glückt Sklaven

Nie die Verknechtung ihrer Queen zur Magd...
Zermalmt, als habe Pan mich übermannt,
sah ich den Kapo, der auf der Galeere
– zum Schutz der meinen uns vorausgesandt –
aus seiner Sportlerbrust den Rudertakt

Seit Jahren hinruft über meine Meere
nur einen Lidschlag lang – doch nackt...
Mein Kammerherr versetzte ihn zur Garde:
um sich zu halten, liest der Fuchs gewandt
mir aus den Augen ab, was ich erwarte.

Auch: wie's mich traf, als dort der Fremde stand!
Heraklisch lehnte er am Heck – Begierde
trieb mich in die Kajüte der Barkasse...
schlecht wurde mir, ich schloß mich ein – vertierte
mannlose Frau, die tags die Männer quälte

So heftig, wie ich nachts den König hasse,
weil der im Raubkrieg schon ein Jahr verschollen
und mich kein Mann – nur meine Hand noch pfählte.
Nun nahm ich ihn! – erklären sollen
die Priester der Nation, wieso die Queen

Ein Jahr schon Witwe – doch entbinden wird.
Mein »Kapo« ist dann Offizier; wer ihn
der Vaterschaft verdächtigt, auch nur lacht,
der wird auf der Galeere angeschirrt.
Die Zofe, die geschwatzt hat, darf im Schacht

Des Bleibergwerks für Inhaftierte kochen.
Die Zunge wurde ihr herausgerissen.
Wie ungern ich dies Urteil auch gesprochen:
ist nicht das Wohl des Reiches mein Gewissen?
Vermuten erst die Bürger eines Staates

Daß dort ein Sklave Königskinder zeugt,
geht schon die ganze Monarchie zum Hades,
gäb's keinen Untertan, der's Knie mehr beugt...
Mein Hauptproblem: der Erbverwandten
stets mordbereite Habsucht nach dem Thron!

Doch hoffe ich auf Zwillinge, zwei Tanten
sind auch von Zwillingen genesen:
mein Schutz, mein Leben ruhen in einem Sohn!
Nach nur zwölf Wochen bin ich schon so schwer...
es rührt mich tief, wie sich Pans Wesen

Mit meinem wandelt, zärtlich wird, wie sehr
er fürchtet, mir im Akt zu schaden.
Doch meine Libido wächst mit dem Bauch.
Die Ärzte finden das normal und raten,
daß er mich nur von hinten jetzt noch nimmt

Und ich ihn nicht mehr reite – sagen auch,
wenn er an meiner Seite schwimmt,
darf ich bis zum Oktober baden...
Doch nicht mehr vor dem wilden Kliff der Schwäne,
die immer um uns sind, seit wir uns lieben

Und die wir einbeziehen in unsre Pläne:
nicht länger ist die Rede aufzuschieben
zur Lage der Nation, daß ich
von einem Thronfolger genesen werde...
Die Frage, ob sein Vater königlich

Ist abzuwürgen dank dem – Schwan!
Wozu, wenn nicht zum Gängeln meiner Herde
ernähre ich die Priester, die den Wahn,
Zeus schlüpfe oft in tierische Gestalt,
selbst heute unterm Pöbel noch verbreiten?

Als *Schwan* nahm Zeus mich mit Gewalt!
Wir diskutierten die Idee nach allen Seiten,
es amüsierte Pan, sie auszuschmücken.
Ich lag auf seinem Leib wie auf Basalt,
sein Griff umspannte meinen wunden Hügel:

»Du schwammst weit draußen auf dem Rücken,
Zeus stieß als Schwan herab, gab dir auch Halt;
du wärst ertrunken, hätten seine Flügel
dich nicht umfangen, als er dich begattet!«
Er lachte – schlief dann endlich einmal ein

Von durchgeliebter Nacht ermattet...
Kann er für immer so verschwiegen sein?
Ach, glücklich sein wie Schwäne hoch im Blauen!
Doch bin ich von der Frage überschattet:
Muß ich ihn töten? Darf ich ihm vertrauen?

Selinunt

Städte der Griechen
an den Ufern Siziliens
aus euren Gezeiten
aus euren Geschicken
spricht unsre Zukunft.

Siebenundzwanzig
Jahrhunderte vor uns
von Dorern gegründet,
westlichste Hauptstadt
griechischer Siedler: Selinunt
Einst Mare Africano.
Heute paradieren dort
Moskaus und Washingtons Flotten.

Kläglich nur noch
beklagenswert
die Steinschutt-Spuren
die nicht mehr erzählen
die nur mehr verschweigen
wie mit Schiffahrt und Reichtum
hier die Schöpferlust kam.

Amputiert durch »Geschichten«
benachbarter Krieger:
Trommeln von Säulen, Metopentrümmer
zerrissene Friese
verwaschne Reliefs: Erdbebenkrümel
vier leuchtender Tempel
einer Akropolis!

Darunter, was Stadt war:
ausgeschaufelt zwei Straßen von hundert.
Drei Häuser – »freigelegt«
... weniger als ein Knöchel von einem Bein!
Sträucher, Steine und Staub
Stille – die gleiche Decke
für Nekropole wie Großstadt

Was weiterlebt:
Flecken von Grün
zwischen Wust von Geröll,
Büschel der Petersilie,
die hier wild wächst
– sie gab Selinunt
ihren Namen.

Und das schaumdumme Meer
– unberührt wie ein Hai
den Schwimmenden wegreißt.
Siehst du es an, frontal
sticht es, Laserstrahl in der Sonne
das Auge dir aus.

Jesus-Talk am Swimmingpool des Tiberius

»Nach jüdischer Tradition war er der Sohn eines römischen Centurio, Pantheras, der Panther.
Daher auch seine Trennung von seinem »Vater« und... sein zweideutiges Verhalten gegenüber seiner Mutter und dem Ehebruch...
Belegt der Grabstein des Pantheras..., daß seine Legion ungefähr im Jahre 4 v. Chr. in Judäa gewesen ist.«

Palinurus, Das Grab ohne Frieden

Sie:
Centurio – wollen Sie dem Weinsklaven winken,
was Sie mir erzählen, dazu muß ich trinken!

Er:
Ja, gnädige Frau, was wollen Sie hören!
Wenn meine Kriegsgeschichten Sie stören:
Einen Hochstapler habe ich hopp genommen,
der als Gott nach Judäa gekommen...

Sie:
Nicht neu! – Erwähltheitsdünkel gehört zu dem Land.
Wer hat denn »Gott« in dem Kerl erkannt?

Er:
Schwer zu sagen, was einen Menschen vergottet.
Hier ein Komplex: als Kind verspottet,
weil er Bastard des Centurios Pantheras war,
verließ er den »Vater« im dreizehnten Jahr.
Erst als Gammler fand seine Rednerkraft,
die genial war, in der Genossenschaft
ein Objekt – und schenkte ihm das Gefühl,
Messias zu sein.Im Kommune-Gewühl,
aus Weib-Ekel dank der Mutter, blieb er Asket.
Das distanziert. Von da zum Prophet

war's nur ein Schritt: Die Gottesbrunft-Schreie
der Plebs, die gaben ihm »göttliche« Weihe.
Sie wissen, ein Führer macht sich doch nicht selber!

Das Stimmvieh macht ihn – das er dann wie Kälber
zu Schlachtvieh verwandelt; mir kommt der Verdacht,
daß Todestrieb Völker zu Mitläufern macht.

Dieser Schreiner schrie auch, er bringe das Schwert.
Zwar blieb er noch friedlich – jedoch vermehrt
hätte seine Partei jeden umgebracht,
der zu zweifeln wagte: weh dem, der lacht!
Die typische Rachsucht der Halb-Aristokraten:
Der Gesellschaft, die ihn früher nicht eingeladen,
ihn, den Römer, des Centurios Sohn,
der verhieß er Vernichtung: ihren Lohn.

Sie:
Und sie fürchten, Centurio, daß dieser Mann
auch unsere Legionen infizieren kann?

Er:
Nein – kein Mensch wird je von dem wieder reden!
Zwar posierte er als Erlöser des ganzen Planeten;
doch nur der Pöbel schrie Heil, er war Kommunist;
und da uns Römern höchst angenehm ist,
wenn die Okkupierten sich politisch zersplittern,
lieferten wir, um die Plebs zu verbittern,
Priestern und Bürgern diesen Feind in die Hände.
Die machten am Kreuz mit ihm ein Ende.

Sie:
Hat der Schreiner sich ernstlich als Gott eingeschätzt?
Selbst geglaubt, was er anderen aufgeschwätzt?

Er:
Vermutlich – er versprach Heil und Himmel autoritär,
und Sie kennen die Leute, Madonna – wer
besessen genug ist, ein Programm zu verkaufen,
das Widerspruch ausschließt – dem laufen

alle jene nach, die gern *glauben* wollen:
die meisten! – und die überrollen
wie eine Lawine die paar, die denken...
Dogmatiker soll man deren Todfeinden schenken!

Sie:
Centurio, Mensch – sind immer so nüchtern!
Und wer aussieht wie Sie, warum ist der schüchtern?
Komm – laß uns ins Bett gehen, statt hier zu reden
von Narren, die fordern, sie anzubeten.

Mühlenhund-Ballade
oder Agamemnon auf dem Dorfe

Einen Toten?
Schorsch und Henner melden, auf dem Heimweg,
Osterdienstag, als sie Torf gestochen,
knapp drei Kilometer vor der Mühle,
hätten sie den Mühlen-Fritz gesprochen!
»Quatsch – zur Mühle«, schreit die Witwe, »kam Fritz nie!«
Soo? – ja, dann sei sie einzulochen:
Mordverdacht; man wisse, wie
sie es treibe mit dem jungen Knecht ...

»Ist's verboten?
Ein Jahrzehnt vermißt: ist Fritz totgesagt!
Daß ich lebe mit dem Knecht – ist mein Recht,
wer im Dorf noch lästert, wird verklagt ...
Auf Idioten, die von ›Heimkehr‹ schwätzen,
so besoffen, daß sie einen Toten ›sprechen‹,
den sie aus der Grabesruhe hetzen
– hetze ich jetzt Polizei:
Haussuchung verlange ich – mit Hunden!

Euren Zoten,
dem Gerücht, im Mühlwald sei
– nicht in Stalingrad mein Fritz verschwunden,
geht das Amtsgericht jetzt nach!«
... Als dann Zweibeiner entfalten
Vierbeinern des Müllers Kleider,
muß sie lachen: »Hundenasen hinzuhalten,
was doch gar nicht hing im Schrank:
längst gab ich die Kleider weiter ...

Weg die Pfoten!
– schenkte sie dem Knecht, zum Dank:
daß des Toten Kleider trug,
der ja dessen Arbeit machte ...«
»Auch im Bett? – als der Kommissar das frug,
erektiert ihn, wie sie lachte:
»Sind wir Witwen keine – Frauen?«
Da sie ihn noch überragte,
zu der harten Brust zu schauen

Und dem roten
schweren Haar, war er zu verklemmt; er fragte:
»*Euer* Hund .... ist doch sonst nie angebunden!
Angst, der *fände* Ihren Mann?«
Sie, reicht Brote: »Nein, nur wegen Ihren Hunden
liegt heut Argos an der Kette!«
Doch kaum losgemacht – bergan
stürmt schon Argos, der das Wehr,
wie gepfiffen, rasch durchschwommen!

Nur mit Booten
kommen nach Polizisten, Kommissar. Lynchgeil hinterher
wogt ein Menschenmeer. Spät am Mühlquell angekommen
– dunkel – hilft mit Fahndungslichtern
Polizei dem Hund beim Scharren ...
Fritz liegt tief. In zwei Gesichtern
ist nur Panik vor der Volkswut, doch kein Mund.
Schweigen. Als der Kommissar höhnt: »Narren!«
– klagt das Weib: Ich töte keinen Hund.

Das siebte Jahr:
Odysseus bei Kalypso

Zum Zentenarium des Basler Böcklin-Bildes

Nichts in Sicht. Dunsthitze, wind- und sonnenlose.
Und Schwermut nach dem Akt – erlegen ihrem Willen,
der ihm den seinen nimmt wie durch Hypnose.

Verdrängen wir die Lust, zu killen,
wenn wir – dies sein Verdacht – das Ur-Verlangen
in einem Mensch, der uns *knechtet*, stillen?

Instinkt riet ihm zur Flucht, doch ihn bezwangen
zwei Ströme: Euphrat/Tigris – ihre Flanken,
ihm machtvoll-lehmbraun hingehalten ...

Midlife-gestreßt, kaputt von den Gedanken
an Kind und Frau und Heim blieb er gespalten,
lahm erst von Eros – dann von Hysterie.

Hysteron-Uterus: das gleiche Wort.
Neurosen-Züchterin, liebt sie
prämenstruell entnervt, ihn bis zum Mord

Wenn er nicht mit Gefangenschaft bezahlt.
Ihr Lachen, Gang, Gespräch, Geruch: sie wandern
durch seinen Schlaf. Ihr Blick verstrahlt

Phosphorgrün ihre Augen wie bei Panthern,
Intrigengeilheit, Nesttrieb, Gier nach Geld,
panisch bestürzt, droht er sie zu verlassen.

Furchtbar wird Schönheit dem, der ihr verfällt.
Wie lehrt sie den, sich selbst zu hassen,
der ihr entfliehen will. Doch den sie hält.

Bleib! Menelaos zu Helena

Sphären-Musik in Stimme und Schritt:
Du bist, was Natur mit Menschen kann!
Wie Aphrodite Ares ritt,
so überwältigend nahmst Du mich an.

Kannst mich verlassen, nur weil Jugend
uns wehrlos macht im Klimakterium?
Vor Schönheit, weiß ich doch, ist Tugend
nur Chancenlosigkeit. *Darum*

Nach Troja durchgehen? Sei nicht toll:
hier bist Du Queen. Was wärst Du dort?
Mätresse – nicht im Protokoll.
Nie darf der Prinz sein Ehrenwort

Einlösen, Dich daheim zu freien:
der braucht Erben, muß doch schwängern!
Bleib schon: Ehen leben vom Verzeihen.
Seinen Aufenthalt verlängern

Wir, wie Du ihn brauchst: Hygiene ...
gegen Altern *das* Hormon.
Also macht's – doch keine Szene:
Er ist dumm wie unser Sohn!

Laß Du Sparta nicht im Stich:
Du regierst hier – Du bestimmst!
Volk und Army lieben *Dich*.
Und wie Du den Knaben nimmst

Nimm auch mich, hab doch Charakter,
sagst ja, daß Du mich noch liebst!
Ich – verzichten, dem Dein nackter
Körper *Gott* ist? Einmal schriebst

Du – *wir* blieben noch im All
– Du das meine, ich Dein Floß:
bleib's! Aus Dir spricht der Widerhall
dessen, was Natur so groß

Mit uns Menschen einst geplant.
Ewigkeit: *Der* ahnt sie im Augenblick,
der von Dir umarmt wird. Ahnt
Paris ... diese Sphären-Musik?

Anekdote

»Wer vor siebenhundert Jahren Metaphysiker gewesen wäre, ist heute Ontologe, und das heißt, daß er den rationalen Aspekt durch den irrationalen kontrapunktiert. Er besteht auf den Vorbehalten gegenüber den positiv rationalen Aussagen, und ebenso gegenüber den positiv irrationalen. Über das Irrationale läßt sich nichts Striktes sagen; es erhält den Rang des dämpfenden Faktors. Diese Dämpfung ist alles, was vom ehemals religiösen Verhalten übrig bleibt, aber dieser Rest darf niemals als belanglos behandelt werden.«

Otto Flake

Sehr gern besuche ich sehr alte Menschen: Sie wissen, was kein anderer mehr weiß; sie glauben weder einer Religion noch einer Ideologie, sondern höchstens dem – und auch dem nicht alles –, dessen Gesicht und Stimme sie überzeugen; sie nehmen außer ihrer Ernährung, diesem Letzten, das sie erotisiert, nichts mehr völlig ernst; sie haben immer Zeit, denn sie stehen am Ufer zur Ewigkeit, von der wir zwar nichts ahnen – die jedoch immerhin den Zeitbegriff der hier noch Geschäftigen als blödsinnig erweist; in fast allem, was sie sagen, ist schon dessen ironische Aufhebung – überhaupt ist bei allem Lebensverdruß Heiterkeit um sie, die zwar nicht wärmt, sie auch vor keiner Verbitterung schützt, ihnen jedoch die Sicht weitet wie an sehr späten, kalten Oktobertagen die Sonne, die auch nicht mehr wärmt, aber aufklart. Um sie ist jene Freiheit, die total Ausgebombte nicht selten vor der Ruine ihres Hauses verspüren. Komik verdrängt oft alles Ehrwürdige, das ihrer Erscheinung das Alter »geschenkt« hat – nichts hassen sie so sehr wie dieses »Geschenk«. Hamsun, der dreiundneunzig wurde, äußerte schroff, das Alter mache nicht weise, sondern alt – »und sonst nichts«. Ein Mann, den mehr als fünfundachtzig Jahre derart ausgetrocknet und kleingeschrumpft hatten, daß er nicht viel höher mehr war als sein Urenkel der Abc-Schütze, war auch luftleicht und sagte selber, er müsse, damit ihn nicht der Wind davonblase, in jede Hand ein Bügeleisen nehmen, wenn er ausgehe. Doch selbst dann, wenn ein Gespräch mit ihnen nicht einmal mehr einen solchen Witz »einträgt«, weckt noch die wortlose Anschauung sehr alter einzelner ähnliche Empfindungen wie die sehr alten Bäume, an die man ja auch nicht mit der Frage herantritt, ob sie noch tragen. Und wenn diese Uralten sich meist nicht mehr erinnern können, was vor sechzig Minuten geschehen ist oder was sie da sagten, weshalb sie es noch einmal sagen oder noch zweimal – was vor sechzig Jahren geschah, das berichten sie exakt und mit jener unhastigen Anschaulichkeit, mit der Zeitlupenfilme abrollen. Wer kann benennen, was ihren Berichten eine Aura gibt, die das Berichtete für damals Mitlebende noch nicht besaß? Seit kurzem liebt man sogenannte »Oldtimer«, doch niemand vermöchte anzugeben warum; die Seltenheit dieser frühen Automobile ist an sich noch kein Wert: vor zehn Jahren, als noch kein Mensch sie aus irgendeinem Schuppen ans Licht zog, da waren sie schon ebenso rar, ohne als Rarität bezahlt zu werden. Daß die Welt sie so plötzlich wieder schätzt wie den Jugendstil, hat Ursachen, die so tief liegen, daß ich ihnen nicht auf den Grund komme...

Sicher ist nur: niemals spricht lange Vergangenes so unvermittelt zu uns wie durch einen Menschen. Zum Beispiel diese Greuelgeschichte aus dem Napoleon-Krieg: würde sie uns, die der Hitler-Krieg abgestumpft hat, aus einem Buch so tief anrühren? Doch von einem Buben zu hören, dem anno 1806 die Soldateska Napoleons deshalb beide Augen ausgestochen hat, weil er in der Mark Brandenburg versprengten, geschlagenen Preußen auf der Flucht Lebensmittel in ihr Waldversteck trug, das trifft mich ins Zentrum, weil die Tragödie dieses Blinden, der übrigens Jude war, mir mündlich überliefert wird von seiner Urenkelin. Heute, einhundertvierundsechzig Jahre nachdem dieser Junge als barmherziger Samariter geblendet wurde, ist die Erzählerin einundneunzig – die Witwe von Karl Jaspers in Basel.

Als ich mit David Irving, dem britischen Historiker, in Konstanz arbeitete, trafen wir auch jemanden, der nicht durch Bücher, sondern noch durch seinen Vater eine Geschichte Napoleons überliefern konnte, die bewies, daß nichts Neues geschieht, jedenfalls nicht unter Tyrannen. »Dort an dem Ufer«, sagte ich, »wohnt ein vergessener Dichter, dessen Vater noch Finanzminister im Kabinett Bismarcks war.« Irving, der schon nachrechnete, rief: »Unmöglich!«

»Gehen wir zu ihm«, schlug ich vor, und nannte den Namen: Wilhelm von Scholz. »Nie gehört«, antwortete Irving, als sei er ein Deutscher; ich erklärte ihm unseren Landesbrauch: von Dichtern über siebzig druckt und rezensiert man in Deutschland Bücher erst dann wieder, wenn die Verfasser tot sind. Wenn sie noch leben, dann läßt man sie verhungern – seelisch, indem man sie mißachtet; körperlich, indem man sie wirtschaftlicher Not ausliefert. Tierschutzvereine haben wir zwar in jeder

Stadt, aber betagte Dichter, obgleich zuweilen bissig, sind eben keine Tiere.

Der Vierundneunzigjährige saß mit einer Decke auf seiner Uferbank am Bodensee. Ich nannte ihm, während er seine blutleere, geflügelgelbe Hand, die sehr kalt war, ziemlich lange in meiner ließ, nicht nur Irvings Namen, sondern auch dessen Bücher, das über den Untergang Dresdens, jenes über Hitlers und von Brauns Londoner Raketen und endlich die Geschichte des Traumes von einer deutschen Atombombe. Daß Menschen zum erstenmal auf dem Mond gelandet waren, vor acht Tagen, das wußte Scholz vermutlich nicht mehr, obgleich er es erfahren hatte. Die Bestürzung über die ersten Atombomben war jedoch schon ein Vierteljahrhundert alt – und so holte sein Gedächtnis sie mühelos herbei. »Otto Hahn hat mich immer besucht, wenn die Nobelpreisträger hier tagten«, sagte Scholz, »aber Hahn wurde ja nicht alt, kaum sechsundachtzig.« Die deutschen Atomphysiker seien zweitrangig gewesen, habe Hahn behauptet.

Irving antwortete: »Hahn selber nicht – und auch jene nicht, die Hitler vergast hätte, wären sie nicht emigriert, zum Beispiel Einstein.«

Er habe aber oft gelesen, erinnerte sich Scholz, die deutschen Physiker seien zwar fähig gewesen, die Bombe zu bauen, hätten das jedoch aus moralischen Erwägungen abgelehnt. Irving antwortete, nicht zuletzt um diese Legende zu zerstören, habe er sein Buch geschrieben. Er schilderte, wie die tonangebenden Physiker in Berlin, obgleich sie bis ins dritte Kriegsjahr mit ihren Forschungen nahezu ebenso weit vorgedrungen seien wie die Angelsachsen, das Projekt dann als undurchführbar verworfen hätten: ein Irrtum!

Als sie nach Hitlers Tod den Siegern »beweisen« mußten, dem Installateur von Auschwitz Widerstand geleistet zu haben, erfanden sie die These – und glaubten alsbald selbst daran –, sie hätten aus ethischen Motiven dem Hitler die Bombe vorenthalten. Scholz fragte, ob *alle* diese Physiker dem Irrtum verfallen seien, die Bombe sei unbaubar?

»Einer nicht«, belehrte uns Irving und nannte dessen Namen, den meistrenommierten eines Wissenschaftlers damals in Dresden: »Manfred von Ardenne!« Scholz reagierte rascher als ich, da er Ardenne seit fünfzig Jahren kannte: »Ardenne? – den sah ich zuweilen hier in Lindau bei seiner Großmutter«, sagte der Uralte, »die Sie beide, meine Herren, natürlich auch kennen als – Effi Briest: So nannte Fontane Else von Ardenne, als er ihre Tragödie dichtete ... übrigens hat ›Effi Briest‹ ein ganz respektables Alter erreicht, sie wurde neunundneunzig und starb erst 1951 hier am Bodensee. Doch was hatte ihr Enkel mit Hitler zu tun?«

Irving, belustigt, rief: »Gar nichts, Gott sei Dank! Denn Ardenne war damals der einzige Detusche, der schon wußte, wie die Atombombe zu bauen sei, aber zum Glück für die Welt wurde er von den meistrenommierten Physikern in Berlin so wenig für voll genommen, wie jemals von Fachleuten ein Outsider respektiert worden ist; denn Manfred von Ardenne hatte nur wenige Semester Physik studiert und war kein promovierter Akademiker.«

»Lustig«, sagte Scholz, und Vergnügen huschte über sein hochgehaltenes Gesicht, dessen Augen fast geschlossen waren, so daß er an ein aristokratisches Lama erinnerte – aber bezeichnend für Hitler sei das doch eigentlich nicht; der habe doch unorthodoxe Leute und Methoden geschätzt.

Anfangs, gab Irving zu, aber dann sei doch auch Hitler schon so sehr vernagelter Fachmann geworden, daß er deren Generaltick übernommen habe: immer müsse der Dienstweg eingehalten werden – was ja der sicherste Weg ist, fähige Originale von der Mitwirkung auszuschließen. Auch Ardenne, von allen Fachleuten bekämpft, vermochte den »Dienstweg« nicht einzuhalten. Dann habe also Hitler niemals von ihm erfahren?

»Doch«, gab Irving Auskunft und lachte, »aber auf einem Umweg, nämlich über den Postminister! Die deutsche Post hatte damals sehr viel Geld für ihre technische Foschung – so wandte Ardenne sich dorthin und überzeugte den Minister, der sich eigens bei Hitler melden ließ, um Vortrag über die Möglichkeiten zu halten, die – wie er sagte – Uranbombe zu bauen.«

»Und was geschah?« – fragte ich, während Scholz nur nickte und lautlos lachte, als kenne er Irvings Antwort bereits.

»Hitler«, sagte Irving, »warf seinen Postminister hinaus –

wütend belustigt. Das war in den Monaten seiner äußersten Ratlosigkeit: Als Herr des bis dato größten Landheeres der Geschichte hatte er Angst vor nassen Füßen, vor einer Invasion Großbritanniens und ließ nur deshalb den Überfall auf Rußland vorbereiten.«

Scholz sagte: »Hieß der Minister nicht Ohnesorge? – da war ja schon der Name, als der Hitler gemeldet wurde, eine höhnische Provokation. Denn ohne Sorge war ja nun der Diktator zweifellos keine Minute.«

»Hitler«, ergänzte Irving, »hat Ohnesorges Vortrag noch mehrfach sarkastisch kommentiert: Während er und sein Generalstab sich die Köpfe zerbrächen, wie dieser Krieg zu gewinnen sei, bringe ihm die Lösung nun ausgerechnet sein – *Post*minister!«

»Mein lieber Mr. Irving«, hub Scholz feierlich an, und seine Augen, die halbblinden Rokoko-Spiegelscheiben ähnlich waren, hellten sich auf, »diese Geschichte hat mir schon vor fünfundsiebzig Jahren mein Vater erzählt.«

Irving runzelte die Stirn: Sie sei aber doch erst vor fünfundzwanzig Jahren passiert!

»Nein«, sagte Scholz, »da hat sie sich wiederholt – zweifellos nicht zum letztenmal. Bismarck hat sie meinem Vater wiedergegeben. Er hatte sie vom Kanzler Metternich, den er so kurz vor dessen Tod auf Schloß Johannisberg besuchte, wie jetzt Sie beide, meine Herren, mir dankenswerterweise Ihre Aufwartung vor meinem Tode machen ... Ich bin ja auch sicherlich schon zehn Jahre älter, als bei Bismarcks Besuch Metternich war, der überhaupt nicht sehr alt wurde, nur sechsundachtzig ... wovon sprachen wir doch?«

Ich soufflierte ein Stichwort, Scholz nahm es auf: »Als Napoleon die Preußen so rasch niedergeworfen hatte wie 1940 der Hitler das arme Frankreich, da sammelte er bekanntlich – wie später Hitler – seine Invasionstruppen für England in Boulogne. Um diese Zeit wurde Metternich zu Napoleon gerufen, der in der Wiener Hofburg seines Schwiegervaters residierte. Metternich mußte warten, dann hörte er den Korsen schreien – und jetzt flog eine Tür auf und ein Mann heraus, und Napoleon bat Metternich herein und entschuldigte sein Benehmen: Es sei aber auch empörend dumm, was alles ihm zugemutet werde! Da habe doch Livingstone, der Gesandte Amerikas in Paris, ihm per Empfehlungsbrief einen Irrsinnigen auf den Hals geschickt. Dieser Idiot habe soeben behauptet, auf dem Hudson ein Schiff ausprobiert zu haben, das mit kochendem Wasser fahre – und solche Schiffe wolle dieser Verrückte nun für ihn, Napoleon, bauen, damit ein französisches Invasionsheer unabhängig von Flut und Wind in Dover landen könne! ›Schiffe ohne Segel!‹ schrie der Kaiser. Dann wiederholte er leise, und seine Worte hopsten, so lachte er: ›Schiffe ohne Segel!‹ Doch dieser Hinausgeworfene, überlieferte Metternich via Bismarck, war Robert Fulton, der Erfinder des Dampfschiffs.« Scholz ergänzte: »Lord Acton bestätigt, daß Fulton bei Napoleon war.«

Eine Pause entstand.

Ich bat, mir zu erklären, wieso einer, der so gierig Geschichte las wie Hitler und der wie Hitler den Zweifrontenkrieg gefürchtet habe – durch das Fiasko Napoleons in Rußland erstens nicht abgeschreckt worden sei, den gleichen Weg zu gehen und, zweitens, sich eine zweite Front zuzuziehen.

Hitler wußte, daß sein Moskau-Botschafter Schulenburg wörtlich die gleichen Argumente benutzte, ihn vor dem Abenteuer zurückzureißen, die Napoleons Petersburger Botschafter Caulaincourt gebraucht hatte, um den Vorgänger vor Rußland zu warnen. Warum marschierte er dennoch?

Scholz antwortete: »Es gibt mehr, als wir wissen. Doch unsere gegenwärtige Geschichtsschreibung wird nicht nur langweiliger, das heißt: stoffiger und statistischer, sondern sie wird unwahrer in dem Maß, in dem sie alles rationalistisch plattwalzt, was sie ›dokumentieren‹ nennt. Man fliegt jetzt niedrig. Man hat vergessen, daß Burckhardt hellsichtig gewarnt hat vor dieser, wie er sagte, Arbeitsamkeit als Zerstörerin der religiösen Instinkte. Als werde, was nicht der Mensch mit seinen Projektionsapparaten an die Wand werfen kann – gar nicht an die Wand gemalt, als gäbe es deshalb kein Menetekel mehr, weil wir verlernt haben, es zu sehen. Aber die Zahl der Antennen, die der Mensch hat, bleibt konstant – unsere sind besetzt. Goethe, nur vierzig Jahre vor meiner Geburt gestorben, sah noch, wie die Dämonen ›ihre Pfoten in all dem Spiel haben‹: Das war sein

Ausdruck. Dämonen, die aus trügerischem Blau auf Blitzen herbeireiten oder sich langsam einschleichen wie der Schwamm in eine Hauswand – waren für ihn noch eine ebenso fest einzukalkulierende Realität wie Depeschen, die Thurn und Taxis brachte. Wie kommt ausgerechnet Wissenschaft dazu, die Existenz der Dämonie nicht nur zu leugnen – sondern in blöder Ignoranz zu arbeiten, als gäbe es sie deshalb nicht, weil sie schwieriger zu dokumentieren ist als ein Tagesbefehl? Gibt es etwa einen Befehl Hitlers, Auschwitz einzurichten? – bestimmt nicht! Idiotisch, daraus zu folgern, Hitler habe diesen Befehl nie erteilt: Das Ernsteste dokumentiert einer *nicht!* Lesen Sie, wie vor fünfzig Jahren Joseph Roth gehöhnt hat über den Spleen dieses Dokumentarismus – als sei nicht jede Elektion von Fakten ebenso Manipulation wie jedwede Entscheidung, was einer dokumentiert, nämlich dem Papier anvertraut.«

Scholz schwieg, ich ergänzte, Jaspers habe geschrieben: gerade das »Unheil menschlicher Existenz« beginne damit, etwas deshalb als nicht existent wegzuleugnen, weil es »nicht wissenschaftlich wißbar« sei.

»So – Jaspers!« sagte Scholz und rümpfte merklich die Nase, »der ist ja nun auch schon gestorben und war erst sechsundachtzig. Aber er hatte natürlich recht: Man will zu viel erklären können – es ist ja legitim, dieses Kausalbedürfnis, doch opfert man ihm den Blick ins Irrationale, ins Unterbewußte, die beide als politische Dynamos Entschlüsse und Bewegungszwänge, Antriebe oder Rücktriebe auslösen – sagen wir doch: Geisteskrankheiten, die dann ganze Zeitalter aufmarschieren lassen, anfangs zu Paraden, endlich zu ihrem Totentanz. Das meinte Nietzsche mit der unheimlichsten und schlauesten aller seiner Einsichten: daß nämlich Individuen von Geisteskrankheiten nur ausnahmsweise erfaßt werden, Völker und Zeitalter aber in der Regel! Sprechen wir gar nicht von dem außergewöhnlichen Eroberungseros eines Flurbereinigers wie Kalif Omar oder Alexander, den die auf ihre Clique übertragen und sodann – keineswegs als Zwang, sondern als Fieber – auf ein ganzes Volk, das ihn auch dann orgiastisch mitgenießt, wenn schon aus jeder seiner Familien einer unter den Hufen bleibt. Nehmen wir als Beispiel doch nur eine welthistorisch gesehen völlig provinzielle und niemanden mehr interessierende Seuche, die dreihundert Jahre lang den Namen Elsaß-Lothringen trug und zwei zeitweilig höchst kunstbeflissene Völker ohne jeden Sinn auf Schlachtfeldern zur Ader ließ: Plötzlich, wie gekommen, ist sie derartig auskuriert, daß niemand mehr verstehen kann, wieso die beiden Völker je durch den Wahn aggressiv wurden, nicht nur irgend etwas, sondern die Existenz hinge davon ab, unter welcher der zwei Flaggen dieser Landstreifen da lebe ...«

Wir schwiegen. Irving fragte endlich: »Woher kommen diese Ideen, die Sie Geisteskrankheiten nennen, also Imperialismus oder Weltrevolution oder Christianisierung oder ›Seegeltung – Weltgeltung‹?«

»Junger Mann«, sagte Scholz, »das dürfen Sie heute nicht sagen – es trägt das Verdikt unwissenschaftlich, verderben Sie Ihren Ruf nicht!« Der Sarkasmus brachte Licht in seine Augen. Scholz murmelte wie ein Geständnis: »Ananke nannten die Alten das Verhängte, das Nicht-mehr-Deutbare ... das doch eine Realität wird, der wir sowenig entrinnen können wie beispielsweise (ein sehr greifbares Beispiel, daher so vordergründig und flach) unsrer Geographie, die doch auch schicksalsbestimmend ist wie das Zeitalter, dem einer angehört.«

Ich versuchte, mich aufzulehnen: »Und der freie Wille, die Vernunft, die historische Erfahrung – vermögen die nichts gegen das, was Sie Ananke nennen, gegen die Zwänge aus dem Irrationalen?«

Scholz sagte: »Doch, sicherlich – aber wieviel? Das unheimlichste ist: die da an Elsaß-Lothringen ›glaubten‹, ihre Söhne dafür schlachteten, generationenlang, links des Rheins wie rechts des Rheins – diese Besessenen waren nicht weniger intelligent als wir, nicht weniger historisch erfahren; wovon hängt also ab, was eine Generation ernst nimmt, wodurch sie sich zum Veitstanz, zum Harakiri anheizen läßt? Sucht sie nur Vorwände für Ereignis-Lust? Gab es je Krisen, die *nicht* friedlich beizulegen gewesen wären? Aber Momente, wo eine gesegnete Zivilisation sich gleichsam selber abstreift, sind rational weder zu deuten noch herbeigeführt; Vernunft ist da so wenig der Veranlasser wie beim Akt, wenn ein Paar die Kleider abstreift und in der Enthemmung den einzigen Ausweg sucht aus dem, was

Aggressionen anhäufte, aus Friedlichkeit, aus Überdruß, aus Raublust, Beutegier, Rache, Besitzertrieb, Langeweile, Glück, Angst, Ennui, Ziellosigkeit, Not oder Mangel an Not; gesucht wird – unbewußt – die Erschöpfung; sie wird keineswegs nur als Ergebnis von etwas anderem hingenommen, sondern gesucht als Zweck, als Voraussetzung für das, was Völker ebenso brauchen wie einzelne: Ruhe auf Zeit...

Da steht jetzt jede Woche in der Zeitung, daß einer in Hamburg neue Papiere über den Ausbruch des Ersten Weltkriegs stapelt! Ach – lesen Sie einmal die verschollenen Memoiren des Schwagers des letzten Zaren: Was ist ein Dokument (meist eine Notiz zur Irreführung der Nachwelt) – gemessen an einem solchen Stimmungstonband! Der Krieg kam 1914, weil in allen Metropolen die Leute verrückt waren nach Krieg!«

Irving unterbrach: so habe auch der alte Churchill seinem Arzt diesen Ausbruch erklärt. Weil alle Völker zutiefst ihn gewollt hätten, sei der Erste Weltkrieg (im Gegensatz zum Zweiten, den allein die Hitlerclique wollte) unvermeidbar gewesen...

»Dieser Russe«, fuhr Scholz fort, »überlieferte eine bemerkenswerte Entdeckung: Als Einzelwesen, schreibt er, hätte es keine hundert von den Millionen Europäern nach Krieg gedürstet; doch als Kollektiv-Angehörige – jeden! Er beschreibt seine Reise aus London über Paris und Berlin nach Petersburg: seine vergebliche Suche nach einem, der Ende Juli noch bei Verstand gewesen wäre! Und er fand zwei einzelne; und ein Großfürst muß ein außerordentlicher Mann sein, der *das* zugibt: Diese zwei einzelnen seien die Sozialisten Jaurès und Liebknecht gewesen – der Franzose wurde ermordet, der Deutsche eingekerkert, weil sie damals wagten, die Greuel des ersehnten Gemetzels vorauszusagen! Wenn Friedrich Engels den Parisern nachsagte, sie vereinigten ›die Leidenschaft des Genusses mit der Leidenschaft der geschichtlichen Aktion wie nie ein anderes Volk‹ – so war das eine Beobachtung, die vielleicht damals dort zutraf; heute aber halt auf andere und morgen auf wieder andere zutrifft. Ewigkeitswert an dieser Feststellung hat nicht ihr Bezug auf Frankreich, sondern die schaudervolle Tatsache, daß die Menschen um des Genusses willen die geschichtliche Aktion suchen – obgleich oder weil sie immer schon gewußt haben, daß bei dem ersehnten Bacchanal *eigenes* Blut nicht weniger gesoffen wird als feindliches! Gerade der Normalbürger, wenn ihn seine Normalität anödet – und das geschieht verständlicherweise oft –, will zutiefst das ›Schlachte-Fest‹, wie kleine Leute sagen, wenn sie ihr Schwein abstechen. Schlachte-*Fest,* was für ein Wort! Und die feinsten Spitzen des Geistes, epochemachende Ästheten: wollen genau das gleiche; lesen Sie, wie zwanzig Jahre vor 1914 Valéry von seinen Kriegsvisionen, die ihn wie eine trunkene Flut überwältigten, Gide vorschwärmte! Benn sagte über diese dauerhaftesten Friedensjahre, die je Europa gesehen hat: ›Die Mythe des Menschen schrie nach Exekution‹... Warum? Warum!«

Vom See kam Kälte auf, der alte Mann wollte ins Haus. Ich sah zum erstenmal in einem Gesicht Anstrengung, die Lider zu heben. Noch einmal sprach er mich an: »Sie fragten, warum der Hitler dem Napoleon folgte? Hatte nicht schon der Korse die Katastrophe Karls von Schweden vor Augen? Und wußte doch zweifellos auch, wie Friedrich der Große den Schwedenkönig wegen seines Marsches nach Rußland genannt hat: den ›Hanswurst im Furchtbaren‹.«

»Auch Hitler folgte dem Schweden!« – es erregte Irving, als ihm das einfiel. »Wissen Sie, was 1942 Hitler ausgerechnet dort getan hat, wo die Russen 1709 in *einer* Schlacht die Großmacht Schweden vernichtet haben?«

Scholz reagierte rascher als ich: »Ob Hitler je in Poltawa gewesen sei? Irving nickte: »Im Hauptquartier seiner Heeresgruppe Süd – für wenige Stunden!« Was zog ihn dorthin, entgegen seiner Gewohnheit, die Generale in *seine* Befehlszentrale kommen zu lassen? Diesmal fuhr Hitler eigens zu ihnen – und wörtlich trifft auf *ihn* der Satz zu, den man aus Biographien Karls XII. schon kennt: »Hier und heute, in Poltawa, erlebte er seinen letzten Tag als ungeschlagener Feldherr.« Hier gab er seinen letzten Befehl, der weitere Siege versprach – doch hier auch, zehn Tage später, an einem dreizehnten Juli, nahm er ihn zurück, entließ er seinen General, teilte dessen Heeresgruppe – und leitete jene Schlacht ein, deren direkte Folge Deutschland ebenso als Großmacht auslöschte wie einst die Schlacht von Poltawa die Großmacht Schweden. Die Abkommandierung der Sechsten Armee zum Alleingang nach Stalingrad kam aus – Poltawa!

Nenn's Liebe

Nenn's Liebe · Ausflug · Anämie
Dank an Brahms · Transsubstantiation
Der Kuß · Interessengemeinschaft

Nenn's Liebe

Föhnbedrückt,
Ferienjob:
Handlanger beim Gaswerk, am Kran.
Sonntagmittag;
bei den Eltern
kein Raum.

Er gereizt:
wie kindlich noch,
was sein Griff aufgetan!
Und kein Schatten
bis zum Waldrand,
kein Baum...

Mechanik,
bis es endlich
in ihr anfing zu schwelen,
versteckt wie
in nassem
Heu.

Dann Lügen,
um die Jeans
ihr hinabzuquälen –
so stark wie ihre
war seine
Scheu.

Winterbleich,
wie im Koma,
so lag sie im Gras,
ganz leer, weil
»dies« doch
geschehn.

Ihn kränkte,
daß er ihr
aus den Augen las:
willst ja auch
nur ficken
und – gehn.

Fast sprachlos
der Krampf,
es doch zu erzwingen.
Beschämung,
daß sie nicht
kam.

Sie hielt aus
und sich hin –
doch statt mitzuschwingen,
schlug sie
Überdruß
lahm.

Tränen?
Wie oft
hast du's mit andern gemacht!
Plötzlich darf's nur
aus Liebe
sein?

Nenn's Liebe
– mich hättest du
für den Quatsch ausgelacht ...
genügt auch,
man ist nicht
allein.

Nun heul nicht,
ich fand's schön,
wie dein Fell meines reibt.
Was hast du
erwartet,
verdammt?

Bevor sich
der nächste
dir einverleibt:
muß der
erst zum
Standesamt?

Ausflug

Aus! – zwar soll ich sie vor der Praxis erwarten,
doch bedeutet das nur: sie braucht den Wagen.
»Sprich dann kein Wort – schon jetzt, du Spießer,
kann ich dich nur noch als Chauffeur ertragen!«

Dreimonatskind, und sie wollte es haben.
Auf vierzehn Uhr hat der Arzt sie bestellt.
Mich nennt sie Mörder – ich sehe den »Vater«
im Auto-Spiegel, von Feigheit entstellt.

Daß ich mit dem Kind auch sie vernichte,
ist ihr Credo: keine Frau kann dulden,
daß ein Mann das Leben selbst verneint;
daß er ablehnt, seine Liebesschulden

Kinder aufzubürden – und »natürlich«
die Natur nur noch im Akt bejaht.
Kennen Frauen Skrupel, Kinder
anzubinden an das Rad

Sogenannter Weltgeschichten,
sie der Wehrpflicht auszusetzen?
Menschen-»Material« und Body-count:
wer wird wann sie aufeinander hetzen?

Anämie

Du gingst – warum? mit dem frühesten Schiff.
Nun suche ich – wozu! am Strand deine Farben.

So zwecklos das Salzwasser Treibhölzer schliff,
leckt es die Insel – wer leckt mir die Narben?

Gleißt dein Leib auch (nur mit Hautöl) wie dunkler Sand,
wenn der, noch naß, schon warm wird im Licht:

Dein Mündungs-, dein Mund-Rot, das mich, als ich's fand,
von Anämie geheilt hat, das finde ich nicht.

Nur die Muscheln, die ich bei Ebbe griff,
schimmern wie deine Zähne – was soll's!

Gekrächze der Möwen verhöhnt mich, vom Kliff
schmeiße ich Steine nach ihnen ... das Holz

Angeschwemmter Bretter ist blond wie dein Haar,
doch dein Delta, das wir Salzlecke nannten?

Farbenspiel-Puzzlespiel verdrängt nicht, was war:
nachts Liebestod-Spieler, tags – Duellanten.

Anämie! Wieder krank, weil verlassen – vergrabe
ich mich nicht in den Dünen, unser Bett ist ja leer.

Nein, vorn in der Flut, als ob sie dich habe,
gräbt meine Hand Grundwasser aus dem Meer ...

Verströmenden Sand. Und wie er zerrinnt,
sag' ich tonlos: ich liebe dich – gegen den Wind.

Dank an Brahms

Aus Musik der Ur-Schrei
nach Rückkehr zum frühn
Eins-Sein – statt zwei
zu sein: androgyn

Kein Mensch – Musik
hat über sie Gewalt
– Kniekehlen, Genick
ihre ganze Gestalt

Sank hin bei - Brahms!
Ende des Widerstands:
aufgelegt, übernahm's
der Ungarische Tanz

Sie auszuziehen...
Strip im Zigeunertakt
Beute rasch der Melodien,
– zog sie nackt

Tanzend, lachend
ihn aufs Bett.
Liebe machend
war's Quartett

Je vier Hände,
Schenkel, Backen
– dann die »Wende«:
sie vom Nacken

Zu den Zehen
schön im Spiegelglas!
Ihr Bild: ihr Drehen,
die auf ihm saß

Jetzt von hinten
zärtlichstes Angebot:
ihn an sie binden
wird's bis zum Tod.

Transsubstantiation

Für Kunst, notierte Stendhal, sei sein Sinn
mit seiner Sexualität erwacht:
woraus man zeugt, daraus man schreibt. Beginn
ist Eros, der – wie Kunst – die Macht

Durch Schönheit ausübt! Ziel der Libido:
der Leib, auch sehnlichstes der Kunst. Dem Akt
spricht Luther gar »Erkenntnis« zu. Stets so
hat er ihn übersetzt: Das Paar, das nackt

Einander »erkannte«: Physik gleich Metaphysik.
Sah er im Fleisch die *einzige* Transzendenz?
Ewigkeit nur im Zeugungs-Augenblick?
Im Zweck den Sinn der Existenz?

Orgasmen: Mysterien! Wie ertrinkend umschlungen,
jagen wir durch Stromschnellen – Abstürzen zu.
Körpern entsprungen – durch Körper bezwungen

– Schrei aus der Tiefe, Seufzer dann: Du...
Woher, wohin – wenn es verklungen?
Schön noch im Nachhall. Doch ihr Sinn? Tabu.

Der Kuß

Noch treppauf die leisen, schnellen
Schritte flüchtender Gazellen,
doch nicht atemlos: gelassen tritt sie ein.

Streift im Gehen den mittaghellen
Trenchcoat ab, sagt: Gib mir Wein.
Mitteilungen, noch nicht Zärtlichkeiten.

Zwar nur eine Türe schützt die beiden
vor der Außenwelt, die ihre
Feindin ist, doch jetzt nicht stört...

Ungehetzt wie in der Schonung Tiere
lagern, lieben – so gehört
ihnen eine Stunde Ewigkeit allein!

Nackt schon, füllt sie – Ritual –
wieder ihren Mund voll Wein,
kühlt mit ihm den Freund, der radikal

– Radix: Wurzel – sie jetzt auftut mit *dem* Kuß,
der ihr »raushaut alle Sicherungen«.
Stürzend über Katarakte – zwei *ein* Fluß.

Unentrinnbar in sein Bett gezwungen,
mündet – langsam endlich – er im Ziel:
seinem Delta – ihrem Schoß. Wie der Nil.

Interessengemeinschaft

Ja, als wir noch lachten beim Küssen,
Gewohnheit der Akt – doch ein Fest!
Daß wir jetzt abwracken müssen,
wenn auch keiner den andern verläßt;
verschweigen, was man aussprechen sollte,
wortlos wegsehn – wer hat das geahnt?

Was uns zerkrebst: die Revolte
gegen zu friedliche Jahre,
Glück hat ihr den Weg gebahnt!
Scheiße ... ganz ohne Schuld
– wie wir Zähne verlieren und Haare –
kommt Überdruß, stirbt die Geduld.

Neunundsechzig sogar – wird zur Pleite.
Sonst unser Liebestrank
– heut Schierlingsbecher; uns beide
ehenah entnervt vom Zank,
läßt nur Angst noch zueinander fliehn.
Wie schnell das Bett zur Bahre wird.

Zwei Raketenstufen, die zerglühn,
sind auch wir in Nacht und Nichts verirrt;
weinst Du? Weißt doch längst,
was wir nicht sagen,
... was Du schon von Anfang an verdrängst:
Liebe reicht nicht aus, sich zu ertragen.

Traum-Novelle

»Die Geschichte enthält nur Erzählungen von wachenden Menschen; sollten die von schlafenden Menschen minder wichtig sein? Der Mensch tut freilich alsdann wenig, aber gerade da hätte der wachende Psychologe am meisten zu tun.«

Lichtenberg

I. Wanzen

Gutes Essen hilft gegen schlechte Nachrichten; auch empfiehlt es sich sehr, das intelligente Sprichwort der Russen zu beherzigen: »Der Morgen ist klüger als der Abend.« Morgens ist man seelisch bei weitem nicht so anfällig wie in der Dunkelheit. Was abends bedrohlich ohne Maßstab daherkommt, ist morgens nur noch halb so wild! Doch kann man sich die Tagesstunde ja nicht aussuchen, *wann* Hiobsmeldungen eingehen, die wir nicht hören wollen: hier kam sie um achtzehn Uhr in den Abendnachrichten: Daß nämlich der Premierminister im Unterhaus ›*Soldiers*‹ auf schärfste verurteilt, von einem »äußerst gemeinen Theaterstück« gesprochen und damit geschlossen habe, er wolle den Gerichten, »die jetzt tätig werden«, keineswegs vorgreifen ...

Mein Verleger beruhigte sich und mich: »Reklame ist auch das! – wann werden schon die Gerichte tätig? So lange läuft Ihr Stück doch gar nicht mehr, über hundert Vorstellungen haben Sie in London jetzt schon gehabt. Und man sagt, die wählen den Wilson sowieso nicht noch einmal.«

Doch hatte er auch schon den Drink vor Tisch – was er sonst nicht zu tun pflegte – abermals bestellt und redete bereits davon, obgleich es noch so früh war, essen gehen zu wollen. Demnach war auch er nicht so gelassen wie sonst. Mich beunruhigte plötzlich, daß dieses ehrwürdige Brown's Hotel keineswegs, wie Voltaire es vorschreibt für die Behausungen von Autoren, Ausgänge nach *vier* verschiedenen Straßen hat, sondern nur nach zweien ... Und so fange ich an, *leise* zu meinem Verleger Ledig-Rowohlt zu sprechen: so absurd und hilflos das auch ist, wenn man »Wanzen« fürchtet, die heute sogar Flüstern übertragen können. Doch haben die Briten im Hitlerkrieg derartiges Glück – zuweilen Schlachten entscheidendes – mit Abhörwanzen gehabt, obgleich doch Abhörgeräte die ältesten Hüte aller Geheimdienste sind, aber die Deutschen sind offenbar als Gegner auch die tölpelhaftesten –, daß dieses Verfolgungsglück der

Engländer bei mir längst Verfolgungswahn ausgelöst hat. Und da mein Vater wegen der Wilson-Attacke soeben im Begriff ist, sehr ungeniert über meine ›*Soldiers*‹ etwas auszuplaudern, worüber ich nicht sprechen will, schon gar nicht in diesem von Ausländern wimmelnden Hotel, so falle ich ihm in den Satz und sage rasch: »Vorsicht, hier gibt's bestimmt Wanzen in der ehrwürdigen Ledertapete!« Da Ledig stirnrunzelnd andeutet, das halte er für eine Übertreibung, setze ich hinzu: »Sie können nicht alle Ihre Bücher lesen, sonst wüßten Sie aus Irvings Buch über Wernher von Brauns Raketen, wie die Engländer mit Hilfe einer ›Wanze‹ Hitlers geheimsten und liebsten Traum zunichte gemacht haben, den von der Vandalisierung Süd-Englands durch Herrn von Brauns Raketen. Wolf Heckmann bestätigt in seinem Rommel-Buch über den Afrika-Feldzug alles und berichtet noch viel mehr, was Irving schon bei Rowohlt veröffentlicht hat.« Und ich erzähle, da Ledig darum bittet und die Drinks immer besser werden, obgleich sie doch immer derselbe Mixer macht und wir die Marke nicht wechseln, wie General Ritter von Thoma den Engländern ins (ihm) unsichtbare Mikrofon plauderte.

Der im Ersten Weltkrieg zwanzigmal verwundet gewesene Draufgänger war nun kriegsmüde geworden als letzter Kommandeur von Rommels Afrikakorps. Als Rommel November 42 geschlagen war in der Wüste, Hitler aber immer noch wilde Durchhaltebefehle erließ, tat Herr von Thoma Rasierpinsel und Zahnbürste in ein Leinentäschchen und ließ sich in ein Erdloch der vordersten Linie fahren und von Montgomerys Panzern gefangennehmen. Warum hätte *er* an Stelle von Hitlers Liebling Rommel mit der Unterschrift unter die bevorstehende Kapitulation des deutschen Afrikakorps seine militärische Laufbahn beenden sollen? (Dem Chronisten Wolf Heckmann hat von Thomas Fahrer erzählt, wie er den Ritter den britischen Truppen unter Marschall Montgomery entgegenfahren mußte, bis von Thoma ausstieg, um sich in dem Erdloch »überrollen« zu lassen; sein Fahrer schrie ihm nach, Herr General solle umkehren, die Briten kämen. Doch von Thoma war offenbar erleichtert, gefangengenommen zu werden. Generale laufen nicht über, sie *fahren* in Gefangenschaft!) Montgomery bat ihn zum

Frühstück. Und am 22. März 1943 »ermöglichten« ihm sogar die so gastfreundlichen Briten, einen alten Kriegskameraden, den ebenfalls gefangenen General Cruewell, zu treffen. Man ließ die Herren allein, damit sie sich einmal so recht von Herzen aussprechen könnten in einem angenehmen Raum voller Abhörgeräte. Ritter von Thoma sprach sein Erstaunen darüber aus, daß noch immer Hitlers Raketen, die er doch selber an der Ostsee auf Probeflügen schon in der Luft gesehen habe, nicht London zertrümmerten... Diese Enttäuschung des Ritters machte den Briten Beine und die Augen auf: nun forschten sie gezielt – und nur fünf Monate später räumten sechshundert ihrer Bomber, nachdem die gesamte deutsche Nachtjagd durch einen Scheinangriff über Berlin versammelt worden war, Peenemünde auf der Insel Usedom so gründlich ab, daß Generalstabschef Jeschonnek, zermürbt durch Vorwürfe des »Reichsmarschalls« Göring, sich am anderen Morgen totschoß...

Die Engländer hatten acht hölzerne, unbewaffnete, sehr hochfliegende Mosquitos als Köder für die deutsche Nachtjagd stundenlang über Berlin kreisen lassen, um zweihundert deutsche Jäger abzulenken von Usedom. Das glückte. Chronist Irving gibt die Namen der zwei Briten an, die den Opfertod für ihre Kameraden in den sechshundert Bombern, die Peenemünde abrasiert haben, gestorben sind – und auch für die Londoner, die dank dieses Bombardements noch ein volles Jahr verschont blieben vor von Brauns Raketen... Cooke und Dixon hießen die beiden Gefallenen! Ihr Opfertod als »Köder« war voraussehbar – doch auch in den Bombern selbst, die auf Usedom siebenhundert Wissenschaftler, Ingenieure, meist aber ausländische Zwangsarbeiter totgebombt hatten, kam das »dicke« Ende: die deutschen Nachtjäger, als sie endlich begriffen, nicht Berlin sei das Ziel gewesen, sondern Brauns Raketenfabrik, da stellten sie doch die dritte, die letzte »Welle« der Heimfliegenden über See und schossen jeden fünften Bomber ab, vierzig von zweihundert. Und in jedem saßen sechs bis acht Engländer, Kanadier, Polen, Franzosen: Alliierte, die fast alle umkamen. Im Ganzen verloren – laut Irving – die Alliierten 450 Flugzeuge gegen von Brauns Raketen, dabei sind 2700 Besatzungsmitglieder gefallen. An V I-Waffen starben ungefähr 6000 Briten. Von den 3000 V 2, die gegen England abgefeuert wurden, flogen 517 in London ein, 537 im übrigen England; die restlichen – kaum abzuschießen – waren zumeist Luftzerleger. Aber die durch den Angriff verursachten Schäden, vor allem: den Zeitverlust holten die Deutschen nicht mehr auf; die Raketenproduktion war um exakt so viele Monate verschoben worden, daß die Invasion in der Normandie noch unbelästigt von Raketen am 6. 6. 44 im Westen die Entscheidung brachte. Wenn General Eisenhower auch übertrieben haben könnte, als er später sagte, die Vorbereitung der Landung, die Bereitstellung der Armeen und Waffen in Südengland wären vielleicht nicht möglich gewesen und auch die Landung selber nicht, würden bereits damals die Raketen Brauns schon eingesetzt worden sein... Die Deutschen verloren bei Peenemünde dreißig Jagdflugzeuge nur deshalb, weil über hundert der auf Berlin – zwecklos – konzentriert gewesenen Jäger sich, führungslos, entschlossen, in Brandenburg-Briest zu landen, so daß bei der Massenkarambolage auf der dortigen Piste dreißig Maschinen derart beschädigt wurden – viele verbrannten –, daß sie »abgeschrieben« werden mußten. Tragisch und bedrückend: Irving trägt in seine Chronik ein, daß eine deutsche Fernschreiberin zum Tode verurteilt wurde, weil diese Frau unter ein amtliches Fernschreiben an eine Kollegin in einer anderen Fabrik noch privat den Zusatz geschrieben hatte, ihre Firma bereite eine »große Sache... etwas Gewaltiges gegen England« vor... Hitlers Sekretär Bormann ließ dieses Todesurteil in über zweihundert Ämtern, Dienststellen und Industriebetrieben kursieren, um auf persönlichen Befehl Hitlers darauf hinzuweisen, wie streng »Landesverrat« – von dem ja gar keine Rede sein konnte – »gesühnt« werde. Den Namen der »als abschreckende Warnung« Geköpften erfährt man nicht aus Bormanns Fernschreiben vom 7. 6. 44... Opfer haben selten Namen.

Was Ledig denkt – fast kann ich es seinem Gesicht ablesen, bevor er es ausspricht: wie deprimierend es für uns Deutsche ist, Geschichten aus dem Hitlerkrieg zu hören. Zeigen sie uns nicht als Verbrecher, dann als Narren! So sagt mein Verleger, nachdem er einen Zug aus seiner Zigarre – so scheint's mir Nichtraucher – sehr lange im Mund behielt, bevor er ihn ausblies: »Vorsicht, da haben Sie eine Novelle – denn was ist das sonst als die ›unerhörte Begebenheit‹, die Goethe verlangt –, eine Novelle, die zwar ich Ihnen glaube, nicht nur, weil Sie mich jetzt so bekümmert und doch auch amüsiert angucken, sondern, weil ich ja selber in Rußland als Infanterist fast das Opfer solcher Idioten in Generalsrang geworden wäre – nur meine Verwundung schützte mich; sonst wäre auch ich noch gefallen oder in Gefangenschaft verendet, vermutlich. Vorsicht, sage ich, weil in dreißig Jahren, wenn alle Zeugen dieser Wirksamkeit solcher sogenannten ›Herren‹ tot sind, niemand mehr glauben wird, daß sogar Generale auf Abhörwanzen reingefallen sind und Topsecret-Geheimnisse in Gefangenschaft herausquatschten! Wie vieles doch Literatur nur deshalb nie verwenden kann, weil's niemand glaubte. Leser wollen das Wahrscheinliche... die Wirklichkeit ist oft zu unwahrscheinlich: denken Sie an die süßen Farbfotos auf Ansichtskarten, die zwar stimmen, wenn sie so stimmungsvoll sind. Wehe dennoch dem Maler, der es so bunt triebe mit seiner Naturtreue!«

Ich erwidere: »So kitschig wie der Maler wäre – sind aber auch die weitaus meisten Geheimdienstgeschichten, mindestens jene, die in Friedenszeiten spielen.« Und ich lege Ledig *›The fall-girl‹* hin: *Sunday Times* hat heute den Anfang damit gemacht, jenen Dr. med. Stephen Ward zu rehabilitieren, der als Arzt, Porträtist und offenbar immer geistreich unterhaltender Pfarrersohn in »Swinging London« angeblich – so hieß das bisher – nur der gern gesehenen Gesellschafter des Lords William Waldorf Astor gewesen war, des Besitzers des *Observers* und des Schlosses Cliveden. In Wahrheit jedoch – dies heute in *Sunday Times* – sei Dr. Ward Mitarbeiter von MI 5 gewesen, als er Selbstmord in der Untersuchungshaft beging. Die *Times* beruft sich auf die Information eines Geheimdienstlers, den sie nicht nennt, natürlich nicht. (Nur von Autoren verlangen die Zeitungen, was sie selber niemals tun würden: Informanten zu verraten; Zeitungen wissen, daß niemand mehr ihnen etwas Wissenswertes erzählte, gäben sie die Erzähler preis, *daher* heucheln sie Entrüstung, wenn auch Autoren schweigen.) Gift habe Ward in seiner U-Haftzelle geschluckt, weil der Geheimdienst ihn vor Gericht nicht heraushaute: Ward war in der »Schwarzen Marie«, wie Briten nennen, was in Deutschland »Die Blaue Minna« heißt, als angeblicher Callgirl-Kuppler nach Old Bailey gekarrt worden; so nennt der Volksmund den Londoner Central Criminal Court. Ward durfte sich nicht verteidigen, so stellt jetzt der nicht genannte Informant der *Sunday Times* klar, weil niemals ein Geheimdienstler öffentlich sagen darf, er habe als Mitarbeiter von MI 5 und in dessen Auftrag das »Verbrechen« begangen, was ihn vor Gericht brachte: Ward hat Lord Astors schönsten »Schmetterling« – wie uncharmant heißen Falter im Deutschen; als könne von »Schmettern« die Rede sein bei diesem leisesten, schönsten, verletztlichsten aller Lebewesen, das die Briten Butterfly nennen –, Ward hat Christine Keeler bekannt gemacht mit dem verheirateten, daher als erpreßbar geltenden, stellvertretenden Marineattaché der Russen in London, einem Fregattenkapitän. Die Achtzehnjährige über den Einunddreißigjährigen: »Und bald überließ ich mich natürlich diesem herrlichen Bären von einem Mann!« Die Briten aber hofften, den Russen dadurch zum Verrat oder gar zum Überlaufen erpressen zu können, daß sie noch nachhalfen: Ward mußte am Swimmingpool von Schloß Cliveden auch noch den englischen Heeresminister Profumo der nur mit einem Handtuch »bekleideten« Christine vorstellen – sie kalkulierten: läuft der Russe nicht zu uns über, weil wir ihm drohen – so lassen wir seine Bosse wissen, daß er mit dem gleichen Mädchen schläft wie unser Verteidigungsminister; denn dann lassen die Russen ihn als Sicherheitsrisiko verschwinden. Und da der Attaché das weiß – kommt er bestimmt zu uns, ehe die Russen aus London ihn heimschaffen nach Rußland. Nur ging die Rechnung des britischen Geheimdienstes deshalb nicht auf, weil er nicht verhindern konnte, daß ein Abgeordneter der Opposition, der Labours im Parlament, den Premierminister fragte, ob er wisse, daß Minister Profumo eine Dame besuche – die auch vom russischen Marineattaché besucht werde... Daß dann Profumo tatsächlich im Unterhaus die Frage beantworten sollte, ob seine Beziehungen zu Fräulein Keeler »schicklich« seien – ist ja eine so ungeheuerliche Unschicklichkeit, denn *wen*, außer Frau Profumo ginge das etwas an! – daß doch diese Frage als »unschicklich« vom Speaker hätte abgeschnitten werden müssen. Denn welcher Mann, der kein Lump ist, soll öffentlich *zugeben* – immer auf Kosten einer Frau –, seine Beziehungen zu ihr seien intim? Ekelhaft, wie die Londoner Presse ohne einen Funken Fairplay Hexenjagden mitinszeniert! Einem unbescholtenen Minister anzuhängen, er sei deshalb für sein Land ein Sicherheitsrisiko, weil er mit dem gleichen Mädchen schlafe wie ein Russe: als ob Beischlaf automatisch Landesverrat im Gefolge habe! (Erpreßbar war der Minister nie: seine Frau, die ihn vehement öffentlich verteidigte, wußte von seinen Gängen zu Christine!) Und Hexenjagd auch dies: sofort nennt die Presse den Dr. Ward, der als Chiropraktiker so geschätzt ist, daß Churchill und Getty seine Patienten sind – einen »Masseur«! Sie nennt den Porträtisten, der den Prinzen Philipp und Churchill und Sophia Loren malen durfte, einen – »Modezeichner«: so will sie – und schaffte es – einen Liebling der Highest Society über Nacht vernichten wie einst Oscar Wilde. Warum? Dreißig britische Künstler durften deshalb ihren Kranz im Krematorium nicht vor den Sarg von Dr. Ward legen, weil sie auf die Schleife hatten drucken lassen: »Dem Opfer britischer Heuchelei.« Als Kontinentaler bringe ich so viel Begriffsvermögen nicht auf, um mir erklären zu können, warum Dr. Ward seinen Eid als Geheimdienstler nicht brach – als der Geheimdienst, Felonie nennt man das, so schofel war, ihn im Sumpf einer hysterischen Öffentlichkeit und eines durch diese Öffentlichkeit hysterisierten Gerichts versinken zu lassen. Konnte denn C., so der Kürzel für den Geheimdienstchef seit Generationen, nicht Denning, dem zweithöchsten Richter der Krone, einen Wink geben und ihm sagen: Ward arbeitet für uns? Denning, der den Skandal auf Hunderten von Seiten als Report schrieb – natürlich allein für Macmillan, den Premierminister, und für Wilson, damals Chef der Opposition –, hat verfügt, nicht schon in dreißig – erst in fünfzig Jahren dürfe dieser Bericht, aber auch dann nicht komplett, publiziert werden.

Britische Freunde, von mir befragt, warum Ward jene schonte, die so schonungslos *ihn* öffentlich besudeln ließen – begreifen meine Frage kaum: Man darf doch nicht zweifeln, daß der Geheimdienst Gründe hat, einem – vorerst – nicht zu helfen! Es ist eben der Intelligence Service aller intellektuellen Engländer liebstes Gesellschaftsspiel; gerade auch Belletristen, wie gern spielen sie da mit! Wie erleichtert es sie, ihre Militärzeit »in der Firma«, wie sie familiär den Secret Service nennen, abdienen zu dürfen – nicht aber in regulären Truppenteilen, denen sie, wenn sie auf sich halten, stets nur für die sechs Wochen der Grundausbildung angehören wollen, dort lernen sie schießen und grüßen – dann aber rasch Zivil anziehen und »in den Dienst« eintreten. Daher schon die enorme Bemühung, Sprachen, auch ausgefallene, ja gerade die – zu erlernen. Und hat sich das nicht auch ausgezahlt selbst bei Autoren hohen Ranges? Graham Greene, dessen Bruder im Hitlerkrieg ein Spitzenmann des Geheimdienstes war, so wie eine Tante dort diente, war selbstverständlich Mitglied und wie viel verdankt er dem als Autor! So wie der James Bond-Erfinder Fleming in Whitehall dem Marinegeheimdienst angehörte, ziemlich oben. Übrigens hat laut le Carré, der »natürlich« auch dabei war, der Geheimdienst es Greene nicht verziehen, wie brutal er in seinem Meisterwerk: *›Der menschliche Faktor‹* den Mord schildert, den MI 5 an einem – total unschuldigen – Mitarbeiter begeht, den die feinen Chefs irrtümlich für einen Verräter halten ... Ward verlor die Nerven, weil er es nicht fertigbrachte zu sitzen, statt abzuwarten, bis C ihn herausholte: was jedoch beim Ausmaß dieses Skandals um nichts wohl sehr lange gedauert hätte. Somerset Maugham erzählt, als er 1914 auf Empfehlung eines befreundeten Ministers in die »Firma« aufgenommen worden war – habe ihn am Ende des Einstellungsgesprächs der Chef gefragt: »Sie müssen wissen, wenn Sie sich auszeichnen, darf ich Sie nicht loben – und wenn Sie in Schwierigkeiten geraten, kann ich Ihnen nicht helfen; ist Ihnen das recht?« Maugham hatte geantwortet: »Durchaus!« Übrigens hat le Carré auch das Buch genannt, das es schildert, wie Winston Churchill, privat ein guter Bekannter von Somerset Maugham, amtlich empfohlen hat, gegen Maugham vorzugehen, weil er in seinen Geheimdienstler-Novellen sich der Verletzung der Amtsgeheimnisse schuldig gemacht habe. Offenbar hat Churchill sogar erreicht, daß einige der Novellen des großen Epikers nicht erscheinen durften, so authentisch fand der ehemalige Minister des Ersten Weltkrieges sie. Das Buch, das le Carré meint, ist in London bei Heinemann erschienen, 620 Seiten dick, und heißt: ›*Secret Service – The Making of the British Intelligence Community;* Verfasser: Christopher Andrew.

Ledig blinzelte mich an: »Für den Verleger von Henry Miller ist es etwas suspekt, daß in Ihren Stücken die Liebe keine Rolle spielt – Sie schreiben politische, gewiß. Aber in diesem Stück Politik hier, das *Sunday Times* nun endlich richtigstellen will, obgleich das dem armen Selbstmörder nicht mehr hilft, war schließlich auch die Liebe zentral.«

Ich finde das nicht, und nun sage ich:

»Neulich sah ich bei Pinter einen anregenden Koitus auf der Bühne – aber amüsant finde ich, er glaubt noch, das zu zeigen müsse schockieren. Als sei der Körper überhaupt noch sündenfähig in einer Zivilisation, die vierundzwanzig Stunden am Tag über sich selbst Flugzeuge mit Wasserstoffbomben ›wachen‹ läßt. Die Mächtigen freuen sich, daß die Liebe von dem ablenkt, was sie tun – und daß die Intellektuellen dort Probleme aufstöbern, wo keine sind, oder im ›Gegenstandslosen‹ anstatt etwa die Börse zu überwachen.«

Ledig widerspricht: »Außer Kinder- und Tiergeschichten, denke ich, gibt's gar keine Geschichten, die *nicht* durch Liebe oder Abwesenheit von Liebe ausgelöst, angezettelt werden... auch wenn dieses wundervolle Mädchen da, mit nichts als einer Stuhllehne bekleidet wie auf diesem Meisterfoto, nur als Lockvogel benützt wurde: Liebe oder Erotik oder beides war ja nun zweifellos bei dem Russen wie bei dem Briten *der* Brennstoff, der alles in Gang setzte. Schreiben Sie eine Liebesgeschichte – die uns auch davor bewahrt, uns beide, vor Gericht zu müssen!« Ich resigniere, sage dann: »Zwar kenne ich die vielleicht rührendste der Antike, aber erzählen kann sie nur ein Mann, der Jungen liebt. Wilamowitz überlieferte, der erst halb zivilisierte Stamm der Eleer habe versucht, die athenische Kultur aufzunehmen – aber Sparta zertrat das: immer waren Nazis in der Welt. Es war ein von den Spartanern in die Sklaverei verkaufter eleischer Junge, dessen – wie Wilamowitz versteckt formuliert – ›blondes Gelock Sokrates an seinem letzten Tage im Kerker gestreichelt hat‹; und heimgekehrt hat dieser Vermächtnisträger in Elis das neue Evangelium der sittlichen statt der körperlichen Vollkommenheit gepredigt – Geist, der natürlich rasch totgedrückt wurde. Diese letzten Stunden des Sokrates mit dem Jungen, von dem niemand spricht in den Büchern – ich wünschte, ich könnte sie aufschreiben, denn hier waren Logos und Eros, die Unvereinbaren, einmal vereint.«

III. ›Freundin‹

Was für ein Unsinn: auch mein Verleger muß schon sehr müde gewesen sein, denke ich beim Zubettgehen, daß er nicht widersprach, als ich sagte, Logos und Eros seien die Unvereinbaren! Logos könnte sich gar nicht mitteilen ohne Eros – wo Geist sich überträgt auf Mitmenschen, da verdankt er das Eros, ohne den er nur steriles Mönchgemurmel bliebe. In der Stoa wird sogar von Logos spermatikos gesprochen – da ist er der Ursprung, der alles hervorbringt; das macht die Beobachtung von Flake nicht falsch: »Geist ist Widerstand, Liebe ist Verzicht auf Widerstand – deshalb vertragen sich Liebe und Geist so schlecht.« Aber eben aus dieser Spannung schlagen sie Funken, berühren sie sich einander. Und nur Berührung macht produktiv.

Wie man nie mit einem Buch ins Bett gehen sollte, das auch nur die geringste Beziehung zu unserer Tagesarbeit hat – wer's tut, der erholt sich nicht im Schlaf –, so fördern auch die Fotos der Freundin Lord Astors nicht das Einschlafen ... was ja ohnehin in diesem katafalkbreiten und auch fast so hohen Doppelbett der neunziger Jahre des vorigen Jahrhunderts, ist man allein, ein Melancholie-förderndes Unterfangen ist. Seit Generationen auch baut man schon keine so tiefen, so breiten Badewannen mehr, wie sie noch in Brown's Hotel eingekachelt sind:

ausmaßig für zwei oder zum Schwimmenlernen groß für einen. Doch im Bett dann, viel schmerzlicher als in der Wanne, empfindet man sein Alleinsein fast als Bedrohung, da ich ja auch Angst habe seit den Sechs-Uhr-Nachrichten. Denn wie soll das ausgehen: ein Premierminister gegen ein Theaterstück? Und so würde ich mich noch vorsätzlich in erotische Phantasien flüchten – Angst treibt ja dahin –, hätte nicht schon das weltberühmt gewesene und nun durch *Sunday Times* neu gedruckte Foto Christine Keelers sich sowieso machtvoll aufgedrängt... immerhin wohltuend ablenkend von dem im Unterhaus angedrohten Gerichtsverfahren.

Wie schnell auch sonst Fotos veralten – dieses nicht, ein klassisch gewordenes Dokument des Schönheits-Ideals der sechziger Jahre: die Langbeinige, Langhaarige, Hochgestirnte sitzt nackt auf einem Stuhl, nur bedeckt mit dessen schwarzlackierter Lehne; Sitz des Stuhls wie dessen Lehne aus *einem* Stück Holz, schön geschwungen. Stuhlbeine aus schmalem, blitzendem Stahl. Kaum, daß der Ansatz der schwerer als nur handlichen Brüste zu sehen ist; von dem, was ein Höschen bedecken würde, trüge sie eines, sieht man nichts wegen der Lehne – also ein zeitalter-widrig *keusches* Foto: vermutlich deshalb so berühmt geworden in einer Epoche, die mit vulgärsten »Direkt«-Aufnahmen schöner Mädchen die erotischen Phantasien der Männer überflüssig macht; denn was man sowieso gezeigt, ja hingehalten bekommt, stellt man sich nicht mehr vor. So bringt das Fernsehen unsere Kinder um jegliche Aktivierung der Phantasie. Früher mußten Kinder beim Lesen doch Phantsie entwickeln, denn was wäre bildloser, abstrakter als Druckzeilen – die erst die Lesenden in Anschauung, Bilder, Ereignisse umsetzten. Dieses keusche Keeler-Foto ginge einem auch dann in die Blutbahn, hätte man Hornhaut statt Haut: Schönheit wie sie in unserer nicht mehr vom Buch, sondern allenfalls vom Sachbuch noch bestimmten Welt neulich auch die beiden nach Jahrtausenden vor Sizilien im Meer aufgefundenen Heroen des Phidias noch einmal schockierend vermittelt haben; auch ich stand Schlange in Florenz, wo die zwei Statuen nach ihrer Entkrustung von Salz und Sand endlich zu bewundern waren. Schönheit aus Sphären, die uns sonst unzugänglich sind. Mit diesen

Keeler-Fotos vor Augen, auch wenn man sich vorsichtshalber diese *Sunday Times* gar nicht mitnahm aufs Zimmer, kann man – allein – nicht gut im Bett bleiben. Wem erginge es ohne Partner auf Reisen anders als Bernard Shaw: »... erinnere ich mich keiner Zeit, in der meine Phantasie sich nicht in Tagträumen von Frauen erging ... Einmal möchte ich versuchen, eine unverfälschte Psychologie des Romans zu begründen, indem ich die Geschichte meines Phantasielebens schriebe: Duelle, Schlachten, Liebesgeschichten mit Königinnen und alles übrige. Die Schwierigkeit liegt darin, daß das meiste zu ungeschminkt erotisch ist, um durch einen Autor von einigem Feingefühl veröffentlicht zu werden.«

Aber man kann ja auch nicht wünschen, daß man, allein im Bett, schon dort angelangt wäre, wohin endlich der Vater des Schatzinsel-Stevenson es gebracht hatte: »Die Romantik und Kindlichkeit seines Wesens«, berichtet der Sohn, schenkten dem alten Mann »seine eigenen Geschichten, womit er sich jede Nacht seines Lebens in den Schlaf erzählte«. Sie »beschäftigten sich dauernd mit Schiffen, Wegschänken, Räubern, alten Seebären und Handelsreisenden vor der Ära des Dampfschiffs. Mit diesen Geschichten wurde er nie fertig. Der glückliche Mann verlangte nicht danach!« Verrückt nur, daß der Schatzinsel-Dichter, als er Verwandten das täglich um ein neues Kapitel gewachsene Manuskript vorlas, keine Frauen dabeihaben wollte, ausdrücklich nicht: »Frauen waren ausgeschlossen!« (Und hatte selber Frau und Kinder.) Ich habe dagegen vor, weil ich den herrlichen Roman für meine Söhne als Kindertheater dramatisieren will, *mit* den Söhnen will ich das tun – ich habe vor, aus Jim eine Jane zu machen, ein Mädchen in Hosenrolle.

Oder wenigstens dem Jim eine Schwester dazuzuschreiben, die natürlich unter die rauhen Räuber an Bord nur in Hosen sich trauen kann, verkleidet als Boy. Vermutlich erfinde ich dieses Mädchen aus Sehnsucht nach einer Tochter, die es vorzog, als Fünfmonatskind darauf zu verzichten, das Licht der Welt zu erblicken; und aus Schuldgefühl gegenüber einer anderen – als Tochter schon kenntlich – die abgetrieben wurde ...

Nicht gut, ist man allein, im Bett zu bleiben, denkt man an Tote oder an Frauen. Doch wohin könnte man sich, lange nach

Mitternacht, eingesperrt ins Hotelzimmer, wohin sich wenden? Also doch zu Büchern. Ich gehe zum Tisch, auf dem das Paket mit Neuerscheinungen liegt, noch unaufgeschnürt, das mir am Mittag mein englischer Verleger ins Hotel sandte. Zu müde, ein dickes Buch aufzuschlagen, wähle ich das schmalste Bändchen: Gedichte eins mir nicht bekannten Engländers, und gehe damit wieder ins Bett... aber die schöne Britin, obgleich doch nahezu bedeckt von der Stuhllehne, schöner sogar als alle momentan weltgängigen Schauspielerinnen, hat Macht auch über diesen Gedichtband... und so, um mich zu beschäftigen, ohne mich abzulenken, was ich doch gar nicht will, ich will ja an dieses Mädchen denken (anstatt an den bedrohlichen Premierminister), kritzele ich auf das Vorsatz- und Hintersatz-Papier des Lyrikbandes die Roh-Übersetzung; es ist das einzige Gedicht – von vielen las ich nur die Überschrift –, mit dem hier der englische Poet auch ausspricht, was mich anspricht in dieser angstbedrängten und daher das Erotische wenigstens in der Phantasie suchenden Nacht.

Etwas zu frei übersetze ich den Titel mit ›*Freundin*‹. Und nur aus dem Gedicht selber hole ich mir dreist die Lizenz, ein Motto aus ›*Faust II*‹ darüberzuschreiben. Würde der Engländer das billigen? Kaum. Der Haß ausgerechnet der Intellektuellen auf der Insel gegen uns Deutsche, nur zu begreiflich nach zwei den Briten durch Deutschland aufgezwungenen Kriegen, wird sich nicht bei allen so ungeniert Luft machen, wie neulich beim Dramatiker John Osborne, als er in einem Interview zum besten gab: »Ich hasse diese Deutschen!« Persönlich kennt er kaum einen von uns, obgleich seine Stücke große Aufführungsserien auf deutschen Bühnen erlebt haben; auch kann Osborne, auf Grund seines Jahrgangs, die Deutschen nicht mehr als Gegner, als Soldaten kennengelernt haben – freilich aber, während seiner Kindheit, als Bombenwerfer. Damit muß sich heute abfinden, wer als Deutscher reist. Freund Robert David MacDonald ist – keine Übertreibung – der *einzige* britische Bühnenmann, der einzige Dramatiker, Übersetzer, Regisseur, der Deutsch liest und spricht und auch als Pionier ins Vaterland einschleppt – neulich verlieh ihm der Bonner Botschafter die Goethe-Medaille für die Übersetzung Schillers, Kleists, Büchners und des Karl Kraus, dessen ›*Letzte Tage der Menschheit*‹ MacDonald bei den Edinburgher Festspielen in Englisch uraufführte. Piscator, dessen ›*Krieg und Frieden*‹-Dramatisierung MacDonald übertrug, gab ihm den ›*Stellvertreter*‹ und gründete damit unsere Freundschaft. Wie bevorzugt ein Deutscher ist, der überhaupt mit wenigen Stücken drüben auf die Bühne gelangt – man kann uns einfach nicht leiden, wie gut ich das begreife –, wurde mir deutlich, als ich zu Sir Laurence Olivier sagte: »Wenn Sie doch einmal den ›*Wallenstein*‹ spielten!« – und der große Mann mich fragte: »Was ist Wallenstein?«

Der herrlichste aller englischsprechenden Mimen, sehr gebildet als Pfarrersohn, Direktor des britischen Nationaltheaters, hatte nie von Schillers ›*Wallenstein*‹ gehört, hundertzwanzig Jahre nachdem den Briten ihr Carlyle die vielbändige Geschichte Friedrichs des Großen geschrieben und auch Schiller so nahegebracht hatte. Ja, ein Glück ist es nicht, als Deutscher geboren zu werden, wenn man dazu verdammt ist zu schreiben. Ach, mehr noch als vor Gerichten – muß vor Geschichte, wer schlafen will, ins Erotische flüchten; so halte ich mich denn an dieses Gedicht und übersetze an ihm herum, bis ich müde genug bin:

Freundin

»... denn das Naturell der Frauen
ist mit Kunst so nah verwandt.«
›*Faust II*‹

Noch duftet meine Haut wie Deine,
als Du nicht im – doch mit dem Slip gewinkt.
So riecht erhitzter Wald, wenn endlich seine
Erdkruste im August Gewitterwasser trinkt.

Hochsommer Du, doch auch der kühlt, der Fluß:
wer maßt sich an, daß Du mit *ihm* nur schwimmst?
Dein Lachen heilt – auch dies. Des Daseins Überdruß
– Du nimmst ihn dem, den Du Dir nimmst.

Die Kunst ist weiblich. Ihr strömt Deine Quelle
zu wie der Liebe, strömt und strömt – woher?
Von wo auch Venus, spermaweiße Welle
in Gischt geboren wurde: Aus dem Meer.

IV. L'Impromptu de Madame Tussaud

Daß jene Träume, in die geheime oder offenbare Ängste uns hineingehetzt haben – denn merkwürdigerweise können ja gerade *die* tief schlafen, die depressiv sind oder von Befürchtungen heimgesucht –, auch die bilderreichen sind, darüber gibt es wohl keine Untersuchung; erwiesen ist nur – und das erweist sich mit diesem Traum aufs neue –, daß Bedrohte auch von dem träumen, was sie tatsächlich bedroht – nicht aber träumen von entlegenen Gefahren. Die Personen, die ich vielleicht zu fürchten habe hier in Whitehall, die sind es, die in allerdings freundlichem Aufzug mir begegnen, wenn ich schlafe ... Verfolgungswahn, hoffentlich beruht ja alles nur auf Verfolgungswahn, ist offenbar ebenso träumefördernd wie eine handgreifliche Gefährdung ... Daß ich – wie mir erst bei Tageslicht aufgeht –, gestern abend in meinem sehr breiten altmodischen Brown's-Hotel-Bett so rasch einschlief, daß ich nicht einmal mehr das Licht ausmachte und nur noch wenige Zeilen der Übersetzung in das Gedichtbändchen hineingekritzelt habe, beweist, daß Angst mein Einschlafen beschleunigt hat ... Meine Schwägerin hatte als junge Krankenschwester einst die Aufgabe, in einer Nervenklinik tagsüber von Bett zu Bett zu gehen, um Eingeschlafene sanft, aber unerbittlich aufzuwecken. Denn medizinisch scheint es nachteilige Folgen zu haben, wenn Depressive zu viel schlafen, also flüchten ... statt sich dem wach zu stellen, was sie bedrückt.

Da ich sofort nach Wilsons Rede meinem Verleger vorgeschlagen habe, mit ihm in Downing Street Einspruch dagegen zu erheben – und sofort brachen wir auf –, beweist mir, daß alles nur Traum war. Denn die Rede wurde abends um sechs in der Tagesschau gemeldet, und da war es dunkel – wir brachen sofort auf, doch da war heller Tag. Also habe ich nur geträumt, mit Ledig zu Wilson gegangen zu sein, geträumt nach einem dieser wunderbaren Dinner, zu denen Ledig mich heute wie immer – nein: heute wohl erst recht – geführt hatte. Mein Vorschlag gefiel ihm. Ja, sofort – sofort müßten wir, das war auch seine Meinung, in Downing Street 10 vorsprechen, um Einspruch gegen die Verurteilung meines Stücks durch den Premierminister zu erheben.

Unverdrossen wie immer dann, wenn Unangenehmes zu erwarten ist, ging Ledig wieder an meiner Seite, hier in London dank seines Bowlerhuts, eines eingerollten Schirms und seines – kein Mantel – makellosen Anzugs aus der Savil Row (Kabinett-Schwarz, Weste) von keinem Passanten beachtet. Plötzlich blieb er stehen: »Wieso – nicht so rasch, nicht so rasch! – wieso gehen Sie nicht weiter, sondern biegen da ... das ist ein Umweg zur Downing Street!«

Ich entgegnete: »Ein Umweg von weniger als fünf Minuten, doch fehlt mir jeder Mut, durch das Queen Anne's Gate zu marschieren, denn im Hause Nr. 21 regiert Sir Dick Goldsmith White.« Ledig folgt mir, sagte belustigt: »Sie meinen C. Nun, der kann Sie ja nun auch nicht auf offener Straße festnehmen, nur weil sein Boss soeben Ihr Stück schlechtgemacht hat ... übrigens nimmt der Geheimdienstchef überhaupt niemanden fest, der *läßt* verhaften. Und ich weiß nicht, was Sie sich – wenn Sie schon Angst bekommen haben – davon versprechen, an seinem Hintereingang vorbeizugehen: das ist wahrscheinlich *riskanter.* Jedermann benimmt sich am Hinterausgang nicht so fein wie vorn: wenn wir jetzt also durch den Broadway laufen, dann ist das – soviel verstehe ich auch von Häusergevierten – dann dürfte Nr. 54 ungefähr die Hintertür sein des aristokratischen Queen Anne's Gate 21 ... Woher wissen Sie eigentlich, daß dort C. residiert?« Ich wehrte ab: »Von dem – von dem ich manches erfuhr, gegen mein Ehrenwort, ihn nie zu nennen.« Ledig sagte: »Entschuldigen sie ...« Ich beschleunigte den Schritt, ein wenig hysterisiert in der Tat, wogegen ich nichts machen konnte, so lächerlich ich es auch fand: »Hintereingänge sind ohnehin die einzigen, in die ein armer Autor allenfalls hineingelassen wird, wenn er mit der Staatsmacht anbandelt. Gehen wir also auch gar nicht erst zur Downing Street, wo uns zwei Bobbies abwimmeln werden ...«

Ledig sagte: »Die dürfen keinen abwimmeln, die müssen uns anmelden.« Doch folgte er meinem Rat, zum Hinterein- oder -ausgang, je nachdem, von Downing Street zu gehen... und während ich noch schlief, sonst hätte ich kaum der Frage nachgedacht, wieso Träume sich den Spaß machen, uns fast immer in Labyrinthe zu locken oder gar uns längst vertraute Wege und Umwege zu Labyrinthen verwandeln, türmten, vermauerten, verklumpten, verengten, verdunkelten die eleganten Straßen der Queen Victoria-Epoche, durch die wir dem Regierungsviertel zugingen, sich bedrohlich bedrückend zu Piranesi-haften Schwarzweiß-Carceri, so daß ich unbeschwert nur dort noch ging, wo Bäume waren – diese jahrhundertealten Bäume, die den Menschen so viel stärker beruhigen, als wenn er eine Kirche betritt.

»Da sind wir!« sagt ich. »Whitehall 70 ist nicht nur der Hinterausgang von Downing Street 10, sondern hier residiert, fünfzig Meter vom Schreibtisch Wilsons entfernt, sein Oberst Cecil Wigg, den sie »Spymaster-General« nennen, weil er offiziell den garnichtssagenden Titel ›Paymaster-General‹ hat: Generalzahlmeister (nämlich des Schatzamtes) ist sicherlich das unverfänglichste Türschild für einen, der mehr Spione in England enttarnt und zur Strecke gebracht hat als jedermann sonst... Ein rauher Mann, ganz von unten, der achtzehn Jahre als Gemeiner und zuletzt als Feldwebel diente, bis er im Hitlerkrieg dank seiner Tapferkeit Oberst wurde und Parlamentsmitglied von Labour. ›Ich habe mehr Kartoffeln geschält im Leben‹, sagte diese neue graue Eminenz der Downing Street, die mit Clement Attlee, dem Nachfolger Churchills, die Leiter der Macht erklommen und dann unter Wilson die Spitze der Leiter erreicht hat, ›als alle anderen Unterhausmitglieder zusammen‹... Nur zweimal ließ er sich herbei, mit mir zu reden; seine ›Sonderaufgabe‹, über die keiner spricht, läßt ihm weiß Gott nicht die Zeit, mit einem Autor sich einzulassen, den nichts Aktuelles zu ihm geführt hat – sondern eine Geheimdienst-›Maßnahme‹, die zwei Jahrzehnte zurückliegt: die Erschlagung des polnischen Ministerpräsidenten und seines Stabes in einem Liberator-Bomber auf der Piste von Gibraltar in der mondlosen Nacht auf den 5. Juli 1943: ein geeignetes Datum, da ohnehin in dieser Nacht ein ablenkendes, historisch erstrangiges Ereignis das Mittelmeer in Aufruhr gesetzt hat: die Landung der Briten und Amerikaner auf dem von Deutschen besetzten Sizilien, womit zum erstenmal den Westmächten im Hitlerkrieg eine Invasion des Kontinents glückte...

Als Mann der Tat hat der Oberst und Chefberater des Premierministers nur wenig Sinn für Ereignisse, die *nichts* mehr sind als Fußnoten in Geschichtsbüchern; und so empfängt er meinen Verleger und mich auch heute nicht, sondern läßt freundlich hinabtelefonieren an die Eingangspforte, ich möchte erst wiederkommen, wenn ich den Zuständigen selber befragt habe: ob der – im Gegensatz zum regierenden Premierminister – Einwendungen gegen weitere Aufführungen meines Dramas vorbringen wolle. Bedrückt wende ich mich an Ledig und sage: »So geht die Nachwelt mit einem einst Großen um. Dieser ehemalige Feldwebel lehnt es ab, uns eine Audienz zu gewähren... mutet aber Churchill zu, uns zu empfangen. Gehen wir... also!«

Ledig sagt: »Wohin? Churchill ist tot, seit über einem Jahr!« Ich gehe schon wieder zu schnell, weil ich mir einbilde, uns folge jemand; und sage: »Wir haben aber nun eine Empfehlung, er hat mir ja sagen lassen, er werde uns drüben telefonisch anmelden, bei Madame Tussaud.«

Ledig murmelte: »Sympathisch. Ich hab oft gemerkt, daß Engländer, die nicht der sogenannten High Society entstammen, sondern erst in sie hinaufsteigen, ganz ohne die Borniertheit so vieler Briten gegenüber allem Ausländischen sind, die George Orwell einmal untersucht hat – um festzustellen, seine Landsleute würden im allgemeinen annehmen, daß ›Ausländer komische Leute sind, die es zu unserer Belustigung gibt und die man klassifizieren kann wie Insekten‹«...

Ich vermute, und das sage ich: »Wer in diese noch immer hochnasig pontifikale Gesellschaft von unten aufsteigt, ist sicherlich selber so lange wie ein Insekt klassifiziert worden, daß er es mit Ausländern *nicht* tut.«

Ledig ist da skeptischer: »Meiner Lebenserfahrung entspricht das Gegenteil – daß man durchaus anderen antut, was einem selber angetan wurde. Wenn nur nicht diese Unterhaus-Rede gegen Ihr Stück eine Hysteriker-Epidemie auslöst ... Schön ist das hierzulande nicht!« Und Ledig denkt, doch das sagt er mir aus Menschenfreundlichkeit heute nicht; viel, viel später erst wird er mir seine Befürchtung von damals mitteilen, Ledig denkt, was neulich die Amerikanerin Barbara Tuchman zu ihm gesagt hat: kein Spektakel, das habe bereits Macauly beobachtet, sei so lächerlich wie die britische Öffentlichkeit in einem ihrer periodischen Anfälle von Moralismus; fast so gefährlich sei sie dann wie die amerikanische Öffentlichkeit in einer ihrer periodischen Hexenjagden ... Und nun sagte Ledig: »Da sind wir ja schon!« Ich zog das Portemonnaie, doch zahlen mußten wir nicht: zwar hatte uns der Anruf aus Whitehall noch nicht respektabel gemacht – doch immerhin bei der Hausfrau persönlich angemeldet. Madame Tussaud, noch im Kleid des Ancien régime, in dem sie soeben aus Frankreich vor der Guillotine entflohen ist, steht an der Pforte und sagt feierlich zu Ledig: »Der Primeminister will Sie allein sprechen.« Und sie weist mich weg, deutet wieder auf Ledig und erklärt bestimmt: »Nur den Autor.«

Ledig will widersprechen, erklären: »Aber *er* ist ja – als Dolmetscher muß ich ...« Madame, ungeduldig, schon im Vorangehen: »Gut, nehmen Sie ihn also mit.« So darf auch ich passieren. Madame geht rasch, man kennt das Kabinett, der Traum macht es kurz. Haften bleibt indessen ein unterweltlicher Vorgang, ein höllischer, den ich im Vorbeigehen an einem der Sportler-Kabinette gewahre – ehe ich mich wegwenden kann: dort wird der vorjährige Sieger des Internationalen Bockspringens zu Melbourne ausgetauscht gegen den diesjährigen. Man schmilzt ihn ein oder wenigstens das, was bei einem Sportler doch, wie man meinen sollte, das Belangloseste ist: seinen Kopf. Die Figur mit gewaltigen Spreizbeinen (die Kniescheiben sind wahre Mondlandschaften) bleibt über dem hohen Bock erhalten – den Kopf aber hat man ihr abgeschraubt, aus dem Rumpf steigt die nackte eiserne Spirale hoch – und dort, dumm, vital, muskelprotzig, steht der neue Weltmeister Modell, das Original; er steht neben dem Kessel, in welchem der Kopf des Vorgängers auf Gasfeuer zerschmilzt und dem der weiß bekittelte Plastiker heißes Wachs entnimmt, um den fast fertigen Kopf der neuen Puppe damit zu ergänzen. Madame hat meinen weggeschreckten Blick aufgefangen, im Weitergehen frage ich zaghaft: »Wie lange, Madame, hält ein Schriftsteller bei Ihnen?«

Die Antwort ist so entschlossen wie beruhigend: »Länger als ein Feldherr – denn wir nehmen Dichter neuerdings erst dann auf, wenn sie nicht mehr umstritten sind: Bernard Shaw war der letzte, den ich hereinließ. Mit H. G. Wells, wissen Sie, erlebten wir ein Verlustgeschäft, wir stellten ihn zu früh hin – heute wissen meine jungen Besucher nicht mehr, wer er war.«

Ledig schlägt vor: »Seine Kleidung und Figur würde ich nicht wegwerfen: der Kopf von Somerset Maugham würde recht gut drauf passen.«

Madame strahlt: »Jaa – richtig! Und damit löse ich auch ein Versprechen ein. Als Som zu letztenmal bei mir war, schon mit 92, einige Wochen, bevor er über die Teppichfalte stolperte, da riet ich ihm: »Sie sind schon so wackelig, mein Lieber, *bleiben* Sie doch gleich! Aber er ließ sich nicht halten. O ja, er hat einen wundervollen Schildkrötenkopf.«

Ihre Stimme ist leiser geworden, wir kommen in die Whitehall-Etage; dort eine weißbehaarte Figur, von der ich nicht weiß, ist es Carlyle oder Hardy oder Lloyd George – ehe ich fragen kann, flüstert Madame kirchlich gedämpft, und ihre Nasenspitze ist roterregt: »Der Primeminister!«

Auch Churchill hält mich für Ledigs Sekretär. So ist es mein armer Verleger, der dem ersten, fürchterlich langen, saugenden Blick aus den vorquellenden, gletscherblauen Augen standhalten muß. Ihm auszuweichen, verneigen wir uns. Mein Mund ist trocken. Ledig immerhin, bis auf das weit heraushängende weiße Taschentuch, stoff- und knopfgenau wie Churchill angezogen in stäubchenlosem Kabinettschwarz, kann murmeln: »Primeminister.«

Der hat seine Gewohnheit nicht abgelegt, Besuchern zu ersparen, auch Worte machen und eigene Ansichten äußern zu müssen. Eine Handbewegung zu den Stühlen, die denen im Kabinettssitzungsraum von Downing Street nachgebaut sind, eine zweite Handbewegung zu einem Aktenschrank, dem Madame Brandy mit Gläsern entnimmt – und Churchill hebt an mit jener einfangenden Jovialität, mit der mich Ledig zum erstenmal in Reinbek vorließ und die mich erkennen läßt, daß er uns heute – englische und Verlagspolitik ist Menschenliebe plus fünf Prozent – am Ende eine Kleinigkeit, eine ganze Kleinigkeit abhandeln will, zum Beispiel mein Stück ...

»Ich war stets der Meinung«, beginnt Churchill mit einem Ledig-Zitat und mit einer Stimme, daß ich hinsehen muß, um herauszufinden, wer von den zweien jetzt redet, »Hauptsache, jene Leute, die Ereignisse nur schildern, anstatt sie herbeizuführen, schreiben überhaupt irgend etwas über einen. Insofern bin ich absolut einverstanden mit Ihrem Stück, denn es hat einen Meinungskrieg entfacht, der immer noch besser ist als gar kein Krieg – als der milde Himmel des Friedens und der Banalitäten, der wie ein erstickender Baldachin über mir schwebte ... nach meinem gloriosen Staatsbegräbnis. Staats-Begräbnis ist übrigens eine melancholisch stimmende Wortverbindung: Meine Leiche war tatsächlich nichts als der Vorspann für das Begräbnis des Staates, des Empires ...«

Eine resignierende Handbewegung.

Ledig will hinzufügen: »Primeminister, ich möchte betonen ...«

Churchill hört diese Unterbrechung sowenig an, als sei er Ledig, und fährt fort mit dem meerweiten Atem des unersättlichen Epikers, der stets nur Monologist war: »Ich selber hätte die Möglichkeit gehabt, das Amt des Zensors Lord Chamberlain zu liquidieren – man zahlt für jedes Versäumnis. Nun gönnt mir Whitehall nicht einmal mehr als Bühnenfigur ein Comeback ... noch nach dem Tode habe ich kein Glück mit dem Namen Chamberlain, obwohl mein Sohn, wie Sie wissen, sein Einverständnis zu einer Aufführung in London gegeben hat. Welch ein Jammer, daß mir als größtem Briten nach Shakespeare, wie Sie schreiben, daß mir versagt bleibt, vom größten Akteur meiner Epoche, Olivier, dargestellt zu werden. Er war ja in The Others mein Clubkamerad, er hat meinen Resonanzboden, wenn er spricht, weil mein Brustkasten (das können Sie bei Lord Moran nachlesen) auch nicht gewölbter ist als der Oliviers. Von Olivier verkörpert zu werden, das hätte mich unbemüht eingereiht in die anderen Gestalten des Welttheaters – *das,* in Wahrheit, gönnen die Pygmäen, meinen Epigonen in Whitehall mir nicht, die jetzt sogar tatenlos zugucken, wie des Kremls Hochseeflotte unser Mittelmeer befährt, als sei es ein russischer Binnensee...«

Ledig, tröstend: »Großbritannien führt neuerdings in Europa auf dem Sektor der wissenschaftlichen Forschung, warum sollte das nicht so bleiben?«

Churchill: »Von der Wissenschaft geht keine Magie aus, ihre Männer haben kein Charisma – nur das ist nachweltbildend. Haben Sie sich je als Knabe für Euklid als Person interessiert? Aber Homer, Kolumbus, Caesar, Gandhi oder ich, nicht wahr – *die* können Leitbilder der Jugend sein. Mit großen Männern geht es wie mit großen Büchern: sie fallen nur dann nicht aus auf dem langen, furchtbar beschwerlichen Marsch in die Nachwelt, wenn sie geeignet sind, für die reifere Jugend bearbeitet zu werden, Schullektüre zu sein oder Nahrung für den Ehrgeiz in der Pubertät. Napoleon lebt wie Don Juan, weil jeder Mensch auf einer gewissen Entwicklungsstufe einer von beiden *sein* will. Das Überraffinierte setzt aus, versagt, das Späte; auch in der Kunst beißen den letzten die Hunde: Anatole France sagte, als er so senil wie hellsichtig war, jetzt glaube ich, daß wir alle, wie wir da sind, Große und Kleine, so wenig Nachwelt haben werden wie die letzten Schriftsteller der Antike, niemand mehr wird nach uns fragen. Und ich sage Ihnen, von den großen Büchern der Menschheit sind lebendig nur jene, die man auch als Knabe liest oder verfilmt sieht, Homer und *›Lederstrumpf‹; (ich verwechsle die beiden immer), ›Oliver Twist‹, ›Don Quijote‹* und *›Robinson Crusoe‹*, die Bearbeitung der *›Heiligen Johanna‹, ›Moby Dick‹, ›Krieg und Frieden‹* – sonst noch eines? Ich habe als Autor natürlich früh mir eingestehen müssen, daß ich nie als Romancier auf die Nachwelt käme, sondern nur als Romanfigur – so vertauschte ich, höchst beschwerlich, den Schreibtischsessel mit einem im Parlament, obwohl das Reden mir so qualvoll war wie dem Demosthenes. Aber es hat ja keinen Sinn zu tun, was man liebt: man soll lieben, was man tun muß. Und wenn mich erst meine Auseinandersetzung mit Sikorski tragödienreif gemacht hat – warum nicht! Lebendig will man sein, nach dem Tode, nicht ›unschuldig‹.«

Er rümpfte die kurze, abgeplattete Löwennase und reibt das

Kinn mit der Faust. Ohne Übergang, schroff, mit einem Blick über mich hin, der mich auslöscht: »*Mußten* Sie denn diesen timiden jungen Mann da mitbringen? Ich hatte Sie unter vier Augen fragen wollen, *wer* Ihnen diese verdammte blutige Lüge mit Sikorski verraten – nun, habe ja auch meine Informationen niemals preisgegeben, lassen wir das, immerhin es ist eine Aura schaffende Lüge!«

Ledig, mit devoter Unverfrorenheit: »Erlauben Sie, Primeminister, daß ich Sie zitiere: ›Die Welt ist voller Lügen, und was das Schlimmste ist – die Hälfte davon ist wahr.‹«

Churchill grinst, daß seine Augen in den Wangen untergehen. Ledig will ergänzen: »Und was meine Begleiter hier betrifft –«

Churchill schneidet das weg: »Sikorskis Schicksal, ohne Frage, fügt meinem Porträt noch etwas an, das ich selber meiner fünfzehntausend Seiten umfassenden Autobiographie nicht mitgeben durfte, denn Memoiren sind ja stets der Triumpf der Willenskraft über das Gedächtnis. Sikorskis Schatten aber an meiner Seite wird mythosfördernden Effekt haben. Denn ebenso wie bestimmte arithmetische Größen im Unendlichen ihr Vorzeichen wechseln, so daß aus Plus Minus wird oder umgekehrt, so wechseln auch die moralischen Größen mit der zeitlichen Entfernung, das heißt: unsere Einschätzung von Gut und Böse wechselt. König David steht nicht als Patriarch vor uns, obwohl – sondern wir wissen von ihm und er *lebt* als ein Mensch und Mann und Machthaber, *weil* er den Urias in den Tod schickte. Nehmen Sie dem Alten Testament seine Mordgeschichten, die da meist der Ausdruck der Vollstreckung eines göttlichen Willens sind – und sie treiben ihm seinen Geist aus: der Richter Ehud, den der Herr selber erweckt, damit er König Eglon durchbohre – oder die entsetzlich – wie soll ich sagen … *bezügliche* Geschichte von Iael, die den flüchtigen Feldherrn Sissera als Gast aufnimmt … und dann umbringt –«

Sein Atem stockt. Die Ermordung eines Gastfreundes erzählt sich denn doch nicht, ohne daß die Stimme heiser wird. Fast trotzig fährt er fort: »Die alten Juden wußten, daß der Himmel selber Unmoral verlangt, denn Moral und Religion sind nicht identisch. Das Numinose … also nicht ich als Person, gewiß nicht; gewiß aber meine Figur, meine Reden, Taten und Untaten in den gottgewollten Kriegen gegen die Hunnen, das Numinose ist transethisch. Zeitgenossen verstehen das nicht, belächeln das, aber schon in fünfzig Jahren wird Sikorski von meiner Erscheinung so untrennbar sein wie mein Schatten, wie Dresden, wie Hiroshima. Sterbliche haben nur Flecken, aber keinen Schatten. Lloyd George war groß nur in seiner Zeit, selbst seine Fehler waren nur bürgerlichen, nicht absoluten Formats: und das reicht als Kontrast nicht, hat nicht die Tiefe des Schattens, den ein Gesandter des Herrn werfen muß ... Sie wissen aus meinen Essays über bedeutende Zeitgenossen – es waren tatsächlich alles nur Genossen in der Zeit, die ich längst hinter mir gelassen habe –, daß ich niemals die Illusion eines liberalen und nachliberalen Säkulums teilte, denen zufolge der Gedanke des Fortschritts aus der Technik oder Medizin auch auf den Menschen als einem moralischen Wesen übertragbar sei. Gewiß ändern wir uns *nicht.* Zum Guten nicht, zum Bösen nicht – das Können des Menschen stürmt seiner Natur, seiner Weisheit gigantisch voran; die Erfindung der Druckerpresse und des Radios, phantastische Kommunikationsmittel, haben gleichwohl nicht im geringsten dazu beigetragen, Mißverständnis und Haß zwischen Menschen und Völkern zu verringern. Und wenn ich ein Quantum Tatkraft mehr hatte als das Rudel meiner Zeitgenossen, so nur deshalb, weil ich im Gegensatz zu denen Phantasie besaß. Um einen Agamemnon, einen Richard III. zu sehen oder Troja und Karthago – liefen die Menschen 1911, als ich mit knapp siebenunddreißig Jahren die Kommandobrücke des Flaggschiffs der größten Armada aller Zeiten betrat, ins Theater. Mir aber war 1913 der Name eines meiner Großkampfschiffe, ›Agamemnon‹, nichts weniger als eine Reminiszenz – sondern er war mir ein Programm! Denn der Kampf um Troja, das heißt: um die Dardanellen, wo ich es zwei Jahre später tatsächlich einsetzte, war mir ganz einfach aus dem Homer – nun: als Auftrag vertraut.

Meine Genossen in der Zeit glaubten dagegen an einen Fortschritt nur deshalb, weil ihnen die Phantasie fehlte, den Weltkrieg vorwegzudenken. Einige immerhin hörten, daß die Melodie des Lebens falsch klingt – ich allein wußte, daß nur die Stimmgabel des Todes sie richtig intonieren konnte ...«

Ledig fragte: »Woher hatten Sie diese Erfahrung?«

Churchill: »Aus Religiosität und Menschenkenntnis – und Glaube an den Fortschritt ist ja nichts als die Verleugnung von Religiosität und Menschenkenntnis. Wollen Sie Konkretes dazu wissen, so müssen Sie Philosophen studieren, die gleichzeitig Täter waren – also den königlichen Prediger Salomo, den Mark Aurel, Ihren Bismarck und mich. Sozusagen jene Menschen, die deshalb, weil sie selber handeln mußten und nicht nur denken durften, nicht in die obligate ›*Hamlet*‹-Inszenierung jeder Saison zu laufen brauchten, um daran erinnert zu werden, daß die Aufgabe, Rosenkranz und Güldenstern wegzuräumen... hin und wieder gestellt ist. Wenn mir erst ein Vierteljahrhundert nach der Tat Sikorskis Tod aufgebucht wird – so verdanke ich das dem Mangel an Menschenkenntnis und dem Fortschrittsglauben meiner Zeitgenossen, die zwar in jedem Feuilleton lesen oder schreiben, Shakespeares Gestalten seien ›ewig wahr‹, die aber dennoch die Lebenslüge pflegen, Maßnahmen der Staatsräson wie in dessen Dramen seien ›überwunden‹ seit der Renaissance...«

Ledig: »Aber was hat das mit Religiosität zu tun?«

Churchill: »Ein Beispiel. Wenn es einen cartesianischen Menschen in Deutschland gab, dann Bismarck – mit höherer Schlauheit, auch moralischer, ist Außenpolitik nie gemacht worden als von ihm. Dennoch gibt es Belege dafür, daß er wußte – und vielleicht war er der einzige Mensch damals, der das wußte, denn die patriotischen Priester Berlins um 1880 waren zweifellos nicht weniger fortschrittsgläubig, das heißt: a-religiös als der Haufen ihrer Gemeindemitglieder –, es ist belegt, daß der Schöpfer dieses Staatengebildes vorausgesehen hat, wie bald Geschichte es abräumen werde. Ein Prophet war er nicht, und *Wissen* reichte nicht aus zu den Vorhersagen Bismarcks – nur seine Religiosität gab ihm das Gefühl, daß der Mensch, von dem jeder Studienrat sagt, ohne etwas dabei zu denken, er sei das Maß der Dinge – daß die Jahre des Menschen auch da Zeitmaß sind für die Dauer seiner Werke. König Salomon wußte das – und Bismarck auch. Er schrieb seinem alten Kaiser eine Tischrede für den Besuch des Zaren 1887 (soeben hatte der Zar den Bruder Lenins erhängen lassen).In dieser Rede ließ er den neunzigjährigen Wilhelm, den übrigens der letzte kaiserlich-deutschen Botschafter in London, Fürst Lichnowsky, sehr zu Recht als eine wahrhaft tragische Figur im Kampf mit Bismarck schildert, denn Wilhelm I. hat seinen Kanzler immer wieder schriftlich gewarnt vor dessen wahnsinnigem Bündnis mit Wien, auf Kosten der Freundschaft mit Rußland –, in dieser Rede also ließ Bismarck, der inzwischen begriffen hatte, daß sein Monarch die Dinge instinktsicherer gesehen hatte als er, den Zaren darauf hinweisen, daß ein Krieg zwischen Berlin und Petersburg die Tilgung der Dynastien in beiden Reichen und die Rote Revolution herbeiführen werde. Das war volle dreißig Jahre vor 1917, dem Jahr der Erstürmung des Winterpalais.

Ein zweiter Beleg: Als der letzte deutsche Kaiser den bald darauf sterbenden Bismarck zum letztenmal besuchte und endlich wieder abreiste, sagte Bismarck zu seiner Schwiegertochter: zwanzig Jahre nach dem Tode Friedrich des Großen sei mit Jena/Auerstedt das Ende des alten Preußen gekommen. ›Zwanzig Jahre nach meinem Tode kommt das Ende für – den.‹ Er meinte Wilhelm II. und irrte um drei Monate: Bismarck starb Ende Juli 1898, Wilhelm ging ins Exil im November 1918.«

Churchill hebt ein wenig seine drei Kinne, und seine Augen richten sich auf Ledig, daß der die seinen nur mit Anstrengung den blauen Brennspiegeln des PM offenhalten kann. Churchill fragt mit jener Jovialität, die etwas herunterhandeln will: »Aber nun sagen Sie mir doch, wer hat Ihnen den Bären aufgebunden, ich hätte Sikorski ermordet – wie?«

Ledig entgegnet vorbereitet: »Ihr Romancier C. M. Forster, Primeminister, hat ...«

Churchill unterbricht, als sei er Ledig: »*Der* ja, der mich stets als Kriegshetzer anzuschwärzen pflegte – nun, ja: wer redet heute noch von dem armen Forster!«

Ledig: »Forster schrieb, würde ich jemals vor die Wahl gestellt, mich zu entscheiden, zwischen einem Freund und meinem Vaterland, ich hoffe, dann nicht zu zögern, mich für den Freund zu entscheiden.«

Churchill, böse jetzt: »Das ist der Geist von Oxford – der anno 31 dort die Studenten verführt hat, öffentlich zu proklamieren, nie mehr würden sie für König und Vaterland kämpfen, ein geschmackloser Ulk, der sie übrigens nicht gehindert hat, nur neun Jahre später heroisch zu kämpfen. Aber ich begreife, warum Sie das zitieren: Ein britischer Intellektueller also ist Ihr Informant. Nicht zu ändern. Die einen entlaufen uns nach Moskau, die anderen verschwätzen uns beim Bier – aber das kann mich doch nicht daran hindern, da eine meiner Hälften selber intellektuell ist, darauf zu beharren, daß wir dieser Spezies den Sieg verdanken. Ihr Deutschen habt niemals einen Krieg verloren, den Intellektuelle führten – der Literat Friedrich von Preußen, oder jene, die Napoleon schlugen, und die alle, von Blücher abgesehen, Intellektuelle waren wie später der Novellist Moltke und euer farbigster Epistolograph, Bismarck. Selbst Hitlers atembeklemmende Triumphe in der Schlacht, als er den Franzosen das Knie von Sedan unterm Hintern wegriß und die Eroberung von Sewastopol, hat der rassisch verdächtige Intellektuelle Lewinski, genannt von Manstein, ihm beschert. Gut, daß er ihn bald darauf hinauswarf. Inkommensurabel, *was* wir und was die ganze Welt dem spezifisch deutschen Haß auf Intellektuelle zu verdanken haben! Eine der köstlichen Bescherungen der Geschichte Europas. Stellen Sie sich vor, Hitler hätte die Physiker, die alle um Göttingen gruppiert waren und später die Atombombe für uns ausheckten, nicht rechtzeitig verjagt! Nun, kein Zufall, daß wir in Whitehall expressis verbis einen Intelligence Service haben ...«

Zaghaft erinnere ich nunmehr daran, daß ich erstens immerhin auch vorhanden und zweitens keine Wachsfigur bin. Ich erkühne mich zu sagen: »Vielleicht, Sir – hätten Sie aber unter die Bullen, die... das machten mußten in Gibraltar, nicht grade Katholiken mischen sollen: denn auch ein Priester erfuhr in der Beichte zuviel.«

Churchill, achselzuckend: »Und Protestanten beichten im Bett – noch fahrlässiger. Ich kann mich auch nicht um *alles* kümmern, junger Mann.«

Ledig: »Jedenfalls bestätigen mir Katholiken, es sei höchst unwahrscheinlich, daß einer ihrer Priester das Kapitalverbrechen – Bruch des Beichtgeheimnisses – auf sich nähme, ohne dazu von seiner obersten Instanz autorisiert zu sein. Rom selber also hat sich vermutlich an dem protestantischen Whitehall rächen wollen – daß Sie, Primeminister, den treuesten Sohn der alleinseligmachenden Kirche unter den Regierungschefs sterben ließen, um ausgerechnet den Kreml zu beschwichtigen.«

Churchill, mit Nicken, ein sanftes Schlußwort: »Krieg ist hauptsächlich eine Kette von Fehlern; Siegen heißt nur, die gröbsten den Gegner machen lassen. Da wir von Fehlern reden: Ihrem Stück habe ich als schwerstwiegende vorzuhalten...«

Ledig steht auf, um endlich einmal Gehör zu finden: »Sir – *hier* ist der Autor! Ich bin der Verleger –«

»Sie –?«

Nun muß *ich* zum erstenmal den gletscherblauen Augen standhalten, die der Alkohol nur trüber, aber nicht wärmer gemacht hat, doch werden sie so schnell schlitzklein, daß ich aufatme, denn Churchill grinst: »...Sechs Jahrzehnte jünger als ich – und *doch* interessiert an mir, dann habe ich's geschafft! Wenn man die übernächste Generation interessieren kann – dann ist man drüben, dann hat man Nachwelt. Ich war bekümmert gewesen zu hören, daß ich den Jungen heute weniger bedeute als dieser Mao Tse-tung. Gewiß, der Chinese hat mein Format, nicht als Autor, aber menschlich und als Schrittmacher des Schicksals – und er wird als Gestalt überleben auch dann, wenn China mit dem Kommunismus längst getan haben wird, was es noch stets mit allem getan hat, das ihm von außen zugeflossen ist – denn China ist das Meer, das alle Flüsse versalzt, die in ihm münden, sagt man dort seit dreitausend Jahren.« Während ich staune, daß Churchill einen ganzen Satz gesprochen hat, der nicht von ihm selber handelt, öffnet er sich mir wie eine Schleuse: »Daß Sie mich, junger Mann, im ersten Akt auf das Heck eines Schlachtschiffs stellten, war annehmbar – für mich wie für Ihr Stück. Ein Kriegspremier gehört auf ein Schlachtschiff, und ein Schlachtschiff ist kunstreif dann, wenn auf den Meeren diese Schiffstypen für immer verschwunden sind.«

Ich nickte: »Ja, Sir, epische Schilderungen, aber auch dramatische, sind meist der Schwanengesang einer Welt, einer Existenzform.«

Ich denke noch hinzu, aber wage es nicht auszusprechen: und ein Premierminister des Empire betritt auch nicht zufällig zum erstenmal in *dem* Moment die Bühne eines Theaters, in dem die Empire-Premiers von der Bühne der Welt – abtreten.

»Dennoch –« und Churchills Blick wird saugend, »ich habe Ihnen zwei schwere Kunstfehler anzukreiden: die unmöglichen Szenerien des zweiten und dritten Aktes. So langweilig, junger Mann, so langweilig! Gehört denn ein Kriegspremier ins Bett, den ganzen zweiten Akt hindurch lassen Sie mich im Bett, und im dritten: ein Palaver unter Obstbäumen, ich bitte Sie!«

Ich verteidige das: »Primeminister, Bett und Park sind bewußt ausgesucht als die Gegenwelten zu der, in welcher befehlsgemäß gestorben wird. Und Dramen sollen sich in der Brust einer Figur – nicht in ihren Beinen abspielen! Bewegung soll auch auf der Bühne ein *innerer* Vorrang sein ...«

Churchill hört diesen Einwurf sowenig an, als sei er Ledig, und sagt, als ergänze er nur, was ich gesagt habe: »Sie hätten mich zeigen können, wie ich den Churchill-Panzer besichtige, dabei redet man doch – ein Panzer ist ein akzeptables Requisit für einen Kriegspremier, man kriecht hinein, kriecht hindurch, turnt auf ihm herum und spricht. Oder warum zeigen Sie mich nicht, wie ich dem Haus die Vertrauensfrage stellte, 1942 – und unsre Defätisten persönlich niederkämpfte; oder in den Ruinen eines Londoner Warenhauses, wie ich die Überlebenden eines deutschen Raketenangriffs aufrichte! Im *Bett* – gar kein guter Gedanke! Wie kommen Sie darauf? Natürlich durch Ihre indiskreten Tagebücher, Brookie – unmöglich.«

Er hat sich seinem Generalstabschef im Nebenkabinett zuwenden wollen, aber Feldmarschall Brooke wurde nicht aufgestellt von Madame Tussaud: obwohl Englands führender Soldat im ganzen Krieg, hat ihn sein populärer Untergebener Montgomery in der Nachwelt überrundet, der üblich schnöde Dank des Vaterlandes ... Ich sage verschüchtert: »Gewiß gaben Brookes Tagebücher mir die Anregung – aber die Legitimation, einen Großen beim Lever zu zeigen, verdanke ich dem siebenten Kapitel von ›*Lotte in Weimar*‹: darin erwacht Exellenz sogar aus einem Traum von Venus und Adonis, Erinnerung an die Dresdener Galerie, die Sie vernichtet haben, Primeminister ... Goethe erwacht da in ... in –«

Ich bin verwirrt, Churchill schaut mich frontal an.

Mein Englisch ist eine Beleidigung, so erläutert Ledig, sachlich: »In dem Roman erwacht Goethe mit einer Erektion.«

Churchill brummt: »So! – da habe ich ja noch Glück gehabt, daß Ihr junger Mann hier kein Romancier ist.«

Wieder sein Blick über mich hin, der mich duckt, dann: »Haben Sie mich früher, außer im Kino, mal beobachtet?«

»Ja, Sir, 1951 im Parlament – aber leider war ich sehr abgelenkt, denn neben mir saß eine faszinierend schöne rehbraune Inderin, zum erstenmal in meinem Leben, und die hat mich stärker beschäftigt. Ich weiß nicht mehr, worüber das Haus debattierte. Aber ich hatte dennoch – ein Modell für Sie: mein Verleger... Wenn Sie durch meine Träume gingen – war das immer auch Ledigs Schritt.«

Churchill zu Ledig: »Würden Sie die Freundlichkeit haben, aufzustehen – und einmal dort im Nebenkabinett den General de Gaulle anzuschauen.«

Ledig: »Der ist aus Zement, wie ich gelesen habe –«

Churchill, Ledig nachblickend: »Ja – das fiel mir auf, als Sie kamen: meinen Schritt haben Sie auch.« Er zieht, wie ich das schon im Parlament beobachtete, das Schmucktuch aus dem Rocktäschchen – ein Zipfel nur, denkt man, aber er zieht und zieht, und es ist groß wie ein Handtuch, und nun wischt er sich damit gemächlich über das Glatzenmassiv, um dann das Tuch wieder bis auf das Zipfelchen verschwinden zu lassen. Ich bin allein mit ihm, so wage ich zu sagen: »Der General de Gaulle verdankt sein Denkmal hier auch nur dem Zufall, daß er die Sabotage an seinem Flugzeug auf dem Airport Hendon am 21. April 1943 überlebt hat – damals, als das Londoner Luftfahrtsministerium ihn aufforderte, doch *einmal,* entgegen seiner sonstigen Gewohnheit in England kein Flugzeug zu besteigen, zu fliegen, zur Inspektion nach Glasgow...«

Churchill: »Ohne Frage, auch de Gaulle ist eine Dramenfigur – die einzige unter europäischen Staatsmännern, heute. Haben Sie nie daran gedacht: an seine mörderischen Auseinandersetzungen mit mir, mit dem Präsidenten, mit Admiral Darlan, mit General Giraud? Und sein erschreckender Minderwertigkeitskomplex, weil Frankreich von uns – statt von ihm und von sich selbst gerettet wurde! Faszinierend...«

Ich sage: »Der General hat Ihnen, Sir, einen königlichen Nekrolog gesprochen – und mit absoluter Unterwerfung Ihnen als *der* dominierenden *Dramenfigur* des Hitler-Krieges gehuldigt – nein, kein weiteres Drama über diese Epoche! Ich wäre bei de Gaulle auch befangen: Er persönlich hat eingegriffen, um zu verhindern, daß der Kardinal von Paris die dortige Aufführung des ›*Stellvertreters*‹ durch die Polizei verbieten konnte.«

Churchill: »Dann sind Sie also bestechlich?«

Ich: »Ja – durch Dankbarkeit. Und da wir auch in Deutschland *Ihnen* verdanken, daß unsere Bühnen keiner Nazi-Zensur mehr unterstehen, so schrieb ich ein Churchill-Stück: Ich hoffe, meine Verehrung für Sie hat es nicht völlig verdorben.«

Er lacht: »Ich würde nur sagen, sie hat es ein bißchen sehr in die Länge gezogen! Sagen Sie: wäre de Gaulle damals in Hendon der Sabotage zum Opfer gefallen, hätten Sie dann *ihn* – statt Sikorski zu meinem Gegenspieler gemacht?«

Ich sage: »Unmöglich. Die Tötung de Gaulles wäre nur ein Schurkenstück gewesen, aber die Sikorskis ist eine Tragödie.«

Churchill, sanft: »Woraus Sie bereits folgern können, daß mit dem Attentat auf de Gaulle *ich* nicht das geringste zu schaffen hatte ...«

Ich, sanft: »Ganz gewiß.«

Churchill: »Aber woher nehmen Sie diese Unterscheidungen und Definitionen?«

Ich ziehe ein schmales Buch aus der Tasche und reiche es ihm und sage: »Ich hole diese Definitionen aus Burckhardts ›*Betrachtungen*‹. Die Ermordung de Gaulles wäre für Sie, Prememinister, im Frühjahr 1943 nur eine ›Vereinfachung Ihrer individuellen Situation‹ gewesen: unter solche Verbrechen subsumiert Burckhardt alle Taten Richards III. Daher er ihm ausdrücklich die ›merkwürdige Dispensation von dem gewöhnlichen Sittengesetz‹ verweigert – die er jedoch solchen Individuen zugesteht, die einen Willen vollziehen, der über das Individuelle hinausreicht: nämlich den Willen ›Gottes‹ oder ihrer ganzen Nation oder gar Epoche. Lesen Sie hier« – ich zeige auf eine angestrichene Stelle: »›Wer also einer Gesamtheit Größe, Macht, Glanz verschafft, dem wird das Verbrechen nachgesehen, namentlich der Bruch abgedungener politischer Verträge, indem der Vorteil des Ganzen, des Staates oder Volkes, absolut unveräußerlich sei und durch nichts auf ewig beschädigt werden dürfe ... Auf den Erfolg kommt hier alles an. Derselbe Mensch, mit derselben Persönlichkeit ausgestattet gedacht, würde für Verbrechen, die nicht zu jenen Resultaten führen, keine Nachsicht finden.‹

Sie haben, Sir, in die Tragödie Polens nur deshalb durch die Tötung Sikorskis eingegriffen, damit nicht Großbritannien in sie hineingezogen wurde – wie es unweigerlich fortgesetzt worden wäre, würde die Streitaxt, die Sikorski hatte aufgreifen *müssen,* die Koalition Downing Street–Kreml zerhackt haben. Jedoch die Beseitigung de Gaulles zugunsten eines nur bequemeren Bündnispartners, etwa General Girauds, entsprach keiner überindividuellen Notwendigkeit.«

Churchill, wiederholend: »Woraus Sie bereits folgern können, daß mit dem Attentat auf de Gaulle *ich* nicht das geringste zu schaffen hatte ...«

Ich, sanft: »Ganz gewiß.«

Churchill fragt, was dieser Burckhardt aus Basel sonst noch über ihn schreibe. Ich erzähle: »Er nennt Sie einen Mann nach dem Herzen Gottes, dem alle Ruchlosigkeit nachgesehen werden wird, selbst die Wegbrennung Dresdens und Hiroshimas, weil Sie den Heizer von Auschwitz totgetreten haben. Allerdings hielt Burckhardt diese Vorlesungen bereits zehn Jahre vor Ihrer Geburt, Sir!«

Churchill murmelt: »Das macht keinen Unterschied. Mehr als das, was bis dato aus der Geschichte ablesbar war, hat auch das letzte Jahrhundert ihr nicht hinzugefügt – oder jedenfalls nicht unseren Erkenntnisorganen: wir würden es doch nicht sehen!«

Ledig ist, Hände auf dem Rücken, die englisch betuchten Schultern skifahrerhaft vorgebeugt, von der Betrachtung der de-Gaulle-Plastik rasch zurückgekehrt und sagt: »Was da Burckhardt über Gestalten der Vergangenheit schreibt – schreibt Ihr Arzt, Primeminister, doch noch direkter, wenn er resümiert: ›Er stand außerhalb der Gesetze‹.«

Churchill: »Da hat der gute Charles nur umformuliert, was ich selber in meinem Nekrolog auf Lawrence of Arabia schrieb: ›Die Welt spürt, und nicht ohne Furcht, daß hier einer außerhalb ihrer Gerichtsbarkeit steht.‹ – Was sagen Sie, Herr Ledig, zu unserem Zement-de-Gaulle?«

Ledig, knapp: »Entspricht nicht meiner Auffassung von dem großen Franzosen. Seit ich weiß, daß er als erster kontinentaler Staatsmann gewagt hat, das amerikanische Verbot zu durchbrechen, mit dem China Maos diplomatische Beziehungen aufzunehmen, imponiert er mir. Noch mehr, seit ich weiß, was er geantwortet hat, als man ihn fragte, warum er nicht Jean-Paul Sartre einsperre, der sein bedeutendster innenpolitischer Gegner war; de Gaulle sagte: ›Auch Sartre ist Frankreich!‹«

Churchill, entzückt: »Das könnte von mir sein!«

Er sieht mich an und sagt zu Ledig: »Da nicht nur dieser dubiose Hunne, sondern auch Jean-Paul Sartre Ihr Autor ist, mein lieber Herr Ledig, so hätte ich erwartet, Sie würden mir ein konkretes Verlagsangebot machen, wie?«

Er spricht jetzt mit der lassowerfenden Jovialität, die ihn zum unwiderstehlichsten Überredner seiner Epoche gemacht hat, und sagt: »Ihr Deutschen prätendiert doch wohl noch immer, eine Kulturnation zu sein – wo aber bleibt die deutsche Churchill-Gesamtausgabe? Klassiker *sind* doch Ihre Spezialität?«

Leldig: »Moderne Klassiker. Von den alten habe ich nur Balzac in vierzig Bänden neu aufgelegt ...«

Churchill: »Mein lieber Herr Ledig, ist Ihnen bekannt, daß zwei meiner drei Hauptwerke, nämlich die Geschichte der Weltkrise 1911 bis 1918 und der Marlborough – zum Schaden des Herrn Hitler niemals komplett in Deutschland erschienen sind? So konnte Hitler sie nicht lesen, das heißt: mich nicht studieren, mich nicht taxieren, denn mindestens in der Geschichte des Herzogs von Marlborough, zweitausend Seiten, deckte ich auf, wie ich nur wenige Jahre später die Große Koalition schmieden und beseelen würde, die Deutschland aufs Kreuz gelegt hat ... dieses Gemälde des Hochbarock kann sich sehen lassen neben dem Bild der Pariser Gesellschaft, das Ihr Balzac zeichnet; so wie meine *›Weltkrise‹* den naiven Geist des Thukydides ausstrahlt und deshalb bleiben wird wie der ... Und meine zweite Frage: glauben Sie im Zeitalter der Volkshochschulen und der Studienstipendien noch an die Lebenskraft jener Romane, die nichts als Fiktion sind? Der Balzac des

20. Jahrhunderts dürfte – *ich* sein: ist Ihnen dieser Verdacht nie gekommen? Die scheußliche Versachlichung des Lebens drückt sich am ekelhaftesten aus in den zwei Tatsachen, daß Klassiker und Pferde nichts mehr bedeuten – heute lernen die Menschen anstatt zu lesen, anstatt zu reiten – Autos reparieren! Aber diese Verödung, die man nur euphemistisch Versachlichung nennen darf, hat ein Positivum: sie garantiert *meiner Epik*, den Non-fiction-Romanen, den längeren Atem, die Dauer. Oder kennen Sie seit Conrads Tod einen Erzähler, von dem einige tausend Seiten die Vitalität meiner sechs Romane über den Zweiten Weltkrieg im Leibe haben?«

Ledig, vorsichtig zustimmend: »Primeminister, schon mein Vater hat nach dem Ersten Weltkrieg die Erfahrung gemacht, daß Tatsachen-Romane oder Lebenserinnerungen ...«

Churchill, unterbrechend, als sei er Ledig: »Tatsachen-Roman – exakt!«

Ledig: »Mein Vater verlegte damals die Erinnerungen eines genialen Arztes, Schleich. Der war der Erfinder der Infiltrationsanästhesie. Muß Ihnen zustimmen, Non-fiction-Literatur, sofern sie nur die Realität ein bißchen ›besonnt‹, wird den hundertprozentig erfundenen Romanen vorgezogen ... und ich –«

Churchill legt Ledig die Hand aufs Knie: »Sind wir also einig, nur Interessen lügen nie! Herr Ledig: *Sie* haben Ihren neuen Balzac, *ich* in der Sprache Lessings und Adolf Eichmanns meine Gesamtausgabe. Freilich, mit vierzig Bänden kommen Sie nicht aus, denn meine Reden, die den Kontinent seelisch gehalten haben gegen euch Hunnen, ergeben auch noch einmal sechs Bände. Bleibt die Honorarfrage ...«

Ledig, das Scheckbuch ziehend und den Füller, will zu schreiben beginnen, räuspert, blickt auf, schiebt die Brille von der Nasenspitze – diese Spitze allein erinnert *nicht* an Churchill, dessen Nase breit, brutal und großgelocht ist –, er sieht Churchill entschlossen an, steckt das Scheckbuch weg und schraubt den Füller zu. »Einen Vorschuß, Primeminister, werden Sie ja hoffentlich von uns nicht erwarten – denn fünfzehnhundert Mark werde ich Ihrem bisherigen deutschsprachigen Verleger als Abfindung anbieten müssen.«

Churchill, beeindruckt, denn dies ist eine Unverschämtheit

churchillschen Ausmaßes – sagt: »Mein lieber Herr Ledig, wenn ich bisher noch zögerte, ob Sie – geeignet seien, mich für vierundzwanzig Stunden hier im Kabinett der aus dem Verkehr gezogenen armen toten Seelen zu vertreten: jetzt, nachdem ich Ihre robuste Verhandlungsführung kennengelernt habe, zweifle ich daran nicht mehr ... Haben Sie, mein Freund, also die Güte, statt mir einen Vorschuß zu zahlen, meinen Platz im Kabinett von Madame Tussaud einzunehmen – bitte: setzen Sie sich! Ihr Begleiter wird mir seinen Arm reichen – so kann ich hier unbemerkt hinausgelangen, um Oberweltluft zu schöpfen und Whitehall in seinem heutigen Zustand zu inspizieren, damit mir die Sehnsucht nach dort abgewöhnt wird und ich wieder *gern* hier unten Platz nehme ... Die *Times* schämt sich ja schon nicht mehr zu berichten, daß nur einen Tag, nachdem die NATO auf Verlangen Maltas ihr Flottenkommando dort abgezogen hat – der sowjetische Botschafter in London nach Valetta gereist ist, um auf Malta eine russische Botschaft einzurichten und Trokkendockanlagen für die russische Mittelmeerflotte zu mieten ... für *wen* haben wir eigentlich den Zweiten Weltkrieg gewonnen? Gehen wir nach oben – das sicherste Mittel, sich in die Totenwelt zurückzusehnen.«

Ledig, er sieht doch erschrocken aus: »Aber Sir – kommen Sie bestimmt zurück?«

Churchill: »Stock und Schirm müssen wir noch austauschen – nehmen Sie hier mein spanisches Rohr, soo hält man das, und geben Sie mir Ihren Schirm ...«

Er blickt nicht zurück. Er zieht mich schlurfend, aber mit noch bemerkenswerter Kraft im Arm, mit fort, zieht mich hinaus, Ledigs Hut in die Stirn gedrückt, als sei er Churchill, schlurft vorbei an Madame Tussaud, die ehrerbietig hinter der Tür gewartet hat, er grüßt stumm, sein Schritt wird fest und fester, schnell und schneller, sein Arm löst sich aus meinem, nun ist er mir schon einen Schritt, schon mehrere voraus, seine Schultern, englisch betucht, sind skifahrerhaft vorgebeugt, als sei er Ledig – und vielleicht ist er Ledig, das ist nicht mehr zu unterscheiden.

[illegible] Aufenthalt [illegible] Wenn [illegible]
[illegible] noch [illegible]
[illegible] Stunden [illegible] Welch
[illegible] nachdem ich
[illegible] Verhältnisse [illegible]
[illegible] Freude [illegible] die
[illegible] Vorschlag [illegible] im [illegible]
von Madame [illegible]
[illegible] Armee [illegible]
[illegible] und
[illegible] Zustand zu [illegible]
[illegible] nach [illegible] wurde [illegible]
[illegible]
[illegible] NATO [illegible]
[illegible] Malta [illegible]
[illegible] Valletta [illegible]
[illegible] Malta [illegible] und Trup-
pen [illegible] für die russische Mittelmeerflotte [illegible]
[illegible] des Zweiten Weltkrieges [illegible]
[illegible] Mittel [illegible]
[illegible]

[illegible]

[illegible]

Heimfahrt, 24. Dezember

Heimfahrt, 24. Dezember

Nebel übern Schienen, doch kein Schnee.
Sonne plötzlich wie im März schönt die Aspekte
wenig – wie die Schöne im Coupé.
Seelenkrebs. Wüßte ich, was ich bezweckte

Heute zu den Gräbern heimzureisen!
Kränze, Tannen hat der Gärtner draufgelegt.
Wohnungslos »zu Haus« wie ausgebombte Waisen
– weiß ich nicht, wohin. Gepflegt

Sind die Gräber. Doch ihr Schweigen
läßt mein Zwiegespräch alsbald gerinnen...
wie er Steinen aufliegt, Gräsern, Zweigen,
legt sich Rauhreif jetzt auf mich. Von innen.

Flut und Ebbe

Gebären an Küsten Frauen
meist bei Flut,
sterben am Meer die Bewohner
meist bei Ebbe.

Auch dir, bevor du fünfzig,
fluten Menschen, wie viele, zu.
Beginnst auch du zu verebben,
schwinden Verwandte, Mentoren, Freunde.

Deine Toten: verschorfte
Läsionen, riskant wie die
von Infarkten; mit wenigen
nur kannst du leben.

So meidet dein Blick
ihr Foto – doch nachts,
in der Stunde der Krisis,
da Petrus verriet

Und Sterbende kollabieren,
die Stunde, bevor der Hahn kräht
– kentert der Strom auch dir:
schlaflos siehst du Tote

Einige Pulsschläge kurz,
daß du sie ansprichst
– bis du sie überschläfst:
ein Grabmal wird selten ein Denkmal.

Schafft die Zoos ab!

Die verkäfigten Augen aller Zoo-Elefanten:
Hospitalismus hat ihre Blicke enttiert!

Sechs Stundenkilometer sind die Verbannten,
bevor sie eingepfercht wurden, marschiert...

Jeden Tag! Liebten zu baden, bergauf zu wandern
– jetzt treten Medikamente-gezähmte

Liebenslänglich von einem Fuß auf den andern,
»mobil« wie im Rollstuhl Querschnittgelähmte.

Sofern Freiheitstriebe in Kühen verdorrten
– den Bullen hat Chemie nie »entkrampft«!

Ihn müssen sie stets im Zoo ermorden,
weil er plötzlich Wärter zerstampft

– zu stolz, dreißig Jahre nur dazustehen
im »Freien«; im Stall noch an die Kette gelegt

– da können die Riesen sich nicht einmal drehen:
sehe sich's an, wer das erträgt!

Aufgebahrt

In memoriam: 23. 2. 1977

So jung, verjüngt um dreißig Jahre
war sein Gesicht, als sie den Sarg zuschraubten.
Zwar sagt man, das bedeute nichts
– nur daß die Leichenstarre (rigor mortis)
sich löst nach sechsunddreißig Stunden.

Doch wenn Materie, die zerfällt,
allein den Ausdruck des Gesichts bestimmte:
wie glichen dann einander sich die Toten!
Er aber war, vier Tage nach dem Sterben,
er selbst geblieben – und zurückgekehrt

In Zeiten, da er Hitlers Krieg entronnen,
einer von dreien seiner Kompanie,
und zwanzigjährig aufbrach in den Frieden:
Erleichtertsein, Geborgenheit,
sie machten seine Züge jung.

Nur unterm Kinn, die Lippen ihm zu schließen,
der schmale Streifen Celluloid
(zwar blieben seine Zähne sichtbar).
Sein Totsein, unverkennbar, war nicht schrecklich.
Schrecklich ist, daß er *uns* fehlt.

Doch zu fürchten, wir fehlten *ihm*? So sieht
nicht aus, wer noch vermißt, die *ihn* vermissen!
Fortsein ist auch ein Sein, nicht nichts.
Wußten wir, bevor wir lebten, vom Dasein?
So wird er mir – mir auch hinüberhelfen.

Wo bist du jetzt?

Wo bist du jetzt,
bist du noch irgendwo?
Traf nicht zuletzt
ein Ruf dich – so
dir Vertrauen gebend,
daß du kampflos gingst?

Was du, noch lebend,
so wenig empfingst,
wie jeder, der lebt:
die Einsicht, daß der Geist
vom Körper abhebt,
dem Tod dich entreißt

Ins All sich verwebt:
erklärt dieses Wissen
in deinen Augen das Licht?
Wir umstanden dein Kissen
– uns sahst du nicht.
Sahst du sterbend ... eine Küste

Und wurdest erwartet?
Von wem? Wer das wüßte!
Hast uns nicht beachtet
– doch vor Augen, hoch beschäftigt,
hattest du – vielleicht – ein Ziel.
Und gingst ruhig: wie berechtigt.

Aufzustehen von einem Spiel.

Täuschung

In memoriam: 17. 7. 1982

Wie mich verfolgt, was mir den Tag verbittert:
in Deinem Sterben ließ ich Dich allein!
Du lagst von Angst, von Einsamkeit umgittert
– ich aber schlief. Nie kann ich's mir verzeihn.

Nicht fahrlässig verließ ich das Spital:
beruhigen sollte Dich, daß ich schon ging.
Da narrte mich der Tod – fatal,
ihn nicht zu sehen ... fing

Deine Hand doch an, das Deckbett zu Dir hinzuziehn.
Doch warst Du wach – so sprachst Du heiter.
Schuld, daß mir Deine Rückkehr sicher schien?
So ließ ich Dich im Stich, statt als Begleiter

Bei Dir zu wachen in der letzten Krise.
Hat *Dich* getäuscht, daß die nicht kommen werde,
so sicher, daß ich Dich sonst nicht verließe?
Doch ich war ahnungslos, wie nah Du schon der Erde.

Als Du's gefühlt – lebendig eingemauert,
von mir verlassen! Wo war mein Instinkt?
Was ich verbrochen: als Verdrängung lauert
es mir im Kehlkopf, bis mein Sarg versinkt.

Glück?

Feste Ufer, hohe Bäume im Garten,
teure Wagen, behagliches Wohnen.
Gattin und Kinder erwarten
Mann und Vater – Dämonen
kommen statt seiner nach Haus.

Friede, Gesundheit sind Zonen
des Neides, der Rachsucht, der Gier.
Erfolge, Schönheit, Applaus
locken Unfälle, Krankheiten, Frauen
und Politik an wie einen Vampir,

Der, was Familien erbauen,
leersaugt oder wegschleppt als Beute.
Wer kann sich dem Schicksal entziehen?
Lebe! – doch wisse auch heute:
Bett und Tisch sind nur jedem geliehen.

Schweigen

In memoriam: 17. 7. 1982

Daß man nicht mitstirbt
– sondern nur verödet!
Wie man um Worte, Blicke wirbt:
bist ja noch warm! Was Dich getötet

Ich weiß es, doch nichts deutet darauf hin
– nichts als Dein fürchterliches Schweigen.
Daß ich noch hier, noch bei Dir bin
– es ist absurd: will ich Dir zeigen!

Jetzt öffnet Deinen Mund der Tod. Dich halten,
ich will es dennoch, Dich noch fragen …
Selbst als Dir Finger schon und Stirn erkalten
begreife ich noch nichts als – nichts mehr sagen.

En passant: Kalendernotizen

»... insofern ein Mensch im druckpapiernen Weltalter, wo der Schreibtisch so nah am Bücherschrank steht, das Wort *mein* von einem Gedanken aussprechen darf.«

Jean Paul

Ein Strich zuviel. London 1941. Ein deutscher Spion, heute anwesend bei einer Top-Secret-Besprechung am achteckigen Tisch der Admiralität. Notieren Sie sich, sagt der vortragende Volladmiral allen Anwesenden. Nannte auch Zahlen. Auch zweimal die Sieben. Der Deutsche, der hier Colonel Quale hieß, *fühlte* seinen Herzstillstand, als er zweimal eine Sieben mit Querstrich, wie niemals ein Brite eine Sieben schreibt, hingekritzelt – und das nackte, nicht zu tarnende Entsetzen in den Augen seines Nebenmannes erkannt hatte als *seine* – Enttarnung. Er wollte etwas sagen, sein Mund war verdorrt: dies alles in fünfzehn Sekunden. Er sprang auf, daß sein Stuhl kippte, aber der Nebenmann war rascher im Treppenhaus als der Deutsche – nur noch herauf, nicht mehr herunter kam der die Treppe: bis zum obersten Stock, zum Fenster – und warf sich in den Hof. Der Todessturz rettete ihn vor dem Galgen im Tower.

Bahnfahrt. Jene Person, die vor Einlaufen des Zuges im Gang zur Tür drängelt und dann die Hand am Griff hat – ist fast ausnahmslos eine, die dann *nicht fähig* ist, die Tür aufzukriegen! Gewiß keine zufällige Beobachtung: auch in politischen Krisen drängt sich fast immer ein Versager an die Spitze. So schrieb vor 200 Jahren Vauvenargues: »Man versucht gewöhnlich sein Glück mit Talenten, die man nicht hat.« Wahrhaftig, denn warum sonst wäre der als Vize-Direktor der städtischen Sauna von Hameln bestgeeignete Herr Lübke Bundespräsident geworden?

Unentschieden. Bevor die Notiz in Satz ging, fragte im Verlag jemand, ob hier nicht eine Beleidigung vorläge. Problem: für den Vize-Direktor der Sauna – oder für den Präsidenten?

Kreidekreis. Die Schweizer Tagesschau hat einen so berühmten wie betagten Rechtsgelehrten gefragt, was mit den in Melbourne tiefgefrorenen Retorten-Embryos geschehen solle, deren Erzeuger in Chile tödlich abgestürzt sind. Antwort: Verbrennen oder beerdigen wie die beiden Toten. Erstaunlich: so dankbar alle Verwandten der Abgestürzten dem Professor sein werden, denn nur dann, wenn die Embryos beseitigt werden, erben die Verwandten das Millionenvermögen, um das es hier geht – erstaunlich bleibt, daß nicht der Jurist entscheidet: Gut, daß von den verunglückten Eltern wenigstens Embryos übriggeblieben sind, in denen diese Eltern eines Tages weiterleben! Wo ist der Unterschied, frage ich als Laie, ob man eine Schwangerschaft abbricht oder diese Embryos totmacht? Und hätte der Schweizer Jurist auch so entschieden, so radikal – wenn es um die schon lebensfähige »Leibesfrucht« einer Mutter ginge, die vor ihrer Entbindung gestorben ist? Welcher »Innovations-Schübe« bedarf unsere Ethik, um diese neuen »Grenzfälle« zu beurteilen! Jeder hat die Klage einer Französin mit Sympathie betrachtet, die nach dem Tode ihres Mannes dessen Sperma »erben« und sich – wem sonst – einverleiben lassen wollte; ihr Mann hatte in Erwartung einer Operation und in der Vorahnung, daß er daran sterben werde, in einer Samenbank Sperma hinterlegt... hoffte aber noch, gesund zu werden und dann sein Kind zeugen zu können. Doch die Mediziner, bereit, jeder anderen Frau, die »einen Mann dazu« habe, aber nicht alleinstehen sei, dieses Sperma zu geben: gaben es *dieser* Frau erst, als ein Gericht sie dazu zwang. Und wie soll das in der BRD ausgehen, wo eine Frau ein Kind als eigenes aufziehen will, das sie für eine andere Frau, die dazu unfähig war, »nur« ausgetragen hat? Wem gehört dieses Kind, *der* Mutter, die es trug, oder *jener*, die das befruchtete Ei geliefert hat? Ein Kreidekreis, diesmal der Gegenwart, nicht wie durch Klabund dem Chinesischen oder der Bibel entnommen: Salomos Urteil im Ersten Buch der Könige. Wie tröstlich, daß doch auch in unserer denaturierten Gesellschaft die Natur im Bund mit einfallsreichen Ärzten noch immer »Sprünge« zu machen vermag, denen Juristen und Verwaltungsbeamte ratlos gegenüberstehen – ratlos weil sie noch immer den Menschen nicht »völlig erfaßt« haben.

Die Leserin D. H. P. schreibt, da hätte ich das Thema eines Stücks: »Kurz vor seinem selbstverschuldeten Untergang hat der Mensch die Fähigkeit erlangt, sich unsterblich zu machen.

Eine weibliche Eizelle und ein Informationsgen (z. B. eine Zelle aus dem Darm) – und neun Monate später liegt eine Reproduktion vor, ein absolut identisches, biologisch gleiches Wesen.«

Schafft die Zoos ab. Neulich hat der Lebenslängliche im Zoo um ein Haar seinen Wärter ermordet, der ihm ahnungslos wie seit vielen Jahren Futter brachte und Exkremente ausräumen wollte. Der Gorilla hatte seine letzten Kräfte zusammengenommen, um seine Würde zurückzugewinnen! Ich habe den Verdacht, daß ich diesen Zoo deshalb seit Jahren meide, obwohl Kinder oft baten, mit ihnen hinzugehen, weil dieser Menschenaffe immer eindrucksvoller – je länger er einsitzt – dem Schopenhauer ähnlich wird. Stand ich früher vor ihm und verglich die Denkerstirn und die wissenden – um die Trauer aller Kreatur wissenden – Augen dieser gefangenen Persönlichkeit mit dem durchaus stirnlosen Kopf vieler Zoo-Besucher und mit deren blöden Augen: so konnte ich nur mühsam den Verdacht verdrängen, der Affe stamme vom Menschen ab ... als eine Höherentwicklung des Homo sapiens. Woher nehmen Menschen, nur weil sie Christen sind, obgleich Tiere doch so niemals mit Menschen verfahren, die Berechtigung, schuldlosen Lebewesen lebenslänglich zu geben? Konnte man bis an die Schwelle des Fernseh-Zeitalters noch verstehen, wenn auch moralisch nicht billigeh, daß zum Amüsement gestreßter Großstädter gefangene Tiere besichtigt werden durften: so ist angesichts der überaus herrlichen Tierfilme, die jedermann gestatten, jede Tierart auf legitime Weise gründlich zu studieren, der Zoo nur noch ein Schlag ins Gesicht des Schöpfers. Wenn gar Wissenschaftler die absurde Behauptung aufstellen, auch aus wissenschaftlichen Gründen seien Zoos nötig – so ist zu sagen, daß wie jeder Lebenslängliche auch jedes gefangene Tier derart von Haft verändert wird, daß überhaupt keine objektiven Schlüsse auf Tiere in Freiheit zu ziehen sind aus der Beobachtung eingekäfigter. Und sogar, wenn Wissenschaft profitiert von Zoos: was berechtigte, »Wissenschaft« höher zu stellen als die Freiheit des Lebewesens? Wissenschaftler sind Leute, die schwer begreifen, daß nicht jeder darf, was er kann.

Weihnachtsgans. Warum sind die Weihnachtsgeschichten meist traurig? Sind sie aber ausnahmsweise zum Lachen – lacht man, auch nicht sehr weihnachtlich, auf Kosten der Gerechtigkeit:

Stern Vater und Sohn sind Österreichs berühmteste Strafverteidiger, sehr gefragt auch in Zivilprozessen. Einer von ihnen spielt besonders gern seinen Anteil am glücklichen Ausgang der Prozesse herab. Und erzählte, vor Jahren habe er auf völlig verlorenem Posten einen Bauern zu verteidigen gehabt. Beim Verlassen des Gerichtsgebäudes nach der zweiten und vorletzten Verhandlung, während Stern nichts mehr sagte, da er seinem Klienten Hoffnung nicht mehr machen konnte, sagte der Bauer: »In fünf Tagen ist ja nun Weihnachten, Herr Doktor – meinen's net, i sollt dem Vorsitzenden – natürlich an seine Privatadreß'n, daß nix auskommt – eine fette Gans schick'n?«

Der Anwalt blieb stehen, sprachlos, was selten geschah. Als er wieder Worte fand, sagte er und redete sich in Wut, was auch selten geschah: Daß er sofort und bestimmt die Verteidigung niederlege, wenn der Bauer ihn und sich damit »unmöglich« mache; daß er erstens so dumm sei, den Gerichtspräsidenten für bestechlich zu halten; zweitens ihn auch noch wissen zu lassen, daß er ihn für bestechlich halte: »Wenn Sie dem eine Gans schicken – brauchen Sie zur letzten Verhandlung gar nicht mehr zu erscheinen!«

Anfang Januar, nach sehr kurzer Verhandlung, der Urteilsspruch, sensationell überraschend: Freispruch für Sterns Klienten! Auf der Treppe vor dem Gericht sagt der Bauer: »Dankschön auch, Herr Doktor Stern – sehr gut ham S'es g'macht, aber wiss S': Geholfen, a bißl, hat auch die Gans!«

Wieder ist Stern die Sprache verschlagen, endlich bringt er heraus: »Sie wollen doch nicht etwa sagen, Sie hätten *doch* dem Vorsitzenden ...«

Der Bauern antwortet, diesmal aber selbstbewußt: »Doch, freili, Herr Doktor, hab i dem a Gans g'schickt. Nur: I hab die Visitenkart'n von unserm Gegner neitoa!«

Spielautomaten. »Heinz, wenn du das nicht aufschreibst, tu ich's!« drohte ich immerhin zwölfmal Heinrich Henkel, der mit ›*Eisenwichser*‹ – das sind Weißbinder, die Eisenrohre streichen –

das erste Arbeiterdrama seit Hauptmann schrieb, das standhält. Aber Heinz schreibt keine Erzählungen, er schreibt »nur« Dialoge.

Ein Dieb erzählte Henkel: »Als ich herausgefunden hatte, daß man in diesem Spielsalon an der Theke den Schlüssel holen muß, wenn man aufs Klo will, ging ich damit nicht zur Toilette, sondern rüber zum Schlüsselservice und ließ ihn nachmachen. Dann schloß ich mich mit ihm ein, zehn Minuten, bevor das Lokal schloß – denn ich wußte, ab sechs Uhr früh ist die Putzfrau da; ich dachte, dann könne ich das Haus verlassen: ich hatte nicht einkalkuliert, erstens, wie furchtbar schwer ein Sack voll Münzgeld ist – immerhin holte ich über viertausend Mark aus den Automaten, die ich nachts in großer Ruhe knackte –, zweitens, daß die Putzfrau hinter sich die Haustür wieder abschloß! Nun mußte ich, statt bald nach sechs das Haus zu verlassen, zurück in mein Klo-Versteck, in der Hoffnung, nicht auch die Putzfrau wolle das Klo benutzen. Und mußte warten, da ich ja nicht durch den Spielsalon auf die Straße gehen konnte, bis die Bewohner zur Arbeit aufbrachen und die Haustür offenließen ...«

Als Henkel fragte: »Wo hast du jetzt den Sack voll Münzen?« antwortete der Sechzehnjährige: »Auf der Bank!«

Henkel: »Und das fiel nicht auf, jetzt, da in allen Zeitungen steht, daß die Automaten leergeklaut wurden, da fiel nicht auf, daß du einen Sack Münzen anschlepptest?«

Der Sechzehnjährige antwortete stolz: »Ich hab ja keinen Hirnschaden, ich sehe nur so aus: In der *Garage* der Bank hab ich das Geld, im Kofferraum meines Vaters – der hat ja seinen Jaguar nicht mitgenommen auf Dienstreise nach New York.«

»Ach so!« Henkel war beruhigt. Der Vater des Diebs – erster Vorsitzender des Aufsichtsrats dieser Bank, dieser und anderer Banken – ist auch ein Dieb: jedenfalls im Sinne Brechts, wenn der die Frage stellte: »Was ist der Einbruch in eine Bank – gemessen an der Gründung einer Bank?«

Kinder, die sich töten. Von allen Nachrichten die bedrückendsten, die Selbstmorde Jugendlicher, die unzähmbare Ansteckungsgefahr, die von ihnen ausgeht: Kaum hört man von jenen, die sich in Fulda um nichts getötet haben – aber was heißt: um »nichts«? Für andere kann das: »alles« heißen und sein, kaum haben die Fuldaer wegen »null Bock« oder »no future« Schluß gemacht –, kommt aus einem Schweizer Bergdorf die Schauer-Nachricht, daß zwei Hirten sich erhängt haben, ein Junge von 22, ein Mädchen von 17! »Motiv«, so liest man, die Schelte des Bauern, der gedroht habe, die beiden von der Walliser Alp auf seinen Hof ins Tal herunterzuholen, wenn sie weiterhin derart das ihnen anvertraute Vieh vernachlässigten: Als der Bauer mittags auf die Alp kam, schlief das Paar noch, anstatt die Kühe gemolken, die Kälber auf die Wiese getrieben zu haben... Sicher waren die Vorwürfe des Bauern *nicht* die Ursache des Doppelselbstmordes, sondern höchstens die Auslöser dieser Verzweiflungstat. Aber was war die Ursache? Es ist nur schick und albern, uns Erwachsene haftbar zu machen, wie das fast ausnahmslos geschieht – wer das tut, hat nie gehört, daß zu allen Zeiten die Spätpubertät das gefährlichste, das am meisten gefährdete Alter war. Ist es Angst vor dem Leben, vor dem Augenblick, wenn der Jugendliche endlich »auf seinen eigenen Beinen« laufen soll – so abgenabelt vom Elternhaus, wie er doch längst – angeblich – hat sein wollen?

Ist die Kehrseite dieser Angst vor dem Leben – die Furchtlosigkeit vor dem Tod? Sie kennzeichnet doch im Krieg genau diese Altersgruppe, aus der die mutigsten der Frontsoldaten sich rekrutieren. Jene, von denen gerühmt wird, sie gingen »mit Todes-Verachtung« ins Feuer! Heye, Chef der Operationsabteilung der kaiserlichen Armee, erklärte das Scheitern der letzten deutschen Offensive 1918 mit dem zu »hohen Durchschnittsalter der Regimenter: 25 Jahre«. In diesem vorgerückten Alter, folgerte der Stratege, stürben selbst Soldaten nur noch ungern...

Geständnisse – ein Urbedürfnis. Ein Arzt zu seiner Patientin, die eine Spirale eingesetzt haben will: »Wozu; Ihr Mann, steht auf meiner Karteikarte, hat sich doch unterbinden lassen!« Antwort: »Eben deshalb – darf ich nicht mehr schwanger werden.« Sie *wollte* – warum? – daß *dieser* Arzt erfahre, sie begnüge sich nicht mit einem nicht mehr zeugungsfähigen Ehemann. Denn sonst wäre sie nicht ausgerechnet zu *dem* Arzt gegangen, der das von ihrem Mann weiß.

Liebe – nicht: Beruf die Bewährungsprobe. Der fast fünfundachtzigjährige G. T. wurde heute früh von seiner Haushälterin tot aufgefunden: er saß am Waschbecken, Kopf auf dem Bekkenrand, den Lappen noch in der Hand, nackt im Bademantel – nie hatte er sich sitzend gewaschen und demnach den Stuhl offenbar herangezogen, als die Todesschwäche fühlbar wurde. Was ich zuerst denke: daß nicht der Beruf die eigentliche Bewährungsprobe im Leben ist, sondern die Liebe. Und warum? Weil man den Beruf in *Übereinstimmung* mit der Gesellschaft lebt – die Liebe aber nur zeitweise; und weil die spannungsreichsten Zeiten der Liebe, vielleicht auch die befriedigendsten – jene sind, in denen man *illegal* liebt. Mein guter Onkel, Besitzer einer Firma, die hundertdreißig Jahre in seiner Familie war, gab diese Firma dreiundachtzigjährig in wildfremde Hände, vererbte sie Nichtverwandten: es ist, als habe ein Rachegeist ihm das eingegeben. Denn als Verlobter machte dieser Onkel der Freundin seiner Braut, die »aber nur« die Tocher eines Postrats war, einen Sohn. Um die »Schande« zu verdecken – wird die Unglückliche gezwungen, ihr Kind zur Adoption wegzugeben, an einen Reichsbankdirektor. Nach Versöhnung mit der Braut heiratet der Onkel also »standgemäß«! Resultat: Frau und Kind sterben ihm im ersten Wochenbett. Als nach Jahren dieser Onkel ein zweites Mal »standgemäß« und reich heiratet: hat er eine Frau gefunden, die keine Kinder kriegen kann ... Kinderlos geblieben, weil er sein erstes Kind verstoßen hat, gibt er diese Rache des Schicksals weiter an seine Nichten und Neffen, indem er das Familien-Unternehmen nicht denen vererbt, denen es zukäme, da doch ihr Großvater und Urgroßvater es aufgebaut haben, sondern vererbt es Zufälligen, Fremden ...

Dunkelziffer. Die Presse spricht von einer ununtersuchten Dunkelziffer vorkommender Inzeste; Väter scheinen öfter zu Töchtern zu schleichen, als die Natur sich träumen ließ und Ehefrauen für möglich halten. Ich habe nur einen einzigen Menschen gekannt, der mir einmal sagte – denn ich kannte ihn gut –, er habe jahrelang mit seiner Halbschwester geschlafen, die er allerdings erst kennenlernte, als sie, schon erwachsen, wenige Jahre jünger als er, aus Übersee nach Europa zurückgekommen sei. Der Mann, ein erfolgreicher Unternehmer mit starken künstlerischen Neigungen, auch Fähigkeiten, sprach gelassen, vernünftig, ja sehr dankbar von dieser Liebe: »Die Beziehung war unproblematischer als andere, weil natürlich nie die Forderung kam, ich solle sie heiraten; als sie sich verlobte, ließen wir's sein ... es fiel schwer, bis ich mich mit anderen tröstete!«

Die Dunkelziffer beunruhigt, weil anscheinend Kinder »mitspielen« müssen und vielleicht fürs Leben geschockt werden. Denn Inzest zwischen Erwachsenen ginge ja keinen anderen etwas an als die Praktizierenden selber – sofern sie sich dabei nicht vermehren; ist eigentlich Fortpflanzung zwischen Cousinen und Vettern *ersten* Grades – wie zweimal auch unter meinen Ahnen im 19. Jahrhundert – und zwischen Vettern und Basen dritten Grades – auch das kam vor in meiner Familie, wie unter allen Kleinstadt- und Dörfler-Familien – noch schädlicher, als es bei mir herauskam? Die von Golo Mann eingeleiteten ›*Geschichten eines alten Österreichers*‹, die Memoiren des bömisch-wienerischen Fürsten Clary-Aldringen überliefern die Erfahrung: »Ich habe den Verdacht, daß mein Großvater seiner Mutter gegenüber viel zu schwach war. Es kommt bei Ehen unter nahen Verwandten manchmal vor, daß den Töchtern Kraft und Energie erhalten bleiben, während sie bei den Söhnen verlorengehen.«

Diese Einsicht des blitzgescheiten Autors muß ich leider nach den Figuren meine Familie bestätigen: wir Männer sind ausnahmslos – ich besonders – viel schwächer als die Frauen oder Cousinen. Schwestern habe ich keine, auch traurigerweise keine Töchter, die ja zu Vätern viel zärtlicher sind als unsere rüden »Herren« Söhne. Daher ich natürlich auch von Inzest nur sprechen kann wie der Blinde von der Farbe. Interessant wäre eine Untersuchung, ob dieses Thema der Weltliteratur jemals von Autoren behandelt wurde, die *nicht* wie Georg Trakl Beziehungen zu Geschwistern hatten. Sagt man Napoleon nach, der habe alle seine Schwestern defloriert, wird keiner wissen, ob das wahr ist. Ludwig Marcuse hat in seiner Selbstbiographie – die ehrlichste, die ich kenne – *vorausgesetzt,* daß mindestens früher, als Jungen noch kaum Gelegenheiten hatten, andere Mädchen als käufliche zu bekommen, die Schwestern und die Dienstmädchen der Eltern die frühesten Lehrmeisterinnen in der Liebe waren. Die direkteste Schilderung einer Vater-Tochter-Liebe stammt von Vasari, dem Chronisten der Florentiner Maler, deren einer er selber war. Mary McCarthy, die über Venedig und Florenz die unterhaltsamsten aller Bücher schrieb, erzählt vom Herzog Cosimo I. von Medici: »Er bestand darauf, daß sein Gefolge keusch blieb, und stellte sich selbst mit seiner chronischen Treue zu seiner Gemahlin dem Volk von Florenz als Vorbild hin ... jedoch, man erzählte sich, wie der Hofmaler Vasari, der einen Raum im Palazzo Vecchio ausmalte, Zeuge einer grausigen Szene geworden ist. Er stand an einem heißen Sommertag auf dem Gerüst und arbeitete an der Decke, als er Cosimos Tochter Isabella in den Raum kommen sah, wo sie sich auf ein Bett niederlegte ...

Während das Mädchen schlief, trat plötzlich Herzog Cosimo ein, und im nächsten Augenblick hörte Vasari einen furchtbaren Schrei vom Bett. Danach hat ... er nicht mehr hingesehen, sondern sich bemüht, auf dem Gerüst unentdeckt zu bleiben.« Warum die Tochter des Herzogs ihren Mittagsschlaf nicht in ihrem Bett – sondern in einem Saal machte, den sie offenbar für leer hielt, wegen des Malergerüstes; und woher ihr Vater wußte, sie habe sich dort hingelegt: wird allerdings nicht überliefert ...

Mir klagte ein weltberühmter Erzähler: »Da weiß ich eine faszinierende Inzestgeschichte aus stockkonservativer Familie – was hätte im 19. Jahrhundert ein Romancier daraus machen können! Heute – zwei Sätze, alles ist gesagt: Vater zur Tochter: ›Bist auch nicht schlechter im Bett als deine Mutter.‹ Antwort: ›Hat mir mein Bruder auch schon gesagt!‹ Vielleicht bedarf der Roman einer Welt mit noch festgemauerten Tabus. *›Madame Bovary‹* würde heute keinen Staatsanwalt mehr alarmieren.«

Schönheitsgalerie. Ein Vorwurf an unsere Zeit: wie fern (mehr oder weniger) demokratisch Regierende erstens dem Volk, zweitens der Kunst stehen. Um 1855 in München konnte es geschehen, daß Ludwig I., der 1848 wegen seiner Affäre mit der Tänzerin Lola Montez den Thron an seinen Sohn hatte abtreten müssen, auf der Straße ein Küchenmädchen ansprach: »Kennst mich?«

Die Sechzehnjährige versuchte das, was sie sich unter einem Hofknicks vorstellte und hauchte: »Natürlich, Majestät, der alte König san S'!«

Der sagte: »Schön bist. Kommst heut um drei aufs Schloß, wirst g'malt vom Stieler!« Und ging. Passanten, die stehengeblieben waren, die Majestät zu grüßen, bestürmten nun das Kind, das Wasser am Brunnen geholt hatte: »Der König! Was hat er g'sagt, der König?« Sie antwortete, klassisch die Neugierigen abfertigend: »Grad weil's der König *mir* hat sag'n wollen, hat er's net zu euch g'sagt!« Und schritt davon, nun selber eine Königin.

Als sehr alte Zimmervermieterin erzählte die damals Porträtierte das ihrem Untermieter, einem Schweizer, der es mir erzählte. Er hat um 1900 in München Malerei studiert und dann das Porträt seiner Wirtin in der Schönheitsgalerie bewundert.

Maler sind oft gute Erzähler – es hilft ihnen, ihre Modelle zum Sprechen zu bringen. Kallmann, der profilierteste Porträtist der BRD, hat auch sechzehn Farbskizzen von Adenauer gemacht. Als der ihm seine Privatgalerie zeigte – Adenauer sammelte altdeutsche Malerei –, zeigte er Kallmann auch ein ziemlich gut impressionistisch gemaltes Bild; Churchill hatte es gemalt und es Adenauer geschenkt. Sie gingen dorthin weiter, wo Türen zu Klo und Bad waren. Wieder wies Adenauer auf ein Bild. Nun ließ er Kallmann raten: »Und wer hat dat jemalt?« Kallmann, entsetzt: »Diese Birke da mit dem Wässerchen unter blauem Himmel – so 'n Kitsch können Se doch nicht aufhängen, Herr Bundeskanzler!« Darauf Adenauer: »Wat soll ich denn machen, dat hat der Herr Eisenhower jemalt und mir jeschenkt; da wollen wir Gott im Himmel danken, daß der nich auch noch jesungen hat!«

Schweigepflicht – auch gegenüber dem Patienten. Ja, zu seinen Gunsten in erster Linie! Der Film ›*Zeit der Zärtlichkeit*‹ schokkiert durch die Ruchlosigkeit, mit der amerikanische Ärzte, offenbar nicht ausnahmsweise, sondern *regelmäßig*, todkranken Patienten auch noch den totalen Hoffnungsentzug auferlegen. Die List ist bewundernswert, mit der unter dem Vorwand, einen lustigen Familienschmarrn anzubieten, die Filmer Zuschauer wie mich ins Kino locken – Leute, die gar nicht kämen, ahnten sie, daß nach der Halbzeit ihnen ds Ernsteste zugemutet wird. Denn wenn die unendlich gewinnende Heldin allen im Kino ans Herz gewachsen ist – sagen ihr gleich drei Ärzte, sie sei als Krebskranke verloren. Und so machen sie ihr die letzten Monate zur Hölle. Woher – mit dieser Frage geht man heim – nehmen Mediziner das Recht, Patienten mit Wahrheit zu terrorisieren, die keinem hilft? Offenbar hat doch die Natur Vorkehrungen getroffen, daß Sterbende *nicht* zur letzten Klarheit über ihren Zustand kommen. Wieso maßen sich Ärzte an, sich über diese »Humanität« der Natur hinwegzusetzen, nur weil sie auf Grund ihres Studiums den Tod kommen sehen, den der Betroffene nur höchst selten als ihm gewiß erkennt? *Darf* das ein Sterblicher, nur weil er Arzt ist?

»Nur das Unzulängliche ist produktiv.« Goethes abgründige Einsicht – mag erklären, was ein Buckel, eine frühempfangene Kränkung, ein Minderwertigkeitskomplex an Bedeutendem hervorbringen können. Zum Beispiel: wieso konnte Kierkegaard gutheißen, daß Abraham auf dem Berg Morija »das Messer zückte, seinen Sohn zu schlachten«? Hat der sonst so aufsässige protestantische Däne dieses hündische Parieren angesichts eines verbrecherischen Auftrags nur gepriesen, weil es bei ihm zu Hause ein ewig verdrängtes, doch zentral glimmendes Familien-Thema war, daß einst sein Vater als Hütejunge – Gott verflucht hat? Und darunter zeitlebens ebenso litt, wie unter seiner »Todsünde«, als Witwer sein Dienstmädchen geschwängert zu haben, bevor er es heiratete? Wieviel vom Buckel Kierkegaards und der Tatsache, daß er Regine sitzenließ, seine Braut: wurden bestimmend für seine Denkweise? Wie steht es um die Verbindlichkeit für andere – bei einem Glauben, einer Philosophie, die auf solchen Traumata basieren?

Ist die Bemerkung eines sadistischen Lübecker Pastors zu einem Schüler, vor Mitschülern: »Du stammst aus einer verrotteten Familie!« – trennbar von der (sonst unerklärlichen) Tatsache, daß dieser Pfarrer mit unverändertem Namen und wörtlich seine schnöde Bemerkung sich nur zehn Jahre später gedruckt wiederfanden, ausgerechnet im bedeutendsten *Familien*-Roman der Weltliteratur? Und daß es – unvergleichlich in der Geschichte der Epik – ein *Jüngling* war, der *›Buddenbrooks‹* veröffentlichte, ein Fünfundzwanzigjähriger?

Polgar in Zürich. Alfred Polgar, seßhafter Wiener, aber durch Hitler zum Ahasver gemacht, der in vieler Herren Länder als Emigrant zuweilen hungerte, wurde nach dem Krieg in Zürich gefragt: »Fühlen Sie sich hier denn nicht wohl, Herr Professor?« Antwort: »Ach, wissen Sie, ich bin halt überall ein bißl ungern.« Nur *einen Satz* kenne ich, der die Ur-Skepsis noch gültiger ausspricht. Der Komödiendichter Menander sagte: »Nun ist ja der Mensch an sich schon ein hinreichender Grund zur Traurigkeit …«

»Hell«sehen. Eynar Grabowsky schreibt die Biographie eines Schweizers, Geschäftsführer eines namhaften Basler Konzerns, der 1939 Hitler warnte, am Vorabend des 9. November wie in jedem Jahr in München zu sprechen: man werde ein Attentat verüben! Da Herr Kraft aus der Reichskanzlei keiner Antwort gewürdigt wurde, erfaßte ihn Panik, sobald die Zeitungen meldeten, wie jedes Jahr spreche der Führer im Bürgerbräukeller; Kraft warnte mit einem Telegramm. Bekanntlich hat Hitler den Saal dann elf Minuten, bevor die Dynamit-Ladung das Rednerpult samt sechs Nazis und eine Kellnerin zerriß, verlassen – deshalb früher als in jedem vorangegangenen Jahr, weil Hitler einen Zettel aufs Rednerpult bekam, sein Flugzeug könne wegen Nebel nicht starten, der Führer müsse den Zug nach Berlin nehmen. Der Zug wurde in Nürnberg angehalten; Hitler erhielt die Meldung, was passiert sei. Er ließ Kraft nach Berlin kommen und fragte, ob er ihm das Horoskop stellen könne. Krafts Voraussage: bis 1942 werde der Herr Reichskanzler zum Herrn des Kontinents geworden sein – dann aber samt seinem Reich abstürzen in die völlige Vernichtung. In Übereinstimmung mit seiner Mördernatur ließ Hitler den Schweizer ins KZ Dachau

bringen, wo er 1945 verhungerte. Der Freiburger Parapsychologe Professor Bender wurde mehrmals im Krieg zu Kraft gebracht, um ihn zu testen: vermutlich erhofften die Nazis sich, Bender könne den Basler für verrückt erklären. Kraft unterschied sich aber von normalen Leuten »nur« durch die Gabe des Hellsehens, die ihm den Hungertod einbrachte. Warum sind Hellseher unfähig zu sehen, was *ihnen* die Zukunft bringen wird? Warum tappte dieser Schweizer arglos in den Hyänenkäfig Nazideutschland?

Den Geliebten der Mutter erschossen. Der Romancier hat aus mehreren Zeitungen vorgestern eine Nachricht aus dem Kanton Neuenburg herausgerissen, die ihn interessiert, in erster Linie wegen dieser Ergänzungszeile: der Mörder sei siebenunddreißig, der Ermordete achtunddreißig Jahre. Seit zwölf Jahren hauste der Erschossene mit der jetzt neunundfünfzigjährigen Frau und deren Sohn, einem heute arbeitslosen Elektriker, unterm gleichen Dach. Zwölf Jahre Geliebter einer zwanzig Jahre älteren Frau, vom Sohn, seit der achtzehn war, offenbar toleriert: was führte jetzt den Arbeitslosen dazu, den ungefähr Gleichaltrigen abzuknallen beim Betreten der Wohnung? Die Eifersucht – oder die Arbeitslosigkeit? Als Thema genauso bedeutend wie das, was der Erzähler daraus macht. Die von Stendhal aufgefundene Zeitungsmeldung, die zu seinem Meisterwerk ›*Rot und Schwarz*‹ führte, war als Meldung nicht dramatischer. (Übrigens aufschlußreich, wie Somerset Maugham den Nachweis führt, daß Stendhals Roman überzeugend nur so lange ist, wie der Dichter sich an die authentische Meldung hielt; daß dagegen der von Stendhal geänderte Abschluß der Geschichte ganz kalt läßt, da er psychologisch nicht mehr übereinstimmt mit Julien Sorels Charakter.) Heute, da in jeder zweiten Illustrierten Bekenntnisse sehr schöner Weltstars sind, wie sehr sie aufgelebt seien, seit sie sich einen mindestens zwanzig Jahre jüngeren Geliebten »halten«, ist diese Mordgeschichte aus Auvernier für Romanciers, sollte man meinen, ein saftiges Fressen – für Leser auch. Und instinktiv hat ja der Romancier sich die Meldung auch ausgerissen. Aber dann wieder seine Bedenken, seine Resignation: Ob nicht der Film das besser könne?

Anders, sage ich. Anders macht es das Kino. Ich denke: wärst du Stendhal – du fingst halt an, statt zu reflektieren, ob es auch geht. Fluch der Spätzeit: durch Reflexion bereits die Abtreibung einer Frucht auszulösen, die vermutlich von Natur die Größe eines wahrhaft epischen Sujets gehabt hat... Phädra-Gefühle: wie jene Frau, die den Neffen als Untermieter auch dazu »einsetzt« – sie sagte es anders –, »mir, doch schließlich auch meinem Mann, die sonst unvermeidbar gewesene Phädra-Tragödie zu ersparen«! Vor genau hundert Jahren hielt übrigens die »Sitten«-Polizei es für nötig, den Phädra-Roman – da er in der Gegenwart spielte – der bedeutenden Nietzsche-Freundin Malvida von Meysenbug zu verbieten; die interessante Autorin, die auch die Kinder Alexander Herzls erzog, hat ihre Wiederentdeckung verdient... statt nur im Tagebuch der Cosima Wagner weiterzu»leben«!

»Wege des Ruhms«. Eine so lustige wie melancholische Trinker-Story, die den Nachteil hat, wahr zu sein, belegt drastischer als alle Geschichten und alle »Geschichte«, die ich sonst kenne, was *bleibt* vom Ruhm der Krieger und von jenen historischen Veitstänzen, die man – während sie ihre Opfer verschlingen – »große Ereignisse« nennt und mit ebenso großen Worten wie »schicksalhaft« garniert: Ein Belgrader, Rechtsanwalt, Frontoffizier im Ersten Weltkrieg, trank derartig, daß ihm die Anwaltslizenz entzogen wurde; zuletzt mußte seine Familie ihn für unmündig erklären und auf die Liste derer setzen lassen, denen Kneipen nichts mehr ausschenken dürfen. Was tat er, der immerhin noch frei herumlaufen durfte, wenn er laufen konnte? Er studierte jeden Morgen die Todesanzeigen. Fand er solche – und er fand sie fast täglich –, die auf Grund des Jahrgangs des Verstorbenen die Folgerung zuließen, daß der ebenfalls im Ersten Weltkrieg Soldat gewesen war – und meist wies ja die Todesanzeige auch noch aus, in welchem Regiment und Rang dieser Mann »gestanden«, welche Orden er getragen hatte: so ging der Trinker zur Beisetzung. Und meldete sich am Grab zu Wort, sobald der Pope den letzten Segen gesprochen hatte. Und pries den Toten mit tränentreibenden Worten als den tapfersten der tapferen Kriegskameraden, der nicht ihn allein, den Spre-

cher, als Schwerstverwundeten gerettet hatte. Ergebnis: Die tief gerührten Angehörigen, bisher ahnungslos, welchen Helden sie in ihrer Familie gehabt hatten, luden den Redner natürlich zum Leichenschmaus ein – wo er das »Fell versaufen« durfte, bis sie ihn im Morgengrauen heimschafften; sofern er dann noch wußte, wo er wohnte.

Schnitzler oder Maugham. Schriebe ich Tagebuch – würde ich darum besorgt sein, es *nicht* zu machen wie Arthur Schnitzler, der zu Alma Mahler gesagt hat, nicht als Dichter gehöre er zu den ganz Großen, aber doch vielleicht als Journal-Schreiber. Was nur belegt, daß niemand weniger Bescheid weiß über uns als wir selber. Denn als Dramatiker, der ›*Das weite Land*‹ dichtete und ›*Professor Bernhardi*‹ und ein halbes Dutzend weiterer Stücke dieses Ranges – war Schnitzler nun gewiß ebenso ein ganz Großer wie als Novellist, der ›*Spiel im Morgengrauen*‹ schrieb und ›*Casanovas Heimfahrt*‹. Aber sein Journal? Daß ihn Alma Mahler exakt zitiert – bestätigen Schnitzlers umsichtige Anordnungen, daß diese »Hauptwerk«, für das er es ansah, ungekürzt nach seinem Tode gedruckt werden solle, obgleich er zweiundfünfzig Jahre lang fast täglich eintrug, beginnend ungefähr an der Silbernen Hochzeit des Kaisers Franz Joseph (27. April 1879) bis zwei Tage vor Schnitzlers Tod (21. Oktober 1931). Stichworte fast nur, selten ohne Kommentar verständlich – noch seltener von Interesse: »Vm. Consultation mit Dr. Pollak. Er glaubt, daß der Bub in 10–14 Tagen ganz gesund ist. Nm. nach Edlach zurück.« Dies, typisch für viele Tausende, Notiz eines Tages. Wie weit gehen Fehlschätzungen der eigenen Person, wenn ein genialer Dichter, der zudem als Arzt und Seelenkenner die Hochachtung Freuds hatte, geglaubt haben kann, derartige Notizen interessierten irgendwen nur eine Woche?

Schriebe ich Tagebuch, ich würde mich bemühen, nur aufzuschreiben, was auch Somerset Maugham für erhaltenswert hielt: Materialien, um Dramen, Novellen, Romane aus ihnen zu entwickeln. So ist Maughams ›*Notizbuch*‹ für mich das Meisterwerk schlechthin unter allen mir bekannten Journalen. Vielleicht, weil es kein ganz »echtes« ist. Maugham beschloß an seinem siebzigsten Geburtstag, also ein Vierteljahrhundert vor seinem Tod, aus ungezählten Jahrgängen seiner Tagebücher eine Auswahl zusammenzustellen und die Hauptmasse zu verbrennen. Ich weiß von keinem anderen Buch, abgesehen von Stendhals Skizzen und Notizen, das ähnlich zum Träumen anregt, zum Spielen mit daran anknüpfenden eigenen Gedanken wie die Reflexionen und Momentaufnahmen Maughams, der die Welt oft umschiffte. Sein Humor, auch sein Mut waren geschärft worden als Secret Service-Agent im Ersten Weltkrieg. Für den fühlbarsten Verlust seines Lebens hielt dieser radikale Einzelgänger sein Versäumnis, aus Müdigkeit nicht seine Gespräche mit den Namhaften notiert zu haben, deren viele er gut kannte, von Shaw bis Lenin, von Churchills Mutter bis Gandhi. Daß er einmal heiratete, geschah versehentlich: »Ich hielt mich für neunzig Prozent normal und für zehn Prozent homosexuell. Doch war es umgekehrt.«

Homo ludens. Ernst Jünger, der im März neunzig wird, ließ mir die Fahnen zu seinen neuesten Notizen zukommen. Erstaunlich, wie der Humor zunimmt, ja zum existentiellen Grundgefühl wird bei jenen *sehr* Alten, die gesund blieben und sich – vermutlich nur deshalb – freihalten konnten vor Verbitterung, weil sie als noch Berufstätige die Höchstprivilegierten sind; denn einen *selbstgewählten* Beruf so lange ausüben zu dürfen, wie man Lust zu ihm hat: ist das höchste irdische Glück; Jaspers sagte mit fünfundachtzig: »Ich arbeite nur, sonst tue ich nichts.« Ich sah ihn niemals verbittert. Als seine Frau, schon fast neunzig, ihn fragte, ob er sich nicht mit ihr das Leben nehmen wolle, denn nun würden sie doch beide dumm – gab er zur Antwort, ach, nein, Trudelein, ich lebe immer noch gern. Eben weil er arbeiten konnte bis zu seinem letzten Tag. (Er starb am neunzigsten Geburtstag seiner Frau, mit der er über sechzig Jahre gelebt hat.)

Humor hatte er nur, wenn eine Frau, Hannah Arendt, mit ihren oft sarkastischen Briefen Humor aus ihm herausholte. Doch aus den Tagebüchern des fast neunzigjährigen Ernst Jünger, aus den späten, ließe sich mühelos ein Bändchen mit humoristischen Aphorismen zusammenstellen. Zum Beispiel: »Unsere Städte... die Bombe zerstört schlimmsten Falles bis zum

Grunde, der Architekt von Grund auf.« Und wo jemand Tiere mit Menschen vergleicht, will Jünger nach dem Tierschutzverein rufen ...

»Als ob man einen Tänzer eintreten sähe«, schreibt er einmal: genau dies war mein Eindruck vom Achtundachtzigjährigen, zu dem es auch »gehört«, daß ich ihn beim LSD-Entdecker Albert Hofmann traf. Jünger macht einen glauben, der Ballettmeister einer Staatsoper habe zu seinem fünfundsechzigsten Geburtstag geladen. Am überraschendsten: wie häufig er lacht – ansteckend. Wer so vollkommen die Vorstellung vom Homo ludens verkörpert – korrigiert nebenbei auch unser Bild vom Klassiker, das außer bei Heine zu kolossal ist, zu kopflastig. Denn Jünger ist beides nicht, doch ein Klassiker.

Karl Valentin. Karl Valentin wurde Aschermittwoch 1948 begraben, gestorben war er Rosenmontag – und sein Tod steht in unleugbarem Zusammenhang mit seinem letzten, seinem wiederum vergeblichen Versuch, dem Bayerischen Rundfunk noch einmal seine Mitarbeit anzutragen. Liesl Karlstadt sah den Hinausgeworfenen, auf dessen Manuskripte die Herren Redakteure zu schreiben pflegten: »Bitte Empfang bestätigen und gleichzeitig die Ablehnung« – sie sah ihn das Funkhaus nach einem sehr kurzen Gespräch verlassen; er habe, berichtete sie, noch blasser, noch magerer ausgesehen, so tief habe man ihn verletzt. Auch Valentins Tochter erinnert sich: »Papa kam überraschend schnell zurück, und sein Gesichtsausdruck verriet uns alles. ›Nix war's. I bin nimmer komisch – ham's g'sagt.‹ Dann ging er, verlegen lächelnd, in seine Werkstatt zum Scherenschleifen.«

Einhunderfünfundzwanzig Valentin-Platten lagen damals, zur Tatzeit – denn dies ist der Bericht über eine Ermordung –, im Archiv des Funkhauses. Doch keine war gut, war interessant, war komisch genug, um noch den Ansprüchen der Funkfunktionäre zu genügen, deren jeder heute mindestens zweieinhalbtausend DM Monatspension des Funks in einem als Redakteur verdienten Häuschen am Rande München verzehren kann, vergnügt bis ans Ende mit reinem, weil nie benutztem Gewissen ...

Valentin hatte zwischen seinem endgültigen Hinauswurf und

seinem Tod nur noch vom 22. bis 31. Januar und noch an *einem* weiteren Abend Geld verdienen dürfen – sonst gab es kein Wirkungsfeld mehr für Deutschlands genialsten Tragikerclown. Die ihm das Wirkungsfeld versperrten, das bayerische Rundfunk-Funktionärs-Gesindel, haben zweifellos auch gewußt, daß jene Manuskripte, die sie von Sekretärinnen ungenutzt zurücksenden ließen, dem alten Mann noch keinen Pfennig eingebracht hatten – da er sie nämlich zwischen 1941 und dem 15. Januar 1948 geschrieben hatte: in mehr als sechs Jahren, in denen er nicht auftrat und nichts einnahm. Aber das kümmerte nicht *die*, die heute wie früher so viel besser *von* der Kunst leben, als jene, die *für* sie leben; und zwar deshalb besser von ihr leben, weil sie sich strikt hüten, welche zu machen. Denn wer das tut, geht Risiken ein, wird auch nur in seltenstens Ausnahmefällen als Angestellter in einem Kunstbetrieb geduldet. Daß Valentin mit nur sechsundsechzig Jahren abstarb – bewahrt ihn davor, weiterhin, wie er es notgedrungen zuletzt getan hatte, in Münchner Haushaltungs-Läden selbstgeschnitzte Holzlöffel zum Weiterverkauf anbieten zu müssen ...

Dies beleuchtet exemplarisch die gestern wie heute und wie morgen gleich schnöde bis mörderische Einstellung der Machthaber zu den Machtlosen im Bereich der deutschen Kunst – und zwar gänzlich unabhängig von der Frage, ob Nazis, ob Demokraten regieren. Denn – wer sähe das nicht täglich – Nazi ist einer von Natur, nicht von Partei. Der Nazi ist der Schweinehund in jedermann – zu allen Zeiten, in allen Zonen. Die Liquidierung Valentins durch demokratische Funktionäre ist eher grausamer als jene Barlachs, da die nicht heimlich, nicht subkutan, nicht lächend erfolgt ist, sondern vor den Augen der ganzen zivilisierten Welt, deren Hochachtung und deren Erbarmen immerhin der nur in Deutschland Verfemte sicher war. Valentin aber mußte sich von Menschen, an deren politisch und künstlerisch vernünftiger Gesinnung sozusagen seine ganze Umwelt nicht zweifelte, sagen lassen, sein gesammeltes Lebenswerk sei nicht mehr verwendbar, interessiere keinen mehr. Was muß in einem Künstler vorgehen, dem das gesagt wird – und was in einem »natürlich« gutsituierten Gehaltsempfänger, der den »Schneid« hat, einem Menschen das zu sagen? Die Streichung Valentins von der Liste der als Künstler Zugelassenen zeigt, wie es hierzulande »in der Regel« – nicht etwa, wie es ausnahmsweise gemacht wird. So hat – um nur einen noch zu nennen von hundert ebenso Entrechteten unter zeitgenössischen deutschen Künstlern – der erst kürzlich verendete Ernst Kreuder noch Schlimmeres durchgemacht als Valentin, weil es viel länger dauerte, bis er erstens begriffen hatte, daß man ihn nicht mehr wollte; und bis er zweitens die einzig mögliche Konsequenz daraus gezogen hatte: abzusterben als Person, obgleich er als Autor bis zuletzt produktiv war.

Die Liebe und der Amtsschimmel. Humaner hat Behördenwillkür sich nie geäußert als in der Generaldirektion der Österreichische Bundesbahn, die darauf verzichtet hat, die Geldstrafe einzutreiben, die sonst überall in der Welt »für unbefugtes Betätigen der Notbremse« erhoben wird. Denn nur Verkehr – nicht: ein Verkehrs-Unfall hat die Notbremse im Orientexpreß in Gang gesetzt: Der berühmte, aus Paris kommende Zug war am 6. September im Hauptbahnhof Innsbruck an seiner Weiterfahrt nach Venedig behindert worden, weil der Fuß einer schönen Blondine, die sich in ihrem Schlafwagen-Abteil temperamentvoll eines älteren Herrn angenommen hatte, in den Griff der Notbremse geraten war – sie hängt bekanntlich, diese Bremse, nur einen halben Armlang unter dem Plafond! Techniker untersuchten vergebens die E-Lok, weil der Zug keinen Zentimeter von der Stelle zu bringen war – bis die Bahnbeamten endlich in einem abgedunkelten Schlafwagenabteil das Paar höflich aufforderten, den Fuß aus der Bremse zurückzuziehen. Die Direktion hat zugesichert, wenn Liebe die Bremse ziehe, sei das zwar »verkehrs«widrig, jedoch nicht strafbar...

Ein Leben ohne Hund – ein Hundeleben. Die Frau, die das sagte, ist fest an der Leine ihrer zwei Hunde, die – abgesehen davon, daß sie einem den Ärger mit den Schularbeiten ersparen – die gleiche Zuneigung erwarten wie Kinder, doch natürlich in *ihrer* Zuneigung viel beständiger sind als Kinder: schon deshalb, weil Hunde im Haus bleiben, doch Kinder es verlassen...

Tucholskys Bemerkung, ein Mann schaffe sich nur deshalb

einen Hund an, weil der ihn für Napoleon halte, ist witziger als sie zutreffend ist – denn welcher Mann wird schon gefragt von seiner Frau, ob sie einen Hund ins Haus bringen solle? Mediziner schlagen jetzt vor, endlich auch im Altenheim das Mitbringen von Tieren zu gestatten – bisher gibt es nur *eines* in der BRD, das Tierhaltung seinen »Insassen« erlaubt. Denn wenn der alte Mensch schon den Schock seiner Übersiedlung in die Einzimmer-»Wohnung« eines Altenheims nur mühsam übersteht – ihm auch noch sein Haustier zu nehmen, heißt fast: ihn totmachen. Nicht einmal, warum er morgens noch aufstehen soll, abgesehen davon, daß er pinkeln muß, weiß der Altersheimer, wenn er nicht mehr Vogel oder Katze oder Hund füttern darf. Daß in unserer Gesellschaft überhaupt zum Thema wird, ob man einem Menschen die Teil-Entmündigung ersparen solle, die darin liegt, ihm – wie einem Zuchthäusler – auch das Tier noch wegzunehmen, das er bisher betreute, richtet unsere Gesellschaft. Längst wissen doch Psychologen, daß der Fürsorge-Trieb in höherem Maß lebenserhaltend ist als jeder andere: wer für niemanden mehr zu sorgen hat, auch für sich nicht – das tut ja das »Heim« –, stirbt rascher. Und das ist wohl auch das geheime Ziel, wenn eine Gesellschaft anfängt darüber zu klagen, daß sie eines Tages die Renten nicht mehr aufbringen könne...

»Was soll der Unsinn?« Um die Zeit, als er mit fünfundsiebzig sein Meisterwerk ›*Effi Briest*‹ schrieb – klagte Fontane in einem Brief seiner Tochter, die sich später umbrachte wie so viele Dichterkinder, daß die (ihm längst zur stehenden Redensart gewordene) Frage »Was soll der Unsinn? ... überhaupt ganz und gar von mir Besitz zu nehmen droht«. Nichts schien ihm mehr wichtig. Natürlich wollte seine Familie wissen, wie Fontane zu dieser ewigen Frage gekommen sei. Schulterzucken; eines Tages aber erzählte er: Der Kolonialwarenhändler Schulze um die Ecke sei doch ein freundlicher Mann. Irgendwann aber habe er – Fontane – beobachtet, im Vorbeigehen, wie der dicke Schulze wütend aus seinem Krämerladen heraus einen Schuljungen verfolgt, geschnappt und geohrfeigt habe. Fontane: »Aber Herr Schulze! Was hat denn der Junge Ihnen getan?« Antwort: »Ach, sehen Sie, Herr Fontane, das gucke ich mir nun seit zehn Tagen

an; jeden Mittag, wenn er aus der Schule kommt – schleicht sich der Bursche hier zu meinem Sauerkraut-Faß vor der Ladentür und pinkelt rein. Dem Sauerkraut schadet das ja nischt – aber wat soll der Unsinn!«

Staatsdenken und Habgier. Ein Amerikaner, der seit Jugendtagen nach einem anno 1717 gesunkenen Piratenschiff bei Boston fahndet, an Land in Büchern, im Meer als Taucher – hat es entdeckt: zwanzig spanische Kanonen, sechshundert Gold- und Silberstücke eines Schatzes, der 40 Millionen Dollar wert sein soll, hat der Taucher bereits an Land gerettet; prompt kommt »Vater« Staat, hier Massachusetts, und verlangt ihm den vierten Teil ab. In Lübeck hat ein Baggerführer aus einem dem Staat Schleswig-Holstein gehörenden Patrizier-Grundstück 350 englische und holländische Goldmünzen und 20000 deutsche Silbertaler des 17. Jahrhunderts freigebaggert: Das Land Schleswig-Holstein, auch sein Arbeitgeber, wollen ihm den gehobenen Schatz rauben. Der Baggerer verliert den Job, weil er sich wehrt, und erhält im Monat 246,– DM Rente; zuweilen geht er betteln. Doch ein Anwalt hilft ihm nach einem Jahr zu seinem Recht: etwa zwei Millionen Mark, die Hälfte dessen, was der Schatz wert ist, werden ihm gerichtlich zugesprochen. Das Ungeheuerliche: Das BGB § 984, hat ohnehin seit Bismarcks Zeiten festgelegt: Wird ein Wertgegenstand aufgefunden, dessen Besitzer nicht mehr zu ermitteln ist, so erhalten der Finder und der Eigentümer des Fundortes je die Hälfte. Eindeutiger kann kein Gesetzgeber formulieren – jedoch der amtierende Ministerpräsident des Landes läßt es zu, daß seine Regierung sich über das Recht hinwegsetzt und den armen Finder mit dem niederträchtigen Trinkgeld von 6000 DM abspeisen will.

Wundert sich dieser Ministerpräsident, wenn die Bürger seines Landes, sooft sie seinen Familiennamen nennen, es immer so tun, daß sie den ersten Buchstaben dabei verschlucken? Der Mann heißt Barschel.

Der Fachmann als Blödmann. Ein Brett vor dem Kopf hat jeder – der Fachmann aber hat es vor den Augen. Das belegt auch die Mißhandlung jenes Billy Mitchell, der zwischen 1919 und 1925 stellvertretender Chef der amerikanischen Luftwaffe war. Er sagte nicht nur voraus, er bewies es an Hand praktischer Versuche an deutschen Beuteschiffen aus dem Ersten Weltkrieg, daß Schlachtschiffe ins Museum gehören, weil sie Luftangriffen mit Bomben und Torpedos nicht standhalten können. Also 20 Jahre vor dem Hitlerkrieg *zeigte* Mitchell das den Marine-Sachverständigen aller Nationen. Er wurde strafversetzt. Endlich »ging er damit in die Presse«, wie jene Idioten sagen, die verurteilen, wenn einer die Öffentlichkeit alarmiert, der sonst kein Gehör findet. Mitchell wurde deshalb unehrenhaft entlassen; noch mindestens 34 Schlachtschiffe wurden bis Kriegsbeginn gebaut. Ergebnis: Die Amerikaner verloren alle acht Schlachtschiffe, die sie im Pazifik hatten, in der ersten Stunde des Krieges durch japanische Flugzeuge. Die Deutschen verloren zwei Schlachtschiffe – mehr hatten sie nicht – durch britische Flugzeuge. Die Briten verloren durch Flugzeuge die zwei Schlachtschiffe – mehr hatten sie dort nicht – im ersten Gefecht, das sie im pazifischen Krieg auszustehen hatten. Wer zählt die Matrosen, die hier »der kalten Wut des Berufsdünkels« geopfert wurden, wie Lloyd George, Englands Kriegspremier und Sieger von 1918, zu sagen pflegte, als Kommentar zu dem Satz des Franzosen Clemenceau: »Krieg ist zu ernst, um ihn den Generalen zu überlassen.« Jetzt wird Generalen das Vorspiel zum Weltuntergang anvertraut, das sie als SDI-Programm (»Krieg der Sterne«) keiner anderen europäischen Nation als nur der bundesdeutschen aufschwätzen konnten. Wahr ist, was neulich Willy Brandt sagte: »Unser Versagen auf der Erde kann durch die Flucht in den Weltraum nicht ausgeglichen werden!«

Witze und Lebensgefahr. Zwischen der Qualität von Witzen und dem Grad der Gefährlichkeit, sie zu erzählen, besteht ein direkter Zusammenhang: am besten sind lebensgefährliche. Ein Anwalt, der sich als Memoiren-Autor Dietrich Güstrow nennt, hat 1981 im Siedler-Verlag von einem Jugendfreund Hitlers berichtet, der 1943 in Plötzensee geköpft wurde, weil er Kameraden an der Front erzählt hat, sein Schulfreund Hitler habe vor Mitschülern als Augenzeugen ein Stück Penis verloren: Ein Ziegenbock habe es dem Zwölfjährigen abgebissen oder habe hineingebissen, als er dem Tier – wie die anderen Mitschüler auch – ins Maul gepinkelt habe: »Auf der Wies hab ich den Ziegenbock festgehalten zwischen meinen Beinen, ein andrer Freund hat dem Ziegenbock mit 'nem Stock das Maul aufgesperrt, und der Adolf hat dem Bock ins Maul gepinkelt. Grad als er dabei war, hat der Freund den Stock weggezogen, der Bock hat hochgeschnappt...« Wasner nannte diesen Jungen: Bruno Kneisel als Zeuge – der Anwalt erfuhr, Kneisel sei tot, seit 1939; Güstrow: »...mich beschlich der hartnäckige Verdacht, daß sein früher Tod mit dem Ziegenbock... etwas zu tun gehabt haben könnte. Der Arm des Führers war lang und unerbittlich, wenn es um sein Vorleben ging; dafür gab es genügend Beispiele.« Und der Anwalt überliefert auch, was wieder einmal mehr beweist, daß es für Deutsche gleich war, ob sie in den Krallen der Wehrmacht-»Justiz« oder der *anderen* Nazis, der Volksgerichtshöfe waren: ein Heeresgericht habe Wasner ermordet. Der dann seit dem 20. Juli 1944 als »Widerstandskämpfer« von seinen Untaten freigesprochene Generalrichter Sack hat im Auftrag des Marschalls Keitel das Gnadengesuch verworfen: immerhin zeigte der Chef des Oberkommandos der Wehrmacht persönlich höchstes Interesse an diesem Angeklagten Wasner – was nur beweist, wie ernst es genommen wurde, wenn man des Führers körperliche Wohlbeschaffenheit ironisierte. Der Anwalt schließt sein erschütterndes Kapitel: »An dem Wahrheitsgehalt von Wasners Bericht, der ein naiver, aber tief gottesfürchtiger Mensch war, habe ich nie einen Zweifel gehabt.« Irving, der in Washington Morells Tagebücher auffand, bestätigt, daß Hitler sich weder von seinem Leibarzt noch von seinem Kammerdiener Linge je nackt sehen ließ. Die Frauen speziell sollen in der Nazi-Zeit, um so mehr als die meisten ihren Führer abgöttisch liebten, tief beunruhigt gewesen sein, weil fast niemand von Eva Braun wußte. Da Hitler, wurde er fotografiert, die Hände fast stets überm Hosenstall gefaltet hielt, entstand der lebensgefährliche Witz: »Unser Führer verdeckt den einzigen Arbeitslosen.« Andere, die ihn weniger liebten als die meisten Volksgenossen, kommentierten barsch: »Er sagt doch selbst, ihm ist keiner gewachsen!« Harmlos – gemessen an diesen Witzen – sind jene, die etwa lauten: »Rahm ist erst dann wieder auf der Milch, wenn die Hitlerbilder entrahmt werden!« Mein Friseur in Wien wurde durch die anrückende Rote Armee gerettet; er saß, weil er im Frühjahr 1945 aus einem Kasernenfenster ein Hitlerbild mit den Worten in den Hof geworfen hatte: »Achtung – der Führer kommt!« Kameraden, natürlich, hatten ihn denunziert – wie den armen Wasner.

Der einzelne immer auf verlorenem Posten. Ehe die Soziologie-Professorin Helge Pross es aufgab, in Hessen zu lehren – sie ist inzwischen gestorben –, weil sie dem Terror linksgerichteter Gesinnungsgruppen auswich, die beispielsweise Berufungen von Professoren nicht auf Grund fachlicher Qualifikation, sondern ebenso wie früher die Nazis auf Grund politischer Haltung durchsetzen, fragte Frau Pross: »Wieso macht die Unterstellung unter ein Kollektiv freier als die unter eine Einzelperson?« Wenn in Diktaturen einer viele richtet – in Demokratien viele einen: für die jeweils Gerichteten ist da aber kein Unterschied.

Sitzblockade war »Bürgerpflicht«! Ein Vierteljahr ist vergangen – und was blieb nun davon? –, daß der 18. Juni 1985 in *einer* Tagesschau gleich drei Meldungen brachte, die im einzelnen und erst recht im Zusammenhang denkwürdig sind und *bleiben* sollten: Erstens: Das US-Repräsentantenhaus kürzt die Zahl der vom Präsidenten geforderten MX-Atomraketen von hundert Stück auf vierzig. Zweitens: Zum erstenmal in der Geschichte der zwei deutschen Staaten präsidiert ein hoher Funktionär aus Ostberlin der Bonner Bundespressekonferenz, weil SED und SPD gemeinsam von den Supermächten wie von den Genfer Abrüstungs-Bevollmächtigten eine chemiewaffenfreie Zone in Europa fordern, die auch Benelux und die ČSSR und Polen einschließen soll. Dritten: In Frankfurt hat ein Richter – sein Name sei festgehalten: Christoph Jahr, sechs Demonstranten freigesprochen, weil der Bruder des Bundespräsidenten, der Physiker Carl Friedrich von Weizsäcker, vor Gericht bestätigte, daß die Aufstellung der Pershing II-Raketen verfassungwidrig war: Erstens sind diese Raketen keine Verteidigungswaffen, sondern zum Erstschlag geschaffen. Zweitens verstößt ihre

Aufstellung gegen die Forderung der Verfassung nach Wiedervereinigung! Dank des Kronzeugen von Weizsäcker argumentierte der Richter, die Sitzblockade der sechs vor dem »Pershing«-Depot sei nicht nur Rechtens gewesen, sondern die *Pflicht* jedes Bürgers! Der Richter gehört zur Generation jener, die heute ihren Eltern vorwerfen, sich widerstandslos der Diktatur der Nazis gebeugt zu haben. Ein Staat ist genauso moralisch wie er seinen Richtern zugesteht, auch gegen *ihn* entscheiden zu dürfen. Also spricht dieses Frankfurter Urteil, sofern nicht der Staatsanwalt es kassiert, ebenso für die Integrität der BRD – wie einst die »Watergate«-Affäre für die Rechtsstaatlichkeit der USA gezeugt hat. Ein Lichtblick!

Maler und Fotografen. Wer von uns Alten noch beobachtet hat, wie Graphik und Malerei angesichts der Fotografie ihren völligen Rückzug aus der Realität angetreten haben; wie sie sich eingeschüchtert selber aufgaben, weil ihre Theoretiker postulierten, ein Maler, der die Wirklichkeit noch wahrnehme, sei entweder ein alter Nazi oder ein Banause: Dem muß es wie »das Wunder der wiedergeborenen Unbefangenheit« erscheinen – so heißt es im *›Tod in Venedig‹* –, daß jetzt eine neue Epoche der Malerei sich triumphierend bei der Jugend durchgesetzt hat, gerade *weil* diese neue Maler-Generation aus der engsten Zusammenarbeit mit der Fotografie ihre erstaunlichsten Wirkungen und Schönheiten ableitet. Damit sind die Gegenstandslosen endgültig dorthin verwiesen worden, wohin sie immer gehört haben: unter die Designer, die zum Beispiel für Möbelbezüge, Tapeten, Kleider schöpferisch tätig waren – was nicht abfällig gemeint ist: längst haben die Franzosen sogar im Louvre ihren kreativen Stylisten und Couturiers, wie es denen auch zukommt, eigene Ausstellungsräume gegeben. Doch Malerei und Gegenstandslosigkeit heben einander auf; Goethe hat ein für allemal festgelegt: »Das eigentliche Studium des Menschen ist der Mensch.« Höchst albern, wie die Deutschen wieder einmal eine mörderische Weltanschauung aus ihrem Beharren auf einen zeitgenössischen Irrweg der Malerei machen: geradezu terroristisch verfolgt und unterdrückt wurden um 1950 jene, die noch wagten, Menschen zu malen! Günter Grass hat es zu spüren bekommen, als er 1985 in seiner Berliner Akademie-Rede – höchst schonend von ihm formuliert – daran erinnerte, daß sogar der von Hitler verboten gewesene Maler Carl Hofer von den Aposteln der Gegenstandslosen als »unkünstlerisch« verteufelt worden ist. Grass hat mit seiner Bemerkung in ein Wespennest gestochen. Denn die Deutschen benötigen in ihrem Kunst-Haushalt immer einen Verleumdungsfeldzug gegen irgendwen... waren es um 1950 noch gegenständlich Malende, die als Idioten ausgeschrien wurden, so ist es momentan das politische Theater, das von jenen für tot erklärt wird, die sich revolutionär vorkommen oder so stolz wie Vierjährige in neuen Stiefeln, wenn sie wie im Hamburger Hopkins-Zirkus *»Verlorene Zeit«* vierzigmal auf der Bühne vom »Schwanz im Mund« reden. Während doch in Wahrheit nichts Intimstes jemals revolutionär wirken konnte, da das Intimste schon stets das Allgemeinste war.

Schweizerin hat Neger erstochen. Als *Blick* oder *Bild* das daumendick rotunterstrichen meldete – mußten zwei Familienmitglieder sich »eingestehen«, sie hätten, erstmals in ihrem Leben, diese Zeitung gekauft. Warum wohl? Diese Frage ist vermutlich aufschlußreicher – nicht die Frage, sondern die Antwort, sofern sie sich findet – als das sicherlich sehr banale Tatmotiv. Warum regt Weiße diese Nachricht derart an, daß sie eine Zeitung kaufen, die sie sonst nicht einmal mit der Zange anfassen? Ein Inferioritätskomplex – sowohl der Mörderin wie des Käufers dieser Zeitung?

Aids und Orwell: Menetekel in Venedig! Im September, ab seiner zweiten Hälfte, wenn das Licht nicht mehr so ermüdend oder aufreizend blau ist und stechend wie ein Laserstrahl, sondern mild mandarinenfarben; wenn zwar noch immer sehr viele, doch nicht mehr *erdrückend* viele Touristen da sind und noch zu jeder Stunde Sonne genug, um den ganzen Tag draußen auf Stein sitzen zu können, ist Venedig lockender als jede – als jede! – andere Stadt. Wer hinfährt – Tapfere können sogar im Lido noch schwimmen –, soll drei bewährte Bücher nicht vergessen, ein Taschenbuch von Mary McCarthy: ›Venedig‹ (die

Amerikanerin schrieb auch das unterhaltsamste Buch über Florenz), Reinhardt Lebes Venezianische Geschichte: ›Als Markus nach Venedig kam‹ und Alvise Zorzi: ›Die Geschichte der Löwenrepublik‹. Urlaub ist erholsamer nicht vorstellbar, als mit diesen Büchern irgendwo am Rialto zu sitzen, schöne Jugend flanieren zu sehen – dann aber auch dank der Lektüre *weg*zusehen aus der *eigenen* Zeit, mit der allein zu leben auf die Dauer anödet, und sich zum Beispiel dem Jahr 302 vor Christi Geburt zuzuwenden und bei Zorzi zu lesen, wie damals eine Flotte spartanischer Piratenschiffe die römischen Ureinwohner der Lagune überfiel, um sie auszuplündern – doch vernichtend in die Flucht geschlagen wurde, wie Zorzi es dem Livius nacherzählt. Vertieft man sich in diese entfernten Geschichten, die meist – unvermeidbar in Venedig – im Bannkreis goßer Kunst spielen, auch pfiffigster Diplomatie und so capricenhafter wie tiefer, unbanaler Frauen, so merkt man erst, wie vieles, das ›Heute‹ bringt – gemeint als Tagesschau sowohl wie im übertragenen Sinne –, völlig belanglos und peripher ist! Erholung fängt mit Abstand an – Abstandnehmen vor allem auch von den ach so bedeutenden, stets weltbewegenden Politikern samt dem von ihnen erzeugten Eintagsfliegenlärm in den Nachrichten. Und nicht der geringste Lockreiz dieser Stadt – jedenfalls für Autoren: Daß sie Menschen zum Reden bringt, Durchreisende, die einem hier erzählen, was sie kaum zu Hause ausplaudern ... der genius loci, der bewirkt hat, daß diese Stadt von mehr Lyrikern in allen Sprachen bedichtet wurde als jede andere, öffnet offenbar keineswegs nur den Poeten die Schleuse ihrer Mitteilungslust ... Erleichtert hat dem Arzt aus der Schweiz, mich am Rialto anzusprechen – ich sitze da stundenlang, tagelang vor der immer gleichen Espresso-Bar an dem immer gleichen Tischchen, das fast das weiße Brückengemäuer berührt –, daß er einfach sagen konnte: »Ist dieser Stuhl frei? – der letzte hier!« Um anzudeuten, er kenne mich, sagte er noch: »Ich weiß, daß Sie in Basel wohnen!« Sein Dialekt machte überflüssig, wie er wußte, sein Heimatland zu erwähnen. »Vielleicht nicht würdig genug als Dramenstoff«, stapelte er tief wie meist Schweizer und Briten untertreiben, »aber ein Drama eben doch für den, der's selber erlebt, ja auch nur aus der Nähe mitkriegt!« Endlich legte er los: »Da Sie in der Schweiz wohnen, könnte man Ihnen ja nicht verwehren, dort einmal in der Presse die Frage aufzuwerfen, woher plötzlich nicht nur einzelne meiner Kollegen – ich bin Arzt –, sondern sogar unsere führende Mediziner-Zeitschrift das Recht ableiten, über die Abschaffung der Schweigepflicht zu diskutieren: schockierend, finde ich! Denn entweder, sie existiert – oder existiert nicht, nämlich absolut! Wie ja auch Schwangerschaft ein Absolutum ist: Oder möchte man neuerdings sagen können, jemand sei nur ein bißchen schwanger? Ungeheuerlich berührt es in der Tat, in ›Medical Tribune‹ zu lesen, daß ein Arzt erwägt, sich von der Gesundheitsdirektion seines Kantons von ›der Schweigepflicht entbinden‹ zu lassen, weil ihm eine Patientin anvertraute, ihrem Mann zu verschweigen, daß sie Aids hat. Wohin führt, wenn, aus welchem Grund auch immer, eine Behörde sich anmaßt, einen von der Schweigepflicht loszusprechen? Der nächste Schritt wäre, daß einer sagt, er habe ›nur ein bißchen ein Ehrenwort gegeben oder *fast* geschworen, zu dem oder dem zu schweigen‹! Treu und Glaube sind dahin für immer, wo Gesetzgeber – und eine Gesundheitsbehörde *ist nicht einmal ein Gesetzgeber* – zu solchen Eingriffen in die Privatsphäre sich berechtigt glauben. Wenn der Arzt seine Patientin nicht überzeugen kann, daß sie soviel Anstand aufbringen *muß*, ihrem Ehegatten anzuvertrauen, daß sie irgendwo Aids auflas, dann darf er sich etwas einfallen lassen, dem Ehemann nahezulegen, mit seiner todkranken Ehefrau – denn sie wird sterben – aus dem und dem Grund nicht mehr zu schlafen. *Verraten* aber darf er sie nicht, schon gar nicht unter der falschen Flagge, das aus moralischen Erwägungen zu tun! Ärzte dürfen so wenig wie jedermann Schicksal spielen wollen. Hat einer das Unglück, durch den Ehepartner Aids aufzulesen, so war das sein Schicksal. Das Interesse vieler überwiegt das individuelle: Wird überhaupt erst einmal diskutabel, in Einzelfällen die ärztliche Schweigepflicht aufzuheben – so *ist* sie es bereits. Der ›folgerichtige‹ Schritt wäre dann, daß Ärzte auch noch Arbeitsämter mit Nachrichten über ihre Patienten versorgen – und etwa einem Konzern nahelegen, den Schlosser Soundso nicht einzustellen, weil er Tuberkulose-gefährdet sei, und der Sekretärin Soundso keinen Job zu geben, weil sie seit vierzehn Tagen schwanger ist ... Ich frage Sie: *Darf* der Arzt – manche sagen sogar, der Arzt *muß* das – dem Staat unter Bruch seines Berufsgeheimnisses melden, daß er einen der acht von zehn Aids-Trägern in seiner Praxis hat, die nicht selber von Aids krank werden, obgleich sie als Aids-Befallene ihre Partner tödlich anstecken können? (Es ist wenig bekannt, daß von zehn Aids-Befallenen nur zwei selber darunter *leiden*; acht leben so unbehelligt damit, daß sie nicht einmal *wissen*, daß sie Aids haben! Doch stecken sie zumeist jene an, mit denen sie schlafen!)

Ich behaupte keineswegs – wie *könnte* ich –, das persönliche Interesse gehe allemal dem der Gesellschaft vor; sicher *nicht*. Aber die Aufrechterhaltung von Treu und Glauben: geht *jedem* anderen Interesse voran – und damit ist es aus und der Orwellsche Polizei-Staat ist etabliert, keineswegs ›nur‹, was das bisher vertrauensvolle Verhältnis Arzt–Patient betrifft, das dann liquidiert wäre. Sondern überhaupt ist der Überwachungs-Staat da, wenn Ärzte wem auch immer melden, was in ihrer Praxis ›anfällt‹ an Patienten-›Material‹, wie manche schon schreiben!«

Ich frage: Aber welchen Weg schlagen Sie vor? Er zuckte mit der Schulter: »Bin ratlos – jeder weiß, im Aids-Zeitalter trägt er wieder das volle Risiko, wenn er herumschläft: doch niemand *darf* ihm das abnehmen wollen, denke ich!

Denn der Staat wäre vermutlich sogar eines Tages fähig, jene Aids-Befallenen, da er sie ja anders nicht daran hindern könnte, dennoch Geschlechtsverkehr zu haben, einzusperren, um jene zu schützen, die ahnungslos mit diesen Aids-Befallenen verkehren. Übrigens druckt soeben eine amerikanische Mediziner-Zeitschrift die erst jetzt recherchierte Tragödie jener Engländerin Jane Seymour ab, die nur 29 Jahre wurde (1508–1537), weil sie als Queen an der Seite des entsetzlichen Frauenmörders Henry VIII. (1491–1547) vorsätzlich von Ärzten, die dem König den *männlichen* Thronfolger sichern wollten, dem Kaiserschnitt unterworfen wurde, obgleich diese Ärzte *gewußt* haben, diese Frau bekomme dann – wie damals *jede* – die Bauchfellentzündung und werde sterben. Kaiserschnitt führte damals *stets* zum Tode. Doch da der König – Vater der Queen Elisabeth I. – keine Tochter als Thronfolger wollte (Ironie des Weltgeistes, daß doch eine Tochter seine Nachfolgerin und eine hochbedeutende Herrscherin wurde!) – so zerschnitten die Ärzte die arme Frau, um ja dem ersehnten Sohn bei der Entbindung das Leben zu sichern: Ärzte sind also schon immer – nicht alle, natürlich – zugunsten des Staates auf Kosten von Patienten kriminell geworden; am ruchlosesten in Hitlers Deutschland, wie Sie als Deutscher es genauer wissen als ich, bei den sogenannten ›Menschenversuchen‹ in den Konzentrationslagern ... Wie werden die Ärzte sich bei Aids verhalten? Wie sollen Sie?«

Der Winter, der diesem September in Venedig folgte – war noch nicht vorüber, da rief dieser Arzt mich an, um zu sagen: »Sehen Sie doch heute in Ihre Basler Zeitung, und – bitte – schreiben Sie dann eine Polemik: ›Wehret den Anfängen‹: Denn heute können Sie da lesen, daß die Ärzteschaft der Schweiz (FMH) in Verbindung mit dem Berner Bundesamt für Gesundheitswesen (BAC) beschlossen hat, daß – wie's da heißt, ich lese es Ihnen vor – ›der feste Partner eines Aids-Infizierten über dessen Erkrankung notfalls gegen dessen Willen ins Bild gesetzt wird‹ ... Ungeheuerlich! Aber niemand schreit oder schreibt gar dagegen an! Wie stellen denn – außer bei Ehepaaren – Ärzte den ›festen Partner‹ eines Patienten fest? Verlassen sie sich auf dessen Angabe? Oder lassen sie ihn heimlich polizeilich beaufsichtigen? Wie, wenn der lügt, um jemanden, den er liebt, davor zu bewahren, ebenfalls zum Zwangstest beordert zu werden – denn schon wird diskutiert, nicht nur Einzelne, sondern ganze Berufsgruppen dem Zwangstest ›zuzuführen‹, ein Wort, das jetzt daran erinnert, daß Hitler und Ceauşescu Führer oder Conducatur genannt werden wollten! Eine Tragödie: Schnitzlers ›Reigen‹ als szenarisches Vorbild für die Verfolgungssucht von Ärzte-Kammern, die ihren hippokratischen Eid brechen, mit dem seit jeher auch die Schweigepflicht jedes Arztes beschworen worden war? Wer im Aids-Zeitalter – wie soll ich sagen: promiskuitiert, muß wissen, welches Risiko er sowohl in Kauf nimmt – auch dann, wenn er diesen Akt nicht ›gekauft‹ hat –, als auch, welches er anderen auferlegt. Wenn aber Ärzte-Kammern dazu übergehen, Aids-Patienten aus dem Schutz der Schweigepflicht auszustoßen, *vergrößern* sie sogar den Kreis der Betroffenen, weil – nur ein Beispiel – ein von ihnen gewarnter Partner eines Aidskranken sich von dem zurückziehen und ihn veranlassen wird, zu anderen zu gehen. Es sei denn, die Ärzte ›verfügen‹ – und bald werden sie das zweifellos von Gesetzes wegen auch tun dürfen –, mit der Warnung an den Partner gleichzeitig die Einsperrung des Aidskranken in ein KZ, das man natürlich, um Anklänge an Nazi-Deutschland zu vermeiden, anders nennen wird ... Die Mündigkeit des Bürgers setzt voraus, daß sein Privatleben unbeaufsichtigt bleibt vom Staat. Diese seine Freiheit ist aber natürlich, wie noch jede Freiheit, ohne Gefahr nicht zu haben. Und wie hoch immer das Risiko sein wird: keine Ärztekammer kann und darf es dem Individuum abnehmen wollen, wenn der Preis ist, es unter Aufsicht zu stellen ...«

Was bleibt von unseren Städten? Brechts visionäre Zeile ist so poetisch, daß sie fast mit ihrem Inhalt versöhnt: »Von diesen Städten wird bleiben, der durch sie hindurchgeht, der Wind.« Seit Ende des Zweiten Weltkrieges wird das zuvor Undenkbare durchaus vorstellbar: daß auch unsere Städte verschwinden wie die antiken. Das Abbröckeln der europäischen Zivilisation begann schon mit dem Ersten Weltkrieg: Wenn der britische Botschafter während des Hitler-Krieges in Bern, Kelly, vierzig Jahre nach 1913 feststellen mußte, er benötige heute die doppelte Zeit, um nach Leningrad zu gelangen, die er damals für eine Reise nach Petersburg brauchte; wenn Gottfried Benn aus Berlin 1947 nach New York schrieb: »Die ganze Speyerstraße ist völlig kaputt, auf den Trottoirs wächst Brennessel, im Sommer mähen sie auf den Straßen Heu« – so hatte das 1918 Walter Rathenau, der drei Jahre später deshalb auf offener Straße als Außenminister erschossen wurde, weil er Jude war, exakt vorausgesagt; es wirkte komisch. Rathenau sagte: »Verkennen Sie das Kommende nicht, mit Berlin nimmt es ein baldiges Ende. In nicht allzu langer Zeit wird Gras in den verödeten Straßen wachsen ... Sie alle werden Gras in den ausgestorbenen Straßen sehen ... Machen Sie sich auf Deutschlands vollständigen Ruin gefaßt, auf einen Untergang, wie in zweitausend Jahren ihn noch nie ein Volk erlebt hat.«

Die das 1932 überlieferte, Marie von Bunsen, eine ausgezeichnete britisch-deutsche Autorin, glaubte Rathenau kein Wort – so sympathisch und bedeutend sie ihn auch zeichnete. Und doch hatte »die Judensau«, wie schon damals Nazis auf Rathenau reimten, »nur« vorausgesagt, was Österreichs größter Dichter seit Hofmannsthal, was Lernet-Holenia in Theben schrieb: »... und finden uns in einer von Handwerkern, Automechanikern, Kaffeehausbesuchern belebten Straße. Etwas schlammig und staubig zugleich, nicht gerade unsauber, aber banal. Wie heißt dieser Ort? ›Thiwi‹ wird uns bedeutet; und wir haben ihn längst hinter uns, als uns klar wird, daß dies die Stadt Theben gewesen sein müsse. Das siebentorige Theben... Schauplatz der Tragödie des Ödipus und der Aufopferung der Antigone, der Herrschersitz über Böotien seit der Zeit von Trojas Sturz, der Geburtsort Pindarns, die Heimat des Epaminondas, von Alexander dem Großen geschleift, von den Römern wiederbesiedelt...« Der Dichter führt zum Ruhm dieser Großstadt von Hellas noch viele Zeilen an und fragt: »Wieviel wird von unseren eigenen Städten übrigbleiben, wenn vom goldenthronenden Theben so wenig übriggeblieben ist?« Mich berührt es wie ein Menetekel, daß – als ich dies zusammenfaßte: die Prophezeiung, was aus Berlin werde, und die Darstellung eines schmuddeligen Dörfchens, das einst Theben war –, daß ich keine Ahnung hatte, man wolle diese Zeilen ausgerechnet in jenem Monat drucken, August 1985, an dem die Welt angstvoll der vor vierzig Jahren ausgetilgten Städte Hiroshima und Nagasaki gedenkt!

Wale singen

Rom, Braunschweig, Berlin
Wale singen · Pferde · Heimat
Weiße Mäuse · Elefanten
Wale · Klonen · Ihr Bild

Rom, Braunschweig, Berlin: 1589/1949

Quod non fecerunt barbari, fecerunt Barberini

Den Preis: wer zahlte ihn für Rom?
So viele Kirchen dank der – Tempelschänder!
Selbst noch den Baldachin im Petersdom
– erpreßte Ablaßgelder aller Länder,
sie reichten nicht, ihn zu bezahlen ...
Das Bronze-Dach der Vorhalle des Pantheon:
Urbans des Achten Architekten stahlen
es als ihr Material: *davon*
erhielt das Petrusgrab den Baldachin!
Was immer Christen ihrem Gott erbaut
– für die Antike ward es zum Ruin:
sie haben deren Kunst zerstört, beklaut.

Geschleift: das Wunderwerk antiker Architekten,
das Septizonium auf dem Palatin:
Drei Etagen, je 36 Marmorsäulen, weckten
den Neid der Christen, die – wie oft! – Kopien
der Alten schaffen; also schleift im Jahr,
als vor der Peterskuppel das Portal erstellt,
dies höchste Bauwerk Roms der Papst-Barbar
Sixtus der Fünfte: Sah doch alle Welt
dreizehn Jahrhunderte die Größe der Antike
im Septizonium, das er deshalb haßt!
Hofmaler Siciliano muß die »Siege«,
die Sixtus feiert als Ikonoklast

Sogar noch *malen* für den Terroristen:
Die Statue der Alten, Kopf, Arme, Beine abgehackt,
gestürzt vom Sockel, tauft er: »Sieg der Christen«
– vom Kruzifix, das dort, wo nackt
der »Heide« stand, stumpfsinnig überstrahlt...
So schleiften Sozialisten, Kommunisten
– selbst keinen Stil hat, wer mit Abriß prahlt,
wir können AKWs, Spitäler, Pisten –
die Schlösser Braunschweigs und Berlins!
Wie Religionen – so Parteien: In der Brunst
der Macht verwirklicht Terror ihre Spleens.
Der Preis: wer zahlt ihn? Stets die Kunst.

Wale singen

»Bilanz: über zehntausend Delphine, Jahr für Jahr. Und sie sterben einen furchtbaren Tod: Die Netze sind für die Meeressäuger wie eine unsichtbare Wand im Wasser – sie verheddern sich in den Maschen und sterben langsam. Sogar große Wale. Allein 1988 erstickten vermutlich 40 der streng geschützten und vom Aussterben bedrohten Buckelwale.«

Greenpeace-Nachrichten,
Februar 1990

Tierschutz-Gesetze
nicht gültig im Meer:
siebzig Kilometer die Netze,
Treib-Netze, beuteschwer...

»Dank« dieser Länge
geraten selbst Wale
in ihre Fänge!

Entnervend das Finale
ihrer Gesänge. Der Delphin
leidet länger als Menschen am Strang,
wenn sie die Netze zusammenziehn...

Befreiungs-Qual noch stundenlang.
Statt Tier-Elegien
Todesröcheln: sein Abgesang.

Pferde

In einer Schopenhauer-Ausgabe
für Robert David MacDonald

Die Turnierpferde werden noch immer gequält,
doch Arbeitspferde haben ausgelitten.
Noch nach dem Hitlerkrieg, amtlich gezählt,
schufteten zum Beispiel bei Euch Briten
fünfhunderttausend für die Bauern;
heute zerren den Pflug nur noch vier Prozent:
alle andern sind tot – und das kann nur bedauern,
wer Tiere nicht liebt, wer die Qual verkennt,

Die der Mensch dem Pferd bereitet
– vor Wagen, auf Rennen und in der Schlacht –
seit es als sein Haustier leidet,
am schlimmsten einst die blinden im Kohlenschacht
und die lebenslänglich im Kreise gingen,
um Mühlen und Göhlerwerke zu drehn...
Jahrtausendelang! – nicht schwärmen, sich zwingen
in Maschinen die Erlöser der Pferde zu sehn!

Doch sie nahmen ihnen das Leben, den Pferden
– und das erhellt den zeitlos bösen
Kreislauf jeden Daseins auf Erden:
Zwar konnten die Maschinen die Pferde erlösen,
doch nur Tiere, die nutzen, werden der Mühe,
sie zu dulden, zu füttern, für wert erachtet!
Deshalb allein existieren noch Kühe:
Weil man sie melken kann, weil man sie schlachtet...

Ein Zweck, kein Geschenk, ihr Dasein – absurd!
Und sieh die Trauer im Gesicht jeder Kreatur:
zwar schreit nur der Mensch bei seiner Geburt,
doch wissen wir, *was* sie leidet? – erfuhr
doch kein Tier – nur Angst und Instinkt –,
jenen einzigen Trost, der die Welt überscheint:
die Einsicht, daß Freisein vom Leid sich erzwingt,
wer aus Stärke den Willen zum Leben verneint.

Heimat

Heimat, wo wärst du noch aufzufinden?
Was noch steht vom Städtchen – bist du nicht mehr:
planiert wieviel Häuser, gefällt wieviel Linden;
zwar rauscht noch das Flüßchen am Mühlenwehr,
doch die Mühle ist weg, der Fluß vergiftet:
Industrie-Abwässer überlebt kein Fisch . . .

Nicht Wände – Wasser sah ich beschriftet
vom Menetekel, das »reinen Tisch«
auch den Menschen verheißt, die ruchlos versauten,
was sie nur geerbt, doch nicht selber gepflanzt.
Was Natur nur geliehen, die Ahnen erbauten,
haben sie vernichtet, betoniert und zerstanzt.

Im ganzen Städtchen von den vielen Alleen
(sie haben deshalb keine Straße verbreitert!)
ließen sie allein auf dem Friedhof die stehen,
dessen Ruhe an Sozialisten wie Christen scheitert:
seit mit Meißel und Hammer hier die Behörde
Grabsteine, »verjährte«, selbst Gefallener zerstörte!

Weiße Mäuse oder Politik als Ursache ihrer Notwendigkeit

Aus Piranesis Carceri stammt das Gehäuse
des Tretrads in den Zoo-Geschäften:
Modell der Politik – wie weiße Mäuse
sich folge-»richtig« auf dem Rad entkräften.

Die Mäuse – scheinbar – haben keine Wahl,
hilflos dem Rad zu folgen, seinem Drehen ...
In Wahrheit wird der Motor ihrer Qual,
auch ihrer Lust: das Rad, dem sie nicht widerstehen

Doch nur bewegt, weil sie es selber treiben!
Kann, wer den Tiger reitet, nie herab?
Will nicht der ›Mann der Tat‹ im Tretrad bleiben?
So setzt auch die Chemie Produkte ab

An denen In- und Umwelt so erkranken,
daß man Chemie benötigt, sie zu dämpfen.
Oh, Herren, die ihre Jobs dem Zwang verdanken,
die Folgen ihrer »Taten« zu bekämpfen!

Elefanten

Erblicken Elefanten, die fressen,
zufällig einen nackten Mann,
sehen sie den voller Mitleid an,
nachdenkend: Wie kann der denn der essen?

Genausowenig wissen Menschen von ihnen:
besuchte ich mit Kindern Zoo-Elefanten,
waren sie überzeugt, daß die sie erkannten
– weil sie Bananen, Brot, Apfelsinen

Kürzlich den Häftlingen mitgebracht hatten.
Mich bedrückte die Kette an den unruhigen Füßen;
nicht »im Freien«, doch im Stall – da büßen
sie die Enge ihres »Auslaufs« – ohne Schatten ...

Dieses Beengtsein hat sie verrückt gemacht:
können sie im Urwald der Sonne entgehen,
im Elefantenhaus sich nicht einmal drehen!
Doch haben »Wissenschaftler« sich ausgedacht

(Gehaltsempfänger, *weil* der Zoo existiert),
Lebenslängliche spürten – gern gefangen –
nach Heimat und Freisein kein Verlangen:
das werde durch Fütterung wegsaniert ...

»Zutiefst« beleidigt Herr Direktor das Argument:
seit Menschen *freie* Tiere durch Filme erleben,
braucht's keine Zoo-Quälerei mehr zu geben ...
Er als Fachmann, der allein Elefanten kennt

Weiß, daß die Asien, Afrika nicht entbehren!
Zwar laufen sie dort sechs Kilometer die Stunde
– wie sträflingszahm aber auch hier in der Runde!
So zufrieden, daß sie sich gar noch vermehren ...

Selten, gewiß. Weil der Isolierte, der sie bespringt
– bei Tobsucht-Schüben berennt er die Wände,
denn im Bullen versagen die Medikamente –,
vor dem zehnten Geburtstag seine Tötung erzwingt.

Da nicht einmal Kastration ihn denaturiert:
undankbar, wie er trotz Vollpension Wärter erdrückt!
Während es den Sedativa in Kühen glückt,
daß sich ihr Widerstandsgeist verliert . . .

Wale

»Statt, wie bislang geschätzt,
einer Million Pott-Wale
schwimmen in den Meeren
der südlichen Hemisphäre
tatsächlich weniger als 10 000
der riesigen Meeressäuger.
Und von den 100 000 Finn-
Walen Mitte der siebziger
Jahre in den Ozeanen sind nur
noch 2000 übrig.«
Greenpeace-Nachrichten IV./1989

Früh von der Bibel, spät von Melville besungen:
Wale, Götter in den Meeren
– Eure Endlösung wird jetzt erzwungen!

Konnten Städte sie von Menschen leeren:
Lidice, Karthago – nicht von Walen schon den Ozean.
Doch seit sie die Weltmeere verheeren

Steigern sie vom Völker-Mord den Wahn
bis zur Ausrottung der Arten ... Rüsten
Walfang-Schiffe als Raketen-Träger ...

Sonar, Echolot. Ingenieure brüsten,
liquidieren sie die Art, sich noch als Jäger.
Bordfabriken, Fließband, Walfleisch-Dosen.

»Body-Count«: Erkennt sie an den Wörtern!
Kämpften früher Wale mit Matrosen,
heute sind die Opfer ihren Mördern

Unsichtbar wie in gebombten Städten
Zivilisten dem Pilot.
War für Noah: Jede Art zu retten

In der Arche das Gebot:
bremst heute nichts mehr den Walmord-Wahn,
der sogar noch ihr Bild tilgen wird.

Zu fürchten, nur zu fürchten das Wort: human!
Daß der Mensch selbst aus der Schöpfung irrt:
Dieser Genozid zeigt es im Ozean.

Klonen

Der Mensch hat die Natur bekriegt,
als sei er nicht von ihr!
Bekämpft er Menschen, überwiegt
noch Angst die Lust.

Das Tier
jedoch, seit Kurzschwanz-Affen,
gekreuzt mit Schweinen,
Menschen wurden: Wie kann's den Waffen
in einer *Greif*hand – nur mit Beinen,
mit Zähnen, Pranken widerstehen?

Wenn viele Arten selbst »die Krone
der Schöpfung« überlebten –, gehen
sie *jetzt* kaputt, wenn nicht durch Klone
der Menschen als »Gottes Ebenbild«
(Selbstironie nicht seine Stärke)
die vielen Arten, die er killt,
»ersetzt« durch seine Repro-Werke ...

Die Biologen, Mediziner,
die Menschen bald wie Mäuse klonen:
sie spielen Gott – statt als ihr Diener
die Schöpfung mit sich zu verschonen!

Ihr Bild

In memoriam: 17. 7. 1982

Nicht jetzt,
stell's weg:
ich kann's nicht sehen!
Zuletzt
mein Black-
out, wegzugehen

Nicht ihr
die Hand
hielt – meine Qual.
Trank Bier,
verstand
nicht das Signal.

Daß ich
nichts sah
am Bett – ihr Sohn:
umschlich
wie nah
doch ER sie schon ...

Ich schlief
– allein
ließ ich sie mit dem Tod.
Ob sie mich rief?
Verzeihn?
Wie! – Idiot.

Alan Turing

»Unbekannter Unsterblicher. Der Naturwissenschaftler, dessen Name mit einem Effekt oder einem Prinzip verbunden ist, kann für alle Zeiten als *unsterblich* gelten. Wer aber zum eigentlichen Begriff wird (Abelsche Gruppe, Riemannsche Mannigfaltigkeit), dringt in das wissenschaftliche Kollektivbewußtsein ein und erreicht annähernd den Status eines vom Körper abstrahierten Geistes. Es ist dies eine Auszeichnung, die nur ganz wenigen zuteil wird ... *Alan Turing* gehört zu diesen Auserwählten: das Konzept der *Turing-Maschine* gehört für jeden Logiker, Kybernetiker und Computerwissenschaftler zum elementaren beruflichen Rüstzeug. Turings universelle Maschine, mit der jede andere Maschine simuliert werden kann, blieb aber nicht wie im Falle seiner genialen Vorgänger ... ein rein abstraktes ... Gebilde. Turing wußte seine Idee in funktionierende Hardware umzusetzen ... Drei Jahrzehnte nach Turings Freitod gibt es in den Industrieländern wohl kaum einen Menschen mehr, der nicht direkt oder indirekt mit dem Computer – der Turing-Maschine – konfrontiert würde.

Turing ... Verdienste im Zweiten Weltkrieg wogen mindestens ebenso schwer wie diejenigen der britischen Feldmarschälle und Admirale, gelang es ihm doch, die Geheimnisse der *deutschen Chiffriermaschine* zu ergründen, so daß fast der gesamte Funkverkehr der Wehrmacht im Echtzeitbetrieb ... entziffert werden konnte.«

Neue Zürcher Zeitung, Lucien F. Trueb,
28. März 1984

Ohne das Buch der Mutter Alan Turings hätte diese Phantasie über die Kriegs-Tätigkeit des genialen Mathematikers, der nur in »Schacht und Treppe« wörtlich zitiert wird – alle Tagebücher sind Fiktion – nicht geschrieben werden können; ebensowenig ohne die Werke von Cave Brown, Patrick Beesley, Gustave Bertrand, Andrew Hodges, Ronald Lewin, Jürgen Rohwers, Alberto Santoni, Joseph Weizenbaum, Gordon Welchman und F. C. Winterbotham. Ihnen allen, vor allem jedoch zwei Mitarbeitern Turings aus Hütte 8 während des Krieges und zahlreichen Mathematikern, die mich angeregt und beraten haben, meinen herzlichen Dank!

R. H.

I

Per Post ein Journal

Weil heute einer meiner Söhne die Post holte – ich habe Postfächer –, ist mir auch ein Paket aus London ins Haus gekommen, obgleich es eingeschrieben zugesandt worden ist: wäre ich selber zur Post geradelt, ich hätte es wie alle eingeschriebenen Sendungen ungeöffnet zurückgehen lassen an den Absender. Denn seit ich vor zwanzig Jahren mehrfach erleben mußte, daß gerichtliche Klagen auf Schadensersatz angekündigt wurden, weil ich Manuskripte verschmissen hatte, die mir zum Lektorieren und zur Empfehlung an Verlage von Unbekannten zugesandt worden waren, habe ich ein striktes Verbot erlassen an alle Familienmitglieder, jemals für mich einen Einschreibebrief anzunehmen. Ich kriege täglich ungefähr ein Dutzend Briefe oder Schriften, die ich nicht beantworten kann, denn entweder man schreibt – oder man schreibt Briefe; noch schlimmer: antwortet man doch – schreibt der andere sofort wieder! Also geht hier viel unter an Post. Da Söhne aber von Natur das Gegenteil dessen tun, was Väter wollen – Töchter halten das so mit den Wünschen der Mütter –, hat also der Junge heute das Päckchen angenommen. Während ich ihn schimpfe, öffne ich es und bin ihm Minuten später sehr dankbar, daß er nicht »Zurück an Absender« draufgeschrieben hat. Denn der beiliegende Brief, dessen Verfasserin ich hier nicht mit Namen nenne, weil sie das so wünscht – nur dumme Autoren geben Informanten preis –, der Brief lautet fehlerfrei in deutscher Sprache:

»... seit ich in London Ihre Sikorski-Churchill-Tragödie sah, die Mutter Ihres Übersetzers, des Stückeschreibers MacDonald, hatte mich zur Premiere mitgenommen, dachte ich daran, Robert David MacDonald meine Aufzeichnungen aus dem Krieg – keine Journale, wenn man darunter tägliche Notizen versteht – zu hinterlassen. Denn wohin damit, wenn ich demnächst an Krebs sterbe? In Familien geht ja alles verloren, weil in Briefen und Tagebüchern immer auch Dinge stehen, Finanzielles und Erotisches, die Kinder oder Enkel, sofern sie das überhaupt ansehen, oder überlebende Ehegatten lieber vernichten als veröffentlichen. Noch bösartiger ist ja hier in England der Staat, der alles Interessante aus dem Krieg aussiebt vor dem Druck oder es auf ewig in Archiven begräbt. Denn ich will durchaus, daß wenigstens jene Passagen meines Geheimdienst-Journals publiziert werden, die meinen damaligen Chef, Professor Alan Turing, skizzieren. Zwar kannte ich ihn noch nicht 1936, als er ›On Computable Numbers‹ schrieb, jene 35 Seiten, die den Vierundzwanzigjährigen zum Vater des Computers machten. Ich war während der entscheidenden Jahre 1940 bis Kriegsende eine seiner engsten Mitarbeiterinnen, war auch nach dem Krieg seine Vertraute und stand ihm zeitweise persönlich so nahe, wie überhaupt eine Frau diesem sehr unglücklichen Homosexuellen nahe sein konnte. Da dieses Schicksal, homosexuell zu sein, Turings gewaltsamen Tod verschuldet hat, ist die Tragödie dieses Genies mit seinem Intimleben so verknüpft, daß ihre öffentliche Darstellung Vorrang hat gegenüber familiären Empfindlichkeiten. Ihr Freund MacDonald gab mir Ihre Anschrift. Ich habe – heikel geworden wie alle Alten – meine vierzig Jahre alten Aufzeichnungen nicht noch einmal gelesen, weil ich sonst vermutlich mit der Schere zuviel beseitigt hätte, obgleich ich seit vier Monaten weiß, wie bald ich sterbe – das macht einen endlich rücksichtslos gegenüber der Konvention und gibt einem erst alle bürgerlichen Freiheiten; angesichts des Krematoriums wird alles so relativ. Immerhin gebe ich Ihnen den Rat, wenn Sie meine Schriften verwenden – ändern Sie meinen Namen. Denn meine beiden Söhne sind Anwälte, wozu sollten Sie sich Unannehmlichkeiten zuziehen? Zwar haben die beiden nie nach meinen Kriegstagebüchern gefragt, obwohl sie von ihnen wußten – keine Generation hat so wenig Interesse an unsrer wie die nächste; die übernächste, die der Enkel, ist dann schon wieder interessierter; auch ist mein Mann tot. Dennoch lassen Sie meinen Namen weg, es ist ja Alan Turings, nicht meine Geschichte.

Die bedrohlichen juristischen Albernheiten durch das Bestehen des ›Official Secrets Act‹, die sich in Großbritannien jedermann zuzieht, der über die Kriegszeit berichten will, haben Herrn MacDonald vermutlich auch bestimmt, mein Tagebuch

Ihnen abzutreten. Denn kein Manuskript, das wissen Sie, erhält auf der Insel, die angeblich das freie Wort schützt, das Imprimatur, bevor nicht Ihrer Majestät Geheimes Kabinettsamt oft das Wertvollste eliminiert hat! Einer der zwei Gründe für Alan Turings Selbstmord. Denn nie erlaubte ihm der Staat – uns allen hat er das bis 1974 verboten –, öffentlich darzustellen, daß Turings Abteilung des Geheimdienstes ebenso viel für Englands Sieg geleistet hat wie die Downing Street. Die Unanständigkeit unseres militärischen und ministeriellen Establishments gegen die Wissenschaftler, die ihm durch den Einbruch in Hitlers Funkverkehr die Siege ermöglicht haben, wird ja nur übertroffen durch die groteske Illusion dieser ›Herren‹, daß sie der Nachwelt auf *ewig* unterschlagen könnten, Alan Turing habe als einzelner soviel für England geleistet wie nur der andere einzelne noch: Winston Churchill. Hätte nicht der französische Nachrichtenchef Capitaine Gustave Bertrand endlich Memoiren geschrieben und der Welt zu guter Letzt gesagt, wodurch der Krieg doch immerhin *auch* gewonnen wurde, dann wäre selbst der fast achtzigjährige Colonel Winterbotham noch eingesperrt worden, als er sich endlich dreißig Jahre nach Hitlers Tod über das Verbot hinwegsetzte, uns Kryptologen von Bletchley Park jemals in der Geschichteschreibung zuzulassen! (Den Franzosen Bertrand konnten sie in England nicht ins Gefängnis setzen.) Doch – ach: fast war ich erleichtert, daß Alan Turing 1974 das Erscheinen von Winterbothams Buch *The Ultra Secret* nicht mehr erlebt hat. Denn wenn dieses Buch auch unendlich viel Gedrucktes über den Zweiten Weltkrieg makuliert und die Historie revolutioniert: der Name Alan Turing kommt nicht vor!

Gern hätte ich Sie noch gesehen, lieber Herr Hochhuth, aber Sie können mich ja nicht besuchen, weil Sie hier im Fahndungsbuch stehen – und ich kann nicht mehr nach Basel reisen (bringe es ja nur noch mit Pausen fertig, diesen langen Brief zu schreiben), sondern gehe morgen ins Spital, um meinen Angehörigen die Scherereien der letzten Wochen zu ersparen. Es beruhigt mich, meine Notizen über Alan Turing in Ihren Händen zu wissen, den allein neben meinem gefallenen Verlobten und meinen Kindern und Enkeln ich geliebt habe. Er lebte noch,

hätte er meine Liebe erwidern – oder mich auch nur in seinen letzten Tagen erreichen können, was er telefonisch versuchte, doch ich war auf einem Schiff.
Leben Sie wohl! Ihre ...

PS. Sie finden in meinem fünften Heft eine letztwillige Verfügung Alan Turings, der zufolge alle mir von ihm überlassenen Notizen, auch Briefe, mir gehören samt den damit verbundenen Urheberrechten. Alan schrieb das von Hand, also ist es ein gültiger Teil seines Testaments, wenn überhaupt eines existiert, was ich nicht weiß. Die Echtheit ist belegt durch den Stempel unseres Instituts – jetzt Alan Turing-Institut – der Universität Cambridge, dem damals Alan vorstand; ein Fellow, Professor David Cohn, und eine Sekretärin, Patricia Burke, haben durch ihre Unterschrift bestätigt, daß Alan Turing dies in mein Heft von eigener Hand hineingeschrieben hat.«

Da die Absenderin nicht hinzugefügt hatte, wie das Spital heißt, wollte ich ein Telegramm an ihre Wohnung aufgeben, die Söhne würden es lesen, ihr aushändigen – ich wollte nur für ihr Vertrauen danken, nicht aber ihre Tagebücher erwähnen. Doch sogar dies schien mir riskant: Familien bringen fertig, nachträglich einer Sterbenden die volle Zurechnungsfähigkeit »abzuerkennen« und noch mit einer einstweiligen Verfügung zu drohen, wenn man Papiere publiziert, für deren Erbe sie sich halten. So rief ich David MacDonald an, der im Namen seiner Mutter die Anwälte fragen wird, in welches Krankenhaus die Verkrebste sich sterben legte – dorthin wird er ihr meine Blumen und Grüße bringen. Und hoffentlich ausfindig machen, wie ich sie anrufen kann; sicherlich hat sie Telefon am Bett ...

Schon am Nachmittag nimmt in meiner Anwesenheit die Repro-Abteilung der Universitätsbibliothek Basel die Sendung aus England auf Mikrofilm auf; dann bringe ich das Paket ins Safe, bis ich es demnächst mitnehmen kann nach Marbach ins Handschriften-Archiv des Schiller-Nationalmuseums. Denn auch meine Familie wird natürlich das Safe gar nicht finden, bevor irgendwann nach meinem Tode eine Bank die Bezahlung von Safegebühren anmahnt ...

Gleich als begonnen worden war, das zweite Heft zu reproduzieren, begann ich im ersten zu lesen. Ob doch wahr ist, was Balzac gesagt und Gottfried Benn mehrfach zitiert hat? »Es gibt Existenzen, in die greift der Zufall *nicht* ein«: Denn wie könnte es Zufall sein, daß Alan Turing diese Monica (so nenne ich fortan die Übersenderin der Tagebücher) deshalb 1939 in sein Institut bittet, um ihr dort für die Kriegszeit einen Vertrauensposten anzubieten, weil er im *Times Literary Supplement* – drei Tage nach Kriegsbeginn – Monicas Rezension der neuen Biographie Castlereaghs gelesen hat? Der Lord, Großbritanniens Außenminister während der napoleonischen Ära, brachte es fertig, daß England, das er auf dem Wiener Kongreß vertrat, als der eigentliche Sieger über Napoleon das 19. Jahrhundert beherrscht hat. Castlereagh tötete sich mit einem Brieföffner, weil man ihn mit einem Jungen erwischte; als die Hexenjagd ihn zum Selbstmord gezwungen hatte, gaben sie offiziell an, er habe sich in geistiger Umnachtung das Leben genommen, zerrüttet von Melancholie. Und um den Schein zu wahren, überführten sie die Leiche in die Westminster Abbey ...

Die Asche Alan Turings, der sich am 7. Juni 1954 umbrachte, vielleicht aus dem gleichen Grund wie einst der Lord, wurde von Mutter und Bruder in einem Garten verstreut.

Monicas Rezension ist dem Tagebuch, das sie am 3. September 1939 beginnt, mit einer jetzt rostigen Büroklammer angeheftet. Während ich es lese, stelle ich mir vor, wie Alan Turing seelisch aufgewühlt gewesen sein wird durch Monicas Besprechung der Castlereagh-Biographie. Denn schon 1939 – und von einer Frau geschrieben! – zu lesen, daß Homosexualität, die doch damals und noch fünfzehn Jahre lang mit Gefängnis bestraft wurde, keineswegs ehrenrührig sei: das muß Turing sehr bewegt haben. Als habe Alan sein eigenes Geschick, vielmehr Ungeschick in dieser Besprechung gelesen: Alan war ebenso ungeschickt wie der Außenminister, als er – mit einem Jungen »ertappt« wurde, das kann man leider nicht sagen; natürlich wußte der Geheimdienst, zweifellos auch der amerikanische, seit 1939, daß Alan Jungen liebte; nein – er *ging hin*, selber, zur Polizei und meldete, ein Junge habe ihm ein Hemd und ein wenig Geld gestohlen: Ist also wirklich jeder so blöd, wie er klug ist?

Als ich für Monica die Blumen bestelle, frage ich David Mac-

Donald, wie sie heute aussieht, denn die Fotos, die sie zuweilen in ihr Heft klebte – auch einige Akte, Badebilder und sieben aus einem Bildhaueratelier, so wie ich in den unveröffentlichten Tagebüchern des Grafen Kessler in Marbach Aktfotos fand; Tagebücher offenbar als die einzigen Orte, an denen Menschen sie aufbewahren –, diese Fotos zeigen Monica jung, aus der Kriegs- und unmittelbaren Nachkriegszeit. David antwortete: »Eine dicke alte Frau war sie bis vor drei Monaten, kolossal wie eine Hebamme, Hände so groß wie Bauernbrotscheiben; dick schon, als ich sie mit meiner Mutter sah, nach der Premiere deiner *Soldaten*; jetzt im Krankenhaus kein glattes Gesicht, keinen glatten Hals mehr, sondern verschrumpelt; der Gewichtsverlust kam offenbar ganz rasch. Nur weil sie wunderbar spricht, gescheit und schön wie Eliot, kommst du auf die Idee, eine Intellektuelle rede zu dir. Wie Äpfel, die innen völlig verfault im Gras liegen, oft besonders rot sind und süß aussehen, so Monica jetzt auch noch. Ihre Schultern sind sehr breit ... natürlich klar, daß sie den homosexuellen Turing so sehr erotisiert hat mit ihren Mann-Schultern.«

So beschreibt mir der Freund, der genaueste Beobachter, den ich kenne, jetzt die Sterbende. Ammenwärme muß in der Tat ihre Aura gewesen sein, als Alan sie zuerst sah; und wie ich sie jetzt auf Jugendfotos sehe: dunkel, rund, denkmalgroß, älter als ihre 26 Jahre, herzlich; breiter Kiefer – auf einem Foto lacht sie: Zähne weiß und groß wie bei Schwarzen ... dies Besondere wird es gewesen sein, das einen Bildhauer veranlaßte, sie zu bitten, ihm Modell zu stehen.

Weil Monica, dienstverpflichtet nach Kriegsausbruch, ihr Dolmetscher-Examen in Deutsch und Italienisch so glänzend abgelegt hatte, waren Alan ihre Papiere vorgelegt worden. Da sie, Deutsch zu lernen, lange in Deutschland gereist war und in Berlin und Wien in Hotels gearbeitet hatte, dann auch in Italien, wurde das junge Mädchen, so schreibt sie, »samt meiner Familie ganz entwürdigend gefilzt«, ehe sie als Sekretärin, angeblich, am Mathematischen Institut des King's College – so ihre offizielle Bezeichnung, um ihre wahre Aufgabe im Geheimdienst zu tarnen – endlich angestellt wurde, Oktober 1939. Das lese ich alles schon im ersten ihrer Hefte.

Es ist mir übrigens noch nicht geglückt, mit ihr zu telefonieren, bisher: Sie sei, wird mir im Krankenhaus gesagt, dauernd unterwegs in der Röntgenabteilung... Daß man sie also noch mit Bestrahlungen quält – bedeutet das Hoffnung? MacDonald, dessen Mutter ja Ärztin ist, hält es für ausgeschlossen, daß Monica das Spital noch einmal lebend verlassen wird; läßt mich indessen wissen, daß die alte Frau – wie wir alle, wenn es dahin kommt – durchaus *nicht* sterbensmüde ist, auch keineswegs mit ihrem Tod rechnet, sondern stets davon redet, *damit* man ihr heftig widerspricht – sie will nicht nur leben, sondern glaubt nicht, daß sie »an der Reihe« ist. (Wieviel genauer könnte ich sie charakterisieren, käme ich an die Rapporte der Geheimdienste über sie heran; vielleicht glückt das Irving; ich bat ihn heute darum, es zu versuchen.)

Natürlich habe ich David MacDonald gefragt, ob er wirklich *mir* die Journale überlassen will; und so bestätigt er, daß er ihr gesagt hat, nichts sei so öde für einen Autor, wie zweimal im gleichen Wasser zu baden; er mache seit Jahren Skizzen zu einer Castlereagh-Tragödie; trotz der noch immer spektakulär bekannten Hexenjagd auf Oscar Wilde und obgleich auch Isaac Newton 1727 an »einem Jungen gestorben ist«, bleibt MacDonald der Ansicht, das Ende des britischen Außenministers der Napoleon-Zeit sei sein Thema. »Einer unserer Parteivorsitzenden, schreib's nicht, wirst verklagt, starb zwar auch an einem Jungen – aber schneller, direkt: Der schlug ihn mit einer Wasserkaraffe tot!«

II

Wilder Honig und Silberbarren

Was ich mich zuerst frage: Warum Monica, die 30 Jahre Zeit hatte dazu seit Alan Turings Tod, nicht selber das Buch über ihn verfaßte? Immerhin konnte sie so gut schreiben, daß sie bereits Mitte ihrer Zwanzigerjahre in dem doch ziemlich exklusiven *Times Literary Supplement* Rezensionen veröffentlichen durfte – wenn sie das auch kokett herunterspielt, in ihrem Tagebuch: »Das war die mir zu plumpe Methode Cliffs, mir den Hof zu machen.« Cliff muß der Redakteur gewesen sein, der Monica dort schreiben ließ, damals nannte das *TLS* die Rezensenten noch nicht mit Namen. Monica schrieb, wenn ich das als Deutscher auch nicht beurteilen kann, nach Meinung MacDonalds ganz ausgezeichnet. Also warum nicht auch Turings Biographie?

Denn dafür *auch* – keine Frage – hat Alan sie angestellt. Notiert sie doch, anläßlich ihrer ersten Gespräche noch während der Probewochen über ihren »Prof« – abgekürzt nennt sie wie alle ihren Chef nicht Professor –: »Er gab mir das *Heptameron* der Königin von Navarra, während ich eine Dienstanweisung erwartet hatte, und sagte mit schiefem Lächeln: ›Ich will Ihnen nicht zumuten, es zu lesen. Aber diesen Satz hier in der Einleitung, den finde ich aufschlußreich, auch für uns, hören Sie.‹« Er bedeutete mir, ich solle Platz nehmen, blieb selber stehen und las mir vor: »Die beiden Damen und mit ihnen mehrere vom Hofe erwogen, ebensolche Geschichten zu schreiben, doch sollte zum Unterschied von Boccaccio keine Novelle aufgezeichnet werden, die nicht auf einer wahren Begebenheit beruhte. Und die genannten Damen wie auch der Herr Dauphin versprachen, daß sie jeder zehn Novellen verfassen. Und wenn es euch recht ist, gehen wir alle Tage um die Mittagsstunde bis um vier Uhr auf die schöne Wiese –« Alan unterbrach: »Vier Stunden Mittag können *wir* uns nicht leisten«, las lächelnd weiter: »... auf die Wiese längs des Flusses, wo die Bäume so dichtes Laub tragen, daß die Sonne nicht durch den Schatten dringen noch die Kühle erwärmen kann. Dort setzen wir uns gemütlich hin, und jeder erzählt...« Alan ließ das Buch sinken und sagte: »Schon diese Verfasserin des *Heptameron*, die 1492 geboren wurde, also in dem Jahr, in dem Kolumbus Amerika entdeckte, hat den Gelehrten mißtraut. Denn hören Sie, ausdrücklich legte sie fest, daß ›*keine Gelehrten und Schriftkundigen*‹ die Geschichten erzählen dürften: Ganz ausdrücklich sagt sie: ›Doch sollten Gelehrte und Schriftkundige davon ausgeschlossen sein; der gnädige Herr Dauphin will nicht, daß deren Kunst darin zutage tritt, denn er fürchtet, die... kunstvolle Rede (dieser Professoren) werde an manchen Stellen der Wahrhaftigkeit der Geschichten Abbruch tun.‹« Turing legte mir das *Heptameron* hin und sagte ganz ernst: »Werden Sie unsere Chronistin – Gelehrte würden die Wahrheit beschädigen, weil jeder hier von uns *seinen* Anteil an der Entschlüsselung der Nazi-Maschine überbewerten will. Denn sehen Sie, eingebrochen sind wir schon in Hitlers Funksprüche; sobald uns glückt – ich hoffe, in wenigen Wochen –, sie so rasch zu dechiffrieren, daß die Entschlüsselung bei unseren Kommandierenden eintrifft, *bevor* Hitlers Truppen nach seinen Funksprüchen handeln: *entscheiden wir den Krieg* – können aber niemals darüber reden! Denn unsere Abteilung steht ja auf einer höheren Geheimhaltungsstufe als die drüben, die eine Uranbombe bauen soll: was ich auch vor Ihnen nur erwähnen darf, weil *Sie* es sind, die jetzt alle Nazi-Funkereien darauf prüfen wird, ob die eine Uran- oder Atombombe erwähnen; der Däne Niels Bohr hat mitgeteilt, daß die in Berlin ebenfalls daran herumbosseln, er weiß das von Heisenberg... Lange muß der Krieg dauern, das ist ein Trost, wenn diese Bombe noch fertig werden soll. Also, Bletchley Park und alles, was wir hier tun, ist das geheimste aller Geheimnisse Großbritanniens – kein Amerikaner wird je ein Wort darüber erfahren, bevor die USA in den Krieg eintreten, was sie ja offensichtlich nicht vorhaben. Sieben Engländer, außer uns wenigen hier in B. P., sieben, eingeschlossen den Verteidigungs- und Premierminister Churchill und den König, wissen davon; Churchill hat sogar verboten, daß sein Privatsekretär Sir John Colville und der Erste Lord der Admiralität, Alexander, davon erfahren. Es genüge, wenn Pound, der Erste Seelord, wenn Alanbrooke als Chef des Empire-Generalstabs und Portal für die Luftwaffen davon erfahren: Zweimal täglich trifft Churchill diese drei zur Auswertung unserer Sendungen, die ihnen Winterbotham hinträgt in seinem ans Handgelenk geketteten Köfferchen. Das heißt aber auch, Monica: es wird uns niemals gegeben haben, sollte England diesen Kampf bestehen. Denn welcher General will sich schon nachsagen lassen, nicht sein Genie – sondern unser Aushorchen deutscher Geheimnisse habe die Schlacht entschieden!«

Ich fragte: »Wenn nur sieben in Whitehall von uns erfahren – was erfahren die Hunderte, die doch *handeln* müssen nach dem, was unsere Entschlüsselung der Hunnen-Funksprüche ihnen enthüllt?« Turing lachte, fragte, ob ich das wirklich nicht raten könne? »Nun, allen anderen außer jenen sieben wird einfach befohlen, so oder so zu handeln, oder man stellt ihnen als Vermutung oder als Ergebnis der Spionage dar oder eines Aufklärungsflugs, was zu wissen ihnen not tut. Niemand außer diesen sieben Weisen kriegt einen Originalfunkspruch der Deutschen zu sehen; niemand erhält so detaillierte Angaben, daß er zu dem Schluß kommt, die Deutschen seien abgehört worden. Wenn wir wissen, daß 21 Uhr 13 ihr Konvoi den oder den Hafen verlassen wird, wird befohlen, ihn anzugreifen, nicht aber hinzugefügt, woher wir wissen, daß der Konvoi ausläuft.«

Er lachte, ich dachte: wie schön er ist – was mir wieder im Magen zu schaffen machte. Es ist sehr schwer, diesen Mann nicht zu lieben. Verwirrung ist ein sehr blasses Wort für das, was mich anfällt, wenn ich in seiner Nähe bin oder er mich ansieht. Geist und Sport im selben Menschen: wann gab es das in diesem Maß! Die gewölbte, beherrschende, ihn sicher auch bedrückende Stirn ragt fast wie ein Helm über die leuchtendblauen, aber ganz tief liegenden Augen. So blaue Augen bei so schwarzem Haar! Mathematik und Schönheit – wie nahe kam hier die Natur dem Vollkommenen, das sie aber offensichtlich doch nicht will. Denn warum sonst könnte dieser Mensch nur Gleichgeschlechtliche lieben? Was heißt übrigens »nur« – hört sich ja an, als sei der Akt mit einer Frau höheren Ranges als der eines Mannes mit einem Mann. Wir denken in Entwicklungen, doch es könnte sein, daß die Natur gar nicht am Werden, sondern nur am Sein interessiert ist und die Vollkommenheit: Einheit von Geist und Leib, wie sie sich in Turing verkörpert, nicht fortzupflanzen wünscht. Schmerzend jedenfalls, als Frau an seiner Seite zu spüren, welche Grenze zwischen uns bleibt. Wie er da heute in der Sonne auf der Aschenbahn stand, nur Turnzeug an, ehe er losrannte, da wurde mir schlecht…

Alan sagte noch, ehe er mir das *Heptameron* aushändigte: »Notieren Sie also, Monica, was in unserer Abteilung geschieht. Abgesehen davon, daß viele Gelehrte, ich zum Beispiel, gar nicht schreiben können – ich könnte mich doch, führte ich Tagebuch, auf keine Zeile konzentrieren – nicht mal einen Brief kriege ich jetzt hin –, die nicht die technischen Unzulänglichkeiten meiner verdammten Bombas betrifft. Die ich buchstäblich wegschmeißen muß, wenn sie nicht in spätestens einem Vierteljahr anfangen zu reden, das heißt: diese Nazi-Funksprüche so *rasch* übersetzen, wie wir Zeitung lesen… Sie aber, weil Sie davon nichts verstehen, Gott sei Dank, haben den Kopf frei, unsere Chronistin zu sein. Sie werden allerdings wie jeder von uns gehängt im Tower, wenn sie ein Papier, auf das Sie hier etwas schreiben, jemals mit heimnehmen, das wissen Sie!«

Er sagte das ohne eine Spur von Lächeln. Und fügte an: »Seit ich vor sechs Wochen Ihre Rezension der Biographie des armen, dummen Castlereagh gelesen habe – dumm, weil er sich erwischen ließ mit einem Knaben –, weiß ich, wie gern und gut Sie schreiben. Bitte, tun Sie's. Unsere Bullen hier, die uns ja dauernd observieren, haben mir längst mitgeteilt, daß sie private Aufzeichnungen machen – und ich sagte: Ja, weil ich darum gebeten habe, sie führt das Tagebuch meiner Abteilung.«

Als Alan mir anvertraute, daß ich überwacht werde – natürlich hatte ich damit gerechnet –, wurde ich heiß und vermutlich so rot bis unter die Haarspitzen, als sei ich bei einem Ladendiebstahl erwischt worden. Ehrlich konnte ich ihm antworten: »Dann wissen Sie ja auch, daß ich peinlich das Verbot beachte, etwas mit heimzunehmen, und alles abends hier einschließe im Institut, sogar das, was ich privat notiere. Ich respektiere die Verbote.« Alan sagte: »Weiß ich, ja – sonst wären Sie auch von unseren Bullen schon in der ersten Woche heimgeschickt worden… hier, ich gebe Ihnen beide – es gibt nur zwei –, beide

Schlüssel zu dem Stahlschrank in Ihrem Zimmer, dann sind Sie sicher, selbst ich kann nicht lesen, was Sie in Ihr Journal schreiben...« Ich antwortete: »Nein Prof, ich nehme natürlich nur einen der Schlüssel, anordnungsgemäß.« Er lachte laut: »Übertreiben Sie nicht, Sie wissen, ich bin ein Ausbund von Unordentlichkeit und vergesse oft meinen Namen – in drei Tagen wüßte ich bestimmt nicht mehr, wo der zweite Schlüssel ist!« Ich sagte: »Gut, geben wir den zweiten Ihrer Mutter, ohne ihr zu sagen, wo der Schrank steht, zu dem er paßt: dann verletzen wir keine Anordnung, sind aber trotzdem sicher, daß kein Fremder an das Safe herankann.« Ich freue mich übrigens, daß ich nun offiziell von meinem Prof die Lizenz habe, Journal zu schreiben. »Ich rufe Ihre Mutter an und frage, ob ich ihr heute einen Besuch machen darf. Und dieses *Heptameron* da lese ich sehr gern oder sehe wenigstens hinein, es hat ja achthundert Seiten.«

Mein erster Besuch bei Alans Mutter, keine fünfzig Meilen von hier, erlaubt mir noch nicht, eine Skizze dieser Frau zu versuchen, so lange war ich nicht bei ihr. Doch immerhin konnte ich zwei charakterisierende Anekdoten aus Alans Jugend herausfragen aus der Endfünfzigerin. Wann zuerst, wollte ich wissen, sie oder Alans Vater gemerkt habe, daß Alan ein Genie sei? Nicht ungeschmeichelt lachte sie mich aus und sagte dann sehr kühl, aber nicht herzlos: »Ein Genie! – Alan? Sie haben doch seine immer unbeschreiblich schmutzigen Fingernägel gesehen, und trägt er eigentlich auch im Institut einen Bindfaden an Stelle eines Gürtels und kommt morgens angeradelt, ohne seine Pyjama-Jacke ausgezogen zu haben – was deshalb so schlimm ist, weil das beweist, er hat sich nach dem Aufstehen nicht gewaschen?« Ich antwortete: »Da Professor Turing immer ausgezeichnet rasiert ist, halte ich es für ausgeschlossen, daß er sich nicht auch gewaschen hat. Er mag Pyjama-Jacken, sagte er mir, weil die im Gegensatz zu Hemden – denn einen Rock hat er ja nie an, auch nicht, wenn's kalt ist – genug Taschen haben. Und nur was er in Taschen auf der Brust hat, läßt er nicht irgendwo liegen...« Die Mutter sagte, bekümmert, sympathisch: »Sie sind eine Frau, so muß ich Ihnen nicht sagen, wie ich *leide*, daß er als Clochard umherläuft. Ich bitte Sie: ein Professor, den man nicht vorzeigen kann!«

Und dann forderte sie mich auf, mich seiner anzunehmen ... Sie ahnt sicherlich, würde das aber nicht einmal sich selbst eingestehen, daß er homosexuell ist, und erhofft sich wie wohl die meisten Mütter in dieser Situation eine »Bekehrung« durch eine Frau: Als ich ihr den Schlüssel gab, machte sie das vergnügt, weil sie so erfuhr, daß Alan mit einer Frau wenigstens einen Geheimschlüssel ›teilt‹ – wenigstens *ein* intimes Geheimnis ... Sie ist lebhaft, erzählte wohl nicht nur deshalb, sondern auch aus Stolz, daß einer ihrer Onkel bereits als Naturwissenschaftler im Lexikon ist – denn ich hatte ihr gesagt, ich sei von Alan auch als die Journalschreiberin seiner Abteilung angeheuert worden.

Genauer: der Cousin ihres Großvaters – also von Alan ziemlich weit weg – hat das Wort ›Elektron‹ in die Physik eingeführt als Fellow der Royal Society, 1894. »Sie halten Alan für ein Genie?«, so nahm sie wieder auf, was ich gesagt hatte. »Nun, hört man ja gern als Mutter, vielleicht stimmt es, denn da er mir seit Ende '38 nicht verraten darf, woran er da forscht in Cambridge, kann ich auch nicht beurteilen, wie sollte ich's können, ob genial ist, was er macht. Ich fürchte, er ist genial, doch unbrauchbar – und jetzt können wir sogar Genies nur gebrauchen, die wir für den Kriegseinsatz verwenden können, nicht wahr?« Sie hatte »Cambridge« gesagt – wußte also nicht einmal, so dicht hielt ihr Sohn, daß Alan seit länger als einem Jahr gar nicht in Cambridge arbeitete, sondern im Gutshaus Bletchley Park, das im Dreieck London–Cambridge–Oxford gelegen ist – und wo allein ich bisher gewesen bin: Nie habe ich das Cambridger Mathematische Institut auch nur gesehen, dessen Sekretärin ich laut Kennkarte und Einwohnermeldeamt bin ... Sanft sagte ich zu Alans Mutter, mehr sagen durfte ich nicht: »Natürlich sind wir im Kriegseinsatz, Frau Turing.« Und ich wiederholte meine Frage; nun antwortete sie: »Mein Mann hat mit Bestürzung gemerkt, daß Alan anders ... war, weil er fast exakt die Höhe von Hügeln und Bergen berechnen konnte, mit neun. Und ich weiß nicht, wie man das benennen soll. Wir waren zum Urlaub in Frankreich, Alan sagte zu seinem älteren Bruder, ohne zu wissen, daß ihr Vater es hörte: Heute hole ich uns Honig! Der Bruder fragte, womit willst du den bezahlen? Alan sagte, doch nicht beim Imker hole ich Honig – ich weiß jetzt, wo die Bienen den wilden Honig verstecken, Papa sagt, der schmeckt besser. Und dann kam's. Alan sagte, ich beobachte seit zwei Tagen die Flugbahn der Bienen – erst dachte ich, was für ein Wirrwarr. Aber dann sah ich, diese Flugbahnen überschneiden sich häufig über einem bestimmten Strauch in der Heide, und ich wette, wo die Bahnen sich schneiden, dort landen sie, um ihren Honig abzusondern ... Und abends um sechs brachte er die Wabe. Da war er sieben. Mit zwölf, auch am Meer, destillierte er im Keller der Ferienpension aus Tang, den er aus dem Meer gezogen hatte, Jod ... Ein Jahr später hat dann sein Bruder John ihm den größten Dienst erwiesen, den er Alan leisten konnte. Er verhinderte, daß wir Eltern – Eltern sind dumm – Alan aufs gleiche College schickten, auf dem sein Bruder war. John sagte uns: hier geht es um Sprachen und Literatur, doch das langweilt Alan so unbeschreiblich, daß die ihn fertigmachen; die prügeln ihn bunt wie einen Farbkasten, weil er nie zuhört, wenn er herkommt – er muß auf eine Schule, die Mathematik ernster nimmt als Englisch und Latein. Und so geschah's. Er versuchte trotzdem Deutsch zu lernen, war aber völlig unbegabt. Warum er das lernen wollte mit dreizehn? Um David Hilbert zu besuchen, denn interessante Leute, fand er, wohnten ausschließlich in Göttingen ... Erst als die Nazis am Ruder waren, kamen ebenso interessante nach Cambridge. Sie wissen, wie ungeschickt Alan ist – er hat nie gelernt, mit dem Füllfederhalter zu schreiben, ohne sich sogar *am Hals* – wie macht er das nur! – mit Tinte vollzuschmieren. Insofern hat er uns dann doch überrascht, daß er mit diesen Händen wie Füßen ein Radio basteln konnte ... Was ihn in der Schule rettete, war immer nur seine Schnelläuferei; zwar Plattfüße, doch stets der College-Schnellste: solche Sportler bleiben Gott sei Dank in England nicht sitzen. Denn nicht einmal in Mathematik gab man ihm Preise, weil die Lehrer glaubhaft versicherten, seiner Tintenflecke wegen die Resultate seiner Rechnung oft nicht lesen zu können. Nennt man ihn denn«, fragte mich seine Mutter zum Schluß, »auch als Professor noch ebenso wie als Schüler?« Woher sollte ich seinen Spitznamen kennen? Die Mutter vertraute ihn mir an; er sei auch von seinen Lehrern benutzt worden und lautete »Dirty« ... Dann nahm sie plötzlich ihren Sohn in Schutz und erläuterte: »Seine Teetasse hat er früher nicht deshalb an eine Kette angeschlossen, weil sie ihm gestohlen werden könnte, sondern weil er sie nur so wiederfand.«

Zur Verabschiedung erzählte sie mir noch, als ich schon zum Wagen ging: »Wenn er heute wieder religiös ist – genau weiß ich's natürlich nicht, wer spricht schon zu seiner Mutter darüber –, verdankt er's jedenfalls dem Tod seines ihm liebsten Freundes, auf dem College, fragen Sie ihn gelegentlich nach Christopher Morcom, sie können ihm ruhig erzählen, daß ich Ihnen gesagt hätte, der Tod dieses Sechzehnjährigen habe ihn umgewandelt. Denn einige Jahre früher hatte ihn der Religionslehrer dabei erwischt, daß er Mathematik machte, statt bei der Auslegung des Neuen Testaments zuzuhören – und wollte ihn von der Schule werfen. Daß Alan die Relativitätstheorie von 1905 las, als er sechzehn war, denn dazu genügt die einfache Mathematik, hat auch fast dazu geführt, daß sie ihn wegtaten aus der Schule: Mein Mann mußte hinreisen und um gut Wetter bitten; der Mathematiklehrer schrieb uns, wolle Alan auf einer Public School bleiben, so müsse er sich um eine allgemeine Erziehung bemühen – ›wenn er aber nur ein Spezialist werden will, so verschwendet er bei uns seine Zeit‹. Wohin hätte man ihn stecken sollen, ohne Schulabschluß? Heute haben wir leicht darüber lachen – aber damals? Was konnte man hoffen für einen Jungen, der zwar mit sieben alle sechsstelligen Seriennummern der Straßenlaternen auswendig wußte – sich aber einen Punkt auf den Daumen machen mußte, um sich zu merken, wo links und rechts ist! Von der sechsten Klasse an mußte er am Griechischunterricht nicht mehr teilnehmen, die Lehrer hatten sich damit abgefunden, daß er doch nie hinhörte.« Dann unvermittelt: »Fragen Sie ihn doch bitte, ob ich ihm endlich ein neues Fahrrad kaufen darf.« Ich antwortete: »Er sagt, wenn er *dieses* fährt, muß er nie Angst haben, es könne ihm gestohlen werden! Er zählt ja immer mit, weil er genau weiß, nach welcher Umdrehung die Kette abspringt. Vorher steigt er dann ab, richtet sie an der Stelle, an der das Zahnrad defekt ist, und fährt weiter.«

Ich habe der Mutter verschwiegen, daß Alan mich fragte, ob

ich ihn im Wald beobachtet hätte, zufällig, als er dort vor zehn Tagen zwei Silberbarren vergraben hat. Immerhin 250 Pfund wert. Er hat sie mit einem Kinderwagen hingebracht, »weil die Banken bestimmt nicht mehr zugänglich sind, wenn den Hunnen eine Invasion geglückt ist«! Und hat nun natürlich vergessen, wo er sie versteckt hat. Einer, der drei Minuten braucht, einen Brief zu schreiben – aber anderthalb Stunden, um ein Kuvert dafür zu suchen. Und dann abermals anderthalb Stunden, um den Brief wiederzufinden, den er aus der Hand legte, um ein Kuvert zu suchen ... Übrigens gehört Turing zu jenen, die im ersten Flugzeug nach Kanada weggebracht würden, landeten die Deutschen.

III

Das sehen Generale nicht gern

Der Professor muß mir mehr erläutern von dem, was wir, schon mehr als viertausend Frauen und siebenhundert Männer, hier tun. So selbstverständlich ich Auto fahre – Turing will nicht einmal Auto fahren *können* –, so selbstverständlich ist es für ihn, daß wir Hitlers Chiffriermaschine Enigma, die kaum noch ein Rätsel für uns ist – enigma ist griechisch und heißt Rätsel –, ungefähr wenigstens verstehen, obgleich das keine Voraussetzung für unsere Mitarbeit hier in Bletchley Park ist; ich kürze künftig auch B. P. ab.

Polen zuerst, das weiß ich nun, polnische Geheimdienst-Mathematiker haben den Deutschen diese Maschine entwendet, offenbar schon vor zehn Jahren, um 1930 – direkt aus der Fabrik in Berlin, die sie herstellt. Sie scheinen auch mit der Entschlüsselung auf gutem Wege gewesen zu sein. Ein Oberst Guido Langer, der Chef dieser Polen, ist mit seiner Crew nach Hitlers Eroberung Warschaus via Rumänien mit Hilfe der Franzosen entkommen und arbeitet jetzt – nach Hitlers Einzug in Paris – in England bei uns. So zahlen die Polen den Deutschen heim, was die ihnen antun. Die polnische Mitgift für die große Koalition: Turing schätzt, daß die Vorarbeit in Warschau ihn sieben Monate früher den Code der deutschen Luftwaffe knakken ließ – gerade noch rechtzeitig zum Beginn von Görings Bomberoffensive.

1938 hatten die Deutschen ihre frühen Apparate so weit verbessert – in diesem Fall heißt das: kompliziert –, daß die Polen anfingen zu verzweifeln. Sie konnten nun nichts mehr entschlüsseln, wie sie es vorher, wenn auch mit wochenlangen Verspätungen, immerhin schon gekonnt hatten. Und nun trat das Schicksal, was immer das ist, in die Arena. Die Deutschen bauten zwei zusätzliche – zu den dreien eine vierte und fünfte – Verschlüsselungswalzen ein. Und die Polen teilten den Franzosen resigniert mit, nun kämen sie nicht mehr weiter. Capitaine Bertrand, der Franzose – seit Dünkirchen nun auch hier bei uns, ich sehe ihn oft –, machte den Vorschlag, man solle den Deutschen einen ihrer alten, von den Polen entschlüsselten Funksprüche in Berlin zuspielen und sie so glauben machen, daß sie die Enigma wegschmeißen könnten, weil sie nun kein Geheimnis mehr sei... Daß die Entschlüsselung, die ja auch nur in Einzelfällen den Polen schon geglückt war, praktisch wertlos gewesen ist, weil sie Monate dauerte, hätte man den Deutschen ja verheimlichen können. Die Polen schwankten. Immerhin hatten sie schon zwei oder drei Enigmas, wenn auch nur eine überholte Vorform. Und sie hatten die Funksprüche schon zuweilen dechiffrieren können. Bertrand versuchte damals den Polen zu suggerieren: Wenn wir Alliierten bei Enigma nun doch wieder vor einem Rätsel stehen, und Krieg wird sehr bald ausbrechen, dann ist es gescheiter, wir machen den Deutschen weis, wir hätten Enigma enträtselt, und sie könnten sie wegräumen ins Museum. Denn, so argumentierte Bertrand, es werde die Deutschen erheblich ins Stolpern bringen, wenn sie sich jetzt eine neue Chiffriermethode ausdenken müßten. Doch den Polen war das nicht einzureden. Und so einigte man sich, lieber mit der Enttarnung des neuen Enigma-Modells neu zu beginnen. Es ist nicht auszudenken – wäre der französische Vorschlag bei den Polen durchgedrungen!

Übrigens sagte der Prof sarkastisch: »Laßt sie uns nicht Enigma nennen, rätselhaft ist sie ja nicht mehr – sondern Nemesis: Göttin der Rache. Denn wie die Deutschen jetzt das arme Polen notzüchtigen – das können wir ihnen nur heimzahlen, weil uns die Polen Enigma herüberbrachten... Genau wie 1914: ex oriente lux!«

Ich fragte, was er damit sagen wolle. Turing grinste und antwortete: »›Zimmer 40‹ hat zwar am ersten Kriegstag 1914 bereits sämtliche deutschen Überseekabel unter dem Kanal und dem Atlantik zerschnitten« – ich wußte, Zimmer 40 war der Geheimdienstraum in der Admiralität –, »doch das entscheidende Geschenk machten uns 1914 zweimal die Russen, so wie es uns 1939 die Polen gemacht haben. 1914 marschierten zwei russische Armeekorps so rasch in Ostpreußen ein, daß der deutsche Drachen, der sich zuerst auf Frankreich stürzte, von den Russen am Schwanz gepackt und festgehalten wurde, zwar nicht wirklich, aber doch seinem Gefühl nach. Und die Russen starben sozusagen an diesem Kraftakt; denn die Deutschen vernichteten beide russischen Armeen in Ostpreußen. Übrigens deshalb« – wieder zeigte Alan seine großen schönen Zähne, sein breites Lachen –, »weil die Deutschen den russischen Funkschlüssel besaßen in der Schlacht bei Tannenberg! Vor allem aber besaßen alsbald *wir* den deutschen Funkschlüssel, und zwar dank der Russen. Die Russen räumten in der Ostsee den auf Grund gelaufenen deutschen Kreuzer ›Magdeburg‹ aus – genauer: schossen den Matrosen tot, der mit einem Boot, als der Kreuzer gestrandet war, in tiefes Wasser ruderte, um dort – er war der Signalgast – den deutschen Marine-Code ins Meer zu werfen. Das Buch war in einem Bleikasten, damit es rasch unterging! Als die Russen überlebende Deutsche retteten, fischten sie auch die Leiche dieses Funkers auf, dessen Hände noch immer das Bleikistchen mit dem geheimsten Geheimnis des kaiserlichen Deutschlands umklammerten: Am 13. Oktober 1914 händigte der russische Marine-Attaché in London es der Admiralität aus ... ex oriente lux, zweimal in einem Vierteljahrhundert, unbestreitbar! Ich sag's nur, weil bei uns so viele murren, wenn wir den Russen Waffen schicken. Wir sind ihnen einiges schuldig, nicht nur, weil die Rote Armee pro Tag jetzt zehntausend Mann opfert ...«

Zuerst hatte ich von Ronald Lewin gehört, was die Polen an entscheidenden Vorleistungen in unsere gemeinsame Sache eingebracht haben. Lewin geht gern nach Tisch mit mir am Fluß spazieren, er ist der literarisch Interessierte hier in B. P. Sicherlich auch Professor für irgendwas, doch ich weiß das nicht – hier soll, ja darf doch jeder vom anderen nur wissen, was er für die eigene Tätigkeit von ihm wissen muß. »Wir sind hier alle wie jene Neurotiker, die vor lauter Sucht, diskret zu sein, beim Duschen den eigenen Körper lieber nicht anschauen«, sagte neulich einer während der Siesta, als wir zu fünft am Ufer grasten. Ronald Lewin ist hier der einzige – nach meiner natürlich begrenzten Kenntnis –, der ein Gefühl für Rangfragen hat: Er weiß, daß Knox und Turing B. P. möglich machen, nicht jedoch alle die aberhundert Stabsoffiziere bis hinauf in die Admiralitätsränge und Luftmarschallwürden, die es übernehmen, Whitehall von den Resultaten unserer Dechiffriermühsal zu unterrichten. Diese ›Herren‹, im Grunde nur Briefträger, begegnen den oft wirklich ein wenig unzureichend rasierten und selten Schlips tragenden Zivilisten, also den Wissenschaftlern, mit einem geradezu verletzenden Wohlwollen. Immerzu deuten sie an, aha, das war aber wieder einmal pfiffig, was euch da eingefallen ist, davon muß ich vielleicht gelegentlich sogar »Winston« unterrichten; denn es gilt als ganz besonders schick, anzudeuten – aussprechen kann man so dicke Lügen natürlich nicht –, daß man durchaus Zugang zu Churchill selber habe, nur weil man übers Zerhacker-Telefon Nachrichten in die Admiralität oder ins Luftfahrtministerium durchsagen oder sie im roten, ans Handgelenk geketteten Köfferchen selber hintragen darf. Lewin erzählt, daß es enorm schwierig war, den Herren von Raum 40 – wie der Entzifferungsdienst noch immer genannt wurde – endlich die Einsicht abzutrotzen, um 1937, als Polen und Franzosen und ein Deutscher namens Thilo Schmidt uns eine Enigma schenkten, daß *die* guten Eigenschaften, die einen Menschen befähigen, ein hoher Offizier auf dem Lande, auf dem Meere, in der Luft zu werden – daß *sie es sind,* die ihm den Weg zu der Erkenntnis verlegen, daß es Dinge gibt, die er nicht kann! Generalstab ist nicht eingebildete Ausbildung, sondern ausgebildete Einbildung. Offenbar hat nur einer aus dem Ersten Weltkrieg, Alistair Denniston, der dann zum Glück sich durchzusetzen vermochte und Leiter der dem Foreign Office angeschlossenen Chiffrier- und Dechiffrier-Schule wurde, dem Establishment klarmachen können, daß ein *Mathematiker*-Team den kommenden Krieg mit Deutschland gewinnen muß. Lewin sagt sarkastisch: »Daß so ein Admiral mit dem Genie Turing niemals auch nur redet – nach dem Siege werden sie ihn totschweigen, wenn sie ihn nicht totmachen als Person –, ist ödipushaft-mörderisch. Denn warum haßt der Sohn den Erzeuger? Jeder haßt den bekanntlich, dem er etwas verdankt. Dem einer nun sogar das Leben verdankt, das Größte, was er besitzt, den haßt er existentiell, klar. Wir Mathematiker haben den Herren Offizieren zwar nicht das Leben geschenkt – aber doch ihr Überleben angesichts eines militärisch so unvergleichlich viel stärkeren Gegners, wie es die Hunnen sind. Da die Rettung bei

Dünkirchen schon Turings rechtzeitiger Enigma-Entschlüsselung zu verdanken ist, so wäre Hitler vermutlich die Invasion Englands geglückt, gäbe es unseren Melancholikus nicht! Das sehen Generale nicht gern!«

Nur wer Neigung hat zu philosophieren, versucht wie Lewin der Frage nachzugehen, warum genau in *dem* Moment ein Fünfundzwanzigjähriger am King's College in Cambridge seine erste wissenschaftliche Arbeit ›On Computable Numbers‹ schreibt, in dem in Berlin ein Dr. Scherbius der Wehrmacht seine Enigma als Verschlüsselungsapparat verkauft. »Zweiundvierzigtausend Jahre rund um die Uhr müßte jemand rechnen, um alle Kombinationsmöglichkeiten der Enigma auszuforschen.« Es sei denn, er hat Alans Maschine ...

Einen Trost also hält die Geschichte offenbar immerhin bereit: Gegner tauschen ihre Intelligenzen aus, daher die Art vielleicht am Ende doch überleben kann, trotz der nun perfekten Vernichtungswaffen. Lewin sagt, er verstehe keineswegs Einblick zu nehmen in die weltgeschichtliche Ökonomie – frage sich aber doch, ob da nicht ein uns Menschen unauslotbarer Zusammenhang sei: daß die nach der Besetzung Frankreichs durch die Deutschen abnorme militärische Schwäche Großbritanniens schließlich aufgewogen ist durch Hitlers Antisemitismus: »Göttingen war das Zentrum der Naturwissenschaft, bevor Hitler die Juden fortjagte, jene, die schlau genug waren, rechtzeitig zu gehen – nach Princeton mehr oder weniger, das nun das Mekka der Physik und Mathematik ist; schon gewesen ist, als Turing 1937 dorthin ging mit seinem Stipendium. Zufall, daß der Siebenundzwanzigjährige vor Kriegsausbruch 1939 heimkehrte, um sich den Kryptologen im Foreign Office zur Verfügung zu stellen? Natürlich aus Patriotismus: jedes Kind sah voraus, daß Hitler seinen Krieg machen und England gegen ihn marschieren werde. Bevor Turing nach den USA reiste, hatte er schon in Cambridge Entscheidendes auch bei Juden gelernt, die allein Hitlers Ausrottungslust nach Cambridge hat aus Göttingen vertreiben können, bei Born, Courant, Schrödinger; ob der Altösterreicher John von Neumann und der Philosoph Ludwig Wittgenstein, die beide Turing sehr gefördert haben, Juden gewesen sind, weiß ich nicht – es kamen ja auch bedeutende nichtjüdische Wissenschaftler herüber, weil sie bei Juden, wie zum Beispiel bei dem aus Berlin vertriebenen Einstein, lernen wollten. Und hätte Hitler wenigstens die Homosexuellen in Frieden gelassen! (Homosexuelle SS-Männer läßt er neuerdings sogar hinrichten, wie wir aus einem Funkspruch wissen.) Daß Hitler seinen schwulen SA-Chef Röhm und dessen Trabanten 1934 liquidiert hat, erschreckte natürlich Turing sehr. Sonst wäre er mit Sicherheit nach Göttingen gegangen statt nach Princeton, denn in Göttingen residierte der in aller Welt berühmteste der Mathematiker, David Hilbert. Hilberts ›dritte Frage‹, Mathematikern ein Begriff als das sogenannte ›Entscheidungsproblem‹, widmete Turing seine erste bedeutende Publikation. Hilbert lehrte noch. Zweifellos hat nur Hitler verhindert, daß Turing zu Hilbert ging. Weltgeschichtliche Ökonomie oder Zufall?« Menschenwitz wie Gottesfurcht machten Lewin für eine Weile stumm. Dann sagte er mit Vorsicht:

»Und ein Trost aus der Geschichte ist doch auch die Tatsache, daß die Nazis nicht merkten, daß man ihnen in der Berliner Fabrik ein Exemplar der Enigma gestohlen hat – es offensichtlich nur deshalb nicht merkten, weil der für Sicherheit Verantwortliche in dieser Fabrik nicht wagte, es zu melden, aus berechtigter Furcht, in der Diktatur barbarisch bestraft, vermutlich ermordet zu werden: also hält er's Maul. Die Diktatur straft sich selber durch die Härte der Strafen, die sie über andere verhängt!«

Ich weiß nicht viel von Enigma, die fast so harmlos aussieht wie eine ganz ordinäre Schreibmaschine – ich höre nur von Alan und allen anderen, sie sei schlechthin fabelhaft gefährlich noch immer, weil sie so sehr wandlungs- und erweiterungsfähig ist, dank ihres Systems elektrisch angetriebener Zylinder. »So kann es uns nicht *allein* helfen, die Enigma bloß zu simulieren, weil heute noch keine Maschine in der Lage ist, die *dreihundertzehnhochacht* möglichen Einstellungen durchzurechnen in einer Zeit, die noch sinnvoll ist, um einen gegnerischen Befehl auszuwerten für unsere Fronten. Was hinzugefügt wurde, teils von Professor Gordon Welchman, teils von Turing, kann ich Ihnen nicht erklären«, sagte Good. »Vielleicht kann Turing selbst es formulieren. *Das* kann ich sagen, daß Turings Beitrag, seine ureigene Idee, derart war – daß … wie soll ich sagen?« Lewin, der dabeistand, lachte und fuhr fort, und Good nickte ihm zu, denn genauso hatte er es offenbar mir sagen wollen: »Alans Idee war derart, daß eine ganze Zeitlang kein anderer sie gehabt haben könnte. Und jedenfalls nicht gehabt *hat* – vor allem, offenbar, auch kein Deutscher; sonst hielten die ja nicht, was sie doch offenbar tun, ihre Enigma für schlüsselsicher. Ein Glück, daß ihr David Hilbert nun achtzig ist – sehr Alte neigen dazu, nur noch abzuschließen. Wer weiß, ob Hilbert Turings Aufsatz über ihn überhaupt noch zu Gesicht bekam!« Ich gebe Professor Good mein Journal und bitte ihn, exakter zu notieren, was ich nur zu zehn Prozent verstehe. Er schreibt mir hinein:

»John von Neumann erzählte mir, daß der Aufsatz ›On Computable Numbers. With an Application to the Entscheidungsproblem‹ Turings Leben vom April 1935 bis ins folgende Jahr hinein beherrscht hat. Im April 1936 gab er sein Typoskript in einer ersten Fassung an John von Neumann, der es im Mai las und es am 28. Mai 1936 der Londoner Mathematischen Gesellschaft vorlegte. Turing – um es so kurz wie möglich anzudeuten – analysiert hier die Prozesse, die beim Berechnen einer Zahl ausgeführt werden, und gelangt so zu dem Konzept einer theoretischen ›universellen‹ Maschine, der Turing-Maschine, die fähig ist, mit *jeder* berechenbaren Zahlenfolge zu operieren – das heißt mit jeder Folge von 0 und 1.

Die Arbeit enthielt zudem den Beweis, daß mit dieser Methode Hilberts ›Entscheidungsproblem‹ nicht lösbar ist.«

Ich bedankte mich bei Good überschwenglich für seinen Eintrag in mein Journal, um ihn nicht merken zu lassen, daß er mich nicht klüger gemacht hat.

IV

Der Faun der Barberini

Turing kommt gar nicht auf die Idee, es könne eine Frau verletzen, wenn er plötzlich, während man denkt, daß er an seinen endlosen Zahlenreihen rechnet, ausruft: »Was haben Sie für Hände, gepflegt, aber so groß wie die eines Bergmanns!« Das ist dann eben der Moment, wo er zum erstenmal die Hände eines Menschen, der monatelang den ganzen Tag um ihn ist, wahrnimmt. Denn eigentlich nimmt er nichts wahr. Schon seine Mutter sagte mir, nur daß er radfahre, lasse hoffen, daß er dreißig wird und nicht vorher umkommt im Straßenverkehr, denn ginge er zu Fuß, müsse also auf gar nichts achten, werde er binnen kurzem ins nächste Auto hineintrotteln... Seit hier Heu auf den Wiesen lag, kennt ihn nun in B. P. jeder, denn wegen seines Heuschnupfens trug er plötzlich die Gasmaske auf dem Rad. Und wunderte sich, daß er schwitzte. Er hat selber mitgeschaufelt, hier eine Aschenbahn anzulegen, und ist deren eifrigster Benutzer – er rennt, als hinge mehr ab von seinen Langstreckenrekorden als von dem, was wir aus seinen Dechiffrier-›Bomben‹ an deutschen Funksprüchen im Klartext herausholen. Noch stottern Maschinen, streiken auch – doch Alan behebt das so rasch (nicht Alan allein), daß es anfängt, ihn anzuöden, »hier dauernd den Chauffeur zu machen«, wie er das nennt. Unsere Obrigkeit behandelt ihn wie ein rohes Ei. Alan wollte kürzlich nach Amerika, um seine 1937 in Princeton begründeten Kontakte mit Amerikanern zu erneuern – sein Antrag wurde abgelehnt; man fürchtet, er könne unterwegs torpediert oder abgeschossen werden. Doch der Respekt, mit dem man dann in ihn drang, bitte zu sagen, wen er in Princeton sprechen wolle, man hole diese Amerikaner herüber oder eröffne ihm Kurierpost zu den geistigen Honoratioren drüben, hat Alan sehr geniert und verstimmt.

Wir saßen beim Tee, zu zweit – und da kam's heraus: »Der Vogel im goldenen Käfig hat ja wohl wenigstens ein Vögelchen – ich habe nur die Aschenbahn für meine Libido. Oder, Monica, sagt man, *gegen* die Libido?« Zum erstenmal hatte er davon gesprochen, was ihn nachts bedrückte, es machte mich glücklich – und half sogar den Schlag übern Kopf zu mildern, den mir wieder einmal seine geradezu barbarische Direktheit verpaßt hatte. Denn ich antwortete das Nächstliegende: »In B. P. arbeiten neunmal mehr Frauen als Männer – da würde sich ja wohl ein Vögelchen finden für den Vogel. Und außerhalb von B. P. sind die jungen Männer auch fort, beim Militär.« Alan sah mich an, als könne ich nicht bis drei zählen: »Für wie dumm halten Sie mich, daß ich Sie für so dumm halten könnte, noch nicht zu wissen, daß ich schwul bin?«

Als gäbe es nicht, wo britische Wissenschaftler sind, immer auch Homosexuelle – log ich: »Wußte ich nicht, nein!« Diese Feigheit hat ihn verletzt, weil er selber total unfähig ist zu lügen; erstens aus Stolz, zweitens, weil er keine Ahnung hat, was die Konvention will: Er ist der Wirklichkeit viel zu weit entrückt, um wissen zu können, wann man, weil sich das so »schickt«, lügen müßte. Denn Alan hat ja niemals unter normalverbrauchten Leuten gelebt, sondern stets in Internaten oder auf dem Campus einer Universität, wo schwulsein kein Problem ist, das auffällt... So kränkte ihn denn, daß ich auswich, statt zuzugeben: Natürlich weiß ich das – und warum suchen Sie nicht wieder einen Freund! Ärgerlich war er aufgestanden, sich Tee nachzuschenken, und sagte über die Schulter hin: »Das weiß doch das ganze doofe Dorf hier, daß ich verlobt war mit Joan Clarke!« Und so traurig, daß ich den Eindruck hatte, sogar seine so tief unter der Stirn liegenden hellen Augen würden dabei schwarz, sagte er und ging aus dem Raum:»Joan war schon richtig – wäre ich richtig...« Ist er schlimmer dran als Schwule sonst, da er offenbar einer Frau nachtrauert, anstatt in Gottes Namen sein Anderssein zu bejahen? Nachts um drei.

Ich schrieb das heute vor dem Schlafengehen, schlief auch gut – doch nun liege ich wach und überlege, ob ich nicht versuchen darf (oder es muß), Alan zu helfen. Ich liebe ihn – bin also keineswegs unvoreingenommen und fähig herauszufinden, ob ich ihm helfen soll. Und kann. Denn vielleicht bin ich nur egoistisch, vermutlich fände er's zum Erbrechen, drängte ich mich ihm auf. Wie gern riefe ich ihn jetzt an. Unmöglich. Er hat in seiner Bude nicht einmal Telefon, das Gasthaus würde geweckt. Immerhin kenne ich sein Fenster – und wüßte ich, daß auch er wach läge, ich radelte hin.

Zwischen diesen Zeilen und meiner ersten Notiz heute ist eine halbe Stunde; ich war wieder aufgestanden, als ich das Licht ausgemacht hatte, um das Verdunkelungsrouleau hochzulassen – denn es ist zu heiß, ich liege nackt auf dem Bett, und das Bett ist ein gefährlicher Kuppler. Wenn ich schreibe, muß ich – so geschah's – erneut verdunkeln, die Vorschriften sind streng. Daß ich Licht anknipste, um zu schreiben, bewahrte mich davor, eine Dummheit zu machen und zu Turing zu radeln. Ich weiß ja nicht einmal, ob ich das nicht vor allem mir selber zuliebe tun würde, erstens weil Alan – Alan ist; zweitens, weil ich mich möglicherweise an ihn dränge, um meinen gefallenen Freund zu vergessen. Drängt man die aus seinen Gefühlen hinaus, die einen am stärksten lähmen, weil sie einem am nächsten standen? Was hilft's, sich selber zu tief auszuloten: das müßte man sich leisten können. Wer sagt mir, ob ich mich nicht deshalb um Turing kümmere, weil ich eine *samariterische* Begründung brauche, wenn ich mich so bald nach dem Tod meines Verlobten einem anderen zuwende! Ein Jahr ist Stephen tot, ich hätte es für eine Verleumdung gehalten, hätte jemand angedeuet, daß ich kaum das Trauerjahr abwarten kann und mir schon eingestehen muß, daß ich gern mit einem anderen schliefe – gewiß nicht mit irgendeinem. Doch dieses tagtägliche Zusammensein mit Alan, seine Schönheit, liebenswürdige Hilflosigkeit, ja auch die Notwendigkeit, sich seiner anzunehmen, um so mehr, seit ich weiß, daß er unglücklich ist und seine phänomenalen Berufserfolge für gar nichts erachet, ja sich *wundert*, daß nicht zehntausend andere Mathematiker auch aushecken konnten, was ihm einfiel: das alles läßt mich abends traurig werden, wenn er aus B. P. davonradelt in seine Bude, um so allein (und aus dem Papier) sein Abendbrot zu essen, wie ich mir meines mache; wie gern würde ich ihm seines, lieber noch unser gemeinsames auf einen Teller und mit Serviette hinstellen! Und dabei mit ihm sprechen, vor allem ihn bei seinen faszinierenden

Monologen ansehen – oder auch wegsehen, wenn ihn seine Sprachhemmung überkommt. Mein Verlangen nach ihm hat eine mir peinliche Steigerung erfahren, seit ich in seiner Bude im Gasthaus *Krone* war, um ihm seinen schwarzen Anzug zu bügeln, er mußte zu einer Beerdigung. Da sah ich an der Wand gegenüber seinem Bett das große Foto eines nackten Mannes, auf den ersten Blick Alans Sportlerkörper. Es war aber eine Plastik, so konnte ich, als ich nach einiger Zeit merkte, wie immer erneut beim Bügeln mein Blick darauf festgenagelt wurde, fragen: »Woher kommt diese Figur, Barock natürlich?«

Alan sagte: »Griechisch – das Prunkstück der Münchner Glyptothek, die zweifellos unsere Bomber bald hinmachen, sofern das nicht bereits passiert ist. Der Faun der Barberini! Barock, sagen Sie? – bestätigt nur, daß auch die Antike die Epochen hatte, die ungefähr unseren seit 800 entsprechen. Denn dieser Satyr wurde im 17. Jahrhundert bei der Engelsburg ausgegraben, ist aber aus dem dritten Jahrhundert vor Christus. Er wurde einst von den Römern nach Italien verschleppt. Den Christen später müssen diese weitgespreizten Schenkel, empörend griechisch, ›heidnisch‹, ein so großes Ärgernis gewesen sein, daß sie den Faun nur als Brunnenfigur ertragen haben – da Wasser unter ihnen hervorschoß, waren die geöffneten Schenkel durch einen praktischen Zweck geheiligt. Gott sei Dank fand man den Faun erst so spät: zwei, drei Jahrhunderte früher hätten die frommen Brüder ihn mit dem Hammer vernichtet wie das meiste Schöne aus dem Altertum, das ihnen in die Pranken fiel. Dieser herrliche Junge überlebte natürlich nicht in der Öffentlichkeit – stellen Sie sich vor, wie Fronleichnams-Prozessierende sich an ihm vergangen hätten –, sondern versteckt im Palazzo der Barberini: Weil zufällig ein Sohn dieses Hauses Papst wurde, Urban VIII., und seine Familie – wie neulich Pacelli die seine – in den Fürstenstand erheben ließ, konnte dieser aufreizend ketzerische Schöne überdauern. Als die Familie ausgestorben war – war der Nackte wieder eine Verlegenheit in Rom. So konnte der erste König von Bayern dieses Hauptwerk der Antike für München kaufen ... Gefällt er Ihnen wie mir?«

Ich sagte: »Von hier sehe ich nicht: schläft er, oder wurde er umgebracht? Ein Faun ist kein Krieger – aber weiß man denn so genau, daß er als Faun geschaffen worden ist? Sieht ja aus wie ein Erschlagener.«

Alan sagte: »Instinkt haben Sie – zu fragen, ob er umgebracht wurde, ich denke das auch manchmal; oder daß er sich umgebracht hat: Ich brauche zuweilen für meine Lieblingsmelodie eine andere Persönlichkeit als die, der diese Melodie vom Komponisten zugedacht war.« Und er summte, was er siebenmal Tag für Tag in unserer Hütte vor sich hinsummte, nichts, was mir wert gewesen wäre, bisher, nach dem Komponisten zu fragen. Nun sagte er's ungefragt: »Geht mir nicht aus dem Sinn, seit ich das 1938 drüben gehört und gesehen habe, Walt Disneys *Schneewittchen*-Film. Der Text zu dieser Melodie ist auch beeindruckend, finden Sie nicht:

›Tauche den Apfel in des Giftes Brühe,
lasse den schlafenden Tod eindringen!‹

Was sagen Sie dazu, Monica?«

Ich überlegte nicht, sofort widersprach ich: »Erstens hinkt das grammatikalisch: müßte doch heißen, laß den Tod, wenn ich schlafe, eindringen, nicht aber: den schlafenden Tod – wer schläft, dringt ja nirgendwo ein, selbst der Tod nicht. Und ich mag nicht in einer Zeit, in der sowieso der Tod überall zuschlägt, daß man ihn sich auch noch wünscht. Und gar nicht glaube ich, daß so Junge wie dieser Faun oder Krieger ihn sich wünschen – *leben* wollen die, um so stärker, je weniger sie's heute noch dürfen. Warum, Alan, mögen sie diesen *Text*? Denn Sie wollen mir ja nicht weismachen, diese ziemlich läppische Melodie hätte's Ihnen angetan!«

Er erwiderte, verdammt kritisch sei ich: »So jung und schön wie der Faun – und dann an einem vergifteten Apfel sterben oder sich einen Apfel vergiften, um nach zwei Bissen schmerzlos weg zu sein – weg, nicht tot: woher wissen wir, ob das nicht ganz verschiedene Zustände sind –, das ist doch immerhin, wenigstens als geistiges Abenteuer, sehr erwägenswert. Oder?«

Leichthin sagte ich: »Sie gehören nicht sich selber und dürften einfach der Nation so nicht wegsterben; doch abgesehen davon, ich – ich mag vom Tod nicht reden... schon gar nicht, wenn ich einen Anzug für eine Beerdigung bügle. Gehen wir *essen*, Alan – ich habe Hunger wie ein Pferd bei der Ernte! Ich will über diesen schönen nackten Mann da etwas Gescheites lesen –.«

Denn da ich es vermutet hatte, daß er ein Buch mit Plastik-Fotos und auch mit einem von diesem aufregenden Mann da besitze, so sah ich das Buch auch schon im Regal. Ich wollte mir eine Kopie des Faun-Fotos machen. Alan zog die Oxford-Phaidon-Geschichte der antiken Plastik aus dem Bücherbord, gab mir das Buch und sagte: »Da können Sie alles über ihn lesen.«

Ich nahm's mit und brachte es zum Fotografen, was ich Turing nicht erzählt habe. Ich wollte dieses Bild, weil dieser so schamlos ›aufgetane‹ Jüngling nicht nur in seiner Körperhaltung Alan gleicht, wenn er nach Tisch am Fluß liegt mit uns; das Unerlöste im Gesicht – der Satyr soll ein Schlafender sein; wer so schläft, der hat am Tage nichts zu lachen ... Mit diesem offenen Mund, den Kopf auf der linken Schulter, wird – leider wirklich – eher ein Gefallener daliegen. Womit ich mich im Kreis drehe, so daß ich abbreche. In neunzig Minuten ist ohnehin die Nacht herum. Immerhin merkte ich heute: wer Licht macht und schreibt, kommt besser schlaflos über das nebelziehende verdammte Morgengrauen hin ...

Ende Juli '41.

Es war ohne Krampf zu machen, daß ich Alans einstige Verlobte ins Gespräch zog. Ich hatte ihr gesagt, Alan wolle, daß ich eine Art Chronik unserer Tätigkeit vorbereite.

»Du warst ja seine Verlobte«, sagte ich. Sie nickte: »Gehört das auch in deine Chronik?« Ich sagte, wer weiß, was draus werden wird – ob die uns hier überhaupt gestatten, nach dem Krieg zu sagen, wie wir geholfen haben, ihn zu gewinnen! Sie runzelte die hohe Stirn: »Gewinnen wir ihn denn?« Wir lachten beide, ich sagte: »Wenn nicht – schreiben wir auch nicht mehr!« Sie mußte aufbrechen: »Frag Alan selber, wenn du willst, nach unserer Verlobungszeit; bist du etwa auch in ihn verliebt?« Natürlich gab ich es zu. Darauf sie: »Das erleichtert mich, denn ich mag ihn immer noch sehr, und er muß eine Frau haben, die sich seiner annimmt – in Grenzen! Ich hoffe, daß du dich ein bißchen um unseren gefallenen Engel kümmerst ... ja, so kommt Alan mir oft vor: ein mit sich allein eingesperrter, verstoßener Engel, jedenfalls ganz fremd unter uns Sterblichen, die er ja nur sehr partiell begreift – und die von ihm wohl fast gar nichts begreifen.«

Joan hatte mir noch erzählt, lachend, Alan habe auch sie mit seinen Fragen von so drastischer Naivität und geradezu antikonventioneller Direktheit oft schockiert, zum Beispiel: »Ich möchte so gern ein Kind – Sie auch? Dann könnten wir uns doch verloben!« Diese Bekundung seiner Sympathie als erste seiner Liebeserklärungen sei schon zum Lachen gewesen. Joan: »Aber natürlich sagte ich ja! *Wer* könnte ihm etwas abschlagen!« Ich erzählte, so weit sei er bei mir nicht gegangen, immerhin habe er – wieder auffahrend aus Formelkolonnen – plötzlich gesagt und natürlich keine Spur von Ahnung gehabt, wie mich das verletzte: »Haben Sie ein breites Becken! Ihnen kann das doch gar nicht weh tun, Kinder zu kriegen!« Meine »Breite« ist aber auch meine Dicke, die mir ›schweren‹ Kummer macht. Doch dergleichen könnte Turing nicht einmal *sehen*! Würde ich ihm diesen Kummer klagen, er nähme Zettel und Bleistift und rechnete aus, daß beim Volumen meiner Oberschenkel oder der Breite meiner Kniescheiben gar keine Rede davon sein könne, ich trüge zu schwer an meiner Schwere! Wie er lachte, als er aus einem Propaganda-Bericht der Deutschen deren Illusion herauslas, im Jahre 1917 sei das Empire wegen der Versenkung britischer Handelsdampfer durch Hunnen-U-Boote »beinahe zusammengebrochen«. Alan wieherte und sagte: »Geradezu *die* Definition für Propaganda ist das – wenn man von einer Brücke, die 14 Tonnen trägt, behauptet, die breche ›beinahe‹ zusammen, wenn 11 Tonnen drüberfahren!«

Überhaupt seine Sprüche. »Man sollte bei so vielen Unfalltoten gesetzlich verankern, daß niemand in Großbritannien eine Straße überqueren darf, ohne einen Hund an der Leine zu führen. Denn kein Brite wird jemals einen Hund überfahren.«

Nachzutragen bleibt: Joan erzählte mir, Alan habe ihr bei der Verlobung »homosexuelle Tendenzen« eingestanden. Mehr nicht – vermutlich, weil er selber Genaueres von sich noch nicht wußte. Denn da er radikal ehrlich ist, hätte er sonst auch mehr gesagt. So ließ Joan sich den Verlobungsring gefallen und glaubte, was Alan homosexuelle Tendenzen nannte, sei nichts, was einer Ehe im Wege wäre. Sie stellte ihn in London ihrem Vater vor, einem Pfarrer, der von ihm angetan war. Alan brachte Joan nach Guildford zu seinen Eltern; mit seiner Mutter ging sie zur Kirche und nahm das Abendmahl. Alan ging nicht mit, weil »Kirchen schlecht riechen«.

»Du weißt«, sagte Joan, »schon damals kam er mit den Marinehelferinnen an seinen ›Bomben‹ und in Hütte 6 so wenig ohne mich zurecht, wie er heute mit ihnen ohne dich einig ist. So gab er mir, wie er ironisch sagte, den Status des ›Mannes ehrenhalber‹. Dafür wollte er stricken lernen, ›Schäfer tun das auch‹. Er hatte ja immer Schwierigkeiten, in seiner Freizeit nicht an seine Arbeit zu denken, doch beim Stricken – er brachte sogar Handschuhe zustande, allerdings ohne die Fingerkuppen – ging sein Gehirn auch viel zuwenig auf die Weide. Er brauchte keine manuelle, absurd, er brauchte eine geistige Ablenkung. So machte er uns ein Schachbrett, auch Tonfiguren, die wir selber brannten auf dem Kohlefeuer in seiner Bude im Gasthof *Zur Krone*.«

Mit diesen Figuren – ganz brauchbar, doch sehr zerbrechlich – spielen Alan und ich heute. Seit die Schachmeister in B. P. sind, um beim Dechiffrieren zu helfen, ist Schach hier eine der Freizeitbeschäftigungen. Hugh Alexander gibt Unterricht für Anfänger. Turing ist weniger am Schach als Schach interessiert, sondern am Schach als Modell für das Denken. Ich fragte ihn, ob je eine Maschine wird Schach spielen können. Er sagte: »Keine Kunst, sie dazu zu bringen, daß sie schlecht Schach spielt, weil man nämlich zum Schachspielen Intelligenz braucht. Und die Maschine hat noch keine; doch wird es möglich werden, sie intelligent zu machen, allerdings auf das Risiko hin, daß sie dann auch Fehler begeht, wie schließlich auch der intelligenteste Mensch. Eine solche Maschine wird man dazu bringen können, vermutlich, daß sie sehr gut spielt ...«

Joan Clarke hat mir noch erzählt, daß Turing ihr das einzige Buch gab, das jemals biologische Strukturen auf mathematischer Grundlage untersucht hat, 1917 erschienen, das von D'Arcy Thompson. Denn da sie von Hause an der Seite ihres

Vaters Botanik praktiziert hatte, konnte Joan Turing bei seinem Studium von Form und Wachstum der Pflanzen nützlich sein.

Turing dagegen lehrte sie, bei Tannenzapfen auf das Arrangement der Schuppen zu achten: Die Zapfen richten sich streng nach den Fibonacci-Zahlen. Ich habe mich erkundigt, diese nach einem Italiener benannte Zahlenreihe entsteht, wenn man in ihr die beiden jeweils vorhergehenden Zahlen addiert: 1, 1, 2, 3, 5, 8, 13. Und so weiter.

Ich fragte Turing, was er dazu sage, daß in Blättern, Blüten, Früchten die abstrakten Gebilde der Mathematik so oft vorgebildet sind. Er lachte: »Abstrakt? – Das ist doch auch nur eine Abstraktion, mit der wir unsere – geringer werdende! – Unwissenheit umschreiben ...«

Dienstag nacht.

Mit Joan, versteht sich, könnte ich noch weniger als mit anderen besprechen – doch wozu überhaupt mit jemandem darüber reden –, ob es eine Frau gibt mit einiger Erfahrung, die sich nicht zutraut, einen Mann, den sie liebt, obgleich er homosexuell ist, auf den Weg *zu sich* zu bringen. Ich sage nicht, daß ich mir zutraue, Turings ›homosexuelle Tendenzen‹ zu überspielen, weil das selbstverständlich nicht nur ›Tendenzen‹ sind: das Homosexuelle ist zentral bei ihm, existentiell. Doch da er mich darauf ansprach, ja fast verhöhnte, weil ich so tat neulich, als wisse ich das nicht, so nehme auch ich mir das Recht, ihn darauf anzusprechen. Neugier, ein blöder Voyeurismus sind weiß Gott nicht im Spiel. Er selbst, dank seiner Unart, mitten aus einer wissenschaftlichen Arbeit heraus, drastisch deutliche Fragen zu stellen und Feststellungen zu treffen, sagte neulich, als wir gemeinsam heimradelten – immerhin radelt er jetzt oft mit mir –, wieso ich beim Bügeln in seinem Zimmer den Faun der Barberini »schockierend erotisch« genannt hätte. »Habe ich das?« fragte ich. Er: Ich sei doch sicher mit der Liebe vertraut, da ich erzählt hätte, wenigstens habe mein Freund mit mir noch eine Motorrad-Reise durch die Cotswolds gemacht, ehe er dann gefallen ist: Wieso also Erotik mich noch schockieren könne? Erotik nicht, gab ich zur Antwort, aber Schöheit, *die* habe mich schockiert ... Und übrigens auch, fügte ich an, wie dieser Faun sie ausstelle, *sich* ausstelle, sein Geschlecht – nie in der Kunstgeschichte, außer auf einem weiblichen Torso von Courbet, hätte ich das sonst so drastisch gesehen. Alan sagte düster – und sah wieder aus, wie ich mir einen verstoßenen Erzengel vorstelle: »Als ich in Princeton war, wurde mir einmal feierlich verboten, dieses Bild in meinem Zimmer zu haben, das ›gehöre‹ sich nicht; ja schlimmer: Mit diesem Foto riskiere ich, für schwul gehalten zu werden! Sie können sich die Prüderie der Amerikaner, mindestens vor dem Krieg, nicht vorstellen, Monica – Prüderie und Bigotterie. Der alte Bertrand Russell verlor 1939 drüben seinen Lehrstuhl, weil er seinem Aufsatz ›Warum ich kein Kommunist bin‹ den Aufsatz hatte folgen lassen ›Warum ich kein Christ bin‹ – und auch weil er als vielgeprüfter Familienvater die Ehe als Lebensform mit einem Fragezeichen versehen hatte... Nie war ich einsamer als in Princeton. Ich riskierte es einfach nicht, mich drüben einem Jungen zu nähern, und trieb Sport bis zum Exzeß: war ja auch die einzige Gelegenheit, einen Jungen wenigstens ohne Hemd zu sehen...«

»Frauen ohne Hemd«, konnte ich direkt anfügen und nahm diese Gelegenheit natürlich wahr, »mochten Sie die nie sehen?« Er: »Mädchen gab's auf dem Campus fast keine – Frauen studierten noch kaum, wenigstens nicht Mathematik. Und da ich ja auf dem Campus auch wohnte – und wo damals Studenten und Fellows wohnten, wohnten bestimmt nicht auch Frauen –, wie hätte ich Mädchen kennen können?« Wir radelten, ich sagte: »Ich dachte auch gar nicht an Princeton, sondern an heute und hier – ich hätte große Lust zu schwimmen, es ist ja noch so heiß geworden, aber ich hab keinen Badeanzug dabei: Stört Sie's?«

Ganz einfach sagte er: »Wieso, ich hab doch auch keine Badehose mit, und es ist dunkel genug, die Polizei wird uns kaum aufstöbern.«

So geschah's. Der Fluß ist ziemlich sauber. Und was ich in seiner Bude in der *Krone* beim Anblick des Griechen wie einen Überfall empfunden hatte, war ja nicht einfach *dessen* Schönheit – wen rührt schon eine Plastik so in der Tiefe auf –, sondern daß sein Leib wie auch sein offener, gleichsam unerlöster Mund mir nach Turing modelliert schienen. Das hätte ich ihm so gern gesagt, jetzt endlich, als sein Nacktsein das bestätigte. Doch gibt es bekanntlich Sätze, und wären sie einem die selbstverständlichen – dieser war es nicht –, die man nur über die Lippe bringt, wenn man einander berührt; so wählte ich vorsätzlich eine so steile Uferstrecke, daß er mir helfen mußte, ins Wasser zu kommen. Ich band mir noch die Haare hoch, er wandte sich um und verweilte. »Du bist sehr schön!« sagte er. »Viel dicker als deine Jungen!« sagte ich und streckte den Arm nach ihm aus, er gab mir seine Hand, so kam ich in den steinigen, verwurzelten Rain hinab zum Fluß, dankte ihm, hielt ihn fest und küßte – höher war ich nicht, er stand auch höher als ich – das bei vielen Männern Unempfindlichste, seine Brustwarzen. Er küßte mich nicht, doch hatte es offenbar auch nicht eilig, ins Wasser zu kommen. Ich auch nicht: »Der Flußwind kühlt uns erst ein bißchen ab.« Ich zog ihn ins Gras, nahe den Uferbäumen. Er war nicht befangen, er war – fern, ich richtete mich auf und küßte seine Schultern, den Hals – atmender Basalt, ein wunderbarer Mann. Jetzt konnte, jetzt mußte ich ihm das sagen, was ich oft gedacht hatte: »Du bist so *schön*, daß es... meinesgleichen hemmt. Und hier ist nicht mal ein Handtuch, mit dem ich mich vor dir verbergen könnte.« Er hielt mich im Arm und sagte so sachlich wie zärtlich: »Mein Hemd ist ganz frisch – mit dem werde ich dich abtrocknen.«

Das half uns dann sehr, einander so nahe zu kommen – wie man ihm kommen *konnte*, dem mutterlosen, verstoßenen Engel: und seinem gräßlichen Alleinbleiben, als er abgewandt sagte: »Werde ich also doch kein Kind haben.«

V
Churchill kommt

Man sollte keine Tagebücher lesen, wenn man selber eines schreibt; doch ich las in dem von Stendhal und richte mich danach: »Das Ich-Selber, was lohnt sich sonst noch in der Welt?« Könnte wahr sein, daß der Egotismus nie so viel Pflege verlangt wie in einer Zeit, da der einzelne, wie jetzt im Kriege, nichts mehr gilt: nur was der Mensch tut – nicht: was er ist, wird heute noch gefragt. Dem ordne ich mich in patriotischer Ergebenheit unter, indem ich hier eine Hilfstätigkeit ausübe, die ich kaum verstehe und gar nicht liebe. B. P. mit seinem Haupt- und seinen dreißig Nebengebäuden in dem waldgroßen Park, B. P. ist freundlich gesagt unser Campus, genauer gesagt unser Camposanto – und wir verlassen ihn kaum, und so gefällt das unserer Behörde. Turing nennt seine Apparate weiterhin Dechiffrier-Bombas im Gedenken an die Polen, die uns als Pioniere vorangingen. Wie beklemmend, daß der entscheidende Pole nun weg ist, spurlos verschwunden, den samt seiner Frau und seiner Enigma Commander Dunderdale am 18. Mai vorigen Jahres von Orly, unmittelbar bevor die Deutschen ihn schnappen konnten, ausgeflogen hat. Der Pole bekam in London ein Haus, einen Polizisten und ist dennoch vom Erdboden weg, als habe es ihn nie gegeben, verschwunden wie ein Knopf, den man vom Mantel verliert, nicht einmal seinen Namen fand ich heraus, finde ihn aber noch heraus. Also, Turing nennt seinen und Gordon Welchmans Apparat »Bomba«: aus Opposition, um unser hochnasiges Establishment an die Polen zu erinnern, die zuerst entdeckten, daß Enigma Hitlers Verschlüsselungsgerät ist. Und die Turing-Bombas – wir haben jetzt vier – sind so weit verstreut in den Nissenhütten des Parks, daß selbst ein abstürzendes, explodierendes Flugzeug nicht alle vier zerstören könnte.

Verlassen wir unseren Camposanto, um im öden Bletchley in noch öderen Teestuben zu trinken, sind wir bald wieder da, selten fahren wir die dreißig Meilen nach London, Benzin ist knapp, wir haben Räder, Autofahrten müssen bewilligt werden.

»Wissenschafts-Nonnen und -Mönche« nannte uns einer und bekam prompt die Antwort:»Dann wäre ich vor sechshundert Jahren auch Mönch geworden – wären damals die Nonnen so nahe gewesen wie heute hier uns ›Mönchen‹!«

Tatsächlich ist unser Nachtleben eher dem in Lungensanatorien vergleichbar, wo die Bettlägerigen angeblich einander über die rundumlaufenden Balkons besuchen sollen, damit sie keine Lust verspüren, zu rasch heimzureisen; genauso wünscht sich das unsere Obrigkeit: Wir *sollen*, die hier arbeiten, unter uns bleiben, auch privat. Einsperren kann man uns nicht, doch wie schon vor dem Krieg für die Geheimdienstler eigene Clubs gegründet worden sind, damit keiner, der quatscht, wenn er ein Glas übern Durst getrunken hat, es vor anderen als vor Insidern tut: ebenso wird hier ein Ehepaar, wenn neue Mitarbeiter gebraucht werden, zwei anderen vorgezogen, die nicht miteinander verheiratet sind und außerhalb von B. P. ihre Partner haben. Fand ich das anfangs kindisch – muß ich heute doch sagen: Ich habe Verständnis für diese Umsicht. Denn wo wären wir eigentlich militärisch, verlören die Hunnen ihre Zuversicht, Enigma sei einbruchsicher! (»Hunnen« nannte Churchill gestern die Deutschen wieder, den Hitler nennt er Prolet, Flegel oder den Kranken oder meist nur: den Mann da drüben.) Wo wären wir, flöge auf, daß Turing Enigma entschlüsselt hat? Undenkbar ohne ihn und seine Maschine und ohne Alfred Dilwyn Knox' Berechnungen unsere zwei entscheidenden Siege bisher: der am 23. Mai und 15. September im vorigen Jahr. Das vergesse ich nie, wie wir morgens um elf am 23. Mai in Panik gelesen haben, Brauchitsch befehle Rundstedt und Bock den ›Sichelschnitt‹, den Panzervorstoß zwischen die Küste und unsere Kontinent-Armee. Eine Stunde später gab Lord Gort das Kennwort ›Dynamo‹ aus, den Befehl zur Evakuierung: So entkamen immerhin 225 000 Briten und 110 000 Polen und Franzosen nach Dünkirchen und auf die Boote. Und der zweite Sieg: Görings Unternehmen ›Adlertag‹, als er uns – dank Turing – vorankündigte, er werde am 15. September mit tausend Maschinen die Entscheidung erzwingen, aber jeder seiner Einsatzbefehle war dann so rasch entschlüsselt, daß Dowdings Jäger ausnahmslos schon in der Luft waren, wenn eine neue deutsche

Welle die Küste überflog. Kaum eine stieß bis London durch. Am selben Abend hat Hitler – Göring noch nicht – begriffen, daß er die Battle of Britain verloren hatte; und am 17. September brachte Winterbotham aus Turings Bomba den Befehl Hitlers in die Downing Street, in Holland die Laderampen für die Invasion Englands abzubauen.

Gestern nun kam Churchill, Turing zu danken – ich hoffe, ich schreibe das ungefähr wortgetreu auf. Dem armen Knox kann der PM nicht mehr danken, es sei denn, er reiste an dessen Sterbebett: Er hat ihm, dem der Krebs bereits allen Appetit genommen hat, durch die amerikanische Botschaft Südfrüchte, die hier keiner bekommt, ans Bett bringen lassen; der König schickte Knox den Michaels- und Georgsorden, aber Familie Knox darf das keinem erzählen.

Peinlich und interessant das Gedrängel: Wer empfängt den Primeminister, wer geleitet ihn für wie lange in wessen Arbeitshütte; natürlich Edward Travis – aber komisch war doch, daß außer ihm, dem das zukommt, noch ein halbes Dutzend Mitläufer in Verwaltung und Militär das Gefühl hatte, ohne sie als seine Suite finde Churchill weder zu Turing noch zu Gordon Welchman. Militärs, die wie wir alle Churchill bisher auch nur aus den Wochenschauen kennen, hielten für nötig, darauf hinzuweisen, länger als zehn Minuten habe er sowieso keine Zeit, ›man‹ müsse sich also beim Vortrag kurz fassen – sie hatten übersehen, daß *sie* zum Vortrag ja gar nicht gebeten waren. Sie sortieren mit uns die deutschen Funksprüche, vorsortieren, nachsortieren, übersetzen und geben sie ab nach Whitehall an die Stäbe – und weil *sie* das tun, halten sie dieses Tun für schlachtenentscheidend. Alan gleichgültig: »Wie werden die sich erst nach dem Sieg aufspielen, sofern uns die Deutschen nicht doch noch auf die Schliche kommen!«

Keiner wird sich aufspielen, weil hierzulande Geheimes – wenn es harmlos und ruhmreich ist – fünfzig Jahre geheim bleibt; ist es schändlich: bleibt's das für immer ...

Die Macht, besser: Wucht der Autorität dieses einen Zivilisten Churchill ist unbeschreiblich. Sein Arzt sagte meinem Großvater, Alanbrooke allein sei in Whitehall unentbehrlich, keineswegs als Empire-Stabschef, sondern als der allein im Vereinigten Königreich noch »premierministerfeste« Mensch – sonst widerspricht ihm keiner mehr. Keiner. Selbst Roosevelt, wie Harry Hopkins ausplauderte, fürchtet Churchills Anrufe durchs Zerhacker-Telefon wegen der abgefeimten Überredungskunst des Älteren, aber schließlich doch immer Bittenden. Das fiel auch einem (hier nicht zu nennenden) Teilnehmer des Treffens zwischen Roosevelt und Churchill im September in Argentia Bay, Neufundland, auf – er lachte, als er erzählte, Churchill habe gestöhnt: »Ich kann doch der Kuh nicht das Euter abreißen«, als ihn die R. A. F. bat, auch dies und das noch vom Präsidenten zu erbitten, der ja bereit ist, mit allem zu helfen, außer mit der Kriegserklärung an Hitler, weil er voriges Jahr wiedergewählt wurde für das Versprechen, keine Soldaten nach Europa zu entsenden.

Daß keiner Churchill mehr widerspricht, kam nicht von selbst. Es ist so, seit er seine beiden einzigen zählenden Rivalen um den Job, wie er das Amt nennt, weggelobt hat – Halifax, den er Holyfox nennt, als Botschafter nach Washington, Cripps als Botschafter zu Stalin. Cripps ging nicht ungern; Halifax aber war als Außenminister nur loszuwerden, weil Churchill nach dem Tod unseres Washingtoner Botschafters unseren gefeierten Weltkriegs-Premier, »den ersten Bürger Großbritanniens«, wie er öffentlich Lloyd George nannte, gebeten hatte, unser Botschafter bei Roosevelt zu werden. Der PM war sicher, Lloyd George werde das aus Altersgründen nicht mehr tun. Aber nachdem er diesem Sieger von 1918 Washington angeboten hatte, mußte der Außenminister Halifax zähneknirschend die Abschiebung akzeptieren oder genauer: er konnte sie nicht mehr ausschlagen. Churchill kann ihm natürlich nie vergessen, daß die Partei, Chamberlain *und* der König voriges Jahr am 10. Mai lieber Halifax als ihm den Job gegeben hätten – und daß allein die von Labour ihn zum Primeminister gemacht haben, indem Attlee erklärte, daß er nicht mit Halifax, einem der »Männer von München«, koaliere.

Wie's kam, weiß ich nicht: Churchill ging erst zu Gordon Welchman für sieben Minuten; ich vermute, unser Chef wollte ihm Turings Anblick ersparen, bevor er sah, daß Turing heute gekämmt und sogar beschlipst war. Denn obgleich Churchill nie angemeldet werden darf – heute war er's! So konnte ich Turing überreden, sich seinen Anzug anzuziehen. Und da ich ihn telefonisch geweckt und ihn noch einmal daran erinnert hatte, hatte er nicht einmal vergessen, sich heute »als Bestattungsunternehmer zu verkleiden«, wie er das nannte. Natürlich weiß ich, daß es nicht Bügelfalten sind, durch die er beeindruckt, sondern sein Stirn-Gewölbe, das wie ein Dach vorspringt, daher die abnorm tief liegenden Augen, verwirrend genug in ihrer intensiven feuerblauen Bläue bei spanischschwarzem Haar. Er meint, wir – mein Haar ist auch so schwarz – stammten alle von Spaniern ab, die von Queen Elizabeth die Erlaubnis bekamen, sich in Wales anzusiedeln, als 1588 die Armada vernichtet worden war; keiner der Schiffbrüchigen kehrte heim nach Spanien, keiner wurde aber auch, wie sonst damals üblich bei Gefangenen, ermordet. Churchill, der für Außerordentliche den Blick hat – was ich von ihm weiß, weiß ich nur durch seinen Arzt: Sir Charles Wilson, mit dem mein Großvater zum Vorstand der medizinischen Gesellschaft gehört –, der Primeminister ging auf Alan zu, als kenne er ihn; das Genie fand sofort das Genie zwischen allen anderen, ich war fasziniert. Denn wir standen, dann – auf sein Geheiß, natürlich auf sein Geheiß, sonst hätte das niemand riskiert – saßen wir, sicher dreißig, um ihn herum auf dem Rasen, und er hatte gerade seinen Witz losgelassen, B. P. sei ein Stall, in dem »die kostbarste Henne, die je gefüttert worden ist, goldene Eier legt, ohne jemals zu gackern!«. Er spaßte außerdem: »Wenn ich früher zuweilen dem aufsaß, was man Horoskope nennt – allerdings nie in Diensten der Regierung Seiner Majestät –, wenn ich aber inzwischen gelernt habe, mich gänzlich von Astrologie abzuwenden, um allein *Ihren* Voraussagen aus der Mathematik von Bletchley Park noch zu trauen, denen aber unbedingt: dann ist das nicht nur der Qualität Ihrer Nachrichten zu danken, sondern auch der Entdeckung, daß Charlie Chaplin und Adolf Hitler das gleiche Horoskop haben! Ich bitte Sie, mein langjähriger liebenswürdiger Freund Chaplin und *der* Mann da drüben, was könnten denn die gemeinsam haben außer dem radiergummikleinen Bart? (Es gibt allerdings Gerüchte, Chaplin habe aus Widerwillen gegen diesen gemeinsamen 20. April '89 seinen Geburtstag um vier Tage vorverschoben.) Was soll man also von den Sternen halten, wenn astrologisch der Lehrer des Lachens und der des Grauens so identisch sind wie eineiige Zwillinge, der große Menschenfreund und der kranke Menschenausrotter?«

Churchill bedauerte, daß wir hier quasi als Internierte lebten – »aber wenn Sie das leid sind, verständlicherweise, dann denken Sie bitte an unsere Kameraden an der Front, die nie oder selten ein Bett haben, oder denken Sie an unsere Matrosen...« Und dann sprach er von seiner Erleichterung darüber, daß wir dank Turings Entschlüsselung seit Mai auch die ›Hydra‹, wie die Deutschen ihren meistbenutzten Marine-Schlüssel nennen, lesen können.

Und er sagte feierlich: »Bitte unterschätzen Sie nie, daß Ihnen nach 31 Stunden die Wiederauffindung der ›Bismarck‹ geglückt ist, die wir in diesen Stunden vergebens mit 74 Schiffen gesucht haben, Flugzeuge, die auch den Atlantik absuchten, nicht mitgezählt – der Prestige-Verlust für Großbritannien, speziell in Washington, hätte die ›Bismarck‹ Brest erreicht, wäre kaum je wiedergutzumachen gewesen, denn immerhin hatte diese Bestie unser Flaggschiff in die Luft gejagt. Wir danken Ihnen, daß wir die vernichten konnten, mehr freilich noch dem Obertölpel Lütjens, der es nicht unterlassen konnte, von Bord seinem Führer armlange Liebesbriefe zu funken. Erstaunlich, daß einer irgendwo auf der Welt Admiral werden kann, dem nicht einmal der Verdacht kommt, sein Schiff werde nur deshalb 31 Stunden lang von der größten Flotte der Welt, nach Versenkung ihres Flaggschiffs, nicht verfolgt, weil die nicht weiß, wo der Gegner ist!«

In das Lachen hinein sagte er plötzlich ganz trostlos: »Herr Turing, wieso dann doch, trotz Ihrer genialen Entschlüsselungserfolge im Mai, anfangs September wieder die Katastrophe von SC42 – sechzehn Schiffe aus *einem* Konvoi verloren, während wir nur zwei U-Boote vernichtet haben!«

Turings Antwort: »Die Deutschen, wie sie wissen, ändern täglich die Einstellungen ihrer Verschlüsselungswalzen. Zwar haben wir ›Hydra‹ grundsätzlich enträtselt – müssen aber alle 24 Stunden die abgeänderte Einstellung der Chiffrierwalzen neu entschlüsseln; das kann – muß nicht – zu Verzögerungen führen, die unsere Resultate für eine aktuelle Operation zu spät kommen lassen. Wir hatten, zu Ihrer Frage, zwar von einer U-Boot-Konzentration südlich von Grönland erfahren, doch den exakten Standort des U-Boot-Rudels fanden wir nicht, weil die Deutschen erst im September mit einer zusätzlichen Überschlüsselung der Buchstaben in den Quadratangaben unsere Arbeit sehr verlangsamt haben – bis heute... Wenn ich auch noch anmerken darf, Primeminister«, schloß Turing verlegen, »unser sehr langsamer Konvoi SC42 war von nur einem Zerstörer und drei Korvetten begleitet...« Churchill lachte, stieß ihn jungenhaft ans Schulterblatt, dann lustig, impetuos: »Das war doch kein Vorwurf: Verwechseln Sie mich nicht mit der Frau, die einem Matrosen, der ihren Sohn vor dem Ertrinken gerettet hat, mit den Worten dankte: ›Und wo ist seine Mütze?‹«

Alle lachten, einige klatschten. Churchill, ohne Übergang: »Daß Sie das Fehlen eines ausreichenden Geleitschutzes beanstanden, berührt natürlich eine unserer Hauptsorgen: Dönitz steigert die Zahl seiner Boote erheblich schneller als wir die unserer Geleitschiffe. Wir können – lächerlich – sechs, manchmal acht pro Monat bauen. So bat ich den Ersten Seelord, den Präsidenten auf diesen katastrophalen Mangel anzusprechen. Ergebnis: Roosevelt versprach ihm, noch in diesem Jahr seiner Marine zu befehlen – und ich weiß nicht, wie er fertigbringen will, das vor seiner Nation zu rechtfertigen, es ist fast ein halber Kriegseintritt –, daß sie unsere Konvois im westlichen Atlantik zwischen den Häfen der USA und Island begleitet. Nie hatte Großbritannien«, als Churchill das sagte, bekam er nasse Augen, »in seiner langen Geschichte einen so uneigennützigen Freund wie Roosevelt...« Und er murmelte: »Auch nie so nötig.« Lauter dann: »Gewinnen wir die Schlacht um den Atlantik nicht, gibt es keine Rückkehr auf den Kontinent, gibt es überhaupt...« Er brach ab. Er schwieg.

Beklommen, selbst eingeschüchtert, spürte ich mehr, als ich beobachten konnte, wie Macht einschüchtert – aber auch erotisiert. Was ist, woher kommt das? Ist das platter Darwinismus? Es müßte ja deshalb nicht falsch sein, daran zu erinnern, daß auch bei Schimpansen der Jüngere dem Älteren, vor allem aber dem Leitaffen sich so zu nähern hat, daß er ihm dabei nicht in die Augen schaut, weil das vom Älteren als Herausforderung aufgefaßt wird. Es müssen die uraltesten Unterwerfungsrituale, ja Ängste in uns Herdentieren sein, die auch gegenüber dem Premier das Verhalten des Rudels dem Leitbullen gegenüber steuern. Und der Eros, der ausgeht von der Macht, ist unübersehbar, er drückt sich immer auch sehr äußerlich aus und ist keineswegs personengebunden. Denn dieser runde Siebzigjährige, fast kahl, bemächtigt sich auch aller männlichen Untergebenen, deren jeder einzelne sichtbar ›wächst‹ in genau dem Maß, in dem Churchill ihn beachtet und heranzieht; und zwar auch wächst in den Augen der anderen, nicht nur in seinen eigenen. Churchill überwältigt nicht oder nicht in erster Linie als Person, sondern als Inhaber der absoluten Gewalt: er ist der Staat, ist England in diesem historischen Augenblick.

Und wie ist das bei uns Frauen? Schön wär's, imponierte uns mehr (als den Männern) nur der Mensch, nicht sein Amt. Da würden wir uns aber etwas vormachen, glaubten wir das: Ich bin überzeugt, er bekäme jede, hätte er überhaupt einen Blick für uns. Er hat ihn nicht, hatte ihn wohl niemals. Schon über den fünfunddreißigjährigen Churchill schrieb ein Lord: »Churchills einzige Mätresse: die Macht.« Und so schloß denn Churchill seine früheste Autobiographie *Die Abenteuer meiner Jugend* mit der trockenen Feststellung: »... heiratete ich und lebte fortan immer glücklich.« Er hatte seine vier Kinder, das Erotische scheint ihm nie mehr zum Problem geworden zu sein.

Er lebte stets nur in Politik und Geschichte und hat nie irgend etwas wahrgenommen von der Welt: Sein einziger Versuch, ein öffentliches Verkehrsmittel zu benutzen, endete damit, daß man ihm mühsam aus der U-Bahn wieder heraufhelfen mußte; er fand den Ausgang nicht zum Straßenlicht. Eines Tages besuchte er eine Freundin in Frankreich und begrüßte sie mit den Worten: »Stellen Sie sich vor, ich bin ohne Diener gereist, und es ging alles ganz reibungslos!« Sie antwortete: »Wie tapfer von Ihnen, Winston!«

Geradezu komisch, sich vorzustellen, Erotisches könne ihn auch nur zehn Minuten von der Leitung des Staates ablenken; natürlich wird auch ihm, wie beinahe jedem hierzulande, eine homoerotische Phase nachgesagt, in seinen frühen Jahren als

Kolonial-Journalist und als Soldat in Übersee. Und dennoch geht wie ein Sog Eros aus von ihm, dem Träger der schrankenlosen Gewalt, die ihm ja immerhin – Ruhm unserer Staatsform – freiwillig übertragen ist; sein Volk kann ihn durch Parlamentsbeschluß jeden Tag entlassen. Und er sagte: »Wenn ich mir anmaße, dies Land zu führen, erkläre ich mich einverstanden, auf dem Tower Hill geköpft zu werden, wenn wir den Krieg verlieren ...«

Undenkbar, spüre auch ich, daß *der* ihn verliert.

Was ist dieses Erotische, wo es eins ist mit der Macht? Ich las im Stendhal, daß Napoleon »vermutlich sämtliche Frauen des Hofes hatte«. Er war jung, aber das erklärt allenfalls *sein* Bedürfnis – erklärt keineswegs die Selbstverständlichkeit, mit der alle Frauen zu ihm gingen, und das auch voneinander wußten, und auch ihre Ehemänner wußten es –, ohne im Zweifel zu sein, was allein er von ihnen wolle. Nur ›das‹ von ihnen zu wollen, sonst gar nichts: Verletzend – doch er verletzte sie keineswegs. Warum? Es war der Sog der Macht, dem sie folgten. Stendhal: »Eine Jungverheiratete sagte am Tage ihrer Vorstellung bei Hofe zu einer Freundin: ›Großer Gott, was will der Kaiser von mir? Ich habe die Einladung bekommen, mich heute abend um acht in seinen Privatgemächern einzufinden.‹ Andern Tags fragten sie die Damen – denn sofort wußte das jede –: ›Haben Sie den Kaiser gesehen?‹ Sie ward rot und gab keine Antwort ...«

Gefürchtet habe Napoleon an den Frauen, daß sie seine Ordnung – und die aller Männer – stören, dadurch, daß sie zu »Fehltritten verleiten ... weil er in seiner Souveränität das im Grunde Lächerliche verabscheute, das sie dem Mann zugleich mit ihrer Huld anhängen«. Oft verließen der Kammerdiener Constant, der sie ihm zuzuführen hatte, oder sein Mameluck nicht einmal den Raum, sondern blieben hinter dem Wandschirm: »Die Hauptsache einer Zusammenkunft dauerte keine drei Minuten ... Der Kaiser saß bei solchen Besuchen an seinem Tisch, den Degen nicht abgelegt, und unterzeichnete Schriftstücke. Die Eingeladene trat ein. Ohne sich stören zu lassen, winkte er ihr, sich auf dem Ruhebett niederzulassen. Nach einer Weile gab er ihr, den Leuchter in der Hand, höchstselbst das Geleit und setzte sich dann wieder an seine Schriftstücke ...«

Nicht einmal sich auszuziehen hielt er für nötig, er knöpfte nur seinen Matrosenhosenstall auf, der Geschwindigkeitsrekordler: Warum kamen dennoch alle Generals- und Ministersgattinnen freiwillig – ganz ohne Frage freiwillig – zu ihm? Nicht dieser Zwerg von 152 Zentimeter ›Höhe‹, – extrem klein sogar für damalige Zeiten, lockte, sondern seine Allmacht über den Kontinent. *Heute* wird gemeldet, in allen von den Deutschen okkupierten Ländern ließen Frauen sich sehr willig mit ihnen ein, ohne jeden Zwang, ja sogar dadurch in Gefahr, einst als Kollaborateurinnen umgebracht zu werden. Warum tun sie mit den Siegern, was sie – ohne sich zu gefährden – doch auch mit Landsleuten tun könnten? Weil sie, offensichtlich, *den* Mann bevorzugen, der auf seiten der Sieger steht, *den*, der über seine Person hinaus Mitinhaber der Macht ist. Peinlich, aber wahr...

Natürlich fiel mir nicht ein, Churchill, der die Freiheit verteidigt, mit Napoleon zu vergleichen, der sie unterdrückte, ja der ganze Völker ›vereinnahmte‹, um seinen Brüdern, Schwestern, Schwagern Throne zu schenken. Ich vergleiche allein die einschüchternde Ausstrahlung der Macht. Der nicht großgewachsene, aber sehr breite und dadurch auch körperlich imponierende Zivilist stand noch tiefer, als wir – viele uniformiert – um ihn herum saßen im Gras; sein spanisches Rohr, das Edward VII., der Liebhaber von Churchills schöner Mutter, ihm zur Hochzeit geschenkt hat, und der steife, eckige Hut, kein runder Bowlerhut, sondern ein Halbzylinder, wie ihn sonst kein Mensch mehr trägt, lagen im Gras. Er rauchte, die Zigarre in seiner auffallend kleinen, sehr feinen weißen Hand, die täuscht; ist sie doch die gewaltige Tatze eines Täters, eines mit Lust zuschlagenden, geborenen und passionierten Schlägers, der in einem Essay verächtlich über »den milden Himmel des Friedens und der Banalitäten« räsonierte... Er schwieg – doch niemand, ganz offensichtlich, wagte zu sprechen, eben weil *er* schwieg. Seine Augen sind furchtbar – gletscherkalte, sehr große Augen, daß man trocken wird im Mund, wenn sie sich auf einen richten. Endlich wagte Professor Hall, sich zu räuspern – er stand auf, ehe er sprach – und zu sagen: »Primeminister, ist eine sehr indiskrete Frage erlaubt: Wächst nicht mit der Qualität unserer Arbeit – das heißt: mit der Schnelligkeit, mit der wir entschlüsseln – die Gefahr, daß die Deutschen das merken müssen? Wie verhindern Sie das?« Und setzte sich wieder wie ein Schüler. Churchill: »In der Tat, Sie sprechen von unserer größten Angst – eine Katastrophe wäre das, schlimmer als alle verlorenen Schlachten, wenn der Mann da drüben sein Gottvertrauen in die Sicherheit seiner Enigma einbüßte. Nun, wir lassen uns verschiedenes einfallen. Wir machen ihn zum Beispiel glauben, ein Verräter in der römischen Admiralität habe uns Nachrichten verkauft, und so erwischten wir die Geleitzüge zu Rommels Afrika-Korps. Oder da gäbe es in seiner eigenen Umgebung einen Deutschen, der für uns arbeitet. Oder wir hätten Aussagen von Gefangenen. Einige Male haben wir Kameraden – ich will nicht sagen: vorsätzlich – geopfert, aber wir haben sie doch verloren, weil sie mit ihren Aufklärungsflugzeugen so ostentativ über die deutschen Linien oder Schiffe fliegen mußten, *daß* sie gesehen würden.«

Wieder fragte ihn Hall: »Die Russen dürfen nicht erfahren, woher wir haben, was wir ihnen aus Enigma geben?«

Churchill, und ich hatte den Eindruck, das antwortete er, um zu verbergen, wie das in Wahrheit läuft: »Die Russen dürfen's am wenigsten erfahren, natürlich. Auch die Amerikaner nicht. Noch nicht ...« Nach diesem Zusatz Grinsen und Schweigen. Dann: »Es gibt Schweizer, denen wir anhängen, daß sie Spione sind; sie sind aber nur unsere Zwischenträger zu den Russen. Ich darf sagen: wir helfen den Russen täglich. Ehrenwort: ich habe Stalin, wie General Ismay kürzlich gezählt hat, 84 detaillierte Warnungen vor dem 21. Juni zukommen lassen: vierundachtzigmal ihm Fakten geliefert, die ihm Hitlers Überfall ankündigten! Kein Wort hat er mir geglaubt, so sicher war er, ich wolle ihn und seine Berliner Verbündeten aufeinander hetzen. Nun, ich würde Stalin ja auch nichts ungeprüft glauben. Käme jetzt ein Funkspruch, er sei gestorben, wäre meine Frage: Was will er damit bezwecken?« Ins Lachen hinein sagte er, sich zum Gehen wendend, sehr verdüstert: »Es gibt nichts, *nichts*, was es operativ – oder auch menschlich – rechtfertigen könnte, Ihre Leistung hier zu unserer Rettung aufs Spiel zu setzen, indem man in Berlin auch nur den Verdacht aufkommen läßt, daß wir Blindekuh spielen mit dem Generalstab, der Preußenpriesterschaft. Coventry: Fragen Sie Ihren Group Captain Winterbotham, wie ihm und mir zumute war im November, als er um drei – war es nicht so früh?«

Winterbotham, auch er stand auf, als er antwortete: »Es war noch vor 15 Uhr, Primeminister.« Churchill nickte, dann weiter mit seiner rauhen, raschen, zuweilen lispelnden Stimme: »Früh genug jedenfalls, Coventry zu evakuieren – wenigstens die Schulkinder herauszufahren, denn die Hunnen würden um 9 Uhr abends angreifen. Sie wissen, nur im Falle Coventry war es uns geglückt, den Namen der Stadt aufzuschnappen, weil die da drüben ja sonst Code-Namen für unsere Städte verwenden. Doch irgendeinem ist ›Coventry‹ in sein Enigma gerutscht – und nun fragte der Group Captain mich am Telefon, ob Coventry gewarnt werden dürfe. Selten im Leben war etwas so schmerzlich wie dieses Nein, das ich sagen mußte – oder meint jemand von Ihnen, bitte, ich hätte anders entscheiden dürfen? Um die Zivilisten *einer* Stadt zu evakuieren – preisgeben, daß wir die feindlichen Befehle lesen können? Ich konnte nur erlauben – ich denke: ich hatte recht –, daß in Krankenhäusern und Gas- und Elektrizitätswerken die Feuerwachen verstärkt wurden, nicht einmal der Bürgermeister hat erfahren, daß die Anordnung an dem Novembernachmittag von mir kam, als ihn das Luftfahrtministerium anrief.«

Ich hatte auf der Zunge, wagte aber nicht, das vorzuschlagen – geniere mich jetzt, es nicht gesagt zu haben: »Und wie, Sir, wenn man nicht allein aus Coventry, sondern auch zwanzig anderen Städten auch noch an diesem Nachmittag, offiziell und angeblich nur zu Übungszwecken, die Schulkinder in Bussen herausgefahren hätte?« Freilich, *das* hätten die Deutschen nicht mit Argwohn aufnehmen können, aber so schlau ist man hinterher... Irgendwie kam's mir schäbig vor, dem Mann das vorzuhalten. Denn ich vergesse nie, was mein Großvater von Churchills Arzt hörte: »Winston kommt mir vor wie der Vater von zehn Kindern: Nur für sechs kann er das Essen auftreiben – und er muß nun entscheiden, welche vier er verhungern läßt.«

Da ich die Apparatur bedienen muß, durfte ich mitgehen, als Churchill sich von Turing eine Bomba zeigen ließ; zuvor die Enigma. Es war offensichtlich, daß der Primeminister zwar beeindruckt, doch auch ›abwesend‹ war, sobald Alan zu gründlich ins technische Detail ging. Größe ist Konzentration auf die ureigene Aufgabe, und die Churchills ist Kriegführung, nicht die Beschäftigung mit einem einzelnen Apparat, wenn er ihm auch das Entscheidende für die Führung des Krieges verdankt. Ganz unüblich hatte er seine Hand Alan hingestreckt, als er Hut und Stock aufhob und aus dem Kreis der anderen heraustrat und sagte: »Zu Ihnen, zum Herrn des Orakels von Bletchley Park!« Er geht sehr schnell, sagte noch schneller: »Sie – Sie, gehen Sie hier voran«, und es war offensichtlich, daß er Alan vor allen auszeichnen wollte. Ja, mehr: Churchill plauderte vor ihm aus, was er sicher keinem anderen so ohne weiteres erzählt, und sein Motiv, vor Alan so offen zu sein, war fraglos nicht Schwatzhaftigkeit, sondern ein Bedürfnis, dem genialen Erfinder zu zeigen, daß auch *er* einer ist. Er sagte: »Ihre Entschlüsselung der Meldungen über Eisenbahntransporte, die Waffen und Munition der Hunnen nach Ungarn und Rumänien brachten, hat den letzten Zweifel beseitigt, daß der Mann da drüben in die Balkan-Falle hineintappen würde, die ich ihm gestellt hatte: Sie haben mir eine Zentnerlast von der Brust geräumt, sobald ich wußte, der marschiert auf Athen und Belgrad...« Noch war Alan befangen wie ausnahmslos jeder, den ich Churchill anreden sah; später, als er seine Maschine erklärte, war er schlaksignatürlich wie stets und nicht weniger souverän als Churchill. Doch sonst haben offenbar alle, die den Primeminister anreden, ein Gefühl, als sollten sie einen Tiger an den Ohren festhalten. Immerhin fragte Alan: »Darf ich fragen, Primeminister, wieso der Balkankrieg eine Falle war, die Sie Hitler hinstellten?«

Churchill grinste, daß seine Augen fast verschwanden: »So klug – und sehen das nicht? Als ich, wiederum dank Ihnen, im November/Dezember zuerst erfahren habe, der Mann werde über Stalin herfallen, da mischte sich in meine Erleichterung auch die Sorge, er könne so früh marschieren, daß die Russen nicht mehr dazukämen, sich durch ihren größten Verbündeten retten zu lassen: durch den Winter! Tatsächlich wollten die Deutschen im Mai auf Moskau los – also fragte ich mich natürlich, wie wir helfen könnten, daß die Hunnen in Rußland *erfrieren*! Und da fiel mir nichts anderes ein, als den Balkan in

Brand zu stecken, was die Italiener uns durch ihr Griechenland-Abenteuer erleichterten. Doch das genügte mir nicht, Hitlers gewaltige Armeen von Rußland abzulenken, also organisierten wir den potentiell schon schwelenden Volksaufstand in Belgrad. Und der Berliner Amokläufer funktionierte erwartungsgemäß wie ein Pawlowscher Hund. Er fraß den vergifteten Köder, nannte – weiß ich von Ihnen, lieber Turing – seine Bombardierung Belgrads ›das Unternehmen Strafe‹ und sah keineswegs, daß *er* es war, der bestraft wurde! Denn die sechs Wochen, die ihn sein unfreiwilliger Marsch auf Belgrad und nach Kreta gekostet haben, werden nunmehr eine Million Hunnen vor Moskau und Leningrad in Gefrierfleisch verwandeln – sonst hätten die womöglich dort so warme Winterquartiere gefunden wie in Charkow und Kiew. Nicht auszumalen, wäre dort dem Kranken ein Blitzkrieg geglückt wie im armen Frankreich.« Während Alan etwas in die Enigma hineintippte – als Beispiel nahm er natürlich das Wort Churchill –, dachte ich darüber nach, ob der Mensch sein Amt – oder ob das Amt den Menschen macht.

Als Churchill Hütte 3 betrat, sagte er, ich fand es lustig, scheinbar beiläufig: »Sooft ich von Ihrem Kollegen Professor Lindemann eine Auskunft brauche, sage ich zu ihm: Zehn Zeilen, bitte!« Offenbar hatte Churchill Angst, Turing wolle ihm hundert Zeilen über seine Maschine erzählen; Lindemann ist Physiker mit Kabinettsrang.

Wie Churchill Turing zusah, als der ihm Enigma demonstrierte, wie der fast Siebzigjährige dastand, den Unterleib vorgeschoben wie immer, betrachtete ich sein Glatzen- und Stirnmassiv, die Wülste über den Augen, die angeblich Sprachkraft ausdrücken, die kurze, abgeplattete Löwennase; ich habe nie irgendwo einen ähnlichen Schädel gesehen. Ungeduld – er ist so ungeduldig, daß man nicht für möglich hält, er könne die unendliche Ruhe aufgebracht haben, seine Riesen-Epen, zehn Bände über den Ersten Weltkrieg und den Herzog von Marlborough, zu schreiben und zu diktieren –, Ungeduld zeigt sich an, sobald er sein nicht sehr ausgeprägtes Kinn mit der Faust reibt... und seinen Bärenhals im Hemdkragen; der oberste Kragenknopf ist offen, zusätzlich macht er sich da oft mit Fingern Luft. Sozusagen motorisch die Kraft in seinem schwartenglatten Nacken und den runden Schultern...

Fast komisch zu sehen, wie schüchtern-fromm, ja angstvoll dieser Machtmensch den großen Jungen fragte: »Haben Sie das wirklich gesagt, Herr Turing – Winterbotham will das bei Ihnen aufgeschnappt haben –, ein Sonett, das eine Maschine geschrieben hat, könne von einer anderen Maschine am besten gewürdigt werden? Verzeihen Sie, das müßte ich für verrückt halten, wenn nicht alles, was Sie tagtäglich tun, so nachweislich praktisch, brauchbar, also vernünftig wäre... Können Sie erklären –?«

Alan: »Das Sonett, das eine Maschine eines Tages geschrieben haben wird – noch kann das keine –, ist natürlich durch eine Maschine am gerechtesten zu würdigen, doch...« Churchill: »Aber – verzeihen Sie, ich stehe jetzt so dumm vor Ihnen, wie einst vor meinem Lateinlehrer, der mir Prügel androhte, weil ich gefragt habe, wozu ich den Vokativ auch von Tischen und Stühlen lernen müsse, denn ich sagte doch nie: o Tisch! – Ich spräche überhaupt nie mit Möbeln. Jetzt frage ich: Welche Maschine wird – a: ein Sonett schreiben, wird – b: eines lesen wollen? Und welcher Mensch – c: will das Sonett einer Maschine lesen?«

Turing: »Es fördert die Forschung nicht, wenn man sich Grenzen – statt Ziele – setzt. Der künstliche Mensch muß einer unserer Ur-Träume sein, denn wieso sonst sprach schon Platon vom Androiden? Sonett ist ein schlechtes Beispiel – aber die Universalmaschine, zu der ich bisher nur einige Anfangsdaten liefern konnte – dann kam durch den Krieg diese Aufgabe hier, den Rechner zu bauen –, wird sicher eines Tages auch Gefühle entwickeln und vermutlich das haben, was wir eine Seele nennen; Tiere haben ja auch Seelen, und wie lange sprach man sie ihnen ebenso ab wie noch heute die Moslems den Frauen...«

Churchill, mehr befremdet als fasziniert: »Und dies nannten zuerst *Sie* eine Universalmaschine?«

Turing, erschreckt: »Nein, nein – dies nicht... dies hier ist ein vergleichsweise höchst banaler Rechner, eben die Spezialmaschine, die ich nur bauen mußte, um Enigma zum Reden zu bringen, also nur eine eng begrenzte, zeitbedingte Spezialversion, nur eine Reduktion der Maschine von 1936, die deshalb Universalmaschine heißt, weil sie jede andere Maschine simulieren kann. Immerhin ist auch diese auf Krieg gegen Enigma spezialisierte Bomba zwar noch nicht beseelt« – er lächelte –, »doch immerhin kann sie bereits, was von Hirn und Hand kein Mensch fertigbrachte, jedenfalls nicht in einer Zeit, die noch verwendbar macht, was uns die deutsche Enigma verschlüsselt. Meine drei polnischen Kollegen Rejewski, Zygalski und Rozycki kamen zwar auch schon in Warschau einige Male auf den deutschen Klartext, aber erst nach Monaten, weil ihnen meine Maschine noch nicht dabei half.«

Churchill: »Wann kam Ihnen die Idee zu Ihrer Universalmaschine, von der also diese Bomba – habe ich das verstanden? – nur eine Reduktion ist?«

Turing: »Ich veröffentlichte meine Abhandlung 1936.«

Churchill – fast ein Schrei: »'36! – Ja, wie jung waren Sie denn da?«

Turing: »Ich war 24, Primeminister.«

Pause, leise, langsamer als sonst, sagte Churchill: »Und ein Ableger Ihrer universellen Maschine ...«

Turing: »Nur eine bescheidene Spezialversion; jeder gute Mathmatiker könnte mit den Hilfsmitteln, die ich jetzt hier erhielt, der Enigma auch zu Leibe rücken ...«

Churchill: »So sagt man immer, wenn ein Unverwechselbarer das gemacht hat, was ihm als erstem einfiel: Dann sagen jene, denen nichts einfällt, das wäre ohnehin gekommen. Lindemann erzählte, als er 1933 nach Berlin fuhr, um seinen Freunden Einstein und Born anzubieten, daß sie sich zu uns flüchten, hätten Nazis, die schon gegen deren ›jüdische Physik‹ in den Zeitungen hetzten – doch immerhin darauf gepocht, den Nichtjuden wäre sowieso alsbald auch eingefallen, was halt dem Einstein 1905 schon einfiel ... Also *Ihre* – es *bleibt* Ihre, Turing – universelle Maschine gegen Hitlers universelle Waffe. Denn universell – oder nicht? – ist doch eine Waffe, wenn sie alle anderen subsumiert: Enigma ist die vollendete Tarnung aller Waffen Hitlers, aller seiner Ziele, Daten, Gedanken, Pläne – und die haben Sie enttarnt, abgewrackt. Was nannten *Sie* universell?«

Turing – ich weiß nicht, ob ich das exakt wiedergebe, er muß meine Notizen überprüfen, korrigieren –, er sagte: »Universell – eine durch ein auswechselbares Programm definierte Maschine, also nicht diese, sondern jene, die wir nach dem Krieg bauen werden, die auf Grund elementarer Operationen jede Rechnung ausführen kann, die durch Zahlen zu verschlüsseln ist. Diese Zukunftsmaschine wird der Entwurf, tatsächlich nur ein Entwurf eines elektrischen Hirns sein, eines Automaten, der denken und lernen kann – und vielleicht eines Tages selbst etwas entwerfen, zum Beispiel wieder einen Automaten. Soweit bin ich noch nicht. Zunächst beschäftigt mich nur diese Bomba: Unsere Kryptologen hatten die Konstruktion der Berliner Maschine, die seit den zwanziger Jahren immer verbessert wurde – zeitweise war die Vorform der heutigen auf freiem Markt zu kaufen –, natürlich längst durchschaut ... dank der Polen, auch der Franzosen – nur hatten sie diesen Apparat nicht, um gegen Enigma anzugehen, was kein Menschenhirn kann. Sie sehen, Primeminister, ich tippe Ihren Namen im Klartext hinein – doch was dabei herauskommt, das ist ein scheinbar unentwirrbares Buchstabenchaos, wird doch jeder Buchstabe, während ich ihn tippe, schon ausgetauscht gegen einen anderen. Denn die Enigma hat eine Tastatur, die durch elektrisch verbundene Walzen immer verschiedene Buchstaben oder Zahlen produzieren kann. Alle 24 Stunden verändern die Deutschen die elektrischen Einstellungen, mit denen sie die Buchstaben immer erneut mit anderen Bedeutungen besetzen – ein B kann morgen ein X oder L oder eine 7 bedeuten ... Und seit September, zu unserem Unglück, benutzen sie bei der Marine eine zusätzliche Walze.«

Churchill, offensichtlich gewillt, abzubrechen, verdrossen, weil er wie jedermann nur *sah*, doch nicht *verstand*, ging von der Enigma zu Alans magischer Wand und sagte: »Winterbotham erzählte mir feierlich bewegt von Ihrem Heiligenschrein ... Ich komme mir ebenfalls vor, als sei ich ein früher Grieche, der zum erstenmal das Orakel von Delphi befragt ... Woher dieses Knistern? Ratio gewordene Magie? Wie nennen Sie diese Apparatur?«

Turing: »Da ist noch kein Name, Primeminister – lateinisch:

computare = rechnen. Computer? Vielleicht könnte man Computer sagen?«

Churchill: »Computer? Rechner? Das ist mir denn doch zu schlicht, zu farblos – wenn ich *sehe*, wieviel Magie da im Spiel ist!«

Mir war aufgefallen – ich kann nicht sagen: wieso –, daß Alan, einen Kopf höher, den Primeminister auch körperlich beeindruckte, die Breite der Schultern, das Sportplatz-Gehabe des Neunundzwanzigjährigen, der ganz uneitel sofort widersprach: »Magie ist da nicht im Spiel, sondern die –«

»Magie ist«, beharrte Churchill, als befehle er, »daß zur rechten Zeit am rechten Platz der rechte Mann, den zuvor kein Mensch kannte – Sie nämlich –, die Lösung der allein ihm lösbaren Aufgabe fand – und Geschichte macht. Das ist Magie! Oder wissen Sie exakter diese Koinzidenz zu benennen: daß in jenem Jahr '36, in dem der Mann da drüben mit der Besetzung des Rheinlandes und seiner Proklamation der Allgemeinen Wehrpflicht seinen Krieg ankündigt – ein vierundzwanzigjähriger Brite die Voraussetzung schafft, ihm *die* Waffe aus der Hand zu schlagen, die nicht seine ganze Stärke ist, ohne die aber seine ganze Stärke durchschaubar wird? Wo sonst hätte man so drastisch dem Weltgeist bei der Arbeit zusehen können!«

Turing: »›Weltgeist‹ – was ist Weltgeist, Sir?«

Churchill, als ziehe er aus Angst den Kopf ein – ich glaube, es *war* Angst: »Keine Ahnung, verlangen Sie doch von einem Werkzeug nicht, daß es den Meister kennt, der es benutzt! – Woher dieses stricknadelhafte Knistern?«

Turing: »Ja, das ist lästig, weiß noch nicht, wie zu vermeiden sein wird, daß beim Einschalten des Stroms das elektromagnetische Relais-System dieses Knistern erzeugt ... Wenn wir eines Tages keine Befehle der Deutschen mehr entschlüsseln, wird uns meine Maschine – nicht diese – beantworten, wie unser Gehirn funktioniert. Läuft erst eine Maschine, müßten auch Rechenoperationen möglich werden, die sogar embryonale Zellentwicklungen in mathematischen Formeln erfaßbar machen und es ermöglichen, zuletzt unsere Gehirnstruktur nachzubauen ...«

»Nachbauen? – Ein Gehirn!« Bis Churchill begriffen hatte,

war ein Moment vergangen. Sein Tonwechsel war deutlich, er trat einen Schritt zurück, mehr vor Turings Person als vor dessen Bomba. Dann sagte er schroff, und seine glasschneiderharten Augen, riesig jetzt, aufgerissen, drückten Abscheu aus: »Sind Sie Prometheus, der Menschen geschaffen hat? *Wozu* denn ein Gehirn nachbauen?« Erbittert belustigt diese Frage. Turing war eingeschüchtert, doch sobald er sprach – tat er's selbstbewußt: »Wenn man Menschen ersetzen kann durch Maschinen, dort, wo Menschen sonst sterben – wenn man sie ersetzt durch künstliche Gehirne, zum Beispiel in Ihren Bombern, Primeminister, dann tut man Gutes, nicht wahr, Menschen*freundliches*!«

Mich verängstigte, wie Alan deutlich vorwurfsvoll gesagt hatte: in »Ihren« Bombern, statt: in unseren. Als sei es Churchill, der sich ausgedacht habe, Menschen in Flugzeuge zu setzen! Herausgefordert, hatte Churchill offenbar keine Eile mehr und antwortete so ruhig, daß niemand hätte sagen können, was er dabei fühlte: »*Wissen* Sie, Herr Turing, wie aktuell Sie da sogar als Waffentechniker sprechen? Man hat uns zugetragen, aus Polen, doch wir wissen nicht, ob das nur blöde Gerüchte sind, daß der Mann da drüben menschenlose, auch flügellose Bomber bauen will, Raketen. Doch Professor Lindemann erklärte, das sei absurd, denn der Treibstoff, den solche Dinger mitführen müßten, würde so viel Raum in ihnen füllen, daß kein Platz mehr für Sprengstoff sei. Dagegen sagt Professor Jones, er halte für denkbar, daß die Hunnen Raketen voller Dynamit konstruieren – und Sie?«

Turing, zögernd: »Daß Flugkörper sich ohne Menschen in ein Ziel hineinsteuern, wird fraglos … bald, vielleicht schon heute möglich sein. Den Einwand von Professor Lindemann, der Treibstoff fülle sie aber gänzlich aus, müßte ich erst überrechnen.«

Churchill sagte: »Es gibt einen Trost – noch nie, niemals war unter einer Ihrer entschlüsselten Enigma-Nachrichten aus Deutschland der geringste Hinweis auf eine Produktion unbemannter Flugzeuge.«

Turing sagte: »Nur ein bedingter Trost, Primeminister. Wir entschlüsseln nur diese *eine* verdammte Maschine. Wenn Herr

Hitler mit seinen Ingenieuren, durchs Zerhacker-Telefon spricht oder gar am Fernschreiber, kriegen wir das hier ja nicht mit! Meine Empfehlung: Lassen Sie Deutschland, wenigstens östlich der Oder und auch die Ostsee, wieder fotografieren; wenn Winterbotham das schon 1937 unentdeckt aus neuntausend Meter Höhe konnte, wird's ja jetzt aus größerer Höhe möglich sein. Ein Raketenversuchsfeld ist nicht klein...«

Churchill – zwei ungeduldige Schritte: »Ist geschehen, geschehen, die fanden auch auf einer Insel, der größten der Ostsee – Namen vergessen–, da fanden sie Baracken, Nissenhäuser ohne Stacheldraht wie hier, also keine Konzentrationslager; doch weil Lindemann versichert, das seien Attrappen oder doch ein Straflager für Arbeitssklaven – auf einer Insel braucht's keinen Stacheldraht–, verzichten wir darauf, dort zu bomben, um so lieber, als Harris vorrechnete, das koste achtzig Maschinen, ein sehr weites Ziel. Jones schlägt vor, Wirtschaftsmeldungen, die Sie ja hier zu Tausenden entschlüsseln, systematisch danach abzusuchen, ob auf diese Insel Stahl oder Treibstoff geliefert werden. Dann müssen wir dort abräumen...«

Und zu mir gewandt: »Wollen Sie bitte zehn Zeilen über die Insel und Herrn Turings Bemerkung Winterbotham mitgeben, wenn der mir morgen eure Enigma-Sprüche bringt, danke!« Zu Turing wieder: »Ja – weit von Berlin ist die Insel nicht, wenn die also tatsächlich, wie Sie für möglich halten, sich mit Fernschreiben verständigen, dann könnte was dran sein am Raketen-Gerücht. Schaudervoll! Demokratie und Wissenschaft können den schönsten Krieg verderben. Ich zog noch mit Pferden in die Schlacht – ihr könnt *Gehirne* bauen?« Er war schon im Gehen gewesen, jetzt faßte er Turing am Arm und sagte, als spreche er zu einem Sohn: »Ich verstehe ja nichts von alldem, doch ich frage: Kann denn ein Gehirn ergründet werden durch... etwas, das selbst nicht besser ist als ein Gehirn? Ihr Apparat hier ist doch besser als der, den er ergründet und ausgeschaltet hat, als die Enigma? Folglich – oder irre ich – müßte auch einer besser sein als ein Mensch, der das Menschengehirn simuliert, wie Sie das nennen, also *doch* ein Halbgott, doch Prometheus! Wozu, sagen Sie doch, *wozu* den Androiden machen, wenn der künstliche Mensch auch nur ein Mensch ist?«

Turing: »Er ist nicht einmal einer, ein Mensch. Warum man überhaupt machen will, was schon da ist, wissen Sie ja auch, wenn Sie malen – oder wissen es nicht, malen aber doch: daß etwas da ist, hindert uns nicht, es abzumalen, nachzumachen, zu imitieren, zu verbessern...«

Churchill: »Verbessern? Den Menschen? Damit fängt doch aller Terror an, Religionsstifter, Totalitäre, Ideologen wollen immer den neuen Menschen, den besseren...«

Turing: »Ich sagte ja: der Androide bleibt *immer* weit davon entfernt, ein Mensch zu sein, soweit ein Automat davon entfernt ist, ein Gehirn sein zu können. Man muß überhaupt vermeiden, Primeminister, besser oder schlechter zu sagen – das sind keine Kategorien. Ein Motor ist anders, nicht besser als ein Mensch, nur weil er besser laufen kann...«

Churchill: »Aber ein Motor ist kein Gehirn, wie Sie eins bauen wollen, sondern nur das Ergebnis eines Gehirns.« Er wandte sich ab, murmelte noch: »Irgendwo... nicht zu weit weg: muß es da Grenzen geben. Wozu ein Gehirn *bauen*? Wollt ihr eines Tages auch technisch einen Baum errichten? Wozu? Nun, ich verstehe absolut nichts davon, doch an Grenzen, ist man an Grenzfragen gelangt, dann soll man sich orientieren an dem, was man in Überlieferungen findet, in den Mythen: Auch Prometheus geriet irgendwann übers Ziel...« Und er sagte zu mir, als könne er das nur zu einer sagen, die ebensowenig wie er verstand, wie weit Turing sich hinauswagte: »Geben Sie acht auf ihn! Man muß ihn festhalten, nicht wahr – so froh wir armen Menschen auch sind, daß offenbar immer einer zur rechten Stunde auftritt, der dann – wie er – einem Hitler ins Hirn schauen kann. Aber selber ein Hirn auch bauen, wohin wollt ihr damit?«

Turing: »Auch nur zur Technik, Sir, auch nur zur technischen Grenze. Ihre Befürchtung, wir wollten einen Baum errichten, künstlich, oder gar das Gehirn eines Menschen nachbauen; diese Chance, die Sie eine Gefahr nennen, existiert noch nicht – nach Ansicht meines Mentors John von Neumann existiert sie niemals.«

Churchill: »Von Neumann? Ein Deutscher?«

Turing: »Ein Ungar – der Vater geadelt von Kaiser Franz Joseph dem Letzten.«

Churchill: »Büßen wir täglich, daß die in Versailles machten, daß der der Letzte war: Sein Sohn Kronprinz Rudolf wurde übrigens genau an jenem 20. April '89 in der Kapuzinergruft in den Zinnsarg gelegt, an dem des Kaisers Untertan Hitler geboren wurde. Entschuldigen Sie: Was rechnete Herr von Neumann?«

Turing: »Wie wenig wir noch können, hat er an einem plausiblen Bild erläutert. Eine Elektronenröhre ist ungefähr milliardenfach größer als eine Nervenzelle ... Die Technik müßte ein Gerät bauen, das dreißig Tonnen wiegt – der gegenwärtige Stand der Technik zwingt uns ja, noch immer Metalle zu verwenden, um dann doch nicht zu leisten, bei weitem nicht, was das Gehirn des Menschen kann, das nur zwölfhundert Gramm wiegt und in einen Schädel paßt! Dazu kommt die Minderwertigkeit der Materialien, verglichen mit denen der Natur: die verwehrt uns, jenen hohen Grad an Kompliziertheit und jene kleinen Dimensionen der Apparatur zu erreichen – und so wird das immer bleiben –, die von lebenden Organismen erreicht worden sind.«

Churchill: »Wie lange aber hat die Natur gebraucht, auf ihren heutigen Stand zu kommen, und wie kurz nur der Mensch, seinen Stand der Technik zu erreichen!«

Turing: »Neumann vermutet, daß wir überhaupt nicht weiterkommen, bevor wir nicht eine logische Theorie der Automaten finden: Wir haben da intellektuelle – nicht physikalische Schwierigkeiten. Wir sind zum Beispiel stets versucht anzunehmen – wissen aber nun, daß die Natur zuweilen das Gegenteil beweist –, daß Selbst-Fortpflanzung zu Vereinfachungen führt. Daß also ein Automat, der fähig ist, einen anderen zu bauen, komplizierter ist als der, den *er* gebaut hat – daß demnach die Kompliziertheit auf dem Wege vom Vater zum Sohn abnimmt. Man wäre demnach versucht, eine gewisse Degenerationstendenz einzukalkulieren, doch in der Natur produzieren Organismen neue Organismen, die ebenso kompliziert sind wie sie selber – ja mehr: Organismen leiten sich von anderen her, die weniger kompliziert sind.«

Churchill stand auf, er hatte sich gesetzt, nachdem ich rasch einen Stuhl von Papieren freigeräumt hatte; er zitierte erschreckt, was Turing gesagt hatte, wiederholte es, um es ganz zu verstehen: »›... in der Natur leiten Organismen sich von anderen her, die weniger kompliziert sind‹? So? Ja, gewiß, sonst müßten ja Geniale geniale Eltern gehabt haben, was selten vorkommt. Folglich, sagte ich schon, werden doch auch eure Automaten, die ihr jetzt noch unzulänglich nennt – kaum daß ihr angefangen habt, welche zu bauen –, in dreißig Jahren Automaten hervorbringen, die besser sind als sie selbst: vielleicht im ganzen soviel besser, als jetzt im Detail Ihre Bomba, lieber Turing, schon so unvergleichlich viel besser ist als jedes Menschengehirn, um Enigma zu entschlüsseln!«

Er reichte Turing die Hand; breites Grinsen: »Beinahe hätte ich gesagt: Nicht, was der Mensch kann – daß er einiges noch nicht kann, läßt hoffen! Doch das wäre der Gipfel der Taktlosigkeit, mich ausgerechnet von dem Mann zu verabschieden, dem wir verdanken, daß wir alle 24 Stunden zweitausendmal den Hunnen unter die Hirnschale schauen können ... Ist das nicht die Zahl?«

Da Turing mich ansah, die Schultern hochgezogen, Unwissenheit andeutend, gab ich zur Antwort: »2004 Funksprüche der Deutschen wurden am Dienstag entschlüsselt, Premierminister – die Zahl schwankt täglich. Meist nur um 2000.«

Wieder in seinen Augen, um seinen Mund dieses unsägliche Vergnügen, mit dem er, der geborene Krieger, Krieg führt; er sagte und hatte nun mir seine kleine, feste, feine Hand hingestreckt: »2004 Funksprüche an *einem* Tag – da wollen wir Gott danken, daß die da drüben nicht so fleißig schießen, wie sie funken!«

Er ging ganz rasch ab; wir folgten; im Gehen sagte er noch zu Turing, soweit ich das verstanden habe, er spricht so schnell, wie er geht: »Absurd, das Gerede, jeder von uns sei nur ein austauschbares Rädchen im Ablauf von Geschehnissen, die weit hinausgreifen über unsere individuellen Eingriffsmöglichkeiten; demokratische Denunziationen, die jeden denen anpassen sollen, die sich anpassen! Sie, Turing, greifen durch Ihre Aufdeckung der Hunnen-Pläne stärker ein in alles, was der Mann da drüben im Schilde führt, als je in früheren Zeiten ein einzelner in die Bewegungen ganzer Armeen und Flotten! Siegen wir, wird das als der lächerlichste Treppenwitz seit dem Trojanischen Pferd in die Geschichte eingehen; siegen *die* – erfährt's kein Mensch, denn der Sieger ist es, der die Geschichte schreibt. Wir wissen vom Trojanischen Pferd nur, weil *die* Geschichte schrieben, die Griechen, denen es zum Sieg verholfen; schauerlich, diese sogenannte Moral des ›Weltgeistes‹ ...« Moral sagte er, als spucke er das Wort weg ...

Dies alles schon im Freien. Vor dem Haus standen die Kollegen, seiner Abfahrt beizuwohnen, er ging noch schneller als sonst, er grüßte, die Hand hochgehalten, Zeige- und Mittelfinger weggespreizt, mit dem V-Zeichen. »Good old Winnie«, riefen Wartende, einige schrien sich in Begeisterung und klatschten; Travis übernahm's, Churchill zum Auto zu bringen, Alan blieb zurück. Der sehr altmodische große Bentley, ohne Begleitfahrzeug, fuhr an, Churchill hatte – vorn sitzend – die Hand schon voller Meldungen, die ihm ein Luftwaffenoffizier hingehalten hatte. Seine Tochter in Flakoffiziersuniform steuerte seinen Wagen. Wie zivil, dachte ich, wie unauffällig, gemessen an seinem immer gestiefelt auftretenden Gegner! Als ich mich umwandte, stand Alan Turing ganz allein an unserer Maschinenhütte. Düster, dunkel, einsam, riesig sah er aus in der schmalen Tür, ein Sieger, der nie etwas haben wird von seinem Sieg, ihn nicht einmal begreift. Mir wurde schlecht vor Kummer – denn wie hätte ich können, was ich so sehr gern wollte und was der alte Mann mir aufgetragen hat: »Geben Sie acht auf ihn!«

VI
Schacht und Treppe

Schwarze Spiegel: mein geöffnetes Fenster neben der Schreibtischlampe. Ehe ich ausknipse – ich will noch nicht verdunkeln, will noch Nachtluft einlassen, aber keine Regung fächelt die Bäume, nur Grillen-Geigen draußen nach einem Tag von nahezu dreißig Grad Hitze –, trete ich zwischen die beiden Fensterflügel und sehe mich also in den Scheiben wie eine schattendunkle Graphik von Munch. Sterbezimmer heißt sein berühmtester Zyklus. Sterbe-Nacht ist heute, denn der Mann, mit dem ich mich vorvorgestern Nacht vor einem schwarzen Spiegel liebte, vor der Fensterscheibe des Nacht-D-Zugs Glasgow–Dover, wird heute nacht fallen. Er ist vor wenigen Minuten Richtung Dieppe ausgelaufen, zum Unternehmen ›Jubilee‹, dem ersten alliierten Landungsversuch auf dem Kontinent, seit Engländer, Franzosen, Polen vor zwei Jahren in Flucht und Panik bei Dünkirchen vom europäischen Festland verjagt worden sind. Ganze sechstausend Kanadier überqueren jetzt den Kanal, um der vollen Gewalt von Hitlers Besatzungsarmee in Frankreich gegenüberzutreten.

Was mich lähmt, ist das so erschreckend wie heute nacht noch nie empfundene Gefühl der totalen Ohnmacht des einzelnen – der weitaus meisten, nicht aller einzelnen – im Wirbel der Geschehnisse, die sie verschlingen. Zufall wollte, daß ich einer der über das Unternehmen dieser Nacht – genauer, über den Frontabschnitt des Gegners, an dem wir landen wollen – am besten informierten Menschen in England bin. Ich wußte zahllose Details der Planung, der Termine, Wochen im voraus – und konnte doch nichts, überhaupt nichts machen, um auch nur diesen *einen* Menschen davor zu bewahren, in das Kommandounternehmen mit hineingerissen zu werden. Und wäre Thornton mein einziges Kind, nichts hätte ich, alles oder doch das meiste schon wissend, tun können, den mir Nächststehenden vor seinem fast voraussehbaren – und auch noch ganz zwecklosen – Tod am Strand von Dieppe zu schützen. Bewundern wir Wehrlosen deshalb einen Turing, einen Churchill so sehr, weil die dem Weltgesetz, wie Marionetten von fremden Händen gelenkt zu werden, *nicht* unterliegen? Weil sie die Auserwählten sind, die nicht gemacht werden durch die Dinge, sondern die Dinge machen? In der Tat. Wir in der Masse (zur Masse gehört stets einer mehr, als jeder glaubt) sind wegen unserer Wehrlosigkeit vor der Geschichte so weit entfernt von jenen sehr wenigen einzelnen, die Geschichte *machen*, wie uns die Bewohner eines anderen Planeten ferne stehen... Ich will nicht, kann nicht diese Nacht daran denken... Ich will lieber mich wieder zwischen diese zwei schwarzen Spiegel stellen, wie Thornton vor der Zug-Scheibe sich mit mir spiegelte, als unser Express durch die Nacht sauste, und will versuchen, noch die gleiche Frau zu sein, die in der Nacht auf Donnerstag dort ihre Stirn vor das Fensterglas drückte. Ach, ich bin die gleiche so wenig mehr wie die Witwe noch die Braut ist. Glück neulich, Verzweiflung heute. Ich will aber jetzt nicht, kann jetzt nicht denken an das, was im Morgengrauen an Nachrichten vom Strand uns erreichen wird. An uns will ich denken, da im Zug, neunzig Minuten südlich von Glasgow, bis zum hellen Morgen kurz vor Dover.

»Laß doch, von außen kann niemand ins Abteil sehen bei dieser Geschwindigkeit, wir brauchen einen Spiegel – bei deiner Skepsis, mit der du jede meiner Zärtlichkeiten ironisierst: Du mußt überprüfen können, wie ich die Wahrheit sage!« rief Thornton, als ich das Rouleau herabziehen wollte. Er hielt mich, hinter mir stehend, in den Achselhöhlen und hatte mich vor die nachtschwarze Scheibe gedreht. »Bitte – überzeuge dich selbst. Keine Übertreibung: die schönsten Brüste, die ich je sah.« Ich konterte: »Die schwersten, meinst du – wie Euter!« Er sagte unwirsch: »Euter hängen, deine Brüste stehen, absurder Vergleich. Stehen so aufrecht wie die Sonnenblume und haben... du überhaupt hast viel von der Sonnenblume. Ich wußte nicht, daß Brustknospen fast so schwarz sein können wie Sonnenblumenkerne, wie dunkel auch ihre Höfe.« Ich lachte: »Weil ich überhaupt so lang und so mulattenbraun bin – keine Ahnung, ob etwa einer meiner Vorfahren einst in den Kolonien verbotene Wege ging. Hast ja an meiner Reaktion gemerkt, wie Illegales mich verlockt, vielleicht geerbt...«

Korrumpieren tun sie ja doch, so verbale – verbale auch – Zärtlichkeiten, und Berauschtsein ist ansteckend, er ließ nicht ab von seiner Sonnenblumen-Schwärmerei: »Wie auch die schon ihrer Höhe wegen viel mehr Sonne abbekommt als die anderen Blumen – so gibt sie auch mehr zurück, strahlt mehr aus: wie du! Dein Strahlen …«

Ich küßte ihm den Mund zu, wir saßen auf meinem Bademantel, auf seinem Offiziersmantel. »Dein Vergleich paßt überhaupt nicht; meine Tante, von ihrer eigenen Qual nicht zu reden, war schockiert, daß ich so ernst, so trauergrau geworden sei. ›So kannte ich dich früher nicht, als du immer mehr gelacht als gesprochen hast‹, hielt sie mir vor. Also ›Strahlen‹ – damit ist nichts …«

Thornton: »Hab doch Erbarmen, ich bin ja nicht Berufsschreiber wie du: also nicht dein Strahlen – dein *Leuchten*. Leuchtkraft geht aus von dir … sogar in einer dämmrigen Bahnhofshalle … Ich fragte mich mit … ja, mit panischem Erschrecken: Wie halte ich mich zurück, etwas kriminell Unmögliches zu tun, wenn sie nicht zu mir kommt? Ich wußte nämlich sofort und *erschrak*: Es gibt keinen Halt und keine Haftung und Zurechnungsfähigkeit für mich vor deinem Gesicht, diesem … ja: Leuchten! Ich hätte womöglich mich total unmöglich gemacht, indem ich wieder ein Gespräch mit dir angezettelt hätte, wärst du weitergewandert in ein anderes Abteil. Und wenn ich dann plötzlich, ohne es lassen zu *können*, dich einfach geküßt hätte! Und womöglich nicht einmal auf Stirn oder Mund, sondern auf diese wundervoll modellierten Schlüsselbeine, die ja deine offene Bluse mir schon zeigte … das überhaupt ist die aufregendste Überraschung, wenn man dich auszieht: nach so grazilen Schultern und diesem hohen Hals und dem feinen witternden Näschen und schmalen Nüstern – diese großen Brüste als höchst verwirrender Gegensatz. So Gegensätzliches: deine intellektuelle Stirn mit den kritischen Augenbrauen – und dann das, was du so häßlich und falsch als Euter denunzierst, auch im übertragenen Sinne …«

Jetzt konnte ich ihn fragen, ob ihn *erschreckt* habe, er hatte doch auch von Erschrecken gesprochen, wie spontan ich mich ihm überlassen habe: »Ich hatte natürlich befürchtet, daß diese zwei Jahre ohne Mann und trauernd – Trauer macht widerstandslos – mich aus dem Gleichgewicht gebracht haben ...«

Was denn ›Gleichgewicht‹ sei, höhnte er. »Wer ist schon im Gleichgewicht?« Tapfer gab ich zu: »Wenn deine Lippen in meinem Nacken – kaum daß ich auch nur deinen Atem da spüre, ich schon ... mir völlig das kaputtmacht, was ... Ingenieure, glaube ich, ihre Staumauer nennen.« Er lächelte und sagte: »Stau-*Becken* nennen die das sogar – wie hätte mich das erschrecken sollen! Und da wir nicht in einem Hotelzimmer sind, sondern in einem ziemlich lauten D-Zug, so durften wir auch so laut sein wie wir mußten: wie glücklich einen dein Schreien macht, wenn's dich entrückt ...« Wohin es einen denn ›entrücke‹, frage ich. Zärtlich-verschwörerisch seine Antwort: »Versuchen wir, das noch herauszufinden?«

Hatte ich mir eingebildet, es werde das Warten auf Nachrichten leichter werden in dieser Nacht – welche Nachrichten können kommen, außer Todesnachrichten? –, wenn ich schreibend die Nacht mit diesem Mann noch einmal durch›spiele‹, so macht mich im Gegenteil erst ganz elend, das aufzuschreiben!

Ich werde also in mein Journal eintragen, was – most secret – dazu geführt hat, Thornton und wer weiß wie viele noch in dieser Nacht umzubringen. Zeit dazu habe ich mehr, als mir erträglich ist, denn ich bin dienstfrei und nur hier statt in meinem Bett, weil ich dort verrückt würde und nichts von dem hörte, was Thornton jetzt durchmacht ...

Elf Uhr dreißig.

Ein Truppenübungsplatz in den USA, Frühjahr dieses Jahres. Dem Premierminister, der dem Präsidenten seinen ersten Besuch macht, seit auch die USA im Krieg mit Deutschland sind, werden amerikanische Soldaten vorgeführt, der Stand ihrer Ausbildung. Unser Empire-Stabschef flüstert Churchill zu: »Dauert noch ein Jahr, bis aus denen Soldaten werden!« Darauf Churchill scharf, daß die ganze Suite es hört: »Sie irren: Das ist ein herrliches *Material*!« Leider kann ich die Authentizität dieser erschreckenden Bemerkung nicht anzweifeln ... ich habe diese Worte Churchills von einem – hier nicht zu nennenden, doch schon mehrfach zitierten – Mann, der sie selbst gehört hat. »Ein herrliches Material« – mir schaudert; mir schauderte noch nie so sehr vor diesen Worten wie heute nacht. Denn auch Thornton ist jetzt Churchills ›Material‹. Schlimmer: nur sein Spiel-Material. Thornton ist in diesem Augenblick auf einem unserer Invasionsboote Richtung Dieppe.

Meine Meinung über Churchill, seit er vor zehn Monaten hier Turing besucht hat, ist nicht verändert, doch nehme ich meinen Enthusiasmus ein bißchen zurück: Wie jedermann erlag ich dem Charme seiner Persönlichkeit. Aber ich habe mir wieder in Erinnerung rufen müssen, wie Männer, die ›Geschichte machen‹, sie *mit* Männern machen, ohne zu zählen... Wie im Bomberkommando: Unsere Piloten fallen in Scharen, wir haben eine ganz erschreckend hohe Verlustquote, eine höhere als bei der Infanterie, auch deshalb, weil technische Mängel an unseren Flugzeugen jahrelang nicht abgestellt werden, obwohl sie bekannt sind. Das erfüllt mich mit Widerwillen, weniger, weit weniger gegen Churchill (der kann nicht alles verantworten) als gegen die, die er an sich heranläßt zum Vortrag; oder die er losläßt als Kommandanten auf unsere Soldaten. Davon später noch. Es hilft, sich sogar in dieser Nacht den Zwang zur Konzentration aufzuerlegen, obgleich nie zuvor eine Nacht war, in der mir das so schwerfiel...

Ich bin zwar dienstfrei, aber da wir in Schichten um die Uhr arbeiten, und die uns höchst streng observierenden Torhüter, die mich natürlich inzwischen gut kennen, nie wissen, wer von uns Nacht-, wer Tagdienst hat, so bin ich heute abend kurz nach elf wieder an meinen Arbeitsplatz geradelt, weil ich im Bett verrückt geworden wäre. Denn am Spätnachmittag ist ›Jubilee‹ angelaufen, also auch Thornton eingeschifft worden, um nach Dieppe übergesetzt zu werden – mit sechstausend anderen Kanadiern. So bin ich an meinem Tipp-Tisch am besten aufbewahrt. Denn Schreiben muß ich, wie sonst könnte ich mich mit dem beschäftigen, was allein mich in dieser Nacht (18. 8. 1942) umtreibt. Und Geheimes darf ich nur hier schreiben. Nach Hause fahren werde ich nicht vor morgen gegen 17 Uhr. Nur im B. P., nicht daheim, kann ich herausfinden, wie dieses risikoreichste Unternehmen, seit wir in Prag (4. 6.) Heydrich ermordet haben, ablaufen wird. Schon um sechs Uhr heute früh – hell wird es um halb fünf – wird entschieden sein, ob die Kanadier an Land kamen oder »dünkirched« geworden sind, das heißt, ob am Strand vernichtet oder – die, die noch leben – zurückgetrieben wurden auf die Landungsboote. Der Zynismus, mit dem hier höchst gelassen als unabänderlich hingestellt wird, daß man »nur einen Test« macht. Diese Landung *soll* gar nicht glükken – mit sechstausend Mann Hitlers »Festung Europa« anzugreifen, wenn auch nur für Tage, ist ein sehr dreckiger Witz. Sie soll nur beweisen, daß die vom Kreml ebenso wie vom Weißen Haus (zu Recht) geforderte zweite Front, noch nicht, nicht jedenfalls in Frankreich vor 1944 errichtet werden kann. Es ist längst beschlossen, daß wir im Winter ›Torch‹ machen werden: Amerikaner landen in Nordafrika, um Rommel im Rücken zu fassen. Doch selbst Churchills Überredungskniffen wird es kaum glücken, Russen und Amerikaner zu überzeugen, daß die Angst *der* Generale, die jetzt hier führen und die 1940 aus Frankreich gerade noch bei Dünkirchen entkommen sind, berechtigt ist. Sicher ist ein Frontalangriff über den Kanal noch nicht wieder möglich.

Mein Dienst war bis gestern abend sehr aufreibend. Ich hatte wegen der bevorstehenden Landung die Spezialaufgabe, mit George hier sämtliche entschlüsselten Funksprüche darauf zu prüfen, ob sie die belgische und französische Küste und das Hinterland zweihundert Meilen tief betrafen. So erfuhr ich seit Mai, daß man plante (Kennwort ›Rutter‹; dann, als das aufgeflogen war, Kennwort: ›Jubilee‹), zwei Brigaden der 2. Kanadischen Division zwei Tiden lang – nur bei Ebbe könnten sie ja zurückgelangen in die Landungsboote – bei Dieppe abzusetzen. Sie sollen den Hafen nehmen, Beute machen – auch die neueste Enigma des Heeres erbeuten, obgleich Turing das für unnötig erklärt –, einer Agenten-Schar Zeit erkämpfen, auf dem Kontinent unterzutauchen und sollen sich als Testpersonen hinhalten. Auch 28 der neuesten Churchill-Panzer, die auch zum Test – wie hasse ich dieses Wort – hingehalten werden sollen, nehmen sie mit. Einzige Hoffnung: Daß wir jetzt 56 Jagdstaffeln der Royal Air Force – mehr als wir vor zwei Jahren hatten, zur Zeit der Battle of Britain – mitsenden können, um die Hunnen-

Luftwaffe zu binden und unsere Landungsboote vor ihr zu schützen. Als am 9. Juli hier ein Funkspruch Hitlers an seinen Oberbefehlshaber in Frankreich abgefangen wurde, hatten wir Hoffnung, daß Churchill verbiete, nach Dieppe zu gehen. Denn Hitler – Instinkt, wenn er's nicht durch Verrat erfahren hat – funkte an Rundstedt, er rechne mit einer britischen Landung »im Bereich zwischen Dieppe und Le Havre und der Normandie, da diese Gebiete von gegnerischen Jagdverbänden erreicht werden können und da sie ferner innerhalb der Reichweite eines Großteils der Invasionsflotte liegen«. Auch wie Hitler durchschaute, daß wir aus Angst, Stalin könne mit ihm einen Separatfrieden machen – das wäre der Weltuntergang –, riskieren *müssen*, was wir im Hinblick auf unsere Soldaten nicht riskieren *dürfen*, ist intelligent; er funkte: »Unsere schnellen und großen Erfolge im Osten können England vor die Alternative stellen, entweder sofort eine Großlandung zur Bildung einer zweiten Front zu unternehmen oder Sowjet-Rußland als politischen und militärischen Faktor zu verlieren. Es ist daher mit hoher Wahrscheinlichkeit damit zu rechnen, daß feindliche Landungen im Bereich ...« Und so weiter, wie oben zitiert ...

Null Uhr fünfzehn.

Ich konnte nicht weiterschreiben, weil ich dann hätte hinzufügen müssen, was alles seit der Planung im Mai bei uns schiefgelaufen ist; und wie sich auch die Meldungen – höchst verdächtig – eines »Verräters« über die Deutschen häuften: ausgerechnet in Dieppe liege nur eine Invaliden-Einheit der Hunnen, die sich dort erholen müsse, weil sie für Rußland gar nicht mehr kampfbereit sei, wegen großer Verluste und zu hohen Durchschnittsalters.

Daß wir's hier mit einem agent provocateur zu tun haben, den die Deutschen in die französische Widerstandsbewegung einschleusten, mit einer Falle Marschall Rundstedts, ist so naheliegend. Und fand eine Bestätigung in den Aussagen des für die Wäschereien im Raum Dieppe zuständigen Résistance-Mannes; ich weiß nicht, ob ich schon notierte, daß die Wäschereien in Frankreich, Belgien, Holland unsere zuverlässigsten Auskunfteien über die Truppenstärke der deutschen Besatzer sind – die in vielen Fällen glücklicherweise zu faul sind, ihre Wäsche selber zu waschen. So daß die Besitzer – meist Frauen – der Wäschereien ziemlich exakt über Truppenstärke, ja sogar Regimentsnummern und – bei der Waffen-SS – Divisions-Namen der Deutschen Auskunft geben können. Dies und andere Nachrichten, die ich jetzt nicht festhalte, weil mich sonst wieder die Panik erfaßt, kündigen für diese Nacht ein mörderisches Fiasko an. Ich bin voll Haß, weil dennoch dieser »Ausflug«, koste er, was er wolle – Tausenden wird er das Leben kosten –, veranstaltet wird. Wozu? Churchill ist doch am 8. Juli endgültig aus ›Sledgehammer‹ ausgestiegen. ›Sledgehammer‹ war das amerikanische Code-Wort für die von Roosevelt, Marshall und einem völlig namenlosen General Eisenhower, der nie an der Front kommandiert hat, in diesem Jahr geplante Invasion in Nordfrankreich. Die Amerikaner argumentierten, nicht in Italien, nicht auf dem Balkan mit Schluchten und Gebirgen könnten ihre Luftwaffe und Panzer effektiv losschlagen, sondern nur im flachen Nordwest-Kontinent. Churchill aber, der ihnen mit Alanbrooke eine Absage erteilt hat, hat dennoch ›Dieppe‹ genehmigt, aus keinem anderen Grund als dessen *Scheitern* zu demonstrieren: um glaubhaft zu machen, ›Sledgehammer‹ komme um zwei, mindestens aber um ein Jahr zu früh. Erst müßten die Deutschen in Rußland und Afrika viel stärker ausgeblutet sein. Am 4. Juli waren die Kanadier schon auf den Booten, um nach Dieppe gebracht zu werden, doch dann schlug das Wetter um, der Kanal wurde rauh, die armen Soldaten durften wieder an Land. Vor allem aber war exakt überprüfbar hier die Nachricht eingegangen, die Hunnen hätten aus Rußland ihre 10. Panzerdivision abgezogen und unweit von Dieppe garnisoniert. Übereinstimmend erklärten nun unsere drei Stabschefs das Unternehmen für Wahnwitz. Heute, nur sechs Wochen später, soll es trotzdem glücken? Wie könnte es!

Ich kann nicht weiterschreiben, ich sehe nach, ob ich Turing, der Nachtschicht hat, zu einer Partie Schach verlocken kann … oder ob gar schon ein Funkspruch aus dem Operationsfeld Dieppe aufgeschnappt wurde. Sehr unwahrscheinlich, es sei denn, sie hätten unsere Invasionsboote bereits auf See entdeckt …

Ein Uhr zwanzig.

Alan sagte, gern unterbreche er seine »peinliche Hilflosigkeit«. Seit die Deutschen vor drei Wochen im Mittelmeer ›Medusa‹ eingeführt haben, eine zusätzliche Enigma-Verschlüsselung, sind wir dort jetzt ebenso blind wie schon seit Februar wegen ihrer Einführung von ›Triton‹ im Atlantik. Alan: »Dieses Jahr '42 ist bisher das schwärzeste des Krieges.« Man solle ihn endlich nach Princeton fahren lassen, damit er sich mit Kollegen beraten könne. Doch er ist erstens unseren Chefs zu kostbar, um ihn dem Atlantik auszusetzen; zweitens steigen unsere Schiffsverluste so katastrophal, daß er nicht weg soll, bevor er ›Triton‹ geknackt hat. Er ist blaß und zermürbt, sagt: »Wie's einem eben so geht, wenn man von Mr. Dönitz besiegt worden ist. Er hat mich total geschlagen!« Ich tröste ihn, das bleibe nicht so. Alan: »Kann sein – kann aber auch noch verwickelter kommen mit Enigma« ... Wir haben neulich mit PQU 17 die schrecklichste aller Konvoi-Katastrophen erlebt: 24 von 35 Dampfern, unterwegs mit Waffen zu den Russen, haben die Deutschen im Eismeer versenkt, *weil wir Funksprüche* entschlüsselt haben. Turing zitiert, diesmal aber selbstquälerisch auf die eigene Person gezielt, sein Lieblingsmot aus der Weltliteratur, aus *Hamlet*: »Der Spaß ist, wenn mit seinem eigenen Pulver der Feuerwerker auffliegt« ... Was ist passiert? Da wir die Funksprüche der deutschen Luftwaffe noch immer in Minutenkürze entschlüsseln, fielen wir darauf herein: ›Tirpitz‹, das dickste Schlachtschiff nicht nur der Hunnen, sondern überhaupt in Europa, forderte Luftunterstützung an, um auszulaufen und – dachten wir, stimmte aber nicht – unseren Konvoi nördlich Norwegen zu vernichten. Daraufhin zog Admiral Pound alle Kriegsschiffe zurück, die unsere Handelsdampfer hatten schützen sollen – eine Schande; dem Konvoi wurde befohlen, sich zu zerstreuen, und so konnten die U-Boote und Flugzeuge der Deutschen unsere ungeschützten Dampfer in Seelenruhe versenken. Die ›Tirpitz‹ war aber gar nicht ausgelaufen! Ich sagte zu Turing, er sei verrückt, sich deswegen Vorwürfe zu machen: »Jedenfalls«, kicherte er nervös, fast hysterisch, und zitierte zum 1001sten Male diese Lieblingszeile aus der Weltliteratur, »bin *ich* hier der Feuerwerker gewesen, der sich selbst in die Luft sprengte.« Er war völlig unkonzentriert beim Schach, sagte übergangslos: »Churchill hatte ganz recht, voriges Jahr hier zu sagen, Horoskope seien bedeutungslos, weil die verschiedenartigsten Menschen die gleichen oder sehr ähnliche haben: nicht nur Chaplin ist fast am gleichen Tag wie Hitler geboren – sondern auch Wittgenstein, und der sogar in nächster geographischer Nähe zum Braunauer, nämlich in Wien am 26. April 1889.«

Turing weiß natürlich Telefonnummern und Geburtstage aller Freunde und Bekannten auswendig, sogar dann, wenn er die Namen vergessen hat. Namen weiß er fast nie, selbst nicht von jenen, die ständig um ihn sind und die es verletzt, wenn er ihre Namen, hundertmal gehört, hundertmal vergißt...

Ich müßte auch mehr Geduld haben mit ihm. »Er hat sympathischerweise doch keine Ahnung, daß er einer ist wie nur die Allererlauchtesten sonst in der Geschichte der Mathematik, wie Euklid, wie Gauß, wie Einstein«, sagte neulich Joseph Weizenbaum zu mir, ein sehr junger Berliner, der in letzter Minute – noch Kind fast – als Jude entkam und sich viel Zeit nahm, in mehreren Freistunden hier am Flüßchen, mir Turings grundlegende Schrift von 1936 zu erläutern. Da ich sogar den erzgeduldigen Weizenbaum nicht zur Hälfte dessen, was er mir ›klarmachte‹, verstanden habe, so schrieb ich es lieber mit, in Steno, und übertrage diese Zettel in mein Journal. Auch das wird helfen, diese marternde Wartezeit zu überstehen. Weizenbaum: »Es war einer der größten Triumphe der menschlichen Intelligenz, als Turing beweisen konnte, daß seine Universal-Maschine von 1936 wirklich zu bauen ist, und daß er sogar den Weg dazu angeben konnte, und daß eine Turing-Maschine in der Lage sein wird, jede beliebige andere Turing-Maschine zu imitieren, also eine universale ist... In der Mathematik gibt es viele Existenzbeweise. Aber es ist ein himmelweiter Unterschied, ob man beweisen kann, daß etwas existiert, oder ob man auch in der Lage ist, es zu konstruieren.«

Was er mir, viele Seiten noch, erläuterte, und was ich doch nicht heute, sondern in der Ruhe, die mir in dieser Nacht abgeht, übertragen will ins Journal, brachte mich dann zu der Frage, die Weizenbaum sehr töricht gefunden haben muß:

»Und Sie meinen, daß die Turing-Maschine auch noch Bedeutung haben wird, wenn die Vorform, mit der wir jetzt Hunnen-Meldungen entschlüsseln, sich durch das Kriegsende eines Tages erledigt hat?«

Weizenbaum lachte. »Aber der Krieg ist es ja, der Turing daran hindert, vorerst, seine Genietat von 1936 auszuwerten. Er ist einer der folgenreichsten technischen Revolutionäre seit Erfindung – ich will nicht sagen des Rades, aber doch der Glühbirne.«

Kein Wunder also, daß Alan auch in einer anderen Welt lebt. Immer neu überrascht mich, wie auf die Sache gerichtet Turing zu mir spricht, ohne dabei überhaupt vorhanden zu sein. Es spricht dann zwar aus ihm heraus zu einem aktuellen B. P.-Problem, aber eine Stunde später muß ich feststellen, daß ich offenbar mit einem Double geredet habe, er weiß von nichts mehr.

Deshalb ist Alan vermutlich auch so ein miserabler Schachspieler. Wir denken, wer die Universal-Maschine baut, kann auch Schach. Dem ist nicht so. Er spielt so schlecht, obgleich es ihn doch stets beschäftigt hat – eben unter anderem. Er hat zwar sofort den britischen Schachmeister in sein Aufgabengebiet verpflichtet, gleich bei Kriegsbeginn, auch Hugh Alexander holte dann Ende 1941 auch noch Harry Golombek hinzu, der auch Schachmeister gewesen war, und Peter Hilton kam auch noch, der in Oxford mit achtzehn seine erste Vorlesung als Mathematiker gehalten hat – und sie spielen Schach, aber selbst wenn Golombek Turing die Königin vorgibt, hat Alan im Nu verloren. Die Schachprofis in B. P., die Turing mit der allergrößten Hochachtung begegnen, rätseln also, woher es kommt, daß er so oft verliert. Sie legen sich das so zurecht: Alan hat keine Ahnung, wie die verschiedenen Figuren ›zusammenarbeiten‹, da er sich jedes einzelnen Zuges zu bewußt ist, um instinktiv und fließend spielen zu können. Jack Good meinte, Turing sei zu intelligent, »Züge, die andere ohne Nachdenken machen, unüberlegt zu tun«, er könne nicht akzeptieren, daß zwei mal zwei vier ist, sondern müsse das immer erst neu beweisen.

Heute konnte ein Kind beim Schach ihn schlagen: Ich brach ab, es hatte heute keinen Zweck, da ihn sein Lieblingsplan ›besaß‹, und zwar völlig... Denn als ich noch dachte, er konzentriere sich auf den nächsten Zug, rief er wie aus dem Schlaf hochgeschreckt: »Wenn ich ›Triton‹ und ›Medusa‹ nicht bald lesen kann, komme ich nie mehr dazu, etwas Gescheiteres zu tun, als hier das Trüffelschwein zu machen, das Nazi-Befehle ausbuddelt. Ich will wissen, verdammt, ob die Morphogenese des Embryos auf den komplexen Wechselwirkungen chemischer Konzentrationsgradienten basiert!« Embryos: Freud läßt grüßen, ich war natürlich nicht so grausam, ihm zu sagen, daß seine heftige Sehnsucht nach Kindern daher *auch* kommt, daß er keine kriegen kann. Dazu paßt, daß er in den Monologen über seine Denkmaschinen immer wieder »Menschen, die auf die übliche Weise zur Welt kamen«, erwähnt und deren Fleisch, ja, Seele. Heute stellte er vieles fest, was für jedermann, der nicht eine Maschine zum Denken und Sprechen bringen will, Banalitäten sind, so daß niemand außer Turing daran dächte. Doch für ihn sind das keine Banalitäten, sondern Herausforderungen, Vorwürfe, Denkaufgaben, und wenn er dergleichen scheinbar zusammenhanglos ausspricht, so weiß ja nur *ich* den Zusammenhang nicht, *er weiß ihn genau.* Er hat längst im stillen, während er automatisch Schachfiguren hin- und herschob mir zur Freude, daran gedacht, was ihn – plötzlich nur für mich, nicht auch plötzlich für ihn – sagen läßt: »Es wird nie möglich sein, eine Maschine dem gleichen Unterrichtungsprozeß zu unterziehen wie ein normales Kind. Sie wird zum Beispiel keine Beine haben, so daß man sie nicht auffordern könnte, hinauszugehen und den Kohleneimer zu füllen. Möglicherweise hat sie keine Augen. Und wie gut diese Mängel auch immer durch geschickte Maschinenbaukunst ausgeglichen sein mögen, man kann das Geschaffene nicht zur Schule schicken, ohne daß sich die anderen Kinder maßlos über es lustigmachen. Man muß ihm eine besondere Aufsicht und Erziehung angedeihen lassen. Die Füße und Augen brauchen uns nicht so sehr zu bekümmern ...« Ich mußte denken: Warum nimmt er mich, der es in dieser Nacht beschissen genug geht, auf den Arm? Dann erst merkte ich: es ist ihm ganz ernst. Denn er setzte hinzu, am Beispiel der armen Helen Keller, die ja blind und taubstumm war seit ihrem zweiten Jahr und die dennoch Bücher über Probleme der Blinden schrieb – am Beispiel dieser dann Weltberühmten sehe man, was möglich sei, »wenn irgendeine Kommunikation, eine wechselseitige, zwischen Lehrer und Schüler erfolgt«. Doch dürfe man nicht unterstellen, daß eine Maschine nur könne und wisse, was ihr eingegeben worden ist. »Wenn von einem Schüler eine kluge Antwort kommt, sagt man ja auch nicht unbedingt, da spreche nur sein Lehrer aus ihm.«

Dann Sätze, die mich ›widernatürlich‹ berührten, daher ich sie im Kopf behielt, endlich schrieb ich mit. »Kein Ingenieur oder Chemiker wird – heute noch – von sich behaupten, er könne ein Material produzieren, das von menschlicher Haut nicht zu unterscheiden ist. Möglich, daß dies irgendwann einmal gelingen kann, aber selbst wenn man annimmt, eine derartige Erfindung sei zu verwirklichen, hätte man doch das Gefühl, daß es wenig sinnvoll wäre, eine ›denkende Maschine‹ dadurch menschlicher gestalten zu wollen, daß man sie mit künstlichem Fleisch umgibt... Wir wollen weder die Maschine für ihre Unfähigkeit bestrafen« – jetzt lachte er, wie ich finde: »unverhältnismäßig«, es war ein zuletzt fast kindisches Kichern–, »in einem Schönheitswettbewerb zu brillieren, noch einen Menschen bestrafen, wenn er im Wettlauf mit einem Flugzeug unterliegt... Ein Mensch, der versuchte, so zu tun, als wäre er eine Maschine, würde zweifellos einen armseligen Eindruck machen... Könnte es nicht sein, Monica, daß Maschinen etwas ausführen, das sich als Denken bezeichnen ließe – später eimal, später–, daß sich jedoch stark von dem unterscheidet, was ein Mensch tut?« Gereizt, ungerechterweise, als sei Turing daran schuld, daß ich nicht an Thornton am Strand von Dieppe denken konnte, doch hatte ich mich ja deshalb zu Alan geflüchtet, um ›Dieppe‹ zu vergessen; sehr gereizt sagte ich: »Aber *du* bist es doch, du ganz allein, der dauernd Menschen an Maschinen mißt – und noch schlimmer: Maschinen an Menschen. Wieso redest du überhaupt von Menschenfleisch und Schönheitswettbewerb, wenn du an Maschinen denkst?«

Turing: »Weil ich ans Denken denke – von dem die Menschen sich einbilden, nicht nur sie allein könnten das, sondern ihnen allein komme es auch zu, nicht den Maschinen!« Ich dachte jetzt – fand es aber unmenschlich, ihm das ins Gesicht zu sagen–, schwieg also: »Nur das Unzulängliche ist produktiv«, eine fürchterliche Einsicht, die ich in Goethes *Wahlverwandtschaften* las; und wie ich das dachte – *wußte* ich schon, daß Turings von ihm so niederdrückend empfundene »Unzulänglichkeit«, Vater zu werden – ihn zum Vater der Maschine machen wird, die denken kann, und die er sich so inbrünstig wünscht, daß es ihm gelingen wird. Im Ernst: Ich bin überzeugt – *er* ist so überzeugend! –, sie wird ihm gelingen! Der mit keinem vergleichbare Gigant unter den Schöpferischen in der Kunstgeschichte war Michelangelo – homosexuell wie Turing. »Zeugte« der deshalb mit Zweiundzwanzig den schönsten aller Jünglinge in Marmor, weil er ihn nicht im Fleisch zeugen konnte? Turing faßte zusammen, und das schockierte mich noch stärker: »Schließlich sollen Menschen, die auf die übliche Weise zur Welt kamen, nicht zu den Maschinen gerechnet werden.«

Ich rief: »Aber Alan – das tut doch auch niemand, *niemand* außer dir!« Als hätte ich gar nichts gesagt, fuhr er fort: »Schön wie ein Mensch wird sie nie sein, aber denken können wird sie, daß Frage- und Antwortmethoden, die man für sie entwickelt – später, später –, geeignet sein werden, fast jeden gewünschten Bereich menschlichen Bemühens einzubeziehen ... Imitations-Spiel könnte man sagen ...« Er schwieg, ich dachte: *Warum* Menschen – imitieren durch eine Maschine oder eine Maschine durch einen Menschen ... Ich dachte wieder: Ob der Strand da bei Dieppe vermint ist? So entging mir ziemlich viel, vielleicht Wesentliches von Alans Denkprozeß, den er schon wieder sprechend fortsetzte: Ich schien ihm gerade gut genug zu sein, »was« – keinen Menschen – »irgendwas« da zu haben, zu dem er in dieser Kaffeepause in seinem Kampf gegen ›Triton‹ reden konnte. »Man könnte einwenden, daß bei dem Imitationsspiel die für die Menschen beste Strategie möglicherweise etwas anderes ist als die Nachahmung menschlichen Verhaltens ...« So weit also, dachte ich, ist er schon: von der Strategie der Maschine bei ihrer Nachahmung menschlichen Verhaltens zu sprechen – und weil Turing das sagte, den ich liebe, haßte ich zwar noch immer, was er sagte, doch glaubte ich ihm, er werde im Alter das fertigbringen, hinstellen, wovon er redete! Ich notierte » ... vorausgesetzt, daß die beste Strategie in dem Versuch besteht, so zu antworten, wie es normalerweise ein Mensch tut ...«

Ich war zu unkonzentriert, schreckte aber wieder aus den Dieppe-Vorstellungen heraus und hin zu Turing, der eben sagte: »... da es vielleicht möglich ist, aus einer einzigen, zum Beispiel einer menschlichen Hautzelle ein vollständiges Individuum zu züchten. Das wäre zwar eine biologische Heldentat ersten Ranges, jedoch wären wir geneigt, es als die Konstruktion einer denkenden Maschine anzusehen ...«

Turing argumentierte schon früher, mit Laufen erhole er nur seine Beine, nicht sein Gehirn – und dieses Argument überzeugt, ich las es einmal schon als Schülerin im Essay von Churchill über ›Malen als Zeitvertreib‹. Er schrieb, es sei sinnlos, wenn man das Gehirn müde gearbeitet habe, etwa Fußball zu spielen, denn die Beine habe man doch gar nicht angestrengt während der Arbeit am Schreibtisch. Folglich seien auch nicht Beine und Arme erholungsbedürftig, sondern das Gehirn, und das erhole sich nur durch eine *andere* Tätigkeit, nicht durch Stillegung. Also *male* er zu seiner Entspannung.

Turing, der gegen Dönitz' neue Verschlüsselungswalzen kämpft, zehn Stunden am Tag oder nachts, kann sich nur erholen, findet seinen Spaß nur dann, wenn er an seine Universal-Maschine denkt, mit der sich ›hauptamtlich‹ zu beschäftigen ihm der Krieg verbietet. So monologisiert er, sarkastisch, ja verächtlich im Ton, gegen Theologen. »Sie behaupten: ›Denken ist eine Funktion der unsterblichen Seele, Gott gab Mann und Frau eine Seele, doch weder einem anderen Lebewesen noch einer Maschine, also können weder Tier noch Maschine denken.‹ Was für eine Einschränkung der Allmacht Gottes! Zugegeben, es gibt gewisse Dinge, die Gott nicht kann, er kann nicht eins gleich zwei machen. Doch wieso sollte er nicht einem Elefanten eine Seele verleihen können – oder auch einer Maschine? Das ist schwieriger zu begreifen, aber nur, weil wir es für weniger wahrscheinlich halten, daß Maschinen dem Herrgott für die Verleihung einer Seele geeignet erscheinen ... Beim Versuch, solche Maschinen zu konstruieren, sollten wir uns, ebenso wie bei der Kinderzeugung, nicht unehrerbietig gegenüber der göttlichen Macht, Seelen zu schaffen, erweisen. Wir sind Instrumente seines Willens und stellen für die von ihm erschaffenen Seelen eine Heimstatt bereit.«

Ich konterte: »Der Elefant, dem Gott, wie du meinst, eine Seele geben kann – ich meine: er hat sie ihm wie jedem Tier, das ein Gehirn hat, längst gegeben –, der Elefant ist auch von Gott, die Maschine aber von Turing!« Wie es mich irritierte, daß er die Konstruktion einer Maschine in einem Atem mit der Kindeszeugung nannte – verschwieg ich, es ist sein wunder Punkt. Gelassen, keineswegs überheblich, entgegnete er: »Daß ein Mensch – nicht Gott – etwas geschaffen hat, zum Beispiel Benz das Auto: spricht nicht gegen das Auto. Werturteile sind Vorurteile. Versuchen wir nicht Reißnägel und Birnen zu addieren! Massiver als religiöse sind jene Vorurteile gegen Maschinen, die auf dem Prinzip wissenschaftlicher Induktion basieren: ein Mensch sieht im Laufe seines Lebens Tausende von Maschinen. Aus dem, was er von ihnen wahrnimmt, zieht er allgemeine Schlüsse – die alle *solche* Maschinen und deren Fähigkeiten ausschließen, die er noch nie sah. Nur Erfinder erliegen nicht diesem Trugschluß... Wir dürfen tatsächlich hoffen, daß Maschinen vielleicht einmal auf allen intellektuellen Gebieten mit dem Menschen konkurrieren... Warum sollte man nicht versuchen, statt ein Programm zur Nachahmung des Verstandes eines Erwachsenen eines zur Nachahmung des Verstandes eines Kindes herzustellen? Unterzöge man dieses Programm dann einem geeigneten Erziehungsprozeß, erhielte man den Verstand eines Erwachsenen. Vermutlich ist das kindliche Gehirn mit einem Notizbuch vergleichbar, das man beim Schreibwarenhändler kauft: wenig Mechanismus und viele leere Blätter. Wir können nicht erwarten, auf Anhieb eine gute Kind-Maschine zu finden. Man muß mit einer solchen Maschine Lehrexperimente durchführen, um festzustellen, wie gut sie lernt. Man kann es dann mit einer anderen versuchen und sehen, ob sie besser oder schlechter lernt. Es besteht ein offensichtlicher Zusammenhang zwischen diesem Prozeß und dem Entwicklungsprozeß, und zwar durch folgende Identifizierungen:

Struktur der Kind-Maschine = Erbgut.

Veränderungen der Kind-Maschine = Mutationen.

Natürliche Auswahl = Werturteil des Experimentators.

Man darf jedoch hoffen, daß dieser Prozeß schneller vor sich geht als der Entwicklungsprozeß.

Wenn ich vorher zugab, es werde nicht möglich sein, die Maschine dem gleichen Unterrichtsprozeß zu unterziehen wie ein normales Kind – so ist das ganz anders, wenn man sich beschränkt, wie gesagt, auf rein intellektuelle Gebiete, weil eine Maschine – zum Beispiel – keine Beine hat wie ein Kind. Manche sagen, man solle mit Schach beginnen, weil das eine sehr abstrakte Tätigkeit ist. Aber ebenso kann man behaupten, daß es das beste wäre, die Maschine mit den besten Sinnesorganen auszustatten, die überhaupt für Geld zu haben sind, und sie dann zu lehren, Englisch zu verstehen und zu sprechen. Dieser Prozeß könnte sich wie das normale Unterrichten eines Kindes vollziehen!«

Sein Kind-Tick, dachte ich, als ich mitstenographierte – aber ich dachte es mit erbitterter Rebellion, zu der ich – wieso auch – keineswegs berechtigt bin. Gefühl ist *nicht* alles, ja es lähmt sicherlich ebenso oft das Denken, wie es das Denken beflügelt.

Es war halb drei, ich stand auf und sagte: »Alan, ich hab dir erzählt, um wen ich diese Nacht Todesangst habe.« Noch konnte ich nicht sehen, ob er wahrgenommen hatte, daß ich aufgestanden war von unserem kleinen Tischchen. »Ich bin heute nicht mehr in der Verfassung, zu erörtern, wie ein vollständiges Individuum aus einer einzigen Hautzelle gezüchtet werden kann – ich habe Angst um ein Individuum, das von Eltern abstammt! Und das hoffentlich vorvorgestern mit mir – wie du das nennst – ›einen normalen Menschen, der auf die übliche Weise zur Welt‹ kommen wird, gezeugt hat... laß mich gehen, es ist fast Dämmerung! Vielleicht haben die Hütten 3 und 4 schon Funksprüche aus Frankreich.« Alan stand auf, sagte: »Ich gehe mit dir, aber nicht in 3 und 4; dafür ist es doch viel zu früh, komm mit in 6, da sehen wir nach, ob von Luftwaffe und Heer schon etwas aufgeschnappt wurde, dann suchen wir in 8 nach Marine-Sprüchen. Arme Monica! Hoffst du wirklich, schwanger zu werden? Wird's ein Knabe – nimm mich als Patenonkel!« Es war sein Versuch, meine Verdüsterung aufzuhellen, er mißlang völlig. Ich sagte und weinte, hatte das aber hinter mir, als wir in Hütte 6 ankamen: »Vielleicht muß ich dich sogar bitten, Vaterstelle an dem Kind zu vertreten – wer wird denn heute nacht zurückkommen von den Aufgeopferten!

Ich bin auch deshalb so kaputt, weil ich abergläubisch bin: August ist mein Unglücksmonat – mein Verlobter fiel vor zwei Jahren im August, vor vierzehn Tagen fiel mein Vetter im August, heute ist... August!« Er faßte mich zärtlich im Genick, tröstend; daß Thornton verheiratet ist und Kinder hat, ich also auch dann, wenn er zurückkommt, keinen Vater für sein Kind habe, sagte ich Alan nicht...

Hütten 6 und 8 hatten von unseren Funkhorchstellen noch nichts erhalten. So konnte ich mir sparen, zu 3 und 4 hinzugehen, und setzte mich wieder an mein Journal. Bertrand Russell hat gesagt, menschliche Zufriedenheit bestehe im wesentlichen darin, ein klein wenig zu viel zu tun zu haben; wenn das wahr ist, ist pausenloses Arbeiten sicher die einzige Therapie gegen Todesangst. Ich schreibe also nichts weiter von dem, was mich ängstigt, sondern von dem, was mein Glück war mit diesem Mann; nicht von der heutigen, sondern von der Nacht zum Donnerstag. Doch selbst Stendhal warnt, »man braucht zu viele Worte, um anschaulich zu erzählen. Deshalb habe ich mein Tagebuch vier Monate ruhen lassen.« Was aber täte ich in dieser Nacht ohne Schlaf ohne mein Journal? Mit wem sonst reden über Thornton, der allein mich beschäftigt. Stendhal warnt auch – bei Lektüre Rousseaus – »wer von erlebten Ekstasen spricht, wirkt zumeist lächerlich«. Dann wieder fordert er »die Jahrbücher seiner Begierden zu schreiben«. Ja, wer nicht auch das Gegenteil dessen hinzuschreiben wagte, was er vorgestern meinte, belegt nur, daß er nicht nachdenkt. Jedenfalls hat Stendhal mich erobert wie bisher kein anderer Klassiker. Im Bett lese ich ihn jeden Abend, oder sogar noch morgens, nach Nachtwachen, ehe ich einschlafe. Ich werde eine Anthologie aus seinen Journalen, Briefen, Notizen, Monographien, Reisebildern zusammenstellen. Eine Biographie kann man deshalb über ihn nicht schreiben, weil er der Meister unter den Autobiographen ist. Man könnte nur immer zitieren... er hat alles gesagt.

Gewarnt hat er auch: »Im Extrem der Passion etwas niederzuschreiben, ist Torheit, und so schweige ich.« Andererseits preist er an den Memoiren des Kardinals Retz, daß er »bis zur Naivität freimütig spricht«; der habe gewußt, daß seine Erinnerungen erst lange nach seinem Tod gedruckt werden. Auch gibt

Stendhal zu: »Mit Wollust las ich die *Contes* von Lafontaine … nicht aus literarischem Drange. Bücher, von denen D. sagt, man läse sie nur mit einer Hand.«

Warum haben eigentlich bis heute kaum Frauen solche Bücher geschrieben? Was geht mich das an? Wer nur schreibt, was ›man‹ schreibt, braucht *das* gar nicht zu schreiben, da es eben die anderen schon getan haben. Mir fehlt jede Neigung zu der Heuchelei derer, die sagen, ihr Journal sei nicht für den Druck geschrieben … fast jeder sagt das, fast niemand meint das.

Daß ich mir wünsche, schwanger zu sein, hat zwei Ursachen: Ich bin vom Tod zu heftig eingekreist, um ohne Kind aus dieser Lebenslähmung herauszufinden. (Ein Kind als Mittel zum Zweck? Auch höchst fragwürdig.) Zweitens war diese Nacht mit Thornton so, daß ich ihn in mein Leben hereinholen möchte, obgleich ich weiß, daß er bürgerlich – katholisch, nie läßt er sich scheiden – nie mein Mann werden kann. ›Nur‹ eine Reisebekanntschaft. Wir hatten nicht einmal ein Zimmer, ein Zimmer ist eine *Bleibe*, und bleiben kann er nicht.

Ich sah sofort, daß er auf Beutemachen aus war, als er in Glasgow mich sozusagen abgefangen hat. Sein Zug aus Norden hatte fünf Minuten Aufenthalt – nach einem glühend heißen Tag, 21 Uhr 37. Der Fremde kam wie mit mir verabredet, nahm meinen Koffer, nachdem er – im kurzen Schottenrock – sich verbeugt und unverständlich einen Namen gemurmelt hatte. »Auch nach Süden?« – eine so alberne Frage, daß sie verriet, daß er's doch selber ein bißchen zu forsch fand, wie er vorging. Ich versetzte ihm denn auch: »Ja, da der Dover-Express nicht meinetwegen wieder nach Scapa fahren wird, wo er herkommt.«

Er warb: »Kommen Sie doch bitte, wenn Sie nicht Schlafwagen haben, in mein Abteil, ich kann Sie auch zu einem Imbiß einladen, der Speisewagen hat schon jetzt nichts mehr zu essen!«

Ich: »Gegessen habe ich –«

Er: »Schon für die ganze lange Nacht? Und zu trinken habe ich auch. Und am Sprechen liegt mir noch mehr als am Essen … da ich Sie hiermit zu meiner Ordonnanz ernenne, müssen Sie auch Erster fahren!«

Ich hatte meine WRNS-Kluft an, weil in diesen kriegerischen Zeiten Uniformierte, speziell auf der Bahn, bevorzugt werden. Während ich, was mir erst jetzt klar wird, gar nicht überlegte, ob ich seiner Einladung folgen solle, ich lief schon mit, sagte er: »Daß Damen Uniform tragen, kann einen fast vergessen lassen, warum! Diese Marineuniform jedenfalls ist so elegant, daß sie jede zur Offizierin macht!«

Empfindlich gab ich zurück: »Und Offiziere sehen besser aus als wir ›Gemeinen‹?«

Der lachte: »Sind besser beschneidert, ohne Frage – jedenfalls bei uns Männern.«

Verlegen setzte er hinzu: »Ich freue mich so, wenn Sie mir Gesellschaft leisten, daß ich mit Vergnügen Erster für Sie nachlöse.«

So sarkastisch wie möglich schlug ich das ab: »Sie werden's nicht für möglich halten: ich fahre sowieso Erster, mindestens seit es sonst keinen Luxus mehr gibt.«

Frech wie ein Achtzehnjähriger, obgleich er bestimmt Mitte Vierzig war, hielt er mir ein Schild hin, das sehr amtlich aussah, noch durch einen protzigen Armee-Stempel ›geschmückt‹, um den Einschüchterungswert zu steigern:

KEINESFALLS EINTRETEN!

Er hatte die Pappe in Kanada von irgendeiner Direktorentür in einer Bank gestohlen: »Hat mir schon gute Dienste erwiesen! Vor allem seit der Stempel des Generalstabs drauf ist.«

Ich mußte lachen, daß er so etwas im Koffer hatte, und sagte: »Soso – bin neugierig, ob auch nur der Schaffner sich dadurch zurückhalten läßt.«

Er sagte lässig: »Der Schaffner ist gerührt; und sicherheitshalber auch gekauft... dem bringe ich jetzt Ihre Karte: wann soll er Sie wecken? Wetten, daß er nicht einzudringen wagt?«

Ich sagte, ich führe nur bis Cambridge, während er ja bis zur Südküste mußte, und ich hätte gar nichts gegen Schaffner: »Was meinen Sie denn, was der uns zuleide täte?«

Er merkte, daß er sich ebenso vergaloppiert hatte wie ich heuchelte, und sagte so arglos wie geübt: »Den Unterschied würden Sie schon merken, wenn Sie beinahe wie zu Hause schlafen, weil Sie eine ganze Bank für sich allein haben; sollen dann plötzlich drei Kerle hier eindringen, die der Schaffner nicht zurückgehalten hat? Ist doch eine Bestechung wert?«

Ich lachte schon wieder. »Sie denken an alles – wenn Sie aber doch den Schaffner schon gekauft hatten, bevor Sie mich sahen: wieso bringen Sie sich dann selber um den Vorzug, das Abteil allein zu behalten?« Er stand in der offenen Tür und sagte herausfordernd: »Diese Frage ist sehr unterm Niveau Ihres Charmes: Was wollen Sie jetzt denn hören? Ein einsamer Kanadier im wildfremden England, den ein Telegramm zurückrief: ›Urlaub sofort abbrechen!‹ – will der lieber ein Abteil allein haben als eines, in dem auch *Sie* sind? Sie sind sehr *schön*! Die haben mir Wein kaltgestellt –« Und weg war er. Und ich *wußte*: Die machen allen Ernstes – ›Dieppe‹! Ein Schock.

Ich hatte diese beiden Urlaubstage auch nur bekommen, um die Schwester meiner Mutter zu besuchen; ihr einziger Sohn kam um im Atlantik, vermutlich, weil es Turing noch immer nicht geglückt ist, ›Triton‹ lahmzulegen. Und dieser Mann mußte nach ›Dieppe‹ und wird vielleicht sogar davon wissen, obgleich der Überfall unter ›most secret‹ läuft. Die im Juli wieder Ausgeschifften waren auch Kanadier: dieselben! Ja, dachte ich, den kann man nicht gut allein lassen, auf dieser Reise zu einem Himmelfahrtskommando ...

Er rief hinter mir; ich hatte den Kopf in den Fahrtwind gehalten, der rasch zu scharf ins Gesicht schnitt, die Scheibe war ganz heruntergelassen, der Himmel so angedüstert wie – wie der Strand vor Dieppe. Er rief: »Punkt fünf Uhr dreißig – zwanzig Minuten vor Cambridge weckt Sie der Schaffner! Er ist auch ein Schotte und war stolz, einen Fremden in eurer Nationaltracht zu sehen. Nackte Beine, hätte mir nicht träumen lassen, nach dreißig Jahren noch einmal so rumzulaufen. Sitzen Sie doch lieber dort in der Ecke, wo Sie vom Wind nichts abbekommen ...« Ich sagte, lange halte auch er den nicht aus, er meinte, dann hätten wir nur die Wahl, auf der gleichen Bank Platz zu nehmen, »aber dann sehe ich ja Ihr Gesicht nicht mehr« – oder uns zu entschließen, trotz der Wärme das Fenster zuzumachen. Er hatte die Rouleaus zum Gang herabgezogen. Die im Speisewagen hatten nicht nur seinen Wein gekühlt, sondern ihm auch Champagner verkauft – »aber zu essen hatten sie wirklich nichts. Hat meine Gastgeberin geahnt, als sie mir den Koffer voll packte: große Bauern, bedienen Sie sich – da fehlt's noch an nichts!«

Während er auftischte, fragte er: »Und Sie – sind Sie etwa auch telegrafisch zu Ihrer Einheit zurückbeordert? Ich frage ja nicht, wo Sie stationiert sind!«

Ich erzählte, warum ich bei meiner Tante war. »Aber daß ich nur zwei Tage Urlaub bekam, hängt vielleicht zusammen mit dem, was Ihnen das Telegramm beschert hat. Da Sie sagten, daß Sie bis Dover fahren, darf ich fragen« – eine unglaubliche Taktlosigkeit, daß ich diese Frage stellte, aber mein Mitgefühl für den Mann war schon sehr da, »ob Sie am 4. Juli eingeschifft und dann wieder ausgeschifft worden sind?«

Er setzte sich, grinste komplicenhaft, ohne etwa Zustimmung anzudeuten, schwieg. Sagte dann: »Auch auf die Gefahr, daß Sie mich für töricht ›vorschriftenfromm‹ halten, muß ich gestehen, ich vermute, selbst Marinehelferinnen darf man solche Fragen nicht beantworten. Nicht geheim aber ist, daß ich von der 2. Kanadischen Division bin und zu denen gehöre – das sieht in Dover und Umgebung jedes Kind –, die sich zuweilen vor Übungen die Gesichter schwärzen. Sogar Feldpost- und Telefonnummer darf ich Ihnen geben – wenn Sie wollen!«

Ich sagte hektisch, weil ich nichts mehr hören mochte, und verkrampft, weil mir schlecht wurde wie immer bei Aufregungen: »Entschuldigen Sie, daß ich so plump gefragt hatte nach – ›Rutter‹.«

Er lachte: »Hätten Sie gleich sagen sollen: ›Rutter‹ ... nicht jede in der Marine, wie hätte ich das Ihnen auch ansehen können, ist bei der Firma!«

Darauf ging ich nicht mehr ein, denn Firma nennen auch gänzlich Uneingeweihte den Geheimdienst; es konnte eine Fangfrage sein. Was hätten wir auch noch voneinander wissen müssen? Er gab mir seine Adresse; ich ihm meine nicht, da ich mich gar zu dußlig verhalten hatte. (Die Zeit der anfänglichen Arglosigkeit, in der ich als Mitarbeiterin des Mathematischen Instituts geführt wurde, ist längst vorbei: wie wenige in Uniform haben schon mit Mathematik zu tun! Und warum dann in Uniform? Das war wirklich – Dummheiten des Anfangs – eher ein Hinweis gewesen als eine Tarnung. Also nennen wir uns nur noch Marinehelferinnen, denn deren gibt es im Vereinigten Königreich mit Luftwaffen- und Heereshelferinnen einige hunderttausend.)

Während ich viel aß – da aufgeregt – Wurst, kalte Ente, Huhn, Schinken, dunkles Brot, Bauernbutter, sogar an Salz und an ein kleines Tischtuch hatte seine Gastgeberin gedacht, und noch mehr trank, fragte ich, wie er zu dem Kilt komme als – Kanadier.

Er gab Auskunft: »Mein Kriegskamerad im Hochland, den ich besucht habe, gab ihn mir gleich bei der Ankunft, der Hitze wegen, und weil seine Frau fand, im kurzen Rock sei ich ›chic‹! Und als das verdammte Telegramm kam – sagte sie, behalte ihn an, schicke ihn zurück, wenn die Hitze vorbei ist oder besser: bring ihn uns bald wieder. Der Schotte war in Toronto – leidenschaftlicher Jäger, ich mache mir gar nichts aus der Jagd – vor dem Krieg mein Gast gewesen, ich hatte ihm versprochen, er könne drüben einen Bären schießen, aber leider habe ich ihm den Bären aufgebunden, irrtümlich; es reichte aber doch immerhin zu einem Hirsch. Und nun ist der Freund, jünger als ich, schon seit zwei Jahren ohne Beine, ein Angriff deutscher Tiefflieger in Belgien hat sie ihm 1940 kaputtgeschmettert. Ein Bauer im Rollstuhl... Bei der Ernte weinte er einmal: Neid auf seinen siebzigjährigen Vater, weil der noch auf dem Mähdrescher fahren konnte...«

Kriegsgespräche. Da ja auch ich schon von einem gesprochen hatte, den der Krieg getötet hatte, von meinem Vetter, wurde es höchste Zeit, daß Thornton, so heißt der Fremde, uns ohne Krampf herausriß aus dem Elend; er feuilletonisierte: »Ich kam so selbstverständlich auf Sie zu, weil ich Sie seit zwanzig Jahren kenne!«

Ich: »Dann müssen Sie als ziemlich großer Junge in der Sandkiste mit mir gespielt haben...«

Er war draußen gewesen, hatte mit heißem Wasser eine Serviette befeuchtet und rieb mir die Hände ab nach dem Geflügel-Essen – und behielt die Hände in seinen, als er antwortete. Er saß neben mir, sein Platz vis-à-vis war wegen des noch ein wenig geöffneten Fensters zu zugig geworden. Er erklärte, ich wisse doch auch, das am wenigsten erforschte Mysterium sei das der Partner-Wahl: »So viel, ja der Lauf der Generationen in jeder Familie hängt davon ab, aber keine Eva weiß, warum der Adam – nicht der Victor ihr gefällt, und kein Victor weiß, warum's Vanessa sein muß und bräche es ihm den Hals, *die* – statt *jene* zu wollen, wollen zu *müssen*! Wissen Sie's? Ich schwöre – ich bin ja kein Lügner, sonst hätte ich kleinbürgerlich meinen Ehering versteckt, bevor ich Sie in mein Abteil bat –, ich sage einfach, was wahr ist: als ich Sie sah auf dem Bahnsteig, sagte es – ich weiß nicht was ›es‹ ist –, aus mir heraus: ›Die ist es!‹«

Ich sagte: »Nun lassen Sie mich meine Hände wieder selber aufbewahren, die müssen bei diesem Wetter nicht gewärmt werden – und erzählen Sie ja nicht auch noch, zwanzig Jahre hätten Sie auf mich gewartet.« Er sagte erschrocken: »Drück ich mich denn so blöd aus – natürlich habe ich nie gut warten können, nein: aber Ausschau gehalten, ja, habe ich immer nur nach Ihnen oder Ihren Schwestern im Fleische ... Verzeihung: auch im Geiste.« Ich lachte, ohne ihn anzulachen: »Viel ist das, was Sie wissen können von meinem Geist!« Er sagte: »So wenig nun auch wieder nicht, einer Stirn sieht man viel an, noch mehr dem, wie jemand lacht ... Und am aufschlußreichsten, glaube ich, ist der Gang. In Ihrem ist Energie. Haben Sie einen Friedensberuf? Ich verkaufe amerikanische und deutsche Autos in Kanada.« Ich gab Auskunft: »Journalistin, die wie fast jede lieber ein Buch schriebe ... und sich einredet, dazu sei immer noch Zeit, obgleich sie Geld genug hat, sich diese Zeit zu nehmen, aber sie nimmt die sich deshalb nicht, weil sie eigentlich Angst davor hat, dieses Buch zu schreiben.« Er rief: »Nun seien Sie doch nicht so böse zu sich! – Zu mir sind Sie ja auch sehr lieb.« Ich staunte: »Bin ich? – Wieso?«

Er: »Sie haben mich nicht allein gelassen.«

Ich: »Sie mich ja auch nicht – ist das schon lieb?« Er warnte: »Die Dinge so sehen – da ist man dann zu schnell dort, Liebe und Egoismus als Synonyme zu verteufeln. Hat einer behauptet, alles Unglück komme daher, daß die Leute nicht daheim bleiben – ziemlich albern: wer könnte das schon! Ich verkaufe auch lieber in Kanada Autos, statt demnächst an einem Bunker Hitlers in Frankreich mir die Stirn einzuschlagen, weil jemand meint, *mein* Lebenszweck sei's, diesen Bunker zu erobern ... aber so dumm das auch ist–«

Ich schulmeisterte: »... ist immerhin von Pascal!«

Er: »So? – Aber wer ist Pascal: kein Kluger jedenfalls! Und ich würde diese Platitüde, alles Elend komme daher – Elend heißt es –, daß Leute ihre Zimmer verließen, gern zurückweisen durch ... aber nein: das gäbe nur eine *andere* Platitüde. Um auf die Energie zurückzukommen, die ich Ihrem Gang ablas ...« Ich lachte schon wieder: »Energie? Ich dachte nur, der Zug sei sehr besetzt und wollte einen guten Platz – deshalb, mag sein, kam ich etwas energisch daher: Es hat sie nicht eingeschüchtert ...«

Ganz ernst sagte er: »Nein. Im Gegenteil. Ich sagte Ihnen doch, ich ging auf Sie zu, ohne zu wissen warum ... *Die* ist es! Aber das ... nein, das *kann* man ja nicht sagen. Die Schwierigkeit ist nur: Sie haben ein Gesicht, in das ich nicht reinlügen kann. Auch nicht will. Sehen Sie, es gehörte sich doch jetzt, daß ich ›vorausschickte‹ wie alle Ehemänner in solcher Lage: Daß die Frau daheim nicht mehr ›stimmt‹, daß man bei ihr aushält nur der Kinder wegen noch – zwei Mädchen hab ich ... da sind sie!« Ich fragte: »Zwillinge?« Ungefähr neun. »Nein – nur rasch hintereinander gekommen.«

Ich dachte, säße ich nicht bei ihm, er wäre fertig, wenn er diese Fotos ansähe, ohne mit einem reden zu können – und weil er dann auch das Foto der Frau vor sich hätte. Und: er benutzt mich, um von denen zu reden. Doch was könnte legitimer sein? Wozu sonst in der Not einander »benutzen«?

Er antwortete, als ich gefragt hatte, wann zuletzt er diese Kinder gesehen habe, auch die Frau: »Vierzehn Monate – heute denke ich, seit dieses Scheißtelegramm da ist, denke ich nur noch: *nur nicht denken!* Und deshalb habe ich mich – Verzeihung – auf Sie gestürzt: ist das sehr ekelhaft? Und ich sage sogar – nein, ich sage es nicht; man *kann das nicht* sagen, braucht's nicht zu sagen, Sie wissen es eh ... Sie wissen viel mehr als ich von dem, was mir bevorsteht seit diesem Telegramm ...« Schweigen. Dann eine halbe Stunde Belangloses. Dann wieder dort, wo es ihm vor dieser halben Stunde ins Elend – da er »nicht zu Hause bleiben konnte« – geführt hat, bei seinen dreien ... Er war kaputt. Ich mußte reden, irgend etwas, denn der Mann hatte Todesangst. Mit Grund! Es zerriß ihn, dieser Abschied von den Dreien in Toronto. Wenn er mich doch nur anfaßte, dachte ich, dann müßten wir nicht mehr reden, ich würde ihn zur Ruhe bringen. Berühr mich, dachte ich, aber er stand, mir den Rücken zugewendet, an der Abteiltür.

Zweifellos wollte er mir sein Gesicht ersparen. Endlich brachte ich hervor: »Ich glaube, ich hab verstanden, was Sie – nicht sagen wollten, aber doch glauben, mir schuldig zu sein, daß Sie's sagen ... und daher Ihr langer Umweg über die, wie meinten Sie: ›Mysterien der Partnerwahl‹, ich sei genau *die* –«

Er drehte sich um, war rasch neben mir, faßte mich bei den Schultern und sagte so heftig wie vollkommen ehrlich, das spürte man: »Umweg? – nee: genau so ist das und macht alles so – so furchtbar – so ... daß ich mit diesem Telegramm da in der Tasche *Sie* auf einem Bahnsteig treffe, *Sie* – die noch einmal *jede* verkörpert ... ja, die ich je liebte. Wenige. Sehr wenige – meine Frau ist eine Jugendliebe, und ich war ziemlich, nicht ganz – ziemlich treu. Aber Sie laufen mir *heute* über den Weg, und ich mit diesem Telegramm in der Tasche. Deshalb sprach ›es‹ in mir: Sie ist es! Was für ein Glück, was für eine Angst: was hat das Schicksal vor, daß es – blöde Frage! Und mein Stottern vorher mit den Schwestern im Fleisch – ich bin ja nicht wie du Schriftsteller, aber ehrlich war's: meine Frau ist blond, kann auch nicht Bücher schreiben – du bist schwarz, aber sonst, Gang, Zähne, deine schönen Zähne, dein breites Becken und die sehr hohen, nicht schlanken, herrlichen Beine – deine ... genau so und – *das* kann man doch nicht aussprechen ...«

Als er von meinen Beinen redete – »hatte« er sie, war an ihnen hochgefahren, dann von der Bank herunter auf die Knie und hielt meinen Hintern, ich hatte bei der Hitze ja nichts an, nur die drei Dinger: Bluse, Slip, Rock; BH trage ich nie. Was er sagte, war das äußerste an Ungeheuerlichem, das man einer Frau sagen kann. Aber mir gefiel's – gefallen ist gar kein Wort: es warf mich ihm zu! – durch die Radikalität: wer zwang ihn, so ehrlich zu sein? Ich war entsetzt, denn ich mußte denken: der will nicht mit einer Lüge die Welt verlassen. Er hatte gesagt: »Siehst du, auch ... daß man spürt, *dir* kann man sagen, was man doch wirklich *nicht* aussprechen kann: Daß ich dich deshalb so herzlich, so tierisch egoistisch bitte, es mit mir zu machen – weil meine Frau nicht da ist. Ich bin unmöglich. Nein, ich bin schon richtig – unmöglich ist die Situation, du weißt – *du*, das spüre ich, weißt sehr viel ... wir können doch noch von Glück sagen, meine Leute und ich, wenn in zwanzig oder vierzig Stunden, habe ja keine Ahnung, wann's losgeht, noch ein Drittel lebt von uns.«

Sein Kopf lag auf meinen nackten Oberschenkeln, ich sagte: »Steh auf, sieh das doch – du mußt nicht denken«, und nun log ich drauflos, bis ich's selber glaubte, weil ich es glauben *wollte*, oh: da lügt man perfekt!

Ich sagte, er solle sich doch nicht einreden, unsere Planer gingen leichtfertig mit ihnen um: »Glaubst du, die Hunnen könnten von Narvik bis zur Biskaya – bei so viel Verschleiß ihrer Kräfte in Rußland – an jedem Kilometer Strand Wache stehen?« Er saß neben mir, ruhiger, fragte dann mißtrauisch: »Und warum, wenn du unserem Kommando so viel Chancen gibst – tust du dann *das* für mich?« Ich murmelte, ich wisse, wie furchtbar – zuweilen – Alleinsein sei. Er hatte seine Hände auf meinen Brüsten, meine Bluse war zu, er wollte etwas sagen, die Stimme versagte ihm, es rührte mich in der Tiefe, daß er, wie scheu, wie schüchtern jetzt, nur meine Stirn küßte: »Stört's dich nicht, daß ich doppelt so alt bin?« Ich sah ihn an: »Dächte keiner. Treibst du Sport?« Er: »Nie. Nur im August fahre ich mit den drei Mädchen schwimmen.« Er bat: »Gib mir doch deine Schultern ... ich bitte dich noch einmal um Nachsicht für – vorhin da, meinen Unfall, meinen Überfall ...«

Ich selber machte zwei Knöpfe auf, sagte: »Das Licht – wozu!« Er knipste es aus, draußen war noch immer die Nacht nicht schwarz, sondern – meerdunkel. Was immer käme diese Nacht: vom Meer, vom Strand würde ich jede Minute bedroht bleiben ... Als habe er gespürt, daß mein Nacken, meine Schulterblätter viel rascher darüber entscheiden, wie weit ich mittue, als meine Brüste – entschieden sie schon zu seinen Gunsten; gerade weil er mich zuerst mehr nur mit seinem Atem berührte als schon mit seinen Lippen, er wiederholte: »Dein Duft – dürfte man da bleiben!« Als er wieder sprechen konnte – hätte *ich* keine Worte mehr hervorbringen können; diese Zärtlichkeit nach zwei Jahren – in panischer Hast zwar, Zeit hatten wir ja wirklich nicht, aber doch ganz scheu: sie hatte mich ihm völlig ausgeliefert ... unmöglich, daß er das nicht merkte. Aber noch wollte er höchst feinfühlig mir so viel Zeit lassen, daß ich sozusagen vor mir selber vertreten konnte, daß dies nach weniger als einer Stunde geschah. Er sagte: »Verzeih, daß ich dauernd nur von mir gesprochen habe. Mit meiner Frau bin ich im reinen, obwohl ich weiß, ihre Treue ist absolut – aber wer noch Zeit hat – hat alles. Vor allem den vollen Segen der Ahnungslosigkeit ... Aber kannst du mir nachsehen, daß ich da vorher in der Panik – du siehst, du hast mir meine Gelassenheit zurückgegeben, wenn ich dir auch nicht glaube, daß du glaubst, wir würden nicht verheizt –, aber kannst du verzeihen, daß ich dich bitte um diese Nacht – ohne mit einer Silbe gefragt zu haben, wem *du* damit – weh tust, wenn auch nur im Geist, der erfährt's ja nicht. Es kann ja nicht sein, daß frei rumläuft, wer so schön ist wie du!«

Ich sagte, in diesem August seien es zwei Jahre, daß Stephen tot ist. Er spürte, ich hatte nicht von ihm sprechen wollen, aber nun hatte der Krieg auch mich eingeholt. Wie zuvor ihn.

»Gib mir noch von dem Champagner; bei meiner Tante war es nicht so schlimm, wie ich es befürchtet hatte – sie bildet sich ein, mein Vetter sei noch am Leben. Er verschwand als Kadett auf einem Zerstörer, vierzehn von einunddreißig Handelsdampfern haben die Deutschen versenkt und einen Geleitzerstörer; auf dem war mein Vetter – und nun redet sich meine Tante ein, er lebe noch, obwohl sie doch weiß, daß U-Boote keine Schiffbrüchigen aufnehmen. Dennoch sagt sie, ich könne gar nicht wissen, ob nicht ein Deutscher meinen Vetter aufgefischt habe und: ›Dann dauert das natürlich Wochen, bis ich's erfahre übers Schweizer Rote Kreuz!‹ So redet sie – leider Unsinn. Doch ich ließ sie dabei ... aber mein Verlobter ist tot ... gib mir noch eine Zigarette. Jetzt mußt du ein bißchen Geduld mit mir haben, mach das Fenster ganz zu und gib mir meinen Mantel – plötzlich ist mir kalt. Es ist da voriges Jahr, als mein Verlobter schon vierzehn Monate tot war, etwas geschehen, was mich seither oft zwingt, das Bett zu verlassen ... die haben, im Bomberkommando einen Mathematiker, Professor Freeman

Dyson; einer der Wissenschaftler, die unsere barbarisch großen Piloten-Verluste untersuchen. Dem fiel bald auf, daß im Durchschnitt aus amerikanischen Bombern, die über Deutschland abgeschossen wurden, mehr als doppelt so viele Besatzungsmitglieder noch lebend herauskommen wie aus britischen. Dyson hat das vor zwei Jahren gemerkt, gemeldet – doch das ist heute noch so. Der Professor untersuchte, nachdem fliegendes Personal ihn darauf hingewiesen hatte, die Ausstiegluken: jeder Bomber, das weißt du, hat eine Falltür im Boden, durch die, wenn er brennt, die Besatzung sich mit dem Schirm retten kann. Doch wir verlieren mehr Bomberbesatzungen als die Deutschen U-Boot-Männer verlieren, *auch deshalb*, weil die Ausstiegluken so eng sind, daß – ich zitiere Dyson – *einige tausend* junge Mitglieder des Bomberkommandos das Jahr für Jahr mit dem Leben bezahlen: ›Die Lancaster‹, sagt er, aber niemand hört auf ihn, ›ist an sich ein großartiges Flugzeug, wurde aber zur Todesfalle für die eigene Besatzung, weil die enge Absprungluke auch noch schwierig zu öffnen ist, vor allem aber Abspringende oft darin hängen bleiben oder sich so eilig wie nötig gar nicht erst durchzwängen können.‹ Die Besatzungsmitglieder werden wegen Disziplinlosigkeit hart bestraft, wenn sie es melden ... Siehst du, dieser Alptraum, wie mein Verlobter – dreiundzwanzig war er, Funker – festhängt an der Maschine; obgleich ich ja nicht wissen kann, wie seine letzten Minuten waren; wie durch Verschulden unserer Bürokratie, die nicht hört auf das, was Piloten und Wissenschaftler bemängeln, obgleich das Tausenden – in jedem Jahr – das Leben kostet: das ist so schlafaustreibend, ist schlimmer als Sterben! Nur 21 Prozent der Besatzungsmitglieder abgeschossener Maschinen überleben, wenn sie in britischen fliegen, über 50 Prozent überleben, fliegen sie in amerikanischen!... Ich muß also dich sehr um Nachsicht bitten, wenn ich mich als keine sehr taugliche Gefährtin gegen Kriegsgespenster bewähre... Mach das Bett, nimm dazu meinen Bademantel aus dem Koffer, ich gebe dem Schaffner auch noch 2 Pfund.« Thornton sagte, ehe ich hinausging: »Verzeihst du, daß ich dich bei dem schon als meine Braut ausgegeben habe?« Er hatte mich im Arm; küßte mich in den Mund, als lägen wir schon, ich hatte es jetzt so eilig wie er, doch war plötzlich bedrückt: »Bin ich dir nicht zu dick? Du bist so schlank wie ein Ruderer aus unserem Cambridger Achter – ich breit wie ein Brauereipferd.« Ganz ernst widersprach er, fast feierlich: »Schön bist du. Und wie sympathisch sind Pferde – sie haben so gepflegtes, glattes ›Fell‹ wie deins! Verdammt arm wäre ich dran, wärst du weitergegangen.«

Ich küßte seine Stirn: »Unsinn. Du ahnst nicht, wie Trauer mich... bettfällig macht, kann man so sagen? Zu einem sprechen können, wenn der nicht versucht zu trösten: wie viel das ist, weiß nur, wer nachts mit Toten allein war.«

Ehe er mich losließ, daß ich hinaus konnte, sagte er aufgeräumt: »Morgens eh's hell wird – noch lange, noch lange nicht! – lege ich mir gern ein Tüchlein auf die Augen; ich hab kein's dabei – gib mir dies!« Und hockte schon vor mir und nahm mir den Slip weg: »Nach einem so heißen Tag – wie kalt deine Haut.« Ich sagte, wenn er nicht wisse, daß *Fett* kalt sei, dann *sehe* er's jetzt. Er widersprach: »Barock ist nicht fett, sondern fest – wunderbar, wie frisch, ja kalt deine Haut ist!« Ich lachte: mein Glück, daß er nicht wisse, wieso Haut im August kalt ist: »Dort, wo Blutgefäße sind, ist der Körper warm oder heiß, dort, wo Fettgewebe sind – so dicke wie auf mir, ist er kalt, weil dicke Fettgewebe obenauf, peripher, eben durch Blut viel weniger versorgt werden...« Er lachte: »Ich bin kein Anatom, sondern ein Augenmensch, geblendet durch dein Leuchten. Nun bestich den Schaffner noch ein bißchen und hab keine Sorge, wir seien zu stören – guck, paßt genau... ich bin als Sergeant auch Kurier gewesen; da weiß man, wie man eine Abteiltür so zumacht, daß man auch mit Geheimpapieren unbesorgt schlafen kann...« Er hatte seinem Koffer einen Gürtel entnommen, schlang ihn um den Griff der Abteiltür – der Gurt reichte bis ans untere Gepäcknetz: dort machte er den Gürtel zu, der ein paar Löcher mehr hatte als ein anderer: »Unmöglich, von außen aufzumachen, es müßte einer den Gürtel zerreißen! Nackt wie im Bett können wir uns lieben!« Es steckte mich an, wie er das sagte. »Jetzt mach ich dir die Tür wieder auf, laß mich nicht zu lange warten –.«

Vier Uhr zweiundzwanzig.

Längst hell – eben deshalb fehlt mir der Mut, in 6 und 8 zu fragen, ob sie schon Sprüche aufgeschnappt haben. Turing, der weiß, wo ich bin – sein Nachtdienst endet erst um sieben –, wäre bestimmt zu mir gekommen, hätten sie schon deutsche Meldungen. Oder will er mich damit verschonen?

Vor einer Stunde sind die Kanadier aus den Transportern ausgeschifft worden auf die 220 Landungsboote. Thornton ist als Offizier auf einem dieser Boote der erste, der vor seinen »Jungen« – wie hasse ich dieses Wort! – über die heruntergelassene Rampe, sozusagen einer Zugbrücke, aus dem Boot in die Vorflut muß, um zum Strand durchzuwaten, sofern die Hunnen nicht schießen – oder hinein ins Schießen (wie könnte man vermuten, die schössen nicht?). Sobald die Boote auf Grund aufsetzen, wird die Rampe heruntergelassen – und müssen die Infanteristen noch vor den Panzern hinaus. Was dachte Thornton bei der Überfahrt? Auch an mich oder ›nur‹ an seine Drei in Toronto? (Seine Mutter hat er auch noch – hat sie *ihn* noch?) Ich weiß nicht, was unsere »Strategen« sich dabei überlegten, es in einer völlig klaren, leuchtend besternten, sehr hellen Nacht anzuordnen: schlimm wär's, aber möglich doch, hätten sie das nicht überlegt ...

Seit 15 Uhr gestern nachmittag war absolute Telefonsperre im Bereich seiner Brigade, morgens um elf konnten wir noch sprechen – durch eine spezielle Leitung, wie vorverabredet, in seinem Divisions-Büro. Angeblich dienstlich. Keiner glaubte mehr, das sagte er mir schon am Ende unserer Nacht, daß noch sehr geheim sei, was sie vorhätten. Und die Wieder-Ausschiffung vor sechs Wochen am 4. Juli, als sie bereits an Bord waren, »hat uns erheblich demoralisiert – seither denkt keiner mehr, die Hunnen erwarten uns *nicht*!«. Und ich habe ihm noch zusätzlich – wie sehr! – im Zug das Leben beschwert durch mein Bitten, mein zum Schluß irres Winseln, sich krank zu melden. Erst wollte ich's selber nicht für möglich halten, daß ich so rücksichtslos zu einem Krieger sprechen könnte – »aber du bist ja gar kein Krieger, du wolltest Autos verkaufen, wieso mußt nun du ... bist ja auch jetzt schon sehr, sehr heiß ... wenn das kein Fieber ist!« Denn ich genierte mich, ihm so zuzusetzen, er nahm's mit der Ironie, mit der ich's sagte: »Erhitzt bin ich – dank dir: kein Fieber... ich dachte im Gegenteil, wir beide seien durchschlagend *gesund* gewesen seit gestern abend!« Ich bestand darauf, auch noch in diesem Ton: »Aber jetzt kannst du doch sicher nicht mehr laufen!« Er: »Laufen schon – nur nicht mehr stehen!« Er witzelte es unbedingt weg, wollte es nicht hören – zog seinen Mantel über die Haut und ging tatsächlich raus, als ich nicht abließ, ihn zu quälen, er solle krank werden. Ich gab's erst auf, als er sagte: »Ich denke, du schreibst – dann hast du ja bestimmt auch Vorstellungskraft genug, dir auszumalen, wie ich etwa dasäße zum Mich-selber-Anspucken, wenn ich wegen Heuschnupfens – den gibt es aber gar nicht mehr im August – daheimgeblieben wäre; und dann käme von den Achtzehn- und Zweiundzwanzigjährigen, die ich kommandiere, ein Dutzend zurück, und sie meldeten mir, die anderen zweihundert seien tot... Hör jetzt auf, Monica, mitgefangen – mitgehangen: das Los des einzelnen... Bleib liegen, dir ist doch nicht kalt – ich will dich ansehen, so lange wie möglich.«

Er hockte da, zwischen meinen Füßen, manchmal leckte er mir noch den Bauch oder die Kniekehle – die Schlüsselbeine waren schon so, daß ich eine geschlossene Bluse würde anziehen müssen, eine mit Schlips, obgleich wir sonst in diesen Hitzetagen die Uniform halsfrei tragen. Als ich mich aufsetzte, ihn zu umarmen – tat ich's aus Angst, ich müßte weinen und wollte vor ihm mein Gesicht an seiner Brust verstecken. Da klopfte der Schaffner – Zeit für mich. Thornton rief: »Danke, schon auf!« – doch hatte ich beschlosen: »Ich steige einfach nicht aus – erst an der nächsten oder der übernächsten...« Dann durfte ich nichts mehr reden, sonst hätte er's bemerkt, daß ich weinte. Ich sprach nichts mehr – er aber sprach jetzt, seine Hände auf meinem Nacken, meinen Schultern; und sprach in großer Ruhe. Und das wurde sein Nekrolog. Und weil ich das ahne, das ahnte, sofort – viel Phantasie gehörte ja nicht dazu –, würgte mich das Schluchzen, und das mußte ihn entsetzen, denn mein Weinen paßte so gar nicht zu seinen Worten, die eine einzige, seine end-gültige *Danksagung* ans Leben waren! Nie vorher hatte ich eine solche Energie aufgebracht, Tränen zurückzuhalten, denn was sollte um Gottes willen *er* denken, daß ich weinte, während er das Dasein feierte! *Da*-sein: wie jetzt 4 Uhr 57 – mir schauderte bei diesem Wort: *Ist* er noch da?

Er sagte: »Steigst erst später aus? Lieb! Aber weinen mußt du nicht, sieh mal, das ist nun wahr, wozu noch übertreiben, zuletzt... nie in meinem siebenundvierzigjährigen Leben bin ich aufgewacht neben einer so schönen Frau. Übertrieben ist nur ›aufgewacht‹, denn so wenig geschlafen habe ich selbst in meiner Hochzeitsnacht nicht... eben deshalb (sicher nicht deshalb allein, auch aus Angst – lassen wir das), weil du die Gefährtin ohne Vergleich bist. Geliebte zu sagen – klingt besser. Aber Gefährtin ist wahr... so eine Gefährtin finden – wenn man wie ich nur ein ganz ordinärer Kanadier ist, wildfremd in England? Das ist Glück, ein Geschenk, das einem auch wieder angst macht, denn *warum* schenkt einem das Schicksal so unverhofft in der Nacht, bevor der Krieg gegen einen losgeht, eine Gefährtin wie dich?«

Rasch unterbrach ich, weil ich seiner Stimme anhörte, daß auch die so fest nicht mehr war, ich sagte: »Die verdammten Deutschen – ich kann deutsch – haben für das, was du meinst, eine exakte Bezeichnung: Gefährtin und Gefahr sind bei denen ganz eng verwandt, obgleich ich gar keine Ahnung habe von ihrer Etymologie. Als hätten die das so wie du gemeint: Gefährtin, Gefährte, die *mitgehen* in die Gefahr... doch ich gehe ja nicht mit, ich steige ja aus!«

Er sagte, lachte sogar leise: »Doch, du *bist* mitgegangen. Und warum? Das ist ein bißchen eine... beängstigende Frage, lassen wir das. Es wäre doch schon sehr viel gewesen, hättest du nur geredet mit mir in dieser Nacht. Doch dann auch noch dieses Geschenk – *dich*. Was könnte einem das Leben noch geben, wenn man dich hatte: das Höchste. Und zwar nicht relativ; nicht im Hinblick auf solche Knaben – heute gibt's deren Millionen, die meisten auch in meiner Einheit sind so jung –, die fallen müssen, bevor sie nur *einmal* Mann sein durften nicht nur im Arm des Todes, sondern in dem eines Mädchens: wie gemein. Nein – du: das Höchste *absolut*. Und wieso, warum bekam *ich* dies – heute? Lassen wir das... gibt's denn das doch: Geschick, Fügung? Ich hab fast nie daran gedacht, aber jetzt will ich nicht mehr wahrhaben, kann ich nicht mehr glauben,

Zufall sei das gewesen, daß du gestern diesen Zug genommen hast. Es fahren ja noch zwei oder drei in der Nacht von Glasgow nach Süden... wer oder was – wenn du jetzt nicht einmal aussteigen *mußtest* – hieß dich dann, diesen Zug nehmen und nicht erst den nächsten? Und noch ein Zusammenhang zwischen uns beiden, der dagegen spricht, daß nur Zufall war, was heute nacht du mir, ich dir gewesen bin: ich meine diese – im bürgerlichen, im Friedenszeit-Sinne – unaussprechliche Radikalität, mit der wir einander genommen haben, zuerst schon mit Worten, diese *unverschämten*, niemals jemandem zu erzählenden Forderungen, die ich an dich – doch die auch du dann an mich gestellt hast, Gott sei Dank: so richtig, so schön, obgleich du nicht einmal meinen Familiennamen wußtest, weißt ihn ja immer noch nicht...«

Ich sagte, so wenig konnte ich sagen, ohne loszuheulen: »Steht der nicht auf deinem Telefonzettelchen?« Er fragte: »Hat je eine Frau das gemacht, ohne den Namen zu wissen – ich hatte mir doch ganz gedankenlos, wie immer, seit das zweite Kind da ist, das Präservativ genommen – und wie du ihn mir sofort wieder abzogst und ihn aus dem Fenster warfst und so hinreißend *bestimmend* gesagt hast: ›Alles oder nichts!‹ – da sprach das Leben selber aus dir. Und wie recht du tatest – so wie ich nur zu dir zu sprechen riskierte, weil ich gestern abend einfach nicht lügen wollte und dir *zumutete*, anzuhören, ich wolle dich, weil meine Frau nicht da ist! Welche, Monica, außer dir, hätte das verstanden oder auch nur angehört, ohne mich zu ohrfeigen? Und so radikal wie wir sprachen – was dann kam: ja – radikal heißt ›an der Wurzel‹, heißt auch rücksichtslos, es –«

Ich nahm das auf: »Findest du ›rücksichtslos‹, daß ich da ›an der Wurzel‹« – nun war auch mein Mund besetzt, meine Hände waren ja, seit er mich zum Weinen gebracht hatte, wieder bemüht zu verhindern, daß er spräche... weil womöglich dann diesen Nekrolog auch er noch durchschauen müßte als *Nekrolog*! Und so suchte ich ihn dahin zu bringen, wo Worte aufhören. Er seufzte, lachte: »Oh, wie du mich... auf meine alten Tage noch lehrst, an die Wiederauferweckung der Toten, wie heißt es wörtlich: die Wiederaufer-*Stehung* des Fleisches zu glauben – durch eine Frau. Ja, natürlich durch eine Frau – nicht durch seinen Sohn; wie viel überzeugender hätte der seine Firma mit einer Frau aufgemacht – ›Gottes Sohn‹? Warum nicht Gottes Tochter, da doch unter den vielen wortreichen Offerten ein Erlösungs-Angebot auch ist: das ist nun einmal – Erlösen –, was nur ihr Frauen könnt, nicht wir Männer, wir Kriegsverbrecher ... oh, das machst du wunderbar – Monica, komm!«

Er war wieder auf den Knien, ich sagte: »Nein – bleib doch liegen, haben wir nicht gesehen, wie gut du auch im Liegen stehst!«

Das war der Ton – meist – unserer Nacht gewesen, Heitersein, endlich konnte auch ich wieder unernst tun, statt ihn so rücksichtslos anzuweinen: »Bleib liegen, ich komme auf dich – du bist viel, viel besser ... siehst du: beschützt, bin ich oben.«

Er strahlte: »Vor allem sehe ich dann viel mehr von dir, deinem Haar, deinem Bauch, deinen Brüsten ...« Die hielt er und nahm ihre Knospen mit großem Zartgefühl zwischen die Zähne; er war jetzt nicht mehr so mitgerissen wie in der Nacht, war ruhiger, ausdauernder ... oh, wie lange er so war, und dann wieder sein Atem an meinem Hals, in meinem Nacken. Ich schrie, so zärtlich drückte er mir die Linke in den Nacken. Und lachte leise: »Steht nicht in klugen Lehrbüchern ... daß du besser *liegst*, wenn du schwanger werden willst, und ich will's ja nun auch, daß du's wirst ... komm, beschützt hast du mich genug! Und ist auch so aufregend, noch einmal zu *sehen*, wie du dich aufmachst ... wie du *das* aufmachst. Du bist da ... oh, die riesige schwarze Wasserrose. Ach – daß dies ewig dauerte!« Und er war über mir, und sein Seufzen wurde erhört: es dauerte lange, sehr lange, und führte über die Grenze zur Ewigkeit, wenn Ewigkeit dort ist, wohin Menschen immer unterwegs sind, um zu *bleiben*; weil sie *das* nie können. Ich muß zuletzt das Bewußtsein verloren haben – und war erst wieder da, als er meine Achseln leckte, noch in mir. Ich flüsterte ... sehr fern schienen Leute zu reden, Bahnsteig Cambridge. Seit zwei Stunden schon hatten wir unseren schwarzen Spiegel, weil der totgrau geworden war im Tagesdämmern, durch das Rouleau geschlossen. Ich flüsterte: »Denkst du auch nicht – nach dieser Nacht *kannst* du das nicht denken, daß ich nur deshalb das Kind von dir will, weil Stephen tot ist? Aber ich konnte einfach gestern abend diesen *nichtswürdigen* Vorbehalt nicht ertragen, diese Scheiß-Ängstlichkeit: ja kein Kind zu kriegen, solange Krieg ist – ich warf dieses widerliche Ding aus dem Fenster, weil ich so voller Jammer bin seit zwei Jahren, so oft ich nachts hochschreckte, allein mit nichts als einer Katze. Und sehe Stephen stecken im Schacht seines Bombers, und er kann sich nicht retten – und weiß nun, er verbrennt. Und nur noch diese entsetzliche Erinnerung, die alle anderen übertrumpft, ist da von ihm: wie haben wir uns gehabt, so wie wir jetzt – Nächte, ach! Doch immer mit diesen gemeinen Gummis, wir Idioten, damit's kein Kind gibt. Und wie bald war's, daß uns das Schicksal nun auslacht, den Toten und mich, weil wir mit jedem Akt das Leben *verraten* haben. Ich war zwar nie so versessen auf ein Kind, sonst hätte ich längst eins, aber um *Stephens* willen wünschte ich doch ... daß von ihm mehr übrig ...«

Ich hatte, noch aktumnebelt, zu viel gesagt: verfluchtes Reden! Er mußte jetzt denken, wahrscheinlich dachte er's: So wie sie jetzt auch von mir das Kind will, daß ich ihr mehr zurücklasse als nur die Erinnerung! Und um diesen Gedanken in ihm nicht hochzulassen, setzte ich wie gejagt hinzu: »Bitte denk nie, Thornton, ich käme dir mit irgendwelchen Ansprüchen, Forderungen – ich weiß, du bleibst bei deinen dreien in Toronto, und so ist das auch richtig, aber ...«

Sehr angenehm schwer lag er jetzt auf mir: »Nenn's Monica, wenn's ein Mädchen wird, bei mir werden's immer Mädchen – aber einen Jungen, den nennst du Thornton!«

Ich machte mich hoch, sagte heftig: »Quatsch – *du* nennst ihn Thornton, *wir* nennen ihn so!«

Er küßte mich noch einmal in der Mitte und lachte und sagte, wir waren aufgestanden: »Wir sprechen von Namen, aber meinen Familiennamen kennst du noch immer so wenig wie ich deinen!«

Ich kämmte mich, sagte meinen Namen, weil er seinen genannt hatte, und versprach: »Morgen hast du einen Brief, deine Adresse ist auf dem Zettelchen, mein Telefon schreibe ich dir.«

Er hatte den Slip in der Hand, kniete hinter mir, ich beugte mich über meinen Koffer; er wollte ihn mir anziehen, doch ich sagte, hatte mir schon einen neuen genommen: »Staunst, daß ich mehr als einen davon habe? Behalt'n als Augentüchelchen, wenn du nicht Angst hast, daß deine Kameraden dich verulken.«

Er steckte ihn in die Hosentasche und küßte mich: »Ich wollt ihn dir anziehen, damit ja nichts verlorengeht von dem, woraus unser Kind wird!« Ich rief: »Thornton!« und umschlang ihn so verzweifelt fest, als könne ich verhindern, daß er wegmußte, überwältigt von einer mir bis dahin nicht gegebenen Anhänglichkeit. Nie hatte ein Mann das zu mir gesagt – daß aber er sein Sperma erwähnte, das mich schon mehrfach, sooft ich in dieser Nacht auf meinen Füßen gewesen war, so rasch wie möglich vor Zärtlichkeit wieder zu diesem Mann getrieben hatte – war eine neue Erfahrung, die ich mir erst in diesem Moment deuten konnte, als er davon sprach. Seither glaube ich, selbst dann, wenn wir nichts so fürchten wie eine Schwangerschaft – und ich hatte sie bis zu dieser Nacht jedesmal gefürchtet –, will doch das Tiefste, das Geheimste in uns genau dies, wann immer wir's machen. Wird so, muß so sein: Daß in dem Moment, wo wir uns als Person nahezu aufgeben in der Ekstase und der Gattung stärker angehören als noch unserer Individualität, wir vom Gesetz der Gattung, sich fortzupflanzen – besessen werden, willenlos gegenüber der Natur. Weil das in mir war – das kann ich jetzt kühl objektiv beurteilen, ich dachte am ganzen anderen Tag, da ich's ja spürte, noch dauernd daran –, war ich auf eine Weise im Einklang mit dem Dasein, die eine mir *neue* Dimension der Befriedigung war – ja, anhält bis in diesem Augenblick, als wären wir ganz nur wir selbst, wenn wir Werkzeug, genauer: *Gefäß* eines überpersönlichen Willens sind. »Zieh den Slip nicht aus Versehen – weil du vergessen hast, daß er nicht dein Taschentuch ist – heraus, wenn du vor deinem General stehst!« mahnte ich. So – um diesen Ton bemüht, bis der Zug einlief, um ja nicht mehr ein ernstes Wort aufkommen zu lassen! So auch Thornton – und endlich lief der Zug ein, und ich war draußen, und er kam nach mit meinem Gepäck: keine Zeit mehr für Tränen; jedenfalls für Tränen vor seinen Augen.

Sechs Uhr zehn.

Sieben Meldungen der Deutschen aufgeschnappt: die furchtbarste von Marschall Rundstedt selbst ans Führerhauptquartier: »Mein Führer, die seit Juli erwartete Landung bei Dieppe ist übersehbar. Außer einem von 28 Panzern neuesten Typs, die alle schon vor der Strandpromenade vernichtet wurden, ist kein einziger auch nur bis zum Stadtrand durchgebrochen. Mindestens viertausend gefallene Kanadier am Strand. Kämpfe nur mehr am Hafendamm und in der Luft – offenbar der zahlenmäßig stärkste Einsatz britischer Jäger seit der Luftschlacht um England. Mehr als ein Ablenkungsmanöver kann dieser Dieppe-Versuch nicht gewesen sein. Daher höchste Alarmbereitschaft am ganzen Atlantikwall. Mindestens dreißig Landungsboote vernichtet, der Rest zieht sich zurück, offenbar ohne Hoffnung, gelandete Truppen noch wieder einschiffen zu können. Eigene Verluste bisher ungefähr zweihundert Gefallene.«

Ich kann nicht mehr schreiben.

21. August.

Thornton gefallen: 18. August 1942, vor fünf Uhr.

24. August.

Am Tag von Dieppe meldete schon um 17 Uhr 40 Rundstedt an Hitler: »Auf dem Festland befindet sich kein bewaffneter britischer Soldat mehr.« Hitler höhnte im Radio, wir könnten uns freuen, kämen wir wieder, »noch einmal neun Stunden an Land zu bleiben«!

Verluste der Kanadier – most secret – anscheinend fast 70 Prozent, die der übrigen, die gelandet waren, knapp 60 Prozent. Schacht und Treppe: war bisher Stephens Tod, vielleicht durch den zu engen Schacht, meine Nachtmahr-Vision, so kommt jetzt hinzu die Treppe von Dieppe. Denn mit großer Gelassenheit erzählte ein Luftwaffen-Stabsoffizier, die Katastrophe sei ohnehin nicht zu verhindern gewesen – nur »hätte sie nicht dermaßen ausarten müssen, würden unsere Stäbe die Luftaufklärungsfotos genau ansehen, sie sahen aber eben gerade nur mal so hin – und so kam's, daß nur ein einziger unserer Panzer *nicht* schon am Strand zusammengeschossen wurde. Denn unser famoser Einsatzstab hielt die kilometerbreite *Treppe* zwischen Strand und Uferpromenade, die für jeden Panzer unpassierbar war, für eine *Rampe*! Kein Panzer, natürlich nicht, kam die Treppe hoch – und man sieht sehr gut auf dem Foto, daß dies eine Treppe – keine Rampe ist.«

Treppe und Schacht: Das sind Momente, wo man mit archaischem Haß die *Hinrichtung* von solchen Etappen-Schweinen wünscht, die selbst nie einen Schuß hören – und für Zehntausende von Landsleuten Schicksal spielen. Wir gehen mit unseren Männern so niederträchtig um wie die Deutschen mit ihren ...

6. September.
Ich kriege kein Kind. Hier nur Thorntons Bild.

VII

Seetrümmer

Reisenotizen Turings I

Turings datenlose drei Notizhefte sind mir per Post am 21. November 1953 zugegangen, nur mit der Bemerkung, er werde anrufen. Alan rief am übernächsten Abend an und fragte, was ich davon hielte, irgendwann im Sommer – »hat ja gar keine Eile« – diese Notizen mit ihm »irgendwo, wo man baden und ein bißchen radfahren kann«, so zu organisieren, zu ergänzen, zu kürzen, »daß ich vor Ludwig Wittgenstein, wenn der mir aus dem Jenseits noch zugucken sollte, halbwegs bestehen kann: du weißt, er hat immer gehöhnt, daß ich nur deshalb dauernd rechne, um nicht denken zu müssen. Es war ihm so verächtlich, daß einer ißt und trinkt, ohne Hegel gelesen zu haben, obwohl er selber Hegel lächerlich fand, daß ich endlich ihm zuliebe sogar während einer Atlantiküberquerung Hegel las – aber das ist wirklich mehr, als ein Mensch von einem anderen verlangen darf!« Alan lachte. Ich fragte, warum er die Hefte nicht selber aufbewahre, bis er zu mir komme? Er sagte: »Ich etwas aufbewahren? Ich schickte sie vorgestern ab, weil ich sie vorgestern gerade wiedergefunden hatte – drei andere oder zwei, die ich vor Jahren schon vollschrieb, sind verschollen, können sich natürlich morgen oder in sieben Jahren wiederfinden. Oder auch nicht.«

Turing hat nie wieder nach diesen Heften gefragt; als die Badezeit gekommen war, sechs Monate später, hätte ich ihn auf unsere Verabredung ansprechen sollen; ich wollte das auch, nach meiner Ägypten-Reise im Mai–Juni. Aber da war Turing tot...

Ich könnte seine Aufzeichnungen ziemlich genau datieren, doch da er das – laut seinem ersten Eintrag im zweiten Heft – nicht wünscht, tue ich das auch nicht. Ich füge sie jedoch jeweils in die Chronologie meiner Journale ein. Turings erstes Heft:

Ein Buch ist neben meinen Liegestuhl gefallen – aus Ekel vermochte ich nicht weiterzulesen, als ich zu dem Satz gekommen war: »Der Römer ist Soldat, da ist er tapfer. Aber innerlich ist der Römer leer ... er hat wenig seelischen Selbstwert, daher ist seine Tugend negatives Verhalten, Abhärtung gegen das Außen, Stoizismus. Höchstenfalls kann er gelassen sterben. Aber das ist auch die Sklaventugend des Gladiators ...«

Höchstenfalls gelassen sterben! *Das* können: als gäbe es Höheres für Menschen. Aber für diesen persönlich stets von ›Geschichte‹ verschont gebliebenen – wie ich persönlich bisher keinen Schuß hörte – Augenzeugen der napoleonischen Katastrophen, der als Berufsbezeichnung Philosoph angab – obgleich das doch heißt: Freund der Weisheit –, ist dieses Höchste, Würdigste, Seltenste überhaupt, das Sterbliche leisten können, nur eine ›Sklaventugend‹... eine bösartige Wortfindung, womit Hegel auch jene noch verhöhnt, die als Sklaven leben mußten. Wer von den Unglücklichen hätte sich zum Gaudium des Kaisers und des anderen, des ungekrönten Pöbels, in einer Arena schon *freiwillig* abschlachten lassen? Was geht vor in einem, der selber das Privileg genießt, nie einen fallen zu sehen, obgleich er Zeitgenosse von ausgedehntesten Zwangsrekrutierungen und von Schlachten ist, die mehr Menschen – bei Borodino, bei Leipzig, bei Waterloo –, mehr Menschen hinmachen als alle Schlachten zuvor in der Geschichte? Was geht in einem vor, was für ein Mensch ist, der Soldaten, Gladiatoren und andere Sklaven *verhöhnt*, da die ›höchstenfalls‹ gelassen sterben können? Hegel konnte Napoleon mehrfach persönlich beobachten und schwärmte hirnlos, weil *ihn* dessen Zwangsrekrutierungen nicht mehr erfaßten, auf Grund des Jahrgangs; »die große Weltseele« nennt er ihn in Briefen, auch den »Weltgeist zu Pferde«!

Rangfragen: Goya *sah hin* auf die napoleonischen Kriegsgreuel, ehe er gestaltete, und blieb bei der Wahrheit und ist *deshalb* so unendlich viel überzeugender als Hegel. Da nicht nur der, sondern auch sein Mitschüler Hölderlin, hier ständig zitiert in der mühsamen Einleitung zum Hegel-Buch, schauerlich chauvinistisch ›dichtete‹, bin ich zum erstenmal versucht, Churchills Bezeichnung für die Deutschen zu übernehmen, so widerwärtig dieses Schimpfwort ›Hunnen‹ mir bisher war.

Rangfragen: Ist denkbar, daß Erstrangige anderer Nationen der eigenen angedichet haben, was Hölderlin »dem Deutschen« zuschrieb und seinem Vaterland, »dem allverkannten« – nämlich,daß »aus deiner Tiefe die Fremden ihr Bestes haben. Sie ernten den Gedanken, den Geist von dir« ... Größenwahn aus Fremdenhaß, vom Zeitgenossen auch Goethes geschrieben, aber wie auf Bestellung der Hitlerbanditen! Und doch könnte nur ein Narr bestreiten, daß Hölderlin große Lyrik gedichtet, auch geschrieben hat, wie schön: »Der Reichtum aber kommt aus dem Meere« ...

Das immortellengraue Meer, wie ich es ansehe, das mich niemals ermüdet, weil so sehr wenig Phantasie dazu gehört, sich darauf zu besinnen,welche Matrosen- und Passagier-Schicksale in Frieden und Krieg durch seine Gewalt vollstreckt wurden, das Meer korrigiert zunächst einmal, was Land-Leute denken und dichten. Anschauung wird fertig mit allem nur Ausgedachten, das immer zweiten Ranges ist ... Wenn Philosophen des 19. Jahrhunderts Mut eine ›Unteroffizierstugend‹ schimpften (Schopenhauer), weil *ihre* Tapferkeit nie auf die Probe gestellt wurde; dies finde ich als Fußnote bei Hegels Hohn über jene, die ›höchstenfalls gelassen sterben‹ können – wie nichtig wird dann dieses Gerede vor einem einzigen Bild, das für millionenfach ebenso erlittene Todesstunden zeugt. Während des Ersten Weltkriegs beobachtete einer auf dem Atlantik: »Abgesehen von der immer wieder aufsprühenden Gischt war die Sicht gut, und ich sah schwarze Gegenstände wie große Blasen auf dem Wasser – Tote schwimmen aber meist unter Wasser. Der Skipper erläuterte: ›Tote Maultiere, sie faulen und sind aufgeblasen wie Ballons. Irgendein Maultiertransport.‹ Schon das beschäftigte mich – dann aber sah ich, und ich dachte, das sei ein sehr großer Korb, wie Körbe auf Feldern benutzt werden – hoch und nieder sprang er zwischen Kamm und Tal zweier Wellen, ungefähr immer am gleichen Ort. Doch als wir in zwanzig Meter Entfernung vorbeirasten, ich hatte jetzt das Glas vor den Augen, sah ich: kein Korb war das, sondern, was da auf und nieder sprang in der Dünung, das war ein Skelett in einem Rettungsgürtel, der noch festsaß um die Taille des völlig Abgefleischten. Grausig, daß über dem vollkommen skelettierten Gesicht der Skalp nicht nur ganz erhalten geblieben, sondern vermutlich das schwarze Haar des seit Wochen Toten noch gewachsen war: Die nassen Haarsträhnen waren ungewöhnlich lang. Ich fragte beklommen: ›Haben Sie das gesehen?‹

Der Skipper antwortete: ›Schon vor Minuten.‹

›Nehmen Sie das nicht an Bord›‹ Ich sagte: ›das‹ – es war ja kein Mensch mehr, dieses Skelett.

›Du lieber Himmel, nein! Es würde meine Mannschaft demoralisieren – ein Toter der Lusitania.‹«

Einer von über zwölfhundert, die durch den deutschen U-Boot-Torpedo 1915 vor Irland mit dem damals größten britischen Dampfer untergegangen waren, aber zweifellos, um mit Hegel zu reden, ›nur‹ gelassen hatte sterben können ... daher »ist seine Tugend«, die des Sterbenden, sagt der inhumane Unverantwortliche, nur »negatives Verhalten«! Hat Hegel gewußt, daß Menschen – ist das Wasser nicht kalt – zuweilen Tage und Nächte brauchen, um, wie er sagt: »nur« gelassen zu sterben? Hat Hegel gewußt, was Möwen mit den so Geschwächten tun, die sich zuletzt nicht mehr der Schnäbel erwehren können, die ihnen zuerst die Augen auspicken? Oder Haie? Und wie das ist – den Rettungskreuzer ›Juno‹, den britischen, der bereits in Sichtnähe ist, abdampfen zu sehen, weil Seelord Fisher die Zahl der Ertrinkenden erhöhen will, damit endlich die USA – denn viele Bürger des neutralen Amerika sind an Bord der ›Lusitania‹ gewesen – den Deutschen den Krieg erklären? Fisher hat ausdrücklich dem Kreuzer Befehl gegeben, nicht zu retten, sondern sofort abzudrehen. »Nur« gelassen sterben! Kein Gefühl, nicht einmal ein Gedanke irritiert den Philosophen Eisenherz bei der Vorstellung – doch vermutlich hat er sich dergleichen niemals vorgestellt, weil es schemawidrig zu seinem Denken ist, wie die Mächtigen, die doch die irdischen Werkzeuge des Hegelschen Weltgeistes sind, sehr oft umspringen mit den Namenlosen, denen Hegel nur empfehlen kann, gelassen zu sterben, um den Plänen dieser Mächtigen nicht im Wege zu stehen. Anekdoten – wird er nur herablassend gedacht haben, wenn er zu seiner und Napoleons Zeit von »Maßnahmen« der Staatsräson gehört hat, die exakt so ruchlos mit den Individuen umgesprungen sind wie 1915 Churchills und Seelord Fishers ›Maßnahme‹, mit den Passagieren der ›Lusitania‹. Als das herrliche Schiff gebaut wurde, 1912, sagte schon Churchill der Direktion der Cunard-Linie, »spätestens im September 1914« sei man im Krieg mit dem kaiserlichen Deutschland wegen seiner immer bedrohlicher für England anwachsenden Flotte – daher der Luxusliner auch schon 1913 bewaffnet wurde. Tatsächlich fraß nur neun Monate nach Kriegsausbruch ein deutscher U-Boot-Kommandant den vergifteten Köder; aber die Hirnlähmung, die ihn dazutrieb, teilte er mit seiner ganzen Nation! Sogar der heute aus Abscheu gegen Hitler in unserem Lager lebende Thomas Mann gab 1915 seiner Genugtuung Ausdruck – deprimierend, das hier zitiert zu finden in meinem ›Lusitania‹-Buch –, daß sein deutsches Volk »durchaus heroisch gestimmt, bereit, Schuld auf sich zu nehmen und ungeneigt zu moralischer Duckmäuserei, nicht geflennt« habe über das, »was die ihrerseits radikal erbarmungslosen Feinde seines Lebens ihm antaten ... Gebilligt hat es die Vernichtung eines frechen Symbols der englischen Seeherrschaft und einer immer noch komfortablen Zivilisation, des Riesenlustschiffes ›Lusitania‹, und dem welterfüllenden Zetermordio humanitärer Hypokrisie die Stirn geboten. Den uneingeschränkten Unterseebootskrieg aber hat es nicht nur gebilligt, es hat danach geschrien und bis zur Auflehnung mit den Führern gehadert, die zögerten, ihn walten zu lassen ...« Ein Beleg, wie Krieg offensichtlich jedermann – und natürlich auch mich – blind bis zur Dummheit macht. Denn genau diese Worte des großen Dichters erhärten Talleyrands mot: »Schlimmer als ein Verbrechen – eine Dummheit!« Hat doch kein einziger amerikanischer Soldat – auch bisher, in diesem Zweiten Weltkrieg wieder nicht – im Ersten Weltkrieg durch ein deutsches Unterseeboot sein Leben verloren, als er zur Front nach Europa verschifft wurde! Marineminister Churchill, um das noch nachzutragen, hat im Mai 1915 ›Lusitania‹, nach Abzug eines Kreuzers, der sie hatte schützen sollen, bei gedrosselter Geschwindigkeit dem deutschen U-Boot »hingehalten«. Mit Munition ebenso vollgeladen wie mit Passagieren auch aus den USA, sank das Schiff, da die Munition explodierte, binnen einer Viertelstunde und riß 1201 Menschen mit sich hinab, unter ihnen einige hundert amerikanische Zivilisten. Seine Majestät der britische König hatte am Nachmittag des Versenkungstages, einige Stunden zuvor, ebenso wie auf dem Weg zur Audienz beim König der britische Außenminister, den Emissär des Präsidenten Wilson, Colonel House, gefragt: »Werden die USA in den Krieg eintreten, wenn die Deutschen die ›Lusitania‹ versenken?«

Churchill war ohne jede Aufgabe dort für diese Tage nach Frankreich ins britische Front-Hauptquartier entwichen, um nicht mitverantwortlich in Whitehall handeln zu müssen; er resümierte ehrlich: »Der Unterschied zwischen Politik und Strategie schrumpft zusammen, von je höherer Warte aus man blickt ... Von ganz oben betrachtet sind wahre Politik und Strategie eins. Das Manöver, das einen Bundesgenossen mit auf den Plan ruft, ist so dienlich wie das, welches in einer großen Schlacht den Sieg bringt. Das Manöver, das einen wichtigen strategischen Vorteil bedeutet, kann weniger nützlich sein als eines, das einen gefährlichen Neutralen besänftigt oder einschüchtert.«

Das Aufschnappen weltpolitisch folgenreicher Köder, die ein Gegner auslegt, der um seine Existenz kämpft: ist *eines*; wieso sollte nicht eine Nation in der Not versuchen, den machtvollsten Staat der Erde als Bundesgenossen zu gewinnen; ein *anderes* ist: ob Gegner so tölpelhaft sind, solche Köder zu schlukken! Die Deutschen sind auch in diesem Krieg viel mächtiger, als sie intelligent sind ... wird abermals der Geist fertig werden mit der Macht?

Doch ein »Philosoph«,der kein Wimperzucken, geschweige eine Träne erübrigt für alle jene, denen er lediglich »angemessen« findet, daß sie »gelassen sterben« müssen? Wieviel ekelhafter ist er als der mörderisch Handelnde, der immerhin zuweilen – wie hier Churchill – geltend machen kann, daß er damit dem eigenen Volk größere Opfer erspart ... In Scheveningen stand Hegel einmal am Ufer, der sogenannte Philosoph, der denn auch sofort von ›deutscher‹ Nordsee schwärmte – aber Seetrümmer hat er zweifellos niemals sich vorgestellt. Weil er stets nur ›sah‹, was er dachte – statt zu bedenken, was er gesehen hatte. ›Deutsche‹ Nordsee – wie paßt zu dieser Anmaßung, daß vom›Imperator‹, ihrem einst größten Schiff, so alt wie ich, Jahrgang 1912, bei der Jungfernreise nach den USA die Galionsfigur, der ›deutsche‹ Adler, abbrach und ins Wasser fiel. Durch seine eigene Schwere abgebrochen – was für ein Menetekel! Gern wüßte ich, wie ihr letzter Kaiser, der tatsächlich mit I. R. unterschrieb – ›Imperator Rex‹–, wie der die Botschaft aufnahm, ein Jahr vor dem Krieg, 1913, sein Adler, von seinem Schiff, sei ins Wasser gestürzt – und weg war er, für immer, bevor einer das merkte! (Ich bin auf diesem innenarchitektonisch vielleicht schönsten Schiff, das je gebaut wurde – drei Schornsteine, mit 52000 Tonnen der damals schwerste Dampfer der Welt–, noch 1938, ehe es dann ausbrannte, in die USA gereist. Wir hatten als Sieger 1918 dieses Schiff beschlagnahmt, der Cunard-Linie als Ersatz für die ›Lusitania‹ gegeben und in ›Berengaria‹ umgetauft.) Was Schiffen geschieht, wird, wie oft, zum Symbol für das, was Menschen beschieden ist.

Seetrümmer. Schon das Wort See, viel stärker aber noch der Anblick der See ruft sofort Seetrümmer als Wort wie als Vorstellung in mir herauf. Anders das Land: Landtrümmer, weder als Wort noch als Bild stellt sich spontan die Einsicht ein, daß doch auch an Land schließlich alles stigmatisiert ist von Undauer, von Zerstörbarkeit. Doch an Land ist es die Zeit, die unbesiegbar ist und alles wegnimmt. Auf See ist es die Gewalt.

Wenn ich zuweilen doch – hoffentlich ohne blöde zu werden vor Selbstgefälligkeit – denken kann, daß ich Landsleuten entscheidende Erleichterungen bringe, dann deshalb, weil noch immer und trotz meiner Entschlüsselung des deutschen Marine-Codes, jeder vierte – jeder vierte! – aus unserer Handelsmarine umkommt: weit, weit mehr als in jeder Waffengattung... Am meisten noch vor kurzem, im März 1943 – unser furchtbarster Monat, bevor ich ungefähr am 20. wieder einbrechen konnte in den über-überschlüsselten ›Triton‹-Schlüsselkreis, durch den Dönitz seine Boote schützte, bis er sie uns mit ihm verriet; im Mai fielen dann auch seine beiden Söhne auf zwei U-Booten. Wir entzifferten Hitlers Beileidstelegramm nach St. Nazaire. Aber noch Anfang März verloren wir binnen vier Tagen 42 von 202 Dampfern aus den vier nach Osten gehenden Konvois. Schuld war nicht ich allein – sondern auch die

Borniertheit unserer Admiralität, die erst schwarz auf weiß den von mir aufgeschnappten Funkspruch der Feinde lesen wollte, aus dem hervorging, daß auch die Deutschen um diese Zeit in unseren Funkverkehr eingebrochen waren und mehrmals direkt nach den Anweisungen Whitehalls an unsere Konvois ihre U-Boote bereitstellen konnten. Unser Konvoi ON.166, der zuerst von U-Booten angefallen wurde, seit am 1. März '43 Dönitz befohlen hatte, die sogenannte zweite Griechenwalze Beta für die Schlüsselmaschine M4 im Wechsel mit der Walze Alpha einzusetzen, wurde barbarisch zugerichtet: er büßte 37 Prozent seiner Schiffe ein! Doch dann im Mai hatten wir die Schlacht um den Atlantik gewonnen. Wir versenkten 41 von damals 200 U-Booten im Atlantik, weil wir das Geheimnis unserer Arbeit in B. P. jetzt aufs Spiel setzten, indem wir zum erstenmal direkt auf jedes einzelne Boot mit Flugzeugen und Zerstörern losprеschten, sobald der Standort geortet war. Die Deutschen merkten noch immer nicht, daß wir dechiffrierten. Da drängt sich die Vermutung auf, daß die Deutschen die Fähigkeit haben, beharrlicher als andere Völker nur das zu glauben, was sie glauben *wollen*. Irrationalität und Wunschdenken, das ihren Staatsphilosophen Hegel nur wahrnehmen läßt, was sein Denken stützt, statt daß er bedächte,was er wahrgenommen hat, steuern offensichtlich ebenso auch die Politiker da drüben.

Schiffe, verlorene, zählt man, Menschen, verlorene, meint man.

Seetrümmer... Ich kehre immer dorthin zurück, nicht nur, weil dies meine dritte Überfahrt über den Atlantik ist, meine erste im Krieg, sondern weil Detailkenntnis aus der Battle of Britain und der Schlacht um den Atlantik mich einigermaßen befähigt, jene christlichen Halluzinationen, die Hegel als Denkprozesse ausgibt, auf ihre Stichhaltigkeit zu überprüfen.

Der Kommentator des mir von Wittgenstein aufgenötigten Hegel zitiert den Archäologen Ludwig Curtius, dessen Lehrer Adolf Furtwängler war, Vater des Dirigenten, offenbar ein bahnbrechender Altertumsforscher. Ich notiere mit Erleichterung, daß die Hegelei als Epidemie nicht alle Deutschen erfaßt hat, denn nie las ich Menschen-Verächtlicheres. Furtwängler, ein Trost, »äußerte, als die berühmte Rede Windelbands über

Hegel in Heidelberg die große, moderne Hegel-Renaissance einleitete, wenn Hegel wieder mächtig würde, wolle er nicht mehr leben, das sei das Ende der Wissenschaft«.

Seetrümmer ... sind dann doch nicht Schiffe und ihre Ladungen, sondern Menschen, wenn sie einem die Träume beschweren oder einen aus Träumen aufschrecken. Da ist kein Ende. Da ist auch für den Reflektierenden so belastend sein Gefühl der Ohnmacht vor Katastrophen, die viele hinabrissen – während doch der Chronist immer nur einzelne zeigen kann, bestenfalls. Fast unmoralisch, zwei oder fünf Menschen zu erwähnen – wo zweihundert, fünftausend umgekommen sind! Achttausend – in einer Schlacht, Jütland ...

Wie machen das eigentlich Erzähler? Ich habe nie einen modernen Roman gelesen, aber schon in *Krieg und Frieden*, oder gar, wollte einer die Atlantik-Schlacht beschreiben: wie ungerecht, wie *falsch* – und also doch auch hinter die Wahrheit der Kunst und Philosophie ein dickes Fragezeichen setzend –, drei oder sieben oder siebzehn Matrosen herauszugreifen und ihren Admiral, ausnahmsweise *sie* namhaft und sichbar zu machen und zum Sprechen zu bringen, *ihr* Gesicht zu zeigen, *ihr* Gemüt – angesichts des Schweigens so unendlich vieler! Des Verschwiegenwerdens aller, die gesichtslos bleiben in einer Novelle, so wie die »Nullen« ... von denen als Nullen, da es Menschen sind, auch nur zu sprechen schon eine Denunziation ist; nichts Individuelles, am wenigsten ein Individuum darf durch eine Zahl, *kann* durch eine Zahl benannt werden. Das sollten wir Mathematiker nie vergessen. Und doch: Zahlen sind das erste, das letzte, das man nennt – will man benennen, was einen zuerst, zuletzt bedrückt anläßlich der Menschen verschlingenden Meereskatastrophen, von denen nie loskommt, wer nicht der Faszination des Meeres sich entziehen kann. Wie das Meer durch Mord an Menschen das Denken korrigiert – ja, wie es als anmaßend entlarvt, überhaupt vom festen Ufer aus zu denken, statt nur auf See und im Bewußtsein, daß auch die *Person* des Denkenden selber dem Bodenlosen des Ozeans ausgesetzt sein muß, damit er ohne fälschende Sicherheit denkt; so wie der Artist am Trapez erst ganz überzeugt, wenn er's ohne Netz tut: So bringen mich Opfer wieder einmal gegen *den* Menschen auf, der es übers Herz brachte zu schreiben, wer Geschichte nur bei den faktenüberliefernden Historikern lese – zum Beispiel beim Thukydides oder bei Friedrich von Preußen, der seine eigenen Kriege beschrieb –, der verzichte auf »das Auge der Vernunft«. Der »nur« die »Schlachtbank« sähe – sähe nicht, wie er, der Philosoph, den »vernünftigen Fortschritt im Bewußtsein der Freiheit«! Doch habe eben »die philosophische Betrachtung keine andere Absicht, als das Zufällige zu entfernen«. Das Zufällige, das waren aber für Hegel immer die Opfer ... Mindestens jene, die in einem Krieg auf seiten der Verlierer standen, denn der Philosoph *müsse* »den Glauben und Gedanken zur Geschichte bringen, daß die Welt des Wollens nicht dem Zufall anheimgegeben ist. Daß in den Begebenheiten der Völker ein letzter Zweck das Herrschende, daß Vernunft in der Weltgeschichte ist – nicht die Vernunft eines besonderen Subjektes, sondern die göttliche, absolute Vernunft: ist eine Wahrheit, die wir voraussetzen; ihr Beweis ist die Abhandlung der Weltgeschichte selbst« ... Demgemäß wären denn also auch die Opfer der Konzentrationslager, die Verbrannten der Inquisition, die massakrierten Inkas und Azteken und die ausgerotteten Indianer der Neuen Welt »Schrittsteine« im Ablauf einer durchaus »vernünftigen« Entwicklung gewesen ...

Darf man ein Individuum einen Philosopohen nennen, das aus der Sicherheit eines beamteten Lehrstuhlbesitzers einen derartigen Frevel als Weltgesetz dekretiert? Wie hätte dieser Mensch gedacht, wären sein Vater oder seine Kinder 1805 auf seiten der verlierenden Franzosen durch Lord Nelsons Flotte bei Trafalgar in ihren Schiffen auf den Grund gebohrt worden? Darüber kann man streiten. Nicht streiten kann man – man kann das nur verachtend übergehen –, daß einer 1825 noch kapitellang über Länder schreibt, sie denunzierend, von denen er niemals einen Quadratmeter sah. Und da so nachweislich falsch ist, was er über *die* schrieb – wie wahr ist dann, wie ehrlich das schöne Spiel so vieler meiner Kollegen mit der nur »reinen« Mathematik, die sie mit pontifikaler Arroganz der angewandten entgegenhalten? Das Angewandte als das Überprüfbare – sie hassen es *deshalb*. So wie Hegel am heftigsten jene Geschichtsschreiber haßt, die aus eigenem Erleben schreiben: denn die verwehren es ihm am nachhaltigsten, sich seine Philosophie zu machen – und hernach historische Fakten danach auszuwählen, ob die seine Philosophie bestätigen – oder ihr widersprechen. Tun sie das: läßt er sie weg.

Der ganze Jammer über deutschen Dünkel fällt einen an, vergleicht man, was Hegel zum Beispiel über Amerika sagte, mit dem, was fast gleichzeitig (1831) der Franzose Tocqueville *drüben* studierte und beschrieb. Der Deutsche ›sah‹ – natürlich sah er gar nichts, hat ja nie außer Paris und Amsterdam eine ausländische Stadt gesehen –, Hegel ›sah‹, was er sich ausgedacht hatte; Tocqueville bedachte, was er gesehen hatte. Hegel sagte, was er wußte; Tocqueville wußte, was er sagte. Und kam folglich nicht zu jenen grotesken, auch niederträchtigen, von europäisch-zentralistischer Nabelschau verzerrten Verurteilungen fremder Erdteile wie der Deutsche, der zum besten gab in seiner *Philosophie der Weltgeschichte*, in Lateinamerika gelte sogar »europäisches Rindfleisch für einen Leckerbissen«, und das beweise, daß selbst die großen Rinderherden drüben, von denen der Philosoph immerhin gehört hatte, nichts taugten; sowenig wie die Menschen Südamerikas sich je auf die Höhe ihrer spanischen Ausrotter hätten aufschwingen können. Denn die Amerikaner waren ja auch noch keine Christen gewesen – und erst »im christlichen Zeitalter ist der göttliche Geist in die Welt gekommen und hat in dem Individuum seinen Sitz genommen, das nun vollkommen frei ist ...« Hat er dergleichen Unfug aufgehäuft, schließt Hegel: »Dieses alles ist nun das Apriorische in der Geschichte, dem die Erfahrung entsprechen muß ...« Oder dem sie von ihm »angepaßt« wird, indem er wahrheitsfeindlich alles ausschließt, was nicht sein irreal Ausgedachtes bestätigt. Insbesondere das Leiden des Individuums, von dem der Philosopoh sagt, daß es ihn »nichts angeht« (wörtlich!).

Wer so den einzelnen vergewaltigt – ihn ignorieren ist auch eine Vergewaltigung –, der bildet sich auch ein, vom Ganzen eine Vorstellung zu haben – die keiner haben *kann*, weil jede zeitverhaftet ist. Wenn Hegel die Welt betrachtete, brachte er fertig, folgende Illusion schriftlich zu geben – und wußte doch schon, wie auch die Antike verendet war: »Die Welt ist umschifft und für die Europäer ein Rundes. Was noch nicht von ihnen beherrscht wird, ist entweder nicht der Mühe wert oder aber noch bestimmt, beherrscht zu werden.«

Von uns Europäern, die wir ja auch – laut Hegel – die christliche Mission hatten, die Lateinamerikaner zu lehren, wie gut Rindfleisch schmecken könne... Als ich gelesen hatte, die Welt sei bestimmt, von uns beherrscht zu werden: schmiß ich das Buch über die Reling – wozu es noch heimtragen!

VIII
Archimedes

Ich weiß mich genau an den zweiten oder dritten Spätnachmittag nach Abwurf der zweiten Atombombe, der auf Nagasaki, zu erinnern. Ludwig Wittgenstein, vorangemeldet, sonst wäre auch er in B. P. nicht eingedrungen, wurde von mir am Tor in Empfang genommen und zu Turing geführt, den er mit den Worten begrüßte: »Ihr seid mir Helden!« Keine Frage, der Philosoph, einst Turings Lehrer in Princeton, doch längst sein Freund, da ja Wittgenstein seit 1939 (und bis 1947) nun in Cambridge Philosophie lehrte, war der Auffassung, hier in B. P. sei der britische Anteil an der Konstruktion der Atombombe geleistet worden. Selbstverständlich hatte Alan auch ihm mit keiner Silbe angedeutet, was wir hier machten. Wittgenstein war verletzt und verletzend: »Ich habe doch noch etwas dazugelernt. Ein Wissenschaftler ist ein Mensch, der sich einbildet, er dürfe alles, was er kann!« Jetzt erst merkte Alan, daß Wittgenstein annahm, Turing hätte direkt mit der Massakrierung von Hiroshima und Nagasaki zu tun gehabt. Denn W. fragte: »Wie viele Bomben habt ihr denn *noch*?« Wieviel die in Los Alamos von Turings Erkenntnissen mitverwendet haben, können nur Fachleute beantworten, Alan war nie dort. Wittgenstein war erregt. »Hiroshima, ein Warnschuß, um den eigenen Soldaten die Invasion der japanischen Hauptinsel zu ersparen: ja! Obgleich Stockholm schon vor drei Wochen meldete, Japan zeige Kapitulationsbereitschaft. Aber eine zweite Bombe: wozu? Hast du je davon gehört«, fragte er Alan, »daß einer den gleichen Studenten die gleiche Vivisektion *zweimal* demonstriert? Du hast mir mal gesagt – mehr sagtest du ja nie –, was du hier machst während des Krieges, sei lediglich Landes-*Verteidigung*, mit Offensivwaffen habest du nichts zu tun ... Geht ja mich als Österreicher auch gar nichts an, was ihr anstellen mußtet, meinesgleichen vor Auschwitz zu retten; das fehlte noch, euch Vorwürfe zu machen, daß ihr *die* nicht mit Samthandschuhen angefaßt habt, die Warschau und Rotterdam schon verbrannt hatten, bevor ihr Briten zum erstenmal über Berlin hergefallen seid! Aber die Japaner haben meines Wissens kein amerikanisches Bevölkerungszentrum je gebombt – und ihnen nun gleich *zwei* Städte mit A-Bomben wegzumachen! Junge, Junge! Hast du Cognac oder Whisky?« Pause.

Während ich mich um Getränke kümmerte, fing Wittgenstein wieder an: »Ich frage übrigens, wie neulich schon der Labour-Abgeordnete Stockes, der sogar Panzerfabrikant ist, im Unterhaus gehöhnt hat, als wir Dresden massakriert hatten: wieso kann eigentlich die Rote Armee Bevölkerungszentren erobern, ohne sie vorher zu bomben?«

Jetzt erst sagte Turing: »Ich habe an den Atombomben nicht mitgebaut. Aber mach dir nichts vor: Im Mai haben die Amerikaner in Tokio in *einer* Nacht 130 000 Japaner durch einen Feuersturm – alles Holzhäuser – in Fackeln verwandelt, also 50 000 mehr umgebracht als in Hiroshima. Ich hörte im Radio ihren General Curtis LeMay mit dem denkwürdigen Satz prahlen: ›Wir haben sie in die Steinzeit zurückversetzt.‹ Am 15. Juni hat er dann aufgehört mit diesen Angriffen, weil es in Japan keine unverbrannte Großstadt mehr gab.«

Ich hatte Alan schon mehrfach zu Wittgenstein nach Cambridge gefahren, der wußte, daß ich gut Deutsch kann. Er zog ein Blatt aus der Tasche und gab es mir: »Mein Küchenenglisch reicht nicht für ein Schiller-Gedicht. Sie sollen auch keine Verse schmieden – nur bitte es so übersetzen, daß Turing es in Prosa mitkriegt. Es ist ganz kurz.« Bevor er mir's gab, zeigte er es Alan. »Hab ich für dich abgetippt aus einer Schiller-Ausgabe. ›Archimedes‹, der auch als Wissenschaftler seine Unschuld verliert, weil er Waffen baut. Die letzten zwei Zeilen schenken wir uns, gehören nicht mehr dazu ...« Alan – seine daumendicken schwarzen Augenbrauen verdunkelten seine Augen ohnehin, doch saß er auch im Schatten, früher Abend, in einem noch lichtlosen Zimmer, jedenfalls blieb mir der Eindruck einer uns alle belastenden Verdüsterung, die seine Züge wie eine Graphik schwarz zeigte. Kläglich sagte Alan: »Du hast geglaubt, unsereiner wird gefragt, was man anstellt mit dem, was ihm eingefallen ist? Ich mußte nicht an die Front wie alle Gleichaltrigen, die so gesund sind wie ich – die an der Front konnten sich aber auch nicht aussuchen, ob sie eine Innenstadt mit Spitälern und Familien bomben mußten – oder ob sie integer bleiben durften, weil sie gegen feindliche Panzer eingesetzt wurden!«

Wittgenstein sagte, schon trinkend: »Da ist *noch* ein Unterschied: der Pilot, der Zivilisten bombt, setzt immerhin das eigene Leben ein, ein Wissenschaftler nicht. Und natürlich riskieren auch die Piloten nichts mehr, die auf das total geschlagene Japan noch Atombomben werfen. Ich sage ja auch um Gottes willen *nicht*, ich wüßte, wie man sich an deiner Stelle zu verhalten hat; wer nur so Harmloses schreibt wie ich, darf vermutlich überhaupt nur das Maul halten zu eurer Problematik. Sie haben's?« Ich hatte das Schiller-Epigramm in Steno auf meinen Block übersetzt. Gereizt sagte Alan: »Dichter sind auch nicht mehr wert als ein Volk, das sie hervorgebracht hat, und also bekanntlich auch Bergen-Belsen hervorgebracht hat; doch, bitte, lassen wir uns belehren, was dieser Hunne da vor hundertfünfzig Jahren gesagt hat zu Nagasaki – bitte.« Ich las vor:

Archimedes und der Schüler

Zu Archimedes kam ein wißbegieriger Jüngling,
»Weihe mich«, spach er zu ihm, »ein in die göttliche Kunst,
Die so herrliche Frucht dem Vaterlande getragen
Und die Mauern der Stadt vor der Sambuca beschützt!«

Wittgenstein – da ich gestockt hatte und auch Alan fragend zu ihm hinschaute wegen des unverständlichen ›Sambuca‹ – kommentierte: »›Sambuca‹ war eine der Maschinen gewesen, mit denen die Belagerer Syrakus beschossen hatten, eine gewaltige Steinschleuder.« Und ich las weiter vor:
»Göttlich nennst du die Kunst? Sie ist's«, versetzte der Weise,
»Aber das war sie, mein Sohn, eh sie dem Staat noch gedient.«

Pause. Dann sagte Alan schroff: »Ein sehr törichtes Elaborat, dieses Gedicht – Zeugnis eines Glückverdummten, Kriegverschonten –, besonders töricht als Gedicht auf Archimedes. Denn wie ich nicht erst von Professor Wittgenstein in Princeton gehört habe, sondern mit zwölf auf dem College, ist doch diesem alten Mann namens Archimedes, als er über seiner Geometrie saß, von einem Syrakus stürmenden Römer der Kopf abgechlagen worden: so als habe der arme Archimedes tatsächlich den Unsinn geredet, den Schiller ihm zweitausend Jahre später in den Mund geschoben hat! Jedenfalls wäre wert, geköpft zu werden, wer solchen Unfug schwätzt. Verzeihung.« Er war aufgestanden und ging auf den alten Mann los, als wolle er handgreiflich werden, doch er blieb zwanzig Zentimeter vor dem Sitzenden stehen und sagte, als spreche ein Staatsanwalt, der einen Betrüger überführt: »Bist du gekommen, um anzuklagen, daß Schufte meinesgleichen Nagasaki ausradiert haben? Dann teile ich deine Empörung, fühle mich auch mit haftbar, obgleich ich, beim Leben meiner Mutter schwöre ich dir das, keine Ahnung hatte, daß unsere Brüder jenseits des Atlantiks solche Verbrechen ohne Vorwarnung begehen würden! Wenn du aber gekommen bist, um mir diesen Schiller-Dreck da als höhere Wahrheit anzudrehen... dann... ja, dann lasse ich dich lieber mit dieser Whisky-Flasche allein und gehe raus ins Grüne!«

In Turings Augen hatte es gewittert, daß ihr intensives Blau gleichsam noch durch Blitze erhellt wurde, erschreckender als selbst bei früheren Anfällen seines von vielen hier gefürchteten Sarkasmus. Ich sah: Wittgenstein legte da etwas in Alan bloß, das der bisher verdeckt hatte. Sehr gelassen sagte der Österreicher und verriet sein Betroffensein nur dadurch, daß er, ohne es zu merken, plötzlich Deutsch redete, die Sprache seiner Vaterstadt Wien... bis er sich lächelnd entschuldigte und englisch fortfuhr: »Ich hab einleitend gesagt, ich müsse besser schweigen – wie jeder, der nicht wie du in der Haut eines Waffenschmiedes steckt. Immerhin, zwei Atombomben rechtfertigen doch wohl, ein Problem zu erörtern, dem auch Schiller, wie du meinst, nicht gewachsen war. Doch *wer* wäre ihm gewachsen? Du auch nicht, wie ich an deinem rüden Ton merke. Ich ohnehin nicht, da ich einen, so nennst du das ja, glückverdummten Beruf habe...« Alan sagte, er hatte sich beruhigt: »Der Krieg ist gewonnen, also *darüber* darf man reden – die Amerikaner bauten die Bomben, weil der Pazifist – der Pazifist! – Albert Einstein in einem Brief an Roosevelt den Präsidenten beschworen hatte...«

Wittgenstein unterbrach: »Roosevelt war ein anständiger Mann. Nie hätte er, den Sieg schon im Griff, die Bombe gegen Japaner eingesetzt!« Alan: »Weißt du nicht. Er hatte das Glück – offenbar ein großes Glück –, pünktlich zu sterben. Ist aber nicht das Problem, sondern: hätte Einstein nicht ein ungeheuerliches Verbrechen begangen, wenn er Roosevelt *nicht* geschrieben hätte, Hitler baue an der Bombe, also müßten auch die Alliierten sie bauen? Einsteins Information stimmte sogar bis 1942. Vor acht Wochen haben Heisenberg, von Laue, Weizsäcker hier in unserem Camp ausgesagt, daß sie bis 1942 an der Bombe herumfummelten. Sie konnten es nicht, sie dachten, sie sei nicht zu bauen; also hörten sie damit auf. Und geben heute an, daß sie aus moralischen Erwägungen dem Mann, der Auschwitz gemacht hat, die Bombe verweigert haben. In Wahrheit *konnten* sie es nicht! Doch Einstein mußte glauben, was ihm Niels Bohr und andere gesagt hatten: daß man in Berlin an dem Ding arbeite. Und in Berlin, vergiß das nicht, saß Otto Hahn. Dein Gedicht da von diesem – den Namen will ich vergessen – ist selbst dann nichts wert, nichts, wenn man unterstellt, er habe ausdrücken wollen, was in diesem anderen Buch voller Platitüden steht, wie heißt es gleich, so ein dickes schwarzes, mit dem sie einem auf dem College das Leben schlimmer vergällen als mit dem Mensa-Fraß, ach ja: die Bibel – ich glaube, es heißt: Die Bibel. Da kann man lesen, daß durchs Schwert umkommt, wer zum Schwert greift. Hat Schiller etwa *das* mit seinem Archimedes-Gedicht aussagen wollen? Denn genau das Gegenteil trifft zu: solange Syrakus zu verteidigen war mit der Schleuder des Archimedes – so lange wurden seine Bürger *nicht* massakriert, so lange behielt auch Archimedes seinen Kopf. Doch länger nicht – nicht eine Stunde länger! Darf man also sagen, es habe seinen Sinn, daß *der* Wissenschaftler, der vielleicht als erster konsequent zum Schwert griff, umkam durch das Schwert? Der dumme Spruch vertuscht doch nur, wie viele deshalb umkamen, weil sie *nicht* zum Schwert griffen. Hochnasige Mediokriktät – er war ja groß auch als Ignorant – spricht aus Platons Intoleranz gegenüber solchen Wissenschaftlern, die ihre Erkenntnise ausbeuten ließen für die Bedürfnisse des Lebens und des Krieges. Sehr reflektiert wirkt es kaum, daß Schiller Platons Dünkel übernimmt; man darf bezweifeln, daß er ein Recht hatte, ausgerechnet den Archimedes, der immerhin mit seinen Maschinen die Belagerer von Syrakus zweimal vernichtend schlug, sagen zu lassen, göttlich sei die Geometrie nur gewesen, ›eh sie dem Staat noch gedient‹. Wenn Einstein Szilards Brief an Roosevelt, der guten Glaubens dem Präsidenten die Falschmeldung überbrachte, Hitler baue die Atombombe, *nicht* unterzeichnet hätte – eine Unterschrift, die vielleicht, ja wahrscheinlich Roosevelt überhaupt erst veranlaßte, den Befehl zum Bau der A-Bombe zu geben –, hätte Einstein Platons Weisung befolgt und sich entzogen, Hitler aber tatsächlich den Krieg gewonnen, weil er die Atombombe als einziger besessen hätte, und 1942 *hatte* er einen Vorsprung: welches Verbrechen an der Menschheit hätte Einstein *dann* auf sich geladen!«

Pause. Ganz unvermittelt dann: »Ich hatte geglaubt, du seist Jude.« Wittgenstein: »Ein halber, warum? Was besagt das? Mein Entsetzen über Nagasaki rührt doch auch daher, daß die Bomben – gebaut, wie ich eben von dir höre, gegen Hitler – dann doch eingesetzt wurden gegen ein Volk, das *nicht* diese Bombe baut. Und das *nicht* offene Städte gebombt hat. Und das *nicht* Millionen in Gaskammern tötete. Zufall also, daß Japan sie abbekam – weil sie erst einen Monat nach der Eroberung Berlins fertig wurden? Ist ja alles ... *noch* entsetzlicher!«

Alan schwieg, weil der alte Mann plötzlich – wie ich Alan hinter dem Rücken Wittgensteins durch Gesten klarmachte – am Ende war; viel war offensichtlich ohnehin mit seiner Gesundheit nicht mehr los. Er tat mir leid. Nie sah ich einem Menschen sogar körperlich derart die Heimatlosigkeit an, das Kaputte des Ahasvers ... Alan, der körperlich und seelisch Unverbrauchte, schwieg endlich, aus Erbarmen.

Vor einem Vierteljahr hatte jeder von uns die Wochenschauen gesehen: Eisenhower wird durch Buchenwald geführt, und dieser Befehlshaber der westlichen Alliierten kämpft mit den Tränen, als man ihm die Wracks der Häftlinge zeigt, die Prügelböcke, das Krematorium. Und jeder Mensch auf der Welt hatte die britischen Soldaten gesehen, die mit Bulldozern die Leichenhalden von Bergen-Belsen in die Massengräber schieben ...

keine Phantasie hatte ausgereicht, sich *das* vorzustellen. Als ich mit Alan aus einer dieser Wochenschauen kam, wir hatten essen gehen wollen, keiner brachte einen Bissen herunter, wir tranken, da sagte Alan: »Zwanzig Jahre war ich Pazifist. Jetzt weiß ich: Pazifisten sind Menschen, die andere für sich kämpfen lassen. Man darf das nicht... Und dabei sind ja die entsetzlichsten Verbrechen gar nicht gefilmt worden, die werden begangen, solange die Opfer noch *leben*, wir sahen ja schon die Leichen, sahen nur die noch, die das hinter sich haben. Was ist dieses ›das‹? Der Mensch inmitten der Geschichte: was für ein Wesen ist das?«

Er lag so tief im Loch einer paralysierenden Depression, daß ich ihn mit seinen eigenen Taten im Krieg trösten wollte. Er streckte seine Hand aus, nahm mein Handgelenk und murmelte: »Wie gut du's meinst mit mir. Menschen waren, zum großen Teil, schließlich auch die anderen, die umkamen durch *uns*!« Zornig antwortete ich: »Ja, hättest du es lieber unseren Feinden überlassen, an der Nelson-Säule eine Siegesparade zu veranstalten? Und den Trafalgar Square in Adolf-Hitler-Platz umzubenennen?«

Er trank, ich trank, er schwieg, ich schwieg. Dann sagte er und stand auf, um ohne mich, so einsam wie stets, heimzuradeln – wie gern wäre ich mit ihm gegangen –: »Solche KZ-Schergen haben wir ja nicht getötet, indem wir Enigma knackten, oder?«

Ungerührt stellte ich klar: »Doch. Wir machten den KZs ein Ende, indem wir die umbrachten, die es dem Hitler ermöglicht haben, KZs zu unterhalten, zwölf Jahre lang, seine Frontsoldaten.«

IX

Eine moralisch gute Zeit?
Reisenotizen Turings 2

Daten schreibe ich nicht hin. Ist ein Text wert, morgen noch gelesen zu werden, wurde er kaum im Hinblick auf einen bestimmten Tag geschrieben. Immer daran denken, was der Pfarrer seinem Sohn empfahl, der auch Pfarrer werden sollte: Du darfst predigen, über was du willst – nur nie über zwanzig Minuten.

Eine weitere Warnung: Als Wittgenstein wieder einmal spüren ließ, daß Naturwissenschaftler nichtig seien, die sich nicht auch »philosophisch festmachen«, lachte der Biochemiker Chargaff und erzählte, er habe den alten – noch gar nicht sehr alten – Max Planck in Berlin mühsam und genau aus einem abstrusen Manuskript vorlesen hören, dies reiche ihm für immer »als Warnung, daß für den Naturforscher die Philosophie eine der Gefahren des Altwerdens darstellt«.

Wie lange dauerte es, bis die Menschen (1825) herausgefunden hatten, daß nur die Wellen wandern, nicht das Wasser. Wenn selbst Äquinoktialstürme Wellenwalzen, Zehntausende von Tonnen schwer, zwanzig, ja dreißig Meter hoch schleudern und sich wieder ausröcheln lassen: ein handgroßes Stück Holz *bleibt, wo es war* im Atlantik. Wandern die Wellenwalzen weiter, das Wasser, das diese Walzen gebildet hat, wandert nicht mit, sondern bleibt wie das Stück Holz an seiner Stelle im Weltmeer. Ich weiß nicht, warum der Akt, in dem zwei sich hochjagen bis zum Orgasmus, genauer, von dem sie dorthin gejagt werden – warum er mir immer in dieser Meeres-Tatsache abgebildet schien. Auch wir Menschen bleiben da oder fallen dorthin zurück, von wo unser »Sturm« seinen Ausgang genommen hat.

Wie die Wasser nicht die Wellen sind, die Wellen bilden sich nur aus den Wassern, wandern dann weiter zu anderen Wassern, bis der Sturm weiterzieht und aus anderen Wassern andere Wellen bildet: so sind wir Menschen nicht die Geschichte, wir verkörpern sie nur für einen Moment, so wie im Akt die Natur in uns für einen Moment ihrem Höhepunkt zustrebt, wenn wir denn Höhe mit Stürmen gleichsetzen. Doch wozu sie das tut, wohin die Welle weiterwandert – wir wissen es vom Meer sowenig wie vom Akt, wie von der Geschichte.

Wenn nach Ortega y Gasset klassische Autoren nur jene sind, die nicht aufhören, ihre Leser zu verärgern und zu verunsichern, dann ist dieser Biochemiker Chargaff ein klassischer Autor. Denn seine Essays umkreisen und wiederholen – und setzen jeden, dem Neues eingefallen ist, auf die Anklagebank – jene »Entdeckungen, die besser unterblieben wären«, wie Chargaff so und ähnlich anläßlich der Psychoanalyse, der Kernenergie und der Gen-Forschung formuliert. Gnade mir Gott, wenn er erst vom Computer erfährt. Denn hat er recht – habe ich das Recht nicht mehr, den Mund, außer zum Atmen, und vielleicht auch dazu nicht, noch aufzutun.

Er hat aber nicht recht – nur weil er den Dünkel hat, bei der Erinnerung an seinen Weg zum Wiener Gymnasium, da der durch die Berggasse führte, an Freuds Praxis vorbei, zu schreiben: »... ich hatte noch nicht von dem Manne gehört, der neue Kontinente der Seele entdeckt hatte, Kontinente, die möglicherweise besser unentdeckt geblieben wären.«

Seine Vokabel »möglicherweise« ist eben die hier unmögliche. Und da Chargaff das weiß, ist die Vokabel eine Denunziation. Der Mensch darf zwar nicht alles, was er kann; er kann aber nicht, was ihm erforschbar ist, unerforscht lassen. Hätte der Schöpfer gewollt, daß der Apfel vom Baum der Erkenntnis nicht gepflückt wird, er hätte seine Geschöpfe den Baum nicht erkennen lassen – oder diesen Baum nicht in ihre Griffnähe gepflanzt. Das muß Chargaff im ersten Semester als Chemie-Student gespürt haben; also muß er sich von mir verdächtigen lassen, daß er gegen Otto Hahn nur deshalb so pharisäerhaft polemisiert, weil nicht *ihm* die Kernspaltung geglückt ist. »›Gott kann das nicht gewollt haben!‹ soll Otto Hahn ausgerufen haben«, schreibt Chargaff und fragt albern: »Hat er Ihn vorher gefragt, hat Er geschwiegen?... Zwei verhängnisvolle Entdekkungen haben mein Leben gezeichnet: erstens die Spaltung des Atoms, zweitens die Aufklärung der Chemie der Vererbung. In beiden Fällen geht es um die Mißhandlung eines Kerns: des Atomkerns, des Zellkerns. In beiden Fällen habe ich das Gefühl, daß die Wissenschaft eine Schranke überschritten hat, die sie hätte scheuen sollen.«

Wie hätte sie *können*? Der Dekalog befiehlt mit keiner Silbe, was erforschlich ist, nicht zu erforschen. Immer schon konnte ein Mensch mit der Axt, mit der er Brennholz und Bauholz macht, auch einen Mitmenschen erschlagen. Gott hat dennoch nicht gefordert, keine Axt zu benutzen, weil Kain mit ihr Abel töten konnte. Der Mensch ist nur dann nichts als ein Werkzeug seines Werkzeugs, wenn er darauf verzichtet, Mensch zu sein.

Diesen letzten Satz überlesend – kommt er mir schönrednerisch vor: Das Werkzeug, das Otto Hahn den Atombombenbauern in die Hand gab, war es unschuldiger als die Bombe, die jene den Militärs an die Hand gaben? Ja, denn es war nicht Hahn, sondern Oppenheimer, dem der schaudervolle Satz ›gelang‹: »Wir wollten, daß es geschah, ehe der Krieg vorüber war und keine Gelegenheit mehr dazu sein würde.«

Ich weiß nicht, wer so wohlwollend war – bestimmt kein Kollege –, dem Commodore Bisset zu verraten, daß ich einst im Krieg das gewesen bin, was man in Whitehall eine Very Important Person genannt hat; jedenfalls hat mich Bisset – seit Kriegsende Sir James – schon zum drittenmal an seine Tafel geladen. Und nie habe ich einen Menschen getroffen,der ein so genuiner Erzähler ist. Wenn er mit der ›Queen Mary‹ den Atlantik Richtung England überquerte, waren nie weniger als 10 000 GIs, die nur abwechselnd in den Kojen schlafen konnten, an Bord; kurz vor der Invasion in der Normandie hatte er einmal 16 000 Soldaten auf einer Fahrt zu transportieren. Die fast 28 Knoten haben es für jedes deutsche U-Boot hoffnungslos gemacht, jemals zum Schuß zu kommen; immer fuhren unsere beiden 83 000-Tonnen-Riesinnen ›Queen Mary‹ und ›Queen Elizabeth‹ wegen ihrer Schnelligkeit ohne jeden Begleitschutz, einmal, nach Beginn des Krieges mit Japan, sogar bis Australien.

Natürlich fragte er mich, was ich im Krieg gemacht habe, und

›natürlich‹, aber in Wahrheit mir höchst widerwärtig, muß ich auch diesen ehrenwerten alten Seemann und so freundlichen Gastgeber anlügen. Ohne ihm irgendein Detail von B. P. zu erzählen, sagte ich, daß ich in der Schlacht um den Atlantik Fachmann beim Abhören der deutschen U-Boot-Funksprüche gewesen sei. Und während ich ihm das erzähle, sehr verlegen, spüre ich, daß es ihm wenig imponiert, mit einem noch so jungen Mann zu reden, der vier Jahre lang weit vom Schuß war. Doch in seiner Güte überspielt er meine Beschämung, indem er seine vier Jahre im Ersten Weltkrieg als U-Boot-Jäger abtut. »Vertane Zeit. Zwar jede Minute in Gefahr, torpediert zu werden, Radar gab's auch noch nicht, viele kollidierten. Doch ging's mir gut, gemessen an denen auf den Handelsschiffen, auf den Seglern. Über dreihundert Segler sind im Ersten Weltkrieg noch von U-Booten der Hunnen versenkt worden.«

»Ich bin voll von Särgen wie ein alter Friedhof«, schrieb Flaubert, der auch von der Totenstadt sprach, die jeder in sich hat. Hätte der Normanne, der einmal nur nach Algier übersetzte, den Boden des Ozeans zu beschreiben versucht – vermutlich hätte seine Schwermut, die ansteckt, wenn man seine Briefe liest – Monica hat sie mir geschenkt –, ihn überwältigt, schreibunfähig gemacht. Wäre ich Epiker, ich beschriebe den Boden der Weltmeere.

Bis heute wußte ich nichts von der größten Schiffskatastrophe der Weltgeschichte. Sir James gab mir eine Artikelserie aus der *Sunday Times* vom vorigen Jahr. Drei britische Journalisten haben entdeckt, was ja kein Mensch in England 1945 überhaupt nur zur Kenntnis genommen hat, daß auf der deutschen Ostsee Flüchtlingsschiffe mit Tausenden an Bord untergegangen sind. Aber Millionen Menschen aus Ostpreußen versuchten, sich vor der heranrückenden Roten Armee in Sicherheit zu bringen. Wenn wir noch immer entsetzt sind, daß 1912 mit der ›Titanic‹ 1517 Menschen untergingen – auf der Ostsee sind siebentausend und mehr mit *einem* Schiff versunken, und es gab mehrere solcher großen Schiffe, die von russischen U-Booten torpediert wurden. Auch kein Trost, daß ich wenigstens an diesen Katastrophen nicht mitgewirkt habe.

Hier einige Stichworte – auch zu dem Kapitel menschlicher

Feigheit. Was sind die Deutschen für ein Volk? Es ist mir ekelhaft, hier festzuhalten, wie ihr größtes Kriegsschiff, das die Flüchtlingsdampfer hatte schützen sollen, Tausende von Flüchtlingen im Stich ließ, ohne den Versuch zur Rettung auch nur zu wagen! Rasch stirbt man ja nicht, treibend in der Schwimmweste. Wie denken zuletzt Menschen über Menschen, die sie im Wasser zurücklassen, obgleich sie nicht ihre Feinde waren, sondern – Landsleute? Und was denkt jener Kapitän zur See Henigst – zuweilen *muß* er doch denken, vielleicht sogar *fühlen*, wenn er sich erinnert, daß er mit dem größten Kreuzer, den die Deutschen damals noch hatten, der ›Admiral Hipper‹, unmittelbar inmitten der Tausenden, die sich noch von Bord der torpedierten ›Wilhelm Gustloff‹ geflüchtet hatten – davondampfte und sie mitleidlos zurückließ im Eiswasser, weil er ein russisches U-Boot fürchtete?

Deutschlands größtes Kriegsschiff, *im* Schutze eines Torpedobootes und *zum* Schutze dem Flüchtlingsdampfer nachgesandt – läuft davon, umringt von ungezählten Frauen und Kindern, die noch ins Wasser gelangt waren, da die ›Gustloff‹ erst 70 Minuten nach drei Torpedotreffern sank! Und so kommt es dazu, daß fast *fünfmal* mehr Menschen mit der ›Gustloff‹ untergehen als mit der ›Titanic‹! Wieviel höher – fragt ein Laie – war die Gefahr, an diesem Untatort durch ein russisches U-Boot torpediert zu werden ... als an jedem anderen Ort in der offenen Ostsee? War nicht die Gefahr, einige Seemeilen weiter einem russischen Boot vor die Rohre zu laufen, für den Schweren Kreuzer ›Admiral Hipper‹ ebenso oder fast so groß? O christliche Seefahrt. Wenn Landsleute – Landsleute so behandeln: was sollen dann Schiffbrüchige erst von denen erhoffen, die noch vor Minuten auf sie geschossen haben?

Abergläubische – »niemand von uns ist abergläubisch«, flunkerte gestern grinsend der Commodore – mögen sich einen Reim drauf machen, daß dieser verlustreichste Schiffsuntergang, von dem jemals zu hören war, sich auf den Tag zwölf Jahre nach Hitlers Machtantritt ereignete und ausgelöst wurde durch einen U-Boot-Kommandanten Jahrgang '13, der U 13 kommandierte ... Doch wurde dieser Russe auch zweimal von Schiffen beizeiten abkommandiert, die später mit allen Besatzungsmitgliedern von Deutschen versenkt wurden; also hat die Dreizehn, wenn sie dann etwas bringen sollte, diesem Mann Glück gebracht... ›aber‹ glauben wollen jene, die sich nicht damit abfinden können, glaubenslos geworden zu sein: wie legitim also ist Aberglaube! »Aber doch« glauben zu wollen an einen Zweck im Meer der Zwecklosigkeit... Ernstlich: wie nachdenkenswert, daß dieses russiche U-Boot, das mit diesem *einen* Schiff ›Gustloff‹ kaum siebenhundert Menschen weniger umgebracht hat, als die – nach Zahl der beteiligten Schiffe und Menschen – größte Seeschlacht aller Epochen, die bei Jütland 1916. Und: daß dieses russische Boot gebaut wurde – nach Konstruktionsplänen, die von *Deutschen* stammten, Pläne, die Hitler an Stalin weitergegeben hatte, als sie sich 1939 darauf einigten, Polen untereinander aufzuteilen. Mit diesem Stalin-Hitler-Pakt gaben sie der Sowjetunion im Handelsaustausch auch Konstruktionspläne von U-Booten, die sie in einem »Haager Büro« hatten entwerfen lassen, das in Wahrheit jedoch der Krupp-Germania-Werft in Kiel mitgehörte.

Abgründig charakterisiert es die Geschichte, daß in beiden Weltkriegen nie einem deutschen U-Boot ein gegnerisches Schiff vor die Rohre lief, das dann auch nur annähernd so viele Menschen mit sich hinabriß wie dieses deutsche Schiff, das einem Boot deutscher Bauart unter russischer Flagge zum Opfer fiel.

Da Tote schweigen, kommt Zeugen das letzte Wort zu. Bootsmann Schottes betrachtete aus einem Kutter der sinkenden ›Gustloff‹, daß Schwimmende und auch Menschen auf Flößen »in nächster Nähe« des Schweren Kreuzers waren, der gestoppt hatte. Schottes überlegte: Wenn er seinen Kutter an die Backbordseite der ›Hipper‹ brachte, gerieten er und die anderen in seinem Boot in Gefahr, zwischen dem Boot und der Stahlwand des Zehntausendtonners zermalmt zu werden in der bewegten See. So ordnete er an, nur so stark zu rudern, wie notwendig war, daß die ›Hipper‹ beidrehen könne.Doch sie drehte nicht bei, sie drehte ab! Ihr Kielwasser schäumte hoch, volle Fahrt nahm sie auf – und Schreie, die Schottes nach Jahren noch nachts in den Ohren hat, zuweilen, erinnern an jene Schwimmenden, die in den Sog der Kreuzerschrauben gerieten und zerfetzt wurden in *dem* Moment, in dem sie glaubten, an Bord gezogen zu werden. Hunderte, in Griffnähe bereits zur ›Admiral Hipper‹, empfanden sein Wegdrehen als gemeinsten Verrat und verschrien ihre letzte Kraft in den Flüchen, die seinem Kommandanten Henigst galten. Wie lange lebten sie noch, wie kurz, die trostlos Schreienden, dann nicht mehr Schreienden, bis das Eiswasser ein Ende machte mit ihnen? Da ist kein Ende... in Seetrümmern.

Ich hatte während des Krieges plausible Gründe, nicht zu untersuchen, warum ich machte, was ich machte: ich rettete Alliierte, sicherlich Millionen, und tötete Gegner oder schaltete sie jedenfalls als Kombattanten aus, sicherlich Millionen. Eine moralisch gute Zeit, simple Zeit, weil wir vom Satanismus unserer nun geschlagenen Feinde dermaßen überzeugt sein durften, daß alle unsere Taten im Krieg so gerechtfertigt waren wie opferreich. Mit der vorsätzlichen Tötung Wehrloser durch Bombenangriffe auf die Stadtzentren der Deutschen oder der Japaner hatte ich nie etwas zu tun gehabt – ein persönliches Glück, daß alle meine Aktionen Reaktionen waren: Ich entschlüsselte die Angriffs- wie die Verteidigungsabsichten der Deutschen, damit Whitehall sie niederschlagen konnte; und mindestens soviel wie wir haben davon die Russen profitiert, die sicherlich fünfzehn- bis zwanzigmal so viele Opfer bringen mußten, die Deutschen zu schlagen, wie die Westmächte... Übrigens notiere ich auch dies vermutlich nur deshalb, um mich wieder der Frage nicht stellen zu müssen, warum ich tue, was ich tue: und warum ich bin, der ich bin. Flucht, Ausflucht in meine Rolle als homo politicus; weg von meiner Individualität in meine soziale Funktion, mit der ich – ein Glück – nie unzufrieden sein brauchte, im Gegenteil. Daß möglicherweise die Mehrheit der Menschen sich dieser Frage nie stellt – ist das Glück der Mehrheit, kann aber mich vor dieser Frage so wenig retten wie jeden anderen, der ihr nicht entflieht. Wir tun so viel, um so wenig zu denken. Nicht nur deshalb, doch deshalb auch. Wer sich wie selbstverständlich einreihen kann in die Abfolge der Generationen, also Kinder hat, hätte vielleicht – wenn er nicht so schlicht gestrickt ist, daß er bereits im Zeugen von Kindern schon einen Sinn sieht – noch triftigere Gründe als ich einzelner ohne Nachfolge, sich die Frage zu stellen, wozu er da ist; doch werden offenbar die meisten, sobald sie Eltern sind, davor bewahrt, darüber nachzudenken. Womöglich *wollen* sie im Tiefsten *deshalb* Eltern werden, um nicht reflektieren zu müssen, wozu sie sind und warum sie sich fortsetzen ...

X

Carnevale

Reisenotizen Turings 3

Das *Plaza* in der Via del Corso ist vermutlich deshalb – in meinen Augen – das schönste Hotel der Welt, weil es schon 1860 eröffnet wurde, also vor dem überschäumenden, überdimensionalen Gründerjahre-Prunk. Und es ist in seinen Ausmaßen labyrinthisch genug, daß man in seinen kilometerlangen schattengrauen Gängen, Speisesälen und meist leeren Lese- und Schreibzimmern und Konferenzräumen und Treppenhäusern wie in einem Wald untertauchen kann, eine der Voraussetzungen dafür, sich in einem Hotel zu erholen. Wohltuende Proportionen, beruhigend die bernsteinbraune und rauchgraublaue Patina der Möbel, Teppiche, Decken, das neunzig Jahre alte Parkett, das nicht vom Putzen – so geputzt es auch ist – seinen Glanz hat, sondern vom knarrenden Altsein, vom Abwetzen durch Schuhe seit drei Generationen.

Fast allein wie meist abends in der Halle mit ihrem Säulengang – meerschaumfarbenen Doppelsäulen auf je einem Pfeiler – und dem angenehmen Barkeeper und selten ohne den belebenden Anblick eines hauteng gurkengrün bejackten, ergreifend schönen Pagen.

Um 1860 baute man in Europa überall nicht so hoch – aber das führte dazu, daß der Architekt der ebenfalls in diesen Jahren gebauten Wiener Oper sich das Leben genommen hat; als der Kaiser zur Eröffnung vorfuhr, nörgelte er, was ihm auf den Plänen nicht so deutlich geworden war, das Foyer sei zu niedrig, das Ganze zu zwielichtig, die Säulen seien zu kurz: Er hatte recht, eine Oper ist kein Hotel, doch der Architekt brachte sich um nach dieser Kritik. Der mir das erzählte, setzte hinzu, Architekten neigten zum Selbstmord, nicht wenige haben sich das Leben genommen. Verständlich. Das Schöpferische, wenn es einer großen Anstrengung entsprang, läßt uns ausgeleert und melancholisch zurück. So auch bedeutende Gegner; wer sie überwunden hat, wird spüren, wie sehr sie ihm fehlen, so mir der Hitler samt seiner Enigma. Vor Häusern warnt das Sprichwort ›Ist das Haus fertig, kommt der Tod‹. Am Tage, als der bis dahin immer arme Schiller endlich sein eigenes Haus beziehen wollte, starb seine Mutter. (Weiß ich, weil ich wieder Übersetzungen deutscher Klassiker im Koffer habe, Ludwig Wittgenstein hörte ja nicht auf, mir in den Ohren zu liegen, ohne meine Orientierung an deutsche Philosophie und an Hölderlin bliebe ich ein Esel, der nur rechnen kann.)

Ich will nicht rechnen, sondern mich ablenken, weil angeblich nur Ablenkung erholt. Wahr aber ist: mir fällt viel ein zu meinen Formeln, obgleich ich versuche, nicht an sie zu denken, und es ist unmöglich, das nicht als direkte Folge der Tatsachen anzuerkennen, daß ich – so selten zu Hause – hier in Rom nun seit schon zehn Tagen diesen sehr schönen Jungen im Bett habe und nicht nur ›auf einen Sprung‹, sondern auch im Schlaf, die ganze Nacht, diesen nackten Ganymedes, den ich deshalb so nenne, weil Ganymedes – laut Homer – der schönste aller Jünglinge war. Daß mir Haut an Haut mit ihm, während er schläft, mehr einfällt als je, macht doch höchst fragwürdig, was Freud behauptet: ›Sublimierung‹ des Sexuellen stärke den Geist, schaffe Kultur. Sollte nicht das Gegenteil überzeugender sein? Daß nämlich der Bios den Logos beflügelt, überhaupt erst zeugungswillig macht – und dementsprechend Entsagung noch früher als den Körper den Geist verdorren läßt? Daß sehr Alte zuweilen Kunst und Entdeckungen ersten Ranges gemacht haben, ist kein Gegenbeweis; vielleicht waren sie befriedigt, vielleicht gar erotisch noch aktiv. Aber enthaltsam? Ich glaube nicht, daß sie Enthaltsamkeit übten. Das kann ich nach diesen Nächten und Mittagsfesten mit dem Jungen – und dem, was mir dann einfällt – nicht mehr für wahr haben. Daß Freud zuweilen offenbar an nichts anderes denken *konnte* als an seine zweifellos richtige Entdeckung, daß der Schoß die Wohnung der Seele ist: diese seine Fixierung ist womöglich der Tatsache zuzuschreiben, daß Freud als Bürger des spätviktorianischen Wien unter dem Zwang gelitten hat – ein Zwang, unter dem man leidet, verdunkelt das Denken –, seine Triebe ›umlenken‹ zu müssen, abzulenken vom Bett auf den Schreibtisch.

Es wäre ja nur normal, daß dieser Zwang ihn dann dauernd

nur in Richtung dieses Zwanges denken ließ! Doch daraus einen objektiven Tatbestand stilisieren? Sich nicht ausleben dürfen, sondern notgedrungen auf Forschungen konzentrieren, aber während dieses Forschens gedanklich ständig von den Ansprüchen seines Eros gesteuert zu sein, da er unbefriedigt ist: Das erhöht nicht die Gelassenheit, Klarheit, Objektivität eines Forschers! Den Triebverzicht als *das* Kreative schlechthin mißverstehen? Was an Kunst und Erkenntnis gelang – gelang es nicht *dennoch*? Nicht dank–, sondern trotz der uns von der Gesellschaft aufgenötigten Trieb-Drosselung?

Formeln stimmen auch nur, wenn sie *schön* sind. Der Mensch das Maß der Dinge – der Haupteinwand gegen jene Mathematik, die sich »die reine« zu sein einbildet, nur weil sie die dem Leben abgewandte ist. Mephistos Bemerkung: »Ist all ihr Weh und Ach aus *einem* Punkte zu kurieren«, wird ironisch nur deshalb, weil er sie gegen Frauen richet, während sie natürlich auf Männer ganz ebenso zutrifft, eine bedeutende klinische Einsicht Goethes in den Haushalt keineswegs nur des Körpers, sondern auch des Geistes...

Der Automat, der Empfindungen, Form, Wörter entwickelt, um sogar ein Gedicht zu schreiben,: ich bin überzeugt, er wird eines Tages existieren. Wie aber verträgt sich das mit der Tatsache, daß nie ein Mensch, der Gedichte schreiben konnte, je einen Computer oder sonstiges technisches Gerät gebaut oder auch nur begriffen hat? »Warum sollte er?« – Verstimmung, Gereiztheit meinerseits, als mir dies Ganymed antwortet auf meine Frage. Wieso ärgert mich diese Antwort? Immerhin, Leonardo war Künstler und Wissenschaftler, Michelangelo Künstler und Dichter. Mozart, nie in Versuchung, eines seiner Instrumente zu bauen, hat durchaus begriffen, *warum* sie Klang haben.

Wenn neulich in Manchester mehrere übereinstimmten, den Ruhm nehme mir keiner, daß meine Maschine nicht ein rein abstraktes Gebilde geblieben sei, sondern in funktionierende Hardware umgesetzt werden konnte genau zu *dem* Zeitpunkt, als diese Umsetzung kriegsentscheidend wurde, so war das keineswegs nur ein Lob – Lob von Kollegen ist stets ein Pferdefußtritt in den Hintern.

Kollegen: Jetzt, da sich nicht mehr völlig geheimhalten läßt – weil es ja seit Kriegsende auch gar keinen Zweck mehr hat, es geheimzuhalten –, was ich fünf Jahre lang getrieben habe, kommen auch von Wittgenstein, pikanterweise wenn ich dabeisitze, Bemerkungen wie: »Wenn die arithmetischen Operationen lediglich zur Konstruktion einer Chiffre dienten, wären diese Operationen dann überhaupt mathematische?«

Dieses naserümpfende ›lediglich‹! Es hat lediglich Großbritannien gerettet vor Hitler!

Tendenziell ist da neidgeschärfte Kritik im Spiel, der ich aber mit himmelhohem Hochmut – ein bißchen künstlich, denn leider habe ich den Hochmut gar nicht in diesem Maß – gegenübertrete. Da offenbar auch in der Kunst diese ach so feine Unterscheidung Usus ist zwischen angewandter Kunst, die bei Fachleuten nicht für fein gilt, und jener, die ohne Zweck gemacht wird, erwidere ich also: »Sprechen wir – das objektiviert – doch nicht von unserem Fach, sondern von Malerei. Reine Malerei ist also das Tafelbild, ist Turner oder Klee, während der auf dem Gerüst, der eine Kirchenwand zu bemalen hat, lediglich zweckgebundene, lediglich angewandte Malerei produziert? Wie genau eure Definitionen sind, merkt man daran, daß ihnen zufolge also ein reines Landschaftsbild künstlerisch dem *Jüngsten Gericht* überlegen ist, das Michlangelo, wie bekannt, ›lediglich‹ gemalt hat, um eine Wand der Sixtina auszuschmükken?«

Ludwig, der natürlich merkte, daß er mich verstimmt hatte, sagte: »Wenn du denkst, ich hätte diese Unterscheidung nur gemacht, um dich zu vergrämen, dann lies doch den Essay von Russell aus dem Jahre 1901 über Mathematik und Metaphysik.«

Tatsächlich fängt der Lord an: »Das 19. Jahrhundert, dessen ganzer Stolz die Entdeckung von Dampfkraft und Evolution war, hätte seinen Anspruch auf Nachruhm noch eher auf die Entdeckung der Mathematik gründen können« – also auf Booles Laws of Thought, 1854. Wie kommt Russel dazu – ich schreibe das ungern, er ist der mir sympathischste aller Gelehrten, was er schreibt, ist klar wie Quellwasser; und daß die Amerikaner aus Bigotterie ihn 1939 von seinem Lehrstuhl verjagt haben, macht den straffen, witzigen Greis noch gewinnender – doch wie kommt er dazu, der doch ein so sozial denkender, mitleidsfähiger Humanist ist, zu urteilen »noch eher« als auf Dampfkraft und Evolution hätte auf die reine Mathematik ein Jahrhundert seinen Ruhm gründen können? Wie willkürlich diese Werteskala! Wie willkürlich Russels Definition: »Als Mathematik können wir also das Gebiet bezeichnen, auf dem wir nie wissen, wovon wir eigentlich reden und ob das, was wir sagen, auch wahr ist... Wir wählen irgendeine Hypothese, die uns amüsant erscheint, und leiten die entsprechenden Folgerungen ab. Gilt diese Hypothese für *irgend etwas* und nicht für eine oder mehrere Einzeltatsachen, dann stellen unsere Deduktionen Mathematik dar.«

Russell schrieb das in einer leichtfertigen Epoche, die kaum noch wußte, was Krieg ist, aber heute muß doch gefragt werden, mit aller gebotenen Respektlosigkeit, wohin wir 1940 geraten wären, hätten wir so reizende Spielchen gespielt wie »Evidenz ist fast immer der Feind der Richtigkeit... Es ist so selbstverständlich, daß zwei und zwei vier ist, daß wir kaum die nötige Skepsis aufbringen, um zu zweifeln, ob sich das auch beweisen läßt... Evidenz ist oft weiter nichts als ein Irrlicht, das uns mit Sicherheit irreführt, wenn wir uns daran halten.«

Hübsch. Doch wenn ich mich der Frage stelle – was etwas anderes ist, als wenn nur *ich* mir diese Frage stelle –, wo bin ich und wozu, dann scheint mir praktische Anwendbarkeit oder »reine« Denkarbeit doch auch ganz wesentlich die Beantwortung dieser Frage mitzubestimmen. Brillant ist ja Russells Überlegung, doch wozu *er* ist und wo, das wird mir weniger klar, wenn er sich mit *Tristram Shandy* beschäftigt – als wenn ich Hitlers Enigma enträtselt und also immerhin damit Hamlets Forderung erfüllt habe: »Lustig ist, wenn mit seinem eigenen Pulver der Feuerwerker auffliegt.« Das war auch schwieriger zu bewerkstelligen, als nur sinnlos Gedankenakrobatik anzustellen, wenn ein Autor »ewig lebte«. Russell schreibt: »Tristram Shandy brauchte bekanntlich zwei Jahre, um den Verlauf der beiden ersten Tage seines Lebens aufzuzeichnen, und klagte daher, daß sich das Material bei dieser Geschwindigkeit schneller ansammeln würde, als er es erfassen könnte, so daß er mit den Jahren immer weiter vom Ende seiner Geschichte entfernt wäre. Ich behaupte nun, daß, selbst wenn sein Leben weiterhin so ereignisreich verlaufen wäre wie zu Anfang, kein Teil seiner Biographie ungeschrieben geblieben wäre, sofern er ewig gelebt hätte... Denn es ist zu bedenken: der hundertste Tag wird im hundertsten Jahr beschrieben, der tausendste im tausendsten Jahr usw. Welchen Tag wir auch wählen, selbst so weit in der Zukunft, daß er nicht hoffen kann, ihn zu erleben, dieser Tag wird in dem entsprechenden Jahr erfaßt... Es bleibt somit kein Teil der Biographie für immer ungeschrieben. Diese paradoxe, aber durchwegs wahre Aussage...« Hier breche ich ab, denn wieso ist »durchaus wahr«, was auf der absurden Prämisse aufbaut, daß Tristram Shandy »ewig gelebt hätte«?

> »Man vergaß, daß Wissenschaft sich aus Poesie entwickelt habe, man bedachte nicht, daß nach einem Umschwung von Zeiten, beide sich wieder freundlich, zu beiderseitigem Vorteil, auf höherer Stelle, gar wohl wieder begegnen könnten.« *Goethe*

Als ich Ganymed dies heute vorlas – natürlich kann ich kein Wort Goethe lesen, das nicht übersetzt ist–, sagte er fröhlich: »Wenn nicht das vor einer Stunde *für* eine Stunde die Einheit gewordene Verschmelzung von Wissenschaft und Poesie war: wie könnte sie sonst zustande kommen?«

»Ein anderer konnte er nicht werden...« Ganymed, obgleich kein Deutscher, hat Deutsch als Muttersprache – dichtet also deutsch. Sein Gott ist der momentan am meisten gerühmte Poet der Deutschen, ist Benn, der ein Gedicht:›Alter Kellner‹ schrieb, das mir Ganymed gestern übersetzte, weil wir sehr Bezügliches erlebt hatten. Daß der Junge dichtet, hat ihn wie die dichtende Österreicherin Bachmann zu Wittgenstein geführt, der sein Doktorvater wurde. Nicht die Mathematik brachte den Jungen zu ihm, in Mathematik ist Ganymed so schwach wie Wittgenstein, der sich aber mit Philosophie behelfen kann, so daß ich dem Jungen rate, Mathematik sein zu lassen... Ich notiere mit Kummer, daß er Lyriker, auch Philosoph werden wird, dieser schöne Student, mit dem ich mehr lachen, also mich erholen kann als mit jedem Menschen sonst... Vielleicht ist mein Leben bald zu Ende, so daß ich unbewußt Ausschau halte nach einem Erben, zum erstenmal. Ich habe Sehnsucht nach diesem Jungen *auch* verspürt, weil sein Gesicht, sein kluges Sprechen mir eine Verheißung waren, er werde geistig mein Erbe, so wie ich ihn mir leiblich zum Sohn wünschte. Doch beides geht nicht, ich kann ihn weder geistig adoptieren, weil er für Mathematik kein Organ hat, und leiblich nicht, weil er Eltern hat. Die sind so betucht, daß er mich – ich hatte ihn gewarnt – gestern einlud in Italiens teuerstes Lokal. Und was mir dort geschah, veranlaßte ihn, mir später im Bett ›Alter Kellner‹ zu übersetzen.

Denn bei Kellnern hatte ich einen Schock mit Hirnlähmung ausgelöst, weil ich ohne Jackett eingetreten war. Oh, nicht, daß mein pfauengrüner Schlips gefehlt hätte zum gestärkten Hemd mit Kragenstäbchen; und auch meine admiralsblaue Hose, soeben gebügelt im *Plaza*, war des Hauses würdig; alles Geschenke des Jungen, gekauft in der Via Veneto, denn es genierte ihn, wie schäbig angezogen ich an seiner Seite (und Hand in Hand mit ihm, sofern wir nicht schwitzten) Rom durchstreifte. Und so genierte ihn auch, da ihm als sehr reichem Erben das noch nie geschehen ist, daß ich – was mir ja ganz selbstverständlich war – seine Fahrkarten und alles sonst auf dieser Reise bezahlte.

Doch ich hatte, der Abend war fast so heiß, wie der Tag gewesen war, meinen Rock daheim gelassen, welche Majestätsbeleidigung. Blickaustausch des schockierten Personals: so geschockt wie Kassierer, wenn Bankräuber mit gezückter Pistole eindringen. Endlich der Ober, in fließendem Englisch, ich könnte mir ein Leihjackett aussuchen. Also für 5000 Lire Trinkgeld war ich endlich kein Prolet mehr, sondern anständig angezogen.

Das *Hassler*, der siebte Stock im Grande Albergo Villa Medici über der Spanischen Treppe, läßt sich verständlicherweise den reizvollsten Blick auf Rom bei Sonnenuntergang mitbezahlen – aber nur drei Tische besetzt am ganzen Freitagabend, schon das war deprimierend. Doch was mir fast das Essen verdarb, war die hündische Beflissenheit derer, die selber hier niemals ein Essen bezahlen könnten, mich erst so perfekt anzuziehen, wie ihre Ausbeuter gekleidet sind, ehe sie mich zuließen zum Studium der Speisekarte – ein Täßchen Suppe zwei Pfund!

Keine Frage: dieser Eifer, das Protokoll zu wahren, ja keinem zu servieren, der nicht ›standesgemäß‹ berockt ist – ist zum *Trieb* dieser Kellner geworden, zu ihrem innersten Antrieb. Sie verlangen das nicht nur vom Gast, weil ihr Chef – da war kein Chef – von ihnen verlangt, daß sie dem Gast das abfordern. Sondern sie finden selber schon in Ordnung, daß dieser Quatsch die Ordnung der Dinge ist – und also auch sie, ordnungsgemäß, nach Dienstschluß in ihre, verglichen mit dem Pomp an ihrem Arbeitsplatz, hundehüttenhafte Wohnung heimkehren. Satte Sklaven sind die eifrigsten Verteidiger ihrer Unfreiheit. Menschen sind abzurichten wie Tiere und unterscheiden sich allein darin von ihnen, daß sie sich selber noch ›begründen‹, warum sie sich abrichten lassen. Daß sie nicht auch noch über einen hingehaltenen Spazierstock springen, liegt nur daran, daß solche Sprünge in ihrem Ausbildungsplan nicht mehr vorgesehen sind, seit ihre Bosse keine Spazierstöcke mehr bei sich führen.

Das Gesicht des Pianisten, dem keiner zuhörte und der bestimmt einst davon träumte, woanders zu spielen als vor Fressenden, erweckte meine Sympathie. Es zeigte den Widerwillen gegen seinen Zwangsaufenthalt hier, den auch ich empfand, wenn ich nicht auf Rom im Abendlicht blickte, sondern auf den Diensttrieb der Weißbejackten oder im Frack Servierenden, die zweifellos jeden die Treppe hinunterwürfen, der sich etwa aus ihrer eigenen Sphäre hier herauf verirrte. Doch der Pianist litt, hier seine Perlen vor die Säue – eine der Säue war ich – werfen zu müssen; auch für diesen Musiker, dem nie einer zuhört – und für wie viele noch –, sind die Benn-Zeilen geschrieben:

> Ein anderer konnte er nicht werden,
> geschaffen in das Nichts,das Menschenlos.
> ...
> Wenn eins ihn seiner Kinder sähe:
> Er möchte wohl ein anderer sein ...

Ludwig behauptet, logische Technik sei »nur« – dies »nur« allein ärgert mich, sonst hat er ja recht, doch wo wären wir ohne die logische Technik –, sei nur eine Hilfstechnik, die uns die spezielle mathematische Technik vergessen lasse, so daß wir geneigt seien, am Ende das Leimen schon für das Tischlern zu halten. Das klingt noch so allgemein, daß er es für Philosophie ausgeben kann; die betreibt er, um zu tarnen, wie dünn seine mathematische Substanz ist. Doch schreibt er gezielt gegen mich; listigerweise in Frageform: »Kann man von dem, der eine Regel des Entzifferns anwendet, sagen, er vollziehe mathematische Operationen? Und doch lassen sich seine Umformungen so auffassen. Denn er könnte doch sagen, er berechne, was bei der Entzifferung des Zeichens ... gemäß dem und dem Schlüssel herauskommen müsse. Und der Satz: daß die Zeichen ... dieser Regel gemäß entziffert ... ergeben, ist ein mathematischer.«

Immerhin, also Mathematik denn doch. Aber diese fachbegrenzten Stänkereien! Wittgenstein gefällt sich darin, zu erörtern, sogar schriftlich, man solle annehmen, daß man die Geometrie des vierdimensionalen Raums betreibe zu dem Zweck, die »Lebensbedingungen der Geister kennenzulernen«. Solche Glasperlenspiele sind angesichts des Krieges ruchlos gewesen und sind heute, angesichts der Bombe, zurückzuweisen, wie ich das neulich drastisch bei Jaspers ausgesprochen fand: »In den meisten Wissenschaften kehrt der selbe Fehler wieder: sie verlieren sich ins Endlose. Erkenntnis entsteht, wenn die Dinge im denkerisch entworfenen Zusammenhang zugleich mit Bewährung durch Realitäten gesehen werden. Das geschieht nur durch die unvorhergesehene Erfindungskraft des Forschers. Nur wo man der Endlosigkeiten Herr wird, da ist Erkenntnis.«

Selber Denker, scheint Jaspers, vielleicht weil er zugleich Psychiater ist, die Kontrolle des Denkens durch den Forscher, der gleichsam erdet, was der Denker in den Sternen erblickt, für nötig zu halten. Recht hat er zweifellos insofern, als seine strikte Weigerung, sich dem Endlosen zu überlassen, allein humanes Denken ist, will sagen: Denken, das sich selbst befestigt an dem Grundsatz, der Mensch sei das Maß des Denkens wie der Dinge. Denn, was immer der Mensch ist – ich rede nicht von der Menschheit, die ein Abstraktum bleibt–, der einzelne ist gewiß nicht endlos, weder in seinem Raum noch an Jahren, noch an Verfügungsgewalt. Und ist er nicht vor allem auch so bedroht, daß ein Denker für *Menschen* Lebensbedingungen erforschen und deuten sollte – statt wie Wittgenstein denen von Geistern seine Aufmerksamkeit zuzuwenden?

Sehr dünkelhaft muß sein, auch borniert, wer nicht bereit ist, das, was Jaspers von der Wirtschaft sagt, auch auf die Wissenschaft auszudehnen und sogar auf die eigene Person: »Wir müssen einsehen: Die Wirtschaft oder irgendeine ihrer Gestalten ist nicht das Absolute. Sie ist nicht der Maßstab für alles, was wir sind und sein können. Sie ist zwar so unentbehrlich wie das Wasser für das Leben, das ohne Wasser sofort stirbt. Aber sie ist so wenig wie das Wasser schon das Leben. Die Wirtschaft empfängt ihren Sinn erst durch das, wofür sie stattfindet und was nicht Wirtschaft ist.«

Während ich das hineinschrieb, fiel mich aber doch der Verdacht an, daß zwar zutrifft auf alle Gebiete, was Jaspers von der Wirtschaft sagte, die keinen Sinn aus sich selber holen kann – daß aber vielleicht der Mensch den Sinn sogar aus sich selber holen muß. Gibt es für seine Existenz eine außer ihm gelegene Rechtfertigung? Braucht es die? Ja, vielleicht. Sein Fürsorgetrieb für andere könnte seine Existenzberechtigung sein.

Ich werde über meinen nächsten Essay als Motto das Sprichwort schreiben ›Denken ist noch nicht Wissen‹... denn dieses freischwebend-folgenlose Sich-›irgend-etwas‹-Ausdenken so vieler meiner Freunde beginnt mir als verantwortungslos zu erscheinen.

Wozu soll eine Maschine dichten können – mein Unmut, Russell dort weiterzulesen, wo er ausgeht von der Tristram-Shandy-Voraussetzung, einer lebe ewig, ist kaum berechtigt, wenn ich ausgehe von meiner Forderung an mich selber, die Maschine so weit zu entwickeln, daß sie Gefühle hat, ja Gedichte macht. Ist die zu bauen zweckvoller – vom Sinn nicht zu reden – als Russells Angriff auf die überlieferten Unendlichkeitsvorstellungen, indem er mit der Phantasie spielt, ein Autor könne Tausende von Jahren an seiner Biographie schreiben?

Wie schleiche ich mich vorbei an der Selbstverdächtigung, daß ich mich nur deshalb so hartnäckig auf meine idée fixe konzentriere, eine Maschine müsse sogar Gefühlsleben entwickeln, ja zum Beispiel ein Gedicht ›zeugen‹ können, um der Frage auszuweichen, warum ich will, daß es eine solche Maschine gibt. Will ich ein künstliches Kind, weil ich kein natürliches haben kann, da meine Jungen mich nicht zum Vater machen?

Carnevale heißt laut Encyclopaedia Britannica: Fleisch lebe wohl, lateinisch carne vale. Und da genau diese Forderung mit fast tötender Gewalt hier voriges Jahr an mich ergangen ist, wäre ich nie nach Venedig zurückgekommen, hätte nicht Ganymed mich gezwungen. Der Ältere gibt nach. So selbstverständlich es mir gewesen war, Venedig zu meiden für den Rest meiner Tage, nach meiner Carnevale-Tragödie – so selbstverständlich war es für Ganymed, auf unserer Heimfahrt Venedig kennenzulernen. Einem *das* Recht abzusprechen, hat keiner das Recht! Also sind wir hier, in einem Albergo, das schon auf einem Canaletto zu sehen ist. Doch da ich den Jungen angefleht hatte, mich dieser Stadt nicht auszusetzen, fragte er natürlich: warum? Und so erzählte ich ihm denn von diesem Tatort, wie wir Mord-Stätten nennen. Denn wie ein Ermordeter kam der mir vor – ich selber –, den ich, als Charon meiner selbst, dem Toten zuschauend, damals abtransportiert habe nach Manchester. So wie mich Alten damals der Junge ausgebootet hatte, ausgegondelt, muß man hier sagen, so wurde ich auch jetzt durch Ganymed zum Nachgeben genötigt. Stürmisch setzte er durch, gerade deshalb als Sieger, denn »jetzt hast du doch mich!«, daß ich wieder herkam, weil ich vernichtet von hier abgereist war.

Das kennzeichnet exakt die Lebensverfassung des Alten wie die des Jungen. Er beharrt: wo man geschlagen wurde, dort nimmt man den Kampf erneut auf, *gerade* dort; er ist jung. Ich gebe nach, obgleich mein Gefühl warnt: wo man geschlagen wurde, dorthin kehre man nicht zurück; so alt bin ich.

Ganymed ›verordnete‹ mir, wie man von Ärzten sagt, kaum daß wir in Venedig eingetroffen waren – Ostern –, ich solle allein losziehen, um die Geister zu bannen, die mir ein Wiedersehen mit dieser Stadt bisher verwehrt hatten. »Geh und suche deinen Schmied, ich bin ganz gelassen. Denn so selten Blitzschlag das gleiche Haus zweimal entzündet, so selten erlebt man durch einen Menschen zum zweitenmal den Coup de foudre: geh! Ferienmachende sollten sich zuweilen für Stunden trennen, das läßt Aggressionen ab, die jedes, auch das friedlichste Zusammensein aufhäuft; wir trennen uns ja«, es bezauberte mich, wie er dabei lachte, »nicht für die Nacht... oder doch? Siehst du, erst wenn du ihn gesucht und gefunden hast und dennoch zurückgekommen bist, kann ich doch wissen, daß du in Venedig nicht nur deshalb bei mir liegst, weil du nicht *ihn* fandest! Nie sollst du dir sagen müssen (oder ich mir sagen), du habest meinetwegen verzichtet, ihn wiederzusehen.«

Wir waren aus dem Café *Florian* gekommen, waren unter den Säulen der Prokurazien, ich zog ihn in die Tür eines – mittags – geschlossenen Ladens und küßte ihn, und so ging er denn, und ich stieg (und erhielt auf diese Weise meine Warnung) zunächst auf den Glockenturm, der sich übrigens schon wieder senkt. Die Narren erbauten in meinem Geburtsjahr 1912 den neuen Campanile genau an der gleichen Stelle, an der 1902 der alte eingestürzt war; nun ist er bereits wieder um fünf Zentimeter leewärts eingesunken – nur nach Lee hin, steht also schief; Lee sage ich wie auf Schiffen, weil es die dem Wind abgekehrte Seite ist, nach der er wieder umfallen wird. Wie hieß in der Schweiz das Bergdörfchen, in dem mir erzählt wurde, als ich Ski laufen lernte, die Alpenclowns hätten vor Jahrzehnten einen Gasthof an der gleichen Stelle errichtet, an der ein Menschenalter zuvor eine Lawine ein Gehöft vernichtet hatte; ›Ingenieure‹ hatten inzwischen ›errechnet‹, das könnte nie wieder passieren. Doch auch das neue Gehöft samt allem, was darin gelebt hat, bis auf wenige Hühner, wurde dann wieder durch eine Lawine erdrückt. Menschen gehen, Berge bleiben: daran hatten die Techniker nicht gedacht.

Während ich hochliftete zum Rundgang unter dem Helm des Campanile – abwärts zu Fuß –, fragte ich mich: Ist das nun Zufall oder ein Wink des Geschicks, daß ich mir das Ungeschick erspare, wieder nach dem Schmied zu suchen? Denn ich darf doch nicht darüber reflektieren, warum Menschen so gottlos dumm sind, mit einem Neubauprojekt auf *die* Fundamente zurückzukehren, in die ein – leichterer! – Turm eingestürzt ist, und darf dann selber freiwillig an den Ort zurückkehren, der mich schon einmal zerstört hat bis in den Grund. *Nicht* also zu dem Jungen gehen … tu's nicht, so sprach's in mir; und ich gehorchte. Und war erleichtert. Lehrgeld ist das einzige, das man nicht umsonst ausgegeben haben *muß* – wenn man will. Ich sage nicht, daß ich's will. Ich sage nur, ich ginge ein, müßte ich's noch einmal bezahlen. Ich suchte nicht meinen Schmied, zum Arsenal lief ich und sah mir das Modell des letzten, eines herrlich gebauten ›Bucintoro‹ an, wie des Dogen Prachtgaleere hieß, auf der er alle Jahre zur symbolischen Vermählung Venedigs mit dem Meer hinausfuhr und einen schweren goldenen Ring den Fluten, sie günstig zu stimmen, geopfert hat. Napoleon, liest man da, hat die letzte Dogen-Prachtgaleere vernichtet – nicht etwa im Kampf, sondern um zu vernichten. Sie war, Hochbarock vom Kiel zur Mastspitze, 1726 gebaut worden; 1797 hat der Korse sie kaputtgemacht.

Ach, wäre ich meinen Schmied suchen gegangen, statt ahnungslos, was es da *auch* noch zu sehen gäbe, ins Arsenal! Es ist das italienische Marine-Museum des Zweiten Weltkriegs; das hatte ich nicht gewußt. Ihre heroische Tat haben sie dort verewigt: Kleinst-U-Boote sind zu sehen wie jene, mit denen Italiener im Hafen von Alexandria, in den sie am 19. Dezember 1941 todverachtend eingedrungen waren, teils noch im Boot, teils schwimmend, außerhalb ihres Bootes schwimmend (!), Dynamitladungen an zwei unserer Schlachtschiffe: ›Valiant‹ und ›Queen Elizabeth‹ befestigten und sie für viele Monate kampfunfähig schlugen; ebenso wie dann wir, doch erst nach Jahren, den Deutschen ihr Ungetüm, die ›Tirpitz‹, durch Kleinst-U-Boote in einem norwegischen Fjord auf Zeit k. o. gehauen haben.

Doch tappte ich da im Arsenal auch einem der zehntausend in die Arme, die mit mir in B. P. gearbeitet haben. Das ist normal, in Venedig und Florenz sind immer ungefähr die Hälfte aller Touristen – Briten. *Der* aber war kein Tourist wie ich. »Alan, kehrst du an deinen Tatort zurück?« fragte plötzlich vor einer Museumsvitrine Henry. Er grinste – krebskrank – wie ein Totenkopf. Da ich in Venedig ja nicht das Gefühl habe, der Mörder zu sein, den ›es‹ angeblich – was ist ›es‹? – zum Tatort zurücklockt, sondern der Ermordete, war ich verwirrt: Konnte der Kriegskamerad aus Hütte 4 von meinem venezianischen Schmied wissen? Nichts wußte er. Aber wußte doch alles von meiner ›Arbeit‹ zur Entschlüsselung auch des Funkverkehrs im Mittelmeer, wo wir zwar sehr viel weniger herausgefunden haben als im Atlantik, schon deshalb, weil Italiener bei weitem nicht so geschwätzig funken wie Deutsche. Aber doch genug – ach: viel zuviel – entschlüsselten wir, so daß wir auch – erfuhr ich heute – mehrere tausend *Briten*, die als Gefangene auf italienischen Schiffen von Nordafrika nach Italien unterwegs gewesen waren, durch *britische* U-Boote und Flugzeuge im Mittelmeer umgebracht haben. Warum mußten die Verbrecher in unserer Admiralität – diese Frage trieb Henry, den Sterbekranken, nach Venedig ins Archiv, haßentstellt, denn sein Sohn war als Gefangener auf einem der italiensichen Dampfer und wurde durch Briten getötet –, warum mußten die in Whitehall auch solche Schiffe torpedieren lassen, die aus Afrika nach Italien fuhren, also nichts als Gefangene und Verwundete an Bord gehabt haben *konnten*. »Unsere U-Boote können ja nicht vermutet haben«, sagt tonlos Henry und hat recht, »Rommels Afrika-Korps, das ohnehin aus Mangel an Benzin und Waffen vor seiner Kapitulation stand, bringe aus Nordafrika Benzin und Waffen nach Italien. Warum also griffen wir auch Dampfer an, die in *dieser* Richtung fuhren? Siehst du, Alan, Krebs gibt den Mut, vor meinem Tod noch das Gedenkwort für die von Briten ermordeten Briten zu schreiben. Auch für meinen armen Jungen – den sie killten, bevor er gelebt hatte: neunzehn war er –, umgebracht durch ein britisches U-Boot, bevor er auch nur einmal mit seinem Mädchen hatte schlafen dürfen. Was glaubst du, wie ernst ich angesichts einer solchen gemeinen Posse jetzt noch unseren Staatspopanz, die sogenannte Geheimhaltungspflicht, nehme! (Für die es ja eine sachlich-praktische Begründung ohnehin seit Kriegsende nicht gibt.) Das muß ans Licht, diese Niedertracht.«

Wie er das sagte, erinnerten mich seine Augen an früher, entflammbar durch Leidenschaft, doch wie rasch waren sie dann wieder resignationsgrau, krank wie er selbst. Ich fragte: »Wo willst du das loswerden zum Druck? Du weißt, in unserem angeblich ach so freien Land riskiert nicht einmal eine Zeitung – geschweige ein Buchverlag, zu verstoßen gegen den ›Official Secrets Act‹. Das kann den, der das druckt, 100 000 Pfund Strafe kosten, ergo druckt's keiner!« Er lächelte: »In den USA wird's gedruckt, und auch hier in Ialien. Einmal ans Licht gekommen, ist es dann nie mehr zu unterdrücken... Und hier treffe ich jetzt, wenn du wartest, dann stelle ich ihn dir vor, einen blutjungen italienischen Kapitänleutnant, der eigentlich Historiker ist und nur Reserveoffizier. Sobald der die Marine hinter sich hat, schreibt er sein Buch über den Mittelmeer-Krieg allein im Hinblick auf das, was wir zu dessen Entscheidung von B. P. aus beigetragen haben! Den Titel hat er schon: *›Il vero traditore‹*. Er heißt Alberto Santoni – nun, es wäre ja töricht, dich mit ihm bekannt zu machen, nur damit dir Scherereien in London daraus erwachsen. Wenn er jetzt kommt, verschwindest du einfach. Für diesen jungen Offizier, das merkte ich an seiner Leidenschaft für dieses Thema, ist es eine Frage der nationalen Ehre: ob tatsächlich, wie ja auch die verdammten Hunnen behaupten, alle Geleitzüge aus Palermo und Neapel nach Nordafrika durch einen oder mehrere Angehörige der römischen Admiralität an uns verraten worden sind. Nun habe ich diesem ganz unbestechlich ehrlichen Santoni einen Tausch vorgeschlagen. Er liefert mir aus dem Archiv der römischen Admiralität – und verletzt damit nicht einmal Geheimhaltungsbestimmungen, die haben vernünftigerweise keine für Ereignisse, deren praktische Bedeutung abgelaufen ist – die Namenslisten der britischen, polnischen, indischen Gefangenen, die auf den italienischen Schiffen durch britische U-Boote umkamen; ich liefere ihm – wofür ich natürlich Gefängnis in London bekäme, wäre ich nicht längst eingesargt, bevor Santoni sein Buch schreiben kann – aus unserem Archiv deine Entschlüsselungen der Avisos, mit denen die Italiener in Neapel, Genua, Palermo jene Dampfer aus Afrika ankündigten, die Alliierte als Gefangene an Bord hatten. Es ist absolut verbrecherisch«, Henry sprach langsamer, Haß schnürte ihm die Stimme fast ab, »daß wir diese Schiffe versenkten, obgleich die Italiener gefunkt hatten, Gefangene seien an Bord; sie nannten immer sogar die *Zahl* der Briten, Polen, Inder, Kanadier, die sie an Bord hatten, tief, tief unter Deck, dort, wo man eben Gefangene aufbewahrt, damit ja auch keiner lebend davonkäme, würde ein solches Schiff torpediert. Das machte mich wahnsinnig, stürbe ich nicht ohnehin bald. Daß Whitehall manchmal *tagelang* vorher wußte, britische Gefangene seien an Bord, und dennoch unsere U-Boote im Mittelmeer nicht zurückpfiff, sondern *hinschickte*, diese Dampfer zu versenken! Sogar die exakte Geschwindigkeit der Dampfer gaben unsere Verbrecher den U-Boot-Kommandanten... Hier, lies zum Beispiel diesen italienischen Funkspruch, den wir in B.P. am 14. Februar '42 für Whitehall entschlüsselt haben, nur damit er zum Todesurteil würde auch für meinen Jungen...« Henry gab mir die Fotokopie: »die ›Atlas‹ und die ›Ariosto‹, vom Zerstörer ›Premuda‹ und dem Torpedoboot ›Polluce‹ gesichert, sind am Nachmittag des 13. aus Tripolis nach Palermo ausgelaufen, wo sie am 16. um 01 Uhr 00 eintreffen sollen, Geschwindigkeit 9 Knoten. Sie haben 150 bzw. 300 Kriegsgefangene an Bord.« Henry nahm mir die Kopie aus der Hand, ich konnte auch nichts sagen, wir saßen auf einer der lederbezogenen Museumsbänke; er schwieg. Dann kommentierte er: »Ausgelaufen sind diese beiden am 13. Februar, doch von uns in B.P. wurden sie schon beobachet – alle Funksprüche habe ich lückenlos hier und gebe sie dem Italiener –, seit dem 7. Februar fast täglich... am 14. dann wurden beide Dampfer beharrlich von uns aus der Luft angegriffen. Schließlich hat unser U-Boot P 38 um 22 Uhr die ›Ariosto‹ torpediert und 135 Briten gekillt, auch meinen Sohn. Kannst du mir sagen – besser, erklären, denn ich würde so gern nicht verrückt, bevor ich sterbe, warum unsere Flugzeuge und U-Boote nicht den Zerstörer und das Torpedoboot angegriffen haben, die diese beiden Gefangenentransporte begleiteten? Und warum erst am 20. November '42 in Whitehall, also fast nach einem Jahr, hier ist das Blatt, das Problem diskutiert wurde, was unsere U-Boote mit Schiffen tun sollten, die Briten als Kriegsgefangene transportieren? Mußten diese Schweine in unserer Admiralität zum Beispiel – hier, lies den von uns in B.P. entschlüsselten Funkspruch – auch noch am 14. November den Dampfer ›Scillin‹ versenken mit 806 von 830 britischen Kriegsgefangenen? Mehrmals, kann ich nachweisen, und deshalb bist du, Alan, auch total unschuldig an dieser Tragödie, nein, an diesem Schurkenstück unserer Etappenschweine in Whitehall, daß die *vier Tage* Zeit gehabt haben in London, unseren Schiffen im Mittelmeer zu sagen, dieser oder jener italienische Dampfer stecke voller gefangener Briten. Sie haben es *nicht* gesagt... Warum! Warum überhaupt – ich fragte das vorher schon – statt der Begleitschiffe die Dampfer angreifen, die nur leer – oder mit Gefangenen und Verwundeten, doch nie mit Kriegsgütern – unterwegs sein *konnten* von Afrika nach Italien!«

Ich sah den zum Männchen geschrumpften, verkrebsten Vater vor mir, kaum daß seinen Wissenschaftlerschädel – die mächtige Stirn war ja nicht wie das übrige Gesicht auch schon kleingeschrumpft – das ganz dünn gewordene Hälschen noch hielt; und ich sah in diesem Vater in diesem Augenblick alle Väter, deren Söhne durch meine Mitschuld umgebracht worden waren...

»Laß uns was trinken«, mehr brachte ich nicht heraus. Doch er sagte: »Morgen um drei in Harrys Bar – jetzt mußt du verschwinden, denn gleich kommt dieser Italiener, und da ja du hoffentlich noch vierzig Jahre lebst, soll der dich hier nicht sehen, denn wenn er dich als das Entschlüsselungsgenie kennt und dich dann natürlich in seinem Buch erwähnt, dann kämen die in Whitehall noch auf die Idee, du seist sein Informant gewesen.« Er schwieg.

Dann, bis Tränen ihm verwehrten weiterzureden: »Das ist nun seit Jahren so, daß ich morgens nach dem Aufwachen – oder werde ich davon wach, ich weiß es nicht – immer vor Augen habe, wie bei der Einschiffung in Afrika mein gefangener Junge... wie er an der Schiffswand hochschaut und dann... wie er hinabsteigen muß unter Deck, immer tiefer hinab unter Deck, und auf jeder Treppenstufe spürt – ich spüre, daß er das spürte, ich *weiß* das; und dieses Wissen, das mich vernichtet, ist das letzte, das ich mitnehme von dieser Welt, hoffentlich bald, daß der Junge *gespürt* hat, er steige hinab in seine Totenkammer, in seinen Hinrichtungsraum. Er war zu glücklich gewesen, als er uns – sein letzter Gruß – aus deutscher Gefangenschaft die

Karte schrieb: ›Nichts passiert als meine linke Hand zerschossen‹. Und dann brachten Briten ihn um, Briten, weil sie Dampfer statt Zerstörer angriffen und...« Ich legte – so hilflos war ich nie – meine Hand auf seine Linke. Sagen konnte auch ich nichts. Endlich brachte er hervor: »Geh – hau jetzt ab, da kommt der Santoni. Also um drei, morgen!«

Zwischen den Vitrinen mit den schönen Schiffsmodellen aus sechs Jahrhunderten sah ich einen noch sehr jungen Mann, elegant wie nur italienische Marineoffiziere sind – und wie die auf dem Petersplatz diensttuenden berittenen Polizisten –, auf meinen Kriegskameraden zugehen. Sonst sah ich nichts mehr, ich ging wie ein Automat, die Füße allein funktionierten noch, nicht mehr mein Hirn. Wie blutig auch meine Hände im Krieg geworden waren – ich hatte das immer zu gut verdrängt. Dies aber war eine andere Kategorie: Etappenkrieger in Whitehall hatten Tausende von Landsleuten umgebracht. Als ich ankam im Albergo, war da schon Ganymed. Während ich ein großes Zahnputzglas Osborne-Veterano-Brandy heruntertrank, als sei er nur Bier, reichte mir der Junge – und ich dachte aggressiv: wie glückverdummt *die* sind, die allein dank ihres Jahrgangs nicht Kriegsverbrecher wurden wie wir dank unseres Jahrgangs –, reichte er mir, sichtlich ebenso befriedigt wie nach dem Akt, strahlend ein Blatt. Und fröhlich rief er: »›Ostern‹ nenne ich dieses Gedicht – für dich geschrieben heute nachmittag! Wirklich sah ich den Kardinal *rennen* vom Dom zum Palast, und uns beide habe ich auch eingraviert: schwule Briten... Wenn ich's nicht reime, das weißt du ja, kann ich sogar in englisch ein Poem machen.«

Ostern

Straußens Walzer auf San Marco,
komponiert in jenen Jahren,
da Venetien Wien gehörte.

Fiatflitzer, Pizzaesser
hagere Katzen, Filmkritiker
Lehrerinnen, schwule Briten
Inder, Sari, roter Turban
Nonnen, wegsehend, weil ein Terrier
stämmig einen Pudel stößt.

Dort Höchstselbst der Patriarch,
der bis eben fasten mußte,
stürmt vom Hochamt an die Tafel.

Früh im Dom, der Räuberhöhle
– was dort Kunst ist, ist gestohlen –,
glaubt man an die Auferstehung.
Die Piazza glaubt dem Umsatz,
den Muranos greller Glaskitsch
zweimal wöchentlich erzielt.

Natürlich spürte er, schon an der Hast, mit der ich mich betrank, daß ich down war, und fragte: »Weil du deinen Schmied nicht gefunden – oder wieder so schön gefunden hast, daß ich euch jetzt störe in Venedig?« Ich sagte, ich hätte ihn *nicht* gesucht: »Ich war im Marine-Museum. Doch wenn dich in einer Stadt die Nemesis hetzt, hört sie offensichtlich nicht auf damit und erwischt dich sogar in einem Museum!« Da ich ja keinem sagen darf, was ich im Krieg getrieben habe, tarnte ich schon gewohnheitsgemäß, was mir soeben zugestoßen war: »Da stehen ja auch Schiffsmodelle aus dem Zweiten Weltkrieg – und so erfuhr ich, daß ich geholfen habe, im Mittelmeer italienische Schiffe zu versenken, die voller Briten waren: Gefangene der Italiener und Deutschen aus Nordafrika … Frag jetzt, bitte, mit keinem Wort danach!«

Er sagte nichts, er küßte mich: »Du Armer …« Und ich dachte: »Armer«? Ich, der Mörder! … Wieso ich – wieso nicht die von uns Getöteten?

Wie konnte ich mir je einreden, keine blutigen Hände zu haben, wenn es mir doch schmeichelt, sooft Freunde sagen, ich hätte Geschichte gemacht? Wie selten bedenken wir Wissenschaftler die Folgen unseres Tuns! Otto Hahn: und wie der sich dann einredete, »mit Waffen hatte ich zeitlebens nichts zu tun«. Er hatte, als die Kernspaltung ›geglückt‹ war und er erfuhr, daß andere daraus die Hiroshima- und Nagasaki-Bombe gemacht hatten, buchstäblich *vergessen* – denn er war ein ganz und gar ehrlicher Mensch –, daß er schon im Ersten Weltkrieg seinem Chef Fritz Haber geholfen hatte, sogar praktisch an der Front, im Schützengraben, die ersten Giftgas-Angriffe der Geschichte zu leiten. Wer spricht noch davon, daß Habers Frau, eine Chemikerin, sich totgeschossen hat, weil ihr Mann ihre Drohung, sie werde sich töten, wenn er fortfahre, diese Verbrechen zu begehen, nicht ernst nahm?

Ich arbeitete über Computable Numbers und Hilberts Entscheidungsproblem – und heute steht da in Manchester, in meinem Laboratorium, eine Maschine, die – unausweichlich – eine Heerschar elektronischer Sklaven gebären wird, die schon in einigen Jahrzehnten Millionen arbeitslos machen! Und *ich* werde bedauert – und bedauere mich selber... Und ich sah wieder dieses von Haß und Qual und Krebs verzerrte Vatergesicht vor mir – und setzte gleich die Flasche an und trank noch einen Viertelliter Osborne Veterano. Ganymed nahm mir die Flasche weg: »Da weiß ich Besseres, dich abzulenken. Guck da, ›Coperta da felze‹ nennen die, glaube ich, die sehr wenigen Gondeln, die noch diesen schwarzen Kabinenaufbau haben: so eine habe ich für uns gemietet, das zahlt mein Alter, oder genauer, eine seiner Firmen, diese sündhaft teure Überfahrt per Gondola zum Lido. In so einer Kabine – zieh auch deinen langen Regenmantel an – können wir uns lieben wie im Bett. Wetten, daß wir's fertigbringen, doch noch die Gespenster zu verscheuchen, die dich hetzen in Venedig!« Seine Energie riß mit. Er stand am Fenster und hatte das Fernglas und zeigte mir eine dieser seltenen Kabinengondeln. Gott, wäre das ein Abend geworden in dieser Stadt ohne ihn! Er rettete mich. Schon liefen wir wieder über Piazza und Piazzetta, unter den Säulen des Dogenpalastes entlang, abermals am Arsenal vorbei, dem Museo Storico Navale, bis dorthin, wo uns die Kabinengondola erwartete. Neunzig Minuten gegen den Wind anzustaken, die noch kalte April-Bora macht erhebliche Wellen, dazu die von den entgegenkommenden Vaporetti und Passagierschiffen aufgeworfenen, sie haben den hart arbeitenden Gondoliere so intensiv und schweißnaß ausgewrungen – endlich am Lido angelangt, luden wir ihn zu Tisch, doch nahm er nur einen Drink –, wie wir in der Kabine unter dem flachen Dach auf der niedrigbreiten, mit schweren Kissen und unseren Trenchcoats belegten Bank uns liebten. Eros – einziger dem Thanatos gewachsener Gott! Hände, die sich bewährten beim Töten – wie sie dann, ihre Unschuld zurückzuerlangen, Liebe machen *müssen*! Lippen, die entschlüsselte Funksprüche diktierten, aus denen Todesurteile für Kameraden wurden, durch eigene Torpedos geopfert – wie diese Lippen dann spielen, zuerst mit Worten und zuletzt mit dem, wohin das Wortspiel sie führte: Felicità = Glück; Felino = Raubkatze; Fellone = Verräter; fello = grausam, verrucht; Fellatio. So im Wortsinn wieder her-›gestellt‹, spürte ich endlich in mir verebben, was mich so oft hatte sagen lassen: »Totensonntag – zweiundfünfzigmal im Jahr!« Und so schmolz denn, wie ich selber in seinen Fingern, seinem Mund, was seit vierzehn Monaten wie ein scharfkantiger Eisblock mir in der Brust Bedrückung gemacht hatte. Der Dichter, wie er da noch neben mir lag auf seinem Mantel, entnahm dessen Tasche einen Zettel, während er sagte: »Ich hab dir nicht nur das Gedicht gemacht, ich hab dir einige Zeilen Goethes übersetzt – du wirst dich wundern und freuen: der hat schon 1786 hier in Venedig notiert, daß nicht mehr meinesgleichen, Dichter, sondern deinesgleichen, Naturwissenschaftler, jetzt an der Zeit seien – unglaublich!« Und Ganymed übersetzte mir:

»Auf dieser Reise hoff ich, will ich mein Gemüt über die schönen Künste beruhigen, ihr heilig Bild mir recht in die Seele prägen und zum stillen Genuß bewahren. Dann aber mich zu den Handwerkern wenden, und wenn ich zurückkomme, Chemie und Mechanik studieren. Denn die Zeit des Schönen ist vorüber, nur die Not und das strenge Bedürfnis erfordern unsere Tage.«

Wie dieser Satz Existenzen wie meine rechtfertigt und gegenüber jenen verteidigt, die jedem Maler oder Filmer ehrfurchtsvoll begegnen, meinesgleichen aber mit dünkeldummer ›Kulturkritik‹ abtun, weil wir angeblich Banausen sind, nur Techniker.

Doch Goethe, der Dichter, spürte schon vor 150 Jahren, daß Chemie und Mechanik »die Zeit des Schönen« ablösen. So meinte Spengler, wer unter dem Eindruck seines Buches sich entschließe, Ingenieur zu werden, obgleich er bisher hatte Maler werden wollen – der tue genau das, was die Forderung des Tages sei. Ich weiß wenig von ihm, was nicht Bertrand Russell mir erzählt hat, der ihn mir darstellte als einen, an dem gemessen unser Toynbee, Spenglers Schüler, nur ein Schönredner sei. »Wie jeder Gläubige denkt und sieht er nur, was diesen Glauben respektiert, Spengler aber sah auch in den Religionen historisch entsprungene und fixierte Zeiterscheinungen, die ebenso verblühen wie die Suffragettenbewegung und die Dramen Ibsens und wie der Kaktus auf seinem Fensterbrett.« Dieser Worte erinnerte ich mich beim Anblick angebröckelter Canale Grande-Fassaden, kaum daß ich zum erstenmal vom Bahnhof zum Markusplatz schiffte ...

Mich Mechanikern statt Künstlern zuzuwenden: es hatte dieses Rates nicht bedurft. Ein Handwerker, ein Schmied war es gewesen, der vor einem Jahr für mich der Inbegriff der Schöheit in dieser Stadt wurde und es auch blieb. Obgleich er mich nach wenigen Tagen schon zugrunde gerichtet hatte, woran er so unschuldig ist, wie ich's war, als ich ihm anheimfiel. Liebe ist ja nicht Treue; absurd von Älteren, sie Jungen abzufordern – wie wir's dennoch tun.

Wie ich den Dichter gleich Ganymed nannte – so damals schon bei meinem ersten Blick auf ihn, den Schmied, den ich verzweifelter geliebt habe als jeden anderen, Hephaistos. Verzweifelter: mit Sterbe-Sehnsucht. Denn soeben hatte ich mich der viehischen Hormon-Kur entzogen, zu der – »Alternative«: zwei Jahre Gefängnis! – ich vom Gericht verurteilt worden war. Ich hatte die Brüstchen einer Sechzehnjährigen, auch deren ›süßen‹ – doch bei Männern höchst lächerlichen – runden Popo und war oft impotent und wünschte nichts als tot zu sein. Dieser Venezianer, grazil proportioniert wie von Donatello, hatte den schönsten Leib, der mir je geschenkt wurde. Und ein Leuchten in den Augen wie Neuschnee in der Mittagssonne, weil – was ich sonst bei keinem Menschen gesehen habe – seine

Augäpfel bei achatschwarzen Pupillen so weiß blitzten wie seine jungen Wolfszähne, die so gefährlich aussahen, wie sie zärtlich und behutsam waren beim Liebeslecken. Ihn sah ich, nur in Jeans und Ledersandalen am offenen Schmiede-Feuer in der Gondelwerft, der letzten Venedigs, denn das *eine* Stück Metall neben den Messingschrauben, das die Gondel hat, schmiedete mein Freund, den eisernen Schnabel; er symbolisiert den Hut des Dogen und die sechs Stadtviertel Venedigs. Da aber nur noch drei Gondeln im Jahr gebaut werden, zuweilen nur zwei, sie kosten 6000 Pfund, so schmiedet Hephaistos nur selten in dieser letzten von einst hundert »Squeri«, wie nach einem griechischen Dialektwort die Gondelwerften heißen. Immer kann den Jungen diese einzige Werft, der Squero di San Trovaso, nicht ernähren, denn nur selten werden die Schnäbel der vierhundertfünfzig Gondeln Venedigs (früher gab es zehntausend Gondeln zur Blütezeit der Republik) beschädigt durch das verätzende Industriewasser und vor allem durch die Wellen der Vaporetti und die Abgase der noch schwereren Motore der für zweihundert Passagiere gebauten Canale Grande-Schiffe. Das Holz wird rasch zerstört; früher hielt es fünfzig, heute hält es nur noch zwanzig Jahre. Gondeln entstehen aus sieben verschiedenen Hölzern: Eiche, Lärche, Kiefer, Ulme, Linde, Nuß, Kirsche. Fünf Holzkenner schreinern an den reparaturbedürftigen oder an den neuen Gondeln, deren jede 280 Holzteile hat, bei 11 Meter Länge und 138 bis 142 Zentimeter Breite. »Um den Rechtsdrall des Ruderers auszugleichen, unterwies mich Hephaistos, es aufzeichnend, »hat die Gondel eine Krümmung nach links; die rechte Wand ist 12 Zentimeter höher als die linke. Das Holz wird gebogen, gestreckt über einem Binsenfeuer, früher waren sogar die Nägel, jetzt durch Messingschrauben ersetzt, aus Holz.«

Wie unüberwindbar schien mir der Abgrund, der mich trennte von dem Jungen, als ich ihn traf. Hephaistos – der Name des Schmiedegottes war sofort da; seit mir Churchill warnend von Prometheus gesprochen, kaufte ich mir den Ranke Graves, ein Buch,das uns hinlenkt auf uns selbst, auf unsere mythische Herkunft, durch die wir programmiert sind. Hephaistos hat eine Mutter, die unseren Müttern, denen der

Schwulen, sehr ähnlich ist; sie fand ihn abstoßend und schmiß ihn weg aus dem Olymp: doch das Kleinkind fiel ins Wasser und überlebte. Immer fand ich, meinesgleichen hätten überdurchschnittlich bemerkenswerte Mütter gehabt – kluge und kalte, so daß schon unsere Väter meist als Trottel neben ihnen hinkümmerten. So auch Hephaistos, den seine Mutter erst wieder annahm, als er bei den anderen etwas geworden war, Kunstschmied, der schließlich – bei Homer nachzulesen – die ersten Roboter schuf: mechanische Frauen aus Gold, die ihm helfen konnten in seiner Schmiede. (Warum schuf er sich dazu Frauen – nicht Männer?) Es müssen schon Turing-Maschinen gewesen sein. Sie konnten »sogar sprechen«. Natürlich erfand auch die ersten Automaten Hephaistos. Homer nennt sie dreibeinige Tische mit goldenen Rädern, die »allein zu den Versammlungen der Götter fahren und wieder zurückkehren können«. Daß kaum aus einem Mann etwas wurde, der nicht eine überdurchschnittliche Mutter hatte – doch war die Mutter des armen Schmiedes: Hera, nicht: Athene –, scheint auch in dieser Überlieferung auf: »Die Göttin, die verschwinden läßt«, habe sein Name: he apaista gleich Hephaistos bedeutet. Die eigentliche Erfinderin aller Mechanik ist ja Athene – und zur Bronzezeit schrieb man jedem interessanten Werkzeug – sicher nicht jedem Faustkeil – Magie zu ...

Dort an der Academia vorbeizugehen, den halbnackten Jungen am Schmiedefeuer zu erblicken – es war der Gefahrenmoment, den Goethe in Rom als Voraussetzung für Liebe in ihrer radikalsten Zuspitzung beschreibt. Er steht auf dem Corso, in Erwartung der pfeilschnell und halsbrecherisch vorbeirasenden Pferde beim Carneval-Rennen, und folgert aus dem »gewaltsamen, blitzschnellen, augenblicklichen Eindruck, auf den so viele tausend Menschen gespannt warten, und wenige können sich Rechenschaft geben, warum ... daß die lebhaftesten und höchsten Vergnügen, wie die vorbeifliegenden Pferde, nur einen Augenblick uns erscheinen, uns rühren und kaum eine Spur in der Seele zurücklassen, daß Freiheit und Gleichheit nur in dem Taumel des Wahnsinns genossen werden können, und daß die größte Lust nur dann am höchsten reizt, wenn sie sich ganz nahe an die Gefahr drängt und lüstern ängstlich-süße Empfindungen in ihrer Nähe genießet«.

Er mußte es wissen; Goethe-Bemerkungen finde ich in einem der vielen Guides; die schönsten, die gründlichsten über Florenz und Venedig schrieb Mary McCarthy. »Ganz nahe an die Gefahr drängen und lüstern ängstlich-süße Empfindungen in ihrer Nähe genießen«: was drängt uns dahin? Genießen ist übrigens ein durchaus nicht hierhergehöriges Wort... Elend war ich, den Jungen zu sehen, ihm lange, sehr lange zuzuschauen, was ja kein Aufsehen machte, weil jeder Tourist, gerät er beim Gang durch die Gäßchen zur Gondelwerft, zur letzten, die es noch gibt, natürlich stehenbleibt in ihrem offenen Tor. Ich aber wußte, ich würde verkrüppeln für den Rest meines Lebens, dürfte ich nie diesen Nacken, diesen Hals, diesen Hintern küssen! Gefahr sagt auch nicht viel; Todesdrohung war's, die mich umgab; dazu, die Hoffnungslosigkeit zu erhöhen, mein ganz und gar unzulängliches Italienisch. Wenn die Natur uns Homosexuellen immerhin *eine* Mitgift nicht verweigert hat, so die, zu spüren, daß auch der Fremde spürt, unausgesprochene Solidarität der Parias, daß man sein Outcastsein teilt.

Wie, unter welchem Vorwand sprechen mit ihm?

Endlich *mußte* ich mich losreißen. In eine der vielen Trödel-Höhlen, die noch keine Antiquitätengeschäfte sind, um irgendeinen Gegenstand aus Eisen aufzutreiben, der reparaturbedürftig wäre, und müßte man ihn erst, damit er es wird, kaputtmachen... Was ist schon noch aus Eisen? Ich hätte in meiner Not ein ganzes Parktor gekauft, hätte ich nicht schönes, altes Kamingerät gefunden, nach zwei Stunden vergeblichen Suchens: Schürhaken, Kohlenzange, einen Holzscheite-Eisenkorb, lädiert genug, daß allenfalls ein Gang zum Kunstschmied zu motivieren war. Doch die Werft war geschlossen. Siesta! Und auch am Nachmittag war der Junge nicht da: wie wenig an einer Gondel bedarf der Hand des Schmiedes. Ein Landsmann mußte dolmetschen, ehe ich zu der ordinären »Kunst«-Schlosserei hinfand, erst nach Tagen, in der Hephaistos arbeitet. Tage, die ich – dunkel um 17 Uhr – bei Schneetreiben immer so lange auf San Michele verbrachte, bis der Friedhof geschlossen wurde. Leg dich dorthin, dachte ich oft, da neben das Grab, bis du erfroren bist; doch zum Erfrieren war der Februar nicht mehr kalt genug. Die Plastiksäcke mit Müll in den Gassen – Streik der Müllmänner – rochen sogar, statt zu gefrieren. Die Groteske: den Jungen endlich mit einem Maskenfest in einem der vornehmsten Palazzi anlocken; Besitzer ein ehemaliger Finanzminister Italiens. Ich, da in England meinen Mantel vergessen, in einem rasch gekauften schwarzen Cape, Dreispitz, kalkweiße Halbmaske mit spitziger Advokatennase. Erst gegen 23 Uhr holt man uns ab in der Trattoria da Ignazio, Rua Saoneri – aber als wir endlich ankommen am Palazzo, stehen da, neben einer sehr Schönen in schwarzem Samt ohne Maske, die üblich als Harlekin, Pantalone, Pirat, Pulcinella Kostümierten: »Verschwinden«, sagen sie, »sofort verschwinden, oben ist die Steuerfahndung!« Die pflegt hier gar nicht so selten mitten in der Nacht zu kommen! »Un magro martedi«, sagt Hephaistos – aber lacht. Er will in diesen Tagen vesuchen, bei den Japanern Arbeit zu finden, die sich darum bewerben, eine Weltfirma, den Schutzdamm zu bauen, der Venedig vor Hochwasser bewahren soll (gestern war wieder der Markusplatz vier Stunden unter Hochwasser). Die das Geld verschieben, statt endlich den Auftrag an die Japaner, die längst Modelle lieferten, oder an wen immer zu erteilen, geben als Begründung an, die zu erwartenden Nebeneffekte seien noch nicht hinreichend getestet – ja, die Japaner hätten die Erfahrung gar nicht, die sie vorgeben, sondern wollten nur in Venedig ausprobieren, ob zu Hause verwendbar sei, was sie erst einmal den Venezianern verkaufen. Recht so: Nur der Dumme lernt aus Erfahrung; der Kluge aus der Erfahrung der andern!

Wie ›weise‹ ich solchen Unsinn sage, nach dem ich nie handelte; als seien Erfahrungen nicht genau das, was man selber machen *will*. Sonst hätte doch einmal eine Generation von der vorangehenden gelernt – hat aber keine! Wer wohnt schon weiterhin in den Möbeln seiner Eltern und wie die sie gestellt haben – und seien die noch so elegant. *Meine* Erfahrung, um die ich herumrede: ich habe sie ja keineswegs zum erstenmal gemacht und wußte, so müsse es wieder kommen und war doch nicht zurückzuhalten, sie neu zu machen, trotz der leben-abtötenden Bitterkeit, *Voraussehbarkeit* dieser Erfahrung. Hephaistos ging mit, wir fickten wie die Götter – und blieb dann fort, blieb einfach fort, versprach, er komme wieder, und ließ mich sitzen oder stehen; und morgen bestimmt und wieder kam er nicht und dann aber sicher – und wieder nicht! Er hätte mich *sterben* lassen, wäre ich nicht abgereist; durchaus kann man als Toter, ich hab's gemerkt, noch eine Fahrkarte lösen, Rückfahrkarten sowieso. War ich so närrisch gewesen, zu vermuten, dieser Strahlende, schön wie Michelangelos David, habe auf mich *gewartet*? Nein. Gewartet auf einen durch Hormone Aufgedunsenen, der ungefähr so alt ist wie der Vater, den der Junge daheim hat; nach Venedig reisen, Hephaistos erblicken – und sich einbilden, der habe auch nur eine Stunde für unsereinen, wenn nicht zufällig der weg ist, für den, *mit* dem er sonst lebt! Ja so blöd sein, sich einzubilden,ein Venezianer komme vielleicht sogar mit einem Alten nach Manchester, der unfähig ist, auch nur *ein* Stück Musik, das der Junge liebt wie seine ganze Generation, auch zu lieben! Natürlich war dieser herrlich Erfahrene zu verwöhnt, um auch nur einmal noch zu mir zu kommen. Und woher nehme ich, über vierzig, das Recht, an diesen Achtzehnjährigen anders zu denken als – dankbar!

Was hätte er mit mir sprechen sollen, fragte ich Ganymed, als ich ihm alles – nein: nicht alles – erzählt hatte am Lido. Aus dieser Frage machte er in dem Gedicht, das er mir schrieb zum Trost – es brauchte zwei Tage, ich kann's nur übersetzt verstehen, offenbar ist es sehr streng im Reim –, dann den Vorwurf des Jungen, der ja passend ist zu ›Carne vale!‹: »Nie meine Seele – nur Fleisch besessen.« So ist das wohl lyrisch zu »übersetzen«. – Seele, das ist der Geist *seiner* Generation; das, was die Schwingungen zwischen zweien erzeugt, das Mitsprechenkönnen, weil der andere die Welt auch *so* kennenlernte, *so* sieht – nicht wie sein Vater und wie ich als abgetakelte Zweite-Welt-krieg-Veteranen, die ja nicht einmal mehr tanzen könnten wie die heute in ihren cocacolaschwarzen Tanzhöhlen ...

Il Carnevale

Aus Glück wurde Angst
Venezianerin:
entziehst Dich, verlangst
– daß ich gehe! Wohin?

Maskenzug ohne
Dich durch die Gassen?
Ab zur Stazione
– sitzengelassen!

Drohst wie auf San Michele
Zypressen:
»Hast nie meine Seele
– nur Fleisch besessen!«

»Nur«! Klischee an Karneval
Fleisch zu denunzieren:
Gibt's Elternliebe überall,
gibt's sonst in Menschen, Tieren

»Nur« Seelen, die Leiber lieben!
Behauptest ohne Federlesen,
seit Du mich abgetrieben:
»Liebe ist das nie gewesen!«

Nahmst Dir den Jungen
– wird der Dich behalten?
Resigniert, notgedrungen
wie stets wir Alten

Steige ich ein ...
gondele durchs Labyrinth.
Gehörst du dem Ragazzo *allein*?
Bora nennen sie Meeres-Wind.

Heut treibt Scirocco aus Triest
– ich todlahm bis ins Mark,
bahnwärts statt zum Rialto-Fest
meine Gondel – meinen Sarg.

Unser Zug ist fast schon in Zürich, da sehe ich Henry wieder vor mir, den kaputtgemachten Vater. Seinen Sohn habe ich nie gesehen, außer auf dem Foto, das er im Dossier hatte, als er mir die Fotokopien der entschlüsselten Funksprüche zeigte, die er im Marinemuseum an Santoni weitergeben wollte. Ein ganz normaler Britenjunge, lachend, klug, Sommersprossen – zerrissen von einem britischen Torpedo. Dies Kindergesicht vor sich sehen heißt: die Schnauze halten, ja sich zu schämen, zu klagen, wenn man in der Liebe – von der dieser Junge überhaupt nichts abbekam wie so viele seiner Jahrgänger – zu kurz gekommen ist.

XI
Balmé und Lemp

Empörung ist besser als Kummer, der nur lähmt – regt sie auf, regt sie an, jedenfalls hoffe ich das: Vor einer Stunde betrat ich in der Piccadilly die Buchhandlung, vor der ich deshalb stets die Schaufenster studiere, weil da mein Bus hält; sie hat den Folgeband der neuesten *Encyclopaedia Britannica* im Fenster – den Buchstaben T. Nun finde ich doch hoffentlich einen Alan Turing-Artikel, dachte ich, denn 1963 hatte ich wütend der Redaktion geschrieben, sie habe in der Neuauflage Turing nicht einmal erwähnt! Damals erhielt ich einen höflichen Dankbrief: meine Reklamation sei nicht die erste und werde selbstverständlich berücksichtigt, in der nächsten Auflage. Jetzt wurde Alan gebührend herausgestellt als Logiker und Schöpfer der Turing-Maschine, selbstverständlich; doch seine bedeutendste Leistung, die ihn wie vermutlich keinen *anderen* einzelnen außer Churchill zum Retter gemacht hat, sie wird mit keiner Silbe erwähnt! Eine solche Heuchelei hätte ich selbst hierzulande nicht für möglich gehalten; entsprechend schreiben sie auch, zwar habe er das Gift selbst genommen, vermutlich aber nicht in Selbstmordabsicht, sondern experimentierend. Seinen Homosexuellen-Prozeß erwähnen sie nicht... Doch mit keinem Wort zu schreiben, daß Turing Enigma aufbrach, ist der Gipfel der Niedertracht. Immerhin ist Hitler nicht nur seit fast vierzig Jahren weg von der Erde, sondern seit fast einem Jahrzehnt ist durch Winterbothams *The Ultra Secret* doch auch endlich weltbekannt, wie der Krieg mit Hilfe von Bletchley Park gewonnen wurde. Doch über Alan wird gesagt: »1939–45 im Dienst des Auswärtigen Amtes.« Im Klartext heißt das: Der nicht einmal Dreißigjährige hat es fabelhaft verstanden, sich vor der Front zu drücken, während des ganzen Krieges, als seine Jahrgänge fielen... Das ist so widerlich, daß man zunächst verstummt. Ich fürchte, eine Unterschlagung im geistigen Bereich ist kein Delikt; kriminell wäre eine positiv falsche Aussage: niemand dürfte schreiben, Alan habe Enigma nicht aufgebrochen, wenn er über Turing schreibt; niemand aber, der über ihn schreibt, kann gezwungen werden zu sagen, daß er das getan hat. Absurd wie nur Gesetze sind ...

Da ich schon den Turing-Artikel überprüfte, prüfte ich gleich mit, ob jene zwei Männer in der *Encyclopaedia* vorkommen, die das – wie König Georg VI. formuliert hat – »bedeutendste Einzelereignis des ganzen Krieges« ausgekämpft haben: Julius Lemp und David Balmé. Ich schlug also nach und fand beide nicht. So trage ich denn heute in mein 40 Jahre altes Journal noch ein, was am 8. Mai 1941 südlich von Grönland Weltgeschichte gemacht hat. Und was bis 1974 von Großbritannien wie alle Enigma-Geheimnisse der Geschichtsschreibung unterschlagen wurde; dreizehn Jahre nach Kriegsende wurde zwar die Eroberung des Deutschen U-Bootes 110 bekanntgegeben, 1958. Nicht aber, daß Leutnant Balmé das Boot deshalb geentert hat, um endlich Alan Turing das erste Exemplar einer neuesten, jetzt im Einsatz benutzten Enigma von Bord zu holen: das kostbarste aller Beutestücke, den Schlüssel zum Aufmachen der geheimsten Geheimnisse Hitler-Deutschlands ... Es stellt dem Instinkt der Historiker kein blendendes Zeugnis aus, daß ihrer *keiner* auch nur geargwöhnt hat bei seinen Forschungen und in den hunderttausend Büchern über den Zweiten Weltkrieg, während der Schlachten sei die Genesis einiger spektakulär bedeutender Ereignisse – gelinde gesagt: nur schwer nachvollziehbar!

Der 7. und 8. Mai sind keine Glückstage in der deutschen Geschichte: am 7. Mai 1915 versenkte ein törichter kaiserlicher U-Boot-Kommandant die ›Lusitania‹, das größte britische Passagierschiff, das – stolz, vier Schornsteine, auffallend langsam fahrend – der irischen Küste zusteuerte. »Unser 45 000-Tonnen-Lebendköder« nennt Churchill den seit 1913 bewaffneten Luxusliner. Auch hundert Bürger der gerade noch neutralen USA kommen um und über tausend Briten, die entscheidende ›Leistung‹ der zweitstärksten Flotte der Welt, der deutschen, dem Vaterland 1917 die Kriegserklärung Amerikas auf den Hals zu ziehen! Auf den Tag 30 Jahre später, am Nachmittag des 7. Mai 1945, unterschreiben Hitler-Generale die bedingungslose Kapitulation Deutschlands, die eine Minute nach Mitternacht, am

8. Mai, in Kraft tritt. Und zwischendurch, wieder an einem 7. Mai, 1941, enterten Briten im Nordmeer das deutsche Wetterbeobachtungsschiff ›München‹, dessen Funker noch rasch seine Enigma hatte ins Wasser werfen können – nicht aber mehr die Verschlüsselungsunterlagen, die es erstmals gestatteten, im Juni *zeitgleich*, das heißt: in der Stunde, in der die Deutschen funkten, schon in ›Heimische Gewässer‹ einzubrechen, wie die Nazi-Marine jenen Code nannte – ab 1. Januar 1942 taufte sie ihn um in ›Hydra‹, in dem sie ihre Befehle in der Schlacht um den Atlantik funkten. Daß die ›München‹ hatte entdeckt, überrascht und ausgeplündert werden können, war wiederum der Funkaufklärung zu danken und dem Entern – am 4. März 1941 – des deutschen Vorpostenbootes ›Krebs‹ bei den Lofoten. Auch hier war die Enigma noch rasch über Bord geworfen worden, doch erbeuteten die Prisen-Männer des Zerstörers ›Somali‹ noch einen Kasten mit Reserve-Schlüsselwalzen für Enigma und einige Schlüsselanweisungen, die es ab 10. März gestatteten, rückwirkend – was freilich keinen praktischen Wert mehr hatte – den deutschen Funkverkehr vom Februar teilweise zu entziffern. Das übte den alsbald glückenden Einbruch, den ich in keiner Gesamtdarstellung des Krieges – das Ganze ist das Unwahre – auch nur erwähnt fand. Und den ich jetzt so detailgetreu aufschreiben will, wie der Protagonist, der einundzwanzigjährige Leutnant David Balmé ihn mir erzählen durfte, nachdem der König ihm das sehr hohe ›Distinguished Service Cross‹ 1941 persönlich überreicht hatte. Der *Times* durfte er es erst 36 Jahre später erzählen, 1977. Ich hatte zu denen gehört, die in Scapa Flow die Beute in Empfang genommen und mit der Bahn, um sie nicht durch einen Flugzeugabsturz zu gefährden, nach Bletchley Park gebracht hatten ...

Somerset Maugham läßt eine Schauspielerin sagen, junge Liebhaber kämen für sie nicht mehr in Betracht – und so fehlten ihr in modernen Stücken die Partner, weil Autoren aufgehört hätten, »jene Art von Rolle zu schreiben, die früher die Franzosen den Raisonneur genannt haben«. Meine Darstellung von Ereignissen mit Räsonnements zu retardieren, ist aber meinem Alter gemäß. Ich muß mich im Chaos des Geschehens reflektierend sammeln, um nicht mitgerissen zu werden. Der Mitgerissene ist kein Beobachter mehr. Schreibe ich nur für Zeitungen, kann ich nicht reflektieren.

Aber hier und anläßlich Turings sowieso, doch auch im Hinblick auf David Balmé, überlege ich zunächst, was überhaupt Einzelkämpfer noch bewirken können in einer Weltkrise, die wie der Hitler-Krieg ab Herbst 1940 durch Entschlüsselung des deutschen Funkverkehrs natürlich nicht allein – doch in hohem Maß *mit*entschieden wurde. General Eisenhower, im Gegensatz zu unseren britischen Feldmarschällen ein anständiger Mensch, schrieb sofort bei Kriegsende den großen -dankbrief an C., unseren Chef General Menzies, mit der Aufforderung, uns in Bletchley Park zu danken, denn: »Ultra war entscheidend!« (Ultra war das Tarnwort für unsere Entschlüsselungstätigkeit.) Unser Empire-Stabschef Alanbrooke wird denn auch von Winterbotham nicht einmal im Register erwähnt – weil er offensichtlich verzerrt von Dünkel gegenüber den Mathematikern nie ein Wort der Anerkennung für uns gefunden hat, zweifellos deshalb nicht, weil er der Hauptnutznießer von allen Nachrichten aus B. P. gewesen ist: Man hüte sich vor jedem, der einem dankbar sein muß! Während Alanbrookes Untergebener Montgomery sich von Winterbotham vorwerfen lassen muß, wesentliche Nachrichten aus B. P. oft so ungenügend ausgewertet zu haben, daß ›seine‹ Soldaten diese Feldmarschallseitelkeit, es lieber ›allein‹ zu machen, nicht als Kenner feindlicher Nachrichten, sondern als ›Stratege‹, mit Blut bezahlen mußten ... Aber gerade *weil* Ultra »entscheidend« war, bleibt das Problem: Was kann der einzelne noch tun in Krisen? Zum Beispiel die klassischen Spione, die Admiral Canaris noch in Mengen aus Deutschland herüberschickte zu uns: ohne jede praktische Wirkung. Die Geschichte dieser armen Teufel – allein im Tower haben wir über dreißig von ihnen aufgehängt – ist nie geschrieben worden; auch in den USA endeten sie fast alle, ohne irgendeine Wirkung gehabt zu haben, auf dem elektrischen Stuhl, weil sie dort ebenso wie hier auf der Insel durch Turings Entschlüsselung schon avisiert waren, bevor noch deutsche U-Boote sie an Land gesetzt hatten. Während jene Art von Spionage, die Turing zur Meisterschaft brachte, uns die Geheimnisse des Feindes preisgab, als ständen sie in der Zeitung.

Doch Einzelkämpfer, wie der blutjunge Balmé mindestens für eine Entscheidungs*stunde* im Krieg war, sie faszinieren mich, weil sie in ihrer Person den *Widerstand* gegen den Zeitgeist verkörpern! Sie schützen uns vor der Versuchung, den einzelnen nicht mehr zuzulassen in unserer Anschauung der Welt. Wir überlassen uns der Illusion, weil über viele entschieden wird, müßten auch viele es sein, die entscheiden. Im Gegenteil: Im selben Maß, in dem die Zahl derer wächst, über die entschieden wird, nimmt die Zahl derer ab, die entscheiden: Das ist entsetzlich. Das entwürdigt uns – jeden einzelnen von uns. Brauchte es früher dreißigtausend Soldaten, eine Stadt von hunderttausend Einwohnern zu belagern, zu stürmen und die Menschen dieser Stadt zu massakrieren, bedarf es heute der Entscheidung *eines* Mannes oder dreier Männer, eine Handvoll Piloten in ein Flugzeug zu setzen und Hiroshima und Nagasaki mit ungefähr einer Viertelmillion Unbewaffneter wegzuradieren.

Wir wollen nicht wissen, daß nie so wenige wie heute über so viele die Macht hatten ... So wie ja heute auch nur noch zwei Staaten die Macht über alle anderen Staaten haben. Es bleibt dabei, die Erbeutung der Enigma durch Balmé ist das »bedeutsamste Einzelereignis des ganzen Krieges«. Denn von nun an besaß der neunundzwanzigjährige Alan Turing die absolute Herrschaft über den gesamten militärischen und diplomatischen Funkverkehr Deutschlands – auch auf den Meeren, neuerdings, wenn auch nicht für alle noch kommenden Monate des Krieges; zuweilen verbesserten die Deutschen ihre Codes, dann mußten sie erneut entschlüsselt werden. Am 9. Mai 1941 hat tölpelhaft der bereits genannte deutsche U-Boot-Kommandant Julius Lemp den Briten das letzte technische Gerät ausgeliefert, das Alan Turing noch gefehlt hatte, um seinem Einblick – seit einem Jahr – in die Funksprüche der deutschen Luftwaffe und die des deutschen Heeres noch die Kenntnisse des deutschen Marine-Funkverkehrs hinzuzufügen. Und Leutnant Balmé hat am 9. Mai aus Julius Lemps zum Auftauchen gezwungenem U-Boot die Enigma ausgebaut.

Wieso war Balmés Gegner Julius Lemp schon berühmt bei seinem Chef Dönitz und bei Hitler als Günstling des Mißgeschicks? Weil er bereits am 3. September 1939, also am Tag der britischen Kriegserklärung an Deutschland, den auf hoher See durch den Krieg überraschten Passagierdampfer ›Athenia‹ versenkt hatte – fatale Parallele zur Versenkung der ›Lusitania‹. Lemp bringt am ersten Kriegstag 28 neutrale Amerikaner um, die unter den 112 Opfern sind. Ohne Vorwarnung hat er die ›Athenia‹ torpediert … Natürlich *weiß* Lemp, daß 24 Jahre zuvor die Versenkung der ›Lusitania‹ die USA auf Kollisionskurs gegen das kaiserliche Deutschland gebracht hat – dennoch läßt sich der tatkräftige Idiot nicht abhalten, einen auf See durch Krieg überraschten Passagierdampfer zu torpedieren! Sogar Hitler ist derart verärgert – denn unbedingt will er die USA aus dem Krieg heraushalten –, daß er seinen Cheflügner Goebbels anweist, in die Welt zu trompeten, Churchill selbst habe das Schiff durch Zeitzünder versenkt, um nach dem Musterfall ›Lusitania‹ abermals die USA in den Krieg zu locken. Julius Lemp und alle seine Besatzungsmitglieder müssen vor Dönitz schwören, nie darüber zu reden, daß sie die ›Athenia‹ torpediert haben; die Eintragung im Bordbuch wird herausgefälscht. Günstling des Mißgeschicks – wie sonst sollte dieser Lemp zu nennen sein, als er zwei Jahre später verabsäumt, dem weitaus wichtigsten aller Befehle nachzukommen, nämlich Enigma ins Wasser zu werfen, ehe er mit der Besatzung sein zum Auftauchen gezwungenes Boot verläßt, um in Gefangenschaft zu schwimmen. Fast auf den Tag genau vier Jahre vor der totalen Kapitulation Deutschlands …

Dieser Julius Lemp – wie hat der *eine* Mensch dazu beigetragen, die Wechselfälle des Krieges mitzubestimmen. Er und ebenso unsere List, geheimzuhalten, daß wir Lemps Boot geentert hatten: eine Schicksalsnacht, diese Nacht vom 8. auf den 9. Mai. Lemp hatte südlich von Grönland die Verfolgung eines Geleitzugs begonnen; gegen Mittag kam er zum Torpedoschuß, versenkte den Dampfer ›Esmond‹ und noch ein weiteres Schiff, insgesamt 7585 Bruttoregistertonnen … ahnungslos, natürlich, daß diesmal ein Kampf um das Leben von aber Millionen Soldaten beginnen sollte, die entweder fielen, wenn sie auf Hitlers Seite kämpften – oder aber gerettet wurden, weil sie Alliierte waren, geschützt durch die britische Kenntnis der deutschen Funkschlüssel … Denn Lemps Boot, es wurde nun gejagt, mit

Wassserbomben – mit Serien von Wasserbomben. Und stundenlang. Eine ganze Nacht lang – und das zum Glück der Briten. Denn als endlich Lemp zum Auftauchen gezwungen wurde, weil sein Boot beschädigt worden war, waren der Konvoi und die Hunnenboote, die ihn noch verfolgten, schon so weit entfernt, daß deren keines irgend etwas mitbekam von dem, was U 110 jetzt zustieß. Als Lemp auftaucht, schießt die englische Korvette ›Aubrietia‹, bis Lemp und seine Besatzung aufgeben und ihr torkelndes Boot schwimmend verlassen, dessen Sprengung sie vorbereitet haben, befehlsgemäß ... Der Zerstörer ›Bulldog‹ dreht bei, die Deutschen aufzufischen – vor allem aber, ihr Boot zu entern. Denn U-Boot-Besatzungen werden gerettet, wenn möglich, obgleich U-Boote – auch britische – grundsätzlich ihre Opfer, die Schiffbrüchigen, aus Mangel an Platz ertrinken lassen. Uns Briten ist mit dem Aufbringen des Bootes kein Zufallstreffer geglückt – geglückt ist endlich ,was wir seit Monaten systematisch angezielt haben: alle unsere Schiffe haben den Befehl, deutsche Schiffe nach Möglichkeit nicht zu versenken, sondern zu entern, um sie nach dem Marine-Funkschlüssel, den Code-Büchern, der Enigma und allem Zubehör abzusuchen. Lemp aber vertraut auf seine – dann doch nicht detonierenden – Sprengladungen. Als er – noch schwimmend – entdecken muß, das britische Prisenkommando, das schon in einer von fünf Männern geruderten Jolle naht, werde sein Boot entern, bevor es explodiert, versucht er, wieder zurückzugelangen an Bord. Aber Briten schießen den Schwimmenden tot, bevor er sein Boot wieder betreten kann. Lemps Besatzung bringen sie erst unter Deck ihres Zerstörers, *damit kein Deutscher sieht*, was Leutnant Balmé und seine Begleiter in den nächsten vier Stunden so umsichtig wie todverachtend tun: sie bauen – bis sie die Zeitzünder in Lemps Boot beseitigt haben, unter höchster Lebensgefahr, denn jede Sekunde kann (und sollte ja) das verlassene U-Boot in die Luft fliegen – alle Geheimunterlagen aus. Ich bringe nicht übers Herz, den Einundzwanzigjährigen zu fragen, ob er selbst den schwimmenden Lemp erschossen hat, um ihn daran zu hindern, sein Boot doch noch zu sprengen; einen Soldaten, der ja Töten noch nicht gewohnt sein kann, dies fragen?

Wir waren hoch erregt, wir fünf aus B. P., die der Schatzkiste nach Scapa entgegengereist waren. Der sonst so nüchterne Dr. Lewin, schließlich Mathematiker, nicht Pathetiker, brachte dennoch über die Lippen, so uralt dieses Klischee auch ist: »Die Geschichte hielt den Atem an!« Geniert setzte er hinzu: »Spricht die Geschichte sonst nur von Schlachten wie bei Trafalgar und Jütland: an jedem Standard gemessen ist dieser Beutezug ein Sieg, der noch weiterreichende Konsequenzen haben *muß* als Trafalgar!« Ängstlich fragten wir, ob tatsächlich keiner der deutschen Gefangenen gesehen haben könne, daß Balmé und seine vier Kameraden die Enigma mit allem Zubehör ausgebaut haben. »Aber die waren doch unter Deck – als sie am nächsten Tag wieder herausdurften, momentweise, war das von uns abgeschleppte Hunnenboot ja bereits abgesoffen. Das wird auch noch dazu beitragen, die Gefangenen vermuten zu lassen, wir hätten nichts von Enigma gesehen; und *wenn* einer der Gefangenen ahnt, wir hätten Enigma doch, so muß man eben ihre Post nach Deutschland zensieren ...« Er wurde beruhigt: Das geschehe.

Kaltblütig kletterte Balmé, die Pistole entsichert in der Hand, als erster über den Turm ins Boot, mit dem er doch jede Sekunde in die Luft fliegen konnte. Der Mut dieser Männer in dieser Stunde! Vier Stunden sogar bauten sie das Boot leer ... Wie alle, die tun und handeln, war der Leutnant ein karger Erzähler. Doch so muß das zugegangen sein:

Als das deutsche U-Boot beschädigt auftauchen mußte, war der britische Zerstörer ›Bulldog‹ sehr nahe beigedreht, riskant nahe an das vermutlich sogleich explodierende U-Boot. Auf nur hundert Meter Entfernung. Und setzte sein längst vorbereitetes Prisenkommando ab. Balmé: »Es ist nicht leicht, eine Jolle längsseits eines abgerundeten Unterseebootrumpfs inmitten einer leicht bewegten, eisigen Mai-See zu rudern ... Wir tasteten uns auf dem hart schwankenden, wellennassen U-Boot-Rumpf entlang. Als ich die Leiter des Turms hinunterstieg, war die Atmosphäre unten im verlassenen Boot drohend ... Ich hatte Angst: beim Sehrohr Stille, Schwärze, ein bißchen durch drei blaue Lampen der Notbeleuchtung aufgehellt. Die Geräusche von außerhalb, die Explosionen von Wasserbomben, als der

Geleitschutz des Konvois, den Lemp angegriffen hatte, die Angriffe weiterer U-Boote abwehrte. Ich befürchtete, daß die Druckwellen dieser Explosionen die Sprengladungen im verlassenen U 110 durch Detonationsübertragung auslösten. Wie konnten wir wissen, ob wir alle Sprengvorrichtungen finden und entschärfen würden? Wir suchten genau im ganzen Rumpf. Wir fanden rasch die Regale mit den Codebüchern, während ein Techniker, der sich als Funker auskennt, die Verschlüsselungsmaschine der Hunnen aus dem Wandgestell, dem Eisenrahmen schraubte. Nun war noch die menschliche Kette die Turmleiter hinauf und am U-Boot-Deck entlang zur Jolle zu bilden. Diese Menschenkette reichte die Unterlagen und die Enigma von Hand zu Hand weiter. Jeden Moment konnte einer von uns, oder, schlimmer, konnte eines der Beutestücke ins Meer fallen, das Deck war glitschig und ohne Reling. Doch wir hatten Glück. Drei Stunden des Hin- und Herfahrens zwischen der ›Bulldog‹ und U 110, und das gesamte Schlüsselmaterial, die Seekarten und viele andere Ausrüstungsgegenstände waren ins Trockene gebracht... Das deutsche Boot war ein schönes neues Schiff, mit einer Hunger machenden Kombüse: ehrlich, die essen verdammt gut! Unser Ingenieur kam herüber, er wollte die Maschine des U-Bootes in Gang bringen, doch es gelang ihm nicht. Deshalb ist es uns leider im Schlepptau am nächsten Tag weggesoffen... Immerhin, man verlange nicht zuviel: Die Enigma M, die noch in den drei nächsten Monaten geltenden aktuellen Codesätze, das Kenngruppenbuch, das U-Boot-Kurzsignalheft, die wichtigen Schlüsseleinstellungsanweisungen auf wasserlöslichem Papier, ein Kasten voller Schlüsselwalzen und daneben die Funklade haben wir erwischt. Und vor allem den Plan für die zweimal täglich vorschriftsmäßig zu ändernden Einstellungen der M-Walzen!«

»Ja, bis Jahresende haben wir ihre Geheimnisse, vorausgesetzt, sie haben nicht gesehen, daß ihr Boot geentert wurde. Denn sonst müßten sie ihren Code radikal umstellen«, setzte Lewin hinzu.

Für die »Geistes«-Haltung von Lemps Offizieren und also für seine eigene ist die Charakterisierung interessant, die Besatzungsmitglieder Lemps den britischen Verhörern im Juni 1941 vom Ersten Offizier des Bootes gaben; er sei »bei der Besatzung verhaßt... ein engstirniger, gefühlloser Schinder, intolerant gegenüber jeglicher Kritik am Naziregime, das er leidenschaftlich verteidige«.

Turings Geniestreich darf nicht vergessen machen, daß die Schlacht um den Atlantik auch für uns Alliierte *dennoch* eine der grausamsten der Geschichte war. Wie viele werden in brennendem Öl – bei torpedierten Tankern – langsam gestorben sein? Oder in unaufgefundenen Schlauchbooten verdurstet?

Im Mai hatte Balmé die Enigma erobert, schon im gleichen Monat konnten britische Flugzeuge über Deutschland ein Flugblatt abwerfen mit der Frage: ›Wo ist Prien?‹ Auch stehen die Namen der zwei – außer Prien – geschicktesten, gefährlichsten deutschen U-Boot-Kommandanten Schepke und Kretschmer auf dem Blatt: Auch deren Boote wurden bereits im April vernichtet, wie dann Priens Boot im Mai.

Doch im Frühjahr 1942 hat die deutsche U-Boot-Leitung durch Komplizierung der Enigma Turings Dechiffrierkünste wieder lahmgelegt, der Blackout dauert Monate, und die Schiffsverluste der Alliierten stiegen erschreckend – stiegen bis zum März 1943. Noch im Februr 1943, also 21 Monate, nachdem Balmé die deutsche Marine-Enigma Turing aushändigen konnte, versenken deutsche U-Boote 68 Handelsschiffe, verlieren allerdings zwanzig eigene Boote. Vom 17. bis 20. März versenken U-Boote aus zwei gemeinsam fahrenden amerikanischen Konvois im Nordatlantik 21 Schiffe, wobei nur ein deutsches Boot vernichtet wird. Denn auch Dönitz kann mit seinem sogenannten B-Dienst sehr oft die Funksprüche der Alliierten auffangen und teilweise entziffern. Am 16. März verlieren die Alliierten zwölf Schiffe aus zwei Konvois.

Endlich, im März, um den 20. herum, bricht Turing auch wieder in den Marine-Funkverkehr ein, während er den der zwei anderen Waffengattungen ja seit Spätsommer 1940 stets lückenlos im Klartext lesen konnte. Und nun werden die U-Boote aus Jägern die Gejagten. Jürgen Rohwer, ein Deutscher, stellte eine beeindruckendere Erfolgsbilanz für Bletchley Park auf als jeder Brite: »Immerhin gelang es den Briten, von den insgesamt 174 Nordatlantik-Konvois, die zwischen Mitte Juli

1942 bis Ende Mai 1943 planmäßig verkehrten, 105 um die deutsche U-Bootaufstellung herumzuführen, ohne daß sie erfaßt wurden. Von 69, die teilweise von den wartenden U-Booten planmäßig erfaßt, teilweise aber auch nur zufällig vernichtet wurden, entkamen 23 ohne Verluste, 40 erlitten geringe Verluste, zum Teil nur Nachzügler. Nur 16 der Konvois verloren mehr als vier Schiffe.« Im Mai 1943 waren die U-Boote besiegt.

›Meine‹ Männer, redete der so bornierte wie fanatische Nazi Dönitz die U-Boot-Fahrer an und glaubte niemals, was Admiral Raeder ihm durch Admiral Darlan, den England-Hassenden Franzosen, schon am 28. Januar 1942 als Warnung hatte zukommen lassen: daß seine Funksprüche abgehört werden! Allein durch Tod wird Dönitz zwei Drittel aller U-Bootfahrer verlieren; über 28 000, nach einer anderen Statistik sogar 32 000, von 39 000 Jungen – die meisten sind noch Jungen! – und Männern; der Rest – fast komplett – gerät in Gefangenschaft; nie sind Soldaten unbarmherziger verheizt worden – und diese Matrosen sogar für den Installateur von Auschwitz …

›Hydra‹ hat Dönitz seinen Chiffrierschlüssel genannt: Hybris hätte er ihn nennen sollen …

XII
Ein Apfel voller Zyankali

Nie werde ich begreifen, daß Menschen auf die Idee kommen, einen zu richten, der sich getötet hat – »richte nicht, auf daß du nicht gerichtet werdest«, oder Schwäche, Versagen, Angst ausgerechnet einem Menschen zu unterstellen, der *das* Quantum Wille, Energie und Mut aufbringt, das die Selbstvernichtung voraussetzt. In der Tat gibt es keinen Lebensakt, der ein ähnliches Maß an Stärke und Kühnheit bedingt wie der freiwillige Abschied von dieser Welt, in absoluter Ungewißheit, ob eine andere uns erwartet – oder »nur ein Mund voll Erde«, wie ich eine Neunzigjährige sagen hörte.

Denkbar ist allerdings, einen Selbstmörder der Untreue zu bezichtigen – ich könnte das nicht, begreife es aber –, der Menschen zurückläßt, die von ihm abhängig waren. Das hat Alan Turing nicht getan. Und wer weiß, ob nicht – umgekehrt – genau dies die Ursache seines Weggehens schon mit 42 Jahren war: Daß niemand dagewesen ist, dem er seinen Fürsorgetrieb – einen der stärksten lebenserhaltenden Triebe – hat zuwenden dürfen. Dazu kam, daß seine Mutter nun finanziell unabhängig geworden war, seit sie zu ihrer Pension noch 5000 Pfund geerbt hatte, so daß Alan nicht lange vor seinem Tode die 500 Pfund streichen konnte, die er bisher – wie auch sein Bruder – der alten Frau jährlich überwiesen. Sie hat ihn ohnehin beerbt, der auch geerbt hatte. Und er war nie arm, so daß es ihm erspart blieb, je zum Geld irgendeine Beziehung zu entwickeln. Sollte er fähig gewesen sein, einen Scheck auszufüllen – ich sah das nie –, so bestimmt nicht, einen einzulösen; geradezu komisch, zu denken, er hätte sich dazu überwinden können, eine Steuererklärung abzugeben. Der Staat, dessen Beamter er war als Professor der Universität Manchester, zog ihm ab, was er von Turings Gehalt beanspruchte.

Doch wie ein edles, starkes Pferd zuweilen an einem Hufeisen verendet, so kam eben deshalb, weil Alan nie eine Beziehung zum Gelde hatte – denn Geld steht für die Alltäglichkeit –, so kam durch eine geradezu kränkende und Turings Geist verhöhnende Lappalie der Anfang vom Ende: Alan ging zur Polizei, weil ihm ein Hemd, einige Fischmesser, eine Hose, ein Kompaß und ein Rasierapparat gestohlen worden waren. Sicher hatte der Dieb auch Geld mitgenommen – doch davon redete Alan nicht, weil er das nicht wußte, da er ja niemals wußte, ob, wo und wieviel Geld in seiner Wohnung war, so daß er zuweilen einen Jungen, der mit ihm geschlafen hatte, verdächtigte, Geld aus der Brieftasche entwendet zu haben, während Alan das Frühstück machte... Nichts hat seinen Bruder, den Anwalt, so sehr entsetzt wie die Tatsache, daß Alan *um nichts* zur Polizei gegangen war, die dann in Minutenschnelle – da ja Alan auch viel zu stolz war, zu lügen – schon gewußt hat, warum denn ein Knabe ihm den Hinweis auf einen anderen gegeben hat, der angeblich der Dieb war. Doch was ist das: »um nichts«? Für andere kann das alles sein. Alan,der den zwei Bullen, die zuvorkommend waren, übrigens in Zivil, Wein einschenkte und später irische Volkslieder vorfiedelte, denn er geigte wie Einstein, erlag dem Trieb: Verlogenes, Überholtes, Heuchelei in den Orkus zu treten. Man muß das auch so sehen: Turing hatte durchaus einen Maßstab für das, was er für die Nation geleistet hatte.

Bereits 1942 ahnte ich, ›ewig‹, wie sich der Staat – jeder Staat ist kriminell – das so denkt, könne unterschlagen werden, was Turing tat. Denn da war er mit Welchman und mit Hugh Alexander ins Foreign Office beordert worden, wo man jedem 200 Pfund schenkte, weil man ihnen aus Geheimhaltungsgründen keine Orden geben könne. Im Krieg verständlich – doch als der entschieden war und Hitlers Enigma so tot wie er?

Und nun war vom achtzigjährigen Churchill – wieder Premierminister – der sechste, der letzte seiner Doppelbände über den Zweiten Weltkrieg erschienen und gekrönt worden mit dem Nobelpreis für Literatur. Und in diesen zweimal sechs Bänden samt Dokumenten kam nicht nur Alan Turing nicht vor, sondern nicht *einmal* Bletchley Park! Wenn Churchill gar nicht umhinkonnte, zuzugeben, daß einer seiner Siege einmal nicht *ihm* zu verdanken war, dann schrieb er:»Zu jener Zeit hatten wir einen Spion dicht bei Rommels Hauptquartier, der uns genaue Nachrichten über die fürchterlichen Schwierigkeiten von Rommels selbstbewußter, aber gefährlicher Lage gab.« Nun, diesen Spion hat es nie gegeben – sondern es gab Bletchley Park! Und nun sollte der Haupteinbrecher in die geheimste Kommandozentrale Nazi-Deutschlands auch noch ins Gefängnis gehen, weil er zur Polizei gegangen war, um einen anzuzeigen, der ihn bestohlen hatte – und sollte erfahren, daß nicht der Dieb ins Gefängnis kam, sondern der Bestohlene: weil er zuweilen einen Jungen, der das ebenso wollte wie er, und der dies ebenso diskret der Gesellschaft zu wissen erspart hat wie Turing, mit in sein Bett genommen hatte. Es war zuviel. Und so überkam denn den Gedemütigten, den um seinen Ruhm niederträchtig Bestohlenen das, was Biographen sein ›Bilderstürmertum‹ nennen. Es ganz falsch so nennen! Turing hatte vielmehr die Souveränität, einer von Heuchelei entstellten Gesellschaft zu *sagen*, sie sei entstellt, ihr das zu schreiben, obgleich er natürlich wußte – wie nicht? –, dafür komme er ins Gefängnis! Und so geigte er nicht nur den zwei Polizisten irische Volkslieder vor – sondern bat sie, fünf Seiten mitzunehmen, die er hastig herunterschrieb. Und die ihm weniger zu einem Schuldbekenntnis gerieten (so nannte dann nur der Staatsanwalt diese Seiten, die bis heute kein Mensch zu sehen bekommt, der nicht Gerichtsperson ist; denn der Staat findet immer – *alle* Staaten – eine sogenannte Begründung, auf Kosten des Individuums Wahrheit zu unterschlagen!). Sondern diese Seiten – das ist sparsamen Äußerungen des Bruders zu entnehmen, dessen Londoner Anwaltsbüro einen Partner in Manchester hatte, der gemeinsam mit einem anderen Anwalt Alan verteidigte –, diese Seiten, an den Staat gerichtet, waren Alan Turings freiwillig abgegebenes, also provokatives Bekenntnis für die Freiheit des Individuums. Eine Streitschrift, so radikal abgefaßt, daß sie ihm, der demnächst vor Gericht stehen würde, dort enorm schaden sollte. Denn sie demonstrierte das, was Gerichte die ›Unbelehrbarkeit‹ eines Angeklagten nennen, seinen Mangel an Reue, das heißt: die Unantastbarkeit seiner Menschenwürde durch ein wie immer ›geartetes‹, von ihm aber nicht anerkanntes Gericht. Keine Frage, hätte Turing nur *für sich* streiten wollen, er hätte die grundsätzliche Auffassung zum Recht auf Homosexualität für alle die, die nun einmal homosexuell sind, nicht ausgerechnet einem Gerichtshof vorgelegt, vor dem er selber demnächst stehen mußte.

Mit Vermutungen, warum Turing es satt hatte, sich einem Gesetz zu beugen, das er absurd fand, will ich nicht kommen – sein *Stolz* und seine Prometheus-Natur wie Churchill das hellsichtig-warnend genannt hatte, nahmen nicht länger hin, daß er sich selbst verleugnen sollte, nur wiel die Natur ihm auferlegt hatte, Jungen statt Mädchen zu lieben. Und da Gerichte unter dem Vorwand, die Persönlichkeit zu schützen, auch die Papiere *derer* der Öffentlichkeit vorenthalten, die vor dieser Öffentlichkeit rehabilitiert werden müßten, da man sie vor Gericht geschleift hatte – so können wir nicht einmal mit Sicherheit bestreiten, daß sogar Turing geglaubt haben kann, vorübergehend, eine Hormonbehandlung sei keine chemische Kastration. Der Kanzler der Universität und auch Turings Freund und Kollege Professor Newman traten für Alan in die Schranken der Justiz, ihr zu sagen, es geschehe nicht zum Wohle Englands, diesen Mathematiker – einen der *bleibenden* des Zeitalters – für zwei Jahre einzulochen.

Turings Mitangeklagter verließ das Gericht als freier Mann – sein Anwalt hatte nicht nur Turing als dem Älteren die Schuld des Verführers zugeschoben, sondern auch geltend gemacht, daß ein Zwanzigjähriger,dessen Vater als Schichtarbeiter ihm nie etwas Besseres als Marmelade und Margarine hatte zu essen geben können, deshalb zur Beute der Homosexualität geworden sei, weil allein *sie* dem Armen Zugang in eine gesellschaftliche höhere Klasse eröffnet habe; er wurde Gitarrist in London. Turing, vom Gericht vor die Wahl gestellt, zwei Jahre sitzen oder sich einer Hormonbehandlung unterziehen zu müssen, wählte die Universitätsklinik. Er beseitigte jedoch vor Ablauf eines Jahres das in seinen Oberschenkel implantierte Hormonpräparat. Keiner seiner Freunde hielt ihm nicht die Treue, der weiterhin seinen Lehrstuhl besaß, Mitglied der Royal Society blieb und durch die Presse Manchesters geschont wurde. Sehr schwer war ihm nur gefallen, seine verwitwete Mutter auf den Prozeß vorzubereiten; er hatte versucht, seinen Bruder vorzuschicken, der das abgelehnt hat – so hilfsbereit er auch sofort angereist gekommen war, als Alan ihm den Prozeß in einem

Brief mit dem Satz ankündigte: »Ich nehme an, Du weißt, daß ich homosexuell bin...« In Wahrheit hatte der Bruder keine Ahnung gehabt, sich nur gewundert, daß der Frauen so stark beeindruckende schöne Junggeselle offenbar nur zögernd bis gar nicht auf deren Huldigungen einzugehen pflegte.

Die Mutter setzte, sofern sie nicht seit Jahrzehnten wußte, daß Alan Männer liebte, spätestens 1952 jenen Verdrängungsmechanismus im Bewegung, der sie bis zu ihrem Tode im Jahre 1976 davor bewahrt hat, jemals nur für möglich zu halten, ihr Sohn habe sich selber getötet. Sie veröffentlichte ein Buch über ihn, unentbehrlich als Grundlage aller ihm folgenden Bücher, das weder seinen Prozeß erwähnte noch dessen Anlaß. Das Verhalten dieser Frau belegt wieder einmal die alte Erfahrung, daß nicht der Verstand, sondern das Gefühl unser Denken und Handeln bestimmt. Ihr Verstand war beträchtlich, half aber auch zu bemänteln, was ihr Gefühl als unschicklich bedeckt zu halten wünschte. Nichts spricht dafür, daß sie eine Heuchlerin war. Selbstironie ist keine spezifisch weibliche Eigenschaft, ich schreibe das ungern als Frau. Doch ich habe von Alans Mutter zu meiner Bestürzung niemals, sooft ich sie sprach, gehört, sie habe bedauert, daß sie ihre zwei Söhne jeweils unmittelbar nach der Niederkunft – was für ein Wort – in fremde Hände ausgesetzt hat und nach Indien abgedampft ist, weil der Vater der Jungen die wahrhaft originelle Auffassung hatte, das indische Klima lasse die Aufzucht europäischer Kinder nicht zu. Verleumdung wäre, dieser Frau anzuhängen, sie sei kalt oder herzlos gegen die Kinder gewesen – sie war nur gar nicht vorhanden. Denn als das Ehepaar Turing nach der Frühpensionierung des Mannes Wohnsitz in Europa nahm, waren die Söhne auch nicht bei ihnen, sondern blieben in Internaten. Turing senior hatte sich vorzeitig, wenn auch mit auskömmlicher Pension verabschieden lassen, weil ein Rivale rascher als er befördert worden war. Der Titel Sir, üblicherweise an Kolonialbeamte wie Turing verliehen, blieb Alans gekränktem Vater vorenthalten, weil er nach zu wenigen Dienstjahren ausgeschieden war. Das kann die Zufriedenheit des Mannes nicht gesteigert haben. Seines Vaters Frührentner-Nörgelsucht war Alans beste Nummer, sooft er mit großer Begabung Leute parodierte. Dem vorzeitig gealterten Vater durfte bis zu seinem Tode niemals anvertraut werden, auch ihm nicht, daß sein Sohn einer der Retter Großbritanniens gewesen war ...

Und doch ist ohne Krampf Alans Vergiftung des Apfels, den er aß, um sich zu töten, als ein letzter Liebesdienst an seiner Mutter zu deuten: Daß er starb, weil er einen von ihm mit Zyankali gespritzten Apfel aß – einige Bissen, dann fiel schon der Apfel vors Bett –, hat der alten Frau bis zu *ihrer* letzten Stunde die Illusion geschenkt, Alan sei während eines Experiments an einem Unfall gestorben. Das vertrat sie auch vor den Leuten. Vielleicht auch deshalb, damit seine Mutter glauben konnte, Alan habe sich nicht selbst getötet, hat er auf einen Abschiedsbrief verzichtet. Möglich, daß er ein letztes Mal die Loyalität Englands, dem er so unschätzbare Dienste geleistet hat, überschätzte – und geglaubt hat, sein vor der Polizei abgelegtes schriftliches Bekenntnis, werde nach seinem Tode vom Staate nicht unterschlagen ...

Selbstmord, in der Antike mit Gelassenheit, ja Hochachtung von den Überlebenden betrachtet, wird von Christen und Juden verdammt, besonders aber, wie Schopenhauer mit Entsetzen schrieb, »im pöbelhaft bigotten England ... wo dem schimpflichen Begräbnis noch die Einziehung des Nachlasses« folgt, weshalb »fast immer Wahnsinn« unterstellt werden muß, wie noch bei Außenminister Castlereagh. Schopenhauer: »Die gründlichste Widerlegung der Gründe gegen den Selbstmord, welche von den Geistlichen der monotheistischen, d. h. jüdischen Religionen und den ihnen sich anbequemenden Philosophen aufgestellt werden ... hat *Hume* in seinem ›Essay on Suicide‹ geliefert, der ... von der schimpflichen Bigotterie und schmählichen Pfaffenherrschaft in England sogleich unterdrückt wurde; daher ... wir die Erhaltung dieser und einer andern Abhandlung des großen Mannes dem Basler Nachdruck verdanken ... 1799 ...«

Ich erinnere daran, weil immerhin Alans Mutter fromm genug war, die Verlobung ihres Sohnes durch das Abendmahl zu feiern. Auch Toleranz gegenüber den religiösen Empfindungen seiner Mutter mag also Turing bewogen haben, ihr die Möglichkeit zum Selbstbetrug zu lassen. Doch habe ich die Unterdrükkung, ja Vernichtung von Essays des großen Hume und deren – zufällige – Rettung durch einen Schweizer Nachdruck festgehalten, weil die Unterdrückung der historischen Wahrheit und damit der entscheidenden Lebensleistung Turings sich einreiht in die Tradition hierzulande: So hat denn auch S. O. E., jene Abteilung unseres Geheimdienstes, die verantwortlich war für »Sabotageakte, Ermordungen und ähnliche Unternehmungen«, wie Sefton Delmer General Sir Colin Gubbins Gruppe charakterisierte, immerhin offen zugegeben, nach dem Kriege die Mehrzahl ihrer Akten vernichtet zu haben: auch das ist eine Art, Geschichte zu schreiben... Wie denn ja auch in der Graphik und in der Autobiographie nicht selten die schlagendsten Effekte durch Weglassen erzielt werden. Daß aber auch ein siegreicher Staat beschließt, in seiner Geschichtsschreibung den Beitrag eines Genies zu seiner Errettung ›wegzulassen‹! Das macht die Rückschau so bitter, die Frage so quälend, was Alan zuletzt gedacht haben mag...

Der Gedanke an seine letzte Stunde ist mir so unerträglich, weil er am vorletzten und letzten seiner Tage vergebens bei mir angerufen hat... (Ich war im Mittelmeer.) Mir ist, als sei er in den Tod nur gegangen, weil er allein war, oder gab es andere Gründe? Womit ich nicht sagen will, Alleinsein sei nicht Grund genug, wegzugehen von dort, wo man allein ist. Der medizinische Versuch, seine Persönlichkeit zu liquidieren durch chemische Kastration, war möglicherweise gescheitert. Oder hatte er seine Fähigkeit, die zu lieben, die er liebte, nicht zurückgewonnen? Daß Spontaneität bei seinem Absprung aus dem Leben im Spiel war, dafür sprechen Theaterkarten, die er gekauft hatte, und eine Zusage, in Kürze vor der Royal Society eine Rede zu halten. Ein leichter Gemsentritt kann dort, wo Schneemassen sich aufgestaut haben, eine Lawine auslösen. Eine ihm sehr befreundete Familie in nächster Nachbarschaft zog aus; Alan hatte dem Ehepaar und dessen Kindern ein Abschiedsdinner gegeben in einem Lokal, wenige Tage zuvor – sehr lustig waren sie alle gewesen. Alan hatte versprochen, sie zu besuchen in ihrer neuen Wohnung. Nun waren auch diese Leute weg... Kaum aber wagt man, solche Alltäglichkeiten in Erwägung zu ziehen, wen man Mosaiksteinchen nebeneinanderreiht bei dem unmöglichen Versuch, sich zu veranschaulichen, was zuletzt äußerlich und innerlich bei einem Menschen vorgegangen ist, der genug – oder der zuwenig hatte vom Leben.

Durch Professor Hodges, den ersten Mathematiker-Kollegen, der Turings Biographie schreibt, weiß ich auch, daß Alans norwegischer Freund aus Bergen bei seinem Versuch, 1953, Alan zu besuchen, ihn nicht zu Gesicht bekam, weil die britischen Einreisebehörden den Jungen zurückschickten nach Norwegen! Warum? Dieser Kjell, ungefähr zwanzig, war bald nachdem Alan den Prozeß hinter sich und in Norwegen Urlaub gemacht hatte, sein Geliebter geworden, was immer die Alan damals zwangsweise zugeführten Hormone dieser Liebe noch erlaubt haben; wir müssen noch, Hodges und ich, versuchen herauszufinden, warum Alan den Freund nicht sehen durfte – ich werde Kjell finden! Obgleich ja unsere Einreisezensoren durchaus ohne Angabe von Gründen an den Grenzen heimschicken dürfen ... und mir der Norweger vielleicht auch nicht sagen kann, warum er abgewiesen wurde. Tatsache ist auch, daß in den USA ein vor Gericht Gestandener – wegen Homosexualität vor Gericht Gestandener –, nicht mehr zugelassen wird auf der Liste der Geheimnisträger; und Anfang der fünfziger Jahre, auf dem Höhepunkt der von Senator Joseph McCarthy inszenierten Hexenjagden gegen »Kommunisten und Schwule«, wie das amtlich genannt werden durfte, fanden einige von Turings speziellen Entdeckungen praktische Verwendung bei Nuklearsprengköpfen und den von Wernher von Braun in den USA weiterentwickelten Raketen ...

Von seiner letzten, seiner Griechenland-Reise, kam Turing seelisch und körperlich entspannt nach Hause, mit Adressen junger Griechen, die mit ihm auf Korfu zusammengewesen waren – was nichts daran änderte, wie immer, daß er in Manchester allein war, offenbar radikal allein – keineswegs nur in seinem allein von ihm bewohnten Haus. Warum ging er an diesem Nachmittag ins Bett mit zwei Versen – ob er sie nun vor sich hin summte, wie er das so oft, so Hunderte von Malen getan hatte oder nicht –, mit den zwei Zeilen aus Walt Disneys Film *Schneewittchen*, den er 1938 gesehen und immer geliebt und bewundert hatte:

»Tauche den Apfel in des Giftes Brühe,
lasse den Schlafenden Tod eindringen«

Wie oft erwähnte er die Szene, in der die Hexe den Apfel vergiftet. Ein homosexueller Freund wollte, als wir über Alans Ende sprachen, von *Schneewittchen* nichts wissen, sondern brachte die Tatsache, daß es ein Apfel war, in Zusamenhang – ich finde: gewaltsam – mit der Frau, die den Apfel vom Baum der Erkenntnis bricht und ihn dem Mann hinhält, mit Eva. Doch gerade vor Erkenntnissen wäre dieser geborene Wissenschaftler am wenigsten zurückgeschreckt; hätte auch nicht zugestanden, daß ausgerechnet eine Frau zu ihnen den Zugang eröffnet hat: Diese Geschichte war, wie ich Alan kenne, eher eine von denen, um derentwillen er die Bibel verabscheute ...

Er war '42. Sehr groß war der Dienst, den er seinem Vaterland, ja Europa geleistet hatte, die Freiheit zu erhalten und die schlimmste Tyrannei der Geschichte zu beseitigen. Er war allein – trotzdem. Warum soll man eigentlich am Leben hängen? Diese Frage: erweist sie sich nicht schon in jenem Moment als zu schwer für *jeden*, in dem sie sich stellt? Und ist nicht, keine Antwort auf sie zu wissen, schon Grund genug, die Situation herbeizuführen, in der sie sich erübrigt?

XIII
Der schwarze Spiegel

Anruf von David: Monica ist gestern abend gestorben. Gegen Mittag anscheinend überraschend kam die Agonie; sie hatte seit Wochen mit Davids Mutter, die ja Ärztin ist, kein einziges Wort mehr über ihre Krankheit gesprochen, offensichtlich, um der Freundin das Lügen zu ersparen; so auch nicht mit ihren beiden Söhnen. Hatte sie also ›akzeptiert‹, dieser vermutlich schrecklichsten aller Arten von Krebs anheimgefallen zu sein? Blasen-Karzinom mit Becken-Metastasen und pathologischen Frakturen, und dieses Zerbrechen der Knochen verursacht Schmerzen, die so entsetzlich sind, daß auch stärkste Spritzen sie keineswegs zureichend betäuben. Dazu der Gestank, selbst bei stündlicher Pflege; es ist jene Krankheit, die den Menschen bei voller Klarheit des Weiterdenkens zum Zuschauer seiner Auflösung macht. David berichtet: »Ungeheuer groß, sagt meine Mutter, in den letzten Wochen ihre Augen im kleiner gewordenen Gesicht. Groß und sehr leuchtend ...« Während wir uns fragen, David und ich, was denn das heißen soll: »akzeptieren«, daß man vernichtet wird, zitiert er ein zwischen uns seit zwanzig Jahren geflügeltes Wort, pikant, da von einem Komödiendichter, von Menander: »Nun ist ja der Mensch an sich schon ein hinreichender Grund zur Traurigkeit.«

In diese Kategorie gehört auch die Redensart, jemand sei ›gefaßt‹ gestorben, die mir von Grund auf vergangen ist, als ich dem Schwager einmal sagte, tröstlich sei doch immerhin, daß Sterbende nie weinen. Darauf seine Antwort, der so viele sterben sah, schon seit er sich das Medizinstudium mit Nachtwachen verdient hat, und die meisten sterben ja nachts: »Daß Sterbende nicht weinen, beweist leider nur, daß sie nicht mehr weinen *können*: wenn die Depression, und wer sollte nicht depressiv sein, wenn er merkt, daß er stirbt, end-gültig wird, dann erreicht sie jene Tiefe, in der die Tränen versiegen: das Sicca-Syndrom.« Also auch das wird einem zuletzt noch weggenommen von der Natur: Die Erleichterung, die zeitweilige, durch Weinenkönnen. Dies erklärt, warum auch zur Hinrichtung die meisten ›gefaßt‹ gehen, wie beobachtet wurde – nur weil sie Tränen nicht haben, nicht mehr. Nie war mir Monica, wenn ich ihre Kriegshefte las, so nahegekommen wie auf jenen Seiten, auf denen sie vom ›schwarzen Spiegel‹ spricht, ihrem D-Zug-Fenster, in dem sie nachts mit ihrem Reisegefährten sich sieht. Und vom Fenster ihrer Bürohütte in B. P., als sie weiß, auch dieser Mann muß heute nacht in den Tod. Nun wird sie sich Nacht für Nacht, schlaflos, wenn das Morphium nicht mehr ausreichte, im schwarzen Spiegel gesehen haben. Denn einmal erzählte sie mir, ihr Fenster neben dem Bett, zimmerbreit, habe keine Scheibengardinen, nur eine bunte Übergardine. »So daß ich nachts genau sehen kann in dem schwarzen Spiegel: die Abgehagerte da war ich nie und bin ich auch jetzt nicht.« So begehrte sie auf – und wechselte sofort das Thema. Sie wollte nicht reden über das, »was die lieben Leute auch dann noch beschönigend Krankheit nennen, wenn es längst schon das Sterben ist. Schweigen wir – nur ein Zustand, kein Thema.«

Ich sage zu David, daß mir widerstrebt, Nutznießer von Monicas Tagebüchern zu sein, ohne ihren Namen zu überliefern. David antwortet: »So war's ihr Wunsch; mindestens solange ihre Söhne leben, hast du den zu beachten. Kannst ja zu ihrem Originalmanuskript die Verfügung legen, daß in fünfzig Jahren bekanntgemacht werden darf, wer sie war.«

Hundebellen hat wie meist das Telefonat gestört, ich bitte meinen Sohn: »Bring doch endlich das Viehzeug in den Garten!« Aber Sascha, keine Schule, Samstag um elf, liegt der Länge nach auf dem Teppich und spielt mit einem Schach-Computer, den er für spannender hält als Bücher – oder gar als Bitten seines Vaters. Er wird also die Hunde nicht in den Garten bringen, bevor sie durchdrehen. Es ist ganz offensichtlich, daß Turings Erfindung der Generation der heute Achtzehnjährigen so selbstverständlich den Partner beim Schach – nicht nur beim Schach – vollauf ersetzt, daß diese ›Herren‹ von morgen gar nicht mehr auf den Gedanken kommen, da könne ein Mensch fehlen. So wie wir nie mehr an Pferde dachten, die einst den Wagen zogen, seit Autos da waren; meine Großeltern haben zweifellos noch oft an Pferde gedacht, in einem Auto; meine

Eltern schon nie mehr ... Mein Jüngster hat mich neulich wissen lassen – obgleich er auf der Penne gar keine Neigung zu Naturwissenschaften zeigt, daß Weihnachten dieser Schach-Computer durch einen Computer ersetzt werden muß, der, wie er sagt, »nicht so ein Fachidiot ist wie dieser hier, der nur Schach kann«. Er bedient das Ding wie ich mein Rad, ohne auch nur noch zu bemerken, daß er's bedient. Als ich das George klage – wie sentimental albern, »begegnen wir der Zeit, wie sie uns sucht«, heißt es im *Coriolan* –, antwortet George: »Für euren Sohn ist ein Computer schon ein Fachidiot, wenn er nur auf *einem* Sektor den Mitspieler ersetzt – miß daran die Skepsis sogar Turings, der noch 1946 zum Lord Louis Mountbatten gesagt hat, daß wir ›in hundert Jahren sicher experimentell die Frage klären können, wie man einen Computer zum Schachspielen bringt‹. Doch nicht hundert, ein wenig über dreißig Jahre hat's nur gedauert!«

Das beschäftigt mich, als ich nun selber die Hunde ausführe. Und auch dies: ob nicht die Eröffnung des Computer-Zeitalters und die Erfindung der Pille und die Weltseuche Aids deshalb fast gleichzeitig geschehen sind oder verhängt werden, damit die in der Industriegesellschaft durch die Computer ausgelöste Massenarbeitslosigkeit wenigstens teilweise abgefangen wird. Ganze Berufe hat der Computer vernichtet, so das ehrwürdigste aller Handwerke, das des Schriftsetzers. Lese ich nun – fast getröstet –, daß dank der Pille (hier setze ich dank nicht in Anführungsstriche) und ›dank‹ Aids die Völker mindestens Westeuropas in dreißig bis fünfzig Jahren nur mehr halb so viele Menschen umfassen werden wie heute; so läßt auch das noch Hoffnung übrig, die Katastrophe, die auf Turings Erfindung auch – *auch* – zurückgeht, werde wenigstens teilweise verhindert oder doch ausgeglichen durch eine uns nicht erforschbare weltgeschichtliche Ökonomie.

Ich habe das auch noch in den zwei letzten Telefonaten mit Monica besprochen – sie rief an, wollte nicht zurückgerufen werden, sondern sagte: »Ich kann besser beurteilen als Sie, wann's mir so geht, daß ich aufgelegt bin zum Reden!« War sie schmerzfrei, überkam sie dazu durchaus die Lust. Sie sagte: »Turing ahnte nichts von der Kehrseite seines Segens, den er brachte. Der Großes schafft, kann nicht der sein, der es auch fragwürdig findet – sonst schafft er's nie! Heute, vierzig Jahre später, sehen wir, wie der Computer so unendlich vielen Menschen die ›Last‹ – ach, es war ja ihr Glück! –, denken zu müssen oder zu arbeiten, abnimmt. Und daß dies zur Qual von Millionen wird. Der nun alte Weizenbaum, der so vehement geholfen hat, die Welt mit Computern zu überziehen, witzelte neulich: ›Wir Informatiker waren alle von einer Art Geisteskrankheit gepackt... Schwer, etwas wirklich Sinnvolles für die Computeranwendung zu finden... sieht fast so aus, als habe man mit dem Computer eine Lösung gefunden, für die man jetzt Probleme sucht.‹ In Warenhäusern habe ich noch gesehen, ehe ich ins Spital ging, umstehen Hausfrauen eine am Computer, die eintippt, was sie tragen – damit der Computer ausdruckt, was sie zum Schminken kaufen sollen. Jedes Zeitalter ist anders geisteskrank. Und symbolisch ist auch dies: Europa hat so wenig von der Auswertung der Erfindung dieses Europäers Turing, wie er selbst davon hatte. Ist es Zufall, daß IBM seinen Sitz nicht bei uns in London hat, nicht Briten Arbeit gibt, nicht ihnen die Milliardengewinne aus aller Welt zukommen – sondern einer der zwei Vormundschaftsbehörden Amerika und Rußland, die über die Alte Welt befinden? Konnte diese nicht mehr aus sich selber die schöpferischen Kräfte entwickeln, ein Unternehmen wie IBM aufzubauen? *Benötigen* wir Schotten die Amerikaner, um das Öl vor unserer Küste aus der Nordsee zu holen?«

Diese Klage war das letzte, das Monica zu mir sagte – ich jedenfalls hatte keine Ahnung, daß wir nicht wieder miteinander telefonieren würden. Dem denke ich jetzt nach – und mir fällt ein und aufs Gemüt, was neulich, als in Genf die Herren des Weißen Hauses und des Kreml miteinander konferierten, ohne ein einziges Mal Europa, um das man Angst haben muß, zu erwähnen, ein pensionierter NATO-General sagte: »Für beide Großmächte scheint Europa, da es nicht erwähnt wurde, problemlos, gesichtslos und sprachlos zu sein..., wir spielen keine Rolle.« Aber Kontinente, die keine spielen – werden bespielt.

[illegible] kann nicht [illegible]
[illegible]
[illegible] sehen wir [illegible]
[illegible]
[illegible] und daß dies [illegible]
[illegible]
[illegible]
[illegible]
[illegible]
[illegible] in den [illegible]
[illegible] Comm[illegible] für die [illegible]
[illegible]
[illegible] die [illegible] Comm[illegible] die
[illegible] der [illegible]
[illegible]
[illegible] und [illegible] sich die [illegible]
[illegible] des [illegible] Europas [illegible]
[illegible]
[illegible] London [illegible]
[illegible]
[illegible]
[illegible] und [illegible]
[illegible]
[illegible] wir [illegible]
[illegible]
[illegible]
[illegible]
[illegible]
[illegible]
[illegible]
[illegible]
[illegible]
[illegible]
[illegible]
[illegible]

Salzburg Hauptbahnhof

Salzburg Hauptbahnhof
Gefallener
Wer wagte, *davon* je zu sprechen?
Plötzensee · Aufruf · Geschichte

Salzburg Hauptbahnhof

Salzburg, süß korrumpierend: Festspielwochen!
Circe, leuchtend auch uns, der Frau, den Söhnen.
Mauthausen zwar am Weg. Doch schon ihr Kochen
in Austria, Wein und Musik – an was gewöhnen
nicht lange Opern, lange Speisekarten ...

Nur da am Bahnsteig, schlagschnell, den obszönen
Fotos der Auschwitz-Viehwaggons – wir warten
an *deren* Gleis auf unsern Zug nach Wien –,
so ausgesetzt ... ein Güterzug rangierte;
wie sich der Frage dort entziehn:

Wann spürte jemand, den man deportierte
– zuletzt je siebzig Menschen wie Kartons
in einen Viehwaggon verpackt;
wer starb, blieb stehen in den Waggons –,
daß dieser Räder-Rhythmus, Schwellen-Takt

Die »Melodie«: Waggon, Waggon, Waggon
so Tage, Nächte, Tage, Nächte, Tage
den Seinen, allen, war der Todessong?
Verstummte längst. Sogar der Kinder Klage
– längst stumm. Nur in den Augen noch.

Und Schuld wir Deutsche – jeder trage
und spüre, spricht er, Blut im Mund, dies Joch!
Allein per Bahn ins Gas fast fünf Millionen ...
Doch heute? Spricht wer verächtlich über Leute
– die Hausbesitz Ermordeter bewohnen?

»Normal!« Spürst Du im Mozarthaus nur Freude:
Salzburg hat Kaltenbrunner auch geboren.
Wenn Bruckner Linz ist – Adolf Eichmann auch.
Du reist auf Eichmanns Schienen: Unverfroren,
an Kochen, Heizen nur zu denken, siehst Du Rauch.

Gefallener

Sein Blick wird dich von keiner Wand mehr treffen,
denn seine Eltern leben auch nicht mehr.
Sogar schon Jahre her, daß seine Neffen
wehrpflichtig waren in der Bundeswehr.

Ein Foto gibt es zwar von ihm;
seit seine Mutter starb, hängt's niemand auf.
Sein Pech: Er fiel für ein Regime,
das ehrlos war. Daß es auch *ihm* den Lebenslauf,
als er erst neunzehn, schon durch Zwang gekappt,
rührt jährlich einmal, allenfalls, den Bruder.

Sekundenkurz am Weihnachtsbaum ertappt
ihn der Gedanke, daß sein »guter
Kumpel, jünger als heute meine Enkel« – fiel!
Für die entzündet er die Kerzen.

Die Weltkriege, mehr Traum- als Trauer-Spiel
verwechseln sie bereits. Gar ihre Herzen
berühren diese Kriege wie die Frage,
ob es in Peking heute regnet ...
Was sind Soldaten, daß man um sie klage!
Auch nur sein Bild ist keinem je begegnet.

Bald rahmt man's aus für Fotos von den Enkeln.
Vermißte sind, die nie ein Mensch vermißt ...
Statt Enkel mit des Bildes »Blässe anzukränkeln«,
wird's Zeit, denkt er, daß man den Krieg vergißt.

Wer wagte, *davon* je zu sprechen?

Dem Andenken Gertrud Kolmars, vergast 1943.

Das Schlimmste: das Verdrängteste!
Keine Fußnote in einem Buch,
nie in der Nachwelt ein Wort
erinnern an jene, die Hitlers Fluch,
die seinen Juden-Mord

Abgründiger als alle erlitten,
die zehn Stunden täglich Vergaste wie Kohlen
– Familien, zehntausende, verbrannten;
die eigene auch! In Krematorien befohlen,
ohne Chance, den Verwandten

Durch Selbstmord zu folgen, sich umzubringen.
Nur die Drohung, *lebend* verbrannt zu werden,
demonstriert an Häftlingen, konnte sie zwingen.
Was Deutsche als Nazis Menschen auf Erden
in Ausrottungs-Anstalten zugefügt:

Hungerbunker; eigenen Kindern Gräber ausheben
– *jeder* Vergleich mit Überliefertem lügt.
Monate lang »wohnen« im Öfen-Trakt;
begnadigt, sein Leben zu verlieren,
wird, wer zum Kremieren zu abgewrackt:

Dann erlaubt die SS, auch ihn zu kremieren.

Plötzensee

In memoriam Mildred Harnack,
Rose Schlösinger: 5. 8. 1943

Wenn Schiller auch aus *Phädra* übersetzt:
»Das Gräßliche bedecke ewiges Schweigen« –
seht hin! Verweigert dem, was am Schafott zuletzt
den Opfern zustieß durch die Henker ... feigen
Gemüts nicht eure Phantasie!

Raubt's auch den Schlaf, ihr schlaft bald wieder ein.
Doch *ihre* letzte Nacht: wie »schliefen« die
hungernd an einen Mauerring Geketteten? Ein Bein
mit einer Bleikugel beschwert, weil ihre Zelle
aufblieb für Wärter, Pfarrer, »Richter« und Friseur.

Wer sterblich ist, verzweifelt, kündigt Helle
den Todestag an, weil kein Amt, kein Gott Gehör
dem Antrag gab um »Aufschub«, dem Gebet ...
Was für ein Wort: Im Morgen-»Grauen«!
Kein Schrei, kaum Tränen. Doch wer untergeht

Geht auch in Angst um Nächste; Ängste stauen
sich schon seit Monaten in ihm, ja oft seit Jahren,
vor Mitgefangenen verschwiegen, auch in Briefen.
Oft gehen Junge schon mit weißen Haaren
zum Strick, zum Beil. Mundtot – doch in den Tiefen

Geknebelt, ihrer Körper schreit der Lebenswille
dauernd im Aufruhr gegen die Vernichtung ...
Geköpft: Anatomie. Versagt auch vor der Stille
nächtlicher Todeszellenhaft die Dichtung:
Seht hin! Wie vor der Schädelstätte den Erwürger

Sie schauen mußten oder Fallbeilknechte ...
Bringt nicht noch, glückverdummte Bürger,
die Opfer *geistig* um die Daseins-Rechte!
Wagt, einen Lidschlag kurz mit ihnen
die Schlingen anzuschauen, die Guillotinen.

Aufruf

Bürger, streift ab für die Dauer eines Lidschlags die Angst.
Einmal seid stark für die Einsicht:
die Heimsuchung kommt nicht von Gott,
Eure falsche Ruhe ruft sie herauf.

Zieht ab vom Glauben, was Illusion war: ewig daure
die Langmut Gottes. Seine Geduld ist verbraucht.
Wer zählt die Söhne, die er gesandt hat,
sein Antlitz den Menschen zu zeigen?

Wir haben ihn nicht erkannt im bettelnden Kind,
nicht in der Greisin, die tot nur entdeckt wird,
weil sie dem Lichtableser nicht aufmacht.
Seine Not nicht erfaßt im Angstschrei des jungen Piloten,
den man vom Himmel schoß, bevor er gelebt hat.

Bürger, die Ihr keine Hand rührt für den Nachbarn,
den die Polizei nächtlich verschleppte:
warum *Euch* bergen aus dem verschütteten Keller?
Wie oft, Ihr Zeugen staatlich gelenkter Erpressung,
habt Ihr wegsehend nur die Straße gemieden?

Sind wir erst selber umstellt, wird dem Maß unsrer Feigheit
das Unheil entsprechen, das uns wegreißt aus unsrer Praxis.
Die Erde, uns allen mit gleichen Rechten geschenkt,
soll sie Feld sein und der Grund unsres Hauses
– oder nur unser Grab?

Gleichgültig liefert nun Gott uns der letzten Versuchung aus:
er tritt seine Allmacht ab an *uns*.
Wir sind die Herren der Apokalypse, der Tod *unser* Knecht.
Die Schleusen zur Sintflut bedient jetzt der Mensch.

Setzt Zeichen, entgiftet das Gas.
Schlaft nicht auf Bomben, entschärft sie.
Und schützt auch den Mächtigen vor der Macht, bewacht ihn!
Betet nicht, wachet, damit Ihr in Anfechtung fallet.

Geschichte

Namen, Taten – nicht einmal mehr Rauch.
Gäste nur in Schlössern, ohne Spuren.
Der ich's reime, der du's liest: wir auch
– höchstenfalls als Schachfiguren
Staaten ausgehändigt zum Verbrauch –,
sind im Reigen der Kulturen
nur ein Lidschlag unterm Todeshauch.

König, Bauer – beide, nach dem Spiel,
werden abgelegt im gleichen Kasten.
Nur ein Ende hat die Fahrt, kein Ziel,
ob der Segler auch mit vollen Masten
wieder einläuft oder kiel-
oben als ein Wrack die Lasten
abwarf und im Sturm zerfiel.

Städte, Staaten – ach, wie rasch Ruinen,
welche scharfe Axt führt doch die Zeit.
Du wie ich nur Schwellen unter Schienen
auf dem Irrweg in Verlorenheit.
Denk an die Verbrannten – vor Kaminen.
Sieh auf andere, die eingereiht
– schlangestehen vor Guillotinen!

Opfer, Mörder – fragt noch wer, *warum*?
Staaten steigen auf, um – abzusteigen.
Sinn? – wieso: ein Pandämonium!
Nur der Rasenmäher kann uns zeigen,
wie Geschichte endet: gräserstumm
wie ein Massengrab – in Schweigen.
Umbra fui – nihil sum.

Über Rolf Hochhuth

Gert Ueding

Rolf Hochhuth

Rolf Hochhuth ist ein unabhängiger Geist, der sich jeder Dienstbarkeit entzieht, doch hat er einmal ein Thema, ein Ereignis zu seiner Angelegenheit gemacht, kann man sich seines Engagements sicher sein. Ja man kann sagen, er hat damit sogar eine besondere Form des Engagements geprägt, die in der deutschen Literatur zwar nicht ohne Vorgänger, doch selten und schon lange ungenutzt geblieben ist. Dieser gesellschaftskritische Dramatiker, Erzähler und Essayist steht quer zu den geläufigen politischen Kategorien, keine Partei, keine andere soziale Institution kann ihn wirklich für sich reklamieren (»Die Linken sind – links, die Rechten rechts korrupt.«), wer es versucht, merkt bald, daß er sich einen stets wachen Widersacher ins Haus geholt hat.

Hochhuth selber sieht seine Aufgabe ganz generell als »Aufklärungsarbeit«, und es gibt unter den gegenwärtig Schreibenden wohl niemanden, der das mit größerem Recht von sich sagen könnte. Sorgsam auf Distanz bedacht, weit entfernt von den geölten Rädern unseres Kulturbetriebs schreibend und lebend, unbeirrt in Gesinnung und ästhetischem Credo, sind Empörung über Unrecht und Leidenschaft für das Gute die eigentlichen Triebkräfte dieses Schriftstellers, ob er sich in Lyrik oder Prosa, Erzählung oder Drama ausdrückt. Die Gattungen selber bedeuten ihm keine festen Grenzen, er benutzt sie als Mittel zum Zweck, wechselt zwischen ihnen selbst in ein und demselben Text. Man kann den »Stellvertreter« auch als einen Dialogroman lesen, wie ihn die Aufklärung, wie ihn Knigge oder Klinger, Diderot oder Rousseau liebten (auch Schiller nannte die »Räuber« einen dramatischen Roman), und die Novelle »Berliner Antigone« als dramatischen Entwurf, die Erzählungen (»Johann Georg Elser«) integrieren balladenhafte Gedichte, gehen über in einen großen Monolog (»Entfernte Verwandte«) oder entfalten sich als fiktives Tagebuch (»Resignation oder die Geschichte einer Ehe«). Zu dieser bewußten Mißachtung der

Gattungsgrenzen und ihrer Unterordnung unter den einheitlichen Zweck der Aufklärung gehören auch Kommentar und Selbstkommentar, die essayistische Probe auf das erzählte Exempel und die unmißverständliche Parteinahme. Niemals erzählt Hochhuth allein, um seine Leser zu unterhalten oder in neue Bereiche des sprachlichen Kunstwerks vorzudringen. Die seltsamen, überraschenden oder unerhörten Begebenheiten, die ihm zu Ohren kamen, die er in Bibliotheken, beim Studium von Quellen oder historischen Dokumenten entdeckte, werden ihm stets zu Medien seiner skeptisch-pessimistischen Welt- und Menschensicht.

Hochhuth ist überzeugt von der Feigheit, Gemeinheit und Bestialität des Menschen, doch ebenso hingerissen von den Beispielen, in welchen es dann doch einem gelingt, aus sich selber auszuwandern. Das Mädchen Anne kann es nicht ertragen, den Leichnam ihres hingerichteten Bruders in anatomischen Übungen zerlegt und zerschnipselt zu sehen, begräbt ihn und muß dafür ihren eigenen Körper als Ersatz liefern. Der Schreiner Johann Georg Elser arbeitet vierzig Nächte an der Bombe und ihrem Versteck im Bürgerbräu-Keller, einsam, doch hartnäckig, tagsüber von Zweifeln erfüllt, doch nachts mutig und bis zur Erschöpfung standhaft – zum Schluß verraten ihn die entzündeten, eitrigen Knie, die er sich bei seiner nur in hockender Stellung möglichen Nachtarbeit zugezogen hat. Er endet als »Ehrenhäftling Hitlers« am Galgen in Dachau.

So sehr Rolf Hochhuth an Elsers Geschichte die Tat eines mutigen Mannes, Konsequenz und Zivilcourage bewundert – erzählenswert wird sie ihm erst durch den Skandal, den sie bis heute bedeutet. Also die Verfemung, das Verschweigen des Attentäters in Geschichtsschreibung und Widerstandsbüchern, seine Auslöschung im historischen Bewußtsein der Deutschen – vor allem aber durch das Skandalon eines ungeheuren Mißverhältnisses zwischen Einsatz und Wirkung, zwischen dem Aufwand an menschlicher Kraft und der Gleichgültigkeit der Geschichte. Daß der Erfolg der so stillen wie übermenschlichen Heldentat Elsers durch einen Zufall zunichte gemacht wurde (weil »im letzten Augenblick wegen des schlechten Wetters die Benutzung des Flugzeugs unterblieb und dafür entsprechend früher mit dem Sonderzug gefahren wurde«, Hitler also am 8. November 1939 den Bürgerbräukeller früher als geplant verließ), daß zehn Minuten über Hitlers Leben und Tod entschieden und somit der zweite Weltkrieg mit seinen Millionen Opfern seinen Gang nehmen konnte, diese schmähliche Mißachtung humaner Zwecke desavouiert für Hochhuth jede historische Sinnkonstruktion.

Ob er die Geschichte einer Prostituierten aus Protest gegen die Lebenslüge der Mutter erzählt, den Zustand einer Ehe nach dem Treuebruch, dieses ganze Ineinander von Enttäuschung, Haß, neuer Realitätsfindung und Anpassung schildert oder von dem Schicksal des St. Galler Polizeichefs Paul Grüninger berichtet, »der zwei- bis dreitausend Juden illegal oder halblegal in die Schweiz einreisen ließ«, schimpflich aus dem Dienst entlassen wurde und niemals einen Rappen Pension erhielt: Hochhuth hat ein seltenes Gespür für die leisen, unauffälligen Ungeheuerlichkeiten in dem Leben der Menschen und dem Alltag der Geschichte. Ihre Wirkung ist um so größer, je mehr es ihm gelingt, sie einfach, ohne Umschweife zu erzählen, wie man zum Freund, zur Tochter, zum Mitreisenden bei langer Bahnfahrt wohl sprechen würde. Das braucht nicht kunstlos zu sein, doch bestehen die wichtigsten Fertigkeiten eines solchen Erzählers darin, die Ereignisse so wiederzugeben, daß sie nichts von dem Eigengewicht verlieren, das sie von sich aus schon haben, und die innere Dramaturgie des Geschehens, Spannung, Wende, Höhepunkt und Pointe, nicht etwa verpatzen. Dabei kommt Hochhuth natürlich die theatralische Profession und Routine zugute, und nicht ohne Grund überzeugen seine Geschichten besonders, wenn sie sich in Monologen oder Gesprächen, in wörtlicher Rede also, entwickeln lassen: dann wird der Leser unversehens zum Ohrenzeugen der Ereignisse.

Natürlich haben alle Geschichten auch ihren aktuellen Zweck und Sinn, sind Exempel für Unmenschlichkeit und soziales Pfuschwerk, Behördenignoranz und moralisches Versagen, für Zufall und Notwendigkeit im historischen Verlauf der Dinge und für die kuriose Art und Weise, wie das Leben einem mitspielen kann. In der Geschichte von Elsers Leben und Tat hat der Autor ihre Bedeutung für das Selbstverständnis der

Bundesrepublik (»es gab schlimmere Staaten auf deutschem Boden, oft genug. Doch einen so verächtlichen wie die Bonner BRD gab es niemals ... Einzelgänger als Widerstandskämpfer werden bei uns noch schimpflicher unterschlagen als sogar Linke!«) ebenso miteingeschrieben wie eine Philippika gegen die Kontinuität der deutschen Justiz vor und nach 1945. Er erzählt seine Recherchen mit, macht unvorbereitete Exkurse in Gegenwart und Vergangenheit, blendet Briefe in die Erzählung ein, die weniger mit ihr als mit dem Selbstverständnis ihres Autors zu tun haben, kurz: jede seiner Geschichten ist ihm auch der willkommene Anlaß zu kritischem Räsonnement, zu den Kreuz-und-quer-Zügen der aufgeklärten Vernunft durch das Labyrinth der Geschichte. Andeutung, indirekte Mitteilung, verschlüsselte Botschaften sind Hochhuths Sache nicht, das Pathos der Selbstaufklärung und des nonkonformistischen Individuums drückt sich auch in der ungeschützten, doch unmißverständlichen Sentenz, im fabula docet der Geschichten und Anekdoten aus: »Denn – wer sähe das nicht täglich – Nazi ist einer von Natur, nicht von Partei. Der Nazi ist der Schweinehund in jedermann – zu allen Zeiten, in allen Zonen.« Oder: »Wissenschaftler sind Leute, die schwer begreifen, daß nicht jeder darf, was er kann.« Oder: »Wenn in Diktaturen einer viele richtet – in Demokratien viele einen: für die jeweils Gerichteten ist da aber kein Unterschied.«

Drei Maximen aus den »Kalendernotizen«, wie Hochhuth eine feine Sammlung von Geschichten überschrieben hat, die man in früherer Zeit »Denkwürdigkeiten« genannt hätte. »Alfred Polgar, seßhafter Wiener, aber durch Hitler zum Ahasver gemacht ... wurde nach dem Krieg in Zürich gefragt: ›Fühlen Sie sich hier denn nicht wohl, Herr Professor?‹ Antwort: ›Ach, wissen Sie, ich bin halt überall ein bißl ungern.‹« Es sind niedere, doch in ihrer vielsagenden Beiläufigkeit anrührende Geschichten darunter oder so grausame und empörende wie die von der »Liquidierung Karl Valentins durch demokratische Funktionäre« des Bayrischen Rundfunks nach dem Kriege. Einigen von ihnen hat Hochhuth Leitsprüche vorangestellt, von Otto Flake oder Ludwig Marcuse, aber auch von Hebel und Jean Paul, und es ist wirklich das 18. Jahrhundert, die Epoche der Aufklärung, zu welcher auch der Stammbaum dieser Erzählungen führt. Sie gehören zu einer Literatur, die nicht um ihrer selbst willen geschrieben wurde, zu Kunstgenuß und reinem Zeitvertreib, sondern eine Gebrauchsform des geselligen Gesprächs war, zum Zwecke der Belehrung durch Unterhaltung. Auch Hochhuth benutzt seine Geschichten als Medien praktischer Lebensweisheit (»Resignation oder die Geschichte einer Ehe«), gesellschaftlicher Kritik oder politischer Aussage (»Die Berliner Antigone«), historischer Desillusionierung (»Grüninger-Novelle«) oder als direktes Mittel des Protests (»Brief an einen Sohn«), er ist auch als Erzähler der aufklärerische Moralist geblieben, den wir von der Bühne kennen.

Entmythologisierung, Zerstörung liebgewordener Klischees und öffentlicher Vorurteile, Berichtigung der Geschichte und Kritik ihrer Wirkung, das ist in der Tat das Programm einer umfassenden Aufklärungsarbeit, deren eigentliches Feld aber nicht die Vergangenheit, sondern die gelebte Gegenwart ist. Nicht allein als literarischer Geschichtenerzähler tritt Hochhuth vor sein Publikum, sondern immer auch als politischer Redner und Moralist, der mit seinen Exempeln hier und jetzt wirken will. Daher die ständigen Aktualisierungen: in seiner »Grüninger Novelle« kommt er auf Martin Luther King oder Kennedy zu sprechen, und die Erzählung von Johann Georg Elser ist ihm Anlaß, die Gleichschaltung unserer Lexikon-Welt auf Brockhaus-Standard kritisch zu beleuchten. Das sind oftmals beiläufige, aber immer höchst provozierende Verbindungslinien, die Hochhuth, unbekümmert um kanonisierte historische Differenzierungen, in weiten Bögen durch die Geschichte zieht, und auch darin verhält er sich zu ihr als humanistischer Rhetor. Er gebraucht sie als Beispielsammlung, die ihm die Belege für seine rigoros moralistische Weltsicht liefert, als Exempel für Gut und Böse, für die gewöhnliche Niedertracht und seltene Größe des Menschen, für das absurde Gewebe der Geschichte und das Leiden an ihr.

Rhetorisch verhält sich Hochhuth zu seinen Gegenständen, und ein Redner bleibt er auch, wenn er schreibt. Der mündliche Gestus macht die Erzählungen beredt, der Autor sitzt dem Leser gegenüber, berichtet, erläutert, schweift ab, wiederholt sich.

Immer ist die Person gegenwärtig, die hier schreibt, man hört geradezu den Zorn in den polemischen Attacken, die Bewunderung vor dem heroischen Exempel oder die detektivische Freude, wenn die Kriminalgeschichte der Historie wieder um ein signifikantes Detail bereichert werden konnte. Seine Erzählungen werden derart zu eindringlichen Lektionen, die man nicht so schnell vergißt, weil das Ethos des Autors ihre Glaubwürdigkeit verbürgt und seine ganze Person aus ihnen spricht: »populär, sinnig, rein und lehrreich« – so, wie sich einst der rheinische Hausfreund Johann Peter Hebel seine Historien wünschte.

Karl Krolow

Signale setzen

Man könnte von den hier vorgelegten Essays und Gedichten* Rolf Hochhuths als von einem Lesebuch des Schriftstellers sprechen, würde man nicht bereits vom Buchtitel gewarnt. ›*Schwarze Segel*‹ nennt sich die Sammlung und das hat auch etwas von schwarzen Fahnen. Die hier in Vers und essayistischer Prosa von Fall zu Fall (oft werden aus den Stoffen, den Gegenständen »Fälle«), von Text zu Text gegebenen Beispiele – so unterschiedlich sie sind, so gegensätzlich sie anmuten – haben Signal-Wirkung. Sie wollen Signale sein und wollen ebenso empörte und durchaus auch schrille Warnungen aussprechen. Es wird manchmal nicht lange gefackelt. Der Widerhaken steckte vom Anfang an im Fleisch, im Stoff, im Thema, das Hochhuth nicht nur wichtig wurde, das ihn vielmehr auch – oft *bald* schon – aufforderte und zum Schreiben, zur Wiedergabe herausforderte.

So wundert es nicht, wenn aus einem anscheinenden Lesebuch-Typus eine Kette von Widerspruch und Betroffensein, von Aufforderung und herausgeforderter Zeitgenossenschaft wird. Sie macht im Grund an keinem Punkte halt. Sie wird überraschend in den Gedichten; denn einmal ist der Lyriker Hochhuth wenig bekannt, zum anderen wird ihm das Gedicht – als besonderes Rigorosum innerhalb der Literatur, in seiner schneidenden Art, etwas zu konzentrieren und konzentriert zur Sprache zu bringen – zur Waffe, zum Mittel der Abwehr, der Erinnerung, der Rechenschaftsablegung, wird ein Notwehrmittel unter Umständen, wie es in dieser Art und Weise von jeher nur dem Gedicht zur Verfügung stand. Es ist ein Mittel der Einwirkung und der Mitwirkung. Beides wird von Rolf Hochhuth genutzt. Er besorgt es folgerichtig und gereimt – in Gedichten verschiedenen, oft respektablen Umfangs. Das kurze Gedicht oder gar das Epigramm sind seine Sache nicht. Er

* Dieser Aufsatz erschien erstmals 1986 in dem Sammelband »Schwarze Segel«.

braucht »Raum«, auch in der Lyrik, für das, was für ihn wichtig ist, was ihm auf den Nägeln brennt. Dies ist der Eindruck des Lesers und bei derartigem Eindruck weiß er auch und nimmt es an und hin, daß Fragen nach Tradition oder Experiment im einzelnen Gedichttext hinfällig werden.

Sosehr sich Rolf Hochhuth in den Essays zu seinen Standpunkten bekennt, sosehr er etwas – seinem Temperament gemäß – leidenschaftlich und schonungslos (wenn es sein muß, und es muß *immer* sein!) ausspricht, so ist doch die Form des Gedichts ein anderes Mittel, ein Instrument, ein Stilett mitunter, um sich Gehör zu verschaffen. Man wird hier gewiß *nichts* überhören: die Gedichte sind so schneidend und klar geschrieben, daß kein Zwielicht in ihnen herrscht und das »Privatissime« ebenso sehr markiert bleibt wie später das »Öffentliche« im poetischen Text, wie man es im letzten, entschiedensten, unverhülltesten Zyklus »O Deutschland, hoch in Ehren« wiederfindet. Es geht nicht darum, daß in ihm »kein Blatt vor den Mund genommen wird«. Dies ist man – mitunter bis zum Überdruß – gewohnt geworden. Es ist vielmehr die *eigene*, Hochhuthsche Art, erregt zu sein und zu erregen, zu schreiben und zu entlarven, direkt den Gegenstand, den politischen Gegner, die politischen Zustände anzugehen und mit Wörtern gegen sie vorzugehen.

Dies ist eine Sache der Unerschrockenheit. Aber »Mut« gehört auch zum literarischen Experiment im Gedicht. Hochhuths Mut ist in dem zu ihm gehörenden »Rigorosum« ausgeprägt, das seine eigene Folgerichtigkeit hat. Dies beginnt bei ihm selbst. Die »privaten« Äußerungen im Gedicht sind von nicht minderer Brisanz als jene »öffentlichen». Mit lediglich ästhetischen Überlegungen kommt man nicht weit. Wer bekennt, hat – bekanntlich – keine Bedenken, das zu sagen, was ihn – würde es unterlassen und verschwiegen – sonst erstickte, ja, was ihn umbrächte. So allein sind Gedichte wie Aufsätze, Stellungnahmen, Polemiken zu lesen: aus einem Aufgebrachtsein des Schreibers, das ihn jeweils zum Stellungnehmen zwingt, weil es ihn sonst – physisch wie intellektuell – umbrächte.

Der Bundesrepublikaner aus Basel, der wohl weiß und es in seinem Aufsatz »Station Basel« ausspricht, daß von dort »die bundesdeutsche politische Szenerie sich aus der knappen Distanz ziemlich gut überschauen läßt – objektiver sicherlich, als lebte man in Bonn«, Rolf Hochhuth hat aus dieser knappen und entschiedenen, zuweilen schneidenden Distanz bis ins Gedicht verlegt, was ihn verfolgte. In dem vom Titel her zeitlos scheinenden ersten Gedicht-Zyklus des Buches, »Antike Landschaften mit Ruinen«, liest man etwas vom Wesen dieses leidenschaftlich erregbaren Naturells: »ich liebe dich – gegen den Wind«, heißt es, wird ihm am Ende des Gedichts »Anämie« geradezu abgepreßt. Von »Kains Liebe« ist hier die Rede, wie von jenem Fakt: »Geschichte holt jeden ein«. Ein Satz für Politiker! Hochhuth findet man an der Seite der »Gezeichneten«, auf seiten auch jener Unglücklichen mit dem »glücklos abgehausten Steckbrief-Bild« und einem, der »mit seinem Libido die Suizidlust stillt«. Das Kainsmal der Geschichte, der Politik verschwindet nicht aus diesen Strophen: »von Gelingen / Sprechen nur die Heilsverkäufer«, heißt es einmal. Glück und Angst liegen in solchen bewegten Gedichten noch im venezianischen »Carnevale« dicht beieinander, bedingen sich auf eine bestimmte Art und Weise. Das »Privatissime« beginnt mit einem »Lebenslauf«. Aber solch ein curriculum vitae endet im »Teufelskreis humanae vitae«. Aus einem derartigen Circulus wird im Grunde keins der Gedichte entlassen. Es kann ihm nicht entgehen. Das macht die Eigenart, die Rasanz, auch die Grenze des einzelnen Gedichttextes aus, der nur selten so knapp gerät wie »Ihr Bild«, einer der ernstesten Arbeiten und der persönlichsten des ganzen Buchs, beinahe lässig gesprochen, aber voller Verstörung in der Lässigkeit, die ja nicht Nach-lässigkeit, vielmehr Einsicht und höchste Aufmerksamkeit zum Sprechen, zum Gestehen brachte. Geständnisse sind es eigentlich alle, die hier zu Buche geschlagen haben, die essayistischen wie die poetischen. Sie sind charakteristisch für den »Bekenner« Rolf Hochhuth, der sich in derartigen »Geständnissen« – und sei es auf Widerruf – von dieser Notwendigkeit, diesem Drang befreit: ein Vorgang übrigens, der ihn – wie man weiß – zu einer Art Instanz gemacht hat, jedenfalls zu einer in der Literatur und ihrer schönen Hilflosigkeit recht seltenen Erscheinung, die als Zeit-Phänomen über die Person des Bekennenden hinausgeht.

Erotische Gedichte können schneller heikel werden als andere Verse. Aber auch hier zeichnen sich Mut und Entschiedenheit, Eingeständnis und Unzweideutigkeit – noch im gelegentlich »dramatischen« Sagen der Sache, um die es geht – allemal aus. Ein hartes Gedicht wie »Interessengemeinschaft« ist hierfür ein Beispiel: »– wie wir Zähne verlieren und Haare – / kommt Überdruß, stirbt die Geduld«. Wenig später das Fazit: »Liebe reicht nicht aus, sich zu ertragen«. Der Ernst steht gerade in manchen Liebesgedichten, die auch Gedichte vom Sterben sind, gewissermaßen Wache. Im Totengedicht »Aufgebahrt« kann man lesen: »Fortsein ist auch ein Sein, nicht nichts«. Und ein weiteres Fazit scheint mir ein Gedicht wie »Strand« zu sein:

Nacht – jetzt schweigt sogar der Wind,
die Flut ist zurückgewichen.
Alle, die mir wichtig sind:
Menschen, Fragen – ausgestrichen
hat sie, wie mich,
die Gleichgültigkeit,
mit der das Meer
Muscheln, Teer
– und sich
ausspeit.

Alles in diesem »Lesebuch« mit dem schwarzen Titel und den schwarzen Einsichten, sind Versuche, es mit der Gleichgültigkeit nicht nur aufzunehmen, sondern ihr – sprechend, schreibend – zu widerstehen. Die angewendeten Mittel sind verschieden. Angewandte Polemik, ein Kampfmittel von jeher, kann ohne Rhetorik kaum auskommen. Sie verstärkt die Absichten, die Einsichten. Sie vermittelt sie – wenn sie gelingt – drastischer, glänzender. Es ist kein Zufall, daß in *›Schwarze Segel‹* den Frauen einige Essays gewidmet sind. Es sind ebenso Rezensionen wie Versuche, über den jeweiligen Buchanlaß hinauszugehen. So fallen wirksame Lichter auf weniger bekannte Frauen des 19. Jahrhunderts wie Jeanette Strauß-Wohl. In den Aufsätzen wird von Hochhuth das kennzeichnende Zitat zuweilen großzügig und besonders wirksam verwendet. Elise Lensing,

Hebbels aufopferungsvolle und großartig-uneigennützige Freundin und Förderin, gesellt sich hinzu. Der »Brief als politische Waffe« wird – wie andere Zitate – ausführlich belegt. Und die Briefe jener Frauen geben jener Waffe eine besondere Überzeugungskraft. Diese »Töchter der Revolution« regten Hochhuth zu seinen Auslassungen an. Emigration, Judentum sind hierbei besonders hervorzuheben. Ein Exempel für sich nimmt der Briefwechsel Hannah Arendts mit dem Philosophen Jaspers ein, ein über Jahrzehnte führendes Beispiel für eine Dokumentation unserer komplizierten, oft hahnebüchenen Geistesgeschichte als Geschichte einer ebenso verwirrenden wie von langer Hand angelegt erscheinenden Misere.

Unheils-Geschichte war stets eins der Hochhuthschen Themen. Hier findet man es so selbstverständlich wieder wie eine so essayistisch kühne und kluge Analyse: »Büchner lesen, um Marx zu retten«. Und auf unheilvolle Vorgänge, Affären hinzuweisen, hat Hochhuth von Anfang an den nötigen Spürsinn (und Erfolg) gehabt. Wiederum – und wie nebenher – wird man bei ihm die Kunst der Recherchierung feststellen können, die derart viel zum Spektakulären an jedem Erfolg – als einer Entdeckung – beizutragen vermochte. Kants Satz, den er als Motto vor eines seiner »öffentlichen« Gedichte setzte, ließ ihn, recht verstanden, nie Ruhe finden. Denn nie gab Rolf Hochhuth auf. »Kein Mensch darf nur als Mittel benutzt werden.« Um genau dies geht es im Ganzen, in Gedicht und Essay, geht es in den schwarz gesetzten Segeln. Der Drang zur direkten Stellungnahme ist bei uns Seltenheit geworden. Die abgefeimten, so oft tückischen indirekten Mittel und Attacken scheinen manchen wirkungsvoller. Sie mögen von jener Intelligenz sein, die oft über den bloßen Scharfsinn und scharfsinnige Eitelkeit nicht hinauskommt. Hochhuth hatte von vornherein auf anderes gesetzt: auf das Erkennen und Wieder-Erkennen von verschütteter, verkommener Menschlichkeit, die selbst als Vokabel in Verruf gekommen ist, der dieser Autor aber wieder zu ihrem Anstand verhelfen möchte.

Weil es jenen »Teufelskreis humanae vitae« gibt, ruhte Hochhuth nicht und ließ die Gelegenheiten nicht aus, die sich ihm boten, gerade weil sie für viele zu Verlegenheiten pervertierten.

Der Band »Panik im Mai«* enthält zusätzlich eine Reihe von Gedichten aus der letzten Zeit. Einer der Texte hat die Überschrift »Kontinuität«. Und diese Kontinuität gilt für die Fortschreibung des Temperaments in Hochhuths Versen, für das Weiter-Entdecken von dem, auf das es ihm ankommt: auf Entdeckung, Aufdeckung, ja, auch Entlarvung, so unterschiedlich auch die Thematik des einzelnen Textes sein mag. Der Süden, Italien, spielt hinein, Erotisches gehört dazu, eine »Borghese-Gartenmauer«, so gut wie die »Wale singen«, ein Todesgedicht vom Verröcheln der Tiere im treibenden Beutenetz (ein Tierschutz-Gedicht, wenn man will). Aber auch ein »Schopenhauer«-Gedicht und ein »Dank an Brahms« zählen zur Reihe des Neuen.

Es sind wieder und wieder bekenntnishafte Gedichte, gereimt oft, und offen im Bekennen wie im Anprangern (»Schafft die Zoos ab!«). Ein ernstes Ehegedicht sollte genannt werden, nicht minder offen als sonst die Sprache des Lyrikers Hochhuth. Diese kritisch schönen Arbeiten haben – trotz allem – einen bestimmten Wohlklang, der nicht allein vom Reim kommen kann. Er ist wie eine versteckte Sehnsucht, wie eine leise poetische Utopie hinter dem Scharfblick, dem Bescheidwissen, der Mißbilligung, die zu Wort zu kommen scheint und die so oft unüberhörbar zu dem gehört, was Hochhuth *auch* im Gedicht beabsichtigt. Denn »absichtslos«, in sich selbst ruhend, ist das, was Rolf Hochhuth schreibt, natürlich nie gewesen und ist es auch in den späteren Gedichten nicht. Der Autor »handelt« *mit* dem Gedicht, *durch* das Gedicht! Und diese Handlungsfähigkeit und -kraft ist ihm selbstverständlich, noch wenn er eine südliche Gartenmauer besingt. Und schließlich gibt es Poeme, in denen wie im Carnevals-Gedicht Leben und Tod sich mischen. Und noch eins: die Gedichte sind ohne Umschweif. Sie sagen zuweilen sehr direkt, was sie wollen. Aber das kann niemand wundern, der das kennt, was Hochhuth lebenslang geschrieben, entdeckt und aufgedeckt hat.

* Die folgenden Ausführungen: Text-Ergänzungen 1991 im Hinblick auf den vorliegenden Band.

Herbert Reinoß

Über Rolf Hochhuth

Erinnerungen und Anmerkungen aus Anlaß seines 60. Geburtstags

1: Vor dem »Stellvertreter«

Er war eine Zeitlang einer von uns. Ich meine: den Lektoren und Redakteuren im Haus Bertelsmann in Gütersloh.

Das war um 1960. Es ist lange her.

Wer nicht alles selbst zu schreiben versucht in einem Verlag! Ich erinnere mich an eine ganze Reihe damaliger Kollegen, die man heute immerhin in Koschs »Deutschem Literatur-Lexikon« findet: Wolfgang Lohmeyer, Ulf Miehe (meinen allzu früh verstorbenen Freund), Stefan Murr, Heinz Puknus, Günther Steinbrinker. Ja: Und ich war auch einer von ihnen, damals wenig über zwanzig, eigentlich noch Student und voller literarischer Flausen.

Deswegen saß ich eines Tages mit Hans-Jürgen Meinerts zusammen, dem unvergessenen Lektor und Klassiker-Herausgeber; und im Lauf des Gesprächs kam er auch auf einen andern jungen Schriftsteller, der von Bertelsmann unlängst engagiert worden sei: Er heiße Rolf Hochhuth.

Kenne ich nicht, warf ich ein.

Das können Sie auch gar nicht, antwortete Meinerts – er hat ebenfalls noch nichts veröffentlicht.

Und dann skizzierte er in drei, vier Sätzen, daß Hochhuth an einem Roman sitze: einer Prosaarbeit in Briefen, einer schwierigen Form, und daß er, Meinerts, das für ein beachtliches Unternehmen halte, und von diesem jungen Mann einiges erwarte.

Bald lernte ich den Hochhuth kennen, und für drei, vier Jahre waren wir dann Kollegen im Lesering-Lektorat und verstanden uns, obwohl wir nach Herkunft und Art sehr verschieden sind.

Seine vorherrschend in Erscheinung tretenden Eigenschaften (doch dabei mag man an Hamsuns heftige Ablehnung der Taineschen Theorie vom dominanten Charakterzug denken): eine auffallende physische und geistige Flinkheit; die Verlagsoberen schätzten ihn wegen seiner zahlreichen Vorschläge und Anregungen. Sodann: seine humorige Scharfzüngigkeit, die rasch und treffend die Schwächen mancher Figur unserer damaligen Umgebung aufspießte – einige dieser Karikaturen blieben mir bis heute unvergessen.

Irgendwer meinte damals, Hochhuth sei vielleicht ein geborener Komödienschreiber. Ich zweifelte daran: Scharfblick und Witzigkeit allein schienen mir nicht schon ausreichende Voraussetzungen für die Produktion eines Lustspiels zu sein.

Und außerdem beobachtete ich manchmal bei ihm eine mehr als übliche Unheilsbefürchtung. Das wies in eine ganz andere Richtung.

Auch unsere literarischen Vorlieben unterschieden sich sehr. Hochhuth kam vor allem von Thomas Mann her; und gerade gegen den hatte ich eine bis heute ungeheilte Aversion zu entwickeln begonnen: seiner Gekünsteltheiten und Kälte wegen ging er mir bei jedem Leseversuch regelrecht auf die Nerven. Meine Wahlväter waren Knut Hamsun und, mit gewissem Abstand, Gottfried Benn.

(Sehr viel später führte Hochhuth eine gewisse Schwäche im Stil seiner Essays darauf zurück, daß er früh und ausgiebig an Thomas Mann geraten sei und nicht schon an einen Autor wie Otto Flake und dessen von Clarté und Lakonismus geprägte Sprache.

Ich meine jedoch, dem liegt das Mißverständnis zugrunde, daß wir von jedem in gleicher Weise lernen könnten, während wir doch in Wirklichkeit vor allem das an uns heranziehen, was mit unserer eigenen Art korrespondiert.)

Aber natürlich sprachen wir nicht nur über Literatur; im Gegenteil. Als ich später Gedichte von ihm las, die oft Liebesgedichte sind in einem sympathisch lockren Ton, wurde ich an manche unsrer Unterhaltungen damals erinnert, die nicht lange bei Literatur und ähnlich Tiefernstem blieben, sondern zu »Thema Eins« abdrifteten: den Mädchen, der Liebe und was junge Leute in Zusammenhang damit interessiert ...

Haben wir den Hochhuth damals ernster genommen als andre im Verlag? Nein. Ich nehme eher an, daß sich jeder von denen, die selbst zu schreiben versuchten, für den Begabtesten und Vielversprechendsten hielt. Noch als er uns über den entstehenden »Stellvertreter« ins Bild setzte und dann Szenen vorlas, trat kaum eine Änderung ein – der eine las Prosa vor, der andere Lyrik und der dritte, er, halt Dramatisches.

Dabei hätte uns immerhin die Konsequenz irritieren müssen, mit der er im Gegensatz zu allen andern seine literarische Arbeit betrieb: Er arbeitete nur halbtags im Verlag, am Vormittag schrieb er.

Ich meine, es kann nur guttun, wenn man sich in dieser unverstellten Weise an die Anfänge eines Schriftstellers erinnert, denn das erhält seinem Bild jene Lebendigkeit, die es in Wirklichkeit hatte. Während die angeblich objektive übliche, tatsächlich aber stilisierte Darstellung von einem Zeitpunkt aus, da er ein prominenter Mensch ist, zu oft ein statisches, ja beinahe erstarrtes Bild eines Arrivierten liefert, das uns imponieren mag, aber kaum bewegt.

Und so werde ich auch im folgenden von den eigenen Beobachtungen in drei Jahrzehnten ausgehen, selbst dort, wo meine Äußerungen weitab von persönlichen Erfahrungen zu liegen scheinen und ich die Belege nicht liefere.

2: Eigenheiten

Daß Hochhuth »einer der erfolgreichsten und zugleich umstrittensten Dramatiker« (Brauneck) der letzten Jahrzehnte ist und ein vielbeachteter Erzähler, Essayist und origineller Lyriker: dies alles kann man jedem Literaturlexikon entnehmen, ich will es nicht mit eigenen Worten wiederholen.

Ich greife Einzelheiten heraus, und zwar solche, zu deren Verständnis ich vielleicht etwas beitragen kann.

Zu seinem Welt- und Menschenbild, seinem tiefen Pessimismus.

Geschichte ist bekanntermaßen sein zentrales Thema, immer wieder Geschichte, vor allem die von Hitler angerichtete, des »Installateurs von Auschwitz«. Das fiel in Hochhuths Kindheit: Bei der totalen Kapitulation »Groß«-Deutschlands war er vierzehn.

Aber es kam für ihn auch noch von viel weiter her: Ich erinnere mich an seine Äußerung, daß er früh, *allzu* früh, in Geschichtsbüchern von jenen altorientalischen Despoten gelesen habe, die den Besiegten die Köpfe abschlugen und die Frauen und Kinder unter die Soldaten verteilten.

So wurde er auf die Schicksale von Menschen gestoßen, die einer äußersten Brutalität ausgeliefert sind. In Alt-Babylon, Alt-Samarkand, Auschwitz und so fort.

Der Mensch zu allen Zeiten des Menschen Wolf.

Kann man das je aus der Welt bekommen? Oder ist es im unveränderbaren Sosein des Menschen begründet?

Er scheint an Letzteres zu glauben: Der Mensch wird sich niemals ändern.

Aber man kann, man *muß* ständig dagegenhalten, damit es nicht noch viel schlimmer wird.

Und er hält dagegen.

Ob man angesichts seiner Aufdeckungs- und Anklagearbeit von Aufklärung spricht, ist nicht wichtig. Sagen wir: Es drängt ihn, uns mitzuteilen, was er an Üblem herausgefunden hat. In dramatischer, epischer, lyrischer Form.

Ein zentraler Punkt seiner Weltsicht, seines Geschichtsbildes: die Bedeutung der Rolle des einzelnen. Er hat nicht abgelassen von seiner Überzeugung, daß nicht, wie eine Zeitlang dogmatisch behauptet wurde, anonyme Mächte die historischen Prozesse bestimmen, sondern daß der einzelne wirkungsvolle Entscheidungen treffen und Richtungen bestimmen kann. Das führte zu der Kontroverse mit Adorno. Er selbst und u.a. Fritz J. Raddatz haben die Einmischung überzeugend abgewehrt.

Geblieben ist die Verwunderung darüber, daß jemand wie Adorno aus der Sippe der Hegel und Marx auch blind dafür war, daß gerade an entscheidenden Punkten der Geschichte des Marxismus und der von ihm bestimmten Staaten-Geschichten die »Kategorie der Person« die entscheidende Rolle gespielt hat. (Und noch jene ostdeutschen Marxisten, die heute im Interesse der Erhaltung ihres Weltbildes behaupten, die DDR sei nur deshalb gescheitert, weil dort niemand in der Lage war, einen Staat zu lenken, argumentieren ja nicht gerade im Sinne von Marx und Adorno.)

Hochhuth selbst hat u.a. formuliert, daß alle Menschlichkeit damit aufhöre, »daß man einen Menschen nicht mehr persönlich beurteile«.

Das gilt natürlich auch für die weitgehend Machtlosen. Und gerade deren Leiden an der Geschichte und Mut, sich dagegen aufzulehnen, rührt und bewegt uns in seiner Darstellung in besonderer Weise. Die Berlinerin Anne, der Schreiner Elser: sie sind keine uns entrückten »Größen«, sondern Menschen, wie wir selbst sie sein könnten, wenn wir nur immer jenem Drang nachgäben, der uns (nach Goethe) »des rechten Weges wohl bewußt« sein läßt.

Ein besonders »weites Feld«: Hochhuth und die zeitgenössische Literaturkritik.

Auch im Autorenlexikon deutschsprachiger Literatur des 20. Jahrhunderts, das in »seinem« Verlag, bei Rowohlt, von Manfred Brauneck herausgegeben wurde, findet sich die schon zitierte, heute gängige Einschätzung: daß er einer der erfolgreichsten und zugleich umstrittensten Dramatiker sei. Und: Umstritten sei »weniger die ethisch-kritische Absicht als die unterschiedliche künstlerische Qualität dieses politischen Theaters«.

Natürlich bietet Hochhuth Angriffspunkte; wer nicht. Was jedoch in seinem Falle stutzig macht und die Frage nach dem Grund dafür provoziert, ist die nicht seltene Heftigkeit der Verdikte. Was mag da neben den angeblichen Mängeln seiner Literatur noch hineinspielen?

Zweifellos: Er ist nicht jemand, der an einem Werk so lange feilt und poliert, bis es die denkbar knappste Form bekommen hat. Im Gegenteil neigt er dazu hinzuzufügen, solange das möglich ist. Manchmal dachte ich: Ein nur teilweise genutztes Blatt Papier, eine leere Seite in einem Umbruch scheint er nicht zu mögen; und das birgt immer die Gefahr von Ausuferungen und Überfrachtungen in sich. Haben klassische Dramen einen Umfang von etwa hundert Seiten, weil das den Möglichkeiten eines Theaterabends entspricht, so bringen es Hochhuths Stücke in der Regel auf das Doppelte, ja »Sommer 14« (1990) sogar auf das Vierfache.

Und es ist vor allem seine Neigung, dokumentarische Belege zu liefern, die Erkenntnisse anderer zu zitieren und die Vorgänge im Drama, in der Erzählung essayistisch zu kommentieren, die den Umfang seiner Werke hinauftreibt.

Das ist ihm so oft vorgehalten worden, daß er es sicher längst abgestellt oder doch reduziert hätte, wenn er dabei nicht einem innern Antrieb folgte.

Worin hat das seinen Grund? Trifft jene Behauptung zu, er versehe seine literarischen Arbeiten bloß deshalb mit den essayistischen Beigaben, um ihnen den Anstrich der Wissenschaftlichkeit zu geben? Oder, noch simpler: zeigt das Ängstlichkeit an – den zu erwartenden Einwänden soll schon vorab geantwortet werden?

Mir scheint das eine wie das andere nicht überzeugend. Diesem lebhaften Mann und leidenschaftlichen Diskutanten: ständig auf dem Sprung, zu argumentieren und zu polemisieren, reichen einfach die herkömmlichen Möglichkeiten des Dramas und der Erzählung nicht aus, er muß zwangsläufig die Grenzen der literarischen Gattungen sprengen.

Mehr aber noch: Bewußt oder unbewußt scheint es ihm darum zu gehen, das Einzelereignis in einen größeren, allgemeinmenschlichen Zusammenhang zu stellen, in ein Raster der ewigmenschlichen Charakteristika und Möglichkeiten; und dem dienen die herangezogenen Stimmen aus allen Weltgegenden und Zeiten.

So ist jene Berlinerin Anne, die den hingerichteten Bruder in ein Grab bringt, Antigone: der nur scheinbar so fernen Ödipus-Tochter der altgriechischen Sage gleich. Oder ein Dramentitel von ähnlicher Art: »Lysistrate und die Nato«. Oder das Gedicht über einen Agamemnon auf dem Dorfe.

Ganz offensichtlich wird Hochhuths Verfahren nun aber in dem (in seiner Bedeutung noch nicht erkannten) Stück »Sommer 14«, wo er es unternimmt, das Allgemeine hinter dem konkret angesprochenen zeitgeschichtlichen Ereignis (Ausbruch des Ersten Weltkriegs) anschaulich zu machen.

Noch einmal: Weshalb diese Heftigkeit, ja Gehässigkeit in nicht wenigen Kritikerstimmen? Obwohl man doch längst wissen müßte, daß man ihn oftmals unterschätzt hat?

Ich erinnere mich zum Beispiel an einen Dramaturgen, der mir nicht lange nach Erscheinen des »Stellvertreter« sagte: Dieses ganze dokumentarische Drama sei genau besehen doch bloß Provinztheater, und das wirklich moderne Theater sei zweifellos das Absurde – das sei nun mal die Art, wie man heute Theater machen müsse.

Das ist bloß amüsant? Es war ernst gemeint.

Schon diese eine – exemplarische – Insider-Äußerung zeigt die Unsicherheiten und fundamentalen Mißverständnisse an, aus denen zwangsläufig Fehlurteile resultieren.

Aber der »Stellvertreter« findet allen Kritiker-»Gewißheiten« von gestern und heute zum Trotz Interesse beim Theaterpublikum wie vor dreißig Jahren. Weil dieses Publikum es viel öfter als angenommen mit der Fontaneschen Maxime der Literatur gegenüber hält: »Was auf mich wirkt, das wirkt.« Und alles andere sind doch weitgehend die von Benn verworfenen »Theorien und Redensarten«.

Und ob nicht mancher Kritiker auch deshalb auf den Hochhuth böse ist, weil er sooft Erfolge gegen die vorherrschende Kritik hat? Anders gesagt: Weil seine Erfolge jedesmal Niederlagen für jene Kritiker bedeuten, die ihn abqualifiziert haben?

Über dreißig Jahre sind also vergangen seit jenen Tagen, da wir junge Leute waren und voller Pläne und Hoffnungen steckten. Und heute ertappt man sich bei Gedanken darüber, was das Anpacken denn noch lohnt und was noch zu schaffen wäre.

Bedenke ich meine Einstellung zu Hochhuth seit jener fernen Zeit, so war sie gewiß nicht immer frei von Irritationen; und manchmal neigte ich wohl dazu, ihn zu sehr aus der Perspektive meiner alltäglichen Beobachtungen und der Anekdoten der gemeinsamen Jahre zu sehen und damit ein bißchen zu karikieren und zu verkleinern.

Den Blick für seine Leistungen und Verdienste hat mir das nie getrübt.

Ich sah sein Wirken in unsere Zeit hinein. »Eingriff in die Zeitgeschichte« heißt bezeichnenderweise eine Sammlung von »Essays zum Werk«. Ganz meinen Beifall fand sein Obsiegen in der Filbinger-Affäre 1978.

Und so stimme ich der Ansicht Sebastian Haffners zu, daß Hochhuth seine Zeitgenossen »an moralischem und intellektuellen Ernst und an Spürsinn für die zentralen wunden Punkte unserer Zeit« übertreffe.

Sein Mut hat mich manchmal beschäftigt. Kannte ich doch seine Befürchtungen, bedrängt zu werden, als es nüchtern besehen dafür noch keine Anlässe gab. Trifft Krolows Deutung zu, daß wir es mit Entlastungsangriffen zu tun haben?

Aber am meisten imponierte mir immer seine unveränderbare Selbständigkeit, Eigenständigkeit, oder sagt man besser: radikale Unabhängigkeit und Unbestechlichkeit. Keine literarische und politische Gruppierung hat ihn je als ihren Parteigänger deklarieren können. Dabei hätte gerade er es manchmal mit einem Clan, einer Hilfstruppe im Rücken leichter gehabt – zugleich aber an Unverwechselbarkeit verloren.

Zwar nimmt er die gerade aktuellen Probleme auf (z. B. in der »Hebamme«); aber den jeweiligen »Szenen« und Moden, dem obskuren »Zeitgeist« ist er niemals hinterhergelaufen.

Und so sollte er unbedingt bleiben!

Stets hat er direkt und rücksichtslos ausgesprochen, womit man nicht einverstanden sein darf, wogegen man sich auflehnen muß, auch wenn ein Ziel nicht zu erreichen, ja die Niederlage abzusehen ist. Als Schriftsteller und Streiter ist er, bei allen Unterschiedlichkeiten im einzelnen, dem Büchner nicht fern, mit dem ihn das Zusammenführen von ungeschminkter Wirklichkeit und den Fragen nach dem Sinn der menschlichen Existenz verbindet und ein Geschichtsbild der Illusionslosigkeit.

Man überlasse sich also seinen Dramen, Erzählungen, Essays und Gedichten: sie sind eine literarische Kost, die heilsam ist und nichts zu tun hat mit Zunftdiskussionen und unverbindlicher Artistik. Als ein erfahrener Einzelkämpfer rüstet er uns auf gegen die üblichen Gleichgültigkeiten und zu oft hingenommenen Verlogenheiten: das, was den vielen kleinen Schindern wie den großen Tyrannen ihr Schandwerk erst ermöglicht.

Wem wäre Wesentlicheres nachzusagen.

Rolf Hochhuth

Alle Dramen
Kassette mit 2 Bänden
3056 Seiten. Gebunden

Juristen
Drei Akte für sieben Spieler.
210 Seiten. Broschiert und als
rororo 5192

Tod eines Jägers
das neue buch Band 68

Eine Liebe in Deutschland
Sonderausgabe.
320 Seiten. Gebunden und als
rororo 5090

Der Stellvertreter
Ein christliches Trauerspiel. Mit
Essays von Sabine Lietzmann, Karl
Jaspers, Walter Muschg, Erwin Piscator
und Golo Mann. Erweiterte Taschen-
buchausgabe mit einer Variante zum
5. Akt
rororo 997

rororo

C 967/12

Rolf Hochhuth

Ärztinnen
Fünf Akte
200 Seiten. Broschiert und als
rororo 5703

Schwarze Segel
Essays und Gedichte
Mit einem Vorwort von Karl Krolow
rororo 5776

Judith
Trauerspiel
272 Seiten. Broschiert und als
rororo 5866

Alan Turing
Erzählung
192 Seiten. Gebunden

Atlantik-Novelle
Erzählungen
256 Seiten. Gebunden

Rolf Hochhuth

Räuberrede
Drei deutsche Vorwürfe
Schiller/Lessing/Geschwister Scholl
224 Seiten. Broschiert

Sommer 14
Ein Totentanz
400 Seiten. Broschiert

Unbefleckte Empfängnis
Ein Kreidekreis
216 Seiten. Broschiert

Täter und Denker
Profile und Probleme
von Cäsar bis Ernst Jünger
rororo sachbuch 8547

Donata Höffer liest
Rolf Hochhuth
Die Berliner Antigone.
Gröninger Novelle
1 Tonbandcassette im Schuber mit
90 Minuten Spieldauer (66017)

rororo

C 967/12 b

Friedrich Christian Delius

Adenauerplatz
Roman
rororo 5837

Ein Held der inneren Sicherheit
Roman
rororo 5469

Kerbholz
Gedichte
rororo 5073

Japanische Rolltreppen
Gedichte
72. Seiten Broschiert

Konservativ in 30 Tagen
Ein Hand- und Wörterbuch
Frankfurter Allgemeinplätze
rororo sachbuch 8895

Mogadischu Fensterplatz
Roman
rororo 12679

Die Birnen von Ribbek
Erzählung
80 Seiten. Pappband

C 2378/2

Peter Rühmkorf

Außer der Liebe nichts
Liebesgedichte
rororo 5680

Haltbar bis Ende 1999
Gedichte.
rororo 12115

Strömungslehre 1
Poesie.
das neue buch 107

Wer Lyrik schreibt, ist verrückt!
Alle Gedichte 1953-1975
140 Seiten. Kartoniert

agar agar – zaurzaurim
Zur Naturgeschichte des Reims und der menschlichen Anklangsnerven.
160 Seiten. Broschiert

Bleib erschütterbar und widersteh
Aufsätze – Reden – Selbstgespräche
260 Seiten mit 48 Abbildungen.
Kartoniert

Die Hüter des Misthaufens
Aufgeklärte Märchen.
rororo 5841

Dreizehn deutsche Dichter
192 Seiten. Broschiert

Einmalig wie wir alle
Gedichte
192 Seiten. Broschiert

rororo

C 184/19

Peter Rühmkorf

Die Jahre die ihr kennt
Anfälle und Erinnerungen
rororo 5804

Über das Volksvermögen
Exkurse in den literarischen Untergrund
rororo 1180

Peter Rühmkorf/Michael Naura/
Wolfgang Schlüter
Phönix voran!
128 Seiten. Mit Toncassette und
zahlreichen Abbildungen. Kartoniert

Peter Rühmkorf liest
Der Hüter des Misthaufens
1 Toncassette im Schuber
Literatur für Kopf Hörer 66008

Manfred Durzak/
Hartmut Steinecke (Hg.)
Zwischen Freund Hein und Freund Heine – Peter Rühmkorf
Studien zu seinem Werk
376 Seiten. Kartoniert

Wolfgang Borchert
in Selbstzeugnissen und Bilddokumenten dargestellt von Peter Rühmkorf
rowohlt monographien 58

rororo

C 184/20 a